ILUMINADA POR LA LUNA

Liz Carlyle

Iluminada por la Luna

Traducción de Ada Francis

TITANIA

Argentina • Chile • Colombia • España
Estados Unidos • México • Perú • Uruguay • Venezuela

Título original: *A Bride by Moonlight*
Editor original: Avon Books, An Imprint of HarperCollins*Publishers*, New York
Traducción: Ada Francis

1.ª edición Noviembre 2014

Copyright © 2013 by Susan Woodhouse
All Rights Reserved
Published by arrangement with the original publisher, Avon Books,
An Imprint of HarperCollins*Publishers*
© de la traducción 2014 *by* Ada Francis
© 2014 *by* Ediciones Urano, S.A.
  Aribau, 142, pral. – 08036 Barcelona
  www.titania.org
  atencion@titania.org

ISBN: 978-84-92916-70-2
E-ISBN: 978-84-9944-767-4
Depósito legal: B-15.582-2014

Fotocomposición: Ediciones Urano, S.A.
Impreso por Romanyà Valls, S.A. – Verdaguer, 1 – 08786 Capellades (Barcelona)

Impreso en España – *Printed in Spain*

Nuestro ilustre elenco de personajes

EL INTRÉPIDO HÉROE Y LA INTRÉPIDA HEROÍNA:

Royden Napier: amargado inspector adjunto de la Policía Metropolitana de Londres, Napier siempre termina por atrapar a su hombre. Desafortunadamente, su suerte con las mujeres ha sido muy distinta. ¿Será quizá debido a su mirada fría y acerada?

Elizabeth «Lisette» Colburne: trágicamente huérfana, la enviaron a Norteamérica para que se criara allí bajó la severa disciplina de un tío suyo, el señor Ashton. Ahora ha vuelto a Londres. Arisca, astuta y decidida a castigar al hombre que, según cree, le destrozó la vida: Rance Welham.

VUELVEN A HACER SU APARICIÓN:

Rance Welham, lord Lazonby: notorio jugador, en su día arrestado por asesinato, desprecia a Napier. La enemistad entre ambos se intensifica cuando los dos hombres se ven de pronto rivalizando por la misma dama.

Lady Anisha Stafford: en su momento objeto de los afectos de Napier, ahora ha volcado su atención en Lazonby, aunque no ha aparcado del todo sus sentimientos hacia su viejo prometido.

Sir Wilfred Leeton: Uno de los viejos compañeros de juego de Lazonby. La aparición de sir Wilfred Leeton es breve. Muy breve.

Cedido temporalmente por el Gobierno Británico:

Sir George Grey, baronet: ministro del Interior y supervisor indirecto de Napier, sirvió abnegadamente a la Corona y al País durante más de dos décadas. (Sí, en efecto.)

Y presentamos a la familia de Napier:

Henry Tarleton, vizconde de Duncaster: el distante abuelo de Napier. Gobierna su dinastía con mano de hierro. Sin embargo, las muertes recientes de su cuñado y de su heredero a punto han estado de terminar con él.

Señorita Gwyneth Tarleton: la nieta mayor de Duncaster. Solterona y marisabidilla profesional, los hombres le desagradan por principio, especialmente su engreído primo Napier.

Anne, lady Keaton: la hermana de Gwen, lady Keaton, está felizmente casada y tiene sus reservas sobre Napier.

La señorita Beatrice Tarleton: tiene once años y es la hermanastra de Gwen y de Anne. Tras la muerte de su padre y de su tío abuelo con apenas unos meses de diferencia, Bea teme que el abuelo Duncaster sea el siguiente.

Cordelia, lady Hepplewood: la hermanastra de Duncaster, viuda en misteriosas circunstancias. Tía abuela de Napier, así como de Gwen, de Anne y Bea, es una atroz esnob y le horroriza pensar que Napier pueda heredar el título.

Tony, ahora lord Hepplewood: el hijo de Cordelia es un haragán encantador que ha hecho caso omiso de las órdenes de su madre de encontrar esposa. ¿Pueden sus prodigiosas deudas de juego tener alguna relación con un repentino compromiso?

La señorita Diana Jeffers: dama de compañía de lady Hepplewood, Diana estuvo prometida con el heredero de lord Duncaster, lord Saint-Bryce, que murió antes de que pudieran casarse.

Y POR ÚLTIMO:

El señor Bodkins: antiguo abogado familiar del difunto abuelo de Lisette, el afable Bodkins sigue intentando mantener a Lisette alejada de los problemas, aunque ella no se lo pone fácil.

Fanny: criada y dama de compañía de Lisette, siempre dice lo que piensa.

Jolley: falsificador profesional, a regañadientes hace las veces de valet de Napier.

La señora Jansen: viuda empobrecida y en su día compañera de estudios de Gwen, la señora Jansen es la institutriz de Bea.

El doctor Underwood: el médico de la familia Duncaster.

La señorita Felicity Willet: la nueva prometida de Tony. Su padre, un industrial de reciente fortuna, es la peor pesadilla de lady Hepplewood.

Sir Philip Keaton: el marido silencioso aunque afable de Anne y prominente parlamentario.

Prólogo

Una visión vestida de azul

1847
Whitehall

$\mathcal{L}$a verdad.

Esa sencilla palabra era el arma de Royden Napier, su modo de moverse por el mundo, la vara de medir con la que calibraba a las personas que entraban en su vida y en su oficina.

Pero la verdad, como ocurre con la belleza, era a menudo escurridiza, mientras que las mentiras abundaban como las moscas. Según la experiencia de Napier, antes o después todo el mundo mentía. O engañaba. O estafaba. O... a veces cosas mucho peores. Y en la lucha contra ellas estaba empleado el cuerpo entero de la Policía Metropolitana al servicio de Su Majestad la reina.

Oh, a Napier le habían llamado cínico a menudo. Aun así, todo aquel que subía los cuatro tramos de escaleras que separaban Whitehall Place de sus oficinas inevitablemente tenía una historia que contar, desde los lamebotas del gobierno que subían a fanfarronear y a tratar de imponer sobre él su influencia política, pasando por los investigadores que tenía a su cargo, hasta los criminales que ocasionalmente le llevaban desde Scotland Yard.

La mayoría de ellos estaban dispuestos a sacrificar la verdad —o de empujarla hasta el condenado borde del precipicio— a fin de conseguir lo que querían. A fin de hacer que las cosas parecieran lo que

ellos pretendían que parecieran y conseguir algo que les reportara influencia, venganza o libertad.

Y la hermosa mujer que esperaba fuera de su oficina estaba, según
la avezada estimación de Napier, entre ellos. De qué manera, y con
qué fin, no lo sabía con exactitud. No todavía.

En cualquier caso, le intrigaba.

Se preguntó qué historia podía contarle una mujer tan hermosa y
qué interesada necesidad la habría llevado hasta ese lugar de congojas
y sombras al que nadie acudía por voluntad propia, a menos que de-
searan algo muy, muy desesperadamente.

Napier ladeó levemente la cabeza a la izquierda y miró por la ren-
dija de la puerta de su oficina, recorriendo con ella el largo vestíbulo
de suelos de madera. La habitación albergaba a sus empleados a un
lado, y en el otro estaba ocupada por una fila de sillas de respaldo alto,
notoriamente incómodas.

En general, la política de Napier era mantener esperando allí a sus
impacientes visitas para despacharlas nuevamente a toda prisa. El número 4 de Whitehall funcionaba como un molino de harina, con más
por moler que por pesar, y Napier estaba saturado hasta tiempos in-
memoriales con reuniones, citas y labores generales de adulación gubernamental.

Pero la pelirroja que, flaca como un galgo y de largas piernas, esperaba al otro lado de su puerta parecía implacablemente decidida a
aguardar el tiempo que hiciera falta, como aguarda un lebrel apostado
ante la madriguera de un zorro.

La recorrió con la mirada, calibrándola. Tenía las manos enguanta-
das y cerradas con fuerza en sendos puños sobre el regazo y el mentón
levantado en un gesto casi de arrogancia. De aproximadamente un metro sesenta de altura, según le calculó Napier, la dama llevaba sombrero,
un modelo pequeño pero demodé de redecilla y terciopelo azul marino
que favorecía extrañamente su encendida nube de cabello salvaje.

La mujer no se había recogido el pelo recurriendo a los insípidos
bucles y tirabuzones tan en boga en aquel momento, sino que lo había

hecho holgadamente en un moño blando que había decidido rebelarse contra sus restricciones y estaba en efecto saliéndose con la suya. Los zarcillos se rizaban a ambos lados de su rostro y Napier calculó que, de haberlo llevado suelto, el cabello de la mujer se habría derramado a media altura en una cascada de satén rojo. De manera harto interesante, la desconocida tenía junto a los pies una pequeña y destartalada maleta.

Napier desconfiaba especialmente de las mujeres, sobre todo de las hermosas.

La pelirroja, sin embargo, no era precisamente hermosa.

No. Era… llamativa. Y feroz. El inspector conocía lo bastante bien la naturaleza humana como para reconocer esa emoción en estado puro en cuanto la veía.

En fin. Abrió la puerta de un tirón y se preparó para despacharla escaleras abajo con los demás.

—Inspector Adjunto de Policía Napier —se presentó sin mayores rodeos, bloqueando el ancho de la puerta con los hombros—. ¿En qué puedo ayudarla?

La cabeza de la mujer giró hacia él, y con ella unos ojos penetrantes como estrellas fugaces en una noche sin luna.

—Haciendo vuestro trabajo —respondió ella, levantándose en un frufrú de crujiente seda azul marino.

—Os ruego que me disculpéis —replicó él con frialdad—, pero me temo que no hemos tenido el placer de haber sido presentados convenientemente.

La dama apenas palideció.

—Quizás os acordaríais de mí si os digo que soy Elizabeth Colburne.

Aunque era sin duda un nombre bastante común, Napier fue incapaz de recordarlo. A pesar de eso, la dama le miraba expectante y fue presa de un curioso escalofrío: una premonición, pensaría más tarde. Con un floreo, retrocedió para hacerla pasar.

—A vuestro servicio, señora.

Unas cejas oscuras y angulosas se arquearon como impulsadas por un resorte.

—¿Es eso cierto? —fue la seca respuesta de la mujer—. A juzgar por lo que dejan entrever los periódicos de Londres, diríase que sois el criado del conde de Lazonby.

Napier se vio sumido en un fugaz paréntesis de mutismo muy poco habitual en él.

La dama pasó deslizándose delante de él con su maleta en una mano y la falda levemente levantada en la otra, como si temiera que la mera presencia del inspector pudiera mancharlas.

Napier cerró la puerta con mucha más fuerza de la que solía emplear.

—Entendedme, señora —dijo, rodeándola—. No soy amigo de lord Lazonby. Además, el hombre ronda ya su lecho de muerte. Un cáncer, según tengo entendido. Ningún amigo salvo el mismísimo Dios puede ayudarle ya.

—¡Oh, qué drama! —La mujer dejó escapar un desdeñoso sorbido—. El hombre es un Welham, ¿me equivoco? No es fácil terminar con esa vil y vulgar raza, como bien le ha demostrado su hijo y heredero en tan acertadas y repetidas ocasiones.

—Puede que Rance Welham haya faltado a la ley y haya sobrevivido durante toda una vida huyendo de ella —replicó Napier con tono grave—, pero yo no soy juez ni jurado, ni tampoco verdugo, señora mía. Trabajo en la Policía Metropolitana, y aquí hemos cumplido con nuestra responsabilidad en lo que concierne al hijo de lord Lazonby. Y debo decir que admirablemente.

—¿Admirablemente? —exclamó estridentemente la mujer—. Santo Dios, ¡pero si ni siquiera han podido ustedes ajusticiar al hombre como se merecía! ¡Y ahora leo que están a punto de exonerarle y que va a volver a salir de la cárcel! ¡Habrase visto semejante desmesura!

Napier plantó una mano en la esquina de su escritorio y se inclinó hacia ella.

—Disculpadme —dijo con frialdad—, pero el asunto está prácticamente decidido.

—¡Y si la policía hubiera hecho su trabajo la primera vez, hace tiempo que Rance Welham estaría pudriéndose en su tumba! Pero fue todo un paripé. Fue una… ¡una chapuza de disparates burocráticos! ¡De una ineptitud burda y ofensiva! Dios del cielo, señor, ¿es que vuestra gente no es tan siquiera capaz de hacer un nudo a una horca como es debido?

Napier forzó una sonrisa tensa.

—Sois una maestra en el uso del adjetivo, señora.

Pero los ojos de la mujer habían empezado a brillar reveladoramente.

—Un desastre, señor. Ni siquiera fueron capaces de colgarle como es debido —prosiguió—. ¿Y ahora piensan dejarle salir tan campante de la prisión de Newgate convertido en un hombre libre?

—¿Tan campante, decís? —masculló Napier—. Diría más bien encabezando una cabalgata real.

—No, no —insistió ella, alzando la voz—. ¡Peor aún que como un simple hombre libre! En efecto, ahora que el traficante de influencias que era su padre ha muerto, Rance Welham se convertirá en par del reino: será lord Lazonby y disfrutará de una vida de ocio y de abundancia sin mesura mientras sus víctimas caen en el olvido.

El temple de Napier finalmente titubeó.

—Santo Dios, señora —dijo con frialdad—, ¿creéis acaso que este giro de los acontecimientos me complace más que a vos? Mi propio padre luchó este caso hasta su último aliento, y no fue fácil condenar al hijo de un par, sobre todo tratándose de alguien tan rico como el conde de Lazonby.

—Sí, a eso se reduce siempre todo, ¿no es cierto? —Bajó la voz, extrañamente trémula de pronto—. Dinero, dinero y dinero. Siempre y eternamente el dinero. Porque esto es Inglaterra, y la influencia la compran los ricos, y malditos sean los pobres. ¡Oh, eso sí lo recuerdo bien!

Confundido por el repentino cambio de tercio de la mujer, Napier vaciló.

Tardó apenas un instante de más. La señorita Colburne seguía aferrada a su maleta, y con un tranquilo movimiento, se acercó a él y la abrió, cubriendo la bruñida superficie del escritorio con una avalancha de fajos de billetes.

Napier no salió de su asombro. El montón de billetes se movió y un fajo cayó al suelo, reventando el cordel que lo sujetaba y dejando que los billetes se desperdigaran a merced de la brisa otoñal.

—Dios mío —susurró.

Alzó la vista, apartándola del montón de billetes para fijarla en los ojos de la mujer y se le secó la boca.

Halló una expresión de extrema satisfacción en la mirada fría y firme de Elizabeth Colburne.

—Y bien —dijo ella con voz queda—. Aquí lo tenéis, señor. Dólares norteamericanos, sí, pues he venido con mucha prisa. Aun así, calculo que deben de sumar unas veinte mil libras. Decidme entonces, señor Napier: ¿cuánta justicia inglesa me comprará esta suma?

—¿Cómo decís?

La dama agitó una mano sobre el escritorio.

—Tomadlos —dijo—. Es todo el metálico que poseo en el mundo, o casi todo. Pero mi dinero vale tanto como el de lord Lazonby. Y, según mis cálculos, veinte mil libras deberían bastar para mantener a Rance Welham en prisión, y esta vez hasta que esté muerto y enterrado.

—Cielo santo, estoy empezando a creer que estáis loca. —Napier le arrancó la maleta de la mano y empezó a meter en ella metódicamente los fajos de billetes—. Señora, va contra ley intentar sobornar a un empleado público. Os ruego que cojáis vuestro dinero y os marchéis u os juro que os arrestaré.

—¿Arrestarme? —Cualquier atisbo de dulzura se desvaneció como por encanto—. Cielos, la ley de la Tierra debe de haber cambiado ostensiblemente desde la última vez que viví en Londres. Entonces,

¿es perfectamente aceptable que los asesinos que actúan a sangre fría estén libres y que mi soborno declarado se considere un insulto?

—Tomad asiento —le ordenó Napier—, y guardad silencio. Sí, he dicho «arrestaros», señora. Y no os atreváis a ponerme a prueba.

Pero ella no se sentó… ni se calló.

—Ay de mí —murmuró en cambio, viendo cómo él iba recogiendo los billetes sueltos—. Os he juzgado espantosamente mal, señor Napier.

Aparentemente impertérrita, la dama cruzó la oficina hasta quedarse plantada a sólo unos centímetros de él. Napier sintió incluso cómo aumentaba el calor de su ira, y con él también su olor: era un aroma cálido y exótico, como a lirios orientales bajo un tórrido sol de agosto.

Mientras se quitaba los guantes con bruscos y prolijos tirones, la mujer le recorrió despacio con la mirada, de la cabeza a los pies: una mirada calculadora, casi taimada.

—Y bien —dijo con una voz ronca—. Si no es con dinero, inspector adjunto, ¿hay algún otro modo de que pueda… «pueda» simplemente… convenceros?

Arrojando a un lado los guantes, la mujer se desabrochó el primer botón del corpiño, dejando a la vista un par de centímetros de piel tierna, pálida y apetitosa como la nata.

«Hay un modo, sí.»

O al menos durante un instante así se lo pareció a él. Napier sintió que la lujuria temblaba en su interior, inundándole la entrepierna como calor líquido. Una descarga de deseo se le arremolinó en el vientre. Deseaba lo que al parecer ella ofrecía y al mismo tiempo le horrorizaba verse capaz de considerar la oferta. Aun así, no era ningún santo.

Tragó saliva e intentó obligarse a apartar la mirada. Santo cielo, la mujer ni siquiera era su tipo. Demasiado delgada, demasiado alta. Con unos ojos demasiado encendidos y demasiado pelirroja. Demasiado… intensa.

Ella se le acercó un centímetro más y se desabrochó otro botón.

—¿Es interés lo que veo arder en vuestros ojos, querido señor Napier? —Su aliento le rozó la mejilla—. Vamos, hacedme una oferta. *Quid pro quo*. Como veis, estoy muy desesperada.

Napier se obligó a dar un paso atrás, aunque le resultó más duro de lo que a priori debería haber sido. *Todo* se estaba volviendo más duro de lo que debía. A punto estuvo de posar el dedo en el seductor hueco que asomaba bajo el cuello de la mujer, y deslizarlo hacia abajo. Y seguir bajando aún más desde allí.

Un destello de reconocimiento iluminó los ojos de la mujer, cuya mirada descendió lentamente por el chaleco del inspector.

Napier arqueó una ceja.

—Por Dios, señora —dijo—, no os andáis con rodeos.

Las pestañas de Elizabeth Colburne aletearon al tiempo que ella volvía a alzar la mirada.

—Cuando no tengo elección, no —respondió—. Quiero que se castigue… o que cuelguen a Rance Welham, y venderé mi alma al diablo si es necesario para conseguirlo. En cuanto a venderme a vos… en fin, ¿cuál es la diferencia?

Napier la interrumpió sin contemplación alguna.

—Consideraos una afortunada, querida, de que simplemente no os levante las faldas aquí mismo y tome lo que tan descaradamente me ofrecéis, *quid pro quo* al margen. —La había agarrado del brazo y la empujaba ya hacia la puerta—. No soy famoso por mi contención caballeresca.

—Diantre, señor Napier, ¿es el resto de vos tan firme como esta mano? —dijo ella, lanzándole una acalorada mirada por encima del hombro—. ¿Y estáis totalmente seguro de que no puedo convenceros para que negociéis?

Algo estalló entonces: si fue furia o lujuria en estado puro, Napier no lo supo nunca con absoluta seguridad, pero la obligó a girar sobre sus talones, decidido a temperar la casquivana lengua de arpía.

Y fue entonces cuando Napier lo vio: el destello de inconfundible temor que había en los ojos de la mujer. Oh, lo disimulaba bien, pero él llevaba una década dedicado a detectar a farsantes, mentirosos y falsas bravatas. Relajó un poco la mano.

—Escuchadme bien —dijo muy serio—. Reconozco el engaño a la legua. Estáis alterada, sí, y enfadada, pero no me cabe duda de que no sois esta clase de mujer.

—¿Eso creéis? —Volvió a alzar el mentón, pero la mirada titubeó—. Yo podría… podría hacerlo. Sois lo suficientemente apuesto, salvo por esos ojos duros y tristes. ¿Lo haréis entonces? Me refiero a si me ayudaréis. Estoy dispuesta a… bueno, a hacer lo que me pidáis.

Napier sintió que volvía a sacudirle esa espantosa combinación de deseo y enojo. Sin embargo, el labio inferior de la mujer había empezado a temblar y ya nada podía ocultar su potente mezcla de miedo y furia.

—Querida —dijo él con voz queda—, creedme si os digo que sois harto deseable. Pero el vuestro es un juego peligroso. ¿Qué podría valer lo que me ofrecéis? Vuestro honor. Vuestra integridad. ¿Estaríais realmente dispuesta a mancillaros por simple venganza?

Al oírle hablar así, algo en ella pareció derrumbarse, la aflicción le ablandó el rostro y sus hombros se encogieron como si fuera a desmayarse.

—Oh, Dios —susurró, llevándose una mano a la boca.

Sin ser consciente de ello, Napier le cogió la mano y se la llevó al pecho. Ella se derrumbó sobre él con un sollozo profundo y desgraciado que pareció haber surgido de un pozo de desesperación al tiempo que sus dedos se cerraban sobre su abrigo, como si aferrándose al inspector pudiera evitar ahogarse en él. Contra toda sensatez, él la abrazó contra su pecho, poniéndole una mano entre los omóplatos.

«Al demonio con todo», pensó.

Napier tenía poca experiencia con mujeres desconsoladas, pero albergaba la esperanza de no ser un hombre cruel. Y las lágrimas de la desconocida eran de auténtica desesperación, desprovistas del menor atisbo de artificio. Peor todavía, una parte traicionera de él deseaba abrazarla, aspirar su olor cálido y exótico y fingir que actuar de ese modo no era una auténtica locura.

Pero sí lo era. Y ella pareció también percibirlo, separándose de pronto, y casi bruscamente, de su abrazo. Elizabeth Colburne giró sobre sus talones, dándole la espalda y secándose los ojos con el dorso de las manos.

—Oh, ¡esto no conducirá a nada! —exclamó con voz ronca, visiblemente enojada consigo misma—. No he venido hasta aquí para acobardarme ahora. No puedo. No, no lo haré.

Napier se sintió de pronto incómodo, y al tiempo que su deseo menguaba, la lógica volvió a ocupar su lugar.

—Señora, quizá podáis iluminarme —dijo—. No acabo de entender cuál es vuestro interés en el caso Welham.

Ella se volvió, con los ojos todavía velados por las lágrimas contenidas.

—¿Jamás os habéis molestado en consultar los archivos de vuestro padre, señor Napier? —preguntó con voz queda—. Soy la hija menor de sir Arthur Colburne, a quien el señor Welham condenó a la ruina, por no decir que prácticamente terminó con su vida.

Napier se quedó de piedra.

Aquel espantoso caso de asesinato había sido en efecto de su difunto padre, aunque desde entonces habían pasado al menos doce años. Y sir Arthur no había sido la víctima. A decir verdad, apenas se había visto implicado en el asunto.

De todos modos, Napier sí recordaba vagamente la existencia de una hija. ¿Ellen? ¿Elinor? La joven había sido la prometida de la víctima, aunque había muerto poco después del juicio. ¿Había existido una hija menor? Al parecer así era. Y era una señorita, no una señora…

«Maldición.»

—Señorita Colburne —dijo con voz calma—, todo eso ocurrió mucho antes de que yo empezara a trabajar aquí. Tengo entendido que Rance Welham mató al prometido de su hermana, en efecto. Pero, según creo, sir Arthur se suicidó.

—¡Porque Welham no le dejó otra opción! —La emoción ardió una vez más, encendiéndole las mejillas—. ¡Murió de desesperación! ¿Y qué me decís de mi pobre hermana? ¡Desterrada para morir como una huérfana indigente, lejos de todas las comodidades que había conocido! Con su prometido asesinado y el corazón roto. Y todo ello, señor Napier... sí, todo ello... por culpa de Welham.

Napier cuadró la mandíbula.

—Siento mucho su pérdida, señora —dijo—, pero ni vuestro dinero ni vuestras lágrimas pueden cambiar lo que ha de venir. Welham se ha buscado amigos influyentes... amigos próximos a la reina. Además, su padre ha convencido al testigo principal para que se retracte. Y ahora lord Canciller tiene intención de anular su condena.

—Independientemente de que la anule, eso no es más que una parodia —exclamó la joven—. Pero no puede terminar ahí vuestra acusación. Debéis volver a...

—Sí, señorita Colburne, ése será el final de mi acusación —intervino Napier muy serio—, nos guste o no.

Se dirigió hacia la puerta a grandes zancadas y la abrió. La dama, sin embargo, no se movió, y la furia la invadió de nuevo, multiplicada esta vez por diez.

—Sois un vil cobarde y un... un matón —dijo con la voz temblorosa—. Pero no os equivoquéis. Yo no soy ninguna de las dos cosas... y haré que Welham pague, señor Napier... si no lo hacéis vos. Si no tenéis los arrestos para hacerlo.

—Tengo arrestos para hacer muchísimas cosas, señorita Colburne —respondió él con tono amenazador—, pero me interesa poco el suicidio político. Y ahora os ruego que os vayáis. Y en el futuro os sugiero que midáis vuestras palabras. Por muy compasivo que pueda sentirme, la Corona considerará una amenaza lo que acabáis de decir y esperará de mí que os acuse como corresponde.

Con los ojos como brasas, la señorita Colburne alargó la mano, pasándola junto a él y cogiendo bruscamente su maleta.

—Oh, no era una amenaza, señor —dijo, lanzándole una última

mirada de despedida al tiempo que salía con paso firme—. Es simplemente una verdad divina… algo que, me atrevería a decir, os resulta del todo desconocido.

Napier no dijo nada más.

No era un hombre dado a la vacilación ni que sufriera demasiado los embates de la incertidumbre. Aun así, con una mano apoyada en lo alto del marco de la puerta, se quedó mirando cómo la mujer cruzaba visiblemente indignada su vestíbulo, y no hizo nada.

No hizo nada porque en el fondo de su corazón sabía que ella estaba en lo cierto.

Elizabeth Colburne lo había perdido todo.

Y Rance Welham era un estafador y un asesino que merecía la muerte.

La verdad, a fin de cuentas, era el arma de Napier.

Enojado consigo mismo —y con las circunstancias—, cerró con un portazo y regresó a su escritorio, con la mirada baja de pura frustración.

La mujer había olvidado sus condenados guantes encima de su mesa. Dos muestras imposiblemente delicadas de piel de cabritilla que se abrochaban en la muñeca con unos diminutos botones de perlas. Todavía estaban calientes, y seguían impregnados del olor a lirios y a piel nueva que se mezclaba con lo que quedaba de su calor.

Durante un instante, Napier se permitió aspirar la seductora fragancia. Luego, con un mascullado juramento, abrió de un tirón un cajón del escritorio, guardó en él los guantes sin contemplaciones y lo cerró de golpe, casi con saña.

1

Cuando el diablo se lleva lo que es suyo

1849
Greenwich

*P*ocos son los hombres que pueden sortear sin miramientos los peligros de la vida armados con poco más que los instintos superiores y con una desconfianza innata en la condición humana. Napier era esa clase de hombre, y eso le había valido un feo apodo:

Roy el Desalmado.

Hacía tiempo que los bajos fondos de Londres habían podido comprobar lo acertado de ese apodo. Sin embargo, y desgraciadamente, la llamada que había recibido ese día nada tenía en común con los bajos fondos.

Con el vello de la nuca erizado, se apeó del elegante carruaje que le habían enviado para arrancarle de sus archivos y de su taza vespertina de Darjeeling, que en ese momento se enfriaba encima de su escritorio. Encajándose el portafolio de piel negra bajo el brazo, se detuvo entre la magnificencia que le rodeó de pronto y barrió fugazmente con su penetrante mirada de ojos entrecerrados el laberinto de aristócratas que deambulaban por los jardines posteriores de sir Wilfred Leeton. Luego exhaló despacio.

Ni siquiera toda la elegancia del mundo bastaba para ocultarla.

La muerte.

Pudo percibirla como algo tangible.

Dos agentes uniformados bajaron tras él, dejando oír el suave crujido de sus botas en la gravilla. El carruaje, blasonado en oro con las armas del conde de Lazonby, partió traqueteando y dejando al trío plantado y solo, como los tristes restos de un naufragio en mitad de un océano de opulencia.

Al verles, un corpulento y agitado mayordomo emergió apresuradamente de entre un puñado de criados apostados junto a los jardines de la cocina y saludó con una inclinación de cabeza.

Napier se inclinó, acercándose mucho a él.

—¿No habrá sido… sir Wilfred? —murmuró.

Pero había desolación en los ojos del criado cuando asintió. Tras un breve intercambio de palabras susurradas, señaló a un pequeño pabellón de piedra.

Los susurrantes grupitos de damas y caballeros se apartaron del camino de Napier al tiempo que le seguían incómodos con los ojos cuando él cruzó con paso firme la franja de césped perfectamente recortado que unía los jardines traseros de la mansión con la pequeña estructura parcialmente hundida en el terreno.

Incluso entonces —a pesar de su mal genio y de su impaciencia— le pareció extraño que, de todas las miradas que se habían fijado en él, fuera la fría mirada de color verde veronés de Elizabeth Ashton la que sintió con mayor intensidad.

Y resultaba especialmente peculiar porque, hasta ese instante, Napier no había sabido de la existencia de Elizabeth Ashton. O, para no faltar a la verdad, no *exactamente*. Sin embargo, sintió el calor de esa mirada —si es que puede decirse que una mirada fría puede dar calor— mientras avanzaba por el sendero, aunque no habría sabido decir por qué ella había captado de tal modo su atención. Quizás —incluso en esos primeros momentos críticos— una parte de él se había dado cuenta de que una vieja rueda había empezado a girar lentamente para cerrar el círculo.

O quizá tuviera que ver con el hecho de que la ágil dama de cabello castaño vestida de gris le resultaba ligeramente familiar, allí plantada como una paloma entre los pavos reales.

Y, turbadoramente, la mano de la dama sobre el brazo del mismo hombre que había arrastrado a Napier hasta allí: Rance Welham, el recientemente ennoblecido conde de Lazonby, un rufián tan corrupto por la estafa y el engaño que su alma no habría podido limpiarse ni aunque la hubieran vuelto del revés y la hubieran hervido en lejía.

No obstante, por muy genial o villano que pudiera ser un hombre, cuando le llegaba, la muerte era siempre igual: fea y descortés. A menudo bruta. Mientras la contemplaba, Napier reparó en que la muerte que había acontecido en el edificio de piedra lo había sido especialmente.

Sir Wilfred tenía un agujero supurante y ceniciento en el centro de la frente. De él brotaba un hilillo de sangre que en ese momento se había espesado hasta convertirse en un reguero de color rojo oscuro que cruzaba el suelo de baldosas blancas. Napier sintió que volvía a erizársele el vello de la nuca. No era el primer asesinato en el que sir Wilfred había estado implicado, pues en una ocasión había sido testigo en un escabroso juicio: de hecho, el de Lazonby. La coincidencia le turbó.

Haciendo caso omiso del frufrú de faldas y del zumbido de susurros a su espalda, bajó desde el césped por las escaleras de piedra a las frías profundidades de lo que en su día había sido una especie de vaquería, o quizá simplemente una fresquera.

Ilógicamente, quizá porque eso era lo que se esperaba de él, se acuclilló para tomar el pulso inexistente al hombre.

—¡Ah, Will! —murmuró, levantándose—. Me pregunto qué secretos guardabas.

Era en él una costumbre —una mala costumbre, sin duda— hablar de ese modo con los cadáveres.

Sir Wilfred no respondió. Nunca lo hacían.

Boca arriba en el suelo, con el pelo erizado y escaso, el chaleco marrón tirante sobre una tripa de hombre de mediana edad y los pies sorprendentemente delicados embutidos en piel oscura, sir Wilfred parecía más una sobrealimentada marmota que hubiera elegido el momento equivocado para salir de su arbusto.

Pero no se trataba de una pequeña criatura del bosque. No, sir Wilfred Leeton era un sujeto de la peor calaña: la calaña política, y a juzgar por las circunstancias que rodeaban su muerte y por la gente involucrada en lo ocurrido… ¡Santo cielo! Antes de que el caso concluyera, a buen seguro que sus tentáculos se habrían extendido por el Ministerio del Interior al completo.

Napier estaba ya enmarañado entre esos tentáculos, tal y como lo había pretendido lord Lazonby, o al menos ésas eran sus sospechas. Los inspectores adjuntos de policía no se encargaban de las investigaciones de asesinatos. Sin embargo, él tendría que hacerse cargo de ése. No serviría cualquier subordinado. Y es que algo había ido muy mal en ese caso, algo más importante que la simple muerte de sir Wilfred. Y, por muchas vueltas que le daba, era incapaz de saber el qué. Aún no. Pero lo lograría.

Hacía no demasiados días, Napier había ido a la ópera con un sano y feliz sir Wilfred, o se había encontrado con él allí. El tipo era un viejo conocido de su difunto padre, anterior inspector adjunto. Y aunque nunca había sentido simpatía por sir Wilfred ni había confiado en él, el desperdicio sufrido por cualquier vida humana, incluso aunque se tratara de una vida tan disoluta y consentida como aquélla, le había dejado clamando justicia.

De pronto, un inexplicable escalofrío de alerta le recorrió la columna. Se volvió a mirar por la ventana abierta. Incluso desde la distancia pudo ver a la mujer de gris que seguía observándole y su mirada clara y gélida clavada en él. El escalofrío caracoleó y se abrió paso en sus profundidades: fue un escalofrío extraño y pronunciadamente íntimo, como un deseo largamente recordado o un anhelo que no supo explicar.

Contuvo el aliento, se sacudió de encima la ridícula sensación y se volvió de espaldas. La dama no era asunto suyo. Todavía.

Al otro lado de la puertecilla oyó los primeros sollozos entrecortados de la viuda, cuya perpleja incomprensión por fin había cedido su lugar al dolor. Con un gesto parco, le indicó al agente local que bajara y éste vaciló dubitativo justo al pisar el escalón superior, retorciendo el sombrero que llevaba en las manos. Como estaban en Greenwich y no en Londres, el tipo parecía tan distinto de un oficial de la Policía Metropolitana como lo parece el queso del yeso.

Ah, sí. Definitivamente, el tipo era un trozo de yeso.

Napier forzó una sonrisa tensa y rezó por el bienestar de sus botas recién lustradas.

El tipo cruzó de puntillas el suelo de baldosas.

—¿S-sí, Inspector Adjunto?

—Es su primera muerte, ¿verdad, señor Terry?

—La p-primera por disparo, sí —respondió el joven—. Aquí lo que más tenemos son casos de gente que muere ahogada… aunque el invierno pasado e-encontramos a un marinero acuchillado.

—Buen hombre. —Napier propinó al agente un golpe firme entre los omóplatos con el que intentó infundirle ánimos—. Está usted inmunizado a las muertes violentas.

—B-bueno, a ese tipo… le acuchillaron en Deptford Green y después arrojaron aquí el cadáver —prosiguió el muchacho cuyos ojos seguían el reguero de sangre que cruzaba la baldosa blanca hasta colarse en el desagüe de cemento, tiñendo el agua de rosa.

Napier bajó la cabeza para captar la mirada del muchacho, que era más bajo que él.

—¿Señor Terry?

El muchacho alzó la vista y sus ojos grandes y claros parpadearon una sola vez.

—¿S-sí, señor?

—No irá a vomitar en nuestra escena del crimen, ¿verdad?

Los labios de Terry se estrecharon, como en un intento por mantener cerrada la boca. Negó débilmente con la cabeza.

—Me alivia oírlo. —Napier señaló con un gesto una pala de jardín ensangrentada que estaba junto a la fresquera—. Diantre, ¿qué es eso?

—Dicen que s-sir Wilfred… —El joven tragó saliva y lanzó una fugaz mirada al cadáver—. Que atacó a una dama con ella y…

—¿A qué dama? —preguntó Napier.

—A la dama india de la tienda de la pitonisa —respondió Terry, bajando la voz hasta hablar entre susurros—. Tengo entendido que pretendió matarla, pero lo han mantenido en silencio. Terrible, ¿no os parece, señor?

Napier sintió un escalofrío. De modo que era cierto lo que había dicho el mayordomo. Lady Anisha Stafford, mujer que gozaba de gran estima, había estado de algún modo implicada en lo ocurrido.

—¿Resultó muy malherida? —preguntó Napier, cuya voz se había tornado completamente fría.

—Según he oído, ella... logró escapar. Pero lord Lazonby se la llevó de inmediato. Para protegerla del escándalo.

—Bien por él —replicó muy serio Napier.

Y, por una vez, así lo creía.

—Pero es que hay una cantidad de sangre espantosa, señor —prosiguió Terry—, si la sumamos toda, quiero decir.

A su intervención siguió una nueva arcada. Se tapó la boca.

—Maldita sea, hombre. Salga de aquí.

Napier señaló con el pulgar hacia la puerta.

Con una mirada desdeñosa, el muchacho subió las escaleras como una exhalación y emergió a los oblicuos rayos del sol.

De nuevo Napier supervisó taciturno la vieja estructura de piedra y el cuerpo tumbado boca arriba, sin pasar por alto ni un mínimo detalle. La pala de jardín. La sangre. Un taburete volcado. Una vasija rota que había caído desde un estante de mármol situado bajo la ventana.

«Maldita sea.»

Una muerte violenta no era nunca buenas noticias, aunque la cosa empeoraba si estaba implicada en ella la aristocracia. Dando fe de ello, Lazonby seguía fuera en compañía de la atractiva dama de gris, más arrogante que nunca y obviamente decidido a obstruir el peso de la justicia en cuanto tuviera ocasión.

Napier volvió a ser presa de la rabia e, impotente, cerró la mano en un puño. Lazonby no era más que un rufián asesino envuelto en delicado hilo de lana que llevaba años dando sopas con onda a Scotland Yard, llegando incluso en una ocasión a eludir el patíbulo. No le llegaba a lady Anisha ni a la altura del betún, y menos aún tenía categoría para cortejarla. Y ahora le había hecho daño.

Pero ¿qué podía haber causado semejante secuencia de horripilantes acontecimientos?

Sir Wilfred y Lazonby habían frecuentado en su día los mismos círculos peligrosos. ¿Quizá lo ocurrido tuviera relación con el pasado de Lazonby? Y, después de matar a sir Wilfred —o de haber ordenado que le mataran—, ¿habría mandado Lazonby a buscarle simplemente para burlarse de él?

Bien mirado, si podía demostrar esa teoría, la Corona quizá le diera otra oportunidad para devolver a Lazonby al patíbulo.

Napier abrió de un tirón el portafolio de piel negro y se puso manos a la obra.

Desde el otro extremo de la amplia extensión de césped, el conde de Lazonby vio cómo el agente de policía de Greenwich, con el rostro verdoso y entre arcadas, subía las escaleras de la vaquería y corría hacia la arboleda, presa sin duda de las náuseas provocadas por la incesante arrogancia de Royden Napier.

A su izquierda oyó que la viuda de sir Wilfred rompía a sollozar en silencio. El sonido le desgarró. Él no era un monstruo sin corazón. A punto estuvo de acercarse a ella y decirle…

¿Qué? ¿Que su marido había sido un bastardo mentiroso y asesino que se merecía algo mucho peor que un tiro entre los ojos? Y mucho antes, además. A Lazonby la muerte de sir Wilfred le habría convenido unos quince años atrás, además de que le habría ahorrado dos estancias en prisión con una miserable carrera en la Legión Extranjera Francesa entre medio.

Hasta ese mismo día no había sabido cuán deshonesto —cuán absolutamente malvado— había sido sir Wilfred. Qué curiosa la facilidad con la que una pistola apuntándole a la cabeza había precipitado su confesión.

No, en el estado en que se encontraba en ese momento, era mucho mejor dejar el consuelo de lady Leeton en manos expertas: esa manada de aristocráticas viudas que ya revoloteaban a su alrededor, arrullando y secando las lágrimas de su anfitriona. En lo que respectaba a su fiesta benéfica anual, a buen seguro las ventas de invitaciones triplicarían las del año en curso. No había nada que la sociedad adorara más que el escándalo.

En cuanto a las lágrimas más inmediatas a lord Lazonby, hacía rato que se habían secado, aunque la mujer que ahora se llamaba a sí misma señora Elizabeth Asthon todavía apoyaba parte de su peso en su brazo. Aun así, había recobrado en gran medida el color desde que él se la había llevado del lugar donde había ocurrido el dramático desenlace de sir Wilfred, y el rostro de la dama había recuperado los orgullosos ángulos que tan familiares le resultaban.

Se quedó perplejo al darse cuenta de lo mucho que había tardado en reconocerla. No obstante, mientras paseaba la mirada por su rostro —un rostro nada convencional, sin duda, aunque de todos modos harto interesante— pudo con pasmosa facilidad distinguir quién era con absoluta precisión.

Y quién había sido desde siempre.

Se sintió como un auténtico idiota. Durante más de un año, Elizabeth le había rondado —de un modo u otro—, convirtiendo su vida en un infierno mayor de lo que lo había sido hasta entonces. Ella le había culpado de un asesinato que él no había cometido; de ser el causante —el causante indirecto, es cierto— del suicidio de su padre. Y por fin, después de una larga espera, había comprendido por qué. Porque sir Wilfred le había tendido una trampa.

—Veo que os habéis recobrado, señora Ashton —dijo, no sin ciertos visos de afabilidad—. ¿Es ése en efecto vuestro nombre actualmente?

Un leve sonrojo tiñó el rostro de la dama hasta alcanzar sus pómulos fuertes y delicadamente cincelados.

—No hay nada de ruin en ello. Desde que acepté ofrecerme voluntaria para colaborar con la escuela benéfica de lady Leeton, decidí simplemente que «señora» sonaba mucho más prudente que «señorita».

—¡Ah! ¿De modo que el apellido no es Ashton? —preguntó él con frialdad.

Ella arqueó ligeramente ambas cejas.

—¿Os referís a Ashton en lugar de Colburne?

—Oh, no hablemos ahora de vuestros numerosos alias —dijo Lazonby—. Temo ser incapaz de no descontarme. Pero sois inteligente, querida. Debería haberme dado cuenta de hasta qué punto cuando empezasteis a vigilar cada uno de mis pasos, y a insultar a mi persona constantemente… y en los periódicos, ni más ni menos.

La sonrisa de la dama fue apenas una sombra.

—Sean cuales sean los personajes que haya podido representar, jamás he negado ser la hija de sir Arthur Colburne —dijo—. Pero puesto que mi tía y mi tío Ashton se vieron en la obligación de criarme cuando ese monstruo mató a mi padre…

—¡No, no, mi querida joven! —intervino Lazonby con voz queda, apretándole la mano que seguía apoyada sobre la manga de su abrigo—. Vigilad vuestras palabras a partir de ahora. Mi amigo Napier, allí presente, cree que tiene entre manos un asesinato. Y es de todos sabido que vuestro padre se quitó la vida.

Los extraños ojos verdeazulados de la joven brillaron.

—Después de arruinarse, sí.

—Cierto —replicó Lazonby, visiblemente tenso—. Pero vos optasteis por creer que su muerte fue obra mía. Y también la policía. Todos le siguieron el juego a sir Wilfred en ese momento ahora tan lejano. Y mirad lo que esa testarudez nos ha traído, querida.

—No soy vuestra querida —intervino ella acaloradamente—. Y vos seguís siendo un rufián.

—Sí —respondió secamente Lazonby—, pero un rufián inocente.

La dama lanzó una mirada de soslayo hacia la puerta de la vaquería.

—Santo Dios bendito —susurró, llevándose las yemas de los dedos a la boca—. No puedo dejar de pensar que despertaré... que puedo volver atrás en el tiempo... pero sir Wilfred está realmente... muerto.

—Y, al final, ninguno de nosotros lo lamentaremos demasiado —predijo Lazonby, lanzando una atenta mirada en derredor—. Aunque si en algún momento manifestáis esa premisa en voz demasiado alta, querida mía, estaréis ofreciendo un claro motivo para haberle matado.

Ella pareció de pronto atemorizada.

—Pero yo... necesito contárselo todo a Napier —susurró—. Lo descubrirá de todos modos, Lazonby. Y entonces seré yo quien termine en prisión, no vos.

—No os atreveréis —le ordenó él muy serio—. Es todo lo que puedo hacer para protegeros.

—Me extraña incluso que os hayáis tomado tantas molestias —replicó ella agriamente.

—Simplemente porque quiero algo de vos —respondió Lazonby—. Necesito limpiar mi nombre. No puedo permitir que os acusen de asesinato. Napier es peligroso. No tardará un solo instante en caer sobre vos... seáis o no culpable. Confiad en mí. Sé muy bien cómo era su padre.

—¡Que confíe en vos! —murmuró—. ¡Santo Dios!

—Escuchadme, Elizabeth. Vos sois la única persona que oyó la confesión de sir Wilfred antes de su muerte. Después de todos estos años culpándome, ahora sabéis que soy inocente... y vais a conseguir que Napier lo crea. Acabada no me seréis de ninguna utilidad. Además, yo he estado en prisión, como bien recordaréis. Y no se lo deseo a nadie.

—Sí, no descansaríais hasta verme en la horca, ¿no es cierto? —susurró ella, apartando la mirada—. No permitiréis que lo olvide nunca, ¿verdad?

—¿Y por qué iba a hacerlo? —dijo él muy calmado—. Por cierto, ajustaos el mantón, si sois tan amable. Tenéis una quemadura de pólvora en el corpiño. Sí, exactamente ahí. A Dios gracias que habéis tenido el buen tino de vestir de gris.

—Siempre lo tengo —replicó ella.

—En efecto, me he dado cuenta.

—Pero os lo repito, lord Lazonby —intervino la señorita Ashton—, por si os pasó desapercibido la primera vez: no he llevado esta pistola en mi retículo durante todos estos meses con la intención de disparar a sir Wilfred Leeton.

Lazonby esbozó una sonrisa muda.

—¡Dios, no! —concedió—. Creo que todos sabemos que vuestra intención era dispararme a mí… eso suponiendo que no consiguierais echarme una vez más la soga al cuello.

Sin embargo, ese revelador dictamen fue recibido por la reaparición de Napier que acababa de emerger de entre las sombras de la vaquería para conversar con sus agentes. Un instante más tarde, Napier se encaminaba resueltamente a grandes zancadas hacia ellos.

Lazonby volvió la mirada hacia ella y le guiñó un ojo.

—Bien, ¡arriba el telón, querida mía! —murmuró—. ¿Estamos pues listos para salir a escena?

*T*ras haber pasado el testigo y unos sencillos recordatorios al forense, Napier subió de nuevo los escalones y emergió a la recortada extensión de verde que se extendía hacia la mansión de los Leeton.

—Quiero a todo el mundo fuera de aquí —ordenó a los dos oficiales de Scotland Yard que se había llevado con él—, excepto a Lazonby y la otra testigo.

—Sí, señor —dijo el mayor de los dos agentes—. ¿Y qué hacemos con la viuda?

Pero la mirada de Napier, y también su aliento, habían vuelto a quedar prendidos de la mujer de gris.

—Limítense a acompañar dentro a lady Leeton y a dejarla a buen recaudo —murmuró distraídamente—. Hablaré con ella cuando haya terminado con Lazonby y con la institutriz, o lo que demonios sea.

Napier ya había pedido al mayordomo que le proporcionara la lista de invitados a la fiesta. A buen seguro la lista en cuestión debía de ser lo más parecido a una página arrancada del DeBrett's, aunque poco importaba eso. Según sus informaciones, todos los presentes habían estado emplazados alrededor de la carpa del té situada en el parterre oeste. Simplemente habían oído, más que visto, el disparo que había terminado con la vida de su anfitrión.

Todos, excepto lady Anisha y la pareja que ahora le observaba desde el otro extremo del parterre de césped.

Estudió con atención a la mujer a medida que se acercaba. Esos ojos gélidos y azul verdosos volvieron a parpadear con un apenas perceptible atisbo de turbación cuando se plantó delante de ellos, pero la pequeña delación quedó rápidamente velada y la pálida y luminiscente máscara minuciosamente repuesta.

La mirada de la dama le alertó. Había algo... algo familiar en la curva de su rostro. Y, sin embargo, algo no concordaba.

No. No la conocía.

«¿O quizá sí?»

—Lazonby.

Napier dedicó al conde una inclinación de cabeza excesivamente seca antes de presentarse a la mujer.

—Elizabeth Ashton —respondió ella con la voz ronca como por el efecto de las lágrimas—. Enseño gramática en la escuela benéfica de lady Leeton.

Eso tomó a Napier por sorpresa. A pesar del comentario jocoso que había compartido con el agente, no había la menor sombra de remilgada maestra en esos ojos fríos y astutos. Y, vista de cerca, su sencillo vestido gris era sin duda una prenda de gran calidad.

—¿No deseáis tomar asiento, señora? —sugirió, indicando con un floreo el banco de piedra que lady Leeton había dejado vacante.

Lord Lazonby, sin embargo, no soltó el brazo de la dama, sino que la acompañó hasta el banco y se quedó envaradamente plantado a su lado como el soldado que había sido en su día.

Napier señaló al sendero con un gesto de la cabeza.

—Caminad conmigo un momento, Lazonby, si sois tan amable.

—No tengo nada que decir que no puedan oír los oídos de la señorita Ashton —respondió fríamente el conde.

Napier dedicó otra mirada a la dama.

—Muy bien —dijo—. ¿Qué significa todo esto? ¿Para qué habéis mandado a buscarme?

La de Lazonby fue una sonrisa débil.

—¿El cadáver de vuestro viejo amigo no os parece motivo suficiente?

—Sir Wilfred y yo apenas nos conocíamos.

—Ah, sir Wilfred y vuestro padre, el anterior inspector adjunto, eran mucho más que unos simples conocidos. —La voz de Lazonby llegó impregnada de un tono malévolo y amenazador—. De hecho, sir Wilfred contaba, en los instantes previos a su desgraciada muerte, exactamente lo íntimos que habían sido.

—¿Qué es lo que pretendéis, Lazonby? —En contra de su voluntad, Napier sintió que le inundaba la ira, como le ocurría siempre en presencia del conde—. Poco tengo que ver yo con mi padre.

—Cierto, pero sí comparten idéntica profesión —contraatacó Lazonby—. El viejo oficio de vuestro padre. Sus viejos archivos. *Mis* viejos archivos, para ser exactos: los que documentan mi errónea condena por asesinato.

Napier sintió que se le contraía el labio.

—Puede que yo no sea más que un funcionario del Estado, mi señor, pero prefiero arder en el infierno que ser responsable de gente como vos —susurró—. Además, esto es Greenwich, no Londres. Aquí carezco de jurisdicción.

—Quizá carezcáis en efecto de jurisdicción —dijo Lazonby—. Pero ¿y de influencia? La tenéis, y mucha.

—Me estáis haciendo perder el tiempo, Lazonby —replicó Napier.
Un destello iluminó los ojos de Lazonby.

—He mandado llamaros porque, por mutuo beneficio, debemos
manejar la muerte de sir Wilfred con discreción.

Napier respondió con la suya a la desdeñosa sonrisa del conde.

—¿Es eso cierto? —murmuró—. No se me ocurre ninguna otra
ocasión, señor, en que nuestros intereses comunes hayan sido poco
más que una ligera inclinación de cabeza entre dos conocidos.

—Sir Wilfred yace muerto en su propia vaquería —insistió Lazonby—. ¿No deseáis saber cómo ha ocurrido?

—Posiblemente me equivoque —dijo Napier sarcásticamente—,
pero tenía la impresión de que alguien ha disparado al caballero en la
cabeza.

—¡Sí, pero ha sido un accidente! —intervino la dama—. Sir Wilfred era… ¡estaba loco! Cogió la pistola y…

—Y se le disparó accidentalmente —intervino Lazonby, deposi-
tando una mano sobre el hombro de la mujer.

—¿Ah, sí? —Napier bajó bruscamente la mirada, clavándola en
los peculiares ojos de la dama—. ¿De verdad?

—Vamos, señorita Ashton —prosiguió Lazonby—. Estáis demasiado alterada. Permitidme explicarlo.

—Oh, no sé —intervino Napier—. Quizá confíe más en la opinión
de la dama que en la vuestra. Además, yo la veo fría como un cubo de
hielo.

Lazonby se inclinó entonces hacia Napier, acercándose mucho a él.

—Os excedéis, inspector adjunto —susurró—, y corréis un gran
peligro. Ahora os contaré lo que ha ocurrido hoy aquí. Y vos anotaréis
cada una de mis palabras en vuestro pequeño libro negro. Y después
haréis que todo este asunto se olvide, señor.

Pero Napier apenas alcanzó a oír las últimas palabras de lord Lazonby. En vez de eso, había sacado su reloj de bolsillo y lo miraba.

—Por Dios, viejo amigo —dijo Lazonby con tono burlón—. Espero no estar impidiéndoos dar vuestro paseo vespertino.

Napier alzó la vista para enfrentarse a la mirada del conde.

—Santo cielo, ¡habéis mandado llamarme antes de que dispararan a sir Wilfred! —dijo acusadoramente—. No puede haber sido de otro modo. El cadáver sigue todavía caliente. El mayordomo de los Leeton dice que oyó el disparo alrededor de las cuatro. A esa hora yo estaba cruzando el puente de Westminster.

—Napier, viejo amigo, bajad la voz. —Lazonby le puso una mano en el brazo—. Sí, os he mandado llamar porque...

—Por Dios, Lazonby. Si habéis asesinado a otro hombre inocente, juro que haré que os cuelguen por ello. Y esta vez me aseguraré de que os ahorquen hasta veros muerto y bien muerto.

Ante las palabras de Napier la mujer se levantó de un brinco del banco.

—¡Pero Lazonby no ha matado a nadie! —insistió—. Nunca lo ha hecho, ¿es que no lo veis? Y Wilfred Leeton no tenía nada de inocente. ¡Nada! ¡Era un maligno y mentiroso demonio!

A Napier la vehemencia de la dama le resultó extrañamente familiar.

—Calmaos, señora.

—¡No! Dios mío, ¿es que no lo veis? —La voz de la señorita Ashton temblaba de rabia, como si por fin algo en su interior se hubiera roto—. Esto... todo esto, es el resultado de... ¡de las mentiras y la incompetencia! —prosiguió—. ¡De vanas suposiciones y de la despiadada codicia! Leeton se ha burlado de todos nosotros, señor Napier... y eso incluye también a vuestro santo padre.

—¿Ah, sí? —La ominosa sensación de familiaridad era cada vez más profunda—. ¿Habéis sido vos entonces quien ha disparado a sir Wilfred?

Ella contuvo un entrecortado jadeo.

—Yo... yo...

—Esto es lo que diremos —intervino Lazonby, lanzando una oscura mirada a Napier—: su hermano mató a sir Wilfred. Accidentalmente.

En ese momento la dama dejó perplejo a Napier derrumbándose sobre el césped, sollozando como si su mundo hubiera tocado a su fin, con la falda arremolinada a su alrededor como un estanque de lustrosa seda gris.

—¡Ah! —Napier agitó una mano, abarcando con su gesto el césped—. Y ese misterioso hermano, ¿dónde podría estar exactamente?

—Se ha asustado y ha huido. —Lazonby se había arrodillado para reconfortar a la sollozante dama—. Por cierto, su nombre es Jack Coldwater, del *Morning Chronicle* —dijo, alzando una fría mirada hacia Napier—. Seguro que querréis anotar eso en vuestra libreta de preguntas.

—¿Jack Coldwater? ¿El radical reportero pelirrojo de pluma feroz que no deja en ningún momento de remover en los periódicos vuestra condena por asesinato? Eso no tiene ningún sentido, Lazonby.

—Bueno, pues ésa es la verdad de lo ocurrido —replicó Lazonby mientras Napier le ayudaba a poner en pie a la sollozante y temblorosa mujer—. Y antes de que los disparos dejaran de reverberar, como tan inteligentemente lo expresan las novelas de un penique, sir Wilfred ha confesado haber apuñalado al mismo tipo por cuyo asesinato vuestro padre me encerró en Newgate.

—Debéis de haber perdido el juicio.

—Él... no está loco.

Los extraordinarios ojos de la señorita Ashton se habían dulcificado y ahora las lágrimas surcaban sus mejillas.

—En efecto. Estoy perfectamente cuerdo... como lo he estado todos los años desde que el viejo Hanging Nick logró que me condenaran por asesinato. —Lazonby apremió con sumo cuidado a la señorita Ashton a que volviera a acomodarse en el banco—. Os he repetido hasta la saciedad que yo nada tuve ver con eso. Y ahora aquí está la prueba.

—¿Prueba? —estalló Napier—. ¡No hay ninguna prueba!

Pero al parecer la señorita Asthon había recobrado la compostura.

—Sí la hay —dijo con la voz todavía trémula y queda—. He oído a sir Wilfred confesarlo todo. Al parecer, lady Anisha había empezado a sospechar de él. No sé exactamente por qué. Pero sir Wilfred le golpeó en la cabeza con una pala de jardín y la arrastró hasta aquí para ahogarla en la vaquería.

Napier entrecerró los ojos.

—Y vos lo sabéis… ¿cómo?

—Les seguí.

—Diantre. ¿Por qué?

—Digamos simplemente que buscaba a su hermano —intervino Lazonby—. Jack Coldwater también les había seguido.

—Caramba, ¡debe de haber sido un auténtico desfile!

Napier negó con la cabeza, como intentando entenderlo.

—No, en realidad es todo muy sencillo —dijo Lazonby, y en ese instante Napier supo que podía ser cualquier cosa menos eso—. Diremos simplemente que la señorita Ashton vio a su hermano entre la gente y que supuso que Coldwater había venido buscando a sir Wilfred.

—¿Diremos simplemente? —Entre toda esa confusión, Napier por fin estaba empezando a encontrar un sentido a las patrañas de Lazonby—. Por Dios, no. Obtendré la verdad… de los dos.

—Y la verdad es que Jack Coldwater estaba en esa vaquería porque había estado investigando un viejo caso de asesinato, igual que Anisha —le recordó Lazonby a Napier en un tono casi acusador—. Y vos deberíais saberlo. Fuisteis vos quien la dejó entrar en vuestra oficina para ver los archivos de vuestro padre. Y precisamente por eso ella hizo demasiadas preguntas, y sir Wilfred temió que su castillo de naipes se derrumbara.

Napier se limitó a clavar la mirada en él. Un gélido escalofrío había empezado a recorrerle despacio. Había dejado entrar a lady Anisha en su oficina… y por motivos egoístas además. Y ahora estaba empezando a ver con horripilante claridad por qué le habían convocado allí.

Pero Lazonby seguía hablando, y su tono era ostensiblemente autoritario.

—De modo que Coldwater vigilaba a sir Wilfred cuando le vio golpear a lady Anisha y llevarla a rastras a la vaquería. Coldwater intentó salvarla, pero sir Wilfred le agredió. Tuvo lugar un forcejeo y la pistola que Coldwater llevaba en el bolsillo se disparó. Accidentalmente.

—Interesante historia —dijo sarcásticamente Napier—. Aunque debo recordar que siempre habéis tenido una vívida imaginación, mi señor.

—Contáis con el testimonio de la señorita Ashton —ladró Lazonby—. Y está también la propia Anisha. Pero debo advertiros, aquí y ahora, que no tengo intención de involucrarme ni un ápice más en este asunto. Sois vos quien vais a encargaros de solucionarlo. Vos y sólo vos.

—¡Por todos los demonios! —maldijo Napier—. No pienso hacer semejante cosa.

—Ah, pues estoy convencido de que deberíais. —La voz de la señorita Ashton había dejado de temblar—. Porque todo es cierto. Además, sir Wilfred añadió algo más, señor Napier, justo antes de morir. A decir verdad, se vanaglorió de ello.

—¿Ah, sí? —Napier intentó no parecer cruel—. ¿Y que podría ser?

Los extraños ojos verdeazulados de la dama le sostuvieron la mirada, firmes y sin un solo parpadeo, y en ese momento Napier tuvo la absoluta certeza de que la conocía.

Y entendió también, gracias a sus instintos de policía, que ella estaba a punto de decir algo que no iba a gustarle.

La joven inspiró hondo, casi entrecortadamente.

—Sir Wilfred se vanaglorió de haber sobornado al anterior comisario adjunto de la Policía Metropolitana —dijo—. De haber sobornado a vuestro padre, señor Napier. Para asegurarse de que Rance Welham, ahora lord Lazonby, fuera acusado y condenado por un asesinato que no había cometido.

Napier la miró fijamente. El escalofrío que hasta entonces le recorría se convirtió de pronto en una descarga de incertidumbre que le heló la sangre en las venas, como una amenaza secreta, contenida y oculta durante demasiado tiempo. La amenaza rugió en su cabeza, pugnando por liberarse violentamente de toda restricción.

—No. Yo... no os creo —dijo por fin.

A fin de cuentas, ¿qué otra cosa podía decir?

Nicholas Napier había tenido fama por doquier de ser el hombre más resoluto e implacable al servicio de la Corona en el seno de la Policía Metropolitana. Y, en cuanto sus oficiales arrestaban a un hombre, el tipo podía darse por ahorcado. Sólo Lazonby había conseguido zafarse de la soga de Newgate.

De niño, Napier había idolatrado a su padre. Siempre le había imaginado como un hombre perfecto. Libre de cualquier sombra de reproche. Y si, en sus últimos años, había surgido el ocasional cuestionamiento o inconsistencia... bien, prefería arder en el infierno que admitirlo en presencia de un asesino convicto como aquél.

Eso si Lazonby era, en efecto, un asesino...

Napier se pasó la mano por la cara. La importancia de lo que acababa de oír volvió a calar en él, obligándole a reactivar su propia respiración.

Sir Wilfred... oh, para desgracia de todos, siempre había sido demasiado inteligente. En cuanto la conmoción por lo ocurrido quedara atrás, nadie lloraría su perdida durante mucho tiempo.

Y Lazonby, el arrogante bastardo... el eterno buen caballero... de pronto se había apartado levemente a un lado, como intentando concederle el tiempo y el espacio necesarios para que se recuperara.

La señorita Ashton se limitó a suspirar.

—Señor Napier, no os acordáis de mí, ¿verdad? —dijo—. Fue hará casi dos años. En vuestra oficina.

Napier no podía apartar la vista de ella. Y de pronto supo por qué le resultaba tan familiar. Por qué sentía esa extraña conexión tan seductora y tan turbadora a la vez.

—¡Elizabeth Colburne! —gruñó—. Santo Dios, esto no puede ser una coincidencia.

—De hecho lo es, me atrevería a decir —respondió ella con voz queda al tiempo que unía sus delgadas manos como en un gesto de plegaria.

Napier se dio cuenta de que eran sus ojos. Esos ojos increíbles eran la clave. Y la única pista, pues tenía el pelo ligeramente más oscuro y su figura parecía más rellena y mucho más sinuosa.

—En cuanto a lo que acaba de decir lord Lazonby —prosiguió la dama con voz ligeramente temblorosa—, me temo que terminaréis por creerlo. Tal y como lo he hecho yo. Aunque me atrevería a decir que ninguno de los dos vamos a disfrutar viendo tan drásticamente alteradas nuestras cómodas y trilladas opiniones.

Napier le sostuvo la mirada, previendo lo peor. Y es que el día había sido hasta entonces tan detestable, que sabía sin duda alguna que lo peor estaba por llegar.

Y entonces Elizabeth Colburne-Ashton, o cualquiera que fuera su condenado nombre, volvió a suspirar, posando en él su verdosa mirada de un modo tal que le cortó el aliento. Se inclinó hacia él, acercándose tanto que pudo aspirar la esencia de su perfume, esa exótica combinación de jazmín y de lirios calentados por el sol, única como única lo era también la dama.

—Y ahora, señor Napier —susurró ella con su voz ronca—. ¿No sería mejor para todos si olvidáramos este espantoso asunto?

Napier la miró sin comprender, embriagado por su aroma y su cercanía.

—¿Qué queréis decir?

Pero Lazonby rompió el hechizo poniendo una pesada mano sobre el hombro de Napier.

—Lo que quiere decir es que no deberíamos remover el pasado —dijo, dándole una firme palmada—. Aceptadlo, viejo amigo. Confiad en mí. Tan sólo conseguiréis mancillar el buen nombre de vuestro padre si seguís removiendo el viejo fango. Y, señorita Ashton, ahora sed tan amable de guardar silencio.

—¡Demonios! —maldijo Napier.

Pero el condenado Lazonby se limitó a guiñarle un ojo.

—Ahora escuchadme bien, viejo amigo —murmuró, pasando su brazo sobre los hombros de Napier e invitándole así a caminar con él por el sendero, alejándose ambos de la dama de gris—. Pues voy a contaros una historia cuya veracidad yo, en vuestro lugar, no pondría en duda.

—Ah, ¿una historia, decís? —preguntó Napier—. Viniendo de vos, no debería sorprenderme.

—Bueno, llamémosle mejor una leyenda —se corrigió Lazonby—. La leyenda de un joven periodista de gran talento aunque radical llamado Jack Coldwater. Nuestro Jack ha tenido una larga y notoria carrera en dos continentes. Y ahora va a ahorrarnos un montón de disgustos, además de salvar de paso la reputación de vuestro santo padre.

—¿Ah, sí? —replicó Napier—. Me gustaría saber cómo.

—Porque es escurridizo como el mercurio —respondió Lazonby con una sonrisa de oreja a oreja— y condenadamente difícil de atrapar. Intenté por todos los medios descubrirle y fracasé miserablemente… como, me temo, os ocurrirá también a vos.

2

Una tranquila charla en el Two Chairmen

Situado como estaba en una silenciosa callejuela de Westminster, el Two Chairmen era desde hacía tiempo reino de funcionarios y subsecretarios, que llegaban atraídos hasta allí no precisamente por su buena cerveza, sino por lo rápido que servían la comida. Salvo quizá por los pocos e infrecuentes clientes que ocupaban la Casa de los Lores, la actividad gubernamental no esperaba a nadie, por muy hambriento que estuviera.

Ese día especialmente lluvioso, sir George Grey se abalanzó sobre un grueso bistec de jamón como un hombre que no tenía tiempo que perder.

Royden Napier, sin embargo, llevaba varios días inapetente y se limitaba a repartir desganadamente la comida por el plato, como si con ello pudiera descubrir alguna pista sobre los misterios que tan recientemente habían llegado para atormentarle.

Y la conversación… en fin, también resultaba amenazadora, sin duda. El ministro del Interior no había invitado a almorzar a un subordinado con él a una taberna cualquiera como ésa simplemente para hablar del tiempo.

—¿Qué? ¿No les ha gustado? —preguntó la agobiada camarera que recogió los platos sin miramientos.

Napier esbozó una tensa sonrisa.

—He desayunado tarde.

Con un insolente encogimiento de hombros, la muchacha se marchó, sosteniendo en alto los platos sucios de ambos mientras serpenteaba entre la multitud que ahora entraba a raudales por la puerta. En el último momento, no obstante, se volvió de espaldas para sonreír al ministro del Interior.

—¿Otra pinta, sir George?

Él levantó dos dedos e inclinó la cabeza hacia Napier.

En cuanto la muchacha estuvo lo bastante lejos como para no poder oírles, sir George se reclinó en su silla y sus enormes y canosas patillas parecieron hundirse cuando se pasó una mano de largos dedos por la cara hacia el cuello. No era un hombre feliz.

—No me gusta, Royden —dijo, y no era la primera vez—. Ya ha pasado una semana. ¿Cómo es posible que ese periodista se haya desvanecido en el aire?

—En el aire, no. En el agua. —Napier esbozó una sonrisa tímida—. Encontramos el nombre de Jack Coldwater en el registro de pasajeros de un carguero con destino a Boston. Zarpó dos días después de la muerte de sir Wilfred.

Napier odiaba mentir, aunque, estrictamente hablando, eso era exactamente lo que él había visto. Aun así, sospechaba que ese nombre había sido invención de lord Lazonby o de alguien a su servicio. ¿Cuánto podía costar sobornar a un simple administrativo para que anotara el nombre de un pasajero imaginario?

—¡Hum! —dijo sir George—. De vuelta a Estados Unidos, ¿eh? Bien, tendremos entonces que dar con él allí. No podemos tener asesinos, ni siquiera asesinos accidentales, huyendo de la justicia de la reina, ¿no os parece?

—No, señor. Por supuesto que no.

«Aunque a éste —se dijo—, no lograremos atraparlo jamás.»

Sir George negó con la cabeza.

—Yo sentía un gran respeto por su padre, Royden —dijo—. Debéis saberlo. Pero, santo Dios, ¿cómo pudo manejar tan mal este viejo caso de asesinato?

Napier era demasiado orgulloso para avergonzarse.

—No lo sé, señor —dijo una vez más—. Yo mismo estoy intentando aceptarlo.

Por decirlo finamente.

—Y ahora tenemos a Rance Welham —o lord Lazonby, debería decir— exonerado tras años sometido a la pública humillación y al acoso de la prensa—. Y el auténtico asesino, sir Wilfred Leeton, viviendo una vida de lujos... ¡y siendo nombrado caballero por ello! Diantre, es demasiado.

Napier no sabía qué creer.

El caso había empezado años atrás, cuando dos jóvenes caballeros se habían enfrentado a causa de una partida de cartas en casa de sir Wilfred. Había quien decía que la disputa había sido más provocada por una mujer que por las cartas, pero independientemente de cómo hubiera empezado, había terminado con el hijo del duque acusando a Lazonby, que en aquel entonces era simplemente el señor Welham, de hacer trampas. Al día siguiente, habían encontrado al hijo del duque apuñalado en sus habitaciones.

Pero ahora, si había que creer a Lazonby, sir Wilfred había sido el asesino... y había recibido como pago una cuantiosa suma de dinero de manos de unos hombres muy peligrosos para deshacerse de Lazonby, cuya fortuna en las mesas de naipes había resultado intolerablemente buena.

La historia contenía apenas el crédito suficiente como para incomodar a Napier.

—Recordad, señor, si tenéis a bien, que en aquel entonces, y han pasado ya muchos años, hubo un testigo, un portero del Albany, que identificó a lord Lazonby como el asesino.

—Un testigo, sí. —Sir George le miró fijamente desde el otro lado de la mesa de madera salpicada de marcas—. El mismo que se retractó en su lecho de muerte. Y el mismo que, según Lazonby, fue sobornado por alguien. Y creo que vos y yo sabemos quién fue ese alguien.

—Sir Wilfred, según todo parece indicar. —Napier se aclaró la garganta un poco toscamente. Tenía la sensación de que algo se le había quedado atravesado: quizá su integridad—. Bien —añadió por fin—, pondremos a nuestros amigos del otro lado del charco tras la pista del señor Coldwater. Yo he calmado a la pobre lady Leeton lo mejor que he sabido. Creo que todavía no ha podido calibrar el grado de perfidia de su esposo.

—Ciertamente. ¿Y quién puede?

—Así es, sí. Y bien… ¿qué más esperáis que haga, señor?

Sin embargo, ambos sabían que ésa era una pregunta retórica. El caso original de asesinato de la Corona era tan antiguo que los distintos archivos prácticamente habían enmohecido. Un hombre apuñalado y otro muerto por obra de su propia mano, y todo por una partida de naipes que se había puesto fea. Y de pronto, años más tarde, sir Wilfred se había confesado al parecer autor del apuñalamiento y había muerto víctima de un disparo accidental.

Supuestamente accidental.

En cualquier caso, no podía hacerse nada más. Todos salvo Lazonby, y ahora también la turbadora hija de sir Arthur, estaban muertos o habían desaparecido. Y Lazonby había obstaculizado inteligentemente los subsiguientes esfuerzos de Napier por investigar como llevaba años haciéndolo.

Pero para ser justos, ¿había dejado la Corona otra elección a Lazonby?

Oh, él odiaría eternamente a ese arrogante diablo. Le irritaba admitir, incluso ante sí mismo, que podía haber estado equivocado respecto al hombre.

No, no había estado equivocado, maldición. No del todo.

Ni tampoco su padre. En sus años de juventud, Lazonby había sido un tahúr de la peor calaña. Eran legión los hombres que habían opinado que el rufián había tenido su merecido.

—Y esa testigo, la tal Elizabeth Ashton —prosiguió sir George—, se fue a Norteamérica y adoptó el apellido de su tía, ¿eh?

—Al parecer la hermana de sir Arthur se casó con un tal señor Ashton, dueño de un periódico en apuros, el *Boston Examiner*, creo que era. Pero los Ashton no tenían hijos, así que quizás ése fuera el motivo.

Napier se abstuvo de comentar la tendencia de la dama a alterar su apellido siempre que convenía a sus propósitos. Hasta el momento le conocía ya tres, estaba más que convencido, y seguía sumando.

—Espero y deseo que no sea una alborotadora como su hermano —dijo sir George—. Por cierto, ¿de dónde ha salido Jack Coldwater? Creía que sir Arthur Coldburne sólo tenía hijas.

Napier alzó un hombro y contó otra de sus casi mentiras.

—Según declaró Lazonby, es un bastardo, el hijo de una actriz cuyo nombre nadie recuerda —dijo—. La señorita Ashton afirma que su padre reconoció al niño como parte de la familia cercana. Dice que perdió el contacto con Coldwater durante un tiempo y que él apareció después en Boston y entró a trabajar en la empresa periodística de los Ashton.

Dice, afirma, declara.

Santo cielo, se había rebajado al nivel de Lazonby. ¡Patrañas y más patrañas, sin duda alguna!

—Un hijo ilegítimo —murmuró sir George—. No puedo decir que me sorprenda. Conocí a sir Arthur Colburne de pasada... un rufián encantador, siempre al borde de la ruina. ¿Cómo es la hija?

Napier se mostró inexplicablemente reticente a responder. Lo cierto es que había intentado no acordarse, a pesar de que acordarse de todo era su trabajo. Pero la dama en cuestión era un misterio envuelto en la sombra de un enigma. Desafortunadamente, nada podía gustarle más que un misterio.

Quizá fuera esa dicotomía —los ojos inteligentes y casi despiadados y la boca testaruda de la dama en contraste con esa piel luminosa y el seductor aroma— lo que había llamado de ese modo su atención. Y lo que había despertado sus recelos.

¿Cómo era ella? «Etérea» era la palabra que primero le vino a la mente. Y, sin embargo, «etérea» implicaba «celestial», y Elizabeth Ashton no tenía nada de angelical.

—Es una dama —dijo a regañadientes—, y muy alta y llamativa.

—¿Llamativa? —Sir George inclinó a un lado la cabeza—. ¿En qué sentido?

Frustrado, Napier negó con la cabeza

—Tiene unos ojos de un extraordinario tono de verde —dijo—. O quizá sea azul. Como los de un... gato. Y el rostro... es casi luminoso, como los de los retratos de Romney. Y su pelo es muy...

Guardó silencio de pronto, consciente de que no sabía de qué color tenía exactamente el pelo.

—¿Muy qué? —le apremió sir George.

—... hermoso —concluyó Napier, visiblemente incómodo.

Sir George arqueó una ceja.

—Diantre, Royden. Oyéndoos, cualquiera diría que estáis enamorado.

Napier abrió la boca para soltar una réplica, pero en ese instante recordó cuál era su lugar y volvió a cerrarla.

—En absoluto —respondió por fin—. No le quito ojo, eso es todo.

—¿Sí? —preguntó sir George, casi esperanzadamente—. ¿Con qué propósito?

Los hombros de Napier se encogieron.

—Sin ningún propósito, señor, la verdad sea dicha —respondió por fin—. Todo parece apuntar a que este caso jamás se resolverá. Y creo que ambos lo sabemos.

Sir George suspiró hondo.

—Aun así, el Ministerio del Interior debe dar la impresión de que se toma este asunto muy en serio —dijo—. Haced... algo, Royden.

—¿Como qué?

Su sonrisa de respuesta fue débil.

—Volved a interrogarla —dijo—. Y encargaos personalmente del asunto... aunque con amabilidad, naturalmente. Al menos nos verán llamar a la puerta de la dama.

—Vive en Hackney —respondió secamente Napier—. No creo que nadie vaya a reconocerme.

La muchacha regresó con dos jarras y las dejó sobre la mesa con un fuerte ruido metálico, un sonido de auténtica irrevocabilidad.

—Entonces, asunto resuelto. —Sir George levantó las manos—. Sir Wilfred era culpable, lord Lazonby no; nuestra policía ha sufrido una humillación y Jack Coldwater ha huido para no ser capturado. ¿Resume eso este maldito entuerto?

Napier no se atrevió a responder. El clamor que reinaba en el pub había subido de volumen, aunque no lo bastante como para acallar su propia culpa.

Por fin, sir George le dedicó una tímida sonrisa.

—En fin, vos no tenéis la culpa de nada de todo esto.

—Ha ocurrido bajo mi responsabilidad —replicó Napier—. Y también bajo la de mi padre.

—Ah, sí. Vuestro padre. Y eso me recuerda otro asunto. —Sir George pareció de pronto incómodo—. He recibido otra carta de vuestro abuelo. De lord Duncaster.

Napier se tensó. Su abuelo paterno, Henry Tarleton, sexto conde de Duncaster, era un anciano agrio que desde hacía largo tiempo se había distanciado de su propio hijo. A decir verdad, él jamás había visto a su abuelo hasta el otoño anterior, cuando sir George le había enviado a la inmensa propiedad que la familia poseía en Wiltshire a fin de investigar una curiosa carta.

—¿Inmiscuyéndose una vez más? —gruñó Napier.

Sir George agitó la mano, como si el asunto careciera de importancia.

—Presume de la vieja amistad que une a nuestras familias. ¿Sabéis?, creo que soy a día de hoy la única persona relacionada con la Policía Metropolitana que estaba absolutamente convencido de los nobles vínculos familiares de vuestro padre.

—Tal y como era el deseo de mi padre —dijo Napier muy tenso.

Sir George puso las palmas de las manos sobre la mesa y se aclaró la garganta.

—Duncaster os reconoce ahora como su heredero, Royden —dijo por fin—. Lord Saint-Bryce, el hermano mayor de vuestro padre, murió hace dos meses, que Dios le acoja en su seno, de modo que ahora vos sois todo lo que queda. Y, para simplificarlo, Duncaster quiere que volváis a casa.

Napier se tensó de nuevo.

—La única casa que he conocido jamás, señor, es Londres.

—¿Y de quién fue esa elección? —preguntó sir George con voz queda—. Yo me interesé especialmente por vuestro padre, no porque fuéramos amigos, pues no era así. Nadie lo era. Ya se ocupó él de eso. Pero la larga amistad que une a nuestras familias... ah, eso fue algo que vuestro padre no pudo alterar. Nicholas quizá pudo cambiar su apellido por el de Napier, pero ¿y la sangre de los Tarleton? Oh, la sangre es inmutable... más de lo que a vos os gustaría admitir.

—De todos modos, lo cierto es que eso nunca me ha preocupado demasiado —dijo Napier.

—Creo que la verdad es otra muy distinta —replicó con suavidad sir George—. Volvisteis a casa el año pasado, respondiendo a la orden de lord Hepplewood.

—En dos ocasiones —respondió Napier firmemente—. Fui en dos ocasiones a Wiltshire. La primera cumpliendo con vuestra orden de que investigara esa extraña e inconexa carta que él os envió, a vos, no a mí. Y sí, volví semanas más tarde para asistir a su funeral. Yo... yo sigo sin saber por qué fui.

El rostro de sir George se endureció.

—Royden, perdéis el tiempo aquí, en Londres. Y ahora vuestra vida tiene un propósito más elevado.

—¿Cómo podéis hablar así, señor? —Napier retiró su silla con un estridente chirrido—. Por Dios, he entregado mi vida a este departamento y a esta ciudad. ¿Cómo puede haber propósito más elevado que la verdad y la justicia?

Pero la pregunta sonó hueca incluso a sus propios oídos. Napier había aspirado siempre a seguir los pasos de su padre Nicholas. Y ahora... y ahora ni tan siquiera sabía cuál era significado de la verdad. Ni de la justicia.

Peor aún: estaba empezando a preguntarse si había llegado en algún momento a conocer a su padre.

Napier siempre había creído que al aceptar cualquier cosa que Duncaster pudiera ofrecerle estaría rechazando todo aquello por lo que su padre se había sacrificado al desvincularse de la familia y cambiar su apellido. ¿No era acaso honroso vivir del propio ingenio? ¿O querer triunfar sin el apoyo de una familia rica y poderosa?

Pero ¿qué era exactamente lo que había sacrificado Nicholas Napier?

¿Seguro que no era su honor? ¿Seguro que no había pretendido simplemente castigar a lord Duncaster a causa de una disputa? ¿Podía un hombre ser tan orgulloso —y tan proclive a las represalias— como para sacrificar su propia moral por dinero? ¿O como para dejarse sobornar y condenar a un hombre inocente?

No, eso era sin duda del todo imposible.

—No debería haber empleado la expresión «un propósito más elevado» —rectificó sir George, sacando a Napier de sus cavilaciones—. Dejémoslo simplemente en «un giro inesperado». Lord Hepplewood era el mejor amigo de Duncaster. Y ahora, en el plazo de seis meses, Duncaster ha perdido también al último de sus tres hijos. Sobrevivir a tus propios hijos… ¡Santo cielo! Soy incapaz de imaginar un dolor así. Ahora a vuestro abuelo no le queda nadie.

Napier frunció el ceño.

—Le queda una hermana viuda, lady Hepplewood, que sigue aún felizmente instalada bajo sus propias narices —dijo—. En cualquier caso, ella jamás se ha rebajado a dirigir una palabra amable a mi rama pobre de la familia.

Sir George abrió expresivamente las manos.

—Escuchadme: como ya os he dicho, no llegué a conocer bien a Nicholas, vuestro padre.

—Cierto.

Las palabras de Napier sonaron más afiladas de lo que había sido su intención.

—Así es —dijo sir George más amablemente—. Nicholas Napier era un hombre que no se dejaba aconsejar por nadie y que hacía su trabajo con implacable eficacia. No quería saber nada de su familia. Pero, ¿de verdad era Duncaster, su padre, el ogro que él pintaba? Y, de ser así, ¿puede un hombre ablandarse con la edad?

—¿Ablandarse con la edad? —repitió Napier—. Duncaster es casi tan blando como una botella de brandy. Además, el hombre no sólo debe de tener un pie en la tumba, sino prácticamente los dos.

Sir George se inclinó ligeramente sobre la mesa.

—Razón de más para que vayáis —dijo con voz queda—. Quizá vuestro abuelo desee reconciliarse con vos. Debe de rondar los ochenta años, Royden. Sois su único nieto. Su heredero. Y alguien… alguien tiene que hacerse cargo de las cosas.

—No veo por qué ese alguien tengo que ser yo.

Pero hacía ya un tiempo que sabía que no podía ser nadie más.

¿Acaso había imaginado quizá que podría evitarlo?

Los tres hijos de Duncaster habían fallecido. El mayor había muerto sin dejar descendencia. Y ahora el mediano, que sólo había tenido hijas, había pasado a disfrutar de su gran recompensa… a tan sólo unas semanas de volver a casarse, con la esperanza puesta en tener un heredero que acabara definitivamente con la vergonzante rama del árbol familiar de Nick Napier.

Napier le había deseado todo lo mejor a su tío en su empresa. De hecho, se consideraba ya descartado.

Pero su tío, lord Saint-Bryce, había cumplido ya los cincuenta y el jubiloso entusiasmo por casarse con una hermosa mujer a la que le doblaba la edad había podido con el pobre hombre. O eso, o las incesantes quejas de lady Hepplewood. Por lo poco que había podido saber, el viejo dragón había seguido de cerca los pasos de su sobrino, decidida a casar de nuevo al pobre diablo.

Entonces pensó una vez más en la súplica peculiarmente garabateada que Hepplewood había escrito a sir George muchos meses antes. Las vagas nociones del anciano sugerían que alguien de la inmensa propiedad familiar le guardaba encono. Así que, cediendo a la insistencia de sir George, había ido por fin a Wiltshire para ver qué vileza se pergeñaba allí.

Sin embargo, no había habido vileza alguna. Hepplewood se había mostrado prácticamente insensible a su aparición y nunca había llegado a recuperarse. Según afirmaba lady Hepplewood, simplemente había empezado a padecer la maldición familiar: la senilidad.

Otro misterio resuelto.

Napier negó con la cabeza. No necesitaba otro.

Sir George sacó una carta y la deslizó sobre la mesa.

—Le prometí a Duncaster que os lo suplicaría —dijo—, y eso es lo que hago—. Suplicároslo. Id y por lo menos apaciguadle. Yo me encargaré de que vuestras responsabilidades aquí, en Londres, queden atendidas hasta que toméis una decisión.

—¿Hasta que tome una decisión, decís? —Napier le miró sin disimular su incredulidad—. ¿Para hacer qué?

—Para quedaros aquí y desperdiciar vuestra sangre y vuestro talento —respondió sir George— o volver a casa y cumplir con vuestra obligación como heredero de lord Duncaster.

—¡Heredero! —Napier escupió la palabra—. No soy más que el hijo de un burócrata.

—Bobadas —le reprendió sir George—. Tenéis los modales, la educación y el porte de un caballero. En efecto, sois un caballero de nacimiento.

Napier volvió a negar con la cabeza y sintió que sus labios se contraían.

—No es más que un anciano, Royden. Seguramente frágil y a punto de morir. ¿No deseáis oír su versión de lo ocurrido?

No, maldición, no lo deseaba.

O, al menos… no lo había hecho hasta entonces.

No hasta que Lazonby había enturbiado su vida con lo que él tan desesperadamente ansiaba creer que eran mentiras sobre su padre. Sin embargo, estaba empezando a cuestionar todo aquello en lo que creía:

que su padre era un héroe estoico, un implacable cruzado en defensa de la bondad sobre la maldad. Que su bisabuelo era un déspota rico y poco razonable, rodeado de sicofantes en una casa llena de pomposos y parásitos dependientes.

Como con todas las cosas, la verdad anidaba en algún punto situado entre ambos extremos.

Napier suspiró.

—Dadme la carta —dijo, alargando bruscamente una mano.

Colocando el dedo índice en el centro del papel doblado, sir George lo empujó un par de centímetros más, luego vaciló.

—Hay una cosa más.

—Sí, con esa gente siempre la hay. —Napier volvió a reclinarse en la silla—. Os escucho. ¿De qué se trata?

—Lady Hepplewood, vuestra tía abuela, esto es… —Sir George parecía de pronto presa de la timidez—. Tiene una dama de compañía, o… ¿una especie de chaperona?

—¿La pretendida esposa de Saint-Bryce? —Napier le dirigió una extraña mirada—. Sí, hay ahí un difuso vínculo familiar. Creo que era prima de Hepplewood.

Sir George desvió la mirada, lo cual no era nunca buena señal.

—Bien, lady Hepplewood le ha dicho a Duncaster que ha depositado todas sus expectativas en que la muchacha se convierta en la próxima baronesa de Saint-Bryce.

—Ah, ésa será una misión más difícil con Saint-Bryce en la tumba —replicó secamente Napier—, aunque le deseo a lady Hepplewood todo el éxito del mundo.

—Sin duda le aliviará saberlo. Porque, Royden… en fin, vos sois Saint-Bryce.

—No digáis bobadas.

—Técnicamente lo sois —dijo sir George.

—No —replicó una vez más Napier—. Técnicamente, soy inspector adjunto de la Policía Metropolitana… a menos que tengáis intención de cesarme tras la debacle del caso Coldwater.

—Pero es que el de barón de Saint-Bryce es el título secundario del vizconde Duncaster —apuntó sir George—. El título de cortesía tradicionalmente ostentado por el heredero.

—Y si él me lo ofreciera —dijo Napier, apretando los dientes—, lo rechazaría, maldita sea.

Sir George se encogió de hombros, sin convicción.

—Me temo que lady Hepplewood y él ya se refieren a vos como tal.

—Santo Dios.

—Oh, dudo mucho que vuestro abuelo comparta los planes de boda de su hermana menor —dijo sir George, intentando consolarle—. A fin de cuentas, Duncaster es mucho mayor que ella y… bueno, es un hombre, Royden. Sin duda se sentirá satisfecho simplemente con vuestra presencia.

—Me temo que ambos van a llevarse una desilusión —dijo fríamente Napier—. Además, nunca están satisfechos. Bien que lo sé.

—Pero lady Hepplewood… —Sir George se inclinó de pronto hacia delante—. En fin, muchacho, ya pasasteis varios días en su compañía. ¿No os intimida? Siempre me ha parecido una mujer aterradora.

Napier levantó un hombro.

—La dama apenas me miró —aseveró con toda franqueza.

Sir George se echó hacia atrás en la silla.

—Pues ahora va a dedicaros algo más que una simple mirada, muchacho —le advirtió—. Hace años que conozco a la dama, Napier, y os sugiero encarecidamente…

—¿Qué?

—Que os preparéis —dijo—. Quizá… quizá no deberíais ir solo.

—Sois muy amable, señor —replicó Napier con cierta sombra de acidez en el tono—. Disfrutaré enormemente de vuestra compañía durante el largo viaje a Wiltshire.

Sir George palideció.

—No, no, me refería a…

—¿Sí?

—Bueno, da la casualidad de que os he visto recientemente en la ópera —dijo—, en compañía de una viuda de extraordinaria belleza.

Napier le miró amenazadoramente.

—¿Os referís a lady Anisha Stafford?

—Así es, y parece una mujer elegante y dueña de sí misma. —Ahí estaba de nuevo la sonrisa tímida—. No sé si sabréis que su difunto marido era uno de los Stafford de Dorset. Indudablemente, sus raíces escocesas son nobles y rancias.

Napier cayó en la cuenta de que sir George pasaba de puntillas por la madre rajput de Anisha. Pero no le dio importancia.

—¿Qué queréis decir exactamente, señor?

—Nada —respondió sir George—. Pero, según tengo entendido, habéis estado disfrutando de la compañía de la dama. Y habéis cenado recientemente en su casa y ella ha visitado ocasionalmente vuestra oficina. Y simplemente se me ha ocurrido que, si hay algo entre ambos, quizá sea éste el momento de anunciarlo…

—No hay nada de nada —le cortó bruscamente Napier—. Apenas una ligera amistad. En cuanto a los sentimientos más elevados de lady Anisha, creo que están ya comprometidos.

—Oh. —El rostro de sir George se descompuso y de pronto pareció agotado—. Oh, qué infortunio.

Napier pensó que sir George no opinaría lo mismo si hubiera estado al corriente de la implicación de Anisha en la muerte de sir Wilfred. Sintió una punzada de culpa por haber hecho uso de su influencia para mantener apartado el nombre de ella de la lista de testigos. Pero no ponía en duda la amenaza de Lazonby. El hombre habría restregado el nombre de Napier por el fango para siempre, destruyendo con ello el legado de su padre.

Eso, sin embargo, no había sido ni de lejos el factor decisivo. De hecho, realmente no tenía ningún deseo de implicar a Anisha. Oh, ya no encontraba en ella salvo a una amiga estimada. Toda su atención estaba concentrada en el caso que tenía entre manos.

Y en la dama de gris.

Santo Dios. Intentó sacudirse de encima una vez más la imagen de Elizabeth Ashton.

Pero incluso en ese momento sintió los fríos ojos de la dama atravesándole, el calor de su mano en la de él cuando había vuelto a depositarla en el banco. Era tan distinta de Anisha como la luna lo era del sol.

—En fin —dijo sir George, visiblemente preocupado—. Naturalmente, habría sido ideal llevar a una futura esposa a visitar a vuestro abuelo.

—¿Una esposa? —replicó Napier—. Pero si apenas tengo tiempo para desayunar. Mucho menos para tener esposa.

—Me temo que nada menos que eso hará desistir de sus propósitos a lady Hepplewood.

—Los propósitos de lady Hepplewood no son de mi incumbencia —dijo Napier.

—Hum. —Sir George parecía preocupado—. Lo veremos.

Pero la mención de los planes de lady Hepplewood había fortalecido la resolución de Napier.

—No, no lo veremos —respondió—. No tengo tiempo para tomarme la molestia de ir hasta Wiltshire para bailar al son de un anciano y de sus caprichos.

Por fin, la irritación asomó en el rostro de sir George.

—Royden, por el amor de Dios, sed razonable —siseó bajo el clamor de la sala—. ¿Qué ocurrirá cuando Duncaster muera? Creéis acaso por un instante que el inspector Mayne os mantendrá en Scotland Yard? ¿O que querrá siquiera que sigáis en el cuerpo? Y debo deciros que no seré yo quien le obligue a hacerlo. No se puede ir por ahí renunciando a propiedades y títulos así como así. Lo que se espera de nosotros es que cumplamos con nuestras obligaciones con la Corona.

—Yo no he pedido esto —masculló Napier—. Santo cielo, ¡ni siquiera había soñado con ello!

—Ni vos ni nadie —dijo muy serio sir George—. Pero será mucho mejor que vayáis ahora y hagáis con Duncaster algo parecido a las paces... y que os pongáis un poco al día de cómo funcionan allí las cosas. Si esperáis a que muera para hacerlo, muchacho, el servicio, los agentes inmobiliarios y ese montón de nietas aduladoras os verán como un simple neófito. Seréis un completo ignorante... y blanco del odio en el negocio.

Napier se encogió de hombros.

—Ya me ven simplemente como una piedra en sus proverbiales zapatos.

Al oírle hablar así, la boca de sir George se contrajo.

—Bien —dijo, empujando la carta hacia el otro extremo de la mesa—. Entonces será para vos como un día cualquiera en la oficina, ¿no os parece?

Al parecer, las nubes de lluvia que habían visitado Hackney en las altas horas de la madrugada se habían tomado un largo receso. A media tarde, el tráfico que pasaba por delante de la pulcra casa de campo de Elizabeth Asthon había quedado reducido al traqueteo de un ocasional carruaje y a un carro de granja con un anciano carretero envuelto en una mojada manta marrón que, tristemente encogido, mostraba un enorme parecido a una rata ahogada.

Elizabeth se inclinó en el mirador y apartó con la yema de un dedo los finos visillos para mirar quizá ya por quinta vez a su pequeño pero empapado jardín delantero. Las cañerías que rodeaban la casa seguían regurgitando y la lluvia no había dejado de rebotar en el sendero de losas como gravilla caída del mismísimo cielo. Elizabeth temía tener que salir. Sin embargo, tuvo que reprimir el deseo casi abrumador de hacerlo.

Correr. No, huir.

Tirarse de cabeza a algo, lo que fuera, que pudiera llevarla lejos de allí.

O quizá, lejos de sí misma.

Reacia a quedarse ahí quejándose sin poner solución a su aprieto, cerró la mano sobre los bordes del chal. Independientemente de adónde decidiera ir, no podía hacerlo todavía. Había invertido los días previos en convocar a su abogado y poner en orden sus asuntos. En cualquier caso, todavía disponía de un poco de tiempo. Quizá muy poco, aunque se había vuelto toda una experta en el cálculo del riesgo y de la oportunidad.

Soltó el visillo, se volvió de espaldas a la ventana y a punto estuvo de llamar para que encendieran la chimenea. Pero mucho se temía que ningún fuego pondría fin al frío que la atenazaba. Era un frío del alma... que ella misma se había buscado.

El anciano que en ese instante escribía un documento en las profundas sombras del salón se estiró hacia delante para hundir la pluma en el tintero y el crujido de su silla devolvió a Elizabeth al presente. El señor Bodkins regresó a sus esfuerzos con absoluta concentración, como ajeno por completo a la presencia de su clienta en la habitación.

De pronto, unos pasos presurosos y ligeros bajaron por la escalera y Fanny, la criada de Elizabeth, asomó la cabeza por la barandilla, sosteniendo una gran maleta de mimbre por su asa de cuero.

—Disculpe, señorita Lisette. ¿Le parece bien ésta para los sombreros? —preguntó—. ¿O prefiere las cajas?

Elizabeth parpadeó, intentando volver a concentrarse en las apremiantes tareas que tenía entre manos y borrar de su mente el pálido cadáver de sir Wilfred, la mirada cómplice de lord Lazonby, y los ojos negros y desalmados de Royden Napier. Sin embargo, todo ello había empezado a atormentar sus noches.

—La de mimbre, creo —respondió vagamente.

—Y... ejem... hemos recogido también las cosas del señor Coldwater. —Una sombra de algo que bien podía ser compasión tiñó el rostro de la criada—. ¿Desea la señora que las guarde en los baúles?

Las manos de Elizabeth siguieron inmóviles sobre su chal.

—No tendremos espacio suficiente —dijo por fin—. Llévalas a St. John's. El Comité de Damas de la Parroquia sabrá qué destino darles.

Fanny estudió con la mirada al visitante.

—Esas viejas gatas quizá quieran hacer preguntas, señora —le advirtió.

—Deja las cosas del señor Coldwater en la sacristía —dijo Elizabeth sin más—. Si alguien te pregunta por qué, actúa como si hubieras enmudecido.

Dicho esto, Bodkins cerró con un chasquido el pasador de su caja de escritura de palisandro y se levantó de la mesa del salón con una arruga de preocupación cruzándole el centro de la frente. Elizabeth reparó en que durante los últimos veinte años la arruga en cuestión se había convertido en un rasgo permanente.

—Bien, asunto terminado, Lisette —dijo el hombre, acompañando sus palabras con una anquilosada inclinación de cabeza—. Ahora, si sois tan amable de firmar...

Ella se acercó a la mesa y apresuradamente garabateó su firma sobre las líneas mientras él iba pasando papeles y señalándoselas.

—Muy bien —dijo Bodkins cuando Elizabeth dejó por fin la pluma sobre la mesa—. Todo está ya firmado y vuestras cuentas al día. Ahora bien, en cuanto al alquiler de la casa...

—Gracias, Bodkins —se adelantó Elizabeth—, pero estoy firmemente convencida de dejar Hackney.

El ceño de Bodkins ganó en profundidad al mirarla por encima de sus anteojos de montura de plata.

—Pero ¿adónde iréis, querida mía, si me permitís haceros la pregunta? —dijo, visiblemente incómodo—. Me costó mucho conseguir esta casa... y lo hice sólo por lo mucho que insististeis. Además, Hackney es un pueblo tranquilo y precioso, y tenéis la ventaja de disfrutar aquí de un gran confort.

—Gracias —dijo ella—. No obstante, insisto.

Bodkins negó con la cabeza.

—Pero, querida, ¿adónde pensáis ir? —insistió—. ¿Y cuándo?

—Pasado mañana —respondió ella con sequedad—. En cuanto a donde... —Aquí fue su frente la que se arrugó—. ¿Dónde habéis dicho que estaba ubicada esa vieja mansión?

—¿La que heredasteis hace diez años?

—¿Hay otra acaso? —replicó Elizabeth mordaz—. Cielos, si hubiéramos tenido tantas, quizá papá habría vendido una y habría pagado a los administradores en vez de tomar la triste decisión de pegarse un tiro en la boca.

Bodkins palideció.

—No creo que debáis tomaros a broma los fracasos de vuestro padre, Lisette. Y menos aún su muerte.

Los ojos de Elizabeth se abrieron como platos.

—Por supuesto que no —concedió con un tono bruscamente ronco—. No seré yo quien lo haga, pues fui yo la que le encontró y quien tuvo que limpiar la sangre después, puesto que Elinor no se vio capaz de hacerlo —nunca podía hacer frente a esa clase de cosas, valga decir—, y los criados se negaron en redondo. Es que no les habían pagado. Y como tampoco tenían ninguna esperanza de que les pagaran, todos salvo Nanna nos dejaron.

—Oh. —El rostro de Bodkins se ensombreció—. Oh, me temo que guardáis todavía mucha amargura, querida.

—Y vos sois muy astuto —respondió ella—, a la par que muy bienintencionado, no me cabe la menor duda.

—Pero os habéis vuelto cínica, Lisette. Me parte el corazón oíros hablar así.

Bodkins se enfrentó a la mirada de Elizabeth durante un instante y luego, aparentemente convencido de que eso era todo lo que iba a oír, prosiguió:

—De todos modos, la mansión pasó a vuestras manos hace diez años, tras la muerte de vuestra abuela, puesto que tanto vuestra hermana como vuestra madre fallecieron antes que vos —dijo—. Como ya le expliqué a la hermana de vuestro padre, la señora Asthon, la casa era el único legado que vuestro abuelo materno no controlaba, porque los acuerdos del matrimonio de vuestra abuela estipulaban...

—Sí, gracias —le interrumpió Elizabeth—. Entiendo perfectamente los acuerdos matrimoniales. Pero vos... ¿pretendéis decirme acaso que escribisteis a Norteamérica… a tía Ashton… sobre esta herencia?

Bodkins volvió a ser presa de la confusión.

—De lo contrario habría cometido un descuido en el cumplimiento de mis obligaciones con la familia de vuestra difunta madre, Lisette, ¿no os parece? —dijo—. Hasta esta mañana, creía que lo sabíais.

Elizabeth le miró sin comprender.

—¿Y cuál fue la respuesta de tía Ashton?

—Que la vendiera —respondió Bodkins con aspereza—, y que os mandara el dinero, bueno, en realidad, que se lo mandara al señor Ashton, a Boston. Pero me negué en redondo a hacerlo hasta que vos hubierais alcanzado la mayoría de edad y me hubierais dado instrucciones personalmente. No volví a tener noticias al respecto y simplemente dejé que las rentas fueran acumulándose, aunque sea una suma ridícula.

Elizabeth agitó la mano como si no tuviera importancia, pero de pronto se sintió profundamente agradecida a Bodkins.

—Gracias —dijo, esta vez con un tono más amable—. Gracias por cuidar de mí, Bodkins. Creo que habéis sido mi único amigo en Inglaterra. Y ahora decidme: ¿dónde está situada la mansión?

—Bueno, está en… Caithness.

—¿Caithness? —Sus cejas se juntaron—. ¿Y dónde está eso?

—En Escocia, señorita.

—Ah, entonces está lejos de Londres —murmuró—. Excelente.

—En el norte de Escocia, querida mía. —Bodkins parecía nuevamente alarmado—. Para ser más exactos, en el extremo más remoto de ese miserable lugar.

—¡Oh, vamos! —Elizabeth se obligó a sonreír—. ¿Cuán miserable puede ser?

—Mi querida niña, ¡ni siquiera hay un camino que llegue hasta allí!

—Oh, Bodkins. ¡No seáis ridículo! Hoy en día los caminos llegan a todas partes, e incluso casi los trenes.

—Lisette, querida, me temo que habéis pasado demasiado tiempo en las colonias.

—En Estados Unidos, Bodkins —le recordó ella secamente—. Según creo, hace décadas que dejaron de ser colonia. Y no, de hecho allí los caminos no llegan a todas partes. A decir verdad, la mayor parte del país es un infierno incivilizado. Pero Escocia... es una parte de Gran Bretaña, a menos que haya ocurrido un enorme cambio desde que dejé la pequeña aula de mi escuela de Londres.

—Sí, sí, sin duda —respondió Bodkins—. Pero prácticamente pueden verse las Orkneys desde Caithness, señora. Y no, no hay caminos que lleven hasta allí.

Pero Elizabeth se había sumido en sus propias cavilaciones. El norte de Escocia sonaba en efecto desalentador. Pero ¿qué alternativa tenía? Habiéndose colocado en esa desgraciada tesitura, no podía esperar que nadie salvo ella misma la sacara de ella. Debía alejarse de la definitiva venganza de Lazonby —que se había ganado a pulso— y de la investigación más inmediata de Napier.

Quizá también eso se lo había ganado a pulso. Quizá debía entregarse de una vez. Contarlo todo. Pero ¿cómo contar lo que una apenas comprendía? Santo cielo, ¿qué le había ocurrido? Elizabeth giró la cabeza y luchó por contener las lágrimas.

Maldición. Ella no lloraba.

Y, sin embargo, sentía el corazón como uno de esos globos de aire caliente, en su día magníficamente hinchados con el fuego de la honesta indignación y ahora abandonado a su suerte, renqueante y a la deriva. Había alcanzado nobles y vertiginosas alturas en sus ansias de venganza, elevando sus alas al viento por el odio a lord Lazonby. Y ahora se había precipitado al suelo, contra la aplastante realidad de sus propios errores.

Quizá también de su propia locura.

Quizás ése era el frío espantoso que la atenazaba: el de la demencia al colarse en las grietas de su alma.

Oh, ¡tenía que escapar de todo!

—¿Cuánto tardaré en llegar hasta allí, Bodkins?

—¡Semanas! —respondió él estridentemente—. Si es que conseguís llegar desde aquí, cosa que dudo sinceramente. Además, la casa lleva años deshabitada. Pensad en cómo la encontraréis. Y en el clima. De verdad, querida, es algo totalmente impensable.

—Pero, Bodkins...

Bodkins la interrumpió.

—Y si mi consejo os parece presuntuoso —intervino, levantando un dedo—, recordad que llevo al servicio de la antigua y noble familia de lord Rowend desde hace casi dos décadas y de vuestra propia madre, lady Mary Rowend, hasta que se casó con vuestro padre. Vuestro bienestar es para mí un asunto muy serio.

Elizabeth sintió que algo chasqueaba dentro de ella.

—Sois muy amable, Bodkins —dijo, cerrando de nuevo la mano—, pero no puedo evitar preguntarme dónde estaba la preocupación de lord Rowend cuando me quedé huérfana a los doce años y tanto lo necesitaba.

El anciano caballero retrocedió como si acabaran de abofetearle.

—Os ruego que me disculpéis.

Elizabeth volvió a sentir la caliente presión de las lágrimas.

—No, sois vos quien debéis disculparme, señor —dijo, esta vez en un tono más afable—. Yo... hoy no sé qué me ocurre. Y naturalmente soy consciente de que no fuisteis vos quien eligió que me envolvieran y me vendieran como una bala de lana. Ni tampoco que mi hermana muriera en mitad del Atlántico, arrojada después por la borda como una simple pieza de un viejo equipaje.

—¡Pero mi querida Lisette! —Bodkins retrocedió un par de centímetros—. La familia de lady Mary... simplemente no estaba en situación de acoger a dos revoltosas nietas. Y la familia de vuestro abuelo parecía en cambio decidida a teneros con ella en Norteamérica. De hecho, suplicaban que fuerais.

—¿Es eso lo que os ha dicho lord Rowend? —Elizabeth se dirigió despacio hacia la puerta del salón, como animando con ello al anciano a despedirse—. ¿Que no tenía tan siquiera el más pequeño rincón en esa grande y magnífica mansión en el que su nieta huérfana pudiera haber vivido? Bien, no seré yo quien lo ponga en duda.

Bodkins, no obstante, se mantuvo firme junto a la mesa con los carrillos temblando un poco.

—Creo que el tal Coldwater os ha turbado en demasía —dijo con acritud—. ¡En menudo escándalo os ha implicado con este espantoso asunto del tiroteo! Y sí, es cierto que lord Rowend no sentía ninguna simpatía por vuestro padre, como lo es que no tenía el menor deseo de que se lo recordaran, pero...

—¿Y nosotras no éramos más que simples recordatorios? —intervino Elizabeth—. ¿Elinor y yo?

El anciano se incorporó, visiblemente indignado.

—Quizá fue un error de juicio enviaros con la familia de vuestro padre —concedió—. Aun así, nadie podía sentir lástima por vuestro abuelo. La pobre lady Mary fue seducida por sir Arthur y su fortuna se dilapidó como el agua. Tanto afligió el asunto a lord Rowend, que renegó de cualquier vínculo con el marido de su hija.

Elizabeth estaba demasiado agotada emocionalmente como para debatir el significado del término «seducida».

—Es cierto que padre era un hombre encantador —dijo—. Y que ambos disfrutaban de los lujos. Pero siempre hablaba de madre como del gran amor de su vida.

Elizabeth sabía, sin embargo, que tanto su padre como su madre habían vivido muy por encima de sus posibilidades. Y en cuanto a lo del gran amor de la vida de su padre... en fin, habían sido legión, tanto antes como después de su madre. Quizás incluso durante. Aunque rezaba para que no fuera así, sabía que Bodkins estaba en lo cierto. Su yo mayor y más sabio había terminado por hastiarse.

En cuanto a lady Mary Colburne, había muerto tan joven que lo más probable era que jamás hubiera sido consciente de la pobreza a la que sus hijas habían sido condenadas. Elizabeth apenas conservaba de ella el recuerdo propio de una niña, pero Elinor, su hermana mayor, siempre había pintado el matrimonio de sus padres como un maravilloso romance.

Elinor, por su parte, se había parecido mucho a padre. Vivaracha y cautivadora. Eternamente optimista, a menudo hasta el punto de resultar inocente. Y ah, sí... hermosa.

—Bodkins —dijo Elizabeth con una voz sorprendentemente clara—, ¿no sabíais que mi abuelo había pagado a tía y tío Ashton para que nos acogieran?

Bodkins pareció de pronto culpable.

—Una decisión que me gustaría pensar que lord Rowend terminó por lamentar —respondió—. A fin de cuentas, os ha legado una pequeña pensión; suficiente para alquilar esta casa y disfrutar de una vida decente y poder permitiros cosas bonitas. ¿Carece eso de valor?

A juzgar por sus palabras, el anciano parecía realmente ofendido.

Elizabeth suspiró. ¿Quizá lo ocurrido había sido en alguna medida culpa de Bodkins?

—Oh, intentad comprender, señor —dijo ella, esta vez más quejumbrosamente—. Simplemente no puedo seguir aquí por más tiempo. ¡Sencillamente no puedo!

Bodkins le lanzó una mirada cómplice.

—¡Ese endiablado Coldwater! —dijo gravemente—. De haber sabido simplemente de la existencia de ese canalla, os habría aconsejado encarecidamente que os librarais de él. A fin de cuentas, no podéis considerarle realmente parte de la familia.

—No —dijo Elizabeth, incapaz de sostenerle la mirada—, quizá no.

—¡Por supuesto que no! —exclamó Bodkins—. Y ahora vais a dejar vuestra casa por culpa de este escándalo urdido por él. Lo sé, querida mía. Sé que por eso estáis tan decidida a marcharos.

Su casa.

Sí, la suya. Aunque había llegado allí sola y todavía desolada, Elizabeth había encontrado allí cierta dosis de paz. Un lugar que sentía suyo… el primero desde la muerte de su padre. A pesar de todos los años que había vivido bajo el techo de tía Ashton, jamás se había sentido allí en su casa.

Parpadeó presurosa y recorrió con la mirada el gran salón bellamente amueblado, con sus anchas vigas ennegrecidas por el paso del tiempo, el papel pintado de color amarillo pálido, salpicado de rosas, y el delicado pianoforte del que tanto había disfrutado… en las raras ocasiones en que había relajado la mente lo bastante como para olvidarse momentáneamente de la misión que se había encomendado.

Destruir a Rance Welham, lord Lazonby.

El hombre que con su egoísmo había sido el artífice todo lo que había destrozado a su familia.

Salvo que… no había sido él.

Dios de cielo. Lazonby no le había destrozado la vida. No había sido él quien había apuñalado al pobre Percy, el rico prometido de Elinor… el hombre que iba a sacarles a todos del borde de la bancarrota. No, no había sido él quien había empujado a su padre al suicidio, ni el que había provocado que Elinor muriera de pena y de fiebre. Lo más probable era que ni siquiera hubiera hecho trampas jugando a las cartas.

Elizabeth había regresado a Londres en su implacable búsqueda de represalias… contra el hombre equivocado.

El frío espanto de esa idea volvió a recorrerla y el ansia de huir se abrió paso en su pecho como el pánico, amenazando con dejarla sin aliento.

Dios bendito, no podía quedarse allí esperando a que Lazonby se tomara la revancha.

Durante más de un año le había hecho pasar por un auténtico infierno, difamándole en los periódicos y acosándole sin descanso, pisándole una y otra vez los talones. Había espiado a sus amigos, sobornado a sus criados y aparentemente había llevado a lady Anisha a hacer preguntas peligrosas, en un desesperado intento por demostrar la inocencia de su amante.

Había llegado incluso al punto de rebuscar en los cubos de la basura de Lazonby en su esfuerzo por hallar algo, cualquier cosa, que pudiera devolverle a la cárcel.

Eso era todo lo que había sabido hacer. El odio y la amargura habían sido su único consuelo durante esos largos y solitarios años en Boston. La acuciante necesidad de vengar a la familia que había perdido y el deseo de lograr que Lazonby pagara por todo lo que le había quitado. Papá. Elinor. Percy. En suma, toda su existencia.

Y de pronto todo había terminado.

Toda su *raison d'être* acababa de derrumbarse sobre su cabeza.

No, Lazonby no estaría dispuesto a permitir que nada de eso siguiera en pie... y mucho menos cuando hubiera tenido tiempo para pensar y hubiera lavado su nombre. Y aunque no fuera así, ese inspector de policía de ojos negros y nariz de halcón sin duda no lo consentiría. Quizá Lazonby fuera un bribón risueño e irresponsable, pero Napier era otro perfil totalmente distinto.

Napier era implacable, y eso era algo que rezumaba por todos sus poros. Y estaba decidido a que en algún momento alguien pagara por la muerte de sir Wilfred...

De pronto, fue como si el suelo del salón vibrara levemente bajo sus pies.

—¿Lisette? —dijo Bodkins y se movió como para cogerle el brazo.

Elizabeth volvió en sí y se apartó.

—Estoy... estoy bien, gracias.

Bodkins bajó la mano.

—Bien, os pido que reconsideréis la idea de marcharos —dijo afablemente—. Estoy seguro de que el escándalo pasará. Naturalmente, deberéis evitar a lady Leeton, pero habrá otra escuela que se alegrará de contar con vuestra labor de voluntariado.

Elizabeth forzó una sonrisa.

—Os lo agradezco, Bodkins, pero os preocupáis en vano por mí. He decidido dejar Hackney de inmediato. La señora Fenwick se quedará para cerrar la casa.

Bodkins suspiró.

—Veo que no hay modo de convenceros —dijo—. Pero os lo suplico: a Escocia no. ¿Quizá podríais considerar… París?

Elizabeth vaciló.

—No me parece que esté tan lejos —dijo, pensando en los ojos negros y en el largo brazo de Napier.

Bodkins sonrió.

—Entonces el sur de Francia, o quizá la costa italiana —sugirió—. ¿Una casita en el *Camin deis Anglés*, quizá, con vistas al mar?

—Pero no quiero volver a alquilar —le advirtió Elizabeth—. Estoy cansada de viajar, señor Bodkins. Quiero… quiero un hogar. Una casa mía, de la que nadie pueda echarme ni alejarme a su antojo.

El anciano suspiró.

—Dadme unos días, Lisette —dijo—, y veré lo que se puede hacer.

*A*l final de una tarde saturada por un sinnúmero de citas y cargado bajo el peso del propio conflicto interno, Royden Napier llegó a su casa de Eaton Square y fue recibido por un *hall* delantero benditamente silencioso y el olor a pollo asado procedente de las cocinas: la eficiente señora Bourne, naturalmente, pues era el primer martes de mes, lo cual era sinónimo de gallina de Guinea en su jugo con grasa de beicon y un mantecoso puré de nabo, zanahoria y patata.

El aroma era alentador, incluso a pesar de su ausencia de apetito.

Y es que bajo la afable mano de la señora Bourne, toda la casa de Napier funcionaba como un reloj. Para algunos quizás habría resultado una vida de aburrida previsibilidad, pero en su profesión se encontraba a menudo vadeando por el caos de la vida y de sus trágicas secuelas. En su vida privada, luchaba por mantener el orden y la calma serena, un objetivo que había logrado en líneas generales, salvo por la ocasional aparición de alguna mujer en su vida.

Lady Anisha Stafford había sido exactamente esa mujer, o podría haberlo sido. Napier la había conocido hacía unos meses y al instante había quedado cautivado por su calidez. Cuando ella por fin había pedido ver el viejo caso de Lazonby, él había accedido, quizás atolondradamente. Sí, se sentía atraído por ella… y lady Anisha no se había mostrado indiferente hacia él. Esa atracción, sin embargo, rápidamente había quedado en nada, y quizá fuera mejor así. La dama gozaba de una posición que estaba muy por encima de la suya.

¿O quizá no?

Maldiciendo entre dientes, Napier arrojó el sombrero a un lado, concentrándose nuevamente en la peculiar conversación que había tenido con sir George. Si hubiera dado a conocer que era el nieto del vizconde de Duncaster y, también de forma repentina, el aparente heredero del título, ¿habría mirado lady Anisha con mejores ojos su cortejo?

Indudablemente, lord Ruthveyn, el hermano mayor de la dama, sí lo habría hecho.

Sin embargo, Napier nada le había dicho a lady Anisha. Y se conocía lo suficiente como para no caer en la tentación de malinterpretar sus propios motivos. Sí, había querido que ella le deseara por el hombre que era, no por lo que era. No obstante, una parte de él simplemente no había querido restar a su trabajo el tiempo que requerían las exquisiteces de un cortejo de rigor.

Aunque en esta ocasión en particular, había estado a punto de rendirse a la tentación. A la tentación de renunciar a su inquebrantable calma en aras de algo que él percibía, sí, un poco como un caos.

Pero le había dado largas al tema y al parecer la dama había optado por compartir su fortuna con Lazonby.

Ah, en fin. A la magnífica edad de treinta y cuatro años, Napier iba camino de convertirse en un redomado solterón, para desgracia de su tía Hepplewood, a menos que alguna lozana y hermosa viuda apareciera para calentarle el lecho y le convenciera luego para que se comportara como un auténtico idiota. En cualquier caso, no sería nunca una mujer elegida por lady Hepplewood, de eso estaba condenadamente seguro. La rama de los Wiltshire de la familia llevaba cuatro décadas sin imponer su voluntad a los Napier de Londres, y él no tenía la menor intención de que empezaran a hacerlo ahora.

Tras sacar con brusquedad el archivo de sir Wilfred Leeton de la cartera, se dirigió por el pasillo que conectaba a ambos lados con sus recibidores delanteros. Presa de un ánimo extrañamente reflexivo, se detuvo a contemplar con nuevos ojos los lustrosos suelos de madera, las aterciopeladas alfombras Wilton barridas hasta el punto de parecer casi nuevas, y la reluciente porcelana, el mármol y los destellos dorados que adornaban las estancias.

¿Podía desear algo más?

No era opulencia lo que le rodeaba, no, pero sí una elegancia propia como poco de la alta clase media, y allí había vivido desde que era niño, con toda la seguridad y la certeza que proporcionaba una vida sin estrecheces.

Sí, a pesar de los defectos de Nicholas Napier, a su hijo no le había faltado prácticamente de nada. Y, como había apuntado el propio sir George, a toda esa seguridad y a una elegante casa en Belgravia había que sumarle una educación que rivalizaba con la de cualquier caballero. Y todo eso a pesar de que Nicholas Napier había sido en sus comienzos poco más que un burócrata de baja escala casado con la hija de un funcionario del gobierno.

Y de pronto se preguntó cómo se lo había podido permitir. No sólo la casa, sino toda esa forma de vida. Por lo que él podía recordar, su difunta madre vestía con la elegancia propia de una dama. Habían comido bien —en ocasiones incluso pródigamente—, y habían llegado a tener invitados algunas veces.

¿Cómo? ¿Cómo había podido ser? En el fondo siempre se lo había preguntado.

Quizá ya no era necesario que siguiera haciéndolo.

Presa de un arrebato de indignación, arrojó el archivo a un lado y se dirigió al salón para servirse una generosa copa de brandy, mandando a Lazonby al infierno.

No era posible. No iba a pensar en ello.

Volvió a dejar el decantador en la mesilla auxiliar con un golpe sordo. Tras tomarse el brandy con un deleite ligeramente exagerado, cogió su ejemplar vespertino de la *Gazette* y empezó a revisar el correo que siempre recibía ordenadamente amontonado detrás.

Salvo un par de facturas rutinarias —el orden de cuentas del sastre y del vinatero— ya abiertas y desplegadas para que las revisara, junto con una invitación a una velada musical en casa de un superintendente de la Oficina General del Registro, un tipo cuyos medios quedaban con mucho superados por sus aspiraciones sociales, no había nada.

Esa suerte de invitaciones habían llegado regularmente desde que los difusos rumores sobre los vínculos de la familia de Napier habían empezado a correr por Whitehall. Su amistad con lady Anisha no había hecho más que añadir gasolina a los fuegos de la especulación, puesto que el hermano de la dama era, además del favorito personal de la reina, marqués.

Aun así, el hecho de que de pronto requirieran su presencia le provocó una carcajada. Dejó la invitación a un lado para ver lo que había debajo, y se quedó un poco frío.

—¡Jolley! —gritó.

Al instante se oyeron pasos que bajaban discretamente las escaleras, y momentos más tarde apareció el criado, que parecía un fantasma con su nube de pelo blanco, las lanudas patillas blancas y un largo delantal blanco sobre su austero traje negro. El suyo era sin duda un aspecto engañoso. Jolley pertenecía del todo a este mundo.

—¿Sí, señor?

—Esta carta. —Napier puso un dedo sobre el ofensivo papel—. ¿Cuándo ha llegado?

—Con el correo de la mañana.

Jolley pareció desconcertado.

—¿Y nadie se ha preguntado a quién iba dirigida?

Jolley se acercó a mirar la carta.

—¡Dios bendito!

Napier volvió a mirarla. Alguien se mofaba de él desde el papel.

Lord Saint-Bryce
22 Eaton Square
Londres

—No la has abierto —apuntó Napier.

—No, señor —dijo—. Me ha parecido que era de orden personal.

Napier cogió un abrecartas cercano, despegó el sello y abrió la carta sin miramientos. Su mirada barrió la apretujada letra que se escoraba ostensiblemente hacia estribor y que llenaba sólo el tercio superior de la página:

Mi señor:

Me pregunto si no deberíais volver a Burlingame. Si podemos de algún modo convenceros de que lo hagáis, sería sin duda para bien. Indudablemente Londres ofrece Grandes Diversiones, pero aquí siguen ocurriendo cosas extrañas desde las misteriosas Muertes, y Algunos de nosotros estamos Muy Preocupados de que esté gestándose alguna Maldad.

Vuestro humilde servidor,
Un Ciudadano Preocupado

—¿Un ciudadano preocupado? —Napier volvió a arrojar la carta al suelo con un gesto brusco—. ¿Maldic...?

—Si me permitís, señor.

En respuesta a la breve inclinación de cabeza de Napier, Jolley pasó por delante de él y la recogió.

—Bien —dijo después de leerla—, por lo menos no es un montón de sandeces sin sentido alguno como lo era la del pobre anciano Hepplewood.

—No, pero está igualmente llena de insinuaciones —gruñó Napier.

—Y ése es precisamente un asunto que sigue sin gustarme —dijo Jolley—. Los caballeros como Hepplewood sin suda se crean enemigos.

—Pero Saint-Bryce no tenía ninguno —apuntó Napier—. Era como cualquiera de esos caballeros de campo que se pudren en Wiltshire: con su barriga, calvo, y obsesionado con deambular sobre la hierba mojada disparando a cosas. ¿Qué maldad hay en eso?

La frente de Jolley se colmó de arrugas.

—No habrá relación alguna entre los títulos, ¿verdad? —preguntó—. Me refiero a que, de ser así, señor… o, dicho de otro modo… vos seríais el único beneficiario de la muerte de Saint-Bryce.

—Sólo tú, Jolley, tienes los arrestos de sugerir la posibilidad de que soy un asesino —dijo Napier sin inmutarse—. Pero no, Hepplewood era simplemente el amigo de mi abuelo, además de su cuñado. Su muerte no me reportó nada. Y el testamento de Saint-Bryce no me traerá nada salvo tristeza.

Jolley dejó la carta sobre la mesa.

—En cualquier caso, ¿quién podría escribir algo así?

Napier volvió a coger la carta.

—Supongo que debe de tratarse de algún desesperado prácticamente analfabeto —gruñó—. Probablemente no sea más que alguna suerte de malvada falsificación. Debería quemarla.

—No es una falsificación, señor —replicó Jolley—. Si no existe una voluntad manifiesta de fraude, señor, la ley sostiene que no existe tal cosa. Nadie ha pretendido ser quien no es, ni tampoco os han pedido dinero.

—No, todavía no. —Napier le dedicó una mirada ceñuda—. Y ahórrame tus elaborados sofismas legales, Jolley. Como bien sabes, fue precisamente eso lo que te trajo aquí.

—Sí, eso decís, señor. Eso decís.

Jolley se alejó arrastrando los pies y se puso a inspeccionar las mechas para la noche.

Napier volvió a centrar su atención en la carta, extrañamente preocupado.

—No, quizá no se trate de un analfabeto —murmuró—. La estructura de las frases es correcta, y la forma no está mal… salvo por el hecho de que quien la ha escrito no sabe deletrear y parece confundido sobre cómo dirigirse a mí.

Después de haberle acompañado a Wiltshire durante la enfermedad de lord Hepplewood, Jolley comprendía cuáles eran sus vínculos familiares.

—Aun así, señor, no puedo evitar pensar en la bizarra divagación que enviaron al ministro del Interior. ¿Queréis que las compare?

Era una buena idea.

—Sí, gracias. —Napier extrajo una llavecilla de su chaleco—. Está en el segundo estante del buró del salón.

Jolley encontró el documento sin demora y lo acercó a las ventanas. Napier le siguió, esperando su opinión de experto con más inquietud de la que le habría gustado admitir. ¿Por qué enviar una carta como ésa? ¿Y por qué a él?

¿Porque era el heredero?

¿O porque estaba en la policía?

—Hum —dijo Jolley.

—La llave —ladró Napier, tendiendo la mano.

Jolley puso los ojos en blanco y se la devolvió.

Napier volvió a guardársela en el bolsillo. A pesar de su aspecto angelical, Jolley había sido en su día el más infame de los copistas, un experto falsificador de documentos.

Había sido además un hombre dotado de un gran talento. En efecto, Jolley había amado su oficio como una forma de arte, falsificando cosas incluso cuando no era realmente necesario y magros los beneficios que podían resultar de ello, simplemente para ver si podía salir victorioso de la empresa: testamentos, letras de cambio, certificados de bonos… cualquier forma de instrumento legal se convertía en un juego de niños en la hábil mano de Jolley.

Poseía además un conocimiento digno de abogado de la jurisprudencia pertinente, y a menudo se colaba en los tecnicismos como la mantequilla en las hendiduras de un bollo caliente. Sin embargo, años atrás se había enfrentado a un cargo contra el que poco o nada había podido hacer, pues había sido blanco de una trampa por parte de una nueva y más burda clase de competidores del East End. Y ya no era un hombre joven.

Napier le había ofrecido a Jolley una alternativa amigable a una muerte lenta en Newgate: algo parecido al viejo adagio que aboga por tener cerca a tus amigos y a tus enemigos aún más cerca. Y funcionó. Jolley podía eliminar su acento de East End a voluntad e imitar los modales propios de un caballero cuando era necesario. Se convirtió en camarero personal y en ayudante perfectamente servicial, siempre que se le tuviera bien vigilado.

Jolley había sacado una vieja lupa de joyero de su bolsillo y se la había colocado en el ojo.

—Hum —volvió a decir—. Han arrancado el papel de una hoja más grande, como si hubieran cortado el membrete, antes de volverlo del revés y haber escrito en él.

—¿Y? —le apremió Napier al tiempo que el viejo criado colocaba el documento más antiguo contra la luz.

—Pero no hay similitudes en cuanto a la tinta, la pluma y el papel —dijo Jolley—, y desde luego tampoco en cuanto a la letra. Aun así, las dos cartas parecen haber sido enviadas desde Wiltshire. Los matasellos son auténticos.

Caviloso, Napier se rascó la mandíbula con la mano. En el fondo de su mente algo le atosigaba, algo que tenía relación con lord Hepplewood.

En su día, Hepplewood había sido un hombre poderoso, un político de raza, además de preboste del más alto orden. Había ocupado embajadas e incluso había llegado a servir en el Consejo Privado del rey Guillermo. Esa clase de hombres sabía cosas… a menudo cosas peligrosas.

Pero Saint-Bryce no había sido más que un afable caballero rural cuya obra más controvertida había sido juzgar las conservas de fruta en la feria del condado. La expresión «muy extraño» no parecía aplicable en su caso. Hepplewood había sido viejo. Saint-Bryce había sido un poco corpulento. Esa clase de hombres morían y eso era todo.

Pero Jolley había colocado las dos hojas de papel contra el cristal de la ventana con una expresión de confusión en el rostro.

—Pero ésta, la nueva, señor —dijo, entrecerrando el ojo mientras la estudiaba con ayuda de la lupa—, presenta una curiosa filigrana.

—¿Una filigrana?

—Sí, señor, está hecha con un *dandy roll* de una máquina de papel continuo.

—Sé perfectamente lo que es una filigrana, Jolley —replicó Napier visiblemente irritado.

—Bien. En ese caso, echad un vistazo, señor. —Jolley se quitó la lupa y se la ofreció—. Es la filigrana de la Doncella de Dort.

—¿Dort? ¿Qué es eso?

—Se refiere a Dordrecht, señor. Significa que el papel no fue fabricado aquí, sino en Holanda.

—Entonces, ¿no es papel inglés? —Napier pegó el papel contra el cristal para apreciar mejor el discreto relieve—. No necesito la lupa, gracias. ¿Qué demonios tiene en la mano? ¿Un sombrero? ¿O una vara? Y... ¿una especie de criatura?

—Exactamente, señor —dijo Jolley, empleando el tono que se emplea para enseñar a un niño—. Es la Doncella de Dort, y ha arponeado el casco de su enemigo. Y su león... ¿lo veis, justo aquí?... tiene algunas flechas y una espada. Es una especie de advertencia, señor, para los enemigos de Holanda. Y si encontráis un papel con esta filigrana, quizá sepáis entonces quién ha escrito la carta.

—Interesante —masculló Napier—. Debe de ser un papel relativamente poco común, ¿me equivoco?

—No es común, no. —Jolley le devolvió la vieja carta de Hepplewood—. ¿Qué pensáis hacer, señor?

Napier arrojó las dos cartas encima de la mesa y clavó en ellas la vista durante un largo instante, todavía pensando en la muerte y, si era sincero consigo mismo, en las viles acusaciones proferidas por Lazonby contra su padre. De hecho, había sido la señorita Ashton quien había formulado las acusaciones, aunque él seguía convencido de que era Lazonby quien estaba detrás.

Sentía como si tuviera delante un mar de círculos que daban vueltas alrededor de otros círculos. O unas cartas que, sucediéndose las unas a las otras, sugerían una cosa y exigían otra.

Maldición, no tenía tiempo para nada de todo eso. Tras maldecir entre dientes, volvió a servirse otro brandy —esta vez tres dedos—, viendo cómo el oro líquido resplandecía en un rayo de sol que ya se desvanecía.

Volvió a dejar el decantador en la mesilla, olvidando que estaba abierto. La vocecilla que no dejaba de murmurarle en algún rincón de su cabeza y esa duda espantosa y oscura no remitían. Y lo más frustrante de todo era que la verdad de todo ello estaba en Burlingame Court.

—Jolley —dijo por fin—, ¿tú crees que a la señora Bourne le gustaría ir a pasar un par de semanas a Hull a visitar a su hermana?

—Oh, imagino que sí.

Jolley alargó la mano para tapar el decantador.

—Bien, viejo amigo mío. —Napier hizo una pausa para exhalar despacio—. Quizá tú y yo deberíamos hacer un pequeño viaje juntos.

—Ohhh, señor, otra vez a Wiltshire no. —Jolley esbozó de soslayo una mueca de fastidio—. Nunca me ha gustado demasiado el campo.

Napier se encogió de hombros.

—Me temo que eso carece por completo de importancia —dijo, volviendo a coger las ofensivas cartas—. Has elegido el arresto domiciliario… y es a mí a quien corresponde elegir la casa en que debes cumplirlo.

3

Un accidente en Mayfair

Maleta en mano, a la mañana siguiente Napier emprendió el camino en dirección a Hackney, con la intención de ejecutar las órdenes de sir George. A pesar de que se sentía inexplicablemente vacilante ante el cometido de visitar a Elizabeth Ashton, quería terminar cuanto antes.

Tras aquel primer fatídico encuentro en su oficina, ocurrido hacía ya casi dos años, había imaginado inocentemente que jamás tendría que volver a ver a la hija de sir Arthur Colburne. Menudo estúpido. La piel de la joven exudaba problemas como ese peculiar perfume que parecía ser su favorito. Todavía ahora veía esos dedos largos y finos desabrochando hábilmente los botones del corpiño, esos ojos hechizantes clavados en los suyos, seduciéndole, mientras la joven sugería cómo podía negociar su posición.

Ese día ella se había presentado como Elizabeth Colburne. Y también como una mujer desesperada.

Entonces se preguntó cuán desesperada estaría ahora. Y enseguida se preguntó también por qué se le habría pasado semejante idea por la cabeza. Santo Dios. Sólo tenía que visitarla y repasar su declaración una vez más —intentando a la vez no sucumbir a esos increíbles ojos— antes de dar comienzo a esa locura de esperar a que las autoridades norteamericanas aprehendieran a su efímero hermano.

No, no era probable esta vez que la dama volviera a desabrocharse para él un solo botón.

Como en un intento por despejar la visión de su mente, inspiró hondo el frío aire primaveral, reparando al hacerlo en que el olor acre del humo del carbón había remitido durante la noche. Acto seguido, calibrando con sumo cuidado el tráfico, avanzó presuroso entre un carro de ladrillos y un coche de correos que iba hacia el oeste para cruzar Hyde Park Corner.

A Napier su coche de dos caballos siempre le había parecido demasiado ostentoso para un funcionario público, y puesto que no había trenes que le llevaran hasta la estación de Hackney —de hecho, ni siquiera había un tejado que cubriera el edificio— le había parecido que lo mejor era simplemente andar hasta Oxford Street y tomar allí el ómnibus verde. Sin embargo, y a pesar de esos planes perfectamente diseñados, se vio de pronto tomando una ruta extrañamente indirecta y a medio camino de Park Lane giró por Upper Grosvenor Street, mientras intentaba convencerse de que estaba atajando por los callejones de Mayfair.

En casa de lady Anisha, el camino semicircular estaba vacío y las verjas de hierro todavía cerradas. Obviamente, era demasiado temprano para visitarla, lo cual era sin duda una noción ridícula, puesto que ni siquiera había contemplado la posibilidad de hacerlo.

Sintiéndose un poco estúpido, avanzó por el callejón que corría paralelo a la casa con la intención de llegar a Oxford Street lo antes posible. Pero en mitad del camino que separaba la casa de la callejuela un gran chorro de agua cruzó la verja entre dos arbustos.

Napier dio un salto hacia atrás al tiempo que soltaba una maldición, y a punto estuvo de caer sobre un montón de excrementos todavía frescos de caballo.

—¡Oh! —Un colorido pañuelo asomó entre los arbustos—. ¡Oh, Dios! Estoy terriblemente... santo cielo. ¿Señor Napier...?

—En efecto, señora —respondió él, mirándose la pechera—. Buenos días.

—¡Oh, lo lamento muchísimo! —Lady Anisha Stafford se asomó a mirarle desde el follaje con la cabeza y los hombros envueltos en un lustroso pañuelo de gasa y con sus ojos de color chocolate abiertos como platos—. ¡Soy el colmo de la torpeza!

Napier recobró la compostura y ejecutó una pequeña inclinación de cabeza a modo de saludo.

—En absoluto —dijo—. Sois, como siempre, la elegancia y la belleza personificadas.

—En ese caso la Elegancia o la Belleza acaban de destrozaros el abrigo. —Caminó a toda prisa a lo largo de la verja y abrió el pestillo de una portezuela—. Lo cual no resulta especialmente cordial con alguien a quien tanto me alegra ver. Oh, pasad, os lo ruego. Estaba simplemente intentando lavar la jaula de Milo y…

—¿No tenéis criados que se encarguen de eso? —intervino Napier sin pensarlo dos veces.

Lady Anisha esbozó una sonrisa avergonzada.

—Sí, pero a Milo le gusta que le laven sus cosas así, y también que le corten ciertas hierbas, y su agua… o, pero qué más da eso ahora. Pasad. Mandaré que nos lleven el té al invernadero e inspeccionaré vuestro abrigo con el cuidado que requiere.

—Gracias —dijo él—, pero os aseguro que en mi profesión el agua no es lo peor que me arrojan.

Ella ladeó la cabeza testarudamente y le apremió a pasar con un gesto. Sólo entonces vio Napier la jaula de metal depositada sobre la hierba junto al cubo vacío. Portafolio en mano, la siguió por un sendero de losas que pasaba por delante de la entrada trasera. Lady Anisha iba vestida esa mañana para disfrutar de la intimidad de su casa, con su esbelta figura ataviada con unos pantalones de seda sobre los que llevaba una túnica que le cubría hasta las pantorrillas de un azul iridiscente y el pañuelo cayéndole sobre la espalda.

—Al doblar esa esquina —gritó sin volverse— saldremos directamente a la parte trasera.

Un par de puertas comunicaban con un espacio de techos altos con cristal en tres de sus cuatro paredes y entre cuyas vigas revoloteaba un pájaro verde. Napier supuso que se trataba del quisquilloso Milo.

Se instaló en la silla de ratán que ella le ofreció y, después de llamar para que sirvieran el té, Anisha ocupó la silla que estaba enfrente. El pájaro terminó por posarse en el curvo respaldo con un gran zumbido y procedió a picotear el bordado de hilo de oro de su pañuelo.

—¡Milo! —le reprendió Anisha, tirando del pañuelo para descubrirse la cabeza entre risas.

Fue entonces cuando Napier vio el malvado cardenal amarillo que, desde la sien, se perdía entre sus cabellos.

—¡Santo Dios! —exclamó, adelantando medio cuerpo en la silla—. ¡Anisha!

La dama levantó la mano.

—Estoy perfectamente, señor Napier. Y, como verá, mi pañuelo tradicional puede ser un accesorio de armario de lo más útil.

Napier se dio cuenta de que hasta ese momento no había estado del todo seguro de la veracidad de la enloquecida historia de Lazonby.

—Por Dios, podría matar a sir Wilfred Leeton con mis propias manos —dijo, apretando los dientes.

—Afortunadamente, ya se ha encargado alguien de hacerlo por vos —replicó ella irónicamente—. A decir verdad, esperaba vuestra visita hace tiempo. Ni por un momento se me ha ocurrido pensar que tendríais en cuenta las amenazas de Lazonby y evitarais nuestro encuentro. ¿Entiendo que habéis venido a tomarme declaración?

Napier arqueó deliberadamente una ceja.

—Pero, según me dieron a entender, vos no recordabais nada.

Lady Anisha le miró con cuidado desde su lado de la mesa.

—Recibí un espantoso golpe en la cabeza, en efecto, y perdí el conocimiento durante un rato —dijo despacio, como calibrando al detalle sus palabras—. Pero puedo recordar todo lo necesario para que se haga justicia.

Napier no estaba seguro de entender lo que le estaba ofreciendo. O de si, por el contrario, le estaba amenazando.

—¿Y cuál es exactamente vuestra noción de justicia?

—¿Alguien ha sido acusado de algo?

—No, el misterioso Jack Coldwater ha desaparecido —respondió él secamente—, y estoy razonablemente seguro de que para no volver a aparecer jamás.

Anisha exhaló un largo suspiro.

—¡Bien! —dijo—. En ese caso debemos dar por zanjado el asunto. Daremos el asunto por zanjado, ¿no es así, inspector adjunto? Ninguno de nosotros tiene el menor interés en que se reabra el escándalo.

Napier volvió a reclinarse en su silla con un suspiro.

—Soy lo bastante hombre para reconocer la derrota —dijo—. Sí, supongo que hemos terminado. Y no, no deseo tomaros declaración. Como con Lazonby, no deseo veros implicada en este espantoso escándalo.

—¿Y esa pobre muchacha? —Anisha seguía mirándole atentamente—. La señorita… Ashton, ¿no era ése su nombre? Por cierto, ¿qué opinión os mereció? Muy poco convencional, ¿no creéis? Y también muy hermosa.

—Iba de camino a verla —respondió Napier, pasando por alto el resto de su pregunta—. Tengo que revisar su declaración por última vez, puesto que dejo por un tiempo la ciudad.

En ese momento llegó el té. Después de servirlo, Anisha volvió a acomodarse en su silla, acunando su taza en la palma de la mano mientras le estudiaba.

—¿Y adónde vais, señor Napier? —preguntó—. De vacaciones, espero.

—No. Asuntos familiares.

—Oh, ¿Vais a Burlingame Court? —preguntó ella jovialmente.

Al ver que él la miraba sin disimular su sorpresa, ella sonrió.

—Si mal no recuerdo, estuvisteis allí hace unos meses —añadió—. Cuando murió lord Hepplewood.

—¿Lo sabíais?

—¿Qué tuvisteis una muerte en la familia? Sí —dijo—. Oh, vamos, señor Napier, debéis saber que Lazonby vigilaba cada uno de vuestros movimientos, tal y como vos lo hacíais con él. Aunque no llegué a saber cuál era el parentesco qué os une al caballero.

—Lord Hepplewood estaba casado con mi tía abuela.

—Ah, ¿y ella era...? —La de Anisha fue una sonrisa evasiva—. Veréis, como he vuelto de la India tan recientemente, todavía no he podido memorizar el *Burke's Peerage*. Si busco con atención, ¿podría acaso encontrar en él vuestro nombre?

Napier entendió que había llegado el momento de tomar una decisión, o de algo parecido.

—No lo creo —respondió por fin—, aunque a decir verdad nunca lo he mirado. Cuando era joven, mi padre se peleó irrevocablemente con su familia con motivo de la mujer que eligió para que fuera su esposa y adoptó el apellido de ésta, Napier. Si no me equivoco, creo que fue su propia familia la que hizo correr la voz de que había fallecido.

Ella se inclinó ligeramente hacia atrás al tiempo que dulcificaba su sonrisa.

—Señor Napier, en una ocasión Lazonby dijo que teníais los ojos como un par de cuchillos de cocina. Pues creo firmemente que en este momento me estáis apuñalando con ellos.

Él sintió que se le contraía la boca.

—Ah, ¿y no dijo nada de mi nariz? Siempre he estado muy orgulloso de ella.

—Que parecía un hacha —añadió Anisha, dejando la taza sobre la mesa—. En fin, ya he curioseado bastante, señor Napier, y creo que sabéis que me gustan especialmente vuestros ojos y también vuestra nariz. Os favorecen.

Él guardó silencio durante unos segundos y dejó entonces su taza sobre la mesa.

—El último de mis tíos ha fallecido recientemente —dijo con voz queda—. Eran tres hijos, mi padre el menor. De modo que, a pesar de la cólera de mi abuelo, nadie creyó que el hecho de que mi padre se casara tan por debajo de sus posibilidades perjudicara demasiado a la sangre azul de la familia.

—Ah —dijo ella reposadamente—. Pero ¿es que los hermanos mayores han fallecido? ¿Y se han ido sin dejar hijos, debo entender?

—Algo así —respondió él con remordimiento—. Mi abuelo es un viejo tirano y miserable, y ahora exige mi regreso.

—¡Ja! —exclamó ella—. No os conoce bien si imagina que se saldrá con la suya con exigencias.

—De hecho, apenas me conoce —dijo Napier—. De modo que ha escrito a sir George en vez de dirigirse a mí. Según tengo entendido, el padre de sir George y mi abuelo eran viejos amigos.

—Oh, cielos. —Anisha adoptó una expresión solemne—. ¿Por qué estoy empezando a sospechar que hay aquí implicado un viejo y noble título? La familia Grey pertenece al *haute ton*. Hasta yo estoy al corriente de eso.

—Sí. —Durante un instante, Napier vaciló—. Y mi abuelo es el vizconde de Duncaster, y mi tío respondía al tratamiento de barón de Saint-Bryce.

—Me temo que no sé nada de ninguno de esos dos caballeros —se disculpó Anisha—. ¿Son en efecto grandes y nobles títulos? Sí, a juzgar por la expresión de vuestro rostro, entiendo que lo son.

Al ver que él no decía nada, se le ensombreció el rostro.

—Y no tenéis posibilidad de dar vuestra opinión sobre el asunto, ¿no es así? —prosiguió ella—. Sir George no os permitirá seguir trabajando como si nada hubiera ocurrido. Las leyes del vínculo familiar no permitirán que Duncaster os desherede. Oh, señor Napier, sé muy bien lo que es que os expulsen de vuestra propia vida para arrojaros a otra. ¿Será ese vuestro sino? ¿Sois entonces ahora el barón de Saint-Bryce contra vuestra voluntad?

Napier dejó escapar un suspiró interno de alivio. Estaba convencido de que sólo lady Anisha podía entender algo semejante. Y le pareció que la compasión que vio asomar a su rostro era real.

—Sí —concedió con voz queda—. Me atrevería a decir que así es.

—¡Ah, en fin! —exclamó ella al tiempo que ese mismo rostro se iluminaba de pronto—. Nada puede hacerse entonces. Os habrán encasquetado riquezas y poder inimaginables. Sin embargo, debo deciros en mi propia defensa que deberíais haberme advertido que ibais a heredar. Quizás habría sopesado vuestras intenciones más cuidadosamente.

Napier estuvo de repente a punto de estallar en carcajadas.

—Vos no pensáis así, Anisha. Ninguno de los dos os cree capaz de ello.

El pájaro había empezado a picotear el colgante de uno de sus pendientes.

—Gracias —dijo.

Napier dejó escapar un sonoro suspiro.

—Lady Anisha, ¿son ciertas mis sospechas? ¿Habéis acaso accedido a casaros con Lazonby?

Ella bajó la mirada.

—Me temo que no me lo ha pedido oficialmente.

—Y si… no, cuando lo haga… ¿responderéis que sí?

Ella alzó sus enormes ojos negros hacia los de Napier.

—Sí —respondió con suavidad—. Cuando lo haga, diré felizmente que sí. Pero vos sois mi amigo querido y lamento que no le tengáis simpatía.

—En efecto, no se la tengo —reconoció Napier—. Pero vos no sois ninguna estúpida. Y creo que Lazonby os hará feliz. Teme demasiado la reacción de vuestro hermano Ruthveyn como para no hacerlo.

Lady Anisha frunció los labios.

—Oh, Lazonby carece del buen juicio suficiente para tener miedo, incluso cuando debería —dijo—. Defecto que comparte con vos. A decir verdad, quizá vos y él sois demasiado parecidos como para poder entenderos. ¿Alguna vez lo habíais pensado?

—No seáis ridícula.

—Señor Napier —dijo ella astutamente—. ¿Cuál es exactamente el motivo de que estéis hoy aquí?

Napier esbozó una sonrisa torcida.

—No sabía que me dirigía hacia aquí —respondió—. Aunque, si he de seros sincero, creo en el fondo que albergaba un impreciso deseo de pediros un favor.

—¿Un favor? ¿Qué clase de favor?

—Un gran favor —confesó Napier—. Pero las expectativas que tenéis depositadas en lord Lazonby han dado al traste con ello. Me… alegro. En cualquier caso, creo que no podría habéroslo formulado.

—Pero ¿cuál podría ser ese favor? ¿Y cómo sabéis que os lo negaría?

Napier vaciló durante una décima de segundo.

—Como os he dicho, tengo que salir de la ciudad —respondió—. Y me gustaría… en fin, desearía que me acompañarais. Y, lo que es aún peor, de manera engañosa.

—Ah. Esto tiene alguna relación con vuestra familia de Burlingame, ¿no es cierto?

—Así es, en efecto. —Él le lanzó una mirada fulminante y suspiró—. Necesitaba llevar a una mujer del brazo, una mujer hermosa que fuera a la vez un gran partido. Un ornamento, si así deseáis llamarlo, para frustrar las tentativas de una tía abuela casamentera: lady Hepplewood, para ser más preciso. La hermana de Duncaster.

Anisha se rió una vez más.

—Cómo sabéis halagar a una dama. Aunque no puedo creer que el gran Royden Napier pueda dejarse intimidar por algo así.

—Bueno, esperemos que no —masculló él—. Pero sir George me advierte de que lady Hepplewood está dispuesta a atormentarme hasta lograr confundirme. Entenderéis que no se trata precisamente de una visita social, y preferiría que lady Hepplewood no estuviera al corriente de ella, pues ha habido…

No se le ocurría como dar voz el presentimiento que había tenido meses atrás al leer la carta que Hepplewood le había mandado a sir George. Y de nuevo, la noche anterior, esa curiosa misiva en el correo…

Aun así, no tenía sentido.

—Bien, dos parientes vuestros han hallado la muerte en extrañas circunstancias —intervino Anisha con mucho tacto—. De ahí que vuestra expresión sea más amedrentadora que nunca, y con razón.

—Probablemente no sea nada —dijo él—. Pero necesito desesperadamente contar con alguien que me guarde las espaldas y me ayude a dar esquinazo a la vieja dama mientras yo investigo un poco.

—Bien, si he de seros sincera, lamento no poder ayudaros, pues se me antoja realmente divertido. —Anisha volvió a reírse—. ¡El heredero bastardo y su novia mestiza! ¿Os imagináis la expresión de la pobre mujer? En todo caso, si lady Hepplewood se parece en algo a tía Pernicia, temo por vos.

—No sois un gran consuelo —masculló Napier.

—Esperad, tengo una idea: ¿y si simplemente contratáis a una actriz?

Napier se rió.

—A diferencia de vos, tía Hepplewood probablemente duerme con un ejemplar del *Burke's Peerage* bajo la almohada, con anotaciones y actualizaciones de su propia mano.

Anisha se encogió de hombros.

—Sí, ese pequeño ardid duraría el tiempo suficiente para que la vieja dama escribiera una carta pidiendo información a alguna de sus compinches de Londres, ¿no es así?

—En fin —dijo Napier, dejando la taza de té en el plato—. Será mejor que me ocupe de las cosas que sí puedo gestionar. Ahora, si me lo permitís, debería ir a casa de la señorita Ashton.

Durante un instante, Anisha se atrapó el labio entre los dientes.

—Tened cuidado al tratar con la señorita Ashton, Napier —dijo con voz queda.

Esta vez, la de Napier fue una risotada estridente.

—No me consideréis tan estúpido, querida mía. ¿Creéis acaso que no sé lo que es?

—Oh, diría que es más que probable que no. —Anisha le tomó la mano y la hizo girar hasta dejarla con la palma hacia arriba para acariciarle las pequeñas almohadillas de piel con el pulgar—. Royden, yo… he visto su mano. Ese día en la tienda de la pitonisa. Es una mujer profundamente atormentada. Su vida ha quedado prácticamente destruida a causa de la muerte de su familia.

Napier entrecerró los ojos.

—¿A qué os referís, Anisha, cuando decís que habéis visto su mano?

Anisha le dedicó una mirada impaciente.

—Se llama *hasta samudrika shastra* —dijo ella—, y no, no me miréis así. Es una ciencia, no un truco de salón. Y no, yo no soy como mi hermano, de modo que no empecéis.

Napier no tenía intención de mencionar los oscuros talentos de lord Ruthveyn. Le aterraban.

—¿Es entonces cierto que pretendisteis leerle la fortuna en la tienda de lady Leeton? —preguntó, incrédulo.

—No, mi intención era sólo entretener. —Soltó la mano de Napier y suspiró—. Supuestamente era un evento con fines benéficos. Pero la mano de la señorita Ashton... realmente me dejó perpleja... y temo haberla asustado.

Napier sintió que una sonrisa le curvaba los labios.

—Ah, por lo poco que he podido ver hasta ahora, querida, no hay nada que asuste a la señorita Ashton.

—En ese caso, como mínimo provoqué su enfado. —Anisha se reclinó en la silla—. Pero ahora eso ya no tiene importancia. Decidme, ¿estáis plenamente convencido de que no necesitáis mi declaración? Podéis estar seguro de que cumpliré con mi deber como ciudadana, tanto si le gusta a Lazonby como si no.

—Lazonby está utilizando contra mí el afecto que os profeso —gruñó Napier—. Lo sabéis, ¿verdad?

—Está totalmente intratable. —Miró a Napier con un brillo especulador en los ojos—. ¿Y vuestro afecto por la señorita Ashton? —añadió jovialmente—. ¿Qué me decís de eso?

—¿Cómo decís?

Anisha fingió alisarse los pliegues de la túnica.

—Bueno, no puedo evitar haber visto que mientras que mi nombre apenas ha aparecido en los periódicos, el suyo prácticamente ha corrido idéntica suerte. Y eso casi lleva a creer que la dama simplemente pasaba por allí cuando tuvieron lugar los disparos y que no conocía de nada al señor Coldwater.

Napier la miró explícitamente, y un poco amenazadoramente.

—No alcanzo a imaginar a qué os referís, lady Anisha.

Ella tuvo la audacia de sonreír.

—Simplemente que creo que tenéis el corazón más blando de lo que os gustaría hacer creer —respondió ella—. No le debéis nada a la señorita Ashton, y aun así alguien —vos, estoy segura— la habéis protegido del grueso de los boletines.

—Hum —dijo Napier—. Quizá deberíais agradecérselo a vuestro casi prometido. Ha amenazado con hacer picadillo el nombre de mi padre.

—¡Oh, no, mi gran amigo! —exclamó lady Anisha—. A Lazonby le trae sin cuidado la señorita Ashton. De hecho, tiene muchos motivos para desearle... ah, ¡no importa!

Napier se levantó, incómodo de pronto.

—Me temo que os he entretenido demasiado.

Las joyas de las chinelas de lady Anisha reflejaron el sol cuando se levantó.

—Oh, ¿tenéis que iros?

—Me temo que sí —respondió Napier, lo cual era del todo cierto—. Estaré a la espera de la noticia de vuestro feliz acontecimiento, lady Anisha, antes de volver a visitaros...

—¡Napier! —le reprendió ella.

—... momento en el cual me comprometo a dejar a un lado mi acritud, ¡durante uno o dos días al menos!... y venir a veros con mis mejores deseos y con una caja de champán excelente.

Como si estuviera encantada, lady Anisha entrelazó las manos.

—¡Cuánta amabilidad!

—Y tendré que esforzarme para no desear que Lazonby se atragante con él —añadió a continuación.

*D*esde lo alto de un taburete escalera de la pulcra cocina de su casa de campo, Lisette recorrió con la vista los estantes semivacíos. Las ollas y los cuencos abarrotaban ahora la encimera.

—Bien, ya está todo —dijo, limpiándose las manos cubiertas de polvo en el delantal—. Lo demás estaba en la casa cuando la alquilé.

—Falta mi colador. —La señora Fenwick le habló a las profundidades de una caja de embalar—. Pasádmelo, señorita, para que lo meta en mi puchero.

—¿Este viejo y maltrecho artilugio?

—Sí, idéntico a mí —respondió la señora Fenwick con tono de amonestación—. Sin él soy incapaz de hacer un puré como Dios manda o una sopa decente.

—¿Le parece que empecemos a envolver todo esto en papel de periódico? —Lisette le dio el cónico artilugio—. Se merece dos meses de descanso.

Justo en ese momento, el sonido de la aldaba al caer sobre la puerta reverberó por toda la casa. La vieja señora suspiró y volvió a ponerse la cofia.

—Iré yo. —Lisette bajó del taburete de un salto y se desanudó el delantal—. Quizá sea el señor Bodkins, que trae noticias de alguna casa.

—Sí, cualquier sitio menos Escocia, señorita —le advirtió la señora Fenwick.

Sin embargo, y a pesar de las palabras de la criada, Lisette se acercó a la puerta presa de una seria trepidación, aminorando el paso en cuanto se impuso la lógica. No, no era Bodkins. Demasiado pronto. Se asomó al mirador del salón y al atisbar entre los finos visillos el sendero bañado por el sol que corría por debajo se le encogió el estómago.

El inspector adjunto Napier estaba de pie delante de ella en el escalón de la puerta de entrada, ominoso como el propio Mefistófeles, con la mano firmemente cerrada alrededor del asa de un maletín de cuero negro con relucientes adornos de bronce.

Sin embargo, el emisario de Satán iba impecablemente vestido, con un alto sombrero negro y una levita a juego, cortada a la altura de una delgada cintura. Debajo, Lisette alcanzó a ver un chaleco de color cabernet y una corbata nívea y almidonada, con el nudo apretadamente —y perfectamente— centrado en el cuello. Lisette supuso que era el vivo retrato de la más absoluta elegancia masculina, recientemente comprada en Bond Street.

Tras pasarse las manos por el pelo, salió al *hall* principal, aunque sus dedos se helaron sobre la manilla de la puerta. Pero no había nada que hacer: la visita era tan inevitable como lo había sido la de Fausto desde el infierno.

Después de rezar una oración pidiendo ayuda a un dios que con toda probabilidad había dejado de escucharla, abrió de un tirón la lustrosa puerta azul.

—Señor Napier —dijo—. ¿Cómo estáis?

—Muy bien, gracias. —Con la voz profunda como un pozo de grava, el hombre se quitó el sombrero, dejando a la vista su pelo oscuro, casi negro, peinado toscamente hacia atrás, dejando despejada una frente alta y un rostro enjuto y anguloso que, contrariamente a los cánones que marcaba la moda del momento, llevaba afeitado, aunque Lisette pudo sin embargo distinguir la leve sombra de una barba incipiente—. ¿Puedo hablar un instante con vos?

Lisette forzó una sonrisa despreocupada.

—¿Tengo acaso elección?

Napier no le devolvió la sonrisa.

—Desgraciadamente, no.

Lisette no era ninguna estúpida: sabía lo que significaba la presencia del inspector en su casa. Oh, había conseguido lo que quería, aunque involuntariamente, con la muerte de sir Leeton. Pero siempre había que pagar un precio. Y Royden Napier, o eso al menos se temía ella, acababa de aparecer para cobrárselo.

—En fin —dijo bruscamente—, nadie desea entorpecer la labor de la siempre diligente Scotland Yard. —Se hizo a un lado y esperó a que empezara el siguiente capítulo de su vida—. Pasad, os lo ruego.

4

Mefistófeles expone sus condiciones

En cuanto entró, Napier dejó vagar la mirada por el pulcro *hall* principal de Elizabeth Ashton. Esa breve evaluación de un lugar desconocido fue, por su parte, un acto puramente instintivo: las puertas, las ventanas, las posibilidades de escapatoria que permitía el espacio.

Una reacción harto ridícula teniendo en cuenta que la dama no tenía ningún motivo para intentar la huída. Él ya se había ocupado de eso... al menos por el momento. Aun así, recorrió el *hall* con la mirada: unos amplios arcos comunicaban la pequeña estancia en tres direcciones, y en el gran salón que tenía a su derecha vio una escalera que llevaba a los pisos superiores. El *hall* estaba amueblado con una hermosa mesa de alas abatibles, adornada con un par de candelabros que debían de equivaler al sueldo anual de un agente de policía. Sobre la mesa colgaba un paisaje con un marco dorado, completando la impresión de aburguesado confort, si no de explícita fortuna.

—Poco que ver con la magnificencia de Mayfair —dijo ella, como leyéndole el pensamiento—. Pero es mi casa.

Napier no mordió el anzuelo... si es que lo era. Con ella era imposible estar seguro.

—¿Hay algún sitio donde podamos hablar en privado? —dijo en cambio, volviendo a fijar la mirada en los fríos y cristalinos ojos de Lisette—. Sir George Grey desea que revise vuestra declaración.

—Cuánto rigor —dijo ella—. Aunque lamento deciros, señor Napier, que no puedo añadir nada a lo que os dije en su momento.

Napier soltó una risotada.

—Oh, vamos, señorita Ashton. Creo que ni vos ni yo nos creemos eso.

La sonrisa de Lisette se tensó. Napier reparó en que había en las comisuras de sus ojos una mirada quebradiza, además de unas tímidas sombras debajo. La dama no había dormido bien. Quizá no fuera tan calculadora como parecía.

—¿Puedo ofreceros un café? —preguntó ella, conduciéndole al salón.

—Gracias —dijo él, fijándose en una hilera de bolsas de viaje amontonadas junto a las escaleras—. ¿Os vais de viaje, señorita Asthon?

—Tengo una casa en Escocia —respondió ella imprecisamente—. Disculpadme mientras voy a la cocina. No tengo mucho servicio. Sentaos a la mesa, si os apetece.

Volvió a salir al sombrío *hall* y desapareció por la puerta que comunicaba con la parte posterior de la casa, mientras él se preguntaba si simplemente desaparecería por la puerta de atrás. Pero no había visto desesperación en los ojos de la dama. Al parecer, confiaba en la capacidad de Lazonby para protegerla. Al menos de momento.

Así pues la presa se había convertido en… ¿qué, exactamente? ¿En el aliado de la cazadora? Para Lazonby aquél era un papel atípico, y la señorita Ashton no parecía la clase de mujer que se aliara con nadie. No había en sus ojos un mínimo atisbo de confianza. Aunque quizá la vida le había enseñado bien. No, no huiría. Aun no. La mujer infernal era demasiado osada para eso.

Napier dejó el maletín sobre la mesa redonda. Supuso que debía de utilizarse como mesa de desayuno, pues la habitación era esa clase de salón que ofrecía múltiples usos. Había un par de altos estantes construidos a ambos lados de la chimenea, un viejo pianoforte arrimado a la pared del fondo y un escritorio de marquetería de uso femenino situado bajo una ventana lateral, por la que alcanzó a ver una encantadora verja arqueada de jardín con un rosal trepador, exuberante y combado bajo el peso de un sinnúmero de flores blancas.

Peculiarmente inquieto, Napier siguió el rastro de la señorita Asthon hacia el *hall*. La puerta que estaba delante del salón daba a una formal salita de estar revestida de muaré y un exquisito espejo de cuerpo entero de marco dorado situado entre sendas ventanas. Los muebles, sin embargo, no pudo apreciarlos, pues estaban cubiertos con sábanas.

Ah, no había errado en sus suposiciones. La señorita Ashton estaba cerrando la casa.

Mientras reflexionaba sobre lo que acababa de confirmar, volvió sobre sus pasos. Encima del escritorio de marquetería vio una miniatura ovalada con marco de plata colocada junto a un par de pesados tinteros de cristal. La cogió y contempló los redondos y cerúleos ojos de una joven ataviada con un vestido de baile rosa, cuyo corte denotaba que el retrato estaba lejos de ser reciente.

La dama era de una belleza innegable, con una hermosa y delgada nariz y unos labios carnosos que acentuaba un lunar situado junto a una de las comisuras. Napier supuso que se trataba de la señorita Elinor Colburne, pues el parecido con su hermana menor era inconfundible.

Y sin embargo, eran muy distintas.

Qué extraño, pensó Napier, acercando la miniatura a la luz. Los ojos de Elinor era muy hermosos, pero de un color marcadamente común, mientras que su pelo era rubio. Los ojos de Elizabeth Ashton eran de un peculiar verde azulado y levemente almendrados, la piel pálida como la porcelana y el pelo de un apagado tono castaño.

A decir verdad, el único parecido entre ambas era la forma del rostro: un par de puros óvalos perfectos ambos, con firmes y curvos pómulos que denotaban una elegancia de sangre azul. Y esas bocas. Un par de exuberantes arcos de Cupido con los labios inferiores de una carnosidad tal que parecían haber sufrido la picadura de una abeja y que llevaban a un hombre a pensar en...

—Veo que habéis encontrado el retrato de Elinor.

El repiqueteo de la porcelana tintineó a su espalda.

Devuelto abruptamente a la sensatez, Napier dejó ligeramente incomodado la miniatura sobre el escritorio y al volverse vio que la señorita Ashton había aparecido con una bandeja de borde alzado, un artefacto de plata maciza con un juego de café que de ningún modo podía ser ligero.

—Habría sido un placer haberos ayudado con eso —dijo Napier, mirando la bandeja.

Ella alzó su fría mirada hacia la del inspector, con una leve sombra de desdén en el rostro.

—Oh, vamos, señor Napier, ¿acaso os he dado la impresión de ser una mujer frágil? —murmuró, dejando la bandeja encima de la mesa—. Si es así, estáis muy equivocado. —Dicho esto, ladeó la cabeza hacia el escritorio—. Ellie era la delicada de las dos.

Napier seguía con su sombrero en la mano, que ella había olvidado coger.

—La fragilidad se presenta en múltiples formas, señorita Ashton —dijo con voz queda—. En mi profesión soy testigo de todas ellas. Pero no, no pongo en duda vuestras capacidades.

Ella tomó asiento en una silla.

—Bien, sentaos, señor Napier, y escuchemos vuestras preguntas.

Pero él no se sentó. Se limitó en cambio a dejar el sombrero en la silla.

—En primer lugar —dijo, mirándola desde arriba—. Quiero que me contéis qué fue exactamente lo que ocurrió en esa lechería el día de...

La señorita Ashton levantó la mano, mostrándole la palma.

—Ya he dicho todo lo que tenía que decir al respecto, señor. Tenéis mi declaración. ¿Queréis revisarla o no?

—Maldita sea —refunfuñó Napier entre dientes—. Lo que quiero que declaréis, señorita Ashton, es que nadie llamado Jack Coldwater se acercó a un solo centímetro de la propiedad de sir Wilfred ese día. Ésa es la verdad, y todo lo demás no es sino un nido de ratas plagado de mentiras.

La señorita Ashton se limitó a abrir como platos sus inusuales ojos.

—Y si él no lo hizo —dijo con absoluta calma—, ¿quién imagináis entonces que mató a sir Wilfred? ¿Lazonby, quizá? Buena suerte con esa acusación. ¿Lady Anisha? Confieso que no me parece la clase de mujer violenta. Pero esperad... ¿quizá creéis que fui yo? Si lo fui, en ese caso la ley me da el derecho de no incriminarme, y no soy tan estúpida como para renunciar a ese derecho.

—Esto es una pérdida de tiempo, ¿verdad? —dijo él, frustrado ante la actitud de ella—. No me diréis nada. Ya veo que habéis sido bien aleccionada por vuestro amigo Lazonby.

Tiesa como una duquesa, Lisette volvió a levantarse.

—Oh, Lazonby está muy lejos de ser amigo mío —dijo—. No confiaría en ese hombre ni por todo el oro del mundo.

Napier soltó una carcajada.

—En esa opinión estamos de acuerdo —dijo—. Y sin embargo...

—¿Y sin embargo, qué? —Lisette rodeó la mesa con un frufrú hacia él—. ¿Y sin embargo le he culpado injustamente? ¿Y sin embargo he atormentado a un hombre inocente durante todos estos meses? ¡Oh, vamos, señor Napier! Incluso aunque pudierais probarlo, no puede ser que sea ése el motivo de vuestra visita. Además, sabéis tan bien como yo que en raras ocasiones los hombres ricos y nobles como Lazonby están libres de culpa.

—Señorita Asthon, os lo ruego...

—Por el amor de Dios, id al grano, señor Napier. —Se detuvo bruscamente delante de él—. ¿A qué habéis venido? Tened la amabilidad de decirlo, o de preguntarlo, y ahorraos vuestros sermones.

—No estoy seguro de que deba despilfarrar mi aliento —replicó él, sin saber exactamente por qué estaba tan enfadado ni lo que quería de ella. ¿La verdad? ¿Lágrimas? Lo más probable era que no consiguiera ni lo uno ni lo otro—. Lazonby y vos sois de la misma calaña: ambos dispuestos a manipular la verdad en beneficio propio.

—Escuchadme bien, Napier: el problema que podáis tener con Lazonby es vuestro y sólo vuestro —replicó ella—. Ya no tengo nada que hacer en Londres. Si lo que os frustra es que Lazonby haya tomado como rehén la reputación de vuestro padre, id a importunarle a él con vuestras preguntas.

Sin pensarlo dos veces, Napier la agarró de los hombros.

—¿Me tomáis por idiota, señorita Ashton? —estalló, ardiendo en deseos de hacerla entrar en razón—. ¿Habéis creído por un instante que no veo que Lazonby y vos habéis conspirado en todo esto? Y pensad en esto, ya que sois tan confabuladora: Lazonby os apuñalará por la espalda en cuanto deje de necesitaros. Jurará ante un montón de Biblias que vos matasteis a sir Wilfred —sea o no verdad— simplemente para vengarse de vos por el infierno por el que le habéis hecho pasar.

Lisette palideció, pero se mantuvo en sus trece.

—Y yo juraré que fue el *Morning Chronicle* —y Jack— quienes le acosaron.

Napier no la sacudió entonces.

—¿Imagináis acaso que no he estado en Fleet Street, señorita Asthon? —prácticamente gritó—. He metido el temor de Dios en todos y cada uno de los trabajadores del *Chronicle*. He registrado hasta el último centímetro del despacho de Coldwater y también sus habitaciones de Shoe Lane. Así que digámoslo alto y claro: No existe ningún Jack Coldwater, y jamás existió, ¿no es cierto?

Elizabeth Ashton se inclinó hacia él muy despacio.

—Bien, si es como decís, señor, deberéis demostrarlo —dijo con suavidad—. Pero supongo que la plantilla del *Chronicle* ya os ha dicho que trabajaron codo con codo con él durante más de un año. Su casera debe a buen seguro haberos informado de que le vio entrar y salir regularmente. Además…

—Sí, pero también vio…

—Además —le interrumpió ella—, preguntad al matón que merodea por el club de Lazonby quién le ha estado pagando para que vigile a Lazonby durante todos estos meses. La mitad de los matones de la ciudad conocían a Jack Coldwater, y la mitad de ellos eran informadores suyos, lo cual a cambio le convertía en un reportero condenadamente bueno. Oh, puede que Jack no se dejara ver demasiado a menudo por la oficina, pero el *Chronicle* conseguía aquello por lo que pagaba. Y ni uno solo de esos hombres estará dispuesto a admitir haber sido engañado por una simple mujer. Suponiendo, claro está, que sea cierto.

—Bobadas —gruñó Napier—. Eso no son más que bobadas. No sois mejor que Lazonby y me estoy hartando de dar vueltas alrededor de los hechos con prevaricaciones y medias verdades. Vos decidisteis destruir a Lazonby, darle caza, acosarle y condenarle por asesinato, y elegisteis también el foro de opinión pública donde hacerlo. Y eso fue exactamente lo que fue Jack Coldwater. Un arma. Una quimera.

El desdén se dibujó en el rostro de Elizabeth Ashton.

—¿Hay alguna pregunta soterrada bajo esta arrogante acusación, señor Napier? —inquirió—. Y, de ser así, ¿realmente deseáis que os responda del modo que al parecer esperáis? Porque si lo hiciera… en fin, os consideráis un caballero, ¿no es así? Deberíais hacer frente a toda esa caballerosa honorabilidad. A todo ese deber para con la Corona. A toda vuestra corrección, vuestro poder y la obligación moral que os aguijonea como el alfiler que una lavandera hubiera olvidado en el cuello de vuestra camisa. Pues bien, en mi caso hace tiempo que la verdad y el honor dejaron de preocuparme, señor Napier. Jamás nos beneficiaron en nada, ni a mí ni a mi familia. De modo que dejad que cargue con la culpa, si es que la hay. Y dejad que la gran reputación de vuestro padre descanse en paz en la tumba.

Napier sintió que se le tensaban todos los músculos del cuerpo.

—Por Dios —susurró—, debería arrestaros por asesinato… y por emplear un lenguaje impropio de una dama.

Lisette tuvo la audacia de pegar su rostro al de él.

—Atreveos —respondió—, y veréis adónde os lleva eso.

Cegado por la frustración y por algo semejante al deseo, la agarró con más fuerza. Ella se reclinó contra la estantería, haciendo tintinear un jarrón de gladiolos blancos que estaba encima de la repisa de la chimenea.

Los ojos de Lisette se abrieron como platos cuando Napier hincó una pierna entre las suyas, logrando de hecho inmovilizarla.

—Una vez me ofrecisteis algo a cambio de mi cooperación, señorita Ashton —susurró, paseando su tórrida mirada por su rostro—. Decidme: ¿sigue en pie la oferta? ¿Seguís siendo tan atrevida?

Ella le empujó a su vez, clavándole la base de ambas manos en los hombros.

—Lo suficiente como para hacer lo que tengo que hacer —fue su respuesta—. Soy una superviviente, señor Napier. Y no, no soy ninguna estúpida. Sé lo que sois. Veo lo que se oculta tras vuestra caballerosa fachada. Y sí, también tras la de Lazonby. Y ahora vuelvo a preguntaros: ¿Qué queréis de mí?

—Os quiero en la cárcel —respondió Napier entre dientes—. Os quiero, sabe Dios, donde pueda teneros vigilada.

Y dicho esto, le hundió los dedos en el pelo. Dejando escapar un pequeño grito, los ojos de la señorita Ashton volvieron a abrirse de nuevo y giró la cara como en un intento por evitar el beso, clavándole con fuerza la base de las manos en los hombros.

Pero Napier no la besó, a pesar del deseo, y de mucho más que eso, que le palpitaba en la entrepierna. Lo que sí hizo en cambio fue soltarle cruelmente el elaborado recogido de rizos castaños. El recogido se deshizo en una lluvia de horquillas, una de las cuales rebotó contra el espejo de la repisa de la chimenea.

La señorita Ashton se estremeció al verse agarrada de ese modo por él, negándose a girar la cara hacia él.

—Oh, ya me parecía recordar esos indómitos y llameantes rizos —dijo Napier, arrojando la peluca castaña a un lado—, aunque ya no os queden muchos. Aun así, jamás olvido un rostro, señorita Ashton. Jamás olvido la altura, los ojos, el olor de una mujer. Ni el color real de su cabello.

—Soltadme, canalla —susurró ella.

Lejos de cumplir con sus deseos, Napier se inclinó aún más hacia ella al tiempo que su tosco aliento aspiraba su fragancia mientras veía cómo sus pestañas revoloteaban hasta cerrarse como un par de oscuros y emplumados abanicos sobre la piel de alabastro. Y todo ello diseñado, no le cupo duda alguna, para enloquecer a un hombre. Para impedirle pensar con claridad.

Pero Napier no sucumbió. O no del todo.

—Oh, esa fea peluca, el color apagado de vuestro vestido y el kilo que habéis ganado quizá me hayan llevado a cuestionar algunas cosas en el jardín de sir Wilfred —dijo bruscamente—, pero desde el principio he percibido en vos algo anómalo.

Lisette abrió los ojos y, por el bien de su propia cordura, Napier la empujó, apartándola ligeramente.

Pareció que se había recuperado.

—Sabéis sin duda halagar a una dama, inspector adjunto —dijo ella en son de burla—. No sabía que había avivado de tal modo vuestra imaginación. Sin embargo, sea lo que sea lo que imagináis en este instante —y llegados a este punto, la pequeña arpía dejó que su mirada bajara hasta la inflamada entrepierna del inspector—, no olvidéis que tengo criados en la casa.

Indignado consigo mismo, Napier soltó los delgados hombros de la señorita Ashton y se volvió de espaldas. Pero el olor de ella, embriagador y floral, le siguió. Santo cielo, qué locura. Con esa mujer estaba jugando con fuego… casi literalmente.

Y los pensamientos que había dejado merodear por su cabeza…

Allí de pie, enfadado consigo mismo e intentando recuperar el control, oyó el frufrú de la falda de seda de Lisette a su espalda y el suave sonido del cuero deslizándose hasta el otro lado de la mesa.

La señorita Ashton apareció ante él, con su mata de lustrosos rizos pelirrojos escapando de sus horquillas para derramarse casi angelicalmente alrededor de su rostro.

—Me preguntaba cómo diantre conseguíais domesticar esa salvaje mata de cabello —masculló Napier prácticamente para sus adentros.

Ella sonrió con fingida dulzura.

—Me han dicho que muchos hombres usan aceite de Macassar —dijo, balanceando la cartera de Napier desde la yema de un dedo—, aunque cómo saberlo. Y ahora, de camino a la puerta, no olvidéis vuestra cartera, señor Napier.

La seguridad que la señorita Asthon mostró en sí misma provocó que algo chasqueara dentro de él —aparentemente, su buen juicio— al tiempo que la miraba con profundo desagrado.

—Ah, no voy a marcharme, señorita Ashton —dijo—. Y vos tampoco.

La falsa sonrisa de la dama se desvaneció y su mirada se dirigió al instante hacia la fila de bolsas de viaje que estaban junto a las escaleras.

—Muy bien —dijo, soltando el maletín, que cayó al suelo—. Arrestadme entonces… si creéis que podéis retenerme. Y si creéis que podéis sobrevivir al ataque de Lazonby. Como bien recordaréis, él necesita desesperadamente mi declaración en relación a la confesión de sir Wilfred.

—Oh, no le temo a Lazonby, y jamás lo he hecho —dijo Napier—. Vos, por el contrario… vos sois peligrosa… y estoy empezando a pensar que casi estáis tan perturbada como él.

Lisette dejó escapar una abrupta risotada.

—Ya conocéis el dicho: «El genio y la locura son grandes aliados».

—«… y muy finas son las fronteras que los dividen» —concluyó Napier con seriedad.

Los ojos de Lisette se abrieron como platos.

—Diantre, conocéis bien a Dryden, señor Napier —dijo—. En circunstancias más favorables, me encantaría comparar con vos mi ingenio.

—Ya, bueno, concentraos en las circunstancias actuales, querida —le advirtió Napier—. Quizá no merezcáis la horca. Sabe Dios que sir Wilfred se merecía su suerte, pero la falsedad tiene siempre su precio. Y, seamos sinceros, querida: vos eleváis la falsedad a una forma de arte.

La señorita Ashton se había hecho a un lado al tiempo que con gesto calmado iba tirando de las horquillas que le quedaban en los rizos cortos e indómitos.

—¿Entonces? —dijo, arrojando algunas encima de la mesa.

—Entonces os quiero, por Dios, donde pueda vigilaros —dijo—, hasta que este asunto de la muerte de sir Wilfred se calme.

—Señor Napier —dijo ella sin demasiada energía—, si intentáis mandarme a prisión, lord Lazonby...

—No, a prisión no —replicó él—. Hasta que él no vuelva a necesitaros, Lazonby mentirá y os sacará.

La mano de la señorita Ashton se quedó inmóvil.

—En ese caso... ¿dónde?

—A otra parte —dijo Napier, demasiado condenadamente estúpido para morderse la lengua—. Quizás a algún lugar donde pueda hacer un buen uso de vuestros incorregibles talentos.

—Oh, no lo creo.

Los ojos de Lisette le evitaron, al tiempo que se apartaba.

Pero Napier apenas la oyó, pues un remolino daba vueltas en su mente.

—Oh, quizá funcione a fin de cuentas —masculló—. Una especie de trato... un trato fáustico, o casi.

Y Napier supo en ese momento que por fin había perdido el juicio y que estaba cometiendo el único error por cuya nula práctica era tristemente notorio: dejar que la emoción primara sobre la fría lógica.

La señorita Ashton estuvo aparentemente de acuerdo.

—Veo una mirada intrigante en vuestros ojos, Napier —dijo, sin disimular la advertencia en su tono de voz—. Y os diré sin rodeos, señor, que no estoy haciendo nada engañoso.

—¡Ah, ahora halláis vuestra instancia moral suprema! —Napier se rió—. Santo Dios, señora, ¿acaso vuestra audacia no conoce límites?

Sin embargo, y para su sorpresa, la repentina noción pareció tener sentido. Napier odiaba dejar a la mujer; odiaba dejar libre a una criatura tan fantástica e inteligente en una sociedad que nada sospechaba de ella hasta estar seguro de que no tuviera una nueva presa: Lazonby, quizá, pues la señorita Ashton era sin duda poseedora de una mente sobradamente avezada.

¿Era peligrosa, quizá? No, no se lo parecía.

O al menos no en ese momento. Pero una parte de él ardía en deseos de no perder de vista a la mujer y de descubrir exactamente qué había hecho y por qué. Tan sólo esperaba que ese deseo proviniera de la parte de su cuerpo situada encima de la cintura, y no debajo.

Sin embargo, la señorita Ashton había retrocedido aún más.

—Podéis llamarlo audacia si gustáis, Napier —dijo—. Pero, independientemente de lo que pueda o no haber hecho, siempre he intentado hacer justicia.

Napier afiló la mirada.

—Sí, y ahora debéis marcharos de Londres a la desesperada, ¿no es así? —dijo, pensando en voz alta—. Sois lo bastante lista como para saber que Lazonby seguirá sin actuar el tiempo que tarde en limpiar su nombre en la prensa y pueda volver a disfrutar del beneplácito de la sociedad biempensante… cosa que no tardará en suceder. No desea ver mancillado el nombre de Anisha. De modo que sí, os usará y después quizá simplemente os arroje a los lobos.

La señorita Ashton encogió un hombro, pero le escuchaba.

—Y por eso debo hacer un trato con el diablo, ¿es eso? —dijo jovialmente—. ¿Y luego… qué? Me protegeréis de Lazonby si me utiliza de algún modo para llegar a mi hermano Jack?

—Algo así —dijo Napier.

Lisette alzó la barbilla, recobrada por fin toda su arrogancia.

—Sed más específico.

Napier señaló con un brusco movimiento de cabeza la hilera de maletas.

—Deshaced todo eso —dijo—. Sólo necesitaréis un baúl. Vuestros enseres más elegantes, aunque adecuados para el campo… y para una casa que está de luto. Mi cochero os recogerá el martes a las ocho de la mañana.

La señorita Ashton se quedó helada.

—¿Adónde piensa llevarme vuestra indómita imaginación? —dijo.

—A Wiltshire —respondió él, cogiendo el maletín con gesto brusco—. Y no son imaginaciones mías, indómitas o no. Vais a ir. Ésa es vuestra penitencia.

—¿A Wiltshire? ¿Con... vos? —Clavó en él la mirada—. Pero ¿por qué? ¿Para hacer qué?

—Para actuar —dijo él muy serio—. Sabe Dios que eso se os da a la perfección.

—Se me da bien actuar en el papel de una triste profesora de gramática, sin duda —concedió ella—. Pero dudo mucho que necesiten a otra en Wiltshire.

—No, pero yo necesito a una prometida —replicó Napier, cogiendo el sombrero de la mesa—. Por muy estúpido que sea, señorita Ashton, no creáis que no me compadezco de vuestra pérdida. Pero por Dios, hasta que no esté seguro de que no estáis loca ni sois peligrosa, estoy decidido a no perderos de vista.

Por fin había dejado a la dama sin habla. Los ojos de Lisette se abrieron como platos y estaba literalmente boquiabierta. Desenterrando una leve pizca de pena por ella, Napier se ablandó.

—Señorita Ashton —dijo amenazadoramente—, mantengo la teoría de que durante más de un año habéis engañado a la mitad de Londres haciéndoos pasar por un radical y joven periodista. Sin duda, durante un simple par de semanas, podréis hacer creer a mis entrometidos parientes que estáis al menos un poco enamorada de mí.

¿Eran imaginaciones suyas o había visto ablandarse la expresión de Lisette?

—Y, después de eso, ¿seré libre para ir donde desee? —dijo ella, curvando hacia arriba una comisura de la boca—. ¿Tengo vuestra palabra de caballero?

Napier inclinó la cabeza a un lado, estudiándola.

—Eso dependerá de si me consideráis un caballero —respondió por fin—. Y de si sois capaz de comportaros como un miembro juicioso y responsable de la sociedad. Y de lo bien que se os dé impedir que esos entrometidos parientes… se entrometan. Tengo que llevar a cabo una suerte de investigación. Y deberéis encargaros de que pueda hacerlo sin obstáculos.

La señorita Ashton se cruzó de brazos.

—En ese caso, mandad a vuestro hombre a recogerme, señor Napier —dijo—. Y quizás esté dispuesta a ir con vos. O quizá para entonces esté ya de camino a Escocia.

Napier sonrió.

—Oh, no estaréis de camino a Escocia, querida.

Ella le sonrió a su vez, deslumbrantemente.

—¿Eso creéis?

—Lo sé —respondió él, encaminándose hacia la puerta—. Porque tendré a media docena de agentes de la policía de Londres vigilando todos los caminos que salen de Hackney.

Al oír eso, la señorita Ashton salió presurosa tras él.

—Pero no soy una prisionera —se quejó—. No podéis retenerme aquí.

—¿Ah, no? —dijo él sin tan siquiera volverse a mirarla.

—¡Napier! —Los ojos de Lisette le clavaron su tórrida mirada en la nuca—. Napier, no tenéis mesura.

—Sí, eso dicen —dijo él, volviéndose a despedirse de ella con una florida inclinación de cabeza—. Os veré en Paddington, debajo del cartel indicador del andén Número Uno, el martes por la mañana con los billetes en la mano… de lo contrario hallaré el modo de arrestaros.

—Perro inmisericorde —susurró ella—. Ahora entiendo por qué os llaman Roy el Desalmado.

—Así es, en efecto —dijo él—. El martes por la mañana. Os ruego puntualidad. Por cierto, ¿tenéis criada? Si no es así, contratad una.

—Sí, sí, por supuesto que tengo criada. —La señorita Ashton cerró las manos en sendos puños sobre sus costados—. Aunque quizá no me encontraréis allí. Quizá sea yo la persona que haga frente a vuestras intimidaciones.

—Ah, ¿presa ya de los nervios propios de una joven novia, queri-da? —Napier forzó una magnífica sonrisa y volvió a alejarse—. Jamás lo habría imaginado de vos.

—Napier —dijo ella muy seria.

Pero él se limitó a abrir la puerta de par en par.

—Y ahora os deseo que paséis un buen día, señorita Ashton —dijo con especiado júbilo, poniéndose bruscamente el sombrero—. Y con-taré las horas hasta que pueda contemplar a mi amada futura esposa.

*L*isette vio cómo Royden Napier se alejaba por el sendero de ado-quines, apenas conteniéndose para no arrojarle uno de los enormes candelabros de bronce. Pero eran unos candelabros muy hermosos y lo más probable es que no sobrevivieran al golpe contra el rocoso crá-neo de Napier.

Además, sí, siempre había que pagar un precio.

Al menos ahora sabía cuál era el de Napier.

Con el estómago entreverado de nudos, se volvió y regresó al sa-lón. Fanny la esperaba en las sombras, en mitad de la escalera con una mano aparentemente congelada sobre la barandilla y la expresión per-pleja.

—Iré con vos —dijo.

—Oh, Fanny. —Lisette le lanzó una mirada ansiosa—. ¿Estabas tan cerca como para oírlo?

—Por supuesto. —Las líneas faciales de preocupación de la criada se habían pronunciado, tornándose en arrugas—. En cuanto he visto a ése contoneándose por el sendero, he sabido que íbamos a tener problemas.

Lisette se dirigió al escritorio y se derrumbó en la silla con la mira-da fija en el retrato de Ellie.

—Él lo sabe, ¿verdad?

—Sí, lo sabe. —La expresión de Fanny era seria cuando descen-dió—. Pero sabe también que será imposible probarlo.

Pasándose una mano por los indómitos rizos, Lisette sopesó la situación mientras Fanny recogía las horquillas desperdigadas alrededor de la mesa del desayuno. Lisette tuvo que reconocer un reticente respeto por Royden Napier. Sabía que él no le tenía simpatía. Pero tampoco le había tenido demasiada a sir Wilfred Leeton.

Fanny sacudía en ese instante la peluca.

—Entonces, ¿estáis decidida a ir?

Lisette se levantó al tiempo que recuperaba su aplomo.

—¿Por qué no? —dijo, volviéndose desde el escritorio—. Quería irme de Londres y del alcance de Lazonby. Quizá... ¿quizá Napier se deje manejar?

—Oooh, no sabría que deciros, señorita.

Fanny parecía escéptica.

—En cualquier caso, tengo que intentarlo. —Lisette esbozó una sonrisa forzada—. Muy bien, manos a la obra. Hazme el favor de ir a decirle a la señora Fenwick que deje de hacer el equipaje y que me mande todos los periódicos que hemos ido recogiendo para envolver las cosas.

—¿Sí? —La criada la miró socarrona—. ¿Para qué?

—Una tiene que conocer siempre a su enemigo, Fanny —respondió Lisette—. Y desde luego estoy decidida a conocer al mío a la perfección.

5

En el que nuestra intrépida heroína da comienzo a una aventura

El clamor que envolvía la terminal de pasajeros de Great Western era casi ensordecedor a las nueve y media de la mañana. Tras haber sido depositada delante de la entrada por el cochero del señor Napier, Lisette se colgó la bolsa de viaje de la muñeca, se armó de valor y entrelazó el brazo con el de Fanny.

Juntas rodearon un par de coches de cabriolés que esperaban en la calle, vadearon dentro y de inmediato se vieron arrastradas por los ríos de pasajeros que corrían a tomar un tren o que emergían de alguno que acababa de llegar. A eso había que añadir un torbellino de maleteros, criados y empleados, y todo ello resultaba desconcertante.

Lisette sólo había tomado el tren una vez en su vida, desde Liverpool a Londres, pero en tal estado de agitación que prácticamente no lo recordaba. A decir verdad, se había marchado tan apresuradamente de Boston que ni siquiera había cerrado la casa como debía, prácticamente volando sobre el Atlántico con ese ejemplar arrugado y viejo del *London Times* todavía en la mano, después de haber memorizado cada palabra del artículo de la portada que predecía la salida de prisión de Lazonby.

Y durante el viaje no había dejado de pensar ni un segundo en papá, tan apuesto y tan alegre. Ni en Ellie, tan hermosa y tan prometedora. Ni de preguntarse por qué ella, la rara, se había salvado.

No, tanto el viaje en barco como el posterior trayecto en tren eran para ella un vago recuerdo. Pero aquel artículo, y su funesto encuentro con Royden Napier tan sólo un poco después... ah, eso lo recordaba todavía con claridad cristalina.

—Mirad, allí está, señorita. —Fanny señaló sorteando el alto sombrero de copa del caballero que les bloqueaba el paso—. El cartel que cuelga de un soporte.

—Ah, en efecto. Vamos, Fanny.

Lisette, que era con mucho la más alta de las dos, se abrió paso a empellones por el andén, dejando atrás a su paso espacios provisionales señalados con los indicadores: «Guardarropa», «Ventanilla de venta de billetes» y «Telégrafos», hasta que por fin se acercó al cartel.

El inspector adjunto de policía estaba plantado debajo, alto y tieso, vestido de un modo mucho más elegante de lo que ella le había visto jamás. Napier llevaba para la ocasión un chaqué negro sobre un chaleco de seda gris y una ancha y nívea corbata. Como en una muestra de respeto por el luto, lucía un crespón negro en la copa del sombrero al tiempo que una capa negra como el carbón forrada de seda de color peltre colgaba despreocupadamente del pliegue del codo.

Su cabello de color caoba caía, espeso y lustroso, en un ángulo que le ensombrecía el rostro, y las largas y levemente ahuecadas mejillas acentuaban las poderosas líneas de los pómulos, sobre una mandíbula que —como el resto de Napier, sospechó ella— era prominente y cuadrada.

A los pies tenía una gran maleta de piel y apoyaba levemente el peso del cuerpo en un elegante bastón de mango de bronce. Sin embargo, esa mirada seria e implacable no se apartaba un milímetro del reloj de bolsillo que tenía en la mano, con la funda de oro abierta como si cronometrara cada uno de los pasos de Lisette.

Deteniéndose delante de él, soltó la bolsa de viaje a los pies de Napier y alzó la mirada. Y muy arriba tuvo que alzarla, pues aunque era alto, parecía alzarse sobre ella casi intimidatoriamente.

Lisette hizo caso omiso.

—Buenos días, mi amor —dijo animadamente, presentando su mano enguantada para que él la besara—. Oh, qué lentas han transcurrido las horas desde la última vez que contemplé vuestro apuesto rostro.

Los ojos oscuros y teñidos de color tormenta de Napier apuntaron a los de ella, su mirada directa y sobradamente incisiva.

—Ahorrad energías para Wiltshire, Sarah Siddons —dijo, cerrando con un chasquido la maleta y guardándose sin miramientos el reloj en el chaleco—. ¿Se ha encargado mi cochero de vuestro equipaje? Ah, ¡aquí está Jolley! ¿Tienes los billetes? Buen chico.

Lisette bajó la mano.

Al parecer, Jolley era el ayudante personal de Napier, que les informó de que sí tenía los billetes en mano, y de que se había encargado del equipaje y de haber despedido al cochero. Hombre flaco y levemente encorvado, ya entrado en años, Jolley era poseedor de una mirada hastiada y de una actitud en absoluto intimidada por su señor.

—Y he tenido que comprar los dos últimos asientos —concluyó con voz de fastidio—, en segunda clase.

—Sin duda habrás sobrevivido a cosas peores. —Con un gesto suave y espontáneo, Napier cogió su maleta, levantando la bolsa de viaje de Lisette con la misma mano—. Enviad a vuestra criada con Jolley, señorita Ashton, y seguidme.

Sin más explicación, Napier echó a andar por el andén, sin que el equipaje ni el bastón pusieran freno a sus largas zancadas, al tiempo que la elegante capa ondeaba suavemente desde su codo al moverse.

Tras apretar por última vez la mano de Fanny, Lisette corrió tras él con algo que poco tenía que ver con la elegancia propia de una dama. Sin embargo, justo en el instante en que pasaba por delante de la siseante locomotora verde el artefacto dejó escapar un espantoso chorro de vapor que a punto estuvo de darle un susto de muerte.

Ella se detuvo sobre sus pasos y se llevó la mano al corazón.

¿Adónde iba a ir a parar el mundo? ¿Todos corriendo de un lado para otro como ratas huyendo en desbandada de una ratonera? ¿Y todo para trepar a aterradores, tórridos y traqueteantes artilugios que les llevarían a otro lugar de confusión y prisa?

Napier siguió avanzando con paso firme, ajeno a ella.

Tras soltar una mascullada imprecación, Lisette se ajustó el sombrero y reemprendió el paso.

Unos veinte metros más adelante, Napier se detuvo a ponerle una moneda en la palma a un maletero que aguardaba. El muchacho se alejó presurosamente por el andén para abrir de par en par la puerta de un compartimento de primera clase, Napier arrojó dentro el equipaje y el maletero subió al tren para colocar las maletas en los portaequipajes.

Cuando el muchacho bajó de nuevo al andén, ayudó a subir a Lisette al estrecho escalón, pero al hacerlo, su mirada quedó prendida en la de ella y una emoción oscura y agitada pareció asomar a su rostro y, durante un brevísimo instante, ella habría deseado no llevar la mano enguantada.

¿Sería el contacto de aquel hombre tan seguro de sí como lo eran sus ojos?, se preguntó. ¿Sería ese brazo firme tan poderoso como se lo había parecido?

Pero Napier subió tras ella y aparcó su bastón con un sonoro ¡clac! que abortó bruscamente el fantástico y peculiar instante. La puerta se cerró con un portazo tras él justo en el momento en que sonaba un segundo siseo horrendo y el tren arrancó con una sacudida. Lisette, que todavía estaba precariamente aposentada en el borde de su asiento, se vio lanzada a un lado. Aterrizó torpemente, pero la mano de Napier apareció de pronto para sujetarla firmemente por debajo del hombro para evitar que perdiera el equilibrio.

Avergonzada, Lisette se llevó la mano al sombrero para sujetarlo.

—Vaya, esto es lo que se dice apurar al máximo —gruñó al tiempo que él retiraba la mano—. Viviendo al filo, ¿eh?

Él le dedicó una mirada insípida.

—Hasta que Jolley os ha visto aparecer no teníamos los billetes —dijo, reclinándose en su butaca—. No confiaba en que vinierais por voluntad propia.

Lisette le fulminó con la mirada.

—Ayer os mandé una nota en la que aceptaba vuestra… en fin, llamémosla vuestra «amable invitación» —dijo.

Él hizo un gesto despectivo con la mano.

—Supuse que sería una treta… algo para que bajara la guardia.

Lisette puso los ojos en blanco.

—¡Ay de mí! ¡Pobre Napier! —exclamó—. Semejante desconfianza en la naturaleza humana. Me pregunto cómo podéis vivir con vos.

¿Eran imaginaciones suyas o había visto contraerse la boca de Napier?

—Me las apaño.

Napier volvió esa oscura mirada hacia la ventanilla, clavándola en las altas columnas de hierro de Paddington que se deslizaban lentamente al otro lado del cristal mientras el rítmico tintineo del metal contra el metal se aceleraba más y más. Lisette decidió irritada que el hombre estaba sentado como si fuera el dueño del compartimento, con el brazo extendido a lo largo de la butaca, las piernas muy separadas y la preciosa capa arrojada de cualquier modo en el asiento contiguo.

Le observó en silencio, como animándole a que continuara hablando. Unos minutos más tarde, funcionó.

Napier apartó la vista de la ventanilla y clavó en ella una mirada adusta.

—¿Entendéis entonces que mi intención es que respetéis vuestra parte del trato? —dijo por fin con su voz grave y atronadora—. Y os advierto, señorita Ashton: no permitiré la menor oposición a mis instrucciones, ni estoy dispuesto a soportar ninguna de vuestras mentiras.

—Oh, jamás se me ocurriría tal cosa —respondió ella dulcemente—. Ninguna mentira, os lo aseguro. Esto es, salvo la que ya habéis utilizado para chantajearme.

Él le dedicó una mirada larga y calculadora. Fue la primera vez que mantenía sobre ella los ojos. Dejó que le recorrieran el rostro con estudiado interés, como si no supiera qué pensar de ella.

Lisette percibía ese día en él cierta suerte de reticencia, y empezó a preguntarse si quizá no estaría arrepintiéndose de su impulsivo plan. Porque sin duda había sido impulsivo, y ella así lo había entendido en el mismo instante en que él había proferido a gritos sus órdenes ese día en el salón de su casa.

Sin embargo, Napier no parecía un hombre demasiado dado al impulso, sino frío y totalmente calculador. ¿Qué habría hecho si ella no hubiera aparecido esa mañana?, se preguntó de pronto Lisette. ¿Acaso se habría sentido secretamente aliviado y habría tomado un tren posterior, siguiendo adelante con el asunto que tenía entre manos?

—Creo, señor Napier, que os estáis arrepintiendo de nuestro pequeño trato —dijo.

Napier permaneció en silencio durante un largo instante.

—Estoy plenamente convencido de que lo lamentaré, sí —concedió por fin—. Este viaje es un asunto delicado. Pero como un idiota, me he permitido confiar el diseño de mi plan a mi mal talante.

—Y no os fiáis de mí —añadió Lisette.

—Y no me fío de vos —repitió él, al tiempo que una de las comisuras de sus labios se elevaba en una sonrisa triste—. En efecto: tengo la sensación de haberme metido en un buen lío.

—Ah, ¿y yo no?

Entonces, dejando caer la cabeza desmañadamente contra el respaldo de su butaca, Lisette dejó escapar un profundo suspiro.

—Tendría que haber huido, ¿verdad? —prosiguió—. No me habríais atrapado. Estoy segura de que no. Pero me atrevería a aseverar que me habríais perseguido hasta las mismísimas puertas del infierno por simple despecho.

—Sin dudarlo —concedió Napier.

—Pero he aparecido y ahora estamos juntos —dijo ella—, al menos hasta la próxima estación.

Durante un rato no volvieron a hablar. Se limitaron a seguir sentados en las silenciosas sombras del compartimento mientras el rítmico traqueteo del tren ganaba en velocidad y las afueras del Londres suburbano se deslizaban al otro lado de la ventanilla.

Como correspondía a un caballero, Napier había ocupado el asiento situado de espaldas a la cabeza del tren, dejando que Lisette pudiera disfrutar viendo la inminente aparición de Notting Hill. Ella reparó en la cansina actividad de civilización con tedioso desinterés hasta que por fin no quedó nada salvo la campiña pasando a toda velocidad ante sus ojos, y nada salvo el silencio entre ambos.

Se aclaró bruscamente la garganta.

—¿Adónde nos dirigimos exactamente? —preguntó—. ¿Y cuánto tiempo tardaremos en llegar?

—Unas tres horas —respondió él—. A Swindon Junction. Allí nos adentraremos en Wilshire, ese desolado lugar abandonado de la mano de Dios.

Ella intentó esbozar una sonrisa sarcástica, pero, para su horror, fue incapaz.

—¿Quiere eso decir que no pensáis dejar que me apee en la próxima estación?

Napier volvía a mirar por la ventanilla, visiblemente ceñudo.

¿Podría realmente estar considerando semejante posibilidad? ¿Y por qué la idea provocaba en ella una leve punzada de desilusión? No sólo estaba un poco asustada por Napier. Había en ese hombre algo remotamente accesible. Napier desconfiaba de ella, y comprensiblemente. Pero también sentía aversión hacia ella. Quizás incluso la odiara.

¿Era eso lo que la turbaba de ese modo?

Bueno, quizá fuera eso y el hecho de que su vida había vuelto a hacerse añicos una vez más.

Por inexplicable que pudiera parecer, Lisette sintió asomar las lágrimas, calientes y amargas, a sus ojos. Había dedicado más de la mitad de sus veintisiete años de vida a una única y electrizante misión: la venganza. Y ahora que por fin la había saboreado, sentía en la boca una amargura mayor que la de la ceniza. Como si hubiera emergido de un estado próximo al de la locura, o como el topo que asoma la cabeza a la luz del día, cegado de pronto por la repentina claridad.

Sin duda su vida tenía que ser algo más que eso. Y si no daba con ello —o si no encontraba al menos una distracción temporal— de verdad perdería la razón. Pero, por el amor de Dios, ¿era Royden Napier todo lo que le quedaba? ¿De verdad deseaba ir a Wiltshire en su compañía?

En ese momento eso parecía. Tal era su desesperado deseo de huir de sí misma.

—Escuchadme bien, Napier —dijo—. Puede que haya cerrado un trato con el diablo, pero...

—¿Ah, sí?

La cabeza de Napier se giró bruscamente hacia ella al tiempo que una ceja oscura se arqueaba con cierto peligro.

Lisette encogió un hombro con fingida despreocupación.

—En este momento sí, ésa es la sensación. Pero estoy aquí, ¿no?

—¿Y por qué eso me reconforta tan poco? —murmuró él.

Lisette le lanzó una mirada amenazadora.

—Con esa actitud, nos esperan unos días lamentables.

—Cierto —masculló él—. O semanas.

—Qué encantador —replicó Lisette, mordaz.

—¿Entonces? ¿Tenéis acaso una agenda que cumplir, señorita Ashton? ¿Hay quizás alguien más a quien deseéis acosar, defraudar o desplumar? —La mirada de Napier se había endurecido—. Por cierto, tened la amabilidad de quitaros esa espantosa peluca.

—Pero... —Lisette clavó en él la mirada—. Pero si no tengo pelo.

—Por supuesto que tenéis pelo —replicó él—. Y, además, os favorece. No puedo decir lo mismo de la peluca.

—El pelo corto y rizado pasó de moda con la muerte de Caro Lamb —le advirtió Lisette, levantando las manos para quitarse las horquillas de la peluca—. Pero si queréis que vuestra prometida parezca poco convencional, debo decir que no tengo nada en contra.

—Señorita Ashton —dijo él sin demasiado interés—, no hay nada remotamente convencional en vos... y ninguna peluca puede ocultar eso.

Lisette no supo si acababan de insultarla o de halagarla. Pero se quitó la peluca, liberando así los rizos que Fanny había recogido con tanto esmero antes de ahuecarse el pelo con los dedos para soltarlos. Delante de ella, en el compartimento, Royden Napier estudiaba con atención sus manos, aunque sin pronunciar palabra.

Lisette no se molestó en volver a ponerse el sombrero, pues contenía en ese momento la peluca con sus horquillas. Decidió en cambio volver la vista hacia la ventanilla, encerrándose en sí misma como lo había hecho con anterioridad. En ese momento vio pasar árboles a toda velocidad ante sus ojos; un viejo huerto bordeado por un cercado bajo de piedra. Piedra dura como su corazón. Árboles quizá tan alabeados por el paso de los años como su amargura lo había hecho con ella.

No deseaba deshacerse de esa amargura y su corazón duro había sido un bastión de difícil conquista. Iba a ayudar a Napier por motivos básicamente egoístas, aunque quizás... y sólo quizá... ¿también un poco altruistas?

En cualquier caso, eso no cambiaba en nada lo que había hecho. Y desde luego no cambiaría en nada lo que Napier era... ni el concepto que tenía de ella. Temía que nada pudiera reparar ese daño. Y nada podía tampoco suavizar la mirada implacable de sus ojos ni la perpetua mueca de desdén que dibujaban sus labios. Lisette se dijo entonces que le traía sin cuidado, y rezó para que fuera cierto.

Apartó los ojos de la ventanilla y clavó en él una mirada dura.

—Bien —dijo—. Si no tenéis intención de dejar que me vaya, será mejor que nos pongamos a ello, ¿no os parece?

Un ojo se entrecerró.

—¿Ponernos a qué?

—A aclarar nuestras historias —respondió Lisette—. Cielos, ¿no sois acaso una especie de policía? ¿Cómo vamos a llevar adelante este pequeño timo vuestro si no tenemos un plan?

—Sí, por supuesto —dijo él, contrayendo la mueca de desdén—. Confiaré en la experta. ¿Cómo os parece que empecemos?

—Primero —dijo Lisette—, me gustaría saber si creéis que lord Saint-Bryce murió por causas naturales.

La sospecha destelló en los ojos de Napier.

—¿Cómo decís?

—Y en segundo lugar me gustaría saber cuál es exactamente vuestra relación con el caballero.

—¿Ah, sí? —Las sospechas se suavizaron levemente—. Y a mí me gustaría saber…

Ella levantó una mano, mostrándole la palma.

—Sí, ayudaba en el periódico de mi tío, señor Napier —dijo—. Tengo alguna idea de cómo averiguar hechos. Dijisteis que ibais a ver a la familia. A Wiltshire. Para ser más exactos, que ibais a una casa que estaba de duelo. Y me ordenasteis que llevara conmigo mi ropa más elegante.

—Y bien…

—Pues que los hechos me dicen que ha habido un solo caballero de gran consecuencia que haya muerto en todo Wiltshire durante estos últimos tres meses o quizás incluso más tiempo, y que el caballero en cuestión no es otro que el barón Saint-Bryce, de modo que…

—Santo Dios —la interrumpió Napier.

—De modo que tan sólo cabe concluir que tenéis algún parentesco con él —continuó ella—. Y puesto que no parecéis más feliz que yo haciendo este viaje, y puesto que me habéis ordenado confundir y asaltar a vuestros parientes, no es difícil concluir que estáis investigando algo de naturaleza criminal.

—Dios santo —dijo Napier una vez más.

—Sí, lo sé —dijo Lisette visiblemente impaciente—, pero Él no está en condiciones de ayudarnos ni a vos ni a mí, ¿no os parece? Así que será mejor que dejéis de usar su nombre y me contéis quién es quién y qué es qué en Wiltshire.

Napier le lanzó una mirada amenazadora.

—Parecéis haber entendido mucho sin que os haya dicho una sola palabra. ¿Por qué no dejar simplemente que continuéis?

Lisette forzó una sonrisa indulgente.

—Oh, vamos, Napier, he aceptado vuestro trato. ¿Hay alguna razón para que lo haga a medias? Cuanto mejor y con mayor premura hagamos el trabajo, antes podremos tomar cada uno nuestro camino. Así es como yo lo veo.

—Sí, por fin un poco de lógica a la que aferrarnos —gruñó él—, sumada a mi buen juicio. Está bien: Saint-Bryce era el hermano mayor de mi padre. Y no tengo la menor idea de lo que le mató. Su muerte, sin embargo, fue repentina, y ocurrió apenas unas semanas antes de que volviera a casarse.

Lisette caviló la explicación durante un largo instante.

—Pero su apellido es Tarleton —dijo por fin—. ¿Sois acaso bastardo?

—Quizá. Pero mis padres estaban casados. —Hubo un destello de humor sardónico en la mirada de Napier y por primera vez Lisette pudo ver que sus ojos no eran realmente negros, sino de un azul oscuro y brillante—. Mi padre adoptó el apellido de su esposa. Es una larga historia.

—Y éste un largo viaje en tren —respondió Lisette—. Pero de momento lo dejaremos aquí. ¿Debo pues entender que viajamos con destino a Burlingame Court?

—Sí —respondió él lacónicamente.

—Que era la casa del barón Saint-Bryce y de... —Se interrumpió para ponderar sus palabras—, ¿de su padre, que sería vuestro abuelo?

—Sí.

—Entonces, ¿vuestro abuelo es el vizconde Duncaster? —prosiguió ella—. Oh, vamos, Napier, no me lo pongáis tan difícil. He pasado la mitad de mi vida en Norteamérica. No tengo tiempo para hojear la prensa de una década entera junto con los ecos de sociedad.

—¿Qué queréis saber?

—Debéis darme información sobre esa gente.

Napier arrojó su elegante sombrero negro al asiento contiguo y dejó escapar un suspiro, inflando las mejillas.

—Muy bien —dijo—. Duncaster tuvo tres hijos. Mi padre, el Honorable Nicholas Tarleton, era el menor, pero dejó la familia tras una discusión y fue desheredado.

—Ah —dijo Lisette—. ¿Dinero o matrimonio?

—Matrimonio —respondió Napier—. Y, consecuentemente, no hubo dinero. Me refiero al dinero de la familia, claro está.

—Ya, normalmente eso es lo que ocurre —dijo Lisette secamente—. Pero vuestro padre cambió su apellido. Eso sí es… impresionante. En fin, es algo, y explica además que hayáis tenido que ganaros vuestro propio pan. ¿Con qué asiduidad vais a casa?

—Todas las tardes al salir del trabajo —respondió Napier muy tenso—. Pero he estado sólo dos veces en Burlingame. El año pasado el conde de Hepplewood escribió al ministro del Interior para pedirle que…

—¿Y entiendo que Hepplewood está casado con vuestra tía abuela? —le interrumpió Lisette—. ¿Con la hermana de lord Duncaster?

—Con su hermanastra, así es —dijo Napier—. El asunto de la segunda esposa. En cuanto a su marido, Hepplewood murió en Burlingame tras escribir una extraña carta al ministro del Interior. Mi tía abuela sigue allí, destilando luto y veneno.

—¿En Burlingame y no en la casa de su marido?

—Según creo siempre han pasado una parte del año con Duncaster —dijo Napier—, hasta que hace uno o dos años decidieron instalarse allí definitivamente. Al parecer la casa que Hepplewood tiene en Northumberland es un viejo y frío caserón.

—Northumberland y frío no son dos palabras que suenen precisamente ideales juntas.

Napier se encogió de hombros.

—Y, según tengo entendido, lady Hepplewood siempre ha sido una mujer caprichosa —dijo—. Es mucho más joven que su hermano, más consentida, y prefiere la casa donde pasó su infancia. Hepplewood, siendo como es un hombre diplomático, al parecer ha cedido a sus deseos.

—Sí, recuerdo su carrera política —apuntó Lisette—. ¿No fue brevemente embajador en Estados Unidos?

—Eso creo, sí.

—Y cabría imaginar que un hombre tan importante desearía estar cerca de Londres. ¿Quién administra sus propiedades?

—Un primo lejano. —Napier hizo un gesto distraído—. Aunque Hepplewood tiene a un hijo malcriado y arrogante haciendo estragos en Londres.

—Que es ahora lord Hepplewood —añadió Lisette.

—Sí. Tony, creo que se llama. —La mirada de Napier se tornó reflexiva—. Tía Hepplewood le tuvo ya mayor y sin duda le malcría. Más allá de eso, es poco lo que sé de él, salvo que es espantosamente rico, vive en Clarges Street y juega incesantemente... aunque naturalmente lo hace sólo en los mejores sitios.

—¿Y ese elegante primo vuestro jamás ha ido a cenar a Eaton Square? —preguntó secamente Lisette—. Me gustaría saber por qué.

—Me atrevería a decir que tenía tan poco interés en cenar con un desheredado esclavo gubernamental —replicó Napier— como lo tenía yo en cenar con un holgazán arrogante y malcriado.

Lisette se encogió de hombros.

—Cualquiera diría que Burlingame es una casa abarrotada de gente —comentó—. Saint-Bryce dejó hijos, ¿no es así? ¿Y el querido y anciano Abuelo Duncaster respira todavía?

Una vez más, la boca de Napier se contrajo.

—A pesar de ciertas afirmaciones que apuntan a lo contrario, espero encontrar a Duncaster fresco como una rosa —dijo—. Y sí, Saint-Bryce tiene una hija casada que a menudo les visita. La mayor es una solterona declarada y la tercera y menor sigue todavía estudiando.

—¿Y lady Saint-Bryce?

—Hubo dos. La última murió hará cosa de un año, tras una larga enfermedad.

—De modo que ambas esposas dejaron a Saint-Bryce sin heredero —murmuró Lisette—. Y él murió sin volver a casarse. Interesante. ¿Sobre quién más debería estar informada?

Napier soltó un gruñido.

—Eso es todo, a Dios gracias —dijo—. No, esperad... está también Diana Jeffers, la prima de Hepplewood. Tengo entendido que es la dama de compañía de lady Hepplewood.

—Muy bien. Repasemos entonces quién es quién. —Lisette fue contándolos con los dedos—. En Burlingame tenemos a vuestro abuelo Duncaster. A continuación a su hermana, lady Hepplewood, mucho más joven y ahora viuda. Tenemos al hijo de ella, Tony, que reside en Londres. A su dama de compañía, Diana. Y tenemos también las tres hijas de Saint-Bryce, una más o una menos. ¿Podéis darme sus nombres?

—Creo que la mayor, la solterona, se llama Gwyneth —dijo Napier—. Anne está casada con un tipo calvo con aspecto sobrecargado al que apenas llegué a ver en el funeral. Bea es la tercera.

—Muy bien —dijo Lisette—. Al menos ahora tengo una ligera idea de con quién lidiamos. ¿Y aun así no pensáis decirme exactamente el por qué de este viaje ni cuál es vuestra sospecha?

—No —respondió Napier.

—Como deseéis. —Lisette alzó un hombro—. Entiendo que no forma parte del trato.

Sin más argumentación, se levantó, cogió su bolsa de viaje del portaequipajes y buscó dentro papel y lápiz. Pero justo en el momento en el que volvía a subir la bolsa, el tren dejó escapar un fuerte silbido y dio una sacudida, inclinándose hacia la izquierda y frenando bruscamente. Sorprendida con la bolsa en alto, Lisette se vio lanzada violentamente hacia atrás.

—¡Oh! —chilló, cayéndose.

Pero un par de brazos sólidos y fuertes la cogieron por la cintura. El tren enderezó su curso, el silbido se desvaneció y ella se vio de pronto mirando fijamente a los penetrantes ojos azules de Royden Napier y desmañadamente desplomada sobre su regazo. Napier tenía un brazo alrededor de su cintura y la otra mano firmemente posada sobre su seno derecho.

Lisette tragó saliva al tiempo que el calor le bañaba el rostro.

—¡Oh!

La mano grande y caliente que le cubría el pecho se retiró, aunque sin demasiada prisa.

—Os ruego que me disculpéis —murmuró Napier.

Ella pareció incapaz de responder, o tan siquiera de pensar. Estaban tan cerca el uno del otro que pudo percibir el olor almizcleño y masculino de Napier y vio la sombra de negra barba incipiente que le ensombrecía las mejillas. Un mechón de pelo oscuro le había cruzado la frente, suavizando la severidad de su rostro, aunque dándole un aspecto ligeramente atruhanado.

Lisette parpadeó, alzando la vista hacia él.

—Cielos —dijo—. Qué embarazoso. Incluso a pesar de nuestra inminente boda.

La tensión se rompió. Un brillo curioso iluminó los ojos de Napier. Y ella pudo de algún modo encontrar la entereza necesaria para bajar de su regazo al tiempo que él la levantaba como si no fuera más que una pluma. Pero sus manos se separaron de su cuerpo casi perezosamente, vacilando, según le pareció a Lisette, un instante más de lo estrictamente necesario.

Entonces se agarró al portaequipajes para mantener el equilibrio y se sacudió la falda arremolinada antes de sentarse con toda la elegancia de la que fue capaz de echar mano. El tren traqueteaba ya lentamente, entrando a una estación —a juzgar por su aspecto, apenas un cobertizo que hacía las veces de apeadero— y se detuvo con un chirrido.

—Gracias por haberme sujetado —dijo—. Cogió el lápiz y el papel, rezando para no estar roja como un tomate.

—Señorita Ashton... —empezó Napier ligeramente tenso.

Ella alzó la vista y vio entonces que sus nudillos se habían teñido de blanco allí donde se agarraba con fuerza al asiento.

—¿Sí?

—Eso ha sido… inapropiado.

Lisette arrojó el lápiz sobre el papel.

—Vaya, disculpadme —dijo acaloradamente—, pero tengo muy poca experiencia con los trenes. En cuanto a lo de que ha sido inapropiado, señor, ha sido vuestra mano la que se ha cerrado sobre mi… en fin, qué importa eso ahora.

—No me refería a eso —replicó él—. Me refería a que… que yo… o que nosotros… en fin, que creo que quizá no deberíamos estar muy a menudo juntos en Burlingame. Quizá sea lo mejor. Yo tendré mi trabajo y vos el vuestro.

—Bien, sí. Estoy de acuerdo.

—Y deberíamos centrarnos en nuestro cometido —añadió de un modo un poco desagradable—. No podemos permitirnos dar aquí un paso en falso.

—Napier, yo no he dado ningún paso en falso. —Lisette volvió a coger bruscamente el lápiz—. He sido arrojada sobre vos por esta monstruosa y vergonzante bestia de máquina en la que me habéis obligado a subir previo chantaje.

Pero los ojos de Napier seguían brillando peligrosamente.

—Parecéis sentir un gran cariño por la palabra «chantaje».

—Porque es exacta —replicó ella—. Además, si mal no recuerdo, el último invento mecánico útil fue la imprenta. De modo que en cuanto este maldito asunto haya tocado a su fin, podéis mandarme a Londres en el primer coche de correos y besarme los pies. Y creedme, en cuanto tenga en mi haber todos los detalles de este espantoso cometido, llevaré a cabo mi parte de él sin mácula.

Napier parecía de pronto especialmente divertido.

—Me alegra enormemente saberlo.

Lisette dejó escapar un sonido de exasperación.

—Vamos, repasad todos los nombres y los títulos correspondientes una vez más —dijo—. Tengo que escribirlo todo y memorizarlo.

—¿Y a qué vienen tantas molestias cuando a mí eso apenas me tiene sin cuidado? —preguntó él sin rencor.

Lisette le miró, impaciente.

—Vos estáis totalmente acostumbrado a abriros paso a empellones por la vida y a tener el peso de la ley de vuestra parte —dijo—. Pero ahora vais de camino a visitar a vuestra familia, Napier, y bajo taimadas circunstancias, por decirlo de un modo generoso.

Él encogió un hombro.

—¿Y...?

—Y pretendéis presentarme como a vuestra futura esposa —terminó Lisette—. Aunque vos no tengáis el menor interés en esa gente, les parecerá cuanto menos peculiar que yo no lo tenga. Ésa es la clase de cosas que las mujeres sabemos, Napier. Para ellos, ésas son las cosas que realmente importan.

—Sí, supongo que tenéis razón.

—¿Suponéis? —Lisette le lanzó una mirada admonitoria—. ¿Y si resulta que soy una oportunista? Sabéis perfectamente que muchas mujeres lo son. Casi con toda certeza me caso con vos por vuestros vínculos familiares.

—¿Y no por mi arrebatador encanto? —dijo Napier mordazmente—. ¿Ni por mi inmensa fortuna?

—Carecéis del menor encanto —dijo ella—. Pero, os lo ruego, contadme más sobre vuestra inmensa fortuna. Quizá despertéis con ello mis afectos.

—En menudo lío estamos metidos.

Lisette se limitó a sonreír, sosteniendo expectante el lápiz en alto.

La algarabía al otro lado de la ventanilla remitió y el tren arrancó de nuevo, y tras pasarse una mano por la cara, Napier empezó a recitar todos y cada uno de los detalles de la familia Tarleton, prácticamente hasta especificar la altura y el peso de sus miembros. Lisette no parecía sorprendida. A fin de cuentas, Napier era un hombre acostumbrado a conocer todos los detalles cuando dirigía una investigación.

Sin embargo, él recitó la información de un modo preciso aunque desprovisto por completo de pasión, como si no fuera su familia, con la mirada concentrada y perdida en la ventanilla al tiempo que ella le miraba de vez en cuando mientras iba tomando notas. El sol de la mañana iluminaba débilmente el rostro del inspector mientras recorrían un tramo de campo abierto, sumiendo una parte de él en sombras y la otra en luz, lo cual parecía extrañamente en consonancia con su naturaleza.

Lisette así lo había sugerido en una ocasión en tono de broma, pero Napier era un hombre ostensiblemente apuesto. Y no es que fuera guapo, puesto que su rostro era demasiado afilado y tenía los ojos demasiado duros, además de una nariz afilada como una cuchilla que hablaba de su sangre romana y que denotaba una absoluta y desbocada obstinación. Pero en una habitación abarrotada de hombres más acaudalados y bellos, habría conseguido que se giraran a mirarle las cabezas de todas las damas presentes, pues poesía lo que su anciana institutriz había definido como un cierto «*je ne sais quoi*».

Y aunque quizá fuera un hombre de corazón duro, le sacaba como poco una cabeza, lo cual era sin duda una hazaña extraordinaria que a ella le complacía curiosamente; no parecerían una extraña pareja cuando conociera a la familia de Napier.

Cuando él terminó de hablar, Lisette había bosquejado más o menos un árbol familiar, y desde luego era un árbol antiguo y noble, aunque en ese momento no había reparado en que faltaba un último y crítico detalle.

—¿Seréis capaz de recordar todo eso? —preguntó él, interrumpiendo sus cavilaciones.

—Creo que ya lo he hecho —murmuró ella, marcando la lista con el lápiz—. Tengo el don de memorizar cosas en cuanto las leo.

Napier la observó sin comentar nada. Lisette dejó el papel a un lado.

—Bien, pues ya está —dijo—. Vuestro abuelo. Vuestra tía abuela. Su dama de compañía. Las hijas de vuestro tío Saint-Bryce: una solterona, la otra casada y la tercera todavía en edad escolar. Y quizá, si estuviéramos de suerte, el elegante y desacreditado Tony aparecerá para hacer nuestras delicias. ¿Algo más que deba saber?

—No. —Napier guardó silencio durante un largo y caviloso instante, de pronto visiblemente incómodo—. Bueno, quizá. Veréis, Cordelia... mi tía abuela, lady Hepplewood...

—¿Sí?

—Tiene ciertas nociones... desafortunadas. —Al ver que Lisette se limitaba a mirarle explícitamente, Napier puso los ojos en blanco y siguió hablando—. Sir George dice que lady Hepplewood está empeñada en que debo casarme con su dama de compañía.

—¿Casaros con la señorita Jeffers? —Ella se reclinó levemente al tiempo que se llevaba una mano al corazón en un gesto de puro dramatismo—. De modo que por eso me necesitáis tan desesperadamente. Pero si debo competir por vuestros favores, os advierto que no voy a tomármelo bien. No soy sólo una oportunista, Napier. Soy posesiva.

La de Napier fue una sonrisa muda. Sus ojos se movieron rápidamente sobre el rostro de Lisette como si volvieran a calibrarla.

—Excelente —dijo por fin—. Sed rápida y brutal si debéis serlo. No tengo el menor deseo de decepcionar a nadie... y, la verdad sea dicha, ¿cómo puede esa mujer desear a un hombre al que apenas conoce? Sin embargo, tía Hepplewood dice que como la pobre muchacha debía casarse con...

Aquí sus palabras mermaron y Lisette vio, no sin cierta sorpresa, que las orejas de Napier se sonrosaban levemente.

Diplomáticamente, ella consultó sus notas.

—Creo que la dama iba a casarse con lord Saint-Bryce.

—Así es —masculló Napier—. Y supongo que imaginan que... en fin, que ahora yo soy él.

Lisette tardó un instante en asimilar lo que acababa de oír antes de soltar el lápiz, que cayó al suelo.

—Santo cielo —murmuró—. ¿El heredero del vizcondado de Duncaster... el barón Saint-Bryce... se deja la piel al servicio del gobierno?

La irritación tiñó el adusto rostro de Napier.

—Nada de todo esto es definitivo.

—Bien, aunque obviamente no soy ninguna experta —dijo Lisette—, si habéis nacido en el lado adecuado de la rama familiar de los
Tarleton y todos vuestros tíos han muerto sin dejar hijos varones, poco
es lo que queda por definir.

Una vez más, Napier apartó bruscamente la mirada.

—Santo cielo, habláis igual que sir George.

—¿Han muerto todos vuestros tíos? —preguntó Lisette—. ¿Dónde está el tercero?

—El tercero resultó ser un vividor y un canalla —declaró Napier
sin dar muestras de la menor emoción—. Prefería el placer de las mujeres de otros hombres… hasta que uno de esos cornudos le mató de
un disparo en Primrose Hill.

—¿En serio? —Los ojos de Lisette escudriñaron su rostro—.
¿Y… no tenéis ningún otro por ahí perdido?

—Creo haber dejado claro que no —replicó él con frialdad—. En
cualquier caso, que se vea desde un principio que vos y yo estamos prometidos y que vuestra familia tiene fundadas expectativas de que yo…

Se interrumpió y se volvió a mirarla de un modo harto peculiar.

—Disculpadme —dijo, y su mirada casi se dulcificó—. ¿Tenéis
familia? No se me ha ocurrido… me refiero a que, con los Ashton
muertos… porque entiendo que han muerto, ¿no es así?

—Sí, ambos.

—En ese caso, ¿os queda alguien por parte de madre, quizá?

Pero Lisette no quería ser blanco de la lástima de nadie.

—¡Oh, por supuesto! —dijo, irguiéndose, altanera—. Tenéis el
placer de dirigiros a la única nieta viva del noveno conde Rowend. ¿Os
importaría besar mi anillo y jurarme lealtad?

La dulzura se desvaneció.

—Dejaos de bromas.

—No bromeo —dijo ella—. Y puedo ser tan arrogante como cualquier Tarleton. Hasta que papá pudo pagarla, teníamos a una institutriz francesa, y nadie enseña mejor la arrogancia que una mujer nacida
y criada en París.

Pero la expresión de Napier se había vuelto reflexiva.

—Un condado, ¿eh?

Lisette arqueó una ceja.

—¿Cómo? ¿Acaso la hija de sir Arthur Colburne, el elegante aunque ligeramente escandaloso *bon vivant*, no era lo bastante buena para vos? —Hizo un regio floreo con la mano—. Muy bien, en ese caso, usad al noble lord Rowend si ése es vuestro deseo.

—¿Sigue con vida vuestro abuelo? —preguntó lacónicamente Napier.

—No, aunque eso poco importa. Toda la familia despreciaba a papá y a punto estuvieron de desheredarme. En muy raras ocasiones saben dónde estoy o lo que hago.

—Bien —dijo él, pensativo—. Me alegro. Quizá, después de todo, logremos sobrevivir a este absurdo plan.

Lisette se sintió imprudentemente complacida al oír ese uso de la primera persona del plural. Enseguida, sin embargo, entendió lo que llevaba implícito.

—Oh, no, Napier, esperad un segundo —dijo, señalándole con el dedo—. ¿Osáis sugerir acaso que alguien pueda obligaros a cumplir con esta farsa de compromiso? O, peor aún, ¿que sea yo quien lo haga?

Cierta inescrutable emoción destelló en los ojos de Napier.

—Teóricamente, un caballero no puede romper un compromiso de matrimonio.

—¡Oh, no os hagáis ilusiones! —Lisette le miró, ceñuda, desde su lado del compartimento—. Sólo en vuestras fantasías os aceptaría, Napier. Además, el único contacto que mantengo con mi familia es cuando me envían al abogado familiar dos veces al año con la vaga esperanza de que haya muerto y deje de ser para ellos un inconveniente. Así que lo lamento por vos y por vuestra presunción.

Sin embargo, Napier no parecía haber asimilado la diatriba y esta vez a su boca asomó una inconfundible mueca.

—Y hacéis bien —murmuró, volviendo a relajarse en su butaca—. Lamentándolo por mí, quiero decir.

El tren siguió avanzando y el compartimento quedó en silencio mientras Lisette fulminaba con la mirada a Napier desde su sitio. Pasado un rato, sin embargo, la mirada impávida de él pudo con ella y desvió la suya para buscar su lápiz con los ojos.

—Muy bien —dijo en cuanto dio con él—. Habré memorizado los detalles familiares cuando lleguemos a Swindon. Ahora centrémonos en nuestra historia personal.

Como si acabara de emerger de un trance, Napier parpadeó.

—Ah, sí. Eso será necesario.

—Lamentablemente. —Lisette esbozó una amarga sonrisa—. Y puesto que este compromiso ha surgido a la sombra de un escándalo, debemos aclarar eso cuanto antes, pues siempre tropezamos con las mentirijillas más nimias.

—Nada como la voz de la experiencia —replicó secamente Napier—. Muy bien. ¿Qué sugerís?

Lisette no se molestó en hacer acuse de recibo del insulto. A fin de cuentas, contenía una dolorosa dosis de verdad.

—Mi nombre apareció mencionado brevemente en el *The Times* en calidad de testigo —se limitó a decir—. Debo suponer que incluso en los desolados rincones abandonados de la mano de Dios hay quien lee los periódicos. ¿Cómo solucionamos eso, señor Napier?

—Ah —dijo él—. Cómo hacerlo.

—¿Estábamos ya comprometidos? —propuso ella, mirándole de arriba abajo—. Los periódicos no hacían mención alguna de esa coincidencia. ¿Era quizás un compromiso secreto? ¿Estamos enamorados, señor Napier? ¿O no osamos llevar tan lejos de lo creíble nuestra vis dramática?

Napier negó con la cabeza.

—No, no puede ser un matrimonio convenido. No funcionará.

Ella suspiró.

—Y yo no tengo tanto dinero como para seducir al heredero de un vizconde.

Napier la estudió con su mirada fría y firme.

—La verdad será suficiente —dijo por fin—. Diremos que nos conocimos cuando vinisteis a verme a la oficina para quejaros de Lazonby, y que quedé inmediatamente prendado de vuestro...

—¿... espíritu? —añadió ella amablemente.

—De hecho, fue vuestra proclividad al soborno y a la seducción —replicó él—, junto con esa fugaz visión de vuestro pecho izquierdo. Aunque sí, llamémosle «espíritu».

—Qué galante —dijo ella—. ¿Y quizá volvimos a vernos ocasionalmente para que pudierais ponerme al día de cómo progresaba el caso contra lord Lazonby?

—Sin duda alguna, puesto que yo había quedado tan prendado de vuestra disposición a desabrocharos el vestido en mi oficina. —Napier volvió a reclinarse contra el respaldo de la butaca—. Seguid hablando, señorita Ashton. Nos quedan todavía dos horas de viaje.

—Por supuesto, cariño —dijo ella.

—Esperad. —Napier volvió a incorporarse de golpe, y toda pretensión se desvaneció como por arte de magia—. ¿Por qué no decimos que sois Elizabeth Colburne? ¿Estáis especialmente encariñada con el apellido Ashton?

Lisette había aprendido a no encariñarse con nada. Al llegar a Boston, había empezado a usar el apellido porque tenía doce años y los Ashton, que no tenían hijos, habían insistido en ello. De hecho, la cuestión prácticamente la había tenido sin cuidado: su padre y su hermana acababan de morir. Pero los documentos del fideicomiso que Bodkins le había presentado a su regreso a Inglaterra —e incluso los que había recibido la semana anterior— seguían llevando el nombre de Elizabeth Colburne y ella no le había dado la menor importancia.

—Mi padre alteró legalmente su apellido —dijo Napier cavilosamente—. ¿Lo hicisteis vos?

Ella negó con la cabeza.

—Supongo que soy Elizabeth Colburne —murmuró Lisette—. Resulta hasta cierto punto extraño pensarlo.

Napier se sentó en el borde de su asiento, ocupando así aparentemente todo el espacio del compartimento, con las rodillas totalmente separadas y las manos relajadamente entrelazadas en medio. Estaba pensando... y mirándola con esa oscura y profunda intensidad tan propia de él. La miraba con una penetración tan fría que por un instante ella se estremeció, presa de un escalofrío. ¡Por nada del mundo desearía ser una criminal siendo investigada por él!

Aunque en cierto modo lo era. Y quizá no fuera más que eso para él: una criminal, pues sin duda alguna Napier sospechaba de ella cosas mucho más atroces de las que era capaz de cometer.

O quizá no. Pues cuando por fin habló su voz se había dulcificado y no había en ella sombra de sarcasmo.

—¿Lo haréis, entonces? —preguntó—. No tenéis por qué. No formaba parte del trato, pero si puedo decir que estoy prometido con la nieta del conde de Rowend, aunque se trate en este caso de su distanciada nieta, lady Hepplewood no podrá ver en ello motivo de crítica.

—¿Y por qué no iba a hacerlo? —Lisette le sostuvo firmemente la mirada—. Mi palabra es mi aval y he aceptado vuestro trato. Ahora bien, no me confieso culpable de nada. Podré ser muchas cosas, pero no soy una despiadada asesina, ni una ladrona, ni tampoco una mentirosa... a menos, claro está, que me vea obligada a ello. Lo único que quiero saber, antes de bajarme de este tren en Swindon, es lo siguiente: ¿Tenéis la potestad de protegerme de Lazonby si se torna vengativo, sea cual sea el motivo?

Napier la observaba ahora con la máxima seriedad.

—Hasta donde me lo permita el sistema judicial, sí —dijo por fin—. No puedo controlar lo que el hombre dice en la calle. Pero ni siquiera Lazonby tiene el poder de colgar a nadie. Al menos no en contra de mi voluntad.

Eso era algo que Lisette creyó sinceramente.

—En ese caso, cerremos convenientemente este acuerdo —dijo ella, quitándose el guante y tendiéndole la mano—. Yo cumpliré lealmente mi parte del trato si vos cumplís la vuestra. Quiero vuestra palabra de caballero, Napier.

Napier miró la mano extendida de Lisette —llegando a sopesarla, pensó ella— antes de extender el brazo en el estrecho compartimento para estrecharla con la suya, esa mano grande de dedos largos, caliente y segura.

—Tenéis mi palabra de caballero, señorita Colburne, siempre que no seáis una asesina, una ladrona ni una mentirosa, de que os protegeré de la venganza de Lazonby hasta donde me lo permitan legalmente mis posibilidades y de cualquier otro modo que me sea posible.

Sin apartar la mirada de la de Napier, Lisette cerró su mano sobre la de él durante un instante más de lo que debía antes de soltarla, preguntándose si realmente había perdido la cabeza. Y preguntándose también en qué momento el orgullo y el estúpido deseo de dar una buena impresión habían aparcado su buen juicio.

Y preocupada por esa pequeña palabra que Napier no había repetido.

Despiadada.

6

En el que Napier comprende su grave error

Napier debía hacerle justicia: Elizabeth Colburne era una maestra. Y él... bueno, él era un maldito estúpido. O un genio.

Cuando se apearon en el andén de Swindon Junction, su autoproclamada víctima de chantaje era una mujer transformada, después de haber dedicado la última media hora del trayecto a rebuscar en su abarrotada bolsa de viaje como uno de esos magos de Covent Garden que sacaban conejos de un sombrero.

—Me alegro de haber venido un poco preparada —había gruñido ella sin apartar la vista de su bolsa al tiempo que extraía un joyero de satén—, en vez de aceptar simplemente vuestras imprecisas instrucciones. A fin de cuentas, aspirar a convertirme en la señora Napier es una cosa. Pero si la aspiración es a convertirme en la baronesa Saint-Bryce de Burlingame, a una no le queda más remedio que emperifollarse un poco.

Napier la había observado presa de una silenciosa perplejidad mientras ella se retocaba el pelo, se cambiaba todas las joyas, se empolvaba un poco las mejillas y guardaba en la bolsa la sencilla gabardina con la que había aparecido en Paddington Station. Cuando por fin terminó, su aspecto era lo menos parecido al de una mujerzuela.

A decir verdad, prácticamente no conservaba el menor parecido con la mujer con la que había salido de Londres. Y su aspecto tenía tan poco en común con el de una radical reportera, que empezó a dudar de su teoría sobre el modo en que sir Wilfred Leeton había encontrado la muerte en la lechería.

Elizabeth Colburne se había puesto un chal tornasolado de cachemir que le envolvía los hombros como una nube de lana de cachemira y un collar corto de perlas perfectamente combinadas al cuello. Una esmeralda tallada en cuadrado, idéntica en color al verde de su vestido de terciopelo de viaje, colgaba de las perlas, atrapando la luz de la tarde.

Unas minúsculas y refinadas esmeraldas de las que colgaban lágrimas de perlas tachonaban sus orejas, y se había entrelazado el pelo con un cordel de satén de color crema y esmeralda de inspiración neoclásica que había transformado su cabello en una alborotada y llameante cascada de rizos.

Tras rodear con ella la espantosa monstruosidad de mármol de seis metros de altura que adornaba el camino de carruajes de Burlingame —Hades abduciendo a Perséfone, le pareció que era—, Napier la ayudó a descender del coche de alquiler y por primera vez sintió un ligero aprecio por la inmensa casa familiar.

Enseguida entendió, no sin ser presa de cierto desconcierto, que era porque Lisette tenía un aspecto magnífico. Deseó que su casa igualara en aspecto al de su visita. Desconcertado por tan bizarra ocurrencia, dedicó a la señorita Colburne otra mirada de reojo y contuvo el aliento. Lisette estaba al pie de las magníficas escaleras, y parecía rica, hermosa y, con su inusual cabello, ligeramente vanguardista.

Pero Burlingame no era el hogar de Napier. Y la señorita Colburne… no era más que una actriz contratada para la ocasión, o algo muy parecido. Un hombre sensato se cuidaría mucho de no olvidar esas cosas.

—Hela aquí —dijo con un gesto de la mano—. La gran fachada de Burlingame en todo su barroco esplendor.

Pero Elizabeth Colburne se limitó a tomar el brazo que él le ofrecía y levantó la nariz.

—¿Ah, pero tiene sólo tres alas? —dijo con un leve tono altivo—. Rowend Hall, la casa de mi querido y difunto abuelo, el conde de Rowend, tiene al menos seis.

—¿Es cierto eso? —murmuró él, acompañándola y subiendo con ella por uno de los laterales de la amplia escalera—. Me encantaría ver cómo se las ingenió el arquitecto para crear esa gesta de la ingeniería. Aunque me temo que éstos reciben el nombre de pabellones. Las alas comunes jamás bastarían para los Tarleton.

La aspirante a baronesa no se dignó en cualquier caso a responder y vertió toda la intensidad de su recién estrenada altivez sobre la anciana erguida que esperaba justo al otro lado de la puerta principal.

La condesa de Hepplewood apoyaba gran parte de su peso en un sólido bastón de ébano y observaba a los recién llegados con algo muy alejado de un desenfrenado entusiasmo. Bajo su cabello gris y elaboradamente peinado, vestía de riguroso luto y mostraba una mirada penetrante semejante a la de un halcón.

Napier la saludó educadamente, aunque sin la menor sombra de calidez. No temía a su tía. De hecho, apenas conocía a lady Hepplewood, y menos le importaba su opinión. O eso se dijo, quizás engañándose, pues se sintió extrañamente agradecido al sentir el peso de la mano pequeña y cálida sobre su brazo cuando sufrieron las primeras presentaciones formales.

Lo que agarró fue en efecto un delgado junco que se apoyaba en una taimada arpía a la que habían puesto a su servicio. Sin embargo, instantes después, la señorita Colburne estaba sentada como si fuera el centro de atención en el magnífico salón de Burlingame, con la columna tiesa como una duquesa, una delicada taza de marfil que sostenía entre los dedos de igual modo, un meñique elegantemente en alto —a la par que su nariz—, y lady Hepplewood observándola con una suerte de recelosa curiosidad.

A pesar de que el decoro impedía mencionarlo, lady Hepplewood había dedicado cierta atención especial al inusual cabello de su visita y Napier entendió que en su petición no sólo había sido egoísta, sino corto de miras. No conocía a ninguna dama que no llevara el pelo recogido en desabridos moños entrelazados con gruesas trenzas. Pero ese feroz caos rojo de rizos y satén... en fin, era simplemente ella. Y prefería no pensar en por qué eso era importante para él.

—Me temo que sé muy poco de vuestra familia, señorita Colburne —dijo enfáticamente lady Hepplewood—, puesto que Saint-Bryce sólo escribió para decir que traería a su futura esposa.

—Oh —dijo insípidamente Napier, al tiempo que dejaba la taza en el plato con un pequeño tintineo—. ¿No mencioné su nombre?

Lady Hepplewood lanzó una mirada desaprobadora en dirección a Napier.

—No, no lo hiciste —dijo—. ¿Me equivoco o he oído decir a mi sobrino nieto que guardáis parentesco con lord Rowend?

—Oh, en efecto, señora, el noveno conde era mi abuelo —respondió la señorita Colburne con un despreocupado gesto que hizo refulgir sus lustrosos rizos bajo la luz que se colaba por las altas ventanas—. Aunque mentiría si dijera que teníamos una buena relación. Mamá era su favorita, pero el querido abuelo no vio con buenos ojos que se casara con un simple baronet, un trágico lapso de discernimiento que yo, naturalmente, decidí no repetir nunca... —Aquí se interrumpió el tiempo suficiente como para dedicar una luminosa sonrisa de absoluta adoración a Napier, que había acomodado su corpulencia en una silla excesivamente mullida junto a su codo—, ¿no es así, querido?

—Oh, sin duda si algo eres es resuelta, mi amor —respondió él.

—Qué muestra de firmeza —dijo fríamente lady Hepplewood, haciendo tintinear su cucharilla contra las paredes de su taza de porcelana.

La señorita Colburne se rió jovialmente.

—De hecho, mucho me temo, lady Hepplewood, que soy absolutamente incorregible. —De nuevo esa expresión de adoración cayó sobre Napier: una hilera tras otra de brillantes blancos dientes y unos ojos en los que chispeó un fuego verdeazulado—. Y mi querido señor Napier ni siquiera se molesta en responder, pues bien sabe que bromeo.

—¡Ah! —Lady Hepplewood esbozó lo que fue apenas un atisbo de sonrisa—. ¿Puedo saber de qué modo?

La señorita Colburne se inclinó con actitud cómplice hacia la dama.

—Cuando nos conocimos —dijo con un susurro dramático—, mi querido señor Napier no se molestó en hacerme partícipe de sus vínculos familiares. ¿Se lo imagina?

—De hecho, no. —Lady Hepplewood lanzó a Napier una mirada altiva—. No, no me lo imagino.

—En efecto, pues fue muy cruel —declaró Lisette—, y durante varias semanas dejó que creyera felizmente que me había enamorado de un mendigo.

—Y había una ristra tal de galanes delante de mí —apuntó secamente Napier—, que uno no puede más que maravillarse de que me hayas dispensado una segunda mirada.

—Oh, vamos, querido, no debes mentirle a tu tía —le advirtió ella, con un destello de humor en la mirada—. A pesar de mi refinado linaje, mi edad jugaba en mi contra, como bien sabes. Y el pelo… en fin, no todos los hombres querrían a una pelirroja, soy consciente de ello, pues se nos considera muy…

—Incorregibles —intervino Napier—, creo habértelo oído decir.

—No, testarudas y de mal carácter, quería decir —respondió la señorita Colburne—. Pero, vamos, querido, yo jamás discuto tu opinión, ¿no es cierto? Me conformaré con un simple «incorregible» y lo celebraré.

—¿Y qué me decís de vuestra familia? —intervino delicadamente lady Hepplewood—. ¿No se opone a que viajéis a semejante distancia sin supervisión alguna?

La señorita Colburne se mostró apenas avergonzada.

—Una costumbre espantosamente norteamericana por mi parte, ¿cierto? —dijo—. Cuando hace dos años murió mi tía, presté al decoro menos importancia de la que quizás era de rigor. Pero estaba decidida a no casarme, de modo que me instalé con mi querida Fanny, mi vieja aya. Hasta que el señor Napier me hizo perder por completo la cabeza por él, esperaba terminar mis días viviendo como una solterona.

Aquí se interrumpió para tomar un poco de té, que seguía sosteniendo entre los dedos con ostensible elegancia.

—Santo cielo, lady Hepplewood, qué infusión más inusual. ¿De-
tecto acaso un ligero toque de… sí, es jazmín?

Lady Hepplewood ladeó la cabeza en rígida concesión.

—Está aromatizado con flores de jazmín —dijo—. Es un té muy
poco habitual que según tengo entendido es muy superior al resto.

—Pues debo deciros que os han informado bien —dijo la señorita
Colburne con un aire de sofisticación. Hizo una pausa para volver a
beber—. *Mo li hua cha*, así es como lo llaman los chinos. Aunque éste
tiene una base de té verde y no del típico *oolong*.

—Eh, sí. —Lady Hepplewood no disimuló su sorpresa—. Creo
que en efecto es un té verde.

La señorita Colburne dejó la taza en el plato y recorrió con la mirada la opulenta estancia con una expresión que sugería que acababa
de decidir que Burlingame no estaba, a fin de cuentas, infestada de
pulgas.

—Lady Hepplewood, os felicito por vuestro sagaz paladar —dijo
por fin—. Es difícil ser consciente de los inconvenientes que podemos
llegar a padecer en el campo, ¿no creéis? Pero la casa me resulta realmente admirable y ni las mejores anfitrionas de Londres se atreverían
a servir un té como éste.

—Gracias —dijo lady Hepplewood, mostrando pocos indicios de
haberse ablandado.

Aun así, la condesa había como mínimo retraído las garras.

—En fin, sea como fuere —dijo Napier—, se agradece enormemente después de un polvoriento trayecto en coche.

Las garras volvieron a aparecer con un *zas* casi sonoro cuando lady
Hepplewood tornó sobre él su desaprobación.

—Y, como espero haber dejado ya claro, Saint-Bryce, me habría
gustado que hubieras avisado desde Swindon —dijo con tono glacial—. No es de recibo que el heredero de Duncaster se deje ver por
el condado en un carruaje de alquiler.

—Lady Hepplewood tiene toda la razón, querido. —Elizabeth Colburne le dedicó una cariñosa mirada de amonestación—. Lo mismo le he dicho en la estación, ¿no es cierto? Aunque, como de costumbre, no has querido escuchar.

—¿Acaso una calesa desde la estación de Swindon puede llegar a considerarse un carruaje? —dijo Napier sin alterarse—. Pero, os lo ruego, señora: deseo seguir conservando mi apellido durante un tiempo más.

Al oír eso, la espalda de lady Hepplewood se irguió más si cabe, por imposible que pudiera parecer.

—Bobadas —respondió—. En primer lugar, Nicholas no tendría que haber cedido a la pueril pataleta de habérselo cambiado. ¡Y todo por casarse con esa Gretna Green! Cierto es que no era más que un muchacho, pero lo que llegó a hacer para fastidiar a Duncaster desafía toda lógica.

Napier estaba a su vez a punto de replicar que quizá su padre se había cambiado de apellido para dar así relevancia a la familia que sí tenía, en vez de a la familia que tan caballerosamente le había repudiado. Sin embargo, ya no estaba seguro de las decisiones de su padre. Y, tras dedicarle una mirada cauta, la señorita Colburne acudió al rescate de lady Hepplewood.

—La argumentación de tu tía abuela no está exenta de razón, cariño —dijo dulcemente—. Haz como gustes en Londres, sin duda, pero aquí quizá puedas confundir a la gente con tu comportamiento.

Justo en ese momento llegó una bandeja llena de exquisiteces que la criada dejó junto al servicio del té.

—He pensado que a esta hora estaríais hambrientos —intervino muy envarada lady Hepplewood—. Servíos.

—Gracias —dijo Napier, que en efecto estaba famélico.

—¡Ohhh, galletas de limón! —exclamó la señorita Colburne, cogiendo una—. Un momento…

Su mirada quedó prendida en el plato de Napier antes de entrecerrar los ojos en un mohín desaprobatorio.

—¿Qué ocurre? —dijo él.

Lisette alargó la mano y le arrebató del plato el trozo de sándwich que él acababa de coger.

—¡Pepino! —le regañó—. Sabes perfectamente que te dificulta la digestión, querido. Toma una porción de bizcocho, te lo ruego.

Napier le lanzó una oscura mirada al tiempo que veía desaparecer su sándwich. Lisette hundió en él sus afilados dientes blancos y girando levemente la cabeza le dedicó un pícaro guiño.

Y en esa décima de segundo, ocurrió. El deseo recorrió a Napier como un atizador al rojo vivo, visceral y feroz… junto con el irreprimible impulso de agarrar a la señorita Colburne de sus lustrosos rizos rojos y aplicar la palma de su mano a su trasero.

Pero el hechizo quedó roto de inmediato.

—¿O quizás el de huevo y mayonesa con berro? —sugirió lady Hepplewood, haciendo girar el plato para ofrecérselos—. Lo encuentro siempre reconfortante. ¿Puedo preguntar cómo os conocisteis?

Napier dejó el plato sobre la mesa con un desmañado «clac» e intentó refrenar sus emociones. Santo Dios, ¿estaría perdiendo el juicio?

Elizabeth Colburne siguió sin él.

—Oh, en una velada literaria —mintió sin el menor titubeo, expulsándose una miga de la falda de terciopelo verde—. Una velada poética en casa de nuestra amiga común, lady Anisha Stafford. Es la hermana del marqués de Ruthveyn.

—¿Poesía? —Lady Hepplewood se volvió hacia Napier—. Jamás te habría imaginado un hombre literario, Saint-Bryce. ¿Quién era el poeta?

—No tengo la menor idea —dijo Napier—. Fui porque le debía un favor a la dama. El tipo era un aburrimiento.

En ese instante, el reloj de bronce dorado de la repisa de la chimenea dio la hora y lady Hepplewood se volvió a mirarlo, ceñuda.

—Gwyneth y Diana ya deberían haber vuelto de la vicaría —dijo, visiblemente irritada—. Hay que ver cómo pierden el tiempo. Oh, cuánto lamento no haber sabido que veníais hoy. Anne y sir Philip están en Londres… él es miembro de la Casa de los Comunes, y Duncaster está ocupado.

Napier no tenía el menor interés en ver a Anne, y probablemente su abuelo estaría descansando a esas horas.

—Os ruego que no os preocupéis, señora —dijo—. Tengo intención de quedarme un tiempo, tal como ha pedido Duncaster.

Pero justo entonces un sonido apenas perceptible captó su atención. Al alzar la vista vio a uno de los lacayos con librea abrir de par en par una de las inmensas puertas. Una dama hermosa y rechoncha vestida de marrón estaba en las sombras al otro lado del umbral, con una niña de la mano. El lacayo se había inclinado hacia delante para susurrar algo al oído de la mujer.

La mujer pasó casi altivamente al tiempo que la expresión de su rostro se tensaba. Napier reconoció a Beatrice en la niña, la única hija de Saint-Bryce con su segunda esposa y ahora huérfana.

También reparó en que Beatrice parecía una niña peculiar. A sus quizá diez u once años, parecía por turnos infantil y precavida. Pero su candidez le pareció un ardid, puesto que a menos que su intuición anduviera errada, había cierta perspicacia oculta en sus ojos.

—Disculpad, mi señora —dijo la mujer de marrón—, pero ¿habéis dicho que podíamos bajar?

La dama fue presentada como la institutriz de Beatrice, la señora Jansen. Saludó con una reverencia sin apartar su mirada recelosa del lacayo. Pero para entonces Beatrice ya le había soltado la mano y había hecho su entrada en la estancia, dirigiendo una tímida mirada hacia la señorita Colburne.

—Si me lo permitís, señora —dijo, dirigiéndose a lady Hepplewood y ejecutando al acto una genuflexión que hizo oscilar sus rubios tirabuzones—. Desearía conocer a la nueva dama.

Lady Hepplewood una vez más le dedicó su regio asentimiento, invitó con un gesto a la señora Jansen a tomar asiento, y mandó al lacayo a que presuroso fuera en busca de más porcelana.

—Un placer, señora Jansen. —La señorita Colburne dedicó su relumbrante sonrisa a Beatrice—. ¿Cómo está, señorita Tarleton? ¿Puedo llamaros Beatrice? ¿O quizás incluso Bea?

—Oh, Bea está bien —respondió la pequeña, acercándose a la mesita del té—. Tenéis un pelo muy rojo. ¿Por qué lo lleváis tan corto?

—¡Beatrice!

La señorita Jansen se sonrojó furiosamente.

—Suficiente, Beatrice.

Lady Hepplewood puntualizó la orden con un fuerte golpeteo de su bastón.

Pero la señorita Colburne se limitó a abrir ingenuamente los ojos.

—Oh, justo estábamos hablando de mi pelo —dijo, pasándole un plato a la niña—. ¿No serás por casualidad clarividente?

—Me parece que no. —Beatrice guardó silencio durante un minuto, mordisqueó la galleta de limón y volvió a alzar la vista—. Pero me preguntaba… ¿Vais a casaros con Saint-Bryce en lugar de Diana?

La sonrisa de la señorita Colburne brilló aun más, por imposible que pudiera parecer.

—Bueno, Diana no me ha pedido que me case con ella —bromeó—. Pero Saint-Bryce sí. ¿Crees que debería aceptarle?

Beatrice miró muy solemnemente a la señorita Colburne.

—Me atrevería a decir que sí —dijo la niña—. Gwyneth dice que ahora es un buen partido y que Diana es una redomada idiota.

Napier oyó el brusco jadeo de lady Hepplewood.

—Beatrice, quizá tú y yo podríamos hablar de esto más tarde, ¿te parece? —sugirió él con tono afable, inclinándose hacia delante en la silla—. Quizá podría ir a visitarte a tu aula de estudio.

—Oh, vamos, Saint-Bryce, no debéis alentar la impertinencia —le regañó lady Hepplewood—. Beatrice debe recordar en todo momento cuál es su lugar.

Napier se tragó su frustración.

—Su lugar es esta casa —dijo firmemente—. Quizás a Beatrice le falte tacto, pero Burlingame es su casa, y su padre acaba de fallecer.

Lady Hepplewood le lanzó una mirada que dejaba muy claro que no estaba dispuesta a soportar que la corrigieran.

—¿Y podríais decirme, si sois tan amable, qué tiene eso que ver con nada?

—Los niños necesitan certezas —respondió él, forzando una voz calmada—. Tienen derecho a comprender lo que ocurre a su alrededor, y lo que les ocurre también a ellos. De eso depende en gran medida su sentido del bienestar.

—Qué perspicaz, querido —dijo la señorita Colburne, que de inmediato inició otra conversación superficial, esta vez dirigida a la señora Jansen: algo relacionado con su aya francesa.

Napier no le prestó atención. Dejó en cambio vagar la mirada por la ostentación de la estancia y pensó en Beatrice. Hasta hacía muy poco tiempo, el padre de la niña había sido el heredero de todo eso, y el lugar de la pequeña en la casa estaba asegurado. Ahora, con la muerte de su padre y de su madre, y teniendo en cuenta que sus hermanastras eran una docena de años mayor que ella, y con lady Hepplewood estampando ese condenado bastón negro ante cada paso en falso que daba la niña, probablemente no estaba segura del sitio que ocupaba allí. Y sabía Dios que él sí.

¿De verdad era posible que todo eso fuera suyo para que lo administrara hasta la siguiente generación? ¿Y de dónde había de proceder esa siguiente generación?

Oh, conocía la respuesta a esa pregunta, y esa certeza le daba gran solaz. Mientras recorría con la mirada la colección de paisajes con marcos dorados que flanqueaban la sofocante chimenea de mármol, decidió que nadie podía estar más capacitado para llevar a cabo esa labor.

Durante su visita inicial a Burlingame que había tenido lugar meses atrás, Napier había quedado inmediatamente maravillado por su magnificencia. Y por vez primera había sido consciente de todo aquello a lo que su padre había renunciado y de hasta qué punto sus circunstancias se habían visto alteradas por su sacrificio.

El Honorable señor Nicholas Tarleton había sido un niño de gran fortuna y privilegio. ¿Había acaso imaginado, presa de un ataque de infantil resentimiento, que alterando su nombre podía avergonzar a su familia? Por lo que Napier había podido ver, el efecto había sido comparable a la picadura de un mosquito: un fastidio de orden menor del que quejarse de pasada.

No, no percibía el menor atisbo de humillación en lo que veían sus ojos: la *hauteur* y el sentido del privilegio absolutos permanecían intactos, impolutos y ajenos a la mancha de la duda. Napier lo había visto ya en su abuelo. Pero casi de inmediato había percibido también que cierta oscuridad lo impregnaba todo. Y, sin embargo, no había encontrado nada... nada salvo un anciano ya perdido en un nebuloso mundo de incoherencia.

Pero Hepplewood había rondado los sesenta años y estaba artrítico y gotoso. Saint-Bryce, por otro lado, había gozado de una salud excelente. El padre de Bea quizá no había sido joven, pero a Napier la coincidencia seguía antojándosele cuanto menos peculiar y esa extraña sensación de pesadumbre que había percibido la primera vez que había entrado a la casa seguía allí, proyectando una sombra que podía llegar a percibir.

¿O quizás era él el único que la percibía?

¿Quizá fuera simplemente eso lo que se sentía al ser un extraño?

Lady Hepplewood ya le había dejado claro en el curso de su primera visita que prácticamente no era bienvenido. Ni siquiera el hecho de que hubiera acudido a la casa, no respondiendo a los lazos familiares que les unían, sino respondiendo a la orden de su agonizante marido, había despertado en la dama un atisbo de cariño. De hecho, parecía haberla irritado con ello.

Pero en aquel entonces él había sido un don nadie, pues todas las esperanzas estaban puestas en que su tío Saint-Bryce y su futura esposa cumplirían con sus obligaciones. Diana Jeffers se encargaría de concebir tantos herederos como fuera posible entre él y Burlingame Court.

Pero dos mujeres habían muerto ya intentando concebir un hijo, y la tercera ni siquiera había tenido su oportunidad. Napier se preguntaba si la señorita Jeffers estaría enfadada, o simplemente aliviada.

Regresó al presente cuando Beatrice dejó su plato en la mesita y lady Hepplewood se levantó de su silla. Al parecer, él había desplegado una sombra sobre la conversación que ni siquiera la superficial señorita Colburne, con su glorioso pelo, era incapaz de retirar. Aliviado al ver que el té había tocado a su fin, se levantó de un brinco y ofreció su brazo a lady Hepplewood.

Ella lo aceptó a regañadientes.

—Obviamente desearéis descansar antes de la cena —dijo mientras avanzaban formalmente sobre la alfombra que llevaba hasta las inmensas puertas con ribetes dorados—. He dado instrucciones a Gwyneth de que os instalen en el pabellón este, así…

Pero sus intenciones no fueron reveladas. Al contrario: en ese preciso instante las puertas del salón se abrieron de par en par una vez más y esta vez la señorita Gwyneth Tarleton en persona pasó con paso firme por delante del lacayo, seguida por Diana Jeffers, que caminaba una docena de pasos tras ella.

Gwyneth era una mujer alta y caballuna, con pocos atractivos y el gesto ligeramente hosco. La dama dedicó a Napier una fugaz mirada, mirándole de arriba abajo en cuanto se detuvo delante de él.

—Cielos, Saint-Bryce —ladró—. No os esperábamos hoy.

—Sí, ese dato ha sido ya puesto en mi conocimiento —respondió él secamente—. Quizá mi carta podría haber sido más específica. ¿Cómo estáis, señorita Tarleton? ¿Señorita Jeffers?

La señorita Tarleton esbozó una tensa sonrisa.

—Os recuerdo que ahora debéis llamarme «prima Gwyneth» —respondió ella con una expresión de aparente dolor en el rostro.

A Napier le dolió no comentar que eran primos desde el día que ella había llegado al mundo y que desde entonces ella jamás había sentido el impulso de llamarle otra cosa que, según sospechaba, «ese odioso señor Napier». Pero contuvo el mezquino impulso. A fin de cuentas, no sabía nada de Gwyneth Tarleton, ni de cómo era su vida.

Además, no estaba allí para saciar su orgullo. Ni siquiera para consentir el de ella, de modo que se limitó a presentar a la señorita Colburne.

Diana Jeffers era delicada y hermosa, y si se sintió de algún modo incómoda al saludar a la mujer que ostensiblemente iba a reemplazarla como lady Saint-Bryce, no dio la menor señal de ello.

—Bienvenida a Burlingame —dijo con voz cálida, aunque levemente difusa.

—¿Desean que me lleve a Beatrice arriba? —preguntó la señora Jansen, como si no estuviera segura de a quién pedir permiso.

—Sí —dijeron a la vez Gwyneth y lady Hepplewood.

La mirada amenazadora de lady Hepplewood se ensombreció.

—Gwyneth os llevará al pabellón este —prosiguió, dirigiéndose a Napier—. Diana, vos regresaréis conmigo.

—¿No debería ayudar a Gwyneth a acomodarles? —sugirió la señorita Jeffers.

Pero lady Hepplewood ya había echado a andar en dirección contraria, haciendo repiquetear su bastón de ébano huecamente sobre el mármol blanco del abovedado *hall* de la entrada.

—Gwyneth no necesita ayuda —dijo, torciendo la cabeza para volverse a mirar con evidente exasperación—. Vamos, Diana. No logro encontrar mi labor de costura. Estoy convencida de que la habéis perdido.

La frustración asomó al rostro de la señorita Jeffers, aunque desapareció al instante.

—Por supuesto, prima Cordelia. —Se volvió a dedicar a Napier y a la señorita Colburne una última mirada—. Tenemos nuestras habitaciones en el ala oeste de la casa. Visitadnos allí si podemos seros de alguna utilidad.

Napier le dio las gracias antes de volverse hacia Gwyneth y seguirla en dirección opuesta.

—Debéis perdonar la presunción de tía Hepplewood —dijo Gwyneth mientras caminaban.

—¿Debo?

—Supongo que la muerte de tío Hep y el hecho de que Tony se haya convertido en la oveja negra de la familia la tienen un poco consternada —dijo Gwyneth sin un atisbo de calidez.

Napier sabía que Tony era el heredero de los Hepplewood y su único hijo. Y si la mitad de lo que había oído en Londres era cierto, lady Hepplewood tenía motivos suficientes para estar preocupada. Pero Napier no dijo nada, pues el comportamiento inmoral de Tony no era asunto suyo.

El recorrido que llevaba desde los salones principales de la casa principal era largo y les condujo de una ostentosa sala a la siguiente hasta que por fin llegaron a uno de los largos pasillos que conectaban la casa principal de Burlingame con los pabellones.

Aquí, los elevados arcos barrocos parecían haber estado abiertos en su día, aunque ahora los completaban ventanas de celosía de unos ocho metros de altura. El suelo del pasillo era de baldosas alternas de centelleante mármol blanco y negro, y las bóvedas del techo se apoyaban en magníficas columnas que, según supuso Napier, también eran de mármol.

Sin embargo, tras formular un comentario admirativo y general, la señorita Colburne llamó a las columnas «*scagliola*» y se refirió al pasillo como «*grand colonnade*». Napier anotó mentalmente preguntarle cuáles eran las diferencias. Lisette parecía una colección andante de datos turbios.

Gwyneth Tarleton asintió en señal de aprobación y siguió adelante, pero tras decidir que la señorita Colburne podía quizá ser merecedora de su atención, la dama aminoró el paso de vez en cuando para comentar otros detalles arquitectónicos.

Una vez más, Napier agradeció la presencia de la señorita Colburne, pues parecía conocer exactamente lo que debía decir y preguntar. Oh, muy probablemente esa gratitud quedaría olvidada en cuanto ella pusiera a prueba su paciencia de nuevo, algo que, mucho se temía, sería inevitable. Y ese repentino pulso de deseo —por no mencionar la madura inflamación del seno de Lisette bajo su mano— habían sido desconcertantes.

Sin embargo, hasta el momento, ella cumplía con su parte del trato, y de un modo admirable. Diríase que algo había cambiado entre ambos en el tren, y los ojos de la señorita Colburne ya no mostraban el preocupado recelo del principio. Quizá tampoco los de él. Lo quisieran o no, todo parecía indicar que estaban juntos en eso.

Al final de la columnata entraron en lo que pareció ser una casa completamente distinta que Napier no había visitado previamente y que entendió era la residencia de lord Duncaster. Tenía mucho más el aspecto de una mansión campestre de la que se ha hecho buen uso y menos el de una sobrecargada imitación de Versalles. El concepto que Napier tenía de su abuelo mejoró sorprendentemente por haberla preferido.

Tras subir por una amplia escalera circular, le hicieron pasar a un aireado dormitorio dotado de un par de inmensas ventanas que daban a un jardín de parterres ordenado en unos dieciséis cuadrados simétricos. Al otro lado de los parterres había un lago ornamental en forma de media luna con una glorieta coronada por una cúpula situada al final de un pequeño embarcadero. Napier no pudo evitar pensar que todo aquel jardín debía de haber requerido un batallón de jardineros.

Después de confirmar que la estancia era de su agrado, la eficiente Gwyneth siguió por el pasillo, llevándose con ella a la señorita Colburne, y Napier se encontró de pronto a solas. Jolley, al parecer, había llegado sano y salvo desde la estación con el equipaje. Napier reparó en que su maleta estaba ya abierta sobre un antiguo tocador de patas trenzadas, y su batín colgaba de un gancho al lado de la puerta.

En cuanto a su camarero, probablemente estaría abajo, acercándose furtivamente a la cocinera. Jolley no desperdiciaba jamás la menor oportunidad. Solo con sus cosas, Napier se dirigió al cuarto de baño. Supuso que no había esperanza de encontrar un grifo de agua en el antiguo caserón, pero decidió mirar por si acaso.

Nada. Se volvió con la intención de hacer uso del tirador y poder lavarse para quitarse de encima el polvo acumulado durante el día, pero al volver al dormitorio la puerta se abrió de par en par y la señorita Colburne entró como una exhalación, cerrando de un portazo. En sus ojos verdeazulados había prendido lo que sólo podría haberse descrito como una ardiente curiosidad.

—Bien —dijo, reclinándose contra la puerta hasta apoyar las palmas de las manos en la madera—. ¿Quién creéis que lo hizo?

Napier le lanzó una mirada de advertencia y esperó a que ella así lo entendiera.

—No tengo la menor idea de quién hizo qué a quién —dijo—, pero consideraos afortunada de que no me haya desnudado para pensar en ello.

—Oh, vamos, Napier, un poco de seriedad. No habéis tenido tiempo. —Se interrumpió para hacer girar la llave en la cerradura con un eficiente «clic» y le siguió después hasta las ventanas—. Hasta el momento tengo puestas mis esperanzas en Gwyneth Tarleton. Me resulta espantosamente eficiente, y los eficientes son a menudo despiadados.

Durante un largo instante, Napier no dijo nada. Aunque tenía la mirada fija en el lago y en la hilera de tejos artísticamente podados que bordeaban su sendero, podía sentir el calor que manaba de ella —toda su vitalidad— rondándole el codo. La presencia de Lisette le calmaba a pesar incluso de frustrarle de ese modo tan curioso. No quería sentir ninguna de las dos cosas… o al menos en lo que a ella hacía referencia.

Pero la innegable verdad era que, desde el instante en que había puesto los ojos en esa mujer muchos meses antes, existía una atracción física. Una peligrosa atracción. Y aunque Lisette parecía casi ajena a ella, con el tiempo no había hecho sino tornarse más tentadora.

—Supongo que no tiene sentido deciros que no deberíais estar en la habitación de un caballero —dijo él por fin.

Ella dejó escapar un sonido de exasperación.

—Para empezar, no debería viajar con un hombre al que apenas conozco y con el que ciertamente no tengo la intención de casarme

—dijo—, pero eso no nos ha detenido a ninguno de los dos, ¿me equivoco acaso? Además, necesitamos un sitio donde hablar en privado si vamos a trabajar juntos.

—A eso me refería exactamente. —Napier se volvió a mirarla y enseguida se arrepintió de haberlo hecho—. No estamos trabajando juntos. Vos simplemente debéis ocuparos de distraer a ese enloquecedor grupo de mujeres.

Napier oyó que la punta del zapato de Lisette empezaba a repiquetear bajo el elegante vuelo de su falda de terciopelo y vio asomar la impaciencia en su rostro.

—En ese caso, desperdiciáis mis dotes de investigadora —replicó ella.

—¿Ah, sí? —dijo él, desafiándola a que confesara la verdad—. ¿Y seríais tan amable de aclarar qué clase de dotes de investigadora puede poseer una profesora de gramática de Hackney?

El rostro de Lisette se tiñó de escarlata.

—Sabéis que no soy ninguna estúpida, Napier —dijo—. Muy bien. Sí, trabajé un poco en Boston, ayudando a tío Ashton con su periódico. Y podría hacer una docena de cosas más aquí, en Burlington, si simplemente me dijerais…

—Señorita Colburne —la interrumpió Napier.

—Elizabeth. —Su voz se quebró de una manera un tanto peculiar. Bajó los brazos y posó la mano sobre el brazo de él—. O Lisette, si lo preferís. Así me llamaba siempre mi familia. Pero no podéis seguir llamándome señorita Colburne… al menos no cuando os dirijáis a mí. Suena… distante.

Pero era precisamente distancia lo que él necesitaba; distancia de ella y también de ese aroma cálido y verde que era el preferido de Lisette y que ahora se mezclaba con el polvo y con el calor del día para formar una fragancia femenina y embriagadora que le tentó a hacer exactamente lo que ella sugería: confiar en ella… o algo incluso peor.

Lisette se acercó más a él.

—Entonces, ¿es Lisette?

Napier cerró los ojos durante un instante e intentó recordar quién era ella realmente… y por qué estaba allí.

—¿Y vos? —dijo con una voz que sonó demasiado grave—. ¿Cómo me llamaréis?

Una sonrisa burlona curvó la boca de Lisette.

—Supongo que Saint-Bryce —respondió—, si debemos hacer caso de lo que dice vuestra familia.

Napier se volvió una vez más hacia la ventana y apoyó las manos abiertas sobre el alféizar, casi asomándose al vacío. Una ligera brisa le acarició la mejilla, llevando con ella el olor de la tierra recién arada y de los manzanos de floración tardía, además del suave hu-hu-hu de las palomas esperando el anochecer.

Saint-Bryce.

¿Ése era él?

No ayudó que Elizabeth se acercara aún más a él, cerrara sus manos más pequeñas y pálidas junto a las suyas y se asomara también a mirar.

—Maldito avatar del destino —masculló Napier, sin saber apenas a qué avatar se refería exactamente.

—No estaréis pensando en arrojaros a vuestra muerte, ¿verdad? —preguntó ella—. Aunque desde esta altura simplemente os romperéis una pierna y os quedaréis atrapado aquí, en cama.

Napier le dedicó una sonrisa tímida.

—¿Qué os parecen entonces esas dos torres de ahí delante? —sugirió Napier—. ¿Creéis que funcionaría?

Lisette fingió considerarlo.

—Me temo que la grava simplemente destrozaría ese apuesto rostro vuestro —dijo jovialmente—. Pero podríais trepar a ese monstruoso disparate que hemos bordeado con el carruaje, y si todavía insistís en mantener vuestra actitud arrogante, quizá me convenzáis para que os dé un empujón.

Aunque el tono era burlón, algo en el corazón de Napier se contrajo.

—Maldita sea, Elizabeth, no…

Se interrumpió y negó con la cabeza.

—¿No... qué?

Con las cejas dibujando un nudo, volvió a tocarle el brazo.

Napier habría dado cualquier cosa para que no lo hiciera, pero se obligó a mirarla y a enfrentarse a la traslúcida perfección de su piel y a lo que parecía una sombra de ansiosa preocupación en sus ojos. Ardía de pasión por ella —penaba por ello—, aunque sabía el peligro que eso entrañaba.

—No os atreváis a decir eso —dijo—. Ni en broma.

«No me hagáis pensar en lo que podríais ser. No me obliguéis a dudar de vos.»

Eso era lo que quería decir.

Napier estaba cayendo ya bajo el hechizo de la sirena, rindiéndose, supuso, a algo que no era más que ese simple encanto superficial y ese pelo salvaje y llameante. Pero bajo la hermosa fachada se ocultaba una fría y calculadora implacabilidad. Y bien que lo sabía, pues había sido testigo de primera mano cuando ella le había acusado alternadamente de incompetencia y de aceptar sobornos —llegando incluso a ofrecer el suyo propio— antes de ofrecerse a sí misma.

Y en lo único que él había podido pensar durante ese largo y maldito viaje en tren era en lo mucho que lamentaba no haber aceptado la oferta de Lisette meses atrás. Incluso en ese momento se notó erecto al recordar el exuberante trasero de ella cuando se había revuelto para levantarse de su regazo en el tren.

Consiguió, no sin cierto esfuerzo, retirarse del alféizar, apartándose de ella para incorporarse.

—Quizá deberíais volver a vuestra habitación, Elizabeth —dijo sin más—. Os veré abajo para cenar.

Pero Elizabeth, con una mueca de dolor, había empezado a quitarse las elaboradas cintas de satén de los rizos enmarañados, todavía ajena por completo al deseo que estaba provocando en él.

—Personalmente —añadió—, creo que lady Hepplewood es una mujer enfadada y amargada. Ah, sí, mucho más cómodo así.

—Lady Hepplewood es simplemente una mujer exageradamente endogámica y excesivamente arrogante —dijo Napier.

—No, es mucho más que eso. —Elizabeth sacudió la cabeza para soltarse el pelo de un modo que hizo que Napier tuviera que tragar saliva—. ¿Habéis visto su puño sobre ese bastón? Si la mano humana pudiera despedazar el bronce, ella sería un buen ejemplo de ello. Y esa pobre señorita Jeffers. ¿Qué es? ¿Su lacaya?

—Supongo, sí.

—Pobre muchacha —dijo Elizabeth—. Habiendo pasado por el mal trago de ejercer de agradecida esclava, no se lo recomendaría a nadie.

Napier quiso preguntar a qué se refería, pero no osó dar alas a la atmósfera de intimidad. No necesitaba saber nada más sobre ella. Lo que ya sospechaba le había dejado sintiéndose suficientemente comprometido.

Decidió en cambio apoyar una cadera en el alféizar y cruzarse de brazos, observándola con atención.

—Elizabeth —dijo con voz queda—. ¿Por qué no os marcháis?

Tras deshacerse por fin de las cintas de satén, o lo que fueran, levantó las manos y le miró con incredulidad.

—¿Porque tenemos trabajo que hacer? —sugirió—. ¿Porque cuanto antes terminemos lo que habéis venido a hacer, antes podré irme de aquí?

Irse de allí.

Lejos de ella.

Dios, Napier rezó por ambas cosas, aunque estaba empezando a pensar que por muy distintos motivos.

De pronto los ojos de Lisette se abrieron como platos. Dirigió una mirada a la puerta y corrió hacia ella al tiempo que el verde terciopelo de su vestido de viaje culebreaba seductoramente sobre sus caderas. Luego, provocando en él una extrema desazón, se agachó un poco y puso una oreja en un lugar liso de la madera labrada, ofreciendo un espectáculo exquisito.

Pareció transcurrir una eternidad hasta que se incorporó y negó con la cabeza.

—Imaginaciones mías —masculló—. Lo siento. ¿Qué decíais?

Napier suspiró y decidió cambiar de estrategia.

—Explicaos, pero daos prisa —dijo—. ¿De qué modo podríais serme útil?

Ahí estaba una vez más esa expresión ingenua.

—Es difícil saberlo cuando nada me habéis dicho sobre el motivo que os ha traído aquí —respondió ella—. Aun así, pasaré tiempo a solas con vuestras «enloquecedoras mujeres», y las damas chismorreamos entre nosotras. Además, no les extrañará que otra dama haga demasiadas preguntas. De hecho, y en mi peculiar situación, lo que les extrañaría es que no lo hiciera.

—Algo de cierto hay en eso —concedió Napier.

—Y además, naturalmente, está Fanny.

—¿Quién es Fanny?

—Mi criada —replicó ella impaciente—. Los cotilleos entre criados son la forma más pura de chismorreo.

—Cierto. En ese sentido, Jolley, mi hombre, no tiene precio.

—Además, Fanny y yo podemos tener acceso a partes de la casa a las que vos no podéis entrar —dijo—. Mientras estáis encerrado con Duncaster en alguna sofocante oficina de administración, probablemente las damas estén tomando el té en el salón, o cosiendo en la salita, o leyendo en la biblioteca. ¿Buscáis quizás un arma? ¿O bienes robados?

Napier lo pensó durante un instante y se preguntó por qué iba a negarse a contar con su colaboración. Elizabeth Colburne era una mujer inteligente, y el hecho de que le provocara una erección cada vez que se acercaba a él no era más que una simple muestra de su propia estupidez.

—De acuerdo —dijo, apoyando una mano en lo alto del pilar de la cama—. Necesito cualquier chismorreo que llegue a vuestros oídos o a los de Fanny, siempre que no toméis ningún riesgo para conseguirlo. Y necesito papel.

—¿Papel?

—Papel de cartas —aclaró—. A poder ser, de cada una de las habitaciones de la casa, aunque eso será imposible. Que se encargue Jolly, o que lo haga Fanny.

Napier vio cómo el cerebro de Lisette giraba como una caja de engranajes perfectamente engrasados.

—Alguien os ha escrito anónimamente —dijo por fin—. O ha escrito algo sospechoso a alguien. Y queréis descubrir si la carta salió de esta casa.

—Poco importa lo que yo quiera —replicó Napier—. Sólo quiero muestras de papel de cartas. No cometáis ninguna locura. Si os ven registrando un buró o un escritorio, decid que necesitáis anotar algo o que queréis escribir una carta a casa.

—Sí, a mi querido tío Rowend, sin duda —respondió ella con sequedad—, que necesitará tiempo para planear la boda.

Napier soltó una carcajada.

—Oh, sin duda.

Fue entonces cuando cometió la imprudencia de mirarla, de mirarla realmente. Una sonrisa había curvado una comisura de esa boca deliciosa y en sus ojos verdes volvía a destellar una chispa de malicia.

Napier se pasó una mano por la cara.

—¿Qué ocurre? —preguntó Lisette.

Pero la gravedad de su situación había caído sobre Napier multiplicada por diez.

—He cometido un error —dijo por fin.

—¿Ah, sí? —Elizabeth inclinó a un lado la cabeza como si quisiera verle mejor—. ¿De qué clase?

—De todas las clases —respondió Napier—. Trayéndoos aquí. Las mentiras. La ropa. Esa maldita peluca. No sé en qué estaba pensando, la verdad. Todo esto es… una locura.

La expresión de incredulidad volvió al rostro de Lisette.

—Bueno, es el mejor momento para decidir —refunfuñó—. Ahora mismo podría estar de camino a la *Côte d'Azur*.

Napier dejó escapar un gruñido.

—Vaya, creía que vuestro destino era Escocia, ese remoto refugio sin leyes de los bribones.

Lisette le barrió con la mirada, oscura como el terciopelo de su vestido.

—Mi destino estaba lejos, muy lejos de vos y de Lazonby, eso está fuera de toda duda.

—Bien sabe Dios que os dejaría marchar —masculló él.

—¿Por qué? —preguntó Lisette—. Me tomáis por una criminal y, sí, acabáis de decirlo, también por una bribona. ¿Por qué ibais a dejar que me fuera?

Ella todavía mantenía la cabeza inclinada a un lado, su mirada recorría despacio el rostro de Napier y tenía los carnosos labios ligeramente entreabiertos y en sus ojos ardía esa avezada inteligencia, feroz y enojada.

Vaya, al parecer no era tan inteligente.

Napier estiró el brazo y con una mano la atrajo con fuerza contra él.

—Por esto —dijo, justo antes de besarla.

Lisette apenas tuvo tiempo de soltar un jadeo antes de que él capturara esa boca exuberante y seductora en un beso de deseo largamente contenido. La mano libre de ella se alzó en el aire para apartarle a un lado, aunque fue ya demasiado tarde. Respondiendo al más puro instinto, Napier la empujó contra el inmenso poste de la cama.

Ella dejó escapar un suave gemido que a él le pareció un sonido de rendición y, con un arrebato de deseo, la inmovilizó con todo el peso de su cuerpo al tiempo que con su boca hurgaba en la suya. Aunque Lisette mantuvo la mano tercamente apoyada contra su clavícula, no opuso resistencia.

Ni siquiera cuando él casi deseó que lo hiciera.

Al contrario: cuando pasó la lengua por la delicada costura de sus labios, ella los separó con un suave gemido de bienvenida, dándole carta blanca y reaccionando casi ingenuamente. Napier aprovechó la ocasión, inclinando su boca sobre la suya y empujando una y otra vez, horadando sus profundidades.

Vagamente le extrañó la experiencia que demostró Lisette, aunque la noción se desvaneció en el acto, barrida por otro arrebato igual de intenso: un deseo al rojo vivo que le atravesó el vientre, contrayéndole las entrañas.

Se separaron en algún momento del poste de la cama y Napier la empujó contra el mullido colchón. Reptando sobre ella, aumentó la intensidad del beso, entrelazando sinuosamente su lengua con la de Lisette, a punto de dar rienda suelta a su ávido deseo.

Las manos de ella se deslizaron a su vez sobre él, vacilantes y casi tímidas, hasta que una palma caliente bajó por su columna, lacerándole a su paso hacia la cintura. En silencio, él le suplicó que siguiera bajando hasta atraer su cuerpo contra el de ella del modo más malévolo y sugerente imaginable.

Napier nadaba ahora en la más absoluta y sensual voracidad, y como un hombre que se ahoga, se sintió flotar hacia ese oscuro precipicio. Al otro lado caía una estruendosa cascada de deseo de la que no habría regreso posible. Porque Elizabeth era peligrosa y le arrastraría con ella a lo más profundo, tal y como había imaginado.

Ahora lo sabía, pero las femeninas curvas del cuerpo largo y ágil de Elizabeth se amoldaban demasiado perfectamente al suyo, y el calor que manaba de sus pechos y de su vientre pegado a él le empujaba a la locura.

Habían rodado de lado sobre la cama. Las sábanas ondeaban suavemente a su alrededor y la falda de Elizabeth se había deslizado al moverse, dejando media pierna a la vista. Cediendo a un único impulso, Napier volvió a besarla de nuevo, frotando rítmicamente su lengua contra la de ella en una desvergonzada invitación. Y cuando Lisette levantó la rodilla, dejando escapar un suave gemido de placer, fue como si el calor de su muslo provocara un temblor en su interior.

Napier estaba tan perdido que apenas fue consciente de que sus manos acunaban el rostro de Elizabeth, o de que su boca se había deslizado hasta su mejilla primero para seguir desde allí hasta la sien. Ni de que le susurraba cosas: inconexas palabras de adoración y de deseo.

Una mano se posó en la inflamación del pecho de Lisette, retirando la tela hasta que el duro y dulce capullo del pezón le rozó la palma, enviándole una nueva descarga de calor a la entrepierna.

—Ah, Elizabeth —susurró al tiempo que trazaba con la lengua la concha de su oreja—. Dejadme…

—N-no. —Con un jadeo, ella logró por fin recuperar el control de la mano, empujándole con ella el hombro—. Napier, b-basta. Yo… nosotros… no es esto lo que deseamos.

Por Dios, él lo deseaba con todo su ser.

Pero las palabras de Lisette fueron como un jarro de agua fría. Napier se detuvo con las aletas de la nariz dilatadas y respirando pesadamente.

Bajo su peso, Elizabeth parecía ávida y lasciva, con la mata de rizos lustrosos contra la suave blancura del cubrecama. Le deseaba, en eso los instintos no le fallaban. Tenía los labios húmedos y ligeramente entreabiertos y los ojos somnolientos y de un verde glaseado. Sentía su cuerpo temblando bajo el suyo… y no, pensó, no era de miedo.

—Elizabeth, vos lo deseáis —susurró, con la débil esperanza de que ella lo negara—. Queréis tenerme dentro.

Los ojos de ella se posaron en los suyos al tiempo que su lengua asomó rauda para humedecerse los labios.

—Sí —dijo con voz ronca—. No os mentiré. Pero… no podemos.

Napier volvió a besarla, esta vez más tiernamente, incautamente empeñado en no renunciar a su premio a medias conseguido: aquello por lo que llevaba días ardiendo en deseo… si no más tiempo.

Pero ella le apartó con delicadeza.

—Por favor, no lo hagáis —susurró, cerrando las largas pestañas como el encaje sobre sus mejillas—. Lo lamentaremos. Vos lo lamentaréis.

Napier bajó la cara hasta tocar la de Lisette y se obligó a tranquilizar su respiración.

—Sí —dijo con una afilada carcajada—. Lo lamentaría.

—Y yo quiero algo mejor que un hombre que lamente haber estado conmigo. Soy, ay de mí, una romántica incorregible —dijo ella con voz queda.

Nada pudo decir Napier ante eso. Y cuando los ojos de Elizabeth se dulcificaron, rendidos a la ternura, algo se comprimió en su garganta.

Santo Dios. ¿Lisette era una romántica?

Entonces acarició con los labios el arco perfecto de la ceja de ella y rodó a un lado. Durante un largo instante se quedó tumbado junto a Lisette sobre el mullido colchón, con la vista fija en el medallón de artesonado que decoraba el centro del techo y a la espera de que su pétrea erección remitiera, y con ella también el dolor.

Elizabeth Colburne *merecía algo mejor*.

Pero casi todas las mujeres eran unas románticas. ¿Por qué la había tomado por menos que eso?

—Os habéis quedado muy callado —dijo ella con voz trémula—. ¿Os he…?

—¿Me habéis qué? —Sintiendo los testículos tensos y dolorosos, las palabras sonaron más duras de lo que era su intención.

—¿Os he hecho enfadar? —dijo ella—. ¿Era esto… parte del precio que esperabais que os pagara?

Napier maldijo entre dientes.

—Oh, sé que me consideráis una especie de Jezabel. —La voz de Lisette estaba recuperando fuerzas—. Y quizá no os falte razón. Pero entended que habría hecho cualquier cosa por vengar la muerte de mi padre, Napier. Habría pagado cualquier precio. Pero este precio… ¿sólo por salvarme a mí misma? Oh, debéis saber aquí y ahora que no estoy dispuesta a pagarlo.

—¿Creéis que eso es lo que es? —preguntó él muy serio—. ¿Un precio a pagar? ¿Parte de ese pacto con el diablo que creéis haber hecho?

—¿Y no lo es?

—Santo Dios, Elizabeth. —El nudo que tenía en la garganta volvió a cerrarse—. ¿Qué es lo que he hecho para que me veáis como a esa clase de hombre?

—N-nada —susurró ella.

—Maldita sea. ¿Veis a lo que me refiero? —dijo Napier—. Así es como se siente uno al cometer un error.

El medallón de yeso perdió nitidez ante sus ojos: Faetón golpeado por el rayo, una imagen en cierto modo acertada. Lisette no dijo nada más e instantes después Napier consiguió recobrar la cordura y ayudarla a bajar de la cama. Pero cuando ella se volvió de espaldas para ponerse bien el vestido, él se dio cuenta de que habían aplastado las cintas de satén que ella se había quitado del pelo.

Cediendo a un patético impulso, las cogió y se las enrolló apretadamente en la mano, hasta el punto que dejó de correrle la sangre, antes de ablandarse y guardárselas sin compasión en el bolsillo.

Elizabeth se volvió hacia él con una vacilante sonrisa en los labios y el corpiño del vestido en su sitio.

—Teníais razón —dijo—. No debería haber irrumpido así en vuestra habitación. Asumo toda la responsabilidad.

Napier se encogió de hombros y forzó una sonrisa que probablemente pareció más una mueca.

—Una dama siempre puede rechazar los avances de un caballero —dijo, agarrándose al poste de la cama con demasiada fuerza—. Os ruego que aceptéis mis disculpas, Elizabeth. Mañana a las ocho sale un tren para Londres. Entiendo que debéis tomarlo.

Por un momento, la expresión de Elizabeth se tornó reflexiva.

—¿Para volver a qué? —preguntó con una voz que sonó falsa—. Ya no tengo una vida en Londres. Ni siquiera puedo recuperar mi voluntariado en la escuela de lady Leeton.

Estaba en lo cierto y Napier lo sabía. Peor aún, no deseaba que ella se marchara.

—Muy bien —dijo—. En ese caso podéis confiar en que esto no volverá a ocurrir.

La sonrisa de ella se había afianzado.

—Entonces, ¿hemos llegado a un acuerdo? —dijo—. A fin de cuentas, estoy aquí. Ya puestos, bien puedo ayudaros.

Napier retiró la mano del poste de la cama.

—Sí, para que os mantenga a salvo de Lazonby —declaró un poco duramente, alejándose con grandes zancadas hacia la puerta.

Ella no respondió. Napier puso la mano en la manilla y al volverse la encontró con la barbilla en alto.

—Sí. ¿Por qué si no iba a hacerlo? —dijo ella por fin.

¿Por qué, en efecto?

Napier hizo girar bruscamente la llave y se asomó al pasillo.

—Nadie —dijo, indicándole con un gesto que saliera.

Sin una palabra más, Elizabeth salió, rozándole al salir y envuelta en una nube de lirios y de calor femenino. Napier no la vio marcharse, sino que se quedó dentro con un hombro apoyado en el quicio de la puerta y atento al sonido de sus pasos alejándose por el pasillo.

Un instante más tarde, el chirrido de bisagras reverberó huecamente desde el fondo del pasillo. Napier se apartó de la madera y empujó la puerta, cerrándola tras de sí.

Y esta vez, la cerró con llave.

7

En el que Beatrice lo cuenta todo

Lisette apestaba a humo. El pelo. La ropa. El humo le irritaba la nariz, ahogándola.

La lámpara chisporroteó. Presa del pánico, le lanzó una fugaz mirada. Estaba a punto de apagarse. Trabajó furiosamente. Atacó un párrafo. Garabateó en el margen. Se devanó los sesos intentando dar con la palabra exacta.

Ardido, *no* quemado. *El bergantín del puerto de Boston había ardido en llamas. Ashton odiaba el uso de la palabra «quemado».*

Echó una rápida mirada al reloj. Cinco minutos. Cinco minutos antes de que Len entrara para componer tipos. Lisette se mordió el labio y volvió a bajar la mirada. Se le entrecortó el aliento. Las palabras desaparecían… fundiéndose en el papel como la mantequilla caliente. A su espalda, la puerta se abrió de par en par.

—*¿Y bien, muchacha?* —*La pregunta emergió de una nube de brandy*—. *¿Quién es el muerto?*

—*Muy probablemente la señora Stanton* —*respondió Lisette, garabateando con furia*—. *Está en muy mal estado.*

Peor que eso. Lisette había aprendido a reconocer el aspecto de la muerte. Habían tumbado el frágil cuerpo como un ángel en el muelle, con el vestido y la capa verdes empapados, demasiado débil y temblorosa como para vomitar siquiera, a pesar de la acuciante necesidad.

—*Suficiente.* —*Ashton se inclinó, acercándose un poco más a ella*—. *Veamos.*

Lisette sintió un nudo en el estómago.

—*Ya casi está, señor.*

—*¿Casi?* —*Ashton rugió*—. *Pequeña estúpida, tengo un periódico que sacar a la venta. Holgazanear no va a ponerte un techo sobre la cabeza. Al menos no el mío. De ninguna de las maneras.*

—*Acabo de volver* —*replicó Lisette.*

El reloj dio la hora.

—*Es la hora* —*gruñó él, alargando la mano para coger el papel.*

—*Pero no está terminado.*

—*Vaya, demasiado buena para batirte el cobre, ¿eh?*

Tambaleándose, Ashton la agarró del hombro y echó hacia atrás la mano opuesta con el rostro contraído por el enojo.

Pero el golpe no llegó. Nunca lo hacía.

Ya se cuidaba él de que así fuera.

—¿Señorita? —Alguien, cuya voz parecía proceder de un túnel, la sobresaltó—. Señorita, soy yo, Fanny. Despertad.

Confusa, Lisette se obligó a abrir los ojos. La cara de Fanny se cernía sobre la suya, ceñuda.

—¿Qué...? —empezó a preguntar.

Fanny le soltó el hombro al tiempo que sus labios se curvaban en una ligera sonrisa.

—Señorita, son las siete y media —dijo—. ¿Con quién hablabais?

Lisette se incorporó sobre un codo, apartándose una mata de rizos de la cara al tiempo que intentaba recordar.

—Cielos, Fanny —dijo, estremeciéndose—. Era otra vez Ashton, acosándome.

—¿Qué? ¿Ese borracho bocazas? ¡Ja! Vos siempre supisteis mantenerle a raya. Además, ahora ya no nos alcanzará. —Fanny se había acercado a la chimenea y la estudiaba sin ocultar su disgusto—. Y quienquiera que anoche encendiera esta pobre excusa de fuego debía de estar también borracho. Este humo podría asfixiar a un cuerpo hasta provocarle la muerte.

Lisette se incorporó del todo en la cama hasta quedar sentada y vislumbró su chocolate matutino. Fanny se había acercado a la venta-

na. Descorrió las cortinas y tiró hacia arriba de la ventana de guilloti-
na. Las garruchas chirriaron en señal de protesta. El aire frío y limpio
entró a raudales en el dormitorio.

Lisette inspiró hondo, dejando que el aire le llenara los pulmones
y disipara los últimos vestigios de aturdimiento.

—Soñaba con el *Golden Eagle*, Fanny —murmuró, cerrando las
manos alrededor del tazón caliente—. El bergantín que ardió en llamas cuando zarpaba del puerto de Boston, ¿lo recuerdas? Cuando
tuvieron que sacar a toda esa gente del agua.

—Oh, han pasado muchos años ya, y sí, fue terrible. —Fanny sacudía su delantal en la ventana, como intentando ahuyentar el hedor—. Pero ése fue el principio del éxito de nuestro Jack, ¿no es así?
Ahora tenemos a Ashton encurtiéndose en su propia tumba, y la pobre señora también fallecida. En cuanto a esa ponzoña de periódico…
en fin, ya no es problema vuestro, ¿me equivoco?

No, no se equivocaba, puesto que Lisette lo había vendido… prácticamente regalándolo en cuanto su tía había muerto, ya que el radica-
lismo político y la afición a la bebida de su tío habían llevado al viejo
periódico al borde de la ruina. Si bien durante los dos años posteriores
a la muerte de Ashton, Lisette y su tía habían logrado a trancas y ba-
rrancas mantenerlo a flote, ya nada quedaba de su antigua vida salvo
la vieja casa familiar de Federal Street, ahora vacía.

Lisette ya casi nunca se acordaba de esos años. A menos, claro
está, que otra cosa perturbara su sueño.

Y esa noche algo lo había hecho.

Algo alto, oscuro, y profundamente irritante.

Apartando con decisión a un lado las sábanas, se apresuró hasta el
lavamanos y echó agua en la jofaina para poder lavarse los restos de
lágrimas. Como la luz entraba ya a raudales, a Fanny no se le escaparía
nada, y Lisette no soportaba la idea de tener que hacer frente a sus
preguntas. Ni siquiera estaba segura de la explicación que habría de
darle… cosa que no hizo sino empeorar las cosas.

Secándose la humedad de la cara, alzó la vista hacia el espejo de marco dorado situado encima de la jofaina. Un rostro pálido y perfectamente ovalado la miró desde el cristal desde un par de ojos de peculiar color. Ése era su yo más cotidiano. Nada que ver con la lasciva que la víspera se había retorcido, presa del deseo, bajo el poderoso —y muy insistente— cuerpo de Royden Napier. Tan insistente, de hecho, que por un momento Lisette había temido haberse expuesto al riesgo equivocado con Napier: que ese hombre no aceptara un «no» por respuesta.

Sin embargo, y contra todo pronóstico, él le había ofrecido la posibilidad de marcharse. Y en ese fugaz instante, ella había sentido sobre él una ligera —muy ligera, sin duda— ventaja. Napier había sido presa del remordimiento, quizás incluso se había sentido un poco avergonzado. Pero en vez de hacer las maletas, ella había rechazado su oferta.

Se había negado a escapar cuando había tenido la oportunidad. Una vez más.

Apartó la mirada del espejo y dejó escapar una risa patética al tiempo que cavilaba sobre su propia ingenuidad. Santo Dios bendito, ¿de verdad había imaginado que ese viaje a los remotos parajes de Wiltshire era una especie de quijotesca busca de la salvación? ¿Realmente creía que podía ayudar a Napier en una enloquecida persecución de la justicia y encontrar así un poco de redención a sus propios pecados?

Bajo la relumbrante luz del día, le pareció más fácil reconocer lo que se ocultaba en las profundidades de su mente. Y es que si realmente hubiera querido escapar de Royden Napier, podría haber huido de Hackney hacía días. Y sin duda lo habría logrado con éxito.

En cambio había optado por la estúpida elección de acompañarlo hasta allí. Porque era un desafío. Porque eso la distraería de aquello en lo que se había convertido. Y porque había elegido esa huidiza vía hacia la redención.

Pero para lo que ella había hecho no existía posibilidad de redención.

Un hombre había muerto —un hombre malvado, sí—, pero el buen nombre de otro había quedado destrozado, y ella era en parte la culpable. El acoso implacable y casi cruel al que había sometido a lord Lazonby le había dejado todavía más claro que la venganza era en realidad patrimonio de él.

Echando a un lado la toalla, se volvió a mirar a Fanny, que en ese momento le preparaba la ropa, al tiempo que se preguntaba cómo había podido soportar con éxito la cena de la noche anterior. Napier se había sentado en la cabecera opuesta de la mesa y prácticamente no se habían mirado. Pero lord Duncaster no había bajado a cenar, de modo que no se había hecho un aparte para el oporto, sino que todos habían pasado directamente a tomar el café en la salita. Incapaz de soportar la situación durante un minuto más, al final había huido en cuanto había podido a su habitación, con la excusa del agotamiento provocado por el viaje.

Lo que tendría que haber esgrimido como excusa era su completa estupidez.

Napier era un hombre de la cabeza a los pies, con los deseos propios de un hombre. Pero ella seguía siendo su prisionera, o algo muy parecido, y sabía que no debía arriesgarse a poner demasiado a prueba su contención.

Y quizá menos aún a poner a prueba la suya.

Tras vestirse y volver a desandar el largo camino que recorría Burlingame, encontró la estancia que Gwyneth Tarleton había identificado como el pequeño comedor y al entrar se encontró con que Napier ya había desayunado y había vuelto a salir. Sin embargo, todas las damas seguían allí tomando café. Lady Hepplewood tenía un periódico abierto a un lado del plato, y Gwyneth Tarleton inspeccionaba unos retales de seda tornasolada desplegados sobre un borde de la mesa.

En cuanto la vieron, las tres damas le dispensaron un afectuoso recibimiento. Diana Jeffers se levantó enseguida de la silla y la siguió al aparador.

—¿Queréis que llame para que os sirvan tostadas recién hechas, señorita Colburne?

—No, gracias —respondió Lisette, cogiendo su plato—. Y, os lo ruego, llamadme Elizabeth... o Lisette, si lo preferís.

—Muy bien. —La de la señorita Jeffers fue una sonrisa difusa—. Debéis llamarme Diana.

—Y yo soy Gwyneth, naturalmente —dijo la señorita Tarleton desde la mesa—. Confío en que habréis dormido bien.

—Maravillosamente —mintió Lisette—. Gracias.

Diana le mostró el contenido de cada plato antes de dejarla a su aire.

Lady Hepplewood se aclaró la garganta.

—Me preguntaba, señorita Colburne, si Saint-Bryce y vos habéis fijado ya una fecha.

Lisette se volvió.

—Oh, en primavera —respondió, evitando cualquier concreción.

—Pero ¿todavía no hay nada definitivo? —insistió esperanzadamente lady Hepplewood—. ¿Vuestra familia no tiene unas expectativas específicas?

Esta vez la sonrisa de Lisette se tensó.

—Lo único que mi familia espera de mí es que obre según mi parecer —dijo—. Pero obviamente, en cuanto elijamos la fecha, lo haré saber.

Al ver que sus esfuerzos caían en saco roto, lady Hepplewood volvió a su café y Lisette al aparador. Oyó cómo Gwyneth barajaba las telas a su espalda.

—Sinceramente, Diana, no se me da bien juzgar los colores —dijo cuando Diana volvió a sentarse—. Aunque no alcanzo a entender por qué os empeñáis en redecorar una habitación que decoramos hace apenas un año.

Diana pareció ofendida.

—Hepplewood me dijo que cuando nos instaláramos aquí podría redecorar todas nuestras habitaciones como deseara.

—Sí, siempre fuisteis la niña de sus ojos —masculló Gwyneth—. Pero ahora está muerto. Y no está usando esa habitación.

Lisette se volvió desde el aparador y vio a lady Hepplewood mirando fijamente a Gwyneth con expresión severa.

—Es una cuestión sentimental, Gwyneth. Algo que jamás entenderías —apuntó con frialdad—. Diana eligió el verde por Hepplewood. Siempre fue su color favorito.

—Cierto, y sigue pareciéndome un color precioso —dijo una voz masculina y adormilada desde la puerta.

Los ojos de Diana se abrieron como platos y se levantó bruscamente de la mesa, a punto de volcar su taza de café.

—¡Toni! —exclamó, corriendo hacia la puerta.

Lisette se volvió y vio a un hombre de extraordinaria apostura vestido con un *banyan* de seda de color burdeos plantado en el umbral de la puerta, con un hombro perezosamente apoyado en el marco, los rizos rubios enmarañados y los ojos entrecerrados, como rendidos al sueño. Vestía la camisa de rigor y una corbata desanudada bajo el batín, aunque poco importaba eso. Seguía pareciendo la clase de hombre que debería haber llevado la palabra «sibarita» tatuada en la frente.

Diana Jeffers le había abrazado afectuosamente. Lady Hepplewood observaba la escena con expresión desabrida.

—Bien, muchacho —dijo secamente—, ¿pueden realmente los placeres de Londres prescindir de ti?

Diana había hecho entrar al joven en el comedor.

—Tony, ¿cuándo has llegado? —le regañó—. ¿Por qué no has escrito?

—Buenos días, Hepplewood.

Gwyneth le devolvió las telas a Diana.

—Hola, Gwen. Y tenéis buen aspecto, mamá. —El joven pasó lánguidamente junto a lady Hepplewood, que le ofreció una mejilla pálida y empolvada para que él la besara—. Y he escrito, Di. A mamá.

—Sin mencionar ninguna visita —intervino lady Hepplewood, que no parecía en absoluto contenta de verle.

—Bien, por fin tengo noticias que daros —dijo él con cautela.

Pero justo entonces el joven reparó en la presencia de Lisette, que seguía de pie junto al aparador, observando cuidadosamente la pequeña viñeta.

—¡Cáspita! —dijo el joven, repasándola despacio con la mirada—. ¿Quién es esta alta y titánica diosa que se oculta en nuestro comedor de desayunos? Y heme aquí, todavía en batín como un condenado perezoso.

Lisette se dio cuenta de que en ningún momento se había disculpado por su *deshabillé*.

—Te has perdido gran parte de la agitación, Hepplewood —dijo su madre, abriendo con un chasquido un ejemplar de *The Times*—. Te presento a la señorita Colburne, la prometida de Saint-Bryce.

Al oírlo, los ojos del joven se abrieron ostensiblemente, y lanzó una mirada casi afligida a Diana.

—¿Saint-Bryce? —repitió.

—Llamadme Elizabeth —dijo Lisette, dejando el plato en el aparador y ofreciéndole su mano—. Y sí, soy la prometida de Saint-Bryce. Lamentará no haber podido coincidir con vos.

—Ah, eso. —Lord Hepplewood esbozó una sonrisa difusa y empezó a llenar un plato con comida—. El tal Napier… Royden, ¿verdad?

—Sabes perfectamente cómo se llama. —El periódico de lady Hepplewood crujió cuando pasó la página—. ¿Cuándo has llegado, querido? No te he oído entrar.

—Tomé el último tren en Paddington ayer por la noche —respondió lord Hepplewood, raspando ruidosamente los restos de huevo de la bandeja—. Me abrió March y caí desplomado en la cama.

«Junto con una media botella de brandy», añadió en silencio Lisette.

Indudablemente era un hábito, pues pudo olerlo literalmente rezumando de sus poros.

Diana dejó el tenedor sobre la mesa con un tintineo metálico.

—¿En qué cama? —preguntó sin rodeos.

Hepplewood se deslizó en la silla situada junto a la de su madre.

—En la mía —dijo, como si Diana le hubiera desafiado—. La grande de la habitación verde. En la antigua habitación de papá.

—Pero si estoy redecorando esa habitación —insistió Diana—. ¿No has visto que hemos descolgado las cortinas? Te lo ruego, Tony: debes instalarte en la habitación amarilla. Gwyneth me está ayudando en este preciso instante a elegir telas.

Tony se encogió de hombros.

—¿Y por qué tiene que elegirlas Gwyneth? —dijo él—. Si hay alguien que deba elegir dónde duermo o cómo está decorada mi habitación soy yo y, por supuesto…, también la señorita Colburne, ¿no? A fin de cuentas, ésta será en breve su casa. Además, me gusta el verde.

—De ninguna manera.

Diana se levantó y cogió sin miramientos su taza.

A Lisette se le iluminó la sonrisa.

—Diana sabe lo que es más conveniente —dijo con afán conciliador—. Y estoy convencida de que carezco de opinión al respecto.

—Desde luego. —Lady Hepplewood dejó a un lado el periódico con un chasquido—. Además, a Diana le divierte tener algo que hacer, de modo que está decidido. Y ahora, Hepplewood, ¿cuál es esa importante noticia que no puede esperar?

Por fin un atisbo de inquietud asomó al apuesto rostro del joven.

—Bueno —dijo, tomando asiento—, debéis felicitarme, mamá. Voy a casarme.

—¡Santo cielo!

La taza de Gwyneth golpeteó contra su plato.

Diana, que estaba en ese momento delante del aparador sirviéndose una taza café, se volvió con un jadeo.

Lady Hepplewood había clavado en su hijo una mirada feroz.

—¿Cómo dices? —preguntó afiladamente—. ¿Y no voy a poder expresar mi opinión sobre tu elección?

—De hecho, no. —Hepplewood endureció su mirada—. Y la elegida es la señorita Felicity Willet de Lincolnshire.

—¿Willet? ¿Lincolnshire? Jamás he oído hablar de... —Lady Hepplewood perdió de improviso el color que aún conservaba—. ¡Santo Dios, Hepplewood! ¿Qué has hecho?

—Oh, Tony...

Diana le miraba fijamente como si fuera un fantasma.

Sólo Gwyneth Tarleton parecía no estar enfurecida, aunque no por mucho tiempo. Lisette miró en derredor, buscando una vía circunspecta de escape.

El caballero se limitó a desplegar con un gesto brusco su servilleta y a ensartar sus huevos con el tenedor.

—Voy a casarme con la señorita Willet —dijo—. Vos misma lo dijisteis: Loughford necesita una señora de la casa, y yo necesito una esposa. Cumplirá con su papel admirablemente. Y mamá, antes de que empecéis, no, no conocéis a su familia. Son industriales de las Midlands, y el señor Willet tiene una fortuna de al menos medio millón de libr...

—¿Industriales? —Lady Hepplewood retiró su silla de un empujón y se puso en pie—. ¿Dedicados a qué, exactamente? ¿Algodoneras? ¿Minas de carbón? —Arrojó la servilleta sobre la mesa, presa de lo que parecía un arrebato de rabia contenida—. Ni una palabra más, Anthony. Te levantarás y me acompañarás a mi saloncito privado. Ahora.

A Hepplewood se le afinaron los labios. Acto seguido, y tras proferir un silencioso juramento, arrojó también él la servilleta sobre la mesa y salió de la sala tras su madre.

Diana Jeffers había vuelto a derrumbarse en su silla, temblorosa. Gwyneth se limitó en cambio a ver salir a su primo y a su tía con la mirada todavía desprovista de emoción.

—Bueno —dijo desabridamente—, indudablemente es doloroso el día en que un hombre debe pasar de manos de los prestamistas de Londres a las de los algodoneros de las Midlands para mantener a raya a sus acreedores.

—¡Gwyneth! —sollozó Diana—. ¡Cómo puedes ser tan cruel!

Gwyneth se limitó a encogerse de hombros.

—Lo único que digo es que Tony debe de estar muy desesperado esta vez para renunciar a su preciada soltería. Y ahora tía Hepplewood va a despellejarle por su elección.

Al oír eso, Diana Jeffers rompió a llorar, empujó su silla con tanto impulso que la hizo volcar y salió apresuradamente de la sala con una mano sobre la boca. Lisette tan sólo pudo quedarse mirando fijamente la puerta por la que todos habían huido.

Gwyneth simplemente suspiró y siguió revolviendo tranquilamente el azúcar de su taza de té.

—Todo esto resulta un poco parecido a una de esas recargadas *opéras comiques*, ¿no creéis?

Lisette inspiró hondo.

—¿Sería espantosamente impropio por mi parte preguntar qué es lo que acaba de ocurrir?

Una sombra de buen humor tiñó el rostro de Gwyneth.

—Me preguntaba cuánto tiempo conseguiríais mantener vuestra circunspección. —Soltó también un suspiro al tiempo que dejaba la cucharilla en el plato—. De hecho, no, no tiene nada de inapropiado. Tony está en lo cierto: a fin de cuentas dentro de poco seréis la señora de todo este caos.

—Oh, no. —Lisette levantó una mano—. No aspiro a ser la señora de nadie, Gwyneth. Simplemente… simplemente lo lamento por ellos. Sobre todo por la señorita Jeffers.

—Oh, no os preocupéis por Diana —dijo Gwyneth caballerosamente—. No puede soportar ver que nadie haga daño a Tony, no es más que eso.

—¿Están muy unidos?

—Cuando eran niños, ella era la pequeña sombra de Tony —dijo Gwyneth, encogiéndose de hombros—, y Anne era todavía peor. Pero son incapaces de ver que el niño con el que se criaron se ha vuelto un libertino y un disoluto. Como tío Hep, Anne y Diana imaginan que Tony es incapaz de hacer ningún daño. Y a tía Hepplewood le toca siempre limpiar el desaguisado.

—Qué trágico —dijo Lisette.

—¿Trágico? —Gwyneth volvió a encogerse de hombros—. Sobre todo para el pobre señor Willet. O bien Tony ya ha comprometido a su hija, o necesita desesperadamente su dinero… o muy probablemente ambas cosas.

—¿Ambas?

Gwyneth esbozó una sonrisa irónica.

—Habiéndoos criado en Londres, como sin duda es vuestro caso, señorita Colburne, sin duda debe de resultaros familiar la palabra «caza fortunas». Si un hombre es lo bastante apuesto, no le supone demasiado esfuerzo seducir a una muchacha recién llegada del campo y llevársela a un oscuro rincón para mancillar su reputación… y cuanto antes, si el padre de la joven es rico.

Lisette era dolorosamente consciente de ello. Lord Rowend siempre había dicho que ése era el motivo de que sus padres se hubieran casado. De haber sido así, a su abuelo le habría quedado poca alternativa salvo la de aceptar la petición de matrimonio de sir Arthur Colburne.

Entonces cayó en la cuenta de que era la primera vez que se había planteado lo ocurrido desde el punto de vista de Rowend.

—Supongo que esa clase de enlaces ocurren —murmuró, preguntándose hasta dónde podía tentar su suerte con Gwyneth—. Así pues, ¿los Hepplewood no tienen fortuna?

Gwyneth se rió.

—Cuentan con una casa enorme y con un rancio y noble apellido —dijo—. Pero Loughford es un pozo sin fondo de gastos de tal magnitud que cuesta creer que las rentas den para mantener el lugar bajo cubierto.

Lisette jugueteó distraídamente con su comida, cavilosa.

—¿Por eso lady Hepplewood sigue aquí? ¿Porque su casa se cae a pedazos?

Por fin Gwyneth pareció dudar.

—No, no me parece que haya llegado todavía hasta ese extremo —dijo—. Pero sin duda es un viejo caserón lleno de corrientes de aire. Aun así, Diana dice que Loughford es precioso.

—No entiendo entonces por qué lady Hepplewood no se lleva a Tony de vuelta a casa —dijo Lisette, envalentonada por el candor de Gwyneth—. Él parece estar totalmente dominado por ella.

—Creo que tía Hepplewood tiene intención de casar primero a Diana —dijo Gwyneth—. Como yo, también ella ha estado demasiado tiempo para vestir santos y deduzco que no hay en Northumberland un hombre apropiado para ella.

Pero había algo que Lisette no alcanzaba a entender.

—Pero ¿quién será entonces la dama de compañía de lady Hepplewood?

—Yo no, desde luego —declaró Gwyneth—. Pero Diana es de hecho una prima, no una dama de compañía. Nos criamos juntos: Anne, Diana, Tony y yo.

—¿Los padres de Diana han muerto?

—No, su padre es el administrador de Hepplewood. Tienen una hermosa casa en la finca. Pero la madre de Diana murió cuando ella tenía cinco años.

—Eso tenemos en común, ¿no? —Lisette volvió a juguetear con aire ausente con un trozo de beicon—. Me refiero a que ambas hemos perdido a nuestras madres demasiado pronto.

—Supongo que sí. —La expresión de Gwyneth se dulcificó—. Y ahora tía Hepplewood dice que su deber es encontrar un marido a Diana... y que si hay una mujer que deba casarse, sin duda esa mujer es Diana.

—Bueno, de hecho sí encontró un marido para Diana —apuntó Lisette—. Le encontró a vuestro padre, lord Saint-Bryce.

—Ah, qué práctico, ¿no os parece? —Una nueva sonrisa torció la boca de Gwyneth—. Pero en cuanto papá terminó con el luto, le llegó a Diana la hora de vestir de negro. Y entonces murió papá. Y ahora el señor Napier va a casarse con vos. Y lo más probable es que decida echarnos a todos de aquí y lavarse las manos, desentendiéndose de nuestra desgracia.

—¡Oh, no! —exclamó Lisette—. Estoy plenamente convencida de que él jamás desearía...

Se calló de golpe, consciente de que no tenía la menor idea de lo que quería Napier. ¿Decidiría echarles a todos? ¿O quizá ni siquiera se molestaría en volver a aparecer por Burlingame?

Gwyneth pareció leerle el pensamiento.

—No, no estáis segura, ¿me equivoco quizá? —murmuró, hablando por encima de su taza—. Y es perfectamente comprensible. De hecho, viendo la sarta de endogámicos esnobs que somos, es probable que nos lo tengamos merecido.

Lisette se preguntó entonces si Gwyneth veía con alivio que Diana no se hubiera convertido en su madrastra. Y si Gwyneth había odiado esa idea, ¿cuál había sido la postura de su hermana Anne?

Pero Anne estaba casada y el tercer matrimonio de su padre no la habría afectado demasiado.

—Me pregunto si Beatrice sabía de hecho que iba a tener una madrastra —reflexionó Lisette en voz alta.

—Bea es más lista de lo que parece —dijo Gwyneth—. Y, como un buitre, tía Hepplewood se trasladó aquí cuando la madre de Bea estaba en su lecho de muerte, lo cual hizo que su plan resultara muy obvio. Sin embargo, todo terminó en cuanto papá falleció, y tía Hepplewood dirigió entonces su flecha a...

Sus palabras cayeron en un brusco silencio y por fin Gwyneth tuvo la elegancia de sonrojarse.

Lisette sonrió y desestimó el comentario con un gesto de la mano.

—Sí, ya sé que todos esperaban que Diana se casara con el señor Napier.

—Debo decir en defensa de tía Hepplewood que creía que el señor Napier carecía de compromiso alguno —dijo Gwyneth.

—Lady Hepplewood ha sido muy amable conmigo —se apresuró a decir Lisette—. Así que la madre de Beatrice no tuvo más hijos. Qué lástima.

—La pobre Julia era como mamá —dijo Gwyneth en un tono casi melancólico—. Ni la una y la otra eran buenas parideras, y eso terminó por matarlas.

—Qué tragedia más espantosa —dijo Lisette—. ¿Julia murió entonces al dar a luz?

—No, pero quedó inválida —respondió Gwyneth—. Bea fue un milagro. Julia perdió seis hijos antes de que ella naciera. Pero papá y el abuelo estaban desesperados por... ¡Santo Dios! No sé qué me ocurre hoy.

—Desesperados por tener otro heredero —concluyó Lisette—. Lo sé. Y creo que al señor Napier no le habría importado que hubieran encontrado uno, si he de seros sincera.

Gwyneth entrecerró los ojos al oírla.

—Quizá. Pero ¿qué me decís de vos?

Lisette abrió los ojos con fingida ingenuidad.

—Oh, acepté la oferta de Napier desde la más absoluta ignorancia —dijo sinceramente—. De hecho, cuando me propuso en matrimonio creía que era comisario adjunto de policía, nada más.

Gwyneth le lanzó una mirada incrédula.

—Bueno, Nicholas Napier era un hombre rico —sugirió—. Aunque nadie sabe cómo amasó su fortuna.

A juzgar por las palabras que sir Wilfred había pronunciado al morir, Lisette estaba empezando a creer que no necesitaba adivinarlo, pero decidió guardar silencio.

—La verdad es que jamás pensé que el señor Napier fuera un hombre pobre —declaró con una risilla forzada—. He visto su carruaje, su ropa y la elegante casa que tiene en Eaton Square.

Ante las palabras de Lisette, Gwyneth se ablandó y se relajó un poco en su silla.

—En cualquier caso, estáis casándoos por debajo de vuestras posibilidades —dijo—. De hecho, muy por debajo.

Lisette se limitó a encogerse de hombros y confesó la verdad.

—Mi padre vivió una vida de escándalos y tuvo un trágico final —dijo—. Y eso cambia nuestro concepto del decoro, incluso aunque deslustre nuestras expectativas. Yo respetaba al señor Napier, y me parecía muy apuesto. De ahí que aceptara su proposición.

—Una decisión, querida, que si no me equivoco estáis en la obligación de explicar —dijo una voz grave desde la puerta.

El sonido de ese «querida» pronunciado con aquel timbre familiar y casi sensual provocó una peligrosa descarga de calor que a Lisette le bajó por la columna, una sensación tan impropia como mal recibida.

Tras forzar una luminosa sonrisa, Lisette se volvió de espaldas en la silla para ver a Royden Napier bloqueando el hueco de la puerta con sus hombros imposiblemente anchos. Volvía a vestir de negro… y tenía un semblante serio.

—Buenos días, querido —dijo ella, levantándose.

—¿Habéis terminado de desayunar?

—Sí. No tenía mucho apetito.

Napier le tendió la mano.

—En ese caso, si sois tan amable de acompañarme… —dijo con su voz grave y atronadora—. Lord Duncaster solicita el placer de nuestra compañía.

—¿Juntos? —preguntó Lisette, visiblemente incómoda—. ¿Los dos?

—Para siempre —replicó secamente Napier—. Hasta que la muerte nos separe.

A Lisette el camino de vuelta al pabellón este se le hizo eterno. Caminó al lado de Napier, cruzando los ostentosos apartamentos de la casa, sin cruzar palabra, hasta que por fin llegaron a la columnata de mármol. Las inmensas ventanas estaban abiertas de par en par, exponiendo el largo pasillo al día que se caldeaba rápidamente, y el sol entraba inclinado sobre los cuadrados alternos de mármol, dando la impresión de que el suelo estaba espolvoreado con diamantes.

Napier se detuvo al llegar al centro de la columnata y lo hizo bruscamente, mirando a uno y otro lado como para confirmar que estaba vacía. El humor irónico que Lisette había vislumbrado en el salón había desaparecido por completo de los ojos del inspector, los mismos que se habían teñido de un oscuro y tormentoso azul.

—Elizabeth —dijo con voz queda—. Me gustaría…

—No, Napier. No lo hagáis.

Con una mueca de estremecimiento, Lisette levantó una mano.

—¿Que no haga qué?

Napier siguió rígidamente plantado a su lado.

—No os disculpéis —dijo ella antes de volver a andar—. De hecho, no tenéis por qué hacer nada de esto.

Pero Napier la agarró del brazo con firmeza y con suavidad la obligó a volverse hacia él.

—Esperad, Elizabeth. —Sus ojos estudiaron su rostro como se examina una taza de porcelana en busca de melladuras o desconchones—. ¿Qué creéis que estoy haciendo?

—¿Ser... no sé... amable conmigo? —Lisette suspiró—. Vos no sois amable. Y yo no soy frágil. A decir verdad, cuando me arrastrasteis a este lío, insinuasteis que me considerabais una mujer implacable.

—Todos somos frágiles, cada uno a nuestro modo —dijo él con voz queda.

Extrañamente irritada por la amabilidad de Napier, Lisette levantó un hombro.

—Mi abogado apuntó en su día que me había vuelto cínica y dura —dijo—. Y desde luego no lo dijo como un cumplido. Y vos... vos me tenéis en un concepto aun peor, ¿no es así?

Él seguía mirándola, receloso.

—Apenas sé qué pensar —concedió—. Estoy empezando a creer que comprenderos es como intentar asir el mercurio.

Ella volvió a encogerse de hombros.

—Debéis entender, Napier, que nunca en mi vida me he sentido protegida... ni siquiera antes de que papá muriera, y por supuesto jamás después.

—¿A qué os referís?

Lisette negó con la cabeza. No tenía el menor deseo de iniciar esa conversación.

—Mi padre era un rufián encantador —dijo—. ¿Acaso imagináis que no lo sé? ¿O que no tenía una mínima idea de la vida que llevaba?

En cuanto a mi vida posterior, los Ashton estaban en el negocio de la
prensa escrita y en ese mundo nadie se mantiene inocente durante
mucho tiempo. Entiendo cómo funciona el mundo, Napier. Y entiendo cómo son los hombres.

La mano se cerró, apretándole un poco más el brazo.

—Si es así como pensáis —respondió—, no me entendéis en absoluto.

—Por fin estamos de acuerdo en algo —dijo ella, volviendo a ponerse en camino—. Vamos, no hagamos esperar a Duncaster. No vaya
a morirse esperando. ¿Qué sería de nosotros si eso ocurriera?

Tras un instante de vacilación, Napier echó a andar a su lado, haciendo repicar los tacones de sus botas con más fuerza todavía sobre
el lustroso suelo. Lisette intentó no apretar los dientes. Aquel hombre
infernal no soportaba que le hicieran enfadar, ni siquiera cuando se
comportaba como un auténtico idiota.

La fugaz suavidad había desaparecido de los ojos de Napier, que
una vez más parecía remoto e intratable, y, según se temía Lisette, con
motivo. Quizá nadie le deseara ningún mal en Burlingame, pero tampoco veían con buenos ojos su presencia, eso le había quedado más
que claro. Quizá Duncaster sintiera lo mismo.

Aunque lo más probable era que eso a Napier le tuviera sin cuidado. Indudablemente era un hombre que iba dónde quería y cuando
quería, siempre ajeno a las opiniones de los demás.

Lisette lanzó una nueva mirada subrepticia a su silueta alta y lar-
guirucha. El hombre se movía con una elegancia poderosa y lánguida
y, más que ninguna otra persona que hubiera conocido hasta entonces, parecía encontrarse perfectamente cómodo consigo mismo. Ella
percibía en él la seguridad propia de un hombre que sabía exactamente lo que era y que había hecho de su vida exactamente lo que
quería.

Para la mayoría de la gente esa inesperada herencia habría sido un
oportuno giro de la vida. Para Napier, en cambio, no era más que una
inoportuna distracción. Eso era algo que Lisette creía sinceramente,

por muchas miradas incrédulas que la gente como Gwyneth Tarleton pudiera dedicarle.

Volvió a mirar a Napier y reflexionó sobre qué iría a opinar lord Duncaster de su reticente heredero. No vio nada que pudiera ser merecedor de la desaprobación del vizconde. De hecho, todo lo contrario.

No le había mentido a Gwyneth cuando había calificado a Napier de «apuesto», aunque ciertamente no lo era en un sentido convencional. Napier se había vestido como para salir a montar: con un gabán que, según pudo apreciar, era de hecho de un oscuro tono carbón, que completaban una sencilla corbata de montar negra y pantalones y botas altas de montar, también negras. A Dios gracias, no tenía nada en común con el aspecto de un dandy. Al contrario: su aspecto era el de un hombre, hombre, con toda la virilidad y la magra fortaleza que la expresión conlleva.

Con un silencioso suspiro, Lisette se acordó una vez más del peso y de la dureza de ese cuerpo aplastándola contra la blandura de su lecho; de ese poder casi abrumador que había en él. Con el rostro acalorado, decidió entonces que se imponía un poco de charla insustancial.

—¿Os habéis enterado de que el hijo pródigo ha aparecido durante el desayuno? —dijo, bajando el tono de voz amigablemente—. Al parecer, también él ha concertado un compromiso de matrimonio sin la bendición de su madre.

—Yo no necesitaba su condenada bendición.

—Desgraciadamente para Tony, él al parecer sí —dijo Lisette—. Lady Hepplewood ha cogido ese malvado bastón suyo y se lo ha llevado con ella para darle un correctivo. Así que consideraos afortunado. Ayer el té podría haber resultado mucho peor.

—A decir verdad, no pasé un rato especialmente desagradable ayer durante el té —replicó secamente Napier—. Estaba demasiado entretenido con vuestras extraordinarias dotes teatrales.

Lisette se sintió extrañamente complacida.

—Qué creéis que desea lord Duncaster? —prosiguió—. ¿Simplemente conocerme? ¿O creéis que hará preguntas?

—Cómo saberlo —respondió Napier cuando entraban al pabellón este—. Prácticamente no le conozco. El mayordomo me ha traído su invitación: una gruesa tarjeta blanca en una bandeja en la que nos indicaba que debíamos esperarle en la armería.

—¿La… armería? —preguntó Lisette—. ¿Acaso tiene intención de dispararnos?

Napier sonrió, taciturno, y bajó con ella, en vez de subir, la amplia escalera circular. Descendieron juntos hasta el piso inferior del pabellón al tiempo que una brisa fría salía a su encuentro desde abajo. Aquí los escalones estaban desprovistos de alfombra que los cubriera, las paredes eran mucho más antiguas y estaban adornadas, no con seda tornasolada ni con dorados revestimientos de madera, sino con desteñidos tapices flamencos y agrietados retratos de ancestros de ojos oscuros y narices afiladas que colgaban directamente sobre el yeso blanco.

Lisette estudió con recelo uno de los retratos mientras descendía: un caballero de aspecto especialmente imperioso con una peluca empolvada cuyo parecido con Napier resultaba perturbador.

Tras conducirla por un largo pasillo, él señaló a una puerta de hoja gruesa flanqueada por sendas armaduras medievales, una decoración que, según pudo reflexionar Lisette, bien podía ser la original de esa parte de la casa.

Entonces empujó la puerta, que se abrió de par en par sobre sus gimientes goznes, y ambos entraron a una estancia de techos abovedados muy semejante al interior de un castillo, con las paredes tapizadas de un diverso surtido de pistolas, espadas, hachas de batalla, y hasta un par de afiladas lanzas que se cruzaban casi decorativamente sobre una inmensa chimenea de piedra.

Las mesas de trabajo de caoba que los años prácticamente habían teñido de negro ocupaban el largo de la sala y en el extremo más alejado dos hombres deliberaban de pie acerca de un par de escopetas dispuestas sobre una gruesa manta. El más joven de los dos, un hombre delgado y joven que vestía un tosco sobretodo, asintió y cogió el arma situada a la izquierda, una escopeta de doble cañón para cazar aves.

—Sí, mi señor. Ésta es perfecta —dijo el joven, calibrándola en su mano.

Napier se aclaró la garganta.

—Disculpad, señor —dijo desde la puerta—. ¿Deseabais vernos?

El mayor de los dos hombres se volvió y clavó en ellos un par de ojos sagaces.

—Ah, Saint-Bryce —dijo, indicándoles que pasaran—. Creo que no conocéis a Hoxton, mi nuevo agente forestal. Tenemos a un halcón anidando en el cenador y atacando a mis perdices. Hoxton, mi nieto.

Hoxton saludó con una respetuosa inclinación de cabeza antes de abrir la culata y colgarse el rifle sobre la cara interna del codo. Lisette saludó al vizconde con una aceptable reverencia.

El pequeño chiste que Lisette había hecho sobre la muerte de Duncaster no había sido del todo una frivolidad, pues había esperado encontrar a un caballero frágil y renqueante, condenado a una silla de ruedas. Sin embargo, el hombre que estaba de pie ante ella tenía un aspecto si no decididamente vigoroso, desde luego sí perfectamente incluido entre los vivos. Y, como Napier, también él vestía ropa de montar.

A pesar de que todavía era un hombre de considerable altura, lord Duncaster se mostraba levemente encorvado por los años, aunque las mejillas apenas le colgaban y sus ojos oscuros y duros eran de mirada penetrante como los de un cuervo, unos ojos que a Lisette le recordaron al instante los de su hermanastra, la mucho más joven lady Hepplewood. Concluyó que el que tenía delante era uno de esos hombres en cuya presencia cualquiera se jugaba el tipo.

Duncaster puso fin al asunto que le ocupaba con Hoxton y le despidió. Tras volver a colgar el segundo rifle en su lugar, el guarda forestal se despidió con una nueva inclinación de cabeza y salió despreocupadamente por unas cristaleras que daban a una terraza a ras de suelo.

—Y no se te ocurra subirte a ese maldito parapeto —le gritó Duncaster—. Dispara desde el bosque, muchacho. ¿Me oyes?

—Sí, mi señor.

Con semblante levemente avergonzado, el joven subió un tramo de escaleras de piedra cubiertas de musgo y desapareció entre el follaje de los jardines traseros.

Duncaster volvió entonces su atención hacia Lisette, entrecerrando un ojo y calibrándola con la mirada.

—Bien, ¿de modo que he aquí a la hermosa piedrecilla que se ha interpuesto en los grandes planes de Cordelia?

—Os presento a mi prometida, Elizabeth —intervino Napier con frialdad—. En cuanto a los planes de vuestra hermana, estoy seguro de que ni Elizabeth ni yo podemos dar testimonio de ello.

—¡Muy sensato! ¡Muy sensato! —dijo Duncaster, arqueando un par de pobladas cejas grises en un gesto casi burlón—. Yo mismo los evito siempre que puedo. En cualquier caso, señorita Colburne, lamento no haber podido recibiros cuando llegasteis.

—No os preocupéis, mi señor —dijo ella—. No deseábamos perturbar vuestro descanso.

Quizá no fue el comentario más apropiado.

—¿Descanso? —preguntó incrédulo el vizconde—. Estaba en Birmingham con Craddock comprando una nueva trilladora.

Lisette y Napier se miraron cuando Duncaster se acercó con una leve cojera a la chimenea, que por su aspecto parecía lo bastante grande como para asar en ella medio buey.

—En fin, acercaos. Y tomad asiento, los dos.

Con cuidado, se sentó en una antigua butaca negra que tenía por brazos un par de dragones labrados. Cuando estuvieron los tres acomodados, Duncaster abrió ostensiblemente las manos, con los codos apoyados en los peculiares brazos de la butaca.

—Bien, muchacho, aquí estamos por fin —dijo, clavando en Napier su glacial mirada—. ¿Así que todo esto será tuyo?

La expresión de Napier se mantuvo perfectamente impertérrita.

—Si os sirve de consuelo, no me produce ni un ápice de alegría, señor —dijo.

—No, no me consuela —replicó su abuelo—. Burlingame es una de las casas más elegantes de Inglaterra. Debería pasar a manos de alguien que la apreciara y que hubiera sido criado para asumir el peso de su administración.

—No sé qué decir a eso, señor. —Napier levantó una mano casi despreocupadamente—. La muerte de Saint-Bryce no ha dejado feliz a nadie, os lo aseguro.

La boca de Duncaster se elevó en una suerte de mueca desdeñosa.

—Yo no estaría tan seguro de eso.

Napier se inclinó levemente hacia delante en la silla.

—¿Sólo estaba Saint-Bryce, señor, o tenéis a un administrador en quien confiáis y que es capaz de gestionar Burlingame competentemente en caso de que murierais inesperadamente?

—¿Inesperadamente? —El anciano se rió entre dientes hasta que resolló—. Durante esta última década, o quizá desde hace incluso más tiempo, se ha estado especulando con mi muerte. ¿Te parece acaso que tengo aspecto de estar al borde de la muerte?

Lisette decidió intervenir.

—Por supuesto que no, mi señor —dijo con tono conciliador—. Sé que a Royden le tranquiliza sobremanera encontraros así de vigoroso. Pero viajar resulta agotador para todos.

—Bueno, normalmente no me ocupo personalmente de renovar una trilladora, pero ¿qué otra elección me queda después de la muerte de mi hijo? —Aquí la voz de Duncaster vaciló, diríase que a causa del dolor, pero después de un instante recobró la entereza y prosiguió—: Pero sí, Craddock sigue siendo nuestro secretario y desde luego es un hombre muy competente.

—Quizá podríais contratar personal adicional —sugirió Lisette—. Según tengo entendido, mi difunto abuelo conservó a un administrador y a un par de secretarios para la gestión de sus distintas propiedades.

Duncaster vertió sobre ella toda la intensidad de la mirada asesina contenida en sus ojos entrecerrados.

—Puf —dijo—. Cordelia me ha dicho que sois la chiquilla del viejo Rowend.

—Su nieta, sí.

—Puf —volvió a exclamar—. Rowend fue siempre demasiado descuidado con el dinero. Pero Burlingame no se construyó sobre el despilfarro, querida. —Se interrumpió y asintió hacia Napier—. En cuanto a gestionar las cosas, para eso está él, ¿no os parece?

—¿Cómo decís?

Napier se tensó en su butaca.

Duncaster se volvió en la suya para poder mirarle mejor.

—Ha llegado el momento de que asumas tus obligaciones, muchacho —dijo con firmeza—. Y tenemos mucho trabajo que hacer…

—Gracias, señor —le cortó Napier—, pero ésta es una conversación que preferiría tener en privado.

—¡Bobadas! —tronó el anciano, apuntando a Lisette con el dedo—. Será mejor que esta chiquilla sepa cómo están las cosas. Y mejor será también que empieces a ocuparte de ver lo que te ha sido dado.

—Nadie me ha dado nada que yo no me haya ganado, señor. —La voz de Napier se había vuelto peligrosamente fría—. No he estado de brazos cruzados ni he vivido consentido en una gran mansión a la espera de que mis mayores mueran. He estado al servicio de nuestro gobierno… y trabajando muy duro.

—¡Oh, vamos, muchacho! —Duncaster suavizó su tono, aunque no demasiado—. Estamos hablando de lo que toca hacer ahora. Ya no se trata de lo que me complace a mí, ni siquiera del inapropiado orgullo de tu padre. Y esta hermosa novia tuya… te aseguro que no tendrá el menor interés en vivir en una casucha de la ciudad, bordando cojines para un engrandecido funcionario del gobierno.

—¡Vaya, que encantador resulta todo esto! —intervino Lisette, un poco demasiado alegremente—. Ya veo, mi señor, que vos y vuestro heredero compartís al menos una distintiva característica.

La cabeza del anciano giró hacia ella y sus ojos entrecerrados se cerraron todavía más hasta quedar reducidos a una delgada ranura.

—¿Eh? ¿Y cuál sería?

—La enloquecedora costumbre de dar por sentado lo que deseo o no deseo —respondió Lisette—. El señor Napier cree...

—¡Qué es eso de Napier! —El rostro del anciano se contrajo en una mueca testaruda—. Su apellido es Tarleton. Tiene que cambiárselo de inmediato.

Napier no expresó ninguna objeción.

—Entiendo que ése sea vuestro deseo, señor, pero he sido Napier durante toda mi vida y no tengo intención de cambiar.

—¡Pero y tus hijos, Royden! —bramó Duncaster, tiñéndose de púrpura—. Deberían tener... no, merecen ostentar el apellido Tarleton.

—Todavía está por ver que vaya a haber hijos —respondió Napier—. Pero en el caso de que así sea, cuando alcancen la mayoría de edad podrán elegir el apellido que deseen utilizar. Si prefieren el de Tarleton, así será.

—Así será, sin duda —declaró el anciano—, siempre que tengan un mínimo de sentido común.

—Seguramente tenéis razón.

Como siempre, Napier mantuvo por completo la calma y dio muestras de una frialdad casi implacable.

Lisette recondujo la conversación, derivándola a su argumentación.

—Lo importante, mi señor, es que cuando el señor Napier me hizo su propuesta, creí que era inspector adjunto de policía, y felizmente le acepté así. Puedo aseguraros que me daré del todo por satisfecha bordando cojines y llevando su casa de Eaton Square. Y, por cierto, señor, ¿os habéis tomado la molestia de verla? «Casucha» no es un término demasiado fiel a la realidad.

—¿Qué si la he visto, decís? —dijo el anciano—. Fui yo quien compró la maldita cosa.

—Qué generoso de vuestra parte —dijo Lisette fingidamente—. Aun así, es...

—Basta. —La voz de Napier reverberó en la armería—. Silencio ahora mismo. ¿Qué queréis decir con eso de que vos la comprasteis?

Las manos de Duncaster estaban cerradas sobre las cabezas de los dragones al tiempo que acariciaba casi ansioso una de ellas con el pulgar.

—Fui yo quien la compró —dijo malhumoradamente—. La compré y la cedí vitaliciamente a Agnes Napier como… como una suerte de tardío regalo de bodas. Cuando tú tenías ocho o nueve años.

—¿Comprasteis una casa y se la disteis a mi madre? —repitió Napier sin la menor emoción en la voz—. ¿Fue quizá vuestra forma de pedirle disculpas?

Duncaster se retorció en su butaca en un gesto casi culpable.

—Se la regalé a ella porque sabía que tu padre nunca la aceptaría —replicó—. Sabía que Agnes desearía lo mejor para su hijo. No es un secreto que los hijos son siempre la debilidad de cualquier mujer.

Napier se limitó a arquear una ceja.

—¿Y por qué tomaros la molestia?

—¡Ah, simplemente por lástima, muchacho! ¿Crees acaso que no veía la suerte que iba a correr Nicholas? —gruñó Duncaster—. Y con James por ahí de juerga y metido siempre en duelos a diestro y siniestro. Y Harold, con sus dos chiquillas malcriadas y una mujer demasiado frágil para compartir su lecho.

—Por favor, señor, hay una dama presente.

—Ah, sí, te haré un favor —gruñó el anciano—. Te haré el favor de contarte lo que tu padre nunca te dijo. Santo Dios, Royden, ¿crees acaso que un funcionario del gobierno puede permitirse vivir en Belgravia? ¡Nicholas y su arrogante orgullo os habría tenido metidos a los tres en una escuálida casita de dos plantas encima de alguna pañería! ¡Y habría tenido a tu madre haciendo ella misma la colada! ¿Te parece ésa una vida adecuada para mi nieto? ¿Cómo…?

—Cielos —murmuró Lisette, ardiendo de curiosidad—. ¿Y supo vuestro hijo que habías hecho eso?

—Tenía que saberlo. —Duncaster le miró con incredulidad antes de clavar en su nieto una mirada encendida—. Y sí, compré la casa y me aseguré de que Agnes dispusiera del dinero suficiente para darte una educación adecuada. Y luego ella murió y ahí se terminó todo. —Hizo entonces una pausa para sorber desdeñosamente—. No sé cómo se las ingenió Nicholas después, pero todo el mundo decía que tenía los bolsillos bien provistos.

La expresión de Napier se ensombreció al oírle hablar de ese modo, y Lisette volvió una vez más a acordarse de la fea acusación de sir Wilfred.

—En fin, os doy las gracias por lo que hayáis podido hacer por mi madre, pues era una gran mujer y yo la adoraba —dijo—. Pero al parecer nos hemos desviado en gran medida de nuestra conversación inicial.

—Regresemos a ella de inmediato —dijo Duncaster, casi agriamente—. Tus padres están lejos de ser mi tema de conversación favorito.

—Y ambos tendréis la amabilidad de dejar mis deseos a un lado de esta conversación —dijo Lisette—, pues ambos los desconocéis por completo. Ésta es una cuestión que os corresponde cerrar a vosotros y sólo a vosotros.

—Concedido —replicó Napier.

Duncaster pareció marchitarse en su butaca al oírla.

—Lo único que te digo, muchacho, es que tienes que aprender a manejarte aquí —replicó casi quejumbrosamente—. Cualquier esperanza de que Harold y Diana ocupen tu lugar como heredero está descartada y todos debemos lidiar con ello.

—Con todos mis respetos, señor, no estoy seguro de que deba hacerlo —dijo Napier.

—Entonces, ¿para qué demonios has venido? —preguntó Duncaster, agitando una mano hacia Napier en un gesto claramente desdeñoso—. ¡Hete aquí, presentándote ante mí con tus botas de montar! Creía que de eso se trataba, que saldríamos a caballo a recorrer la finca y que pasaríamos los próximos días con Craddock.

La irritación estaba inequívocamente escrita en el rostro arrugado del vizconde. La posibilidad de que algo que no fuera el dinero y un título hubiera llevado a su nieto hasta Burlingame jamás se le había pasado por la cabeza. Duncaster era un hombre que disfrutaba —y que esperaba— tomar siempre la delantera.

Lisette estaba empezado a entender lo que había llevado al padre de Napier a abandonar el redil.

En la sala se había hecho el silencio. Duncaster seguía manoseando el brazo de la butaca, una costumbre que, según concluyó Lisette, debía de haberle acompañado toda la vida, pues el vizconde había desgastado el barniz hasta dejar la madera a la vista, y la oreja izquierda del dragón había quedado reducida a una simple abolladura.

Cuando Napier habló por fin, lo hizo con un tono menos aguerrido.

—He venido hasta aquí, señor, por la misma razón que visité Burlingame antes. Porque sir George me lo ha pedido y porque estoy intranquilo. Y si llevo puestas las botas es porque tengo intención de acercarme a caballo a Marlborough y pasar a ver al doctor Underwood.

—¿Visitar a Underwood? —preguntó Duncaster, sin disimular su incredulidad—. ¿Qué tiene que ver él con todo esto, en el nombre de Dios?

—Es el médico de la familia, ¿me equivoco? —Napier lanzó una fugaz mirada a Lisette—. Sé que Hepplewood no era joven, pero no entiendo cómo un hombre de la edad de Saint-Bryce pudo morir de un modo tan repentino… y tan sólo unos meses después de la inquietante carta que le escribió a Sir George.

Duncaster se reclinó en la butaca.

—¿Cómo? ¿Te refieres a esas inconexas tonterías sobre que Hep creía que le habían envenenado?

—¿Envenenado? —repitió Napier—. ¿Eso fue lo que os dijo?

—¡Oh, santo Dios! Se lo decía a todo aquel que le escuchara —declaró el vizconde—. ¡Decía que Cordelia estaba intentando matarle! Había días en que decía que le estaban asfixiando y otros en que le envenenaban. Había perdido por completo la cabeza, créeme.

—Pero ¿lady Hepplewood? —El tono de Napier sonó sorprendentemente pragmático—. ¿Por qué iba vuestra hermana a querer matar a su marido?

Lisette se dio cuenta de que Duncaster ya no les miraba directamente. Parecía haberse empequeñecido de pronto y tenía un aspecto más macilento, como si estuviera encogiéndose en la enorme butaca.

—Jamás haría algo así —respondió por fin el vizconde—. Cordelia puede ser una arpía de lengua afilada, lo reconozco, y sabe Dios que tenían sus problemas, pero ella siempre adoró a Hep.

—¿Qué clase de problemas?

Duncaster le fulminó con la mirada.

—La clase de problemas que tienen los matrimonios —respondió evasivamente—. Pero si mi hermana hubiera querido matar a su esposo, no le habría arrastrado hasta aquí para hacerlo.

A Lisette le resultó interesante que Duncaster no hubiera declarado que lady Hepplewood era incapaz de cometer un asesinato, sino que se había limitado a declarar que los hechos no la acusaban.

—Tía Hepplewood me dijo que tío Hep estaba senil —dijo Napier—. ¿Os lo pareció cuando se mudó a Burlingame?

Duncaster pareció planteárselo con absoluta honestidad.

—No, me pareció que estuvo lúcido como nadie durante un tiempo. Y qué remedio, si quería sobrevivir a esos buitres del gobierno con los que trabajaba. —Volvió la expresión terca a su rostro—. Pero Hep y yo éramos muy buenos amigos, de modo que si crees que yo iba a dejar que alguien le tratara mal bajo mi techo, aunque fuera esa despótica hermana mía, estás muy equivocado.

Napier negó con la cabeza.

—No, señor, no es eso lo que creo —dijo—. Pero lo que no alcanzo a entender es cómo pudo deteriorarse tan deprisa como para volverse incoherente en cuestión de… ¿cuánto? ¿Semanas?

Tras formular su duda, miró a su abuelo, en espera de una confirmación.

Duncaster asintió a regañadientes.

—Bueno, meses —dijo—, aunque no muchos.

—¿Y cómo pudo un hombre tan inteligente llegar a convencerse de que le estaban envenenando, o lo que quiera que fuera que imaginara? —insistió Napier.

El anciano esbozó una sonrisa de gárgola.

—Los viejos tendemos a dejar volar la imaginación —dijo—. Yo, por ejemplo, imaginaba que mi nieto venía a casa para cumplir con su obligación.

La irritación asomó al rostro de Napier.

—Señor, ¿habéis pensado en algún momento que ésta es mi obligación? —dijo—. Es mi obligación con la Corona. Y si se hubiera cometido algún error, ¿no querríais saberlo?

—Yo... —Duncaster se encogió de hombros—. En fin... sí, por supuesto.

Fascinada, Lisette vio cómo Napier se inclinaba hacia delante en su silla con los codos sobre las rodillas y las manos relajadamente entrelazadas entre ellas. Habían vuelto a oscurecérsele los ojos y mostraba la expresión resuelta y absolutamente concentrada, como un halcón escudriñando un campo en busca de alguna presa, aunque ella estaba segura de que ese halcón en particular no tenía ningún interés en tan insignificante codorniz.

—Fueron las palabras que le dijo a sir George las que me parecen muy reveladoras —dijo Napier—. Escribió que Burlingame le estaba asfixiando. Que las paredes se cerraban a su alrededor y que no le dejaban respirar. ¿Qué quería decir con esa metáfora? Tenía intención de preguntárselo, pero cuando llegué...

—Decía muchas cosas. —Duncaster se había cansado claramente del tema—. Bien, en ese caso, iremos a ver a Underwood, si ello os complace —dijo, agitando una mano desdeñosa en la dirección de las cristaleras abiertas—. Encontraréis en las cuadras a quien os ensille una montura.

Napier vaciló un momento, como dudando de si debía insistir un poco más, pero enseguida pareció pensarlo mejor.

—Gracias, señor —dijo, levantándose—. No es mi intención cansaros ni presionaros hasta el punto de la exasperación.

Duncaster no parecía contento.

—Pues has hecho ambas cosas —gruñó—. Y como recompensa, mañana requeriré horas de tu tiempo. Si tu intención es aceptar mi hospitalidad, por lo menos echarás un vistazo a la finca. Mañana, sin ir más lejos, empezarás por dar una vuelta a caballo por las granjas de nuestros arrendatarios con Craddock y conmigo.

Lisette vio que Napier estaba indeciso; indeciso entre su deber con el Ministerio del Interior y las obligaciones que inevitablemente iban a recaer sobre él.

En cuanto a lord Duncaster, a pesar de su expresión resoluta, el precio que había pagado, tanto emocional como físico, resultaba evidente para cualquiera que se detuviera a observarle. Lisette lo hizo y vio en él a un tirano que se había vuelto infantil y mezquino en el ocaso de sus días, aunque quizás en parte debido a la tristeza. No estaba de más recordar que había enterrado a una esposa, a todos sus hijos, y a su mejor amigo.

Se levantó y miró a Napier.

—¿Puedo acompañarte hasta las cuadras?

—Por supuesto, querida.

Minutos más tarde, subían las musgosas escaleras de la terraza tras la estela del guarda forestal. Las cuadras estaban situadas al otro lado del pabellón oeste, a cierta distancia del extremo de la casa que ocupaban, y se llegaba hasta ellas cruzando un huerto de manzanos. Juntos, Lisette y Napier recorrieron los extensos jardines posteriores, exuberantes y extremadamente formales.

—A pesar de su edad, vuestro abuelo es un hombre muy enérgico —apuntó Lisette.

—Sí. —El tono de Napier fue irónico—. Aunque a su edad la mayoría de los hombres llevarían ya una década muertos.

—Ah —dijo ella con voz queda—. No es necesario que tengamos esta conversación, ¿no os parece? Veis lo inevitable. Y de hecho no me corresponde a mí advertiros.

Napier se encogió de hombros.

—En cuanto a lo que os corresponde...

—¿Sí? —dijo ella.

Napier pareció titubear en su respuesta.

—No tiene importancia —respondió cuando pasaban junto a una alta estatua de mármol travertino, una diosa griega que escanciaba agua desde un aguamanil en un estanque de mármol de cuatro metros en el que destellaban dorados reflejos. Lisette se dio cuenta de que eran peces.

—Qué hermoso, ¿verdad? —apuntó él—. El dinero y la opulencia brillan sobre nosotros incluso aquí fuera, como el mismo sol.

Lisette murmuró su asentimiento, pues el comentario parecía retórico. Pero sintió en efecto el calor del sol sobre los hombros y el aire impregnado del denso perfume de las rosas y de la hierba recién segada. Al tiempo que sus zapatos hacían crujir suavemente el sendero de grava, era cada vez más consciente del calor y de la poderosa presencia masculina de Napier a su lado. Una vez más, contempló fugazmente su impresionante perfil.

Napier parecía profundamente sumido en sus vacilaciones y su humor era del todo inescrutable.

—Empiezo a entender lo que os ha traído aquí —dijo ella en voz baja—. Y espero por vuestro bien que también Duncaster lo entienda.

Napier respondió con un gruñido despectivo.

—Lo único que entiende es que alguien está desbaratando su voluntad de hierro —respondió él—, cosa que le resulta tan imperdonable como el asesinato.

—¿Teméis entonces que se haya cometido un asesinato? —insistió Lisette—. ¿Qué alguien deseara la muerte de Hepplewood? ¿Y quizá también la de Saint-Bryce?

—Ya apenas sé lo que temo —respondió Napier—, salvo tener que bregar con esta casa y con todas las obligaciones que conlleva.

Poco después entraron a una larga pérgola cubierta de hiedra que parecía llevar desde los jardines formales a un entorno más silvestre y natural. En el centro de la pérgola había un banco de hierro forjado, colocado de un modo tal en diagonal a la casa y a las cuadras que ofrecía las vistas del lago ornamental enclavado al este. En la colina que se alzaba sobre el agua, quedaba visible la destacada glorieta de piedra que se elevaba desde los árboles.

—Napier —dijo Lisette—, hay algo que quiero deciros.

Napier se detuvo en el camino e hizo una pausa. Lisette sentía que algo le preocupaba, algo que nada tenía que ver con la discusión que había tenido con su abuelo, y sospechaba lo que podía ser.

—¿Duncaster? —preguntó—. O se trata quizá de algo más funesto.

—Algo más funesto. —Con una sonrisa devastadora, Lisette señaló con un gesto el banco—. ¿Os sentáis conmigo un momento?

Aunque vio que a Napier le devoraba la impaciencia, él asintió. Tras tomar asiento en el banco, Lisette recorrió con la mirada la extensión verde que bajaba hasta el lago, tan cristalino y liso que reflejaba el cielo despejado y azul como un espejo. Qué lástima que sus propias elecciones y decisiones carecieran de esa misma claridad.

Como para sacarla de su ensueño, Napier le tocó el brazo y ella dio un respingo. Él retiró la mano al acto.

Ella se volvió a mirarle.

—Lo siento. —Extrañamente, se vio de pronto buscando la mano de Napier y la tomó entre las suyas—. No es culpa vuestra. Estaba absorta.

Él bajó la cabeza como para verla mejor, con su mano cálida y sólida entre las suyas. Lisette sabía lo que le debía a ese hombre: la verdad. Y sabía también cuáles eran las preguntas que la verdad provocaría. Preguntas a las que en realidad no deseaba responder. Por eso tendría que bastar con una disculpa.

—Elizabeth —dijo él con suavidad—. ¿Qué ocurre?

Ella le soltó la mano y se obligó a no recular.

—Empiezo a ver ahora cuán en serio os tomáis vuestras obligaciones en la policía —dijo—. Sin duda eso explica en parte por qué sir George recurrió a vos cuando empezó a preocuparse por el estado de las cosas aquí.

—No puedo hablar por sir George, pero en mi opinión no hay vocación más elevada que la labor policial. Al menos para mí. —Dejó escapar una risa acerada—. No tengo talento para la medicina, y creo que estamos de acuerdo en que no daría la talla como sacerdote. Pero Elizabeth, ¿de verdad me habéis hecho sentar en este banco para hablar de mi profesión?

Ella le dedicó una mirada tímida.

—No, lo he hecho para poder disculparme.

—¿Disculparos?

Por fin le había sorprendido.

Lisette dejó escapar un suspiro con el que buscó tranquilizarse. Quería terminar cuanto antes.

—Hace casi dos años —empezó—, yo... irrumpí en Whitehall y os acusé de ser un incompetente. Creo incluso que llegué a llamaros «sobornable» y sugerí que se os podía comprar. Creo que nada de eso es cierto. Creo que sois un hombre profundamente comprometido.

—¿Ah, sí? —Casi pensativamente, Napier se pasó una mano por el pelo espeso y oscuro—. Después de doce años en esta profesión, apenas sabría decirlo.

—Quienes trabajan duro en cosas que realmente importan a menudo se ven desgastados por ellas —dijo Lisette serenamente—. Y creo que debéis de ser muy bueno en lo que hacéis. Es cierto que hay en vos cierta distancia, pero me pregunto si es posible sobrevivir de otro modo en vuestro mundo. Me equivoqué al calumniaros. Juzgué equivocadamente vuestro carácter... y no fue ése mi error más grave. Estaba equivocada en todo. En todo. Y respecto a todos.

Para su propia vergüenza, su intervención concluyó con un tono ligeramente trémulo.

—Elizabeth —la reprendió Napier.

Ella dejó escapar un sonido que fue un cruce entre un sollozo y una risotada y levantó una mano.

—Podéis estar seguro de que no intento embaucaros —dijo—. Soy, o al menos eso es lo que imagináis, una actriz muy mala.

—Bueno —dijo él con voz queda—, cierto es que me debéis una disculpa. Pero harías mejor en preocuparos por Lazonby. Es un hombre poderoso y probablemente vengativo, y yo no soy...

—¿Ah, vos no lo sois?

La de Lisette era una sonrisa irónica.

La expresión de Napier se ensombreció.

—Me he cobrado mi venganza arrastrándoos hasta aquí —respondió—. Dije que os protegería de Lazonby, y lo haré.

—Yo... creo que lo haréis.

—Y así será —remató él bruscamente—. Pero hay algo más que necesito que hagáis por mí, Elizabeth.

Ella alzó la vista hacia él, turbada por el repentino filo que transpiraban sus palabras:

—¿Sí?

Napier la miró, receloso durante un instante, al tiempo que sus ojos se oscurecían como un nubarrón de tormenta. Ése era prácticamente el mismo aspecto que habían tenido antes de que él la besara, y por un momento Elizabeth contuvo el aliento.

Pero al parecer besarla era lo último que él tenía en mente.

—Necesito que me digáis exactamente lo que oísteis decir a sir Wilfred en la vaquería el día de su muerte —dijo por fin—. No os pido que me digáis más ni que admitáis nada. Sólo quiero saber, sin ningún género de duda, lo que se dijo.

Lisette entendió lo que le estaba pidiendo.

—Sobre vuestro padre.

La mandíbula de Napier se contrajo.

—Sí. Sobre mi padre.

Lisette suspiró mentalmente. Otra conversación que no tenía deseos de mantener. Sumaban unas cuatro desde el desayuno. Y hacer lo que él pedía exigía sin duda que se manejara con cuidado.

Se humedeció los labios antes de hablar.

—Como sabéis, asistí a la fiesta que se celebraba en el jardín —empezó, visiblemente incómoda—. Todas las voluntarias de la escuela de

Hannah... de lady Leeton... también lo hicieron. Era el Día de los Premios para las niñas. Yo... yo entregué el Premio de Gramática.

—Sí —dijo él pacientemente—. Creo que eso fue lo que Lazonby dijo. Aunque ahora que lo mencionáis, Elizabeth, confieso que jamás he entendido cómo terminasteis ejerciendo allí de voluntaria. Sobre todo cuando afirmáis desconocer qué papel jugó sir Wilfred en la muerte de vuestro padre.

Eso era algo que ella también se había preguntado a menudo.

—Creo que... creo que simplemente quería volver a ver a Hannah —respondió finalmente—. Quería pensar en lo que habría podido ser si la vida de papá no se hubiera malogrado como lo hizo. Para mí Hannah siempre fue muy hermosa, un hada madrina. Y siempre había esperado que llegaría el día en que ella me... me tomara afecto.

—¿Hannah...? —dijo él—. ¿Lady Leeton?

Lisette se encogió débilmente de hombros.

—Me daba un poco de miedo que me reconociera —confesó—. De modo que fui a la escuela urdiendo un pequeño ardid. Por supuesto, la peluca ayudó, y terminé presa de... presa de mis propias mentiras, supongo.

Alzó la vista y se encontró con una expresión confusa en el rostro de Napier.

—Pero, Lisette, ¿por qué iba ella a conoceros? ¿Cómo iba a reconoceros?

Lisette le miró sin comprender.

—Por papá —dijo—. Porque eran amantes, amantes de verdad, mucho antes de que ella se casara con sir Wilfred. ¿No lo sabíais? ¿No sabíais que los tres eran uña y carne?

Napier negó con la cabeza.

—No había nada referente a Hannah Leeton en el viejo informe del asesinato —dijo—, aunque Lazonby sí sugirió que existía cierta rivalidad por los favores de la dama.

—Era mucho más que eso. Hannah adoraba a papá y quería casarse con él. —La voz de Lisette perdió fuerza hasta quedar reducida a un ronco susurro—. Pero ahora conozco la verdad. Sé que sir Wilfred quería a Hannah, y su dinero, para él.

La frente de Napier se había cubierto de arrugas.

—No fue eso lo que yo entendí —dijo—. Creía que sir Wilfred era simplemente un asesino contratado por alguna banda del juego. O al menos eso fue lo que dijo Lazonby.

—Oh, y así fue —dijo Lisette—, y muy bien pagado, por cierto. La banda quería librarse de Lazonby. Las cartas se le daban demasiado bien. De modo que pagaron a sir Wilfred para librarse de él… y sin importarles cómo.

—¿Y sir Wilfred confesó todo eso? —Napier seguía mostrándose dubitativo—. ¿En la vaquería?

—S-sí —respondió Lisette—. Como os dije ese día, se vanagloriaba de ello. Dijo que había elegido al rico prometido de Elinor como víctima, y no simplemente para hacerle la cama a Lazonby, sino para que papá fuera presa del pánico cuando la dote del matrimonio se fuera al garete. Quería que papá huyera de sus acreedores y se marchara al Continente. Que abandonara a Hannah para que él —sir Wilfred— pudiera consolarla.

—Santo Dios —dijo Napier entre dientes.

Lisette se aceró contra la inesperada presión de las lágrimas.

—¿Cómo pudo alguien ser tan cruel? ¿Tan absolutamente calculador? —dijo, esta vez en voz alta—. Sir Wilfred dijo que… que había visto el modo de matar dos pájaros de un tiro, hacerse con el dinero de la banda y librarles de Lazonby, aprovechando la oportunidad para quedarse así con Hannah.

—Y el tal lord Percy, el prometido de vuestra hermana… mantenía con Lazonby un conflicto que venía de antiguo —caviló Napier—. De ahí que, naturalmente, a ojos de la policía pareciera un crimen plausible.

Lisette sintió que la vieja y conocida náusea volvía a formársele en las entrañas.

—Y nosotros que creímos que el culpable había sido él, ¿no? Vos lo creísteis. Yo también. Y yo… oh, Dios del cielo, fui a Newgate. Para asistir al ahorcamiento. —Se puso la palma de la mano en la frente, como en un intento por bloquear el recuerdo, aunque jamás lo había conseguido hasta entonces—. Yo tenía doce años. Me acuerdo del chasquido de la soga al tensarse. Lazonby allí colgado, muerto... o al menos eso creímos. Entonces Ellie se desmayó, desplomándose en el fango. Conseguí como pude ponerla de pie. Y al día siguiente, el abogado de lord Rowend nos llevó a Bristol y nos metió en un barco con destino a casa de tía Ashton.

Napier, falto de palabras, le pasó un brazo por los hombros y esta vez Lisette no se sobresaltó. Ya no quedaba en ella el menor poder de reacción.

—Ellie murió quince días más tarde —susurró—. Dijeron que fue una calentura. Pero creo que simplemente se le había roto el corazón. Y ahora... santo Dios, ahora miro atrás y veo todo lo que ha ocurrido... todo lo que yo creía... y es como una espantosa pesadilla.

—Conozco bien esa sensación —masculló Napier muy serio—. A pesar de nuestras diferencias, Elizabeth, siento que hayáis tenido que pasar por eso. Pero si Hannah era una viuda rica y dispuesta, ¿por qué no se casó con ella sir Arthur?

Lisette sintió que el calor le arrebolaba el rostro.

—Por Elinor —respondió por fin—. Elinor le dijo a papá que jamás le perdonaría si mancillaba de ese modo el apellido familiar.

—¿De qué modo exactamente?

Lisette levantó un hombro sin convicción.

—Elinor acababa de debutar esa Temporada —dijo—. Papá se había endeudado terriblemente para costear su debut y había muchos caballeros cautivados por ella. Pero Elinor se había encaprichado de lord Percy Peveril, porque era el hijo de un duque. El duque era un esnob espantoso y Ellie lo sabía. Le dijo a papá que Hannah era una paria que daría al traste con sus aspiraciones, una dependienta con ínfulas que se había enriquecido con dinero judío que había empleado para rodearse de una panda de indeseables...

—¿Y? —la apremió Napier con suavidad.

Aquí la voz de Lisette vaciló humillantemente.

—Y, sí, Napier, no creáis que se me escapa la ironía de que esa panda de indeseables que Elinor despreciaba fuera precisamente la gente de la que se rodeaba papá —prosiguió—. Y también los amigos de sir Wilfred. Pero los hombres pueden olvidar fácilmente esa suerte de indiscreciones. Las mujeres, al parecer, no.

Napier se había quedado muy callado.

—Recuerdo vagamente que el primer marido de Hannah era un acaudalado comerciante de la City —dijo por fin.

Lisette suspiró.

—No creo que ella fuera judía, aunque poco me importa —dijo—. Y cierto es que el padre de Hannah era un simple boticario. Pero ella hacía reír a papá, y a veces me pregunto…

Sus palabras cayeron en el silencio y negó con la cabeza.

Napier le apretó la mano.

—¿Qué? ¿Qué es lo que os preguntáis?

«Me pregunto si mi hermana no era en realidad una zorra egoísta.» Pero Lisette reprimió sus palabras en cuanto las oyó en su cabeza.

Ellie había sido especial: hermosa y encantadora. Y la gente la quería por ello, del mismo modo que habían querido a su padre. Y Elinor se había enorgullecido de su parentesco con lord Rowend, y también de su sangre azul inglesa. ¿Tan malo era eso? ¿Acaso no era el orgullo aristocrático lo que mantenía en pie a la clase alta inglesa, la columna vertebral de la nación?

Y, sin embargo, Lisette sabía que en Norteamérica la sangre valía bien poco y que la nación poco sufría por ello. A decir verdad, había quien argumentaba que el país era más fuerte y más equitativo sin ella. El señor Ashton así lo había argumentado —abierta y beligerantemente, una semana tras otra— en su radical periódico. Y, en general, ella había estado de acuerdo con su política, si no con su ejecución.

Otra ironía que le provocaba dolores de cabeza. Ah, ¿por qué el mundo no podía ser o blanco o negro? A veces sí, se enojaba con Elinor y con su padre… últimamente cada vez con más frecuencia, y eso la avergonzaba. Se repetía que en realidad tan sólo buscaba tener a alguien a quien culpar por las desgracias familiares, ahora que Lazonby había sido exonerado.

Dejó escapar una suave risa sarcástica.

—¿Sabíais cómo me llamaba Hannah a menudo, Napier?

—No —respondió él, vacilante.

—La Infortunada Elizabeth —dijo—. En una ocasión oí cómo le decía a papá que Ellie era un diamante, pero que conmigo iba a tenerlo «difícil». Yo era demasiado desgarbada, demasiado pálida, y demasiado pelirroja.

—Menuda sarta de sandeces —dijo Napier—. Espero que no les prestarais la menor atención.

Lisette se obligó a encogerse de hombros, un poco avergonzada por su infantil confesión. En efecto, se había refocilado en sus propias sensiblerías durante demasiado tiempo… y esta vez, demasiado honestamente. No deseaba la compasión de nadie, aunque tampoco es que nadie se hubiera compadecido jamás de ella.

Mejor así, decidió. La vida de su padre era un claro ejemplo de hasta qué punto costaba saber en quién confiar. Napier, sin embargo, se limitaba a mirarla.

«Me está estudiando», pensó Lisette.

Quizá se preguntaba si lo que veían sus ojos no era más que un teatrillo barato o si tenía realmente intención de responder a la única pregunta que él le había hecho.

—Bien, ya os he pedido disculpas —dijo ella con un pequeño jadeo balsámico—. Más allá de eso, mis tragedias personales no son más que una soberana pérdida de tiempo para vos. Hasta aquí el asunto de la muerte de papá, y también la de Ellie. Pero vos… vos deseabais saber exactamente lo que sir Wilfred dijo sobre vuestro padre.

—Sí —dijo él, visiblemente tenso.

Se dio cuenta de que el brazo de Napier ya no la rodeaba. Se había vuelto, obligándole así a sostenerle la mirada.

—¿Exactamente? —insistió—. Desgraciadamente poseo el don de recordar las cosas casi con total exactitud.

—Exactamente, sí —le pidió él.

Lisette cerró los ojos y sintió el aire frío y denso de la vaquería arremolinándose a su alrededor como un manto almizcleño. Podía todavía oír a lady Anisha, semiinconsciente y sollozante; percibió asimismo el penetrante olor de la leche agria. Por muchas noches que hubiera pasado intentando arrancarse ese olor de la nariz... por muchas veces que hubiera bloqueado la imagen de la sangre de sir Wilfred goteando sobre la baldosa hasta colarse en el sumidero... el recuerdo seguía ahí, aferrado a su memoria como una capa de humedad, una pesadilla que revivía sin descanso.

—¿Elizabeth? —dijo Napier.

—Esperad, estoy recordando. —Los ojos de Lisette se abrieron de pronto—. Veamos. Sir Wilfred dijo, y cito: «No toqué a Arthur. Sólo apuñalé a Percy. Y, sí, soborné a Hanging Nick Napier y al guardia ése. Y supongo que le eché la culpa a Lazonby. Pero eso es todo. Arthur me caía bien. De verdad. Y tenía previsto visitarle después de convencer a Hannah para que se casara conmigo. En Francia. O donde le llevaran sus pasos».

—Dios —masculló Napier.

—Creo que ésas son las palabras exactas —dijo ella.

Y extrañamente, en cierto modo el hecho de formularlas en voz alta había fortalecido su resolución. Todo había terminado... o terminaría, así lo esperaba y lo deseaba, en cuanto la misión de Napier hubiera tocado a su fin. Con el paso de los días, y a medida que la rabia que la embargaba había ido remitiendo, Lisette estaba empezando a ver con mayor claridad que debía dejar atrás esa larga y espantosa locura.

Tenía que encontrar el modo de salvar del naufragio algo semejante a una vida normal. Sí, debía hacerlo, pues no quedaba nadie a quien poder culpar, ni lugar alguno donde buscar venganza. Su familia había muerto y no había modo alguno de recuperarla. Y ahora tenía que perdonarse por la horrible injusticia que había cometido con lord Lazonby... incluso aunque el hombre jamás llegara a perdonarla.

Pero lo que bajo ningún concepto podía hacer era apoyarse demasiado en Royden Napier. Ya no sentía aversión hacia él, pero sabía que era la clase de hombre que antepondría sus deseos de justicia por encima de todo, incluso por encima de sus propios intereses. ¿No acababa de dar buena prueba de ello con su abuelo?

Tensó la espalda en el banco, echando hacia atrás los hombros con gesto resoluto.

—No siento la menor alegría al repetirlo, Napier —dijo con voz queda—. Y simplemente porque sir Wilfred lo dijera, eso no significa que sea toda la verdad.

—Lo sé, aunque ¿quizás había en ello parte de verdad? —masculló él con la mirada casi cegadora fija en el lago distante—. Tengo la repugnante sospecha de que lo era.

—¿Alguna vez habéis revisado el estado de las cuentas de vuestro padre? —preguntó enfáticamente Lisette—. Seguro que lo hicisteis cuando murió.

Napier asintió, tragando saliva.

—Sí. En un par de ocasiones.

—Debió de ser difícil ocultar una cantidad de dinero como ésa.

—Había algún que otro ingreso de efectivo en la contabilidad doméstica. —La voz de Napier sonó tensa, casi incorpórea—. Sí, más dinero del que podía provenir de su sueldo. Imaginé que lo había ganado en las carreras de caballos, o algo así.

—Quizá fuera así. —Lisette se encogió de hombros—. Y tras todas esas estratagemas, el plan de Leeton ni siquiera funcionó. No hubo ninguna huida a Francia. Papa sufrió uno de sus episodios de depresión que ahogó en una botella de brandy y luego se pegó un tiro. Para sir Wilfred eso fue apenas un detalle sin importancia. En cualquier caso, se quedó con el dinero de Hannah... y durante un tiempo también se libró de Lazonby.

—Una tragedia en toda regla. —Napier guardó silencio durante un instante—. Elizabeth, ¿puedo haceros otra pregunta?

Lisette vaciló.

—Supongo que sí.

Pero la pregunta, y la tristeza que asomó a los ojos de Napier cuando la hizo, la pillaron por sorpresa.

—Cuando sir Wilfred dijo lo que dijo sobre mi padre —insistió—, ¿estaba presente lady Anisha? ¿Oyó ella sus palabras?

Lisette entendió que, por el motivo que fuera, la opinión de lady Anisha era de gran importancia para Napier. Pero también recordó la advertencia de Lazonby.

—Creo que deberíais preguntárselo a lady Anisha —respondió, curándose en salud—, siempre que lord Lazonby lo permita.

Una ira repentina estalló en el rostro de Napier.

—¡Menuda barbaridad! —gruñó Napier—. Le preguntaré a la dama lo que quiera y cuando demonios...

—¡Shhh! —dijo de pronto Lisette—. ¡Callad!

Napier se interrumpió.

—Disculpadme. Mi lenguaje...

—No, detrás de mí —siseó Lisette, volviéndose en el banco de modo que pudiera inclinarse hacia él y apoyar su mejilla en la suya—. Lord Hepplewood nos observa desde los arbustos. Y diría que milagrosamente parece estar sobrio e ileso.

—¿Y debería importarnos? —refunfuñó Napier.

—Sí.

Actuando por puro impulso, Elizabeth rozó apenas con los labios la dura mejilla de Napier.

—Así —le susurró al oído—. Ahora parecemos un par de amantes sorprendidos in fraganti.

—Elizabeth —susurró Napier—. No podemos seguir...

El suave crujido de la grava le interrumpió.

—¡Diantre! ¿Qué es esto? —chilló una alegre voz, frustrando el momento—. ¿Un encuentro romántico?

Lisette alzó la vista y vio a Hepplewood rodeando tranquilamente el follaje hacia la entrada de la glorieta. Napier maldijo entre dientes.

—¡Bien hallado, primo! —dijo deteniéndose ante ellos—. Y, señorita Colburne, os pido perdón por la interrupción.

Lisette se fijó en que sus rizos dorados seguían revueltos y los ojos ostensiblemente entrecerrados.

Napier se levantó y le estrechó la mano.

—¿Cómo estáis, Hepplewood —dijo un poco groseramente—. ¿Podemos ayudaros en algo?

—Por supuesto que no. Soy yo quien puede seros de ayuda. —Y con un pequeño floreo, Hepplewood sacó una carta cuya solapa había sido ya abierta—. Pero antes, una disculpa.

—¿Una disculpa?

Napier cogió la carta.

Una vergüenza obviamente fingida se esbozó en el rostro del conde.

—Ha llegado una carta para lord Saint-Bryce —dijo—, y Marsh se la ha entregado a Gwyneth, pues ésas son las instrucciones que tiene. Me temo que a nadie se le ha ocurrido contemplar la posibilidad de que no fuera para su difunto padre.

—Cielos, no. ¿Cómo habéis podido? —murmuró Lisette.

—Ah, ¿ha sido eso un golpe bajo, señorita Colburne? —Hepplewood se estremeció teatralmente—. Aunque quizá no sois consciente de que, cuando era joven, el padre de Gwen era un auténtico hombre de mundo y recibía constantemente cartas de lugares remotos y de gente desconocida para nosotros. Desde su muerte, Gwen las abre y manda a su vez la triste noticia.

Lisette lanzó una mirada sarcástica al matasellos de Londres.

—Y ésta viene de… ah, sí: East Kalimatan, Borneo.

Hepplewood se rió.

—No. De Upper Grosvenor Street —dijo—. Señorita Colburne, ¡sois admirable! Y la carta es de Ruthveyn House. De lady Anisha Stafford, para ser más preciso. —Dicho esto, se volvió hacia Napier—.

Me habían dicho que estabais causando gran revuelo en la ciudad dejándoos ver con una hermosa viuda del brazo. Qué práctico que supiera que podía escribiros aquí.

—La dama es una gran amiga. Quería que supiera cómo ponerse en contacto conmigo aquí. —Napier se guardó la carta en el gabán sin tan siquiera leerla—. Gracias, Hepplewood, pero no deberíais haberos molestado.

—¡De nada! ¡Faltaría más!

Napier se volvió y saludó a ambos con una inclinación de cabeza.

—Querida, parto para Marlborough —dijo—. Te veré durante la cena. Hepplewood, vuestro servidor.

Y dicho esto, Napier volvió a ponerse el sombrero y se marchó en dirección al extremo opuesto de la glorieta.

—¡Ten cuidado, querido! —le gritó Lisette—. Contaré las horas que faltan para tu regreso.

Napier se limitó a levantar una mano y siguió su camino.

Impulsivamente, Lisette corrió tras él y rozó su mejilla con otro beso.

—¿Me contaréis lo que descubráis en Marlborough? —susurró, alzando hacia él una mirada radiante—. ¿Esta noche?

Napier lanzó una fugaz mirada hacia Hepplewood.

—Si puedo...

—Debéis —insistió ella—. Y tengo que contaros mi conversación con Gwyneth.

—Veremos —murmuró Napier.

Frustrada, Lisette le dejó marchar y volvió sobre sus pasos por el camino. Su mente había vuelto a la carta de Napier y a la reacción que había visto en él al oír el nombre de lady Anisha. En su día habían sido algo más que amigos, a menos que anduviera errada en sus conjeturas. La idea espoleó su curiosidad al tiempo que la dejaba extrañamente inquieta.

Pero Hepplewood veía acercarse a Lisette con una curiosa sonrisilla en el rostro. Cuando ella le alcanzó, él la saludó con una exagerada inclinación de cabeza y le ofreció su brazo.

—¿Me permitís que os acompañe dentro, señorita Colburne? —dijo despreocupadamente—. Para mí será el momento culminante del día.

—Nada podría resultarme más placentero —respondió ella con una tensa sonrisa—. No me perdería un solo instante de vuestra encantadora compañía.

—Ni yo de la vuestra —respondió él a su vez, apremiándola a volver sobre sus pasos, camino arriba—. Al fin y al cabo, un hombre no debería achicarse ante la competencia. Y decidme: ¿cuál de los dos os parecemos mejor actor?

Lisette le miró, recelosa.

—Mi querido lord Hepplewood —dijo—, sin duda os concedería mi voto. Me eduqué en una dura escuela y reconozco a un bribón a simple vista.

—¿Es cierto eso, por Júpiter? —dijo él con una risa alegre—. Y yo creo reconocer el aspecto que tiene una mujer cuando está enamorada.

—¿Ah, sí? —dijo Lisette, volviendo a dedicarle una mirada—. Jamás os habría creído la clase de hombre que repara demasiado en esa clase de observaciones.

Pero la afabilidad había desaparecido de la sonrisa de Hepplewood.

—Ah, quizás os equivocáis, señorita Colburne —dijo, caviloso—. Aunque dudo mucho que eso importe.

—Quizá le importe a la dama en cuestión.

—Quizá... si la hubiera —dijo Hepplewood con una risotada, recuperando su buen humor—. La señorita Willet es consciente del honor que le hago, pero no me ama.

—Espero que seáis vos quien se equivoque, lord Hepplewood, por el bien de ambos.

—Oh, Dios. —Bajó la mirada y se llevó una mano al corazón—. No seréis vos también otra romántica.

—Sí —dijo ella con voz queda—. En el fondo quizá sí lo sea.

—Ah, bien —dijo él impertérrito, dejando caer la mano—. Lo superaréis como lo hemos hecho los demás. Y si tenéis intención de casaros con ese misántropo de corazón duro como una piedra, será lo mejor. Aunque ya es suficiente por ahora. La misión que en este momento me ocupa es la de llevaros al salón de las damas.

—¿Ah, sí?

—Sí. —Su sonrisa parecía haberse tornado más benevolente—. Diana y Gwyneth se están preparando para su paseo de la tarde. Creo entender que tienen intención de invitaros a que las acompañéis.

*N*ervioso como un semental en Newmarket, Napier bajó con grandes zancadas la colina hasta perderse de vista más allá de los jardines. Cuando las cuadras por fin fueron del todo visibles, detuvo el paso y se paró bajo la cúpula de nudosos manzanos que bordeaban el sendero.

—Maldito petimetre arrogante —dijo, volviéndose a mirar hacia la glorieta.

Aunque no era el petimetre quien le turbaba. Ni tampoco Anisha.

Era Elizabeth Colburne, cuyo olor seguía envolviéndole y cuya mirada aguamarina y omnisciente parecía atormentarle eternamente. La proximidad de ella… su vibrante energía, esa sensualidad innata y natural… Dios, ese infierno de su propia creación iba a chamuscarle gravemente antes de que ambos hubieran terminado con lo que tenían entre manos.

Pero Elizabeth no era joven. Si a Napier no le fallaban los cálculos, debía de estar cerca de los veintisiete años. Y con ese aire de *ennui* mundano, sin duda daba la impresión de ser una mujer con experiencia. No obstante, y a pesar de eso, parecía inocentemente ajena al efecto que provocaba en él.

¿Podía realmente ser tan inocente?

Quizás estuviera atormentándole deliberadamente. Quizá los idiotas simplemente tenían siempre su merecido. Dejó escapar un suspiro de exasperación. Luego, apoyando la espalda contra el tronco de uno de los árboles, extrajo la carta de Anisha y la agitó para desplegarla.

No tendría que haberse molestado.

—Maldita sea —dijo al tiempo que sus ojos barrían la página.

Se había casado.

Se había casado con Lazonby, que no la merecía y que jamás sería digno de su bondad. O quizá sí lo fuera. Napier ya no estaba seguro de estar calificado para juzgar el carácter de nadie, y quizás el de Lazonby menos aún. Merecía la pena recordar que el marido de Anisha era el hombre al que su padre había perseguido y encarcelado injustamente.

Dios, cómo se le atragantaba reconocerlo, incluso ante sí mismo: saber que Lazonby había sido inocente... por lo pronto, inocente de asesinato. En cuanto a lo demás —su fama de don Juan y de tahúr— quizás el hombre no fuera ya el rufián de antaño. O quizá jamás lo hubiera sido.

¿Y si ninguna de las acusaciones vertidas sobre Lazonby eran ciertas?

Santo Dios, tenía de pronto la sensación de que su vida entera, todo aquello a lo que se había aferrado y en lo que creía, se estaba poco a poco volviendo del revés. No toleraba la ambigüedad con elegancia. Sobre todo la clase de tolerancia que Lazonby —y, por extensión, también Elizabeth— le había metido en la cabeza. La incertidumbre del papel que su padre había desempeñado en esa espantosa tragedia.

Y ahora se había enterado de que una parte del elevado nivel de vida de su familia no provenía del trabajo duro, ni siquiera del viejo soborno, sino de... ¿Duncaster?

Desde el momento en que había tenido edad suficiente para comprender lo que era un vizconde —lo que significaban las palabras «riqueza» y «poder»—, Napier había cultivado el resentimiento hacia esa gente, llegando casi a odiarles por el modo en que habían repudiado a su padre. Y ahora se preguntaba si Duncaster había costeado el techo bajo el que se había cobijado. Y si Nicholas Napier había sido un hombre hipócrita y sobornable.

Y si Elizabeth Colburne era, en realidad, una asesina.

No tenía las respuestas. Tan sólo sabía que el orgullo a menudo precedía a la caída, como quizás había aprendido también su padre.

¿Era posible acaso que, tras haberse acostumbrado a los lujos que Duncaster tan sutilmente había proporcionado a su esposa, Nicholas Napier hubiera sido incapaz de recortar gastos tras la muerte de ella?

Los hombros de Napier se encogieron contra la áspera corteza. Sabía Dios lo caro que resultaba mantener una casa en Eaton Square, como casi igual de caro era vestir y educar a un hijo como corresponde a un caballero.

Desconocía la verdad. Y, casi con toda seguridad, jamás llegaría ya a conocerla.

Pero sí sabía que el hombre por el que sentía una profunda antipatía acababa de casarse con una mujer a la que tenía en gran estima. Por muy irracional que pudiera parecer, era más fácil volcar su ira en esa dirección. Y así lo hizo, guardándose la carta en el gabán, esta vez dejando escapar una maldición no exenta de crueldad.

—Supuestamente los caballeros no usan esa palabra —trinó una voz desde las alturas.

Sin dejar de apoyarse en el árbol, Napier echó hacia atrás la cabeza y al alzar la mirada se encontró con el rostro de rosadas mejillas de Beatrice Tarleton. La altura donde estaba sentada provocó en él un escalofrío de temor.

—Disculpa, Bea —dijo Napier, agarrándose con una mano el sombrero para evitar que cayera al suelo—. No sabía que había una dama presente. ¿Podrías bajar, y acercarte un poco? Me mareo al mirar hacia arriba.

Ágilmente, Bea saltó a una rama inferior, provocando sobre él una lluvia de brotes marchitos. Seguía todavía claramente fuera de su alcance.

—La señora Jansen dice que también está mal llamar arrogante a alguien.

—La señora Jansen tiene razón —concedió Napier—. Pero normalmente una dama anuncia su presencia a un caballero para que él no emplee esa suerte de palabras en su presencia. ¿Te parece que podrás bajar al suelo?

Bea pareció pensarlo.

—¿Y por qué iba a hacerlo? —preguntó por fin.

—Porque voy de camino a las cuadras a elegir montura. Sería de gran ayuda contar con la opinión de alguien que sabe aquí un poco sobre caballos.

—No me permiten entrar en las cuadras —dijo ella con tono neutro.

Ahora se había puesto de puntillas, con los sobacos despreocupadamente engarzados sobre una rama que no era más gruesa que la muñeca de Napier y las manos colgando relajadamente. Napier se separó del tronco y se volvió de espaldas, lamentando su ignorancia sobre todo lo que hacía referencia a los niños, y lamentando también no conseguir acordarse de lo que se sentía al subir a un árbol. Para sus ojos de adulto, la postura de Bea parecía precaria.

—A ver qué te parece esto, Bea —dijo, sincerándose con la pequeña—. Me estás asustando. Me da miedo que te caigas. O que no puedas bajar. Y estoy pensando que debería correr colina abajo hasta las cuadras para volver con una escalerilla. O con un carro de heno. Por si acaso.

—Oh, popó —se rió Beatrice—. Subo aquí todo el tiempo. Y nadie se da nunca cuenta.

Napier se temía mucho que ése fuera en efecto el caso: que aunque la niña no estaba de ninguna manera desatendida, ya no era la prioridad de nadie… y a su entender, una institutriz a sueldo no contaba.

Logró sonreírle.

—En ese caso, ten la bondad de apiadarte de mis débiles nervios y baja —dijo—. A fin de cuentas soy aquí un invitado… y a los invitados hay que mimarlos.

Bea parpadeó desde las alturas.

—Gwyneth dice que ahora ya no sois un invitado —replicó, saltando de nuevo a una rama inferior y provocando una vez más una lluvia de trozos de corteza—. Dice que ahora sois el heredero del abuelo. Y que Burlingame será vuestro. ¿Por eso tía Hepplewood nos dijo que debíamos llamaros Saint-Bryce?

Hablaba con displicencia, pero Napier percibió la preocupación que se ocultaba tras sus palabras.

—Gwyneth se equivoca —dijo—. Burlingame nunca será mío. Pertenece a la familia Tarleton al completo, y siempre será así.

El rostro de la niña asomó desde la cúpula de hojas rizadas del manzano.

—Pero Burlingame iba a ser de papá —insistió—, hasta que murió.

Napier levantó una mano.

—Baja, Bea, y hablemos de ello —le sugirió—. Soy sólo tu primo, no tu enemigo.

La pequeña le miró recelosa.

—La otra vez que vinisteis, papá nos dijo que erais de la policía —explicó—, y que la policía atrapa a la gente mala. ¿Es cierto?

—Tengo a policías y a detectives que trabajan bajo mis órdenes —concedió Napier—, aunque yo nunca he sido policía. Pero sí, he ayudado a encarcelar a alguna gente mala. Es mi trabajo.

Bea no dijo nada, pero Napier pudo verla procesar lo que acababa de oír.

—¿Y toda la gente mala va a la cárcel? —preguntó por fin.

—Si quebrantan la ley, sí, es de esperar que así sea. —Napier estiró aún más la mano y suavizó la voz—. Bea, siento que tu padre haya muerto, y más de lo que imaginas. ¿Ahora bajarás y hablarás conmigo? ¿Por favor?

El labio inferior de la niña asomó durante una décima de segundo hasta que por fin decidió bajar, lista como un monito, haciendo temblar las ramas bajo su ligero peso. Cuando llegó a la rama inferior, se colgó de ella fácilmente y aterrizó en el suelo con un ¡Buf!, envuelta en una nube de enaguas y muselinas.

—Gracias —dijo Napier sinceramente.

Beatrice le miró, parpadeando contra la luz del sol.

—Sois muy alto —dijo.

—¿Ah, sí? —contestó Napier—. Mi camarero está desesperado conmigo.

Beatrice se desplomó sobre la hierba alta, arrancó una brizna y se la metió en la boca.

Viendo que eran pocas las posibles alternativas, Napier se tumbó junto a la niña en el suelo.

—Debes de echar terriblemente de menos a tu padre —dijo—. Yo no llegué a conocerle bien, pero parecía un hombre alegre.

Beatrice dejó escapar un profundo suspiro.

—Sí —declaró—. Lo hacíamos todo juntos. Papá decía que yo le mantenía joven.

Napier la miró muy serio.

—¿Qué clase de cosas?

Ella se encogió de hombros en un gesto claramente exagerado.

—Cosas —dijo—. Coleccionábamos hojas. Y nidos de pájaros. A veces íbamos a las perreras a ver los perros y también me enseñó a montar en poni. A veces, en su estudio, leíamos o jugábamos con muñecas.

Napier arqueó las cejas.

—¿Con muñecas? —dijo—. Confieso que tu padre no me pareció esa clase de hombre.

—Bueno, yo jugaba con muñecas —concedió la pequeña—, mientras él escribía cartas. Escribía muchas cartas, por eso las muñecas vivían allí. En su alacena. Pero supongo que ya soy demasiado mayor para jugar con ellas.

Napier lo pensó durante un instante.

—Suena muy bien —dijo—. Confieso que mi padre y yo pasamos muy poco tiempo juntos. Él raras veces estaba en casa y yo siempre estaba en el colegio.

El rostro de Bea se iluminó de pronto.

—Para eso tengo a la señora Jansen.

—Parece una institutriz admirable —dijo Napier—. ¿Cómo la conociste?

—Era amiga de Gwyneth —respondió la niña—, creo que del colegio. Cuando mamá murió, tío Hepplewood le dijo a papá que me mandara fuera a terminar mis estudios, aunque no sé muy bien lo que eso significa. Pero papá se negó. Así que Gwyneth escribió a la señora Jansen. Me alegré tanto… No quiero irme nunca de Burlingame.

—Y no tendrás que hacerlo —se apresuró a tranquilizarla Napier—. ¿Eso ha estado preocupándote, Bea?

Una vez más, el exagerado encogimiento de hombros.

—¿Qué significa «preocupar»?

Napier alargó la mano y le quitó una hoja de los largos tirabuzones rubios.

—Lo que quería decir era si te preocupaba que pudieran alejarte de aquí —aclaró—. Porque eso no ocurrirá, Bea. Mientras tú así lo desees, Burlingame siempre será tu casa.

—¿Hasta que tenga cien años?

—Hasta que tengas ciento dos —dijo Napier—. Por lo menos.

Bea soltó una risilla, y en ese momento pareció menor de lo que en realidad era. Luego, con la misma celeridad, su rostro se ensombreció y sus ojos se entrecerraron en un gesto típicamente adulto.

¿Estáis seguro de que no vais a casaros con Diana? —preguntó, alzando el mentón—. La señora Jansen dice que la señorita Colburne es vuestra prometida y que es con ella con quien vais a casaros. Y que después vendréis a vivir con nosotros.

Napier abrió la boca antes de titubear. Una cosa era mentir a la entrometida tía Hepplewood, pero otra muy distinta era hacerlo con una niña que necesitaba certezas, una niña cuyo techo dependería algún día de él, y quizá también su bienestar económico. Desconocía por completo cómo habían dispuesto las cosas los padres de la pequeña, en términos de la herencia, o las estipulaciones que Duncaster podía haber acordado para ella.

Una parte de él deseaba no haber visto jamás a Elizabeth Colburne ni sus salvajes rizos pelirrojos. Con su recatada mata de cabello castaño y sus dulces modales, Diana Jeffers sería sin duda una esposa encantadora, incluso a pesar de que hubiera superado en algunos años la edad ideal para el matrimonio.

Aunque lo cierto era que él prefería a las mujeres maduras. Y quizá, si su sentido común no se hubiera rendido a la nebulosa provocada
por el sabor de la boca de Elizabeth… si no hubiera sentido su cuerpo
largo y ágil bajo el suyo…

Santo Dios.

Diana Jeffers no tenía la menor opción.

Dejó escapar un sonoro suspiro.

—La señorita Colburne es muy hermosa —dijo—, y creo que podemos encajar bien, aunque no hay nada seguro hasta que se pronun-
cien los votos. ¿Qué te parece a ti? ¿Crees que debería casarme con la
señorita Jeffers y no con la señorita Colburne?

Bea arrojó al suelo la brizna de hierba y fijó la mirada en su regazo.

—¡No, yo no lo deseo! —exclamó fervientemente—. ¡Es tía Hepplewood quien lo desea!

Napier la observó fijamente durante un momento.

—Pareces estar tremendamente segura de eso —dijo por fin—.
Sé que la señorita Jeffers iba a convertirse en tu nueva mamá, y quizá…

—¡Yo no la quería! —intervino la niña—. ¡Nunca la quise! Y
papá tampoco. Sé que no, digan lo que digan. ¡Todos intentaban obligarle a que lo hiciera!

Era tal la vehemencia que había en sus palabras, que Napier no
supo cómo reaccionar. Tenía muy poca experiencia con niños, y desde
luego ninguna con una niña como Bea. Volvió a pensar en su mirada,
a veces tan solemne y tan firme que parecía tener diez años más de los
que tenía en realidad. Pero su risa encerraba todavía la inocencia de la
infancia.

Y eso le alegró. En lo más íntimo.

No sin cierta torpeza, tomó en la suya la mano de Beatrice.

—Bueno, Bea, independiente de con quién me case —dijo, acariciándola—, para ti no cambiará nada más. No tendrás una madrastra.
La señora Jansen parece feliz aquí. Así que el futuro no debe preocuparte.

—De acuerdo.

Bea no le sostuvo la mirada, sino que retiró su mano de la de Napier para arrancar otra brizna de hierba.

—Bien —dijo él con voz queda, poniéndose las manos en los muslos—. Seguro que alguien debe de estar esperándote.

—Sólo la señora Buttons —respondió la niña—. Prepara madalenas los miércoles y nos las comemos con la señora Marsh en su salón. A veces Marsh también viene.

Napier desconocía por qué Bea tenía permitido cenar en el sótano con la cocinera y el ama de llaves. Sin embargo, esa suerte de tradiciones con toda probabilidad proporcionaban a la niña una sensación de continuidad, y eso sólo podía ser beneficioso para ella.

—Cuánto me gustaría poder comer madalenas contigo —dijo él con absoluta sinceridad—. Pero, de momento, será mejor que me vaya, Bea.

—¿Adónde? —preguntó la niña.

—A Marlborough.

La cabeza de Bea se giró hacia él.

—¿Qué hay en Marlborough? —preguntó—. ¿Por qué no podéis quedaros aquí? Si sois el heredero, deberíais.

Napier meditó su respuesta, pero deseaba calibrar su reacción.

—Voy a visitar al doctor Underwood —dijo—. Quiero hacerle unas preguntas.

Los ojos de la niña, duros y recelosos, clavaron en él la mirada.

—¿Qué clase de preguntas?

Napier sintió un extraño escalofrío bajándole por la columna.

—Quiero saber qué provocó la enfermedad de tu padre —respondió—. Exactamente, quiero saber cuál fue la causa de su muerte.

Bea arrojó lejos de sí la brizna de hierba y se levantó de un brinco al tiempo que la rabia volvía a asomar a su rostro.

—Yo ya lo sé —dijo.

—¿Beatrice? —dijo Napier con suavidad—. ¿Qué quieres decir exactamente?

—Ellos le mataron —respondió la niña, apuntando con su afilada mirada hacia la casa—. Ellos lo hicieron. Le acosaron hasta matarlo... y deliberadamente... como él siempre dijo que lo harían.

—Vamos, Bea...

Napier buscó de nuevo la mano de la niña.

Pero Beatrice Tarleton eludió la suya con una sacudida antes de volverse de espaldas y alejarse corriendo colina arriba.

Napier la vio marchar, perplejo por sus palabras.

8

La sabiduría de la Samudrika

Al final, Napier no regresó a tiempo para la cena. Quizá presa de un arrebato de vanidad o de locura, Lisette se puso su mejor vestido de noche azul y domesticó sus rizos pelirrojos con lazos de terciopelo también azul, aunque fue en vano. La única persona que quedó vagamente impresionado al verla fue lord Duncaster, que se sentaba, regio e imperioso, a la cabecera de su mesa mientras Gwyneth Tarleton profería comentarios insidiosos sobre la inminente boda de lord Hepplewood.

Eso bastaba para cubrir de un manto de humor sombrío el comedor entero, lo cual era casi una gesta, pues los techos se elevaban a unos siete metros de altura. Al final de la cena, Diana Jeffers miraba fijamente su plato, visiblemente pálida. Lady Hepplewood miraba básicamente a Gwyneth —o mejor, le lanzaba dagas—, y su rostro rebosaba color.

Lisette no volvió a ver a Napier hasta la cena del día siguiente. Después, jugaron una partida de *whist* con Gwyneth y Hepplewood, antes de que Napier se disculpara, diciendo que tenía que ocuparse de mandar cierto papeleo a Whitehall. Duncaster le miró, visiblemente ceñudo, pero no dijo nada.

La noche siguiente transcurrió de un modo muy parecido, con la única excepción de que Diana cantó mientras la señora Jansen tocaba el pianoforte. A Lisette su existencia se le antojó aburrida y eso la llevó a reconsiderar la vida que había llevado en Boston. Dura y rigurosa quizás; aburrida, nunca.

Durante el desayuno —suponiendo que sus caminos se cruzaran— Napier se encargaba de entablar la conversación más mundana imaginable. Los momentos de familiaridad entre ambos parecían haber tocado a su fin. Si le invitaba a pasear con ella, él se excusaba educadamente con excusas y ofuscación.

A pesar de que resquemaba más de lo que debería, Lisette no veía otra alternativa que la de aceptarlo. Ninguna, claro está, salvo la de recorrer corriendo el pasillo y volver a llamar a su puerta… una idea desconcertantemente tentadora. Era como si el contacto de Napier hubiera despertado en ella algo largamente dormido, y la anhelante soledad que tan a menudo la acosaba se le antojaba de pronto más incisiva que nunca.

Lo cierto era que ya casi tenía veintiocho años y que, con excepción de sus años de más tierna infancia, jamás había conocido la intimidad. Desde la muerte de su padre no recordaba haber tenido el corazón henchido de júbilo, ni caldeado de satisfacción. Quizás el corazón había empezado a silenciársele en el pecho incluso antes de eso. Y ahora no podía dejar de preguntarse lo que diría Napier si ella se ofrecía a compartir su cama.

Era sin duda una ocurrencia estúpida y desacertada. El calor del cuerpo de un hombre —y hasta su pasión— jamás podría aliviar la verdadera soledad.

Pero ¿no podía acaso mantenerla a raya durante un tiempo?

Oh, hablaba completamente en serio cuando le había dicho a lady Hepplewood que no había esperado casarse. Pero ahora que el objetivo de su vida era agua pasada —o, para ser más exacta, se había hecho añicos como el cristal— era como si el vacío que constituía el resto de su vida pudiera engullirla por entero. Y en el fondo de su corazón, Lisette temía que ningún hombre —ni siquiera uno tan fuerte e implacablemente disciplinado como Royden Napier— pudiera apartarla de ese terrible precipicio.

Napier y ella siguieron presas de esa confusión hasta que, al llegar el fin de semana, todo pareció indicar que su prometido la evitaba.

Hasta la propia lady Hepplewood empezó a hacer comentarios al respecto —sutiles, bien es cierto— y a lanzar miradas esperanzadas en dirección a Diana. Lisette restó despreocupadamente importancia a la situación, diciéndose que su posición era casi la de una viuda por negligencia de un marido entregado al trabajo.

La realidad era que intentaba no abandonarse a sus fantasías femeninas y cumplir honrosamente con su parte del trato. Distraía a lady Hepplewood en todo momento, manteniéndola alejada de Napier cuando estaban todos juntos. Extrajo cada pequeño resquicio de escándalo que pudo cosechar de Gwyneth o de Diana, y de los esfuerzos de su criada en el sótano, que resultaron en un cuantioso botín.

Fanny fue fidedignamente informada de que Walton, el primer lacayo, después de haber sido en repetidas ocasiones rechazado por la señora Jansen, se acostaba ahora con la directora de la oficina de correos del pueblo. La mujer en cuestión estaba casada con un posadero corpulento e irascible. Un mal final figuraba en todas las predicciones.

En general se creía que lady Hepplewood había llegado a odiar a su difunto marido —se habían oído peleas entre ambos—, pero nadie la acusaba abiertamente de haber terminado con el pobre hombre.

Al parecer, muchos opinaban que Gwyneth tenía inclinaciones sáficas —y que, según se especulaba, sus inclinaciones se concentraban en la señora Jansen—, al parecer una elección eternamente popular.

Sin embargo, una persona que parecía no estar en absoluto interesada en la señora Jansen era el joven lord Hepplewood, que jamás le dedicaba una simple mirada. Según decían, hacía tiempo que estaba destinado a casarse con su prima Anne, pero que al término de la Temporada en la que la joven había debutado en sociedad, la muy estúpida había insistido en que prefería al insulso y modestamente acaudalado sir Philip Keaton. Hepplewood había seguido despreocupadamente su camino.

En cuanto al estado de las cosas en Burlingame, el servicio consideraba a Diana Jeffers demasiado tímida y baladí como para ser su

señora. El jurado seguía sopesando todavía la candidatura de Lisette. Y, por último, tenían a Jolley, el hombre de Napier, por «un
poco escurridizo», afirmación con la que Lisette alegremente coin-
cidía.

Ella mantenía una lista mental de todos esos chismes, por si se
daba el caso poco probable de que Napier se molestara en preguntar
por ellos. Además, tal y como había prometido, iba haciéndose con el
papel de carta, cogiendo dos hojas cuando con una habría tenido suficiente, escribiendo en la primera mientras se guardaba la otra.

Escribía al señor Bodkins. Escribió también a su vieja aya y a la
señora Fenwick. Llegó incluso a escribir a algunos amigos y vecinos de
Boston: en dos ocasiones al reverendo señor Bowen, el cura de su parroquia, que había sido para ella fuente de consuelo en sus días de juventud. El papel sobrante lo hacía llegar a hurtadillas a las competen-
tes manos de Jolley, que lo acariciaba casi cariñosamente entre el
pulgar y el índice antes de asentir su agradecimiento como un pajarillo
y volvía a desaparecer.

Al lunes siguiente, el tiempo se tornó inexplicablemente caluroso
y por una de esas casualidades todos bajaron a desayunar a la vez. Los
ánimos no mejoraron demasiado cuando lord Hepplewood anunció,
mientras daba cuenta de sus arenques ahumados, que la señorita Willet les visitaría en breve.

Gwyneth soltó una risilla que no se molestó en disimular. Diana y
lady Hepplewood la fulminaron con la mirada.

Duncaster parecía no tener opinión alguna sobre el destino marital
de Hepplewood. Cuando vació su plato, se aclaró portentosamente la
garganta.

—Decidme, Saint-Bryce, ¿habéis reflexionado sobre la petición
del hacendado Tafton?

Napier alzó la vista y dejó el cuchillo en el plato con un incómodo
tintineo.

—No, señor —dijo—. Había pensado volver a caballo a Marlborough mañana.

—¿Qué puede querer ese hombre tan aburrido? —preguntó irritada lady Hepplewood—. ¿No se habrá vuelto a quejar del estado del alcantarillado?

—No, no, no es nada relacionado con la tierra. —Duncaster apuntó con el tenedor en dirección a Lisette—. Al parecer, la señora Tafton está que no cabe en sí de la curiosidad sobre la futura lady Saint-Bryce. Desea invitaros a tomar el té al Grange.

—Ah, es eso. —Lady Hepplewood respiró desdeñosamente por la nariz—. Sin duda, una nimiedad cualquiera para darse aires entre los vecinos del pueblo y fanfarronear de esa niña suya.

Napier cruzó una mirada con Lisette desde su extremo de la mesa.

—Manda tu aceptación, muchacho —ordenó Duncaster, volviendo a blandir el tenedor—. Es mi consejo. Yo podría mañana mismo ser pasto de las vicisitudes de la vida. Puede que Tafton sea un charlatán, pero Burlingame comparte linde con el hombre.

Tras dedicar a Lisette una nueva mirada, Napier arqueó una ceja. Ella alcanzó a oír su pregunta no formulada.

—Qué amable de parte del hacendado —dijo encantada—. Será un placer conocer a la señora Tafton.

—Hum —gruñó lady Hepplewood.

No mucho rato después, Diana se disculpó y abandonó la mesa.

—Esta mañana han llegado de Manchester mis muestras de seda y de piel —dijo, retirando la silla—. Estaré en la habitación verde si alguien me necesita.

Una mirada de aburrimiento barrió el rostro de lady Hepplewood.

—En ese caso, me quedaré leyendo en mi diván —dijo—. Pero antes, Diana, tienes que traerme mi libro.

—Por supuesto, prima Cordelia.

Gwyneth se tomó su café.

—Bien, en ese caso pasaré la mañana en la balconada del ala este —dijo—. Tengo allí un telescopio, Elizabeth. La señora Jansen es una gran experta en astronomía, si os place la idea de venir una noche a mirar por él. Quizá podríamos encontrar vuestra constelación natal.

—Sí, quizás una noche —respondió vagamente Lisette.

Pero no tenía la menor intención de subir a la alta y abierta balconada con Gwyneth. Se acordó, con un escalofrío interno, de la última vez que alguien le había hablado de las estrellas.

Había ocurrido ese espantoso día de la fiesta que los Leeton habían dado en su jardín. Lady Anisha Stafford había atendido en el vistoso tenderete de una vidente, una de las iniciativas de la escuela para reunir fondos. «La misteriosa Karishma», anunciaba el cartel. Llegada directamente desde Calcuta.

Naturalmente, Lisette había intentando evitarla. Llevaba tiempo sospechando que la dama era la amante de Lazonby. Pero finalmente sus compañeras profesoras habían conseguido llevarla dentro entre risas.

Lady Anisha jamás la había visto con su vestido gris y la peluca castaña. Aun así, a ella enseguida le sorprendió ver que había algo absolutamente inquietante en Anisha, que, a pesar de su estrafalario disfraz, no daba la menor señal de que estuviera participando en un juego de salón. Al contrario: había clavado la mirada en la palma de su mano, declarando de inmediato que había nacido bajo el signo de géminis y que era peligrosamente ambidiestra.

A partir de ahí, todo había ido de mal en peor.

Alarmantemente de mal en peor.

—Cómo muchas de las personas de vuestro signo, sois de doble naturaleza —había dicho lady Anisha con una voz oscura y distante—. Estáis dividida en dos, vuestro yo superior siempre dominado por vuestro yo inferior. Seréis llevada a la destrucción si no tenéis cuidado. Habéis dejado que la rabia y la determinación y vuestro rechazo a la felicidad os empujen más allá de vuestro pensamiento racional.

Por extraño que pueda parecer, habían sido las palabras «rechazo a la felicidad» las que más la habían enfurecido. No tenía el menor deseo de enfrentarse a la dura realidad de lo que había hecho con su vida. Pero cuando retiró su silla de un empujón y mandó a Anisha al infierno, sugiriéndole que se llevara con ella todas sus estupideces, la dama se había inclinado parcialmente sobre la mesa, negándose a soltarle la mano.

Y le había lanzado una advertencia.

—Si seguís así, podríais perder definitivamente vuestra brújula moral —había susurrado, con los dedos firmemente cerrados alrededor de su muñeca—. ¿Es eso lo que deseáis? Debéis elegir una mano. ¿La derecha o la izquierda? Debéis elegir de qué lado estáis. ¿La oscuridad o la luz?

Fue una advertencia que, apenas media hora más tarde, habría deseado desesperadamente haber escuchado.

Habría deseado haber elegido la luz.

En cambio, se había decantado por la oscuridad. La oscuridad de la venganza. Y lord Lazonby y sir Wilfred habían pagado un precio terrible por ello. Lisette se había llevado a sí misma hasta el borde de la locura y, al final, quizás había incluso llegado a sobrepasar un poco el umbral.

Todavía ahora el odio que sentía hacia ella misma seguía agitándose en su seno, exasperándola. Todavía ahora deseaba… ¿qué? ¿La absolución? Indudablemente lo que deseaba era que Royden Napier jamás llegara a enterarse de la verdad de lo que había hecho. Ni de quién era realmente en el negro pozo de su alma.

Sí, eso era lo que quería. Pero no era probable que ocurriera. Napier era demasiado bueno en su trabajo. Estaba ya enterado del modo en que ella había acosado a Lazonby. Pero quería que ella lo reconociera. Y que admitiera cómo había muerto sir Wilfred. Quería que pronunciara en voz alta las palabras. Y eso era algo que, evidentemente, jamás haría.

No obstante, se sentía atraída por Napier de un modo que resultaba profundamente preocupante. Era casi como si, en las profundidades de ese oscuro rincón de su alma, quisiera que la descubrieran.

Lisette bajó la mirada y se dio cuenta en ese momento de que le temblaban las manos.

«Santo cielo.»

¿Era eso lo que creía que era? ¿Una delicada danza de autodestrucción? Sólo los locos de verdad hacían esas cosas. Pero ¿acaso estaba tentando al destino al desafiar a Napier? ¿O había empezado a desearle hasta un punto del todo irracional? ¿Estaba buscando quizá su propia y pequeña ración de felicidad y de intimidad... aunque en el lugar más peligroso que cabía imaginar?

—¿Querida?

La voz llegó desde muy lejos.

Lisette miró en derredor, recorriendo con los ojos el comedor de desayunos para ver que todos, salvo Napier y el abuelo de éste, se habían marchado.

Retiró su silla un poco demasiado bruscamente.

—Iré a buscar a Diana —declaró sin pensar—. Quizá... quizá pueda aprender algo sobre decoración.

Napier estaba sentado a un extremo de la mesa. Parecía ya el dueño y señor de la casa y la observaba desde esos ojos duros y oscuros como si pudiera leerle el pensamiento. Desconcertada, Lisette salió presurosamente de la estancia.

Sin embargo, casi de inmediato, oyó que alguien retiraba la silla de la mesa. Enseguida unos pasos ominosos la siguieron. Napier. Conocía ya el sonido de esas zancadas largas y decididas. Se apresuró y dobló la esquina, pero él la alcanzó justo al pasar las puertas de la biblioteca.

—Esperad, Elizabeth —ordenó.

Ella se detuvo, pero no se volvió.

—Elizabeth, ¿qué ocurre? —dijo él, rodeándola para bloquearle el paso.

—¿Qué? —preguntó ella—. Nada. ¿Por qué?

La impaciencia asomó al rostro de Napier.

—Cualquiera diría que habéis visto un fantasma.

Ella esbozó una sonrisa débil.

—Imagino que todos tenemos alguno.

Al oír eso, los ojos de Napier se dulcificaron inesperadamente.

—Elizabeth —la reprendió, tomándole la mano.

Napier la llevó desde el pasillo por la puerta abierta de la biblioteca, que olía a libros viejos y a cálida luz del sol. Ella le acompañó a regañadientes, y cuando por fin alzó la vista, los ojos de él volvían a estudiar su rostro. Era tal y como ella había temido: a aquel hombre no se le escapaba nada.

—Me cuesta imaginar que vos, precisamente vos, podáis tenerme miedo —dijo con voz queda.

—¿Teneros miedo? —repitió ella alegremente—. Qué idea tan imaginativa.

Había recelo en la mirada de Napier.

—He pensado que quizá preferiríais no tener que ir a casa de los Tafton —dijo—. Sola. O conmigo. Además, nunca disteis vuestro consentimiento a que os pasearan por Wiltshire como a una yegua de cría en exhibición.

Lisette se encogió de hombros.

—No tiene importancia. Tampoco tendré que vivir codo con codo con esta gente.

—Entonces, ¿qué es? —insistió él—. Hace apenas un instante, en el comedor de desayunos, os temblaban las manos. Parecíais un poco atormentada.

Lisette soltó una débil risilla.

—La experiencia me ha enseñado que cuando algo atormenta a una persona, normalmente se trata del espectro de su propio pasado.

—¿Y es éste el caso? —preguntó Napier sin soltarle la muñeca, casi como lo había hecho en su día lady Anisha, como si ambos estuvieran decididos a obligarla a enfrentarse con lo que era—. Cómo saberlo —prosiguió, suavizando su tono de voz—. No habéis compartido conmigo nada sobre vos.

La sonrisa de Lisette vaciló.

—Ni pienso hacerlo —replicó, sacudiéndose de encima la mano de Napier.

La preocupación que hasta ese momento asomaba a los ojos de él se disipó levemente.

—En realidad no confiáis en mí, ¿verdad?

—No hasta ese punto —susurró ella, dando un paso atrás—. ¿Cómo podría? Y vos tampoco os fiais de mí. Ambos sabemos lo que es el otro, Napier.

Él se mesó los cabellos. De pronto parecía afligido.

—Sí, supongo que sí —dijo—. Lo que quiero decir es que… maldita sea, no sé lo que quiero decir. Simplemente intento entender lo que hay entre nosotros. Me refiero a que nos entendemos, y entendemos también lo que está ocurriendo aquí, ¿no?

Lisette apenas sabía cuál era la pregunta exacta que le estaba haciendo, y menos aún cómo responderle. Su vida parecía de pronto un vano sinsentido y él era, quizá, su mayor amenaza. Aun así, no fue capaz de negar el inexplicable deseo de apoyarse en ese ancho hombro y confesar toda la verdad, la sórdida verdad.

Pero eso sería sin duda un gran error.

Optó entonces por una vía más ambigua.

—Tenemos un acuerdo, en efecto —concedió—. Pero ni vos ni yo deberíamos olvidar que estoy aquí a la fuerza, y que vos seguís siendo el inspector adjunto de policía.

La mandíbula de Napier se endureció tercamente.

—No me refería a eso —dijo—. Me refiero a… a esa peligrosa atracción física que no deja de restallar entre nosotros. Y no, no son imaginaciones mías. Reconozco el aspecto del deseo cuando prende en los ojos de una mujer.

—¿Deseo? —Lisette se obligó a sostenerle la mirada—. No, Napier, no lo negaré. De hecho, dudo mucho que las mujeres os nieguen demasiadas cosas.

Los labios de Napier se contrajeron.

—Os sorprenderíais —dijo.

Lisette encogió un hombro.

—En cualquier caso, creía que estabais evitándome explícitamente.

—¿No se os ha ocurrido en ningún momento, Elizabeth, que quizá lo esté haciendo por vuestro bien?

Ella dejó escapar una risilla.

—Eso suena muy condescendiente —dijo—. Creo que quizá dependáis de mí para velar por mis intereses. ¿No era eso lo que dijisteis una vez?

—Quizás entonces mi contención sea por mi propio bien —replicó él entre dientes—. Y no tengo la costumbre, querida, de volcar mis atenciones allí donde no son bienvenidas.

Lisette entendió que había llegado su oportunidad. Además, de pronto deseaba amputar ese implacable autocontrol.

—En ese caso —dijo, bajando la voz— quizá deberíais replantearos vuestra estrategia.

Obviamente era una locura acercarse más a él. Más tarde, sería incapaz de comprender por qué, pero en ese momento deseaba más que nada en el mundo atormentarle. Apoyar la mano en la amplia extensión de su pecho y abandonarse a la fuerza y a la seguridad que parecía manar de él. Obligarle a certificar con su cuerpo las palabras que acababan de salir de sus labios.

Fue un gesto insignificante, un mero roce de piel que apenas llegó a ser un beso, y sin embargo el calor de la boca de Napier la abrasó. Lisette se apartó, entrecerrando los párpados, y esperó.

Aunque no mucho.

Tras jurar entre dientes, la atrajo bruscamente hacia él, rodeándole la cintura con un brazo. Bajó el rostro hacia el suyo y ella inclinó la cabeza. Y, por un momento, el tiempo quedó suspendido mientras esa boca ancha y sensual se cernía sobre la suya a sólo unos centímetros.

—¿Sí? —dijo él con voz ronca, y ella sintió su aliento caliente en la mejilla.

—Sí —dijo Lisette.

Napier satisfizo su deseo. Y esta vez, cuando abrió la boca sobre la de ella, fue para asaltarla despacio y deliberadamente. Lisette se rindió de buen grado, abriéndose debajo de él y dejando que la lengua de Napier se enroscara sinuosamente alrededor de la suya.

La boca de él fue sorprendentemente suave y su mano, seductoramente fuerte. Napier le había cubierto la mejilla con la mano que tenía libre, inmovilizándole el rostro —aunque innecesariamente, pues cada uno de sus músculos se había derretido— al tiempo que su poderoso brazo la enlazaba contra su cuerpo. El calor se elevó entre los dos, impregnado de la fragancia del jabón de afeitar. Una y otra vez, él embistió hasta el fondo, tomándose su tiempo. Saboreándola sin perder detalle.

De puntillas, Lisette le invitó a ahondar más el beso. La sensación arremolinó algo caliente y necesitado en su interior que se le enroscó al corazón antes de circular hasta su vientre, tensándola a merced de esa arrolladora oleada que estaba empezando a anhelar.

Era irracional. Y una insensatez. Pero algo dentro de ella la empujaba hacia ese fuego, como si el calor que manaba de él pudiera purificarla, abriéndose de nuevo como una flor de sus cenizas.

Tras dejar escapar un suave gemido, Lisette dejó que sus manos recorrieran despacio los duros músculos de la cintura de Napier para ascender después por su espalda. Él se estremeció al sentir el contacto de sus dedos y deslizó los labios sobre una de las comisuras de su boca, rozándole apenas la mejilla hasta la oreja y dejando que el calor de sus labios entreabiertos le acariciara la piel.

—Elizabeth —susurró—. Quiero…

Justo en ese momento, el afilado ¡clac! ¡clac! del bastón de lady Hepplewood irrumpió en la conciencia de Lisette. Napier y ella se separaron de un brinco cuando la anciana hizo su entrada en la estancia.

—Bien —declaró lady Hepplewood, entrecerrando un ojo escrutadoramente—. Había empezado a preguntarme si padecíais ambos el remordimiento del comprador.

Napier se había ensombrecido como una nube de tormenta.

—En cuanto a eso, podéis dejar de preocuparos, señora —dijo bruscamente—. Aunque preferiría…

Lady Hepplewood levantó una mano firme, y al hacerlo el encaje de color marfil cayó elegantemente alrededor de su muñeca.

—No importa, Saint-Bryce. Podéis salir —dijo secamente—. Querida señorita Colburne, estáis a punto de perder ese precioso mantón de cachemir. Veo que arrastráis un extremo por la alfombra.

La mandíbula de Napier se contrajo un poco ominosamente y dedicó a Lisette una última y prolongada mirada antes de saludar rígidamente a lady Hepplewood, con la mirada todavía henchida de pasión o quizá de ira. Con él no era fácil saberlo. Pero la mirada le advirtió sin ningún género de dudas que no habían terminado lo que estaban haciendo.

Lady Hepplewood, al parecer, estaba en desacuerdo... al menos por el momento.

—Bien, señorita Colburne —dijo altivamente, agitando una mano flaca y de elegantes huesos hacia los estantes—. Diana ha cometido la estupidez de volver a colocar en la estantería el libro que yo deseaba leer. Tened la amabilidad de subir esos escalones y bajadme un ejemplar del *Viaje sentimental* de Sterne. Me temo que no soy ya tan ágil como lo fui en su día.

—Por supuesto, señora.

Con las rodillas todavía como la gelatina, Lisette consiguió hacer rodar la escalera hasta colocarla en su sitio antes de que los pasos de Napier se hubieran desvanecido por el pasillo. Subió entonces la escalera, deslizando el dedo por los lomos de piel, y vio que la biblioteca de Burlingame contenía tres ejemplares de la clásica guía de viajes de Sterne, a su entender una innecesaria extravagancia. Pero sacó uno, viendo con alivio que no le temblaba la mano.

Tras volver a bajar, dejó el ejemplar en las manos de la anciana.

—Creo que esto es lo que queréis, señora.

Lady Hepplewood prácticamente ni lo miró.

—Señorita Colburne —dijo fríamente—, ¿puedo obrar haciendo uso de nuestro inminente parentesco?

Lisette se puso en guardia al instante.

—¿Obrar de qué modo, señora?

—Daros consejo —dijo la anciana—. Veréis, me preguntaba si creéis estar enamorada de Saint-Bryce.

Lisette meditó su respuesta.

—Le tengo en gran estima —respondió, poniéndose a la defensiva—. Le considero un hombre honesto y capaz, y a su manera también apuesto. Y creo que seremos compatibles.

—Una excelente respuesta. —Una sonrisa pareció jugar en los labios de lady Hepplewood—. En nuestro mundo, señorita Colburne, no es aconsejable que una esposa se encariñe en demasía con su esposo.

—Confieso que jamás se me había ocurrido pensarlo.

—En ese caso os pido que lo consideréis ahora. —Lady Hepplewood arqueó una ceja imperiosa—. Y os pido que no sucumbáis a nociones burguesas e imaginéis que Saint-Bryce debe ser el gran amor de vuestra vida. Si lo hacéis, os encontraréis con una fuente de eterna desilusión. Aunque supongo que ya lo sabéis.

Quizás había en las palabras de lady Hepplewood una referencia velada al matrimonio de su padre. ¿O quizá sabía algo sobre el pasado de Napier que ella desconocía?

O quizá la anciana intentaba simplemente asustarla. De ser así, su insulsa respuesta había frustrado de medio a medio esa esperanza. Aunque poco importaba: no iba a convertirse en la esposa de Napier.

Tras despedirse de lady Hepplewood con una leve inclinación de cabeza, Lisette le expresó su agradecimiento y dejó a la anciana allí plantada como un cuervo sobre la silla de duro respaldo situada junto a las ventanas. Al salir al pasillo exhaló, aliviada, alejándose en la dirección opuesta a la que había tomado Napier. Pero su mente había vuelto a ese beso.

Santo Dios, ¿acaso había perdido el juicio? En cuanto esa parodia de compromiso hubiera tocado a su fin, tendría que vivir con el escándalo y con los recuerdos. Del escándalo podría huir… y probablemente lo hiciera. Pero otro beso como aquél y temía que los recuerdos la seguirían hasta los confines de la Tierra.

Recobró en cierto modo la compostura durante el largo recorrido por la casa hasta que por fin entró a los apartamentos de lady Hepplewood, lo cual requería, sin embargo, un sinnúmero de giros y requiebros, junto con la ayuda de un lacayo, y no la del flirteador Walton, sino la del joven más genial cuyo nombre en ese momento no logró recordar.

Al cruzar el doble *hall* de entrada, agradeció que el encantador y disoluto lord Hepplewood no estuviera a la vista. Mientras seguía al criado al interior del apartamento, Lisette se dio cuenta de que a la hermana de Duncaster le había sido concedido el uso y disfrute de una planta entera del pabellón oeste, un espacio mayor que toda su casa de campo y que incluía un comedor privado, la sala de estar, un salón, un estudio para el solar de los caballeros y, como no tardaría en descubrir, al menos seis dormitorios.

Para una muchacha que había nacido en una estrecha casa de alquiler, el dinero que requería la manutención de un lugar semejante se le antojaba inimaginable. Además, todas las habitaciones parecían bañadas en luz y estaban decoradas con tonos elegantes aunque neutros, complementados con un mobiliario que parecía muy nuevo.

El lacayo se detuvo e hizo una reverencia, acompañándola de un floreo.

—Los dormitorios están a lo largo de este pasillo, señora.

—Gracias, ejem... ¿Prater?

Prater sonrió.

—Así es. ¿Me permitís que os enseñe a qué habitación pertenece cada una de las puertas?

Lisette sonrió, agradecida.

—Sí, por favor.

Tras seguirle y doblar tras él otra esquina, Lisette entró en el último dormitorio. Dentro, Diana estaba de pie sobre una nube verde: un montón de tela para tapizar muebles y de sedas tornasoladas para las paredes que le cubría hasta la cintura.

De hecho, la habitación entera era un auténtico desbarajuste: todas las ventanas y las paredes salvo una estaban al descubierto, dejando a la vista la madera y el yeso, y había una escalera de mano apoyada contra una pared, como si estuvieran a punto de empezar a pintar.

Retirado contra la pared, que todavía conservaba su revestimiento, había un imponente dormitorio de nogal junto con un diván suntuosamente tapizado de brocado verde perfectamente conjuntado con los elaborados cortinajes de terciopelo del dosel de la cama. Un profuso olor a vinagre impregnaba el aire.

Al oír el chirrido de los goznes de la puerta, Diana se volvió a mirar.

—Ah, Elizabeth —dijo, ligeramente falta de aliento—. Qué sorpresa.

—Espero no interrumpir.

—En absoluto.

Pero al ver al lacayo, la frente de Diana se cubrió de arrugas.

—Ah, y Prater…

—¿Sí, señorita? —dijo el criado, que ya se disponía a salir.

—¿No me expresé con claridad cuando ordené que se llevaran todo esto y lo quemaran? —dijo, indicando con un gesto el montón verde—. Y fue la semana pasada, si la memoria no me falla.

—Con Walton enfermo, hemos estado escasos de manos, señorita —se disculpó el criado.

—Walton no estaba tan enfermo como para no acercarse al pueblo el domingo. —Diana habló con un tono irritado y ligeramente infantil—. ¿No se le dieron indicaciones de que debía ayudarme con esto? La verdad es que, para el caso que se me hace, bien podría ser una lámpara de mesa en esta casa.

—Os ruego que me disculpéis, señorita —dijo Prater, cerrando la puerta—. Pediré permiso para venir a ayudaros.

Lisette observaba con atención el desbarajuste que imperaba en la habitación.

—Oh, cielos, os estoy interrumpiendo —dijo, sin moverse de la puerta—. Lo siento.

El ceño desapareció de la frente de Diana.

—Oh, en absoluto. —Su voz era en ocasiones tan dulce que resultaba casi inaudible—. ¿Estáis ocultándoos de Gwyneth y de su aterrador telescopio?

Lisette sonrió.

—Estoy ocultándome de mucha gente —concedió—. Creo que podríamos hacer una lista.

—Bueno, podéis refugiaros aquí —dijo Diana, señalando con un gesto de la mano un escritorio que estaba en el centro de la habitación—. Venid a ver mis muestras. Y disculpad que le haya hablado tan duramente a Prater. En realidad no le corresponde a él ayudarme con esto, sino a Walton. Fue él quien empezó a arrancar los revestimientos hasta que lo dejó todo amontonado así, y con una pared por terminar.

Lisette se rió.

—Por lo que me dice mi criada, Walton sufre espantosamente de mal de amores —dijo—, aunque si os sirve de ayuda, de hecho ha sufrido una indigestión.

Hubo una mueca de complicidad en la boca de Diana.

—Sí, y no quiero ni pensar en lo desilusionada que va a quedarse la señora Boothe en cuanto se entere.

Según había podido saber Lisette, la señora Boothe era la jefa de la oficina de correos. Entonces vio que Diana había desplegado una fila de muestras de piel junto a la tela de la semana anterior, obviamente intentando conjuntar algo.

Durante un rato se limitó simplemente a ver trabajar a Diana. Sus manos se movían con presteza e inteligencia, y no era, después de todo, una persona que se mordiera las uñas. Tenía, es cierto, un dedo medio más corto de lo normal, y se temió por un momento que fuera el producto de un accidente. Pero la uña estaba intacta; era simplemente una deformidad.

Debió de darse cuenta de que la miraba.

—Curioso, ¿no?

—Disculpadme. —Lisette sintió que le ardía la cara—. No era mi intención miraros así.

Diana se rió.

—Gwyneth tiene un pulgar corto y plano —dijo—, y el dedo medio del pie de Tony es curiosamente largo. En su día solíamos llamarnos los Dedos Raros. Teníamos hasta un club… y no dejábamos que Anne se uniera a él. Qué crueles, ¿no?

Lisette sonrió. Se preguntó cómo sería la ausente Anne.

—¿Quién de vosotros es el mayor? —preguntó.

—Gwyneth, después Tony, luego yo y después Anne —respondió Diana, ceñuda—. Sí, exacto. Anne es menor que yo, aunque no por mucho.

Pero una tela había captado la atención de Lisette.

—Oooh, me gusta esta seda.

Alargó la mano para señalar un retal de tela color champán.

—Sí, me ha parecido que quizá podría usarla para los cortinajes —dijo Diana, que sujetaba con alfileres un retal ligeramente más oscuro a un gran cuadrado de muselina—. A Gwyneth le ha gustado. Pero no es seda.

Lisette cogió la muestra suelta.

—Pero tiene una especie de brillo —murmuró, acariciándola—. ¿Qué es?

—Es un algodón muy delicado —dijo Diana, hablando con un alfiler en la boca—. El proceso de manufactura es nuevo. Las fibras están tratadas con sustancias químicas que les dan brillo.

—¿En serio? —contestó admirada.

Diana se sonrojó.

—Mi madre provenía de una familia de industriales del textil de Lancashire.

Lisette intentó no parecer asombrada, pero volvió a pensar en el desprecio que lady Hepplewood había hecho manifiesto hacia la prometida de su hijo. La señorita Willet también provenía de una familia de industriales.

—Bueno, muchos hombres se han labrado un gran éxito en ese oficio.

Diana se quitó el alfiler de la boca y lo clavó hábilmente en su muestra de tela.

—No estoy segura de si ése fue el caso de mi abuelo —dijo—, pero a mamá la criaron para ser una dama. Mi tío sigue intentando volver a poner en marcha la vieja fábrica. Me ha mandado todas estas telas.

De pronto parecía triste y un poco melancólica.

—Habladme de vuestra madre —sugirió Lisette—. ¿Cómo era?

La mirada de Diana se dulcificó al instante.

—Mamá era muy hermosa —dijo, yendo a la ventana más próxima y acercando su creación a la luz—. Y excepcionalmente culta. Creo que eso fue lo primero que atrajo de ella a lady Hepplewood.

—¿Lady Hepplewood?

—Oh, sí. —Diana se volvió a mirar desde la ventana—. ¿No lo sabíais? Mamá fue la primera institutriz de Tony. Conoció a papá el primer día que pasó en Loughford. ¿Os parece que ésta filtra suficientemente la luz?

Lisette inclinó a un lado la cabeza.

—Estamos encarados un poco al norte, de modo que debería bastar, sí —dijo—. Había olvidado que vuestro padre no sólo era primo de Hepplewood, sino también su administrador.

—Pero papá estaba sólo de visita —dijo Diana, regresando a la mesa—. Acababa de terminar la universidad e intentaba elegir profesión. Quería el consejo de Hepplewood.

Lisette sonrió.

—¿Fue un amor a primera vista?

Diana volvió a reírse.

—Eso dijo mamá, porque para ella sí lo fue —dijo—. Creo que papá no cayó del todo rendido a sus pies hasta que regresó para ocupar su puesto. ¿Cómo se conocieron vuestros padres?

Al ver la mueca de Lisette, Diana frunció el labio.

—¡Oh, vamos, adoro las historias románticas!

—A veces me pregunto si lo fue —dijo Lisette entre risas—. Mi madre era una debutante de diecisiete años y papá era el mayor rufián de la sociedad. Decía que se había enamorado de ella en cuanto se miraron. Su flirteo provocó un espantoso escándalo, aunque al final se casaron.

Los ojos de Diana brillaban.

—¿Y vivieron felices para siempre?

—Oh, no lo sé —respondió Lisette, encogiéndose de hombros—. ¿Lo hace alguien?

—Sí. —Diana rodeó la mesa para acercarse a ella—. ¡Oh, sí, Elizabeth, por supuesto que sí! ¿Acaso no planeáis vivir feliz para siempre con lord Saint-Bryce?

Comparado con la filosofía del amor recién formulada por lady Hepplewood, el optimismo de Diana era refrescante.

—Bueno, una siempre espera encontrar la felicidad —respondió imprecisamente—. Pero a veces el destino interviene de maneras totalmente inesperadas.

—Pero le amáis, ¿verdad? —Diana sorprendió a Lisette cogiéndole las manos—. Oh, querida, si no es así, no debéis bajo ningún concepto casaros con él. Por favor, prometedme que no lo haréis. Nada debería interponerse en el camino del amor verdadero… y si os casáis ahora, nunca lo encontraréis.

Lisette estaba confusa.

—Pero… vos ibais a casaros con el anterior barón —dijo.

Diana vaciló durante un suspiro.

—Pero mi situación era distinta —dijo, apretando con fuerza las manos de Lisette—. Aunque quería mucho a Saint-Bryce. Le conocía desde que éramos niños. Era un gran hombre. Un buen hombre.

—Y lady Hepplewood insistió —añadió Lisette—, ¿no es así?

Diana apartó la mirada.

—Diana, ¿tuvisteis que casaros con él? —preguntó, bajando la voz—. Me refiero a que podéis casaros con quien deseéis, ¿no? ¿Vos… gozáis de una posición acomodada?

Diana se volvió a mirarla al tiempo que su mirada se suavizaba casi hasta la ternura.

—¡Oh, sí! —dijo—. Absolutamente. Lord Hepplewood reservó veinte mil libras con motivo de mi acuerdo matrimonial en una muestra de gratitud a papá. En cuanto a papá, las cosas le han ido muy bien. Invierte en ferrocarriles. Y soy hija única.

—En ese caso, sólo os queda conocer a vuestro caballero de lustrosa armadura —dijo Lisette, visiblemente animada—. Pero, Diana, no creo que vayáis a conocerle aquí. Deberíais... iros a Londres. Y participar de la Temporada.

Diana se encogió de hombros.

—Lo hice. Debuté con Anne —dijo, volviendo a sus muestras de cortinajes—. La prima Cordelia nos propuso a las dos el mismo año. Pero ahora ya no estoy para esas bobadas. La verdad, preferiría que nos fuéramos todos a casa.

—¿A casa con vuestro padre?

—A Northumberland. —Diana no llegó a mirarle a los ojos—. Sí, con papá. Y con... todo.

Por fin Lisette entendió la verdad.

—Oh, Diana —murmuró—, ¿tan a disgusto estáis aquí?

Durante un momento, Diana siguió manoseando las telas.

—Éste no es nuestro sitio —dijo por fin, aplastando una nube de lino de color crema sobre la mesa—. Ahora es Gwyneth quien lleva la casa, al menos hasta que muera Duncaster, y no quiere que nadie la ayude. Desde luego nunca quiso que me casara con su padre. Anne me odia sin la menor duda. La prima Cordelia es desgraciada y si Tony se queda en la ciudad, es muy probable que... en fin, lo único que digo es que no sé por qué debemos seguir aquí.

—Oh, Diana...

Diana dejó escapar un suspiro entrecortado.

—Dios, ¡debo de pareceros una desagradecida! —dijo—. Sí, la prima Cordelia dice que probablemente adquiriremos por fin una pequeña casa en la ciudad. Y dice que Gwyneth también debe ir y dejar que la señora Jansen se ocupe de sus obligaciones.

Sin embargo, nada de todo eso parecía hacerla especialmente feliz. Lisette estaba empezando a creer que Diana y lady Hepplewood eran como piedras de molino que colgaban del cuello de la otra. En cuanto a Gwyneth y lady Hepplewood —o Gwyneth y la señora Jansen— Lisette no se atrevía a especular.

—En ese caso, quizás el año que viene la ciudad os resulte más atractiva —dijo con tono neutro.

—Bueno, podríamos haber ido este año. —Diana había abierto una pequeña caja de cartón llena de borlas y buscaba algo en su interior—. Pero están todos de luto.

Lisette apoyó una cadera en el borde de la mesa y la observó trabajar durante un instante.

—Diana —dijo, movida por la curiosidad—, ¿cómo murió lord Saint-Bryce? Nadie me lo ha contado.

Diana alzó la vista, apartándola de la caja.

—De una apoplejía. Eso es lo que dijo el doctor Underwood, aunque durante un tiempo creímos que se recuperaría.

—Ah, de modo que no fue algo… ¿repentino?

—No, sobrevivió un tiempo —dijo Diana—. Pero no podía hablar y tenía paralizados el brazo y la pierna derechos. Walton y Prater tuvieron que llevarle a la cama.

—Gracias a Dios que le encontraron —dijo Lisette.

—Pero no fueron ellos —dijo ella, parpadeando deprisa—. Fui yo.

—¿Vos? —repitió Lisette—. Oh, Diana, ¡qué horror!

De pronto pareció terriblemente afligida.

—Pasaba por delante de su despacho de camino al aula de estudio —dijo— y entonces oí un golpe espantoso y supe que algo había ocurrido. Cuando entré, él no podía hablar. Afortunadamente, Walton y Prater estaban muy cerca de allí.

—Hay que ver cómo cambia la vida —dijo Lisette, cavilosa—, y en un simple parpadeo. A propósito, ¿creéis que lady Hepplewood terminará por aceptar a la señorita Willet?

Diana se rió.

—Ah, ése compromiso no durará —declaró, sosteniendo en alto las borlas con ambas manos—. ¿Cuál os parece? ¿La azul o la dorada?

—Bueno, no puedo decir que abunde el color en los *halls* principales —apuntó Lisette, que había empezado a deambular por el dormitorio—. Son neutros, aunque el efecto es agradable.

—Lo sé —dijo Diana—. Yo misma elegí los muebles. Me encantan los marfiles y los dorados. Y eso a la prima Cordelia le trae bastante sin cuidado, siempre que todo sea de la mayor calidad.

—¿Loughford es también así? —Lisette se detuvo delante de la chimenea y se volvió—. ¿Todo de la mejor calidad?

—Oh, sí, aunque allí todo es antiguo —dijo Diana, encantada con el tema—. Aunque clásico. Loughford es… oh, creo que es la casa más hermosa que existe sobre la faz de la Tierra.

—Y sin embargo está descuidada —dijo Lisette.

Diana levantó bruscamente la cabeza de su labor.

—¿Quién os ha dicho eso?

Lisette sintió que se le abrían los ojos como platos.

—Yo… bueno, creo que Gwyneth.

—Gwyneth no dice más que bobadas. —Diana parecía exasperada—. La casa está perfectamente cuidada.

—¿Quizá lady Hepplewood simplemente le sugirió lo contrario a su hermano? —apuntó sutilmente Lisette—. ¿Quizá quería una excusa para quedarse aquí?

Diana abrió la boca, pero volvió a cerrarla, al parecer sopesando su respuesta.

—Podría ser —concedió por fin—. Pero ese par, Duncaster y su hermana, son uña y carne.

—Ah.

Lisette siguió paseándose durante un rato por la habitación, admirando la elegante chimenea y un paisaje que colgaba encima. Diana sujetaba las muestras con un alfiler y las llevaba por turnos a la ventana, pidiéndole de vez en cuando su opinión. Cuando se decidió por fin por la de color champán con borlas doradas con un forro de muselina blanca, se centró en los retales de piel, pues lady Hepplewood había dicho que quería un par de sofás junto a la chimenea.

Parecía una espantosa extravagancia para una estancia que sólo se utilizaba en contadas ocasiones, y Lisette no pudo sino concluir que lady Hepplewood no pasaba por estrecheces económicas. ¿O quizá

Duncaster le daba una asignación para los muebles? ¿O a lo mejor pagaba él directamente las facturas?

Mientras cavilaba sobre el asunto, se agachó y cogió con curiosidad un peculiar hervidor agujereado que colgaba de un largo gancho en el hogar.

—Qué preciosidad —comentó.

—¿Verdad? —dijo Diana, examinando los retales—. Saint-Bryce, es decir, el padre de Gwyneth, lo trajo de sus viajes por Oriente, ¿o fue de África? Durante sus años de juventud fue un gran viajero. No sé cuál puede haber sido la función de esa cosa —alguna ceremonia pagana, sin duda—, pero nos pareció útil para hervir hierbas.

El pesado objeto estaba profusamente adornado y disponía de un receptáculo para el agua con una plataforma agujereada encima.

—¿Qué clase de hierbas? —preguntó.

Diana se quitó un alfiler de la boca.

—Como lavanda y romero para los nervios —dijo—, o eucalipto para la congestión. Lord Hepplewood descansaba mucho mejor con el vapor de agua de la tetera.

—Qué reconfortante —dijo, volviendo a colgarlo del gancho—. Bien, ¿os habéis decidido ya?

—No, venid a ver —le pidió Diana un poco impaciente—. ¿Creéis que éste cambiará con la luz de la tarde?

Lisette dejó el artilugio en su sitio y regresó a la mesa. Cuando empezaron por segunda vez a sujetar con alfileres las muestras y elegir, comenzó a preguntar con sutileza.

—Los últimos días de lord Hepplewood debieron de ser difíciles para lady Hepplewood —dijo con aire ausente—. ¿Debo suponer que estaba senil?

Diana alzó bruscamente la mirada.

—Al principio sólo estaba débil y un poco confundido —dijo—. Hacia el final, sin embargo, sí, empezó a divagar sin ninguna coherencia.

Lisette se inclinó sobre la mesa.

—¿Por eso discutían tan a menudo? —preguntó, bajando la voz

conspiradoramente—. ¿Había perdido la cabeza? ¿Se había vuelto difícil de tratar?

Diana frunció los labios y dejó a un lado el acerico.

—Lord Hepplewood quería que todos volviéramos a casa —dijo—. Quizá discutieran sobre eso en un par de ocasiones. Creo que… bueno, que quizás él tenía miedo de estar muriéndose. Y supongo que siempre queremos morir en casa, en nuestra cama.

—¿Pero lady Hepplewood no quería regresar?

Diana negó con la cabeza.

—¿Por qué?

Diana encogió sus enclenques hombros de pajarillo.

—La prima Cordelia decía que hace demasiado frío en Northumberland —dijo—. Y que era hora de que Tony saliera solo y experimentara el sabor de la vida de Londres.

—Al parecer ha hecho algo más que saborearla —replicó secamente Lisette—. Además, debe de tener más o menos mi edad. ¿Nunca antes había salido de casa?

—Creo que pasó dos años en Oxford —dijo Diana—, pero no terminó de encajar allí. Y pasó un par de Temporadas en Londres, aunque sin éxito.

Lisette estaba confundida.

—Cuando el difunto conde trabajaba en Londres, ¿lady Hepplewood y Tony no le acompañaban?

—A veces. —Diana arrancó una hebra de su muestra—. Aunque generalmente él viajaba solo en tren y se alojaba en Charles Street —dijo—. Tony nunca pareció tener demasiado interés por la política, y hasta hace poco, ningún interés por la sociedad.

«Qué curioso», pensó Lisette. El nuevo conde de Hepplewood no parecía tan malo como el joven manirroto que había oído describir a Napier. Quizá fuera cierto que Diana llevaba anteojeras en lo que concernía a Tony.

Lisette sopesó cómo formular la siguiente pregunta y no se le ocurrió nada prudente.

—Duncaster nos dijo que Hepplewood acusó a lady Hepplewood de intentar matarle —dijo con voz queda—. Por supuesto, él no le creyó. Y están además unas extrañas cartas que Hepplewood escribió a Whitehall…

—¿Unas cartas? —Diana pareció perpleja. Había levantado la cabeza como un ciervo asustado—. ¿Por eso Napier… lord Saint-Bryce… empezó a venir aquí?

—No estoy segura del todo —respondió Lisette, encogiéndose de hombros—. No solemos hablar de su trabajo. ¿Ayudasteis a cuidar a lord Hepplewood?

Diana tragó saliva y asintió.

—Todos ayudábamos. Me sentaba con él casi todos los días. Gwyneth también. Cuando estuvo enfermo, le refrescábamos la frente con compresas frías y le engatusábamos para que se tomara el consomé. Le leíamos la Biblia por turnos, y hasta los periódicos.

—Debisteis de quererle mucho —dijo dulcemente Lisette.

—¡Mucho! —Pareció de pronto al borde del llanto—. Era… para mí era como un abuelo. Se lo debía todo. Su muerte me dejó destrozada. A todos.

—¿También a lady Hepplewood?

—Sí. —Diana asintió enérgicamente—. Oh, sí, a pesar de su diferencia de edad, el suyo era un matrimonio por amor. En los últimos años, sí, quizá pudieron tener sus discusiones. ¿Y qué pareja no las tiene?

Eso era exactamente lo que había dicho Duncaster, y las palabras de Diana dejaron a Lisette profundamente confundida. Por lo que su experiencia reconocidamente limitada le había demostrado, las discusiones se producían al principio de una relación, y no tras largos años de matrimonio.

Abrió la boca para insistir en el tema, pero se vio interrumpida cuando la puerta volvió a abrirse de par en par. Era Prater, que había cambiado su librea por un largo delantal de lona.

—Marsh me ha dado permiso para que os ayude, señorita Jeffers —dijo—. Decidme qué debo hacer.

Con una disculpa murmurada a Lisette, Diana se excusó y fue hacia el montón de descartes de telas verdes. Ella la observó durante un instante mientras su mente daba vueltas a lo que acababa de saber. Pero Diana obviamente estaba demasiado ocupada en ese momento.

Tras un murmurado «adiós» y un ausente gesto de la mano, Lisette emprendió el largo camino de regreso a su habitación, sintiéndose extrañamente inquieta —y más insegura— que nunca.

9

Todas esas cosas perfectas y auténticas

«El mundo es un escenario —escribió Shakespeare—, y los hombres y las mujeres son simples actores.» Y en opinión de Royden Napier, nadie encarnaba mejor ese concepto que su prometida provisional. Hasta él, largamente curtido por el escepticismo, llegaba a creer a veces que la infernal mujer estaba medio enamorada de él.

Las emociones resultantes le habían dejado perplejo y extrañamente frustrado.

Mientras tomaban el té en la pulcra mansión del hacendado Tafton una tarde gris, Elizabeth representaba a la perfección su papel de abnegada futura esposa, arrimándose a él en el cómodo sofá de arqueado respaldo y mirándole con ostensible adoración cada vez que tenía la ocasión.

Y al tiempo que con las oleadas impregnadas de su cálido perfume atormentaba su olfato, también amenizaba a sus anfitriones con hilarantes anécdotas de la infancia de su prometido, todas ellas pura fabulación, aunque recopiladas, según mintió con sospechosa facilidad, de labios de su vieja y querida aya. Contó a continuación con dramático detalle que la primera vez que le había visto, había sido desde un extremo de un salón abarrotado de gente. Enseguida había sabido, según había declarado ella misma, con un ahogado suspiro, que él era el elegido.

El hacendado sonrío y declaró que Napier era el más afortunado de los hombres.

Él opinaba en cambio que era el hombre más estúpido y quizás el más perdidamente enamorado, por escuchar las patrañas de Elizabeth incluso con una leve punzada de nostalgia. Era sin lugar a dudas una mujer peligrosa. Y él… en fin, ¿cuándo, en nombre de Dios, se había vuelto tan sentimentaloide?

Él era el último hombre sobre la faz de la Tierra que tendría que haber obrado así. De niño jamás había leído cuentos de hadas, y mucho menos había creído en ellos. En el trabajo que desempeñaba en el Número Cuatro, lidiaba diariamente con las más oscuras fechorías que podía ocultar el alma de un hombre. Oh, cierto es que había conocido a mujeres —encantadoras y profundamente deseables algunas— y que había tenido el honor de acostarse con unas cuantas. Pero ni una sola le había hecho sentir una empalagosa suerte de anhelo.

Y no lo sentía tampoco ahora, maldición.

Lo que sentía era deseo, se aseguró. Un deseo abrasador e hirviente por una mujer para quien la veracidad era un bien casi del todo desconocido… un deseo al que a punto había estado de poner fin por la vía más expeditiva y efectiva: haciendo suya a la zorra pelirroja en simple respuesta a la sugerencia que a veces veía insinuarse en sus ojos.

De pronto Napier se dio cuenta de que, en aras de la decencia, necesitaba apartarse un poco de la susodicha zorra.

Volvió a centrar su atención en sus anfitriones y les imaginó desnudos en la cama. Fue una efectiva contramedida, gracias a la cual su pujante erección menguó de inmediato. Tafton, a quien le faltaban varios dientes, era un tipo bonachón, desgarbado y larguirucho, que tomaba su té con mayor entusiasmo que elegancia.

Su esposa era rechoncha y oronda, y estaba prácticamente deslumbrada por sus invitados. Poco habituado a cegar a nadie con su encanto, Napier intentó no soltar un resoplido.

En cuanto a Elizabeth, enseguida logró que la señora Tafton se sintiera a gusto en su compañía. Quizá demasiado, para la comodidad de Napier, porque en cuanto retiraron la bandeja con el té, la señora Tafton preguntó, no sin cierta timidez, si a la señorita Colburne le gustaría ver al más pequeño de la familia, el recién llegado Tafton.

Por primera vez, Napier vio cruzar una mirada de seria incertidumbre sobre el rostro de Elizabeth. Aunque la mirada quedó rápidamente velada.

—Oh, sí, si sois tan amable, señora —dijo ella con voz entrecortada—. Sería para mí un auténtico placer.

—Tenemos a nuestras niñas, que son ya bastante mayores —dijo Tafton en cuanto su esposa desapareció escaleras arriba—, y son ambas las niñas de mis ojos. Pero un hijo... ah, no me importa decíroslo, mi señor... ya casi habíamos perdido la esperanza.

Napier comprendió que, para un hacendado rural, un hijo era de importancia capital. De las hijas se esperaba que se casaran bien y se fueran a vivir con la familia de la que habían pasado a formar parte por matrimonio. Pero de un hijo se esperaba que se quedara a ayudar a su padre a llevar la granja y, con el tiempo, que se encargara de ella solo.

En un abrir y cerrar de ojos, la señora Tafton había vuelto a bajar con un gran bulto entre los brazos, seguida obedientemente por una criada.

—Y aquí está nuestro Andrew, señorita Colburne —declaró, inclinándose hacia delante para presentar al pequeño y someterlo a la inspección de Elizabeth—. Acaba de despertar de la siesta, y está además de un humor excelente.

Napier se inclinó como era de esperar sobre el pequeño y declaró que el bebé era el más hermoso de los niños, lo cual, en su limitada experiencia, era del todo cierto. Andrew Tafton tenía los ojos azules más redondos que había visto jamás, que acompañaban un par de regordetes y querúbicos mofletes. Y cuando el pequeño rodeó el índice de Elizabeth con unos de sus diminutos puños, pateando con gran júbilo y energía, Napier sintió una punzada casi dolorosa en el corazón.

Pero Elizabeth se limitó a quedarse sentada donde estaba, muda, y ligeramente pálida.

La señora Tafton no pareció reparar en ello y le ofreció al pequeño.

—¿Queréis tomarlo en brazos, señorita Colburne?

Elizabeth pareció volver en sí con un pequeño respingo.

—Oh, sí —susurró, tendiendo los brazos.

La señora Tafton le colocó con cuidado el bulto entre los brazos y, por un momento, Elizabeth se quedó rígidamente sentada e inclinada hacia delante en el sofá con el niño torpemente encajado sobre la cara interna de sus codos.

—Oh, podéis acercároslo más, querida —dijo la esposa del hacendado, absolutamente encandilada—. Andrew no se romperá, os lo prometo.

Elizabeth alzó una mirada luminosa y casi esperanzada hacia la señora Tafton antes de llevarse el pequeño al pecho. El bebé, cerrando las manos, bostezó ostensiblemente y volvió a relajarse, adormeciéndose al tiempo que sus pálidas y plumosas pestañas se entrecerraban.

Por un momento la habitación quedó cautivada por la imagen mientras Elizabeth acunaba y susurraba los arrumacos más ridículos al tiempo que el hacendado y su esposa contemplaban encantados la escena. Pero no era la felicidad que vio reflejada en los rostros de sus anfitriones lo que desgarró el corazón de Napier.

Fue la expresión que asomó al rostro de Elizabeth.

Mientras ella miraba al pequeño que sostenía tan cuidadosamente contra su corazón, su dulce expresión contenía a un tiempo felicidad y pesar, y le dijo mucho más de lo que habrían podido expresar mil palabras.

Durante un fugaz instante, Napier se preguntó si quizás Elizabeth no podía tener hijos. Ya había superado en algunos años la edad en que se esperaba de una mujer que se casara, y Dios sabía que era hermosa, poseedora de una belleza en nada habitual. Pero muchos hombres, bien que lo sabía, simplemente se negaban a considerar la opción de tomar por esposa a una mujer estéril... aunque el simple sonido de la palabra rechinó en sus oídos. Era una palabra fría y llena de feas implicaciones.

Y en el caso de Elizabeth, parecía especialmente cruel, pues una mujer con la inteligencia y la determinación suyas sin duda tenía mucho más que ofrecer a un hombre que un simple hijo.

Sin embargo, Napier sospechaba que habían sido su inteligencia y su imaginación las que habían llevado la vida de Elizabeth al borde de la ruina. ¿Explicaba eso quizá su soltería y su falta de hijos? Quizá las prioridades de Elizabeth la habían obligado a renunciar a ciertas elecciones en su vida.

Qué lástima, y qué desperdicio, si eso era cierto.

Muy pronto, no obstante, Elizabeth devolvió al pequeño a los brazos de la señora Tafton sin apartar la mirada de la suave y sonriente expresión del bebé y enmascarando con cuidado sus auténticas emociones. Napier se dio cuenta de que no tenía sentido mencionar la fugaz sombra de dolor que había visto en su rostro. No era asunto suyo. Y sabía además que ella habría negado la emoción.

Cuando por fin se despidieron del hacendado y de su esposa, ayudó a subir a Elizabeth al carruaje prestado e intentó olvidar la expresión que había visto en ella con el pequeño pegado contra el pecho.

—¿Y bien? ¿Qué os ha parecido? —murmuró ella cuando él se sentó a su lado.

Napier le dedicó una mirada oscura y de soslayo.

—Esa pobre gente está destinada sin remedio a sufrir una doble desilusión —masculló, cogiendo las riendas—. La primera en cuanto se suspenda la boda, y la segunda cuando se den cuenta del desgraciado espécimen de terrateniente que tienen por vecino.

Elizabeth dejó escapar una sonora carcajada, al parecer recuperada del todo.

—Al menos, habéis empezado a aceptar vuestro destino.

—¿A qué destino os referís exactamente? —preguntó él con voz queda, haciendo restallar las riendas—. ¿Al hecho de que no os casaréis conmigo? ¿O a mi futura incompetencia como señor de la casa?

Al oír el comentario, la risa abandonó los ojos de Elizabeth, que le miró de un modo muy peculiar.

«Condenado idiota», pensó él.

¿De dónde habían salido esas palabras? Pero en la boca de Elizabeth poco a poco se dibujó una sonrisa sarcástica.

—Ah, creo que estamos ya demasiado curtidos como para creernos nuestras propias mentiras —dijo—. Pero, en lo que a vos respecta, Napier, creo que os tenéis en muy baja estima.

—¿Ah, sí? —dijo él, lanzándole otra mirada de soslayo—. ¿Cómo es eso?

Ella agitó una mano en el aire en un gesto desdeñoso.

—Sin duda, gestionar una propiedad como Burlingame no puede ser más difícil que dirigir la Policía Metropolitana. De hecho, me atrevería a decir que debe de ser mucho más fácil.

—No sabría imaginar cómo —dijo él—, cuando apenas distingo el maíz del heno.

—¿Conocéis acaso todas las esquinas y las garitas del gran Londres? ¿A todos los magistrados de Westminster? ¿Todas las leyes del país?

—No, pero…

—No, pero administráis justicia de todos modos —le interrumpió—. Administrar una propiedad no os resultará distinto. Entiendo que se trata más que nada de tener dotes para la gestión y cierta mano con la naturaleza humana. No tiene que ver con el conocimiento teórico, pues eso bien puede obtenerse de… en fin, de los libros.

Por extraño que parezca, la opinión de Elizabeth tranquilizó a Napier, aunque indudablemente ella no podía saber mucho más del tema que él.

—Hablando de dotes para la gestión —dijo secamente—, habéis gestionado fácilmente a nuestros anfitriones.

Elizabeth le miró socarronamente.

—¿Y no era eso lo que se suponía que debía hacer?

—De hecho, lo hacéis demasiado bien —se quejó Napier—. Sois encantadora, ingeniosa y hermosa… y cuando me dejéis me considerarán un idiota y un patán.

—Oh, Napier, ¡que cumplidos más sublimes¡ Tened cuidado, no se os vaya a volver negra la lengua. —Alzó la barbilla al tiempo que sus ojos chispearon, verdes de pura malicia, a la luz de la tarde—. Además, quizá seáis vos quien me repudie a mí.

—¿Y que piensen de mí que soy un auténtico rufián? —dijo él, frunciendo el ceño—. Vamos, Elizabeth, ya tuvimos esta discusión en algún punto entre Twyford y Reading. No puedo hacer algo así.

Elizabeth siguió incómodamente sentada a su lado mientras giraban por las puertas de entrada del hacendado Tafton y salían al camino del pueblo. De pronto, ella se volvió a mirar por encima del hombro con una expresión de tristeza en los ojos.

—Me han caído bien, pero ellos no tardarán en olvidarnos —dijo con una voz en la que había más esperanza que certeza—. ¿No creéis? Me refiero a todo el mundo. Volveremos a Londres y, Dios mediante, vuestro abuelo vivirá todavía un tiempo. Retomaremos nuestras vidas diarias.

Napier dejó escapar un sonido despreciativo.

—Vos no reconoceríais una vida diaria aunque os saliera al encuentro y os mordiera —dijo, poniendo los ojos en blanco—. Aunque quizá yo tampoco. Y ahora mirad. Va a llover.

—Culpad de eso a este calor tan impropio de la época. —Elizabeth alisaba los pliegues de su vestido de viaje—. Espolead un poco a vuestros caballos.

Napier así lo hizo, pero el trayecto de regreso a Burlingame era de diez kilómetros por el camino del pueblo, más otros seis por el sinuoso camino privado que conducía hasta la casa. La lluvia no tardó en tamborilear levemente sobre el carruaje y la temperatura descendió precipitadamente. En los árboles que bordeaban el camino, las hojas empezaron a rizarse en grandes olas para volverse después del revés.

Entonces apremió a los caballos, pero al cruzar el pueblo, el ominoso crujido de un trueno hizo repiquetear las ventanas del Duck and Dragon. Napier empezó a parar, y realmente lo habría hecho de no ser porque en el patio cubierto de gravilla un bayo con los ojos en blanco y resollante sacudía los cuartos traseros descontroladamente, pateando grava y barro mientras un mozo de cuadra bregaba por sujetarle la cabeza al tiempo que un coche de posta rojo y negro se acercaba en dirección opuesta, con tres tipos calados hasta los huesos bamboleándose en el banco superior.

Pensando que el pobre mozo de cuadra tenía ambas manos ocupadas, decidió proseguir. Esa tarde aquél iba a ser el menos preocupante de sus errores. Un kilómetro más adelante, Elizabeth se arrebujaba en su mantón, lanzando miradas ansiosas.

—¿Quizá deberíamos esperar a que amaine? —sugirió por fin—. ¿A lo mejor podríamos refugiarnos en el torreón?

—Demasiado lejos —respondió él—, y Craddock lo ha cerrado para poder montar los andamios. El antepecho está cediendo.

—Sí, Gwyneth le pidió prestada la llave a Marsh la semana pasada —respondió ella—. A punto estuve de morir de agotamiento al subir, pero si llegas a lo alto y te asomas mucho sobre el borde, puedes llegar a ver a más de setenta kilómetros de distancia.

Napier le lanzó una tormentosa mirada.

—¿Qué? —Lisette echó hacia atrás la cabeza y se rió—. Bromeaba. Tuvimos cuidado. Y son sólo cuarenta y cinco kilómetros.

Napier negó con la cabeza.

—Será mejor que cojamos el camino trasero —dijo—. Conozco un lugar donde podemos parar.

Cuando así lo hicieron, sin embargo, la lluvia había empezado a caer con fuerza y la promesa de una auténtica tormenta —sin duda la causante de que el coche de posta hubiera aparecido tan empapado— se deslizaba en el horizonte. Medio kilómetro más adelante, Napier se dio por vencido y ordenó a sus caballos que giraran por un camino aledaño. En cuestión de minutos, llegaron al bosquecillo que según recordaba se extendía a ambos lados del camino principal.

Saltó del asiento al suelo y rodeó el carruaje para ayudar a bajar a Elizabeth.

—La casa del guardabosque está entre esos árboles —gritó, intentando hacerse oír entre el fragor de la lluvia—. Mejor una taza de té con la señora Hoxton que dejar que os enfriéis.

—Os aseguro que no soy tan frágil —dijo Elizabeth.

Napier se volvió para atar los caballos.

—Y según me han dicho tenemos ya a un lacayo medio muerto —replicó él—. De modo que tened cuidado.

—Es por dispepsia, no por un resfriado.

—En ese caso, se trata de un caso condenadamente grave —respondió Napier, cogiéndola de la mano y echando a andar bosque adentro—. Duncaster ha dicho que han mandado a buscar al médico a Marlborough. El pobre diablo ha empezado a tener convulsiones durante la noche.

—Santo cielo. —Elizabeth pareció ponerse solemne de pronto—. No lo sabía.

Con la mano de Elizabeth en la suya, Napier la condujo entre los árboles por el sendero. Rodeados por el silencio del bosque, la lluvia allí no caía con tanta fuerza, pero a Napier habían empezado a empapársele las botas y no quiso ni imaginar el estado de las delicadas chinelas de ella.

Unos metros más adelante, llegaron por fin a la casa que Napier había espiado en una de sus salidas a caballo con Craddock; la vieja casa de campo del guardabosques, así la había llamado el administrador. Pero entonces se dio cuenta demasiado tarde de que tendría que haber prestado más atención a la palabra «vieja», pues tras subir presurosos los escalones que llevaban a la puerta reparó en que el lugar mostraba un aire general de abandono.

Aunque quizás «abandono» no fuera la palabra exacta. La casa estaba bien cuidada, como lo estaba el resto de Burlingame, pero las cortinas estaban corridas, las escaleras de la entrada cubiertas de hojas y no se apreciaba ninguna señal de vida procedente del interior. Mientras aporreaba la puerta con una mano, atrajo hacia él a Elizabeth para tenerla a su abrigo.

—Aquí no vive nadie —dijo ella, empezando a tiritar—. D-descorred el cerrojo.

Así lo hizo él un instante más tarde, abriendo la puerta de un empujón y dejando a la vista un salón frío y en sombras y una chimenea que con toda probabilidad no había visto un fuego en meses. El penetrante olor del polvo de lima impregnaba el aire, pero la habitación estaba parcialmente amueblada con un canapé de roble, una mesa con sus sillas y una gruesa y gastada alfombra debajo. Y lo que era más importante: junto al hogar había un cubo con carbón.

Lisette olfateó el aire.

—Alguien está enyesando.

—Esperaremos aquí —ordenó él—. Poned el mantón y los zapatos delante de la chimenea. Encenderé el fuego.

Una vieja lata de cerillas colgaba de un clavo junto a la repisa de la chimenea, y tras amontonar unas cuantas ramas, no pasó mucho tiempo hasta que Napier consiguió caldear la habitación. Oyó rebuscar a Elizabeth en la parte trasera de la vieja casa.

Elizabeth regresó al salón delantero, frotándose los brazos.

—¿Existe una señora Hoxton? —preguntó, recorriendo el salón con la vista—. Alguien ha estado enyesando y pintando, pero no he podido encontrar ni un solo efecto personal.

Todavía arrodillado delante de la chimenea, Napier calibró su respuesta.

—Hay una granja Hoxton en el extremo este de la finca —dijo—. Quizás el muchacho viva todavía con sus padres.

—La verdad es que parecía joven.

Elizabeth se encogió de hombros y tomó asiento en el canapé de madera junto al fuego.

Napier añadió el último remanente de carbón y se levantó, haciendo rechinar las suelas de las botas de piel.

—Tenéis que quitároslas —le aconsejó Elizabeth.

Al ver un viejo calzador de hierro clavado al suelo junto al hogar, Napier decidió seguir su consejo. Cuando hubo terminado de quitárselas, se dirigió descalzo a la ventana con parteluz profundamente enclavada en el grueso muro de piedra y descorrió las cortinas. Las gruesas gotas de lluvia se perseguían sobre las vidrieras hasta quedar prendidas en las uves de la soldadura.

—No tardará en amainar —dijo sin volverse a mirarla, rezando para no equivocarse.

Pero apenas había hablado cuando el aterrador crujido del rayo iluminó la casa y el trueno rugió como un gigantesco barril de cerveza sobre el tejado de la casa. Al instante se desató el diluvio.

Elizabeth le sonrió.

—¿Sabéis?, no me importa estar aquí —dijo, moviendo adelante y atrás sobre la alfombra los pies enfundados en sus medias—. Es un lugar acogedor. Burlingame es opresivo y allí todos parecen muy nerviosos.

Él se volvió. Cuando habló lo hizo un poco bruscamente.

—Lamento que no os guste.

Ella le miró, ceñuda.

—Santo Dios, Napier, borrad esa mirada amenazadora de vuestros ojos —dijo—. A vos tampoco os gusta, ¿verdad?

Él volvió junto al fuego, se quitó el gabán y lo arrojó sobre la vieja silla de respaldo de listas, incómodo con el repentino ataque de rabia del que había sido presa. ¿Por qué iba a importarle la opinión de Lisette?

—Es demasiado grandiosa, sí —dijo, apoyando un hombro en la repisa de la chimenea—. Aunque en cuanto eso tengo poca elección. De todos modos, no deseo veros infeliz.

Ella dejó escapar una breve risa y se quitó el sombrero.

—No olvidéis que os importaba un rábano mi felicidad cuando empezamos con esto —dijo, antes de bajar la voz para añadir—: y, para ser justa, tampoco tiene ninguna importancia.

—¿Qué queréis decir?

Ella se encogió de hombros y esbozó una sonrisa torcida.

—¿Sabéis una cosa?, la verdad es que soy incapaz de recodar la última vez que fui feliz.

—Intentadlo —dijo él, sorprendiéndose a sí mismo—. Me gustaría saberlo.

Elizabeth se había inclinado hacia delante para sacudir sus rizos cortos y encendidos, pasándose los dedos entre la humedad que los impregnaba.

—Oh, ¿quizás el día que cumplí veintiún años? —sugirió, girando la cabeza para mirarle desde el suelo—. Tía Ashton rescató el medallón de oro. Había estado guardado hasta entonces en el baúl de Ellie.

—¿Y eso os hizo feliz? —murmuró él, mirándola desde el otro extremo de la pequeña estancia.

—Durante la hora que lo llevé puesto, sí. —Se incorporó y se sacudió los rizos para ordenarlos de ese modo que a él le dejaba sin aliento—. Entonces mi tío volvió a casa medio borracho e insistió en que el medallón tenía que ser su recompensa por haberme recogido.

—Santo Dios.

Lisette esbozó una débil sonrisa.

—Siguió una fuerte discusión —prosiguió—. Ashton cogió uno de los cuencos de la *epergne* de plata de mi tía y lo arrojó, estampándolo contra la repisa de la chimenea. Ella rompió a llorar. Y luego…

Napier esperó, pero Elizabeth no dijo nada más.

—¿Y luego qué? —insistió.

Lisette le dedicó una mirada recelosa al tiempo que apretaba los dientes.

—Y luego, cuando las lágrimas de mi tía se secaron, me culpó a mí de lo ocurrido. Así eran las cosas en Boston. Tía Ashton jamás podía tener la culpa de nada, y había que mantener la paz a cualquier precio.

—Ah —dijo Napier con voz queda—. Uno de esos matrimonios.

Ella le miró sin ocultar su curiosidad.

—¿Qué queréis decir?

Él se apartó de la repisa de la chimenea, pasándose una mano por la cara mientras se preguntaba cómo responder.

—A veces los veo en mi profesión —dijo por fin—. Pero no podemos hacer nada por detenerles. La ley concede al marido una gran laxitud. Es una especie de crueldad mental… ¿y supongo que también la golpearía físicamente?

Elizabeth tragó saliva.

—Sí. A veces.

Napier sintió que le hervía la sangre.

—¿Y a vos?

—Jamás.

La palabra fue dura y feroz. Como ella.

—Me alegro de eso, al menos.

—Porque me habría escapado —añadió ella—, o le habría cortado el cuello mientras dormía si hubiera tenido que hacerlo. Y él lo sabía. Siempre me intimidaba y me amenazaba, es cierto, pero de un modo u otro... de un modo u otro al final siempre tenía mucho cuidado de no vérselas conmigo.

De eso Napier no tuvo ninguna duda. Los matones siempre tenían un sexto sentido para saber hasta dónde podían llegar. Y él... en fin, enseguida se había dado cuenta de que uno jamás podía sobrepasarse con Elizabeth.

—¿Todavía conserváis el medallón?

Ella alzó la barbilla y se pasó un dedo por debajo del escote.

—A la mañana siguiente Ashton estaba tan borracho que no se acordó de él —dijo, mostrándolo—. De lo contrario lo habría vendido.

El delicado medallón, de un reluciente dorado contra la tela del vestido, anidaba entre sus pechos.

—¿Y es éste el único recuerdo que conserváis de vuestra madre? —preguntó Napier, obligándose a alzar la vista.

—Tengo cosas mejores —respondió Elizabeth—. El collar y los pendientes que me puse en Burlingame, y otras joyas que ella aportó al matrimonio. Tras su muerte, el señor Bodkins las guardó en su caja fuerte. Pero algunas gemas ya habían sido expoliadas y reemplazadas con cola para pagar las deudas de papá.

Napier pudo ver que aunque no había el menor tinte de pasión en la voz de Lisette, estaba sentada un poco encorvada en el sofá, inclinada hacia el fuego que empezaba a ahuyentar la humedad de la habitación. Se dio cuenta de que había padecido una tragedia tras otra y la suficiente dosis de humillación como para una vida entera. Y eso la había convertido en lo que era. Cruenta, quizá, pero indomable: Elizabeth Colburne era una luchadora.

Y lista. Ah, ni por un solo instante a Napier se le había ocurrido subestimar eso. Así había logrado sobrevivir en un mundo hostil. Su padre no había sido más que un *roué* hábil y escurridizo que simplemente se había pegado un tiro cuando la vida le había puesto las cosas demasiado difíciles. Lord Rowend le había fallado totalmente a Elizabeth. Y todo parecía indicar que el borracho y burgués señor Ashton era el peor de todos.

Todo ello le llevó a preguntarse si había habido alguna persona en la vida de Elizabeth que la hubiera amado altruistamente. Un adulto responsable con cuyo apoyo pudiera contar o al que admirara. No parecía ser el caso, y comparado con ella, Hanging Nick Napier resultaba ser un hombre que le había profesado adoración.

Aunque, ¿cuándo había empezado a importarle tanto?

Como ella bien se había encargado de comentar en una ocasión, a él se le consideraba un bastardo sin corazón. Se había hecho merecedor de un feo mote con toda justicia, porque era condenadamente poco lo que estaba dispuesto a no hacer a fin de ver condenado a un criminal o simplemente para que se hiciera justicia... la justicia como él la definía. Pero esa visita a Burlingame... o quizás ella... algo le estaba confundiendo. Se sentía... incómodo, como si algo le estuviera cambiando.

Presa de la inquietud, hizo rotar los hombros bajo la ajustada opresión que le imponía el chaleco.

—Sé lo que estáis pensando. —Lisette se volvió en el canapé para clavar acusadoramente en él esa fría mirada de ojos verdes—. Pensáis que mi padre era un canalla. Que no nos quería. Pero eso no es cierto. No lo es. Sé que carecía por completo de previsión, pero era el más sociable de los hombres, y lo pasábamos... lo pasábamos en grande los tres. Y nos adoraba, a Ellie y a mí.

Desde luego, sir Arthur podía haber sido muy sociable, pero Napier ardía todavía en deseos de meter la mano en la tumba y estrangular el frío cadáver del maldito bastardo. Un carácter alegre y una baraja de cartas no bastaban para dar de comer a los hijos de un hombre ni tampoco para darles un techo. Y en el fondo de su corazón, ella tenía que saberlo.

Elizabeth simplemente se aferraba a lo que hubiera podido ser, alzando la mano desde un profundo pozo de dolor para aferrarse al recuerdo de un caballero de lustrosa armadura; para aferrarse a un sueño con la vana esperanza de que pudiera impedir que se ahogara en su propia sensación de pérdida. Y, en efecto, lo había perdido todo. Pero Napier optó por no compartir con ella sus cavilaciones.

—¿No recordáis a vuestra madre? —preguntó en cambio.

Elizabeth negó con la cabeza.

—No muy bien. Recuerdo que era una mujer cariñosa y muy hermosa... y que siempre olía a *Esprit de Fleurs*. Papá se lo compraba en la *rue de la Paix* siempre que iba a París.

Y se lo compraba para mitigar su culpa, sospechaba Napier, aunque no lo dijo. Los antros del juego de París eran leyenda.

De pronto tuvo una idea.

—¿*Esprit de Fleurs*? ¿Es por casualidad ése el perfume que usáis?

—Últimamente sí —respondió Lisette, sonriéndole—. Es... cálido. Como los lirios y el jazmín. Me sorprende que os hayáis dado cuenta.

Y una vez más Napier sintió esa descarga de deseo horadándole las entrañas hasta el vientre... esa cosa intensa y aterradora que le empapó, procedente de ninguna parte. Exactamente la misma que había sentido en la sala de estar durante el té. En su habitación. En la biblioteca.

Y de pronto se dio cuenta de que quizás habría sido más fácil para ambos haber seguido adelante bajo la lluvia, arriesgándose a morir de un resfriado.

El viaje a casa de los Tafton había transcurrido bajo un cielo plácido y la conversación entre ambos había sido absolutamente desenfadada, como si los dos albergaran la esperanza de apartarse de aquello que el día anterior había estallado entre ambos. Nada habían comentado sobre ese beso apasionado y ardiente, y tampoco se había disculpado por ello. A decir verdad, era incapaz de arrepentirse.

Elizabeth se había limitado a comentar los chismes que habían llegado a sus oídos y había relatado fragmentos de sus conversaciones con su familia. Él, a su vez, había hablado de las tardes que había pasado con Duncaster y de la frustración que había sentido al no poder dar con el paradero del escurridizo doctor Underwood. En su mayor parte, cosas prosaicas.

Pero de pronto era como si el benévolo cielo hubiera conspirado contra ellos, pues no había nada de prosaico en la tranquila intimidad de esa oscura casa de campo, y Napier podía ya sentir los primeros albores de esa tormenta interior. Regresó casi esperanzadamente a la ventana mientras se preguntaba veladamente si se habría enamorado de ella.

Aunque, ¿cómo podía ser si, tal y como Lisette había comentado, él sabía perfectamente lo que ella era?

Y sabía ser lo suficientemente precavido como para no confiar en ella.

Aun así, daba igual.

Se consumía por una mujer en la que reconocía casi con toda seguridad a una asesina. Torres más altas habían caído. Sin duda su carrera se iría al garete; provocaría el escándalo en el seno del Ministerio del Interior. Y, sin embargo, había algo en Elizabeth Colburne… ese encanto desprovisto de convencionalismos o esa belleza pálida y etérea… algo que le impulsaba a tirar por la borda sus prejuicios y su propia vida.

En cualquier caso, su vida estaba ya en la cúspide de un espantoso cambio al que no estaba en su mano poner fin. Duncaster quizá fuera un hombre duro como la piel vieja de un zapato, pero tenía los días contados como todo el mundo. Y pronto, le gustara o no, dejaría de responder con su lealtad ante el Ministerio del Interior.

Apoyó la mano en el cristal y dejó que el frío le impregnara la piel como si pudiera hacerle recobrar la sensatez. Al otro lado del cristal, el cielo negro se cernía sobre la tierra y el mundo parecía al borde del ocaso. También él se sentía al borde de algo portentoso. Había empezado a desear a Elizabeth con una intensidad casi medular y no tenía ya sentido fingir lo contrario.

Fue como si ella le hubiera leído el pensamiento.

—Napier, ¿alguna vez os preguntáis si quizá pensáis demasiado las cosas? —preguntó con suavidad desde el canapé.

Napier cerró los puños contra sus costados y los apretó tanto que sintió que se le clavaban las uñas en las palmas.

—Lisette… —dijo, y las palabras sonaron roncas mientras no apartaba los ojos de la lluvia—. Lisette, ¿qué vamos a hacer con esto?

Ella ni siquiera fingió no haberle entendido.

—No lo sé —susurró desde el canapé—. Aunque al menos habéis dejado de llamarme Elizabeth.

Él se volvió desde la ventana, cruzando la habitación en tres zancadas. Sin mediar palabra, se detuvo delante del viejo canapé y tendió su mano hacia ella.

Elizabeth alzó la vista y al hacerlo sus oscuras pestañas se cerraron, revoloteando sobre sus mejillas casi tímidamente. Luego depositó su mano en la de él, enroscando sus fríos dedos contra los suyos, y volvió a abrir los ojos.

—¿No hay nada del romántico en vos, Napier? —preguntó, perforándole con la intensidad de su mirada—. ¿Nada en absoluto?

—No —respondió él.

—Tanto mejor —dijo ella, levantándose—. La mayoría de los hombres abusan de las palabras bonitas.

Él se dio cuenta de que acababa de oír una de las aseveraciones más ciertas que ella había dicho.

Tenía la mano todavía fría cuando la cerró con suavidad sobre la barbilla de Lisette, levantándole el rostro hacia el suyo. La besó tiernamente y despacio esta vez, diciendo con la boca y con las manos lo que era incapaz de expresar con palabras. La elocuencia no era su fuerte; era un hombre tosco y sencillo. Y ni siquiera la porra de uno de sus agentes habría logrado sacarle esas palabras bonitas a las que ella se había referido.

Pero la deseaba por encima de todas las cosas.

Y en ese instante, al menos, quería que ella lo supiera.

Cuando levantó la cabeza, ella le estaba mirando.

—Lisette —susurró, rodeando su rostro con las manos—, no estoy empujándoos a una cama de nuevo. No deseo hacer nada que vaya remotamente contra vuestra voluntad.

—Tampoco os lo permitiría.

Napier le acarició los brazos hacia los hombros al tiempo que sentía ensancharse sus fosas nasales e inspiraba hasta el fondo de los pulmones el olor a lirios y a mujer.

—Entonces decidme que sabéis qué es lo que nos ocurre —susurró—. Decidme que lo deseáis.

En ese momento, ella le empujó con suavidad, apartándole un poco.

—Os deseo —se limitó a decir—. Y creo que vos me deseáis. Pero dudo mucho que ninguno de los dos tenga la menor idea de lo que nos ocurre, Napier.

Él tuvo la terrible sospecha de que estaba en lo cierto.

Y veía también con temor la intimidad que no dejaba de atraerle hacia ella: no la dulce unión de labios o incluso de caderas, sino la intensa fusión de las miradas. De sinceridad. Aunque en ningún caso alcanzaba a comprender cómo era posible que la mujer menos ingenua que había conocido pudiera mirarle de ese modo tan profundo y penetrante, tan… directamente al fondo de su alma, o al menos así lo sentía él.

—¿Me deseáis, Napier? —susurró Lisette.

Napier sintió que todo su cuerpo se estremecía, presa de un deseo largamente reprimido. Una sonrisa cómplice le curvó la comisura de la boca. La besó allí, inclinando el rostro para tomar sus labios mientras sus dedos le rodeaban con suavidad la mejilla, hundiéndose en su pelo a la altura de la nuca.

Pero una y otra vez, sentía la atracción de esos ojos tirando de él, imponiéndole una verdad que habría dado cualquier cosa por evitar.

Esos ojos extraños y deslumbrantes que, a primera vista, habían encendido en él un fuego turquesa e infernal. Los ojos que le habían seguido como la mirada de una pálida Mona Lisa mientras cruzaba aquel jardín de Greenwich.

Napier tenía quizás un conocimiento mayor de las mujeres del que posiblemente cabía esperar de un hombre soltero. Y, según le decía la experiencia, las mujeres evitaban el contacto visual cuando hacían el amor, prefiriendo besar o simplemente apagar las lámparas en cuanto era posible. Pero mientras desnudaba despacio a Lisette, le sostuvo la mirada al tiempo que ella hacía lo propio con la suya, incluso cuando le retiró la oscura seda azul del hombro y a tientas procedió a quitarle la ropa.

Porque los ojos eran la ventana del alma y Napier se preguntaba si podría ver la de ella.

—Napier.

Lisette le besó con unos labios que eran como el satén caliente. En la boca. En la mejilla apenas cubierta de una sombra de barba incipiente. Hasta en la curva del cuello. De puntillas, con tan sólo la enagua y lo que había debajo, tentándole, entrelazando la lengua con la suya hasta que la respiración de ambos se aceleró y el miembro de él empezó a endurecerse y a cabecear, impaciente.

Con los ojos levemente febriles, Lisette volvió a apoyar los talones en el suelo al tiempo que sus pálidos y delicados dedos manoseaban con furia los botones del chaleco de seda de Napier.

—Hay una cama —dijo apresuradamente—. En la habitación trasera. Pero personalmente... prefiero esta alfombra roja, delante del fuego.

—Y yo —dijo él, bajando la cabeza para acariciarle el cuello con la boca— siempre he preferido el rojo para todo.

Los dedos de Lisette se detuvieron durante un instante en los botones del chaleco antes de terminar torpemente. Dejando escapar un pequeño sonido de impaciencia, empujó el chaleco por encima de los hombros de él y alzó la mirada desde unos ojos brillantes. Napier remató el trabajo, arrancándose la corbata de un tirón y quitándose bruscamente los faldones de la camisa de los pantalones. Acto seguido, se sacó la camisa por la cabeza y la arrojó a un lado.

Las manos inteligentes y pequeñas de Lisette tironeaban ya de los botones de sus pantalones. Primero desabrochó el botón superior y después el siguiente. Una descarga de sangre, caliente y palpitante, bajó al acto hasta que él estuvo ostensiblemente inflamado y duro para ella.

De pronto, los dedos de Elizabeth se detuvieron y a Napier el corazón se le paró en el pecho con ellos.

La duda quedó suspendida en el aire, densa como el humo del carbón.

«Por favor, por favor, por favor», rezó él.

—Napier —dijo Lisette con voz ronca.

Sus ojos, y sus dedos, seguían fijos en el bulto bajo la bragueta.

Tras exhalar con lenta deliberación, Napier le levantó la cabeza e hizo acopio de toda su autodisciplina.

—Lo entiendo, Lisette —dijo—. La lluvia no tardará en amainar. Podemos irnos pronto… ahora mismo, si así lo deseáis.

—No —respondió ella, alzando su mirada hacia la de él, levemente recelosa—. No es eso.

—Entonces… ¿qué es?

—Es sólo que sois terriblemente… o que probablemente debería decir…

Se le habían arrebolado las mejillas, ahora teñidas de un hermoso tono de rosa que iluminaba su piel opalescente, animándole el rostro entero. Y entonces él lo supo. Y entendió que tendría que haberlo sabido desde el principio.

Dejó caer las manos, aplastado de pronto por el peso de la decepción.

—¿Sois virgen?

Ella asintió. Fue apenas un leve movimiento de cabeza.

«Santo cielo.»

Pero ¿qué era lo que había imaginado? Lisette ya le había dicho que era una romántica incurable. Que merecía algo mejor que el arrepentimiento. Y sí, era una mujer audaz, y mentirosa cuando la mentira satisfacía sus propósitos, pero salvo por la impulsiva y desesperada oferta que le había hecho meses atrás, no había nada en ella que sugiriera que era una mujer lanzada.

Con un sonoro suspiro, le retiró las manos de los botones del pantalón y se las llevó a los labios.

El gesto no la apaciguó.

—¿Y eso es todo? —dijo ella, acusadora—. ¿Pretendéis acaso volveros honorable y mostraros condescendiente conmigo? ¿Y yo? ¿Acaso no tengo voz en esto?

—Lisette. —La estrechó con fuerza contra él, deslizando una mano por su pelo mientras la abrazaba—. Oh, Lisette. Pensad bien lo que hacéis.

—Creo que hago lo que llevo deseando hacer desde hace bastantes días. —Su voz llegó amortiguada contra su pecho—. Y vos no sois un romántico, ¿os acordáis?

—No, pero vos sí lo sois —dijo él—. Y creo conocer el valor de la virtud de una mujer.

—Para mí no tiene el menor valor —replicó ella con cierta aspereza—. La palabra me resulta humillante. Tengo veintisiete años, Napier. Incluso aunque pretenda casarme, un hombre que valore la virtud por encima de lo que hay en mi corazón no es merecedor de mi tiempo.

Él entendió que no le faltaba razón.

Pero lo más convincente fue que Lisette tenía la mano sobre su miembro.

Deslizó con firmeza los dedos por la bragueta y Napier contuvo el aliento. Antes de poder pensarlo dos veces, se había desprendido del resto de la ropa, quitándose las medias, calzones y pantalones a la vez, y dejándolos a un lado en un desmañado amasijo.

Con los ojos como platos, Lisette retrocedió, tironeando con las manos de los bordes de su enagua. Él le sujetó la prenda y ella emergió de ella para dejar a la vista unos pechos pequeños y perfectos, y unos pezones duros del color del melocotón maduro.

Más tarde, Napier retendría apenas un vago recuerdo de cómo había desaparecido el resto de la ropa de Lisette, o de cómo habían terminado ambos sobre la alfombra con ella debajo de él. Abandonado a su propio deseo, tan sólo sabía que el tiempo era esencial, y que si tardaba demasiado, su buen juicio no tardaría en imponerse.

Su boca buscó la de ella y la besó exultantemente. Todas sus buenas intenciones habían desaparecido como por encanto, llevándose a su paso las dudas y también su vacilación. Ella era Elizabeth y de pronto fue consciente de que el deseo que provocaba en él llevaba hirviendo a fuego lento desde hacía meses.

Prefería no pensar en la locura que eso contenía.

Pero Napier iba a poseerla. Iba a darle el placer que ella había suplicado con esos ojos expresivos que todo lo veían. La inmovilizó contra la alfombra con el peso de su cuerpo al tiempo que la luz de las llamas bailaba sobre su cremosa piel. Lisette era la perfección: con un cuerpo largo y flexible de bailarina. Y —o al menos así lo pensaba él a veces—, con un corazón guerrero.

Elizabeth se abrió a sus besos, concediéndole toda la libertad imaginable y saboreándole profusamente a su vez mientras sus manos le recorrían inquietas y quizá también con cierta torpeza. Cuando por fin dejó de besarla, paseó su mirada por el fino óvalo de su rostro. Por esa fina nariz y la frente alta y aristocrática. Por los ojos, separados y almendrados, y una barbilla que quizás era demasiado afilada, pero que era ella en estado puro.

—Dios, Lisette. Creo que os deseo desde el instante mismo en que entrasteis en mi oficina.

—He ganado un kilo y me he cortado el pelo —susurró ella.

Napier bajó la cabeza y pasó la lengua por el duro capullo de su pezón, provocando en ella un jadeo.

—Ese kilo ha ido a los lugares adecuados —dijo—. Y ese pelo… Dios santo, debéis saber el efecto que provoca en mí.

—No —susurró ella nuevamente—. A decir verdad, no.

Pero él no respondió, sino que dejó vagar los labios por la curva de cisne de su cuello, aspirando su olor. Lisette olía... bien. Su olor era tenue y acogedor. Sensual y reconfortante. Como todo aquello que un hombre anhela encontrar en la prolongada oscuridad de una noche de invierno.

Y si Lisette no era del todo sincera —si no era lo que él creía y esperaba— eso era algo de lo que se ocuparía otro día. Esa tormentosa tarde era para amarse; incluso, quizá, para fingir. Que había algo más. O que eran otras personas, que se habían conocido en circunstancias distintas.

Su boca encontró el pecho de Lisette y lo capturó, succionándolo ardorosamente. Ella dejó escapar un grito, arqueándose contra él. Respondiendo a su reacción, Napier rodeó la punta del pezón con la lengua y lo sintió endurecerse como una piedra. Acto seguido, con delicada suavidad, deslizó una mano entre ambos. Desplazando el peso de su cuerpo a un lado, acarició con un dedo la suave mata de rizos canela.

Entonces se estremeció entre sus brazos y Napier levantó la cabeza sin dejar de acariciarla suavemente. En la chimenea, a apenas a un par de metros de donde estaban, se desprendió una brasa, lanzando una lluvia de chispas calientes que la bañaron en su resplandor. Pero el calor que ardía en sus ojos nada tenía que ver con el fuego del hogar.

Más tarde, Napier se preguntaría si todo habría sido otra charada, pero en ese momento el deseo que vio en ella le pareció más real que su propia sangre y que su propia carne. Decidió que la dulce efusión de esos ojos delataba que Lisette sabía muy bien lo que hacía. Lo que estaba entregando.

Bajando la mirada, Napier le rodeó la mejilla con la mano e introdujo aún más el dedo entre sus piernas, jugueteando, aunque sin llegar a tocar, su dulce centro. Lisette, cuyas caderas se ondularon, inquietas, contuvo el aliento, dejando escapar una especie de suspiro antes de hundir el rostro en su mano sin cerrar del todo la boca. Delicadamente, acarició con el pulgar la inflamada carnosidad de su esponjoso labio inferior y cuál fue su asombro cuando vio asomar la punta rosa de su lengua, que al instante humedeció la base del dedo con el calor de su saliva.

Napier sintió que hasta la última de sus terminaciones nerviosas se electrizaba.

«No es más que un pulgar, por el amor de Dios.»

Sin embargo, cuando él dejó escapar un suave gemido, Lisette cerró los labios sobre el pulgar, chupándolo con fuerza. Una ardiente lujuria recorrió a Napier de la cabeza a los pies como si de pronto una cuerda se hubiera tensado, haciendo palpitar su miembro. Ella dejó emerger el dedo de la caliente humedad de su boca y giró la cabeza para mirarle con un brillo travieso velando sus ardientes ojos verdes.

—Niña mala —susurró él, introduciendo un poco más el dedo y frotándole con fuerza el clítoris al tiempo que saboreaba su débil grito.

Lisette sintió que todo su cuerpo temblaba en manos de la caricia de Napier. El deseo la recorrió como una descarga y arqueó las caderas. Él siguió acariciándola, una y otra vez, deslizándose aún más adentro en los húmedos pliegues entre sus piernas. Ella no era una redomada estúpida; había llevado una vida cosmopolita y sabía lo que los hombres hacían a las mujeres.

Más o menos.

Y sentir que era a ella a quien se lo hacían… en manos de él… santo Dios.

—Napier —susurró, presa de la urgencia—. ¿Podemos…?

—No —respondió él con dureza—. Todavía no.

Entonces bajó la cabeza y su pelo espeso y liso cayó hacia delante como una cortina de seda negra al tiempo que su boca volvía a capturar el pecho de Lisette. Chupó apasionadamente, imitando con la lengua el ritmo de su dedo. Que no tardaron en ser dos.

Cuando por fin le introdujo uno hasta el fondo, ella dejó escapar un grito débil y perplejo.

—Tranquila, amor —la arrulló él, provocando que su estómago tocara fondo.

Y entonces, con más delicadeza si cabe, le mordió el pezón y el dolor la recorrió por entero… desde el pezón hasta el vientre y de allí hasta el húmedo rincón que él estaba tocando. Sintió un intenso latido bajo el dedo de Napier.

Fue demasiado intenso para que pudiera soportarlo.

—Basta —gritó—. Oh, Dios, Napier, parad y… y haced… algo.

A pesar de que Lisette había cerrado los ojos, sintió que él cambiaba el peso de su cuerpo y también la barba incipiente de su mejilla dura y delgada rozar apenas la suya.

—Lisette, si hago…

—¡Dejaos de «si»! —Abrió de pronto los ojos—. Oh. No puedo aguantar.

—Debéis dejar que sea yo quien se encargue de decidir cuándo —dijo él con firmeza, acariciándole la punta de la ceja con los labios—. Dolerá.

—Ya duele ahora. Ardo en deseos de teneros desde lo más profundo. —En la semioscuridad del salón, ella oyó cómo se le aceleraba la respiración—. Por favor.

Napier apoyó entonces sobre ella todo su peso, aplastándola contra la blandura de la alfombra. La besó intensa y apasionadamente antes de retirar la cara

—Vos, mi querida desvergonzada —murmuró—, estáis demasiado acostumbrada a saliros con la vuestra.

—Napier… —dijo ella entre dientes.

—No. —Volvió a besarla tórridamente, capturando sus manos entre las suyas. Pero cuando Lisette volvió a soltar un pequeño sollozo, él se apiadó y entrelazó un muslo fuertemente musculado entre sus piernas para separarlas con suavidad. Ella sintió que el peso de su erección descansaba pesadamente entre sus piernas. Deseó tocarla, pero se sentía demasiado insegura.

Napier volvió a introducirle los dedos y por fin su pulgar encontró ese anhelante punto oculto entre sus piernas y empezó a acariciarla en pequeños círculos.

—Ah —susurró ella.

Y entonces fue como si algo dentro de Lisette cediera, como si un dique en su interior estallara, descomponiéndose en rayos de luz. Las caricias de Napier se tornaron por un instante parte de ella al tiempo que una intensa marea la recorría por entero en una oleada tras otra de indescriptible placer.

«Me va a partir el corazón.»

Eso fue lo que pensó a continuación. Y al instante llegó la certeza de que esa... sí, esa *sensación*... bien justificaría el dolor.

Cuando la descarga remitió y Lisette volvió en sí, vio a Napier arrodillado entre sus piernas, con un aspecto peligroso y profundamente satisfecho consigo mismo. Entonces pensó que era el hombre más apuesto que había visto jamás. Y no era bello, no, pero sí absolutamente masculino, con los hombros anchos y unos brazos entreverados de varias capas de músculos y de marcados tendones.

Y, como con todo lo que hacía en la vida, parecía mortalmente serio. Una espesa mata de pelo negro le cubría un ojo y su hombría se erigía entre los cuerpos de ambos, inconfundible y ligeramente sobrecogedora. Con gesto vacilante, ella la cogió con la mano, maravillada al notar su sedoso peso.

Napier apretó los dientes al instante, y contuvo el aliento. Suavemente, Lisette trazó un círculo con el pulgar sobre la cabeza inflamada, imitando el gesto que él había empleado previamente para surtir tan placentero efecto, y una diminuta gota de humedad asomó.

—Ahhhh —gimió él.

Entonces la levantó ligeramente de la alfombra, tirando de ella hasta rodearla con los brazos y dejando que todo el peso de su hombría le presionara con fuerza el vientre. Le pasó los dedos por el pelo de la nuca, sosteniéndole la cabeza con un beso que trascendió lo sensual para alcanzar algo a lo que ella no supo encontrar palabras. Fue una absoluta posesión que la dejó a merced de él. El cuerpo de Lisette empezó a palpitar nuevamente y sintió que el latido entre las piernas regresaba de nuevo.

Diluviaba al otro lado de las ventanas de la pequeña casa. Un trueno crujió en el cielo y la habitación se iluminó. Entonces notó cómo latía el corazón de Napier contra su pecho mientras se besaban... y sintió también el suyo, latiendo cada vez más deprisa. Al tiempo que la piel de Napier se calentaba, los sentidos de ella se impregnaban del olor a lima de su jabón de afeitar y de ese olor a macho intensamente excitado.

Actuando por puro instinto femenino, Lisette empujó con la suya la lengua de Napier, eludiendo así sus profundas embestidas. Éste se estremeció contra ella y retiró bruscamente la boca.

—Ahora —dijo, tumbándola apresuradamente sobre la alfombra. Con un suave gesto, se tumbó sobre ella, tensando los músculos de los brazos casi de un modo predatorio. El peso de su erección se abrió paso entre los muslos de Lisette y la guió más adentro con la mano.

Instintivamente, ella levantó los pies y separó más las piernas. Una tórrida dureza intentó adentrarse en su cuerpo hasta deslizarse un par de centímetros en su interior, invadiéndola. Lisette dio un ligero respingo antes de obligarse a mantenerse quieta y relajarse. Napier apoyó todo su peso sobre un brazo y los duros tendones se dibujaron en toda su longitud al tiempo que cerraba con fuerza los ojos. Experimentalmente, hizo oscilar las caderas.

—Esperad —gruñó él—. Santo cielo.

Lisette oyó su propia respiración en la semioscuridad.

—Sois muy dictatorial cuando hacéis el amor —dijo—. Aunque a decir verdad no sé de qué me sorprendo.

Él se rió e inclinó la frente hacia delante hasta apoyarla en la de ella.

—Dios, Lisette, estáis demasiado cerrada —dijo—. Voy a lastimaros. No puedo soportarlo.

—Yo sí puedo. —Exhaló despacio y movió hacia arriba las caderas para tomarle. Con un brusco gruñido, Napier se deslizó aún más

adentro y el dolor fue como el de una afilada cuchillada. Debió de
haber soltado un grito. Los ojos de ella se abrieron entonces, tórridos
y un poco enojados... enojados, según pudo darse cuenta, con él.

Una mirada interrogante la barrió desde arriba. Lisette se mordió
el labio y volvió a balancear las caderas.

—Ahhhh... —susurró él.

Tras levantar un par de centímetros más las rodillas, Lisette dejó
que sus manos rodearan los esculturales músculos de las caderas de
Napier y le apremió para que se introdujera del todo entre sus muslos.
Éste se echó ligeramente hacia atrás y volvió a empujar, deslizándose
dentro, esta vez un poco más.

Su mirada captó la de ella y estudió su rostro, cuestionando el alcance de su dolor.

Cuestionándolo, quizá, todo.

—Sí —dijo ella.

Napier embistió entonces hasta el fondo, dejando escapar un gemido de masculino triunfo, reclamándola para sí con un sonido tan
puro que a Lisette se le encogió el corazón. Oh, cuánto lo deseaba. No
era el sexo lo que deseaba —aunque Dios sabía que también—, sino la
intimidad entre dos personas ahogándose totalmente la una en la otra.

Deseándole a él.

Se dejó beber de él y atesorar el recuerdo de lo que vio en los rincones más ocultos de su corazón para otro momento —y otro lugar—,
cuando todo hubiera terminado.

Napier dejó caer la cabeza, echando el peso de su cuerpo hacia
delante sobre un par de poderosos brazos mientras marcaba un ritmo
pautado, penetrándola hasta el fondo y frotando el dulce punto entre
sus piernas. Ella se notaba cada vez más húmeda a medida que la carne
de Napier bombeaba la suya. Las embestidas ganaron en ritmo y sus
tendones se le marcaron como gruesas cuerdas bajo toda la piel.

Lisette sintió que se abría como una flor que da la bienvenida al
calor del sol y que su deseo encajaba con el de él, una embestida tras
otra. Muy pronto, la gloriosa sensación pareció volver a anunciarse. El

fugaz instante de dolor quedó así olvidado y sólo ese tórrido placer se mantuvo, seductoramente más allá de su alcance. Sintió que se incorporaba para salir al encuentro de Napier, presa de un estremecimiento, y que los cuerpos de ambos se fundían en uno solo. Y entonces la luz estalló una vez más, y esta vez fue como si algo dentro de ella se desgajara para volar hasta él... llevándose su corazón consigo.

Lisette gritó suavemente debajo de él hasta sentir de pronto que todos sus músculos se inundaban de placer. Napier la embistió una vez más, echando la cabeza hacia atrás. Todos y cada uno de los tendones de su cuello se tensaron a causa del esfuerzo mientras un calor líquido la abrasaba por dentro, dulce como el propio placer. Dos veces más él la penetró y en ese momento inclinó la cabeza hacia delante y la intensa oscuridad de sus ojos horadó los suyos.

Entonces maldijo entre dientes y se derrumbó.

Debieron de quedarse un rato dormidos, pues cuando por fin Lisette despertó se encontró con una de las pesadas piernas de Napier encima de las suyas y con su cabeza reposando sobre su pecho.

No pudo evitar fijarse en que se trataba de una pierna larga y profusamente musculada, espolvoreada de vello oscuro, que se curvaba en un glúteo tan hermosamente moldeado que bien podría haber sido esculpido por el propio Bernini. Ese globo perfecto y semicircular iba a garantizar una buena dosis de atención postrera en cuanto aprendiera a desenvolverse mejor con las cuestiones de las artes amatorias.

Sin embargo, estaba presuponiendo al pensar así un futuro que presumiblemente no tendrían y había aprendido tiempo ha a acerarse contra la decepción. Nada había cambiado entre ellos. Incluso en el caso de que Napier encontrara el modo de perdonarla por ser quien era, no parecía un hombre que fuera a olvidar lo que ella había hecho.

Con un suspiro interno, Lisette giró el rostro hacia la ventana. Aunque el sol no había vuelto a aparecer, la lluvia había dejado de martillear contra el cristal, de modo que quizá lo peor había pasado.

Se desperezó tentativamente y descubrió que tenía doloridas ciertas partes del cuerpo, aunque de un modo deliciosamente maravilloso.

A causa del leve movimiento, Napier abrió los ojos, la miró fijamente durante un instante y levantó la cabeza para besarla con exquisita ternura.

—Santo Dios bendito —gruñó, dejándose caer una vez más sobre la alfombra y arrastrándola con él—. Supe que llevabas contigo el peligro en cuanto te vi.

—Y tú decías que no eras romántico… —ronroneó ella, repantigada sobre su pecho.

La risa de Napier tronó desde lo más profundo.

—Ah, ahí tienes una nueva prueba de mi pobre elocuencia. —Sin embargo, casi al instante, una mirada cavilosa ensombreció su afilado rostro y levantó una mano para pasarle un rebelde mechón de cabello por detrás de la oreja—. Pero Lisette, por ti… por esta gloriosa sensación… hasta un perro viejo estaría dispuesto a aprender una nueva gracia.

Lisette forzó una risilla.

—Oh, esta sensación no pasa de ser ese fugaz agradecimiento tan típicamente masculino —murmuró—, y si éstas son tus gracias, puedes reposar cómodamente entre tus laureles. Además, no espero nada de ti, Napier.

Napier se relajó contra la alfombra, abrazándola con fuerza contra su pecho.

—Esperemos que jamás tengas que hacerlo —dijo con voz queda.

Pero cuando ella le preguntó que a qué se refería, la mirada de él se cerró sobre sí misma y no hubo respuesta a su pregunta. Lisette no insistió. En vez de eso, se quedaron un poco más el uno en brazos del otro, con la mejilla de ella sobre la amplia llanura del pecho de él mientras escuchaba con atención los fuertes y uniformes latidos de su corazón.

Pronto, no obstante, la lluvia remitió del todo y resultó imposible seguir holgazaneando. Si no aparecían enseguida, podía cundir la preocupación —quizás incluso la alarma— en Burlingame.

Pero había una última cosa que Lisette quería; no, que necesitaba decir.

Levantó la cabeza y sonrió a Napier desde arriba.

—Querías saber cuándo fui feliz por última vez —dijo, pasando un dedo por el vello oscuro que le cubría el torso—. Pues creo que te mentí.

Él arqueó una ceja y hubo cierto recelo en su expresión.

—¿Lo sabías?

—Sí —dijo ella, cavilosa—, porque, aunque resulte extraño, he encontrado cierta felicidad en todo esto: me refiero al hecho de venir aquí, a Burlingame, contigo, y a sentir que mi vida tiene de nuevo un propósito, independientemente de lo que vaya a durar. Y ahora soy feliz, quiero decir en este preciso instante, sublimemente feliz. Y te doy las gracias por ello.

—Espero —dijo él con un hilo de voz— que no dejes nunca de hacerlo. Que jamás tengas motivo para lamentar lo que hemos hecho juntos, Lisette.

—¿Lo lamentarás tú? —preguntó ella, sosteniéndole la mirada.

Él negó con la cabeza y su pelo oscuro rozó levemente la vieja alfombra.

—No —dijo solemnemente—. Mucho me temo que no lo lamentaré… independientemente de cómo resulte todo.

Poco después, y tras unos largos besos más, Napier se puso la camisa y los calzones y se dirigió a la parte posterior de la casa, cerrando con un portazo tras de sí la puerta y regresando con un cubo de agua fría para lavarse… aunque en cuanto Lisette lo vio, se le ocurrió que sin duda podrían haberle dado un uso mejor, como el de frustrar sus estúpidas ensoñaciones, pues de repente se vio atolondradamente inmersa en ellas.

Regresaron a Burlingame casi en silencio. Napier mostraba quizá más cuidado del necesario en rodear con el carruaje los amplios charcos del camino. Ella iba sentada en silencio a su lado, asimilando poco a poco la enormidad —y el riesgo— de lo que acababa de hacer.

No, no se arrepentía. Lo había hecho con los ojos abiertos de par en par. Pero tenía la impresión de que comprendía el motivo de la silente maldición formulada por Napier. Entendía que si las cosas iban a tomar ese cariz, tendría que aprender a estar atenta a su calendario íntimo, y que para eso necesitaría el consejo de Fanny.

Fue sin duda una plomiza consideración. Y debajo de ella se ocultaba una aterradora incertidumbre.

Para ella el interludio de esa tarde no había sido tan sólo una cuestión de placer físico, y no era tan tonta como para pensar de otro modo. Había empezado a apoyarse en Napier... a extraer de él una suerte de fortaleza y de apoyo emocional que hacía largo tiempo que no sentía.

Una aterradora incertidumbre, sin duda alguna.

10

El doctor Underwood visita la casa

Royden Napier se pasó los siguientes cinco kilómetros de su vida con un par de botas empapadas y sumido en un estado de íntima frustración. Entre lo uno y lo otro, prefería con mucho las botas. Contempló la idea de que un resultante brote de neumonía quizá le postrara en cama el tiempo suficiente como para poder recuperar el juicio.

Sin embargo, iba a verse temporalmente apartado de semejante tortura mental, pues cuando llegaron a la casa vieron un cabriolé negro aparcado al pie de la escalera, con la capota levantada contra las inclemencias del tiempo y un hermoso caballo gris esperando en el enganche. Justo cuando hizo girar el coche de dos caballos para rodear la monstruosa estatua de Hades, un delgado caballero que portaba una bolsa negra salió por la puerta principal, se detuvo de pronto y se volvió como para dirigirse a alguien que estaba en el interior del *hall*.

Un lacayo cogió las riendas de los caballos de Napier y cuando bajó en brazos a Elizabeth, sosteniéndola tan cerca de él como se atrevió, el caballero bajaba ya presuroso los escalones con una expresión de inquietud en los ojos.

—Buenas tardes —dijo, acercándose con una mano extendida—. Supongo que debéis de ser el inspector adjunto Napier.

A él le tomó por sorpresa que se le dirigieran por su título profesional, pero extendió también la mano.

—Así es, en efecto.

El caballero se quitó rápidamente el sombrero.

—Soy el doctor Underwood —se presentó y saludó con una inclinación de cabeza cuando Napier le presentó a Lisette—. Señor Napier, lamento que me hayáis esperado en vano la semana pasada. Tuve que atender a un paciente que estaba mucho más enfermo de lo que había supuesto.

—Los peligros de la vida del médico, sin duda —dijo Napier, reparando en la inconfundible inquietud del hombre—. Decidnos, ¿cómo habéis encontrado al criado de Duncaster?

—Muy enfermo, señor. Preocupantemente enfermo. —La mirada del doctor Underwood se volvió incómoda hacia Elizabeth—. ¿Podemos hablar en privado?

—Si así lo preferís… —dijo Napier—, aunque os aseguro que podéis hablar sin ambages delante de la señorita Colburne.

—Muy bien. —El doctor Underwood seguía sin parecer convencido—. Aunque será mejor que entremos.

Napier intuyó, gracias a su olfato de policía, que algo no iba bien. Subieron a toda prisa los escalones y giró para entrar en la primera habitación privada que encontró y que no era otra que la estrecha oficina del mayordomo que comunicaba con el magnífico *hall* de la entrada. Estaba vacía.

—Al ver que no estabais en casa, iba ahora de camino a visitar al hacendado Tafton —dijo el doctor cuando Napier hubo cerrado la puerta—. Es lo más cercano a un juez de paz que tenemos aquí desde la muerte de vuestro tío Harold.

La sorpresa asomó al rostro de Napier.

—No sabía que Saint-Bryce había sido juez —dijo—. Pero ¿para qué necesitáis uno? ¿Qué ha ocurrido?

El doctor se volvió hacia la puerta.

—No me gustan los síntomas de Walton —dijo, bajando la voz hasta hablar en apenas un susurro—. Estoy muy preocupado. Mucho me temo, señor, que le han… en fin, que quizá le hayan envenenado.

Napier no se esperaba algo así.

—Santo cielo —murmuró—. Pero ¿quién? ¿O ha sido quizás un accidente?

—Puede ser cualquiera de las dos cosas —dijo el médico—. Pero está muy enfermo, y según he podido entender…

—Oh, vamos. Continuad —dijo Napier, visiblemente impaciente.

El médico dejó su maletín con un golpe sordo encima del escritorio del mayordomo, que estaba abierto y dejaba a la vista la superficie de escritura de cuero verde.

—Oh, cielos, esto es realmente incómodo.

Con una solícita sonrisa, Elizabeth se inclinó hacia él y le acarició levemente la mano.

—Justo estaba diciéndole al señor Napier que Walton había sido muy poco circunspecto en cuestiones del corazón —murmuró—. Deberíamos considerar al marido de la jefa de correos, ¿no os parece?

Los ojos del médico se abrieron como platos y su palidez aumentó un grado hasta la blancura más absoluta.

—No debo —dijo—. Eso debe decidirlo la justicia… o vos, señor Napier.

—Me temo que mi autoridad en Wiltshire es limitada —contestó, aun sin estar del todo seguro de que eso fuera cierto. Había acudido a instancias de sir George Grey, que poseía una autoridad tremenda—. ¿Cuáles son los síntomas de Walton?

—A simple vista, parece un poco *cholera morbus* —dijo el médico, volviendo a mirar incómodo a Elizabeth—. Pero… no lo es. Sé que no lo es.

—¿Sufre diarrea? ¿Vómitos? —preguntó Napier sin la menor emoción—. ¿Dolor gástrico agudo? ¿Taquicardias?

Underwood pareció más aliviado.

—Entonces, ¿lo habéis visto antes?

—Más veces de las que me atrevería a recordar —reconoció, dedicando a Elizabeth una mirada significativa—. Arsénico, muy probablemente. Mis hombres de Scotland Yard lo llaman el polvo de las herencias. Pero si ha dejado de sufrir convulsiones, y si no ingiere más veneno, quizá se recupere.

—Ése ha sido exactamente mi diagnóstico —dijo Underwood—. Eso, claro está, si efectivamente se trata de veneno.

—¿Cómo podemos asegurarnos? —preguntó Lisette.

Una vez más, la mirada de Underwood se alternó entre ambos.

—Si no tenemos un compuesto sospechoso que podamos analizar, y no he encontrado nada a la vista, sólo se puede saber mediante la autopsia. Pero os ruego que aceptéis mis disculpas, señorita Colburne. Estoy seguro de que vuestra delicada sensibilidad descarta tamaña discusión.

—Oh, en absoluto —dijo Lisette con un relajado gesto de la mano—. Como veréis, Napier no ha dudado a la hora de mencionar la diarrea o los vómitos.

—Sin olvidar el dolor gástrico agudo —añadió secamente Napier—. Underwood, me temo que mi futura esposa procede de una familia de periodistas y, por lo que he podido ver hasta ahora, carece por completo de delicada sensibilidad.

—Oh. —Underwood esbozó una sonrisa fulminante—. Eso es… muy práctico, si me permitís la observación, teniendo en cuenta vuestra profesión.

—Cierto —concedió Napier—. Decidme, ¿habéis realizado alguna autopsia?

—No, simplemente he leído sobre ellas —confesó el médico—. Pero tengo entendido que el daño será en primer lugar gastrointestinal, provocando un enrojecimiento de la pared del esófago.

—Y lo más probable es que aparezcan restos de mucosidad sanguinolenta —intervino Elizabeth—. Y es posible apreciar la aparición de granos de café en el estómago. Son los restos de sangre digerida.

Napier se volvió y la miró fijamente.

—¿De verdad, querida?

—En casos de digestión directa, sí. —Lisette le dedicó una insípida sonrisa—. De hecho, en una ocasión escribí… quiero decir, leí…

acerca de un caso en el que se hallaron granos de arsénico adheridos a la pared estomacal de la víctima. Un regalo letal, si me permiten el comentario.

—Hum —dijo Napier con tono amenazador.

Underwood había palidecido un poco y también él la miraba fijamente.

Entonces la expresión de Napier se suavizó.

—Pero no nos precipitemos en sacar conclusiones —dijo, levantando la mano—. Estamos dando por supuesto un envenenamiento malicioso y deliberado. El envenenamiento por arsénico suele ser lento, y el resultado de una exposición a algún tipo de absorción accidental.

—En cuyo caso —dijo el médico con aire sombrío— una autopsia sería de menos utilidad.

Lisette sintió que una pesada incertidumbre se cernía sobre la pequeña oficina. El doctor Underwood parecía menos contento cada minuto que pasaba. Napier se había acercado a la estrecha ventana diseñada para ofrecer a los criados una discreta y privilegiada perspectiva desde la que observar los carruajes que se acercaban a la casa.

Entonces se llevó una mano a la cadera, apartando hacia atrás la tela oscura del gabán y dejando a la vista la atlética curva de la cintura. Se frotaba con la otra mano la leve sombra de la barba en un gesto caviloso al tiempo que contemplaba la estatua de Hades y Perséfone con una distante mirada en los ojos.

Al parecer, su apasionado interludio había quedado olvidado.

Lisette intentó no ofenderse. Desde el principio había sabido que Napier era esclavo de su trabajo. Y justo en ese momento, toda su concentración había vuelto a fijarse en los extraños acontecimientos que estaban sucediendo en Burlingame.

Cuando él se volvió desde la ventana, su expresión era sobria.

—Obviamente, podemos registrar la casa de arriba abajo —dijo— y ponerlo todo patas arriba. Luego podemos ir al pueblo y hacer lo mismo en el Duck and Dragon, incluso dentro de la propia oficina de correos.

Pero es más que probable que encontremos alguno de los componentes del arsénico en ambos sitios. Prácticamente cualquier establecimiento grande los tiene. ¿Y adónde nos llevaría eso? No haríamos más que avivar... o peor aún, dar pie... a peligrosas especulaciones.

—Eso es exactamente lo que pienso yo —dijo Underwood muy serio—. El señor Boothe, el posadero, es una mala pieza. Temo por su esposa si levantamos sospechas. Por eso he pensado en Tafton. Aunque lo que él podría hacer de otro modo es... en fin, supongo que nada. A menos que Walton muera.

Napier se limitó a negar con la cabeza.

—Un asunto muy serio —dijo, metiéndose las manos en los bolsillos—. Y supongo que esto nos lleva al por qué de la visita que os hice la semana pasada.

—Eso me había parecido —dijo Underwood ligeramente pesimista—. Parecéis estar sano como un roble.

—Así es, gracias —dijo Napier—. Fui a veros por una cuestión profesional. Naturalmente, he visto los informes del forense, pero quería vuestra opinión más específica, o incluso quizá vuestra honesta intuición, sobre lo que mató a mi tío, y a lord Hepplewood antes que a él.

Underwood pareció horrorizado.

—Tal y como aparece en los informes, Hepplewood sufrió una alteración biliar —dijo—. Al menos ése fue mi diagnóstico en aquel momento. La alteración se produjo muy lentamente, fue una suerte de condición crónica, antes de empeorar brusca y agudamente. ¿Tenéis quizás algún motivo para sospechar otra cosa?

—¿Visteis alguna vez a solas a lord Hepplewood? —ladró Napier.

El médico negó con la cabeza.

—No, que yo recuerde —dijo—. Su esposa estuvo siempre presente.

—Hepplewood escribió a su amigo, sir George Grey, expresando temor por su vida —dijo Napier—, aunque no de forma demasiado coherente ni específica. Eso, comprenderéis, fue lo que primero me trajo a Burlingame. Me enviaron aquí. El ministro del Interior. Y aquí sigo.

Implícito en sus palabras estaba el hecho de que no estaba allí para bailar al son que tocaba el cascarrabias de su abuelo, ni para aguardar a ser el receptor de alguna inesperada y generosa dádiva familiar. Y por vez primera, Lisette se preguntó cuál era el precio que había pagado por ello; tragarse el orgullo y haber ido meses atrás a ese lugar donde no había sido bienvenido; a esa casa y con esa familia —esa vida de aristocrático esplendor— de la que su padre se había visto tan fríamente repudiado.

Pero Napier había ido, como era su deber. Era la clase de hombre que siempre cumpliría con su obligación, anteponiéndola a sus deseos personales… y quizás incluso a los dictados de su corazón.

Para ella esa noción era un duro recordatorio de su propia realidad… un hecho tan admirable como descorazonador.

Pero Underwood negaba despacio con la cabeza.

—Sabía que hacia el final Hepplewood tenía miedo —dijo—. Pero los hombres que agonizan a menudo se vuelven imaginativos, sobre todo los ancianos. A veces balbuceaba cosas que carecían por completo de sentido.

—Entonces, ¿fue una enfermedad biliar? —preguntó Napier—. ¿O simplemente la senilidad propia de la vejez?

Underwood no disimuló un fugaz estremecimiento.

—Lady Hepplewood creía que era lo segundo —dijo—, aunque la experiencia me dice que la senilidad tiende a volver infantiles a los ancianos. Recuerdan el pasado mejor que el presente, como parecía ocurrirle a Hepplewood. Hacia el final, él… en fin, pronunciaba repetidamente un nombre.

—¿Un nombre? —dijo Napier—. ¿Cuál?

El médico se sonrojó levemente.

—Jane —dijo, bajando la voz hasta casi un susurro—. Jane, Jane, Jane —decía—. Creo que están intentando matarme. Y lo decía de un modo más lastimoso.

—¿Jane? —dijo Napier—. ¿Quién demonios es Jane?

Underwood se encogió de hombros.

—Ésa es la cuestión —respondió—. Según lady Hepplewood, su marido tenía una tía llamada Jane a la que se sentía profundamente unido. Pero lleva treinta años muerta.

—¿No hay ninguna otra Jane? Es un nombre muy común.

—Burlingame tiene una criada llamada Jane que a veces le hacía compañía cuando la señorita Jeffers y la señorita Gwyneth no estaban disponibles. Pero para entonces Hepplewood prácticamente estaba senil. Y estaba muy… inquieto… Casi asustado.

—¿Pudo haber sido envenenado?

La expresión de Underwood vaciló y abrió las manos en un gesto casi quejumbroso.

—Posiblemente, pero como os he dicho, murió lentamente, y al final, presa de un profundo dolor.

—¿Dolor físico?

—Sí, sobre todo —dijo Underwood—. Pero debía de haber algo rondando en aquel momento. Durante unos días, la señorita Gwyneth Tarleton también estuvo indispuesta y mostró síntomas similares aunque mucho más leves. Aunque ella se recuperó rápidamente, Hepplewood, dado su frágil estado, pareció incapaz de seguir su ejemplo.

—¿Y qué me decís de la muerte de Saint-Bryce? —insistió Napier—. Una apoplejía hemorrágica, eso es lo que dijo el forense.

—En cuanto a eso, estoy absolutamente de acuerdo con el diagnóstico —aseveró Underwood—. Todos los síntomas estaban presentes y no tengo la menor duda de que una autopsia habría revelado un exceso de sangre en el cerebro.

Lisette llevaba un rato haciéndose una pregunta.

—Doctor, ¿puede una apoplejía hemorrágica ser causada por un veneno?

El médico negó con la cabeza.

—Existen algunas teorías, aunque no probadas —dijo—. En la mayoría de los casos, la causa es un trauma craneal o la enfermedad de

Bright. O, si el paciente sufre de arterias quebradizas, un esfuerzo extremo o un arrebato emocional pueden precipitar esa clase de hemorragia.

Napier frunció ostensiblemente el ceño.

—¿Acaso Saint-Bryce discutió con algún…?

Justo en ese momento les interrumpió un brusco golpe en la puerta.

—Marsh no está aquí —gritó Napier con la voz aguda.

Pero volvieron a llamar.

—Disculpad, señor —dijo una voz irritada—, pero soy Marsh.

Napier se acercó a la puerta con largas zancadas y la abrió de un tirón.

El mayordomo apareció en el umbral, tieso como un soldado y pálido como la cera. Su mirada viajó directamente hasta los ojos de Underwood.

—Mucho me temo que os necesitan arriba, doctor —dijo.

—Oh, Dios —susurró Lisette—. ¿Acaso Walton…?

Marsh negó con la cabeza en un gesto tenso.

—No, no se trata de Walton —dijo—. Es Prater.

*L*a vida en Burlingame tomó un ritmo más pausado durante los días siguientes. Afortunadamente —quizá— las circunstancias impidieron a Napier regodearse almibaradamente en los recuerdos de su interludio con Elizabeth. Walton seguía al borde de la muerte, a menudo balbuceando incoherentemente e insolentándose contra todos los que le cuidaban.

Prater estaba menos afectado que él, aunque aun así seguía violentamente enfermo y, según palabras del médico, sus síntomas eran idénticos a los que Gwyneth había padecido antes de la muerte de Hepplewood.

Underwood iba a diario a la casa, siempre deteniéndose a intercambiar impresiones con Napier. Aunque en realidad poco era lo que había que hablar. Para frustración de éste, el médico se retractó de inmediato de su diagnóstico de envenenamiento en favor de alguna suerte de contagio, puesto que los dos criados compartían habitación. Él no estaba tan seguro.

Pero los robustos y jóvenes criados eran mucho más resistentes que el difunto y anciano conde, y todos los supuestos de pesimismo y fatalidad no habrían de ver la luz. Tras profusos cuidados y una casi constante infusión de líquidos, Prater volvió a enfundarse su librea al llegar el fin de semana, y no tenía demasiado mal aspecto, y muy pronto Walton alivió su aburrimiento pellizcando el trasero de una de las criadas menos caritativas cuando la joven se inclinaba sobre su lecho.

Fue sin duda un grave error de cálculo. La criada se incorporó como empujada por un resorte y sacudió al muchacho con su propio orinal, partiéndole la nariz.

La señora Jansen apenas pudo reprimir una sonrisa durante la cena al enterarse del contratiempo y, a la mañana siguiente, ante la sorpresa de nadie, Underwood declaró que Walton estaba totalmente recuperado, salvo por su nariz, que con toda probabilidad no volvería a recuperar su rectitud.

Gwyneth estalló en carcajadas al enterarse de la noticia.

—Esperemos que una nariz inflamada y teñida de amarillo y negro no desaliente en demasía a la señora Boothe —cacareó.

Y así, con la casa recuperando poco a poco la normalidad y el temor en clara remisión, Napier intentó forzar su atención y concentrarse de nuevo en aquello que, desde un buen principio, le inquietaba: el asunto de la muerte de lord Hepplewood, y por extensión la de su tío, pues sabía que si no se ocupaba de ello no tardaría en enfrentarse a algo mucho más preocupante.

Pero el destino de Hepplewood ya no lograba apartar su atención de la tentación que era Lisette Colburne.

Napier se sentía inquieto y hechizado, presa de los embates de un deseo indescriptible que oscilaba entre la agonía y la tentación. La tentación cuando Lisette cruzaba con la suya la mirada en la mesa durante la cena y algo enigmático brillaba en sus ojos verde azulados; y la agonía… la agonía llegaba al caer la noche, sobre todo cuando contaba los pasos que separaban las habitaciones de ambos. Que sumaban un total exacto de veintitrés.

Después de que los dos criados se reincorporaran a sus puestos, la cena del lunes por la noche recuperó su devenir habitual con la formalidad propia de una noble casa inglesa y con más platos de los que Napier era capaz de contar… o de comer. Sin embargo, hubo una silla vacía, pues la señora Jansen había anunciado que sufría otra jaqueca y que no bajaría a cenar, y muy pronto también Diana se levantó de la mesa antes que el resto para ocuparse de Beatrice en su lugar.

Cuando terminaron de tomar el café en el salón, Duncaster se había quedado dormido, derrengado en una butaca con los dedos entrelazados en el chaleco, y Gwyneth y lord Hepplewood reñían a causa de una partida de piquet, pues Gwyneth había declarado *carte blanche*.

—Sé perfectamente que tienes un caballo oculto detrás de ese ocho de corazones —dijo Hepplewood, arrastrando un poco las palabras.

—¡Tony! ¡Habrase visto maldad semejante! —replicó Gwyneth—. No, no pienso volver a mostrarlas. ¿Es que crees que soy idiota?

—Eres una tramposa, Gwen —contraatacó su primo—. Siempre haces trampas.

—¿Siempre? —Gwyneth se había puesto roja como la grana—. ¿En serio, Tony? ¿Es ésa tu excusa? Las hice una vez. Cuando tenía doce años. Y creo que ya has bebido demasiado. ¿Quizá podrías dejar tu copa de jerez y limitarte a jugar tu mano?

—¿Y quizá podrías dejar a un lado esa actitud prepotente? —sugirió Hepplewood, arrojando las cartas sobre la mesa—. O mejor vuelve arriba. Estoy seguro de que no te costará convencer a la señora Jansen para que juegue contigo a algo con lo que disfrutas más.

Lady Hepplewood agarró bruscamente su bastón de ébano.

—Vosotros dos —dijo fríamente— deberíais ser un ejemplo para las clases inferiores, no comportaros como ellas.

—Mamá, yo…

—Ahórrate las excusas —le interrumpió lady Hepplewood, plantando con firmeza el bastón en la alfombra—. Si tu intención es desplegar tu vulgaridad, Tony, te agradecería que fueras a la taberna del pue…

Duncaster salpicó la discusión con un sonoro ronquido antes de que se le hundiera la barbilla entre los pliegues de la corbata.

Napier se levantó dando un respingo de la silla y propuso que salieran a dar un paseo por los jardines, dedicando una mirada explícita a Lisette.

—Quizá podríamos ir hasta el lago —añadió—. Esta noche la luna está casi llena.

El plan, sin embargo, provocó el efecto indeseado. Sin relajar su todavía envarada postura, Gwyneth se levantó y, con un brusco giro de muñeca, lanzó sobre la mesa sus cartas, que fueron a parar al regazo de Hepplewood.

—Magnífica idea —dijo—. Personalmente, esta casa me resulta opresiva.

—Me encantaría dar un paseo. —Lisette cogió el mantón de cachemir que había dejado sobre el brazo de la silla—. Parece que vamos a tener una noche despejada.

Quizás Hepplewood había tomado unas copas de más, pero eso no le impidió entender que estaba a punto de quedar a merced de los tiernos cuidados de su madre.

—Me encantaría ir —declaró, levantándose y tambaleándose un poco—. A menos, claro está, que los prometidos deseen disfrutar de un momento a solas.

—Oh, no. Nos encantaría tener compañía —dijo Lisette tan alegremente que podría haberla estrangulado.

Y, sin embargo, Napier sospechaba que Lisette hacía exactamente lo que él llevaba haciendo varios días. Evadirse. Evitarle. Fingir. E intentar quizá convencerse de que no habían traspasado todos los límites. Que él no le había arrebatado algo a lo que no tenía derecho.

Y que ella no se lo había ofrecido de buen grado.

Sí, quizá Lisette se arrepentía. Pero Napier entendía también que nunca lo sabría si no lo hablaba con ella; que jamás llegaría a entender lo que realmente encerraba el corazón de Lisette si no se atrevía a preguntar.

En cualquier caso, lo que más cuestionaba no eran los sentimientos que Lisette albergaba hacia él; no se tenía en demasiado buen concepto al respecto. Al contrario: estaba cada vez más desesperado por conocerla; por conocer su naturaleza. Su carácter.

A primera vista, le había resultado muy fácil dar por sentado que Elizabeth Colburne era una mujer fría como el hielo... y hasta un poco inestable. O una asesina. Sin embargo, cada día que pasaba se le hacía más difícil evaluarla a distancia... ni siquiera cuando era ella la que mantenía cierta distancia entre los dos. Simplemente la deseaba y temía estar enamorándose irremediablemente de ella. Y lo que era aún más desconcertante: lo que podía llegar a saber más allá de ese simple hecho estaba dejando rápidamente de importarle.

No, llegados a ese punto, se trataba simplemente más de saber cuán profundamente enamorado estaba de ella... y vivir consigo mismo a partir de entonces.

Felizmente ajenos a las agitadas emociones de las que era presa, los tres salieron tras Napier por la terraza posterior, cruzando desde allí los jardines. Mejor así. Tenía más posibilidades de resolver las muertes que habían tenido lugar en Burlingame que la que seguía pendiendo sobre él en Greenwich... lo cual no era decir mucho.

Siguió caminando, apenas atento a la hermosura del claro de luna sobre los jardines. Enfadado con Gwyneth, Hepplewood enseguida entrelazó su brazo con el de Lisette y empezó a amenizarla con hilarantes correrías de su infancia durante los veranos que había pasado deambulando por la propiedad.

Napier, que se vio de pronto caminando casi en silencio con su prima, le ofreció su brazo. Gwyneth Tarleton caminaba como él, con paso firme, y no tardaron en adelantarse un poco.

Más allá de las sombras de la casa, sobre los jardines reinaba un silencio que les envolvió como el algodón, acallando el mundo que se extendía al otro lado. Los únicos sonidos eran el melancólico ululato del búho en el bosque situado en la otra orilla del lago y el ocasional trino de risas a sus espaldas. Napier inspiró el aire frío y limpio, llenándose con él los pulmones, y fue consciente de pronto de que, si bien quizás echaba de menos el bullicio de Londres, una vida de paz y tranquilidad era muy recomendable.

Pronto salieron de los jardines formales al largo camino bordeado de tejos que bajaba hasta el lago. Detrás de ellos, Hepplewood había empezado a flirtear con Lisette.

Gwyneth lanzó una oscura mirada por encima del hombro.

—No os preocupéis por Tony —masculló—. Os aseguro que no es peligroso.

—Oh, no me preocupa lo más mínimo —dijo sinceramente Napier.

—A muchos hombres sí —replicó Gwyneth—. El condenado es extraordinariamente apuesto. Aunque es todo encanto y carece por completo de seriedad. Y ninguna mujer inteligente se dejaría seducir por eso.

—Cierto —replicó secamente Napier—, aunque probablemente sean legión las estúpidas que sí lo han hecho.

Gwyneth se rió, pero al ver que él no decía nada más, volvió a hablar.

—Estáis muy callado esta noche, primo.

—¿Os parece? —dijo Napier—. En ese caso, os invito a que habléis de lo que queráis. Soy, en el mejor de los casos, un hombre poco dado a la conversación.

—Oh, según tía Hepplewood no tengo el menor talento para el chismorreo —dijo Gwyneth—. Así que, vistas nuestras deficiencias, ¿cómo os parece que empecemos? Veamos, dejad que lo intente. Los jardines de Burlingame son preciosos de noche, ¿no os parece? Me encanta el reflejo de la luna en el agua.

—Todo en Burlingame es hermoso —concedió Napier con voz queda—. Pasmosamente hermoso. Es imposible hacerse una idea con una sola visita. Ni siquiera con dos.

Gwyneth pareció intimidada ante esa abierta muestra de admiración y volvió a guardar silencio.

Napier se aclaró la garganta un poco bruscamente.

—Señorita Tarleton —dijo—, espero que entendáis que no os deseo…

—Gwyneth —se apresuró a corregirle ella—. Ahora debéis llamarme Gwyneth. Y vos sois Nicholas Royden, como vuestro padre, ¿no es así? Puedo llamaros Royden, si queréis, en vez de Saint-Bryce.

—Lo preferiría, sí —dijo Napier.

—Royden era el apellido de nuestra bisabuela —prosiguió Gwyneth en un tono más familiar—. Y, por tradición, alguien de la familia siempre lo ostenta en su honor.

—En ese caso, resulta extraño que sea yo precisamente quien deba usarlo.

Gwyneth se encogió de hombros.

—Vuestro padre fue Nicholas Royden Tarleton antes de que se cambiara el apellido —dijo—. Supongo que simplemente quiso que su hijo se llamara como él. En cuanto a la abuela Royden, fue su inmensa dote la que hizo de Burlingame la magnífica casa que es hoy, y fue también ella la que construyó el torreón. De hecho, es ése su nombre correcto —la Torre Royden—, aunque supongo que ya lo sabíais.

—A decir verdad, no. No lo sabía —concedió él.

Y, por un momento, Napier sintió una punzada de resentimiento casi infantil por el hecho de que ella hubiera tenido el privilegio de conocer esas intimidades familiares cuando él prácticamente lo desconocía todo. Aunque ésa había sido la elección de su padre, no la de Gwyneth. ¿Y cuándo había empezado aquel lugar a provocar en él esa melancolía?

—La torre —dijo, inmutable—, debe de tener unos treinta metros de altura.

—No tanto —respondió Gwyneth—. Según dicen, la abuela Royden la construyó para poder ver desde allí la casa que su padre tenía
en Berkshire cuando le echaba de menos. —Gwyneth le sonrió en la
semioscuridad—. Hasta que se casó y se instaló aquí, Burlingame era
apenas un pequeño y destartalado caserón.

—Cuesta imaginarlo —murmuró Napier al tiempo que la risa sal-
picaba el aire desde algún lugar a sus espaldas.

Gwyneth hizo caso omiso del sonido.

—La verdad es que la historia antigua poco importa en estos tiempos modernos, por mucho que las familias se empeñen en aferrarse a
ella —dijo con una familiaridad que él jamás habría imaginado—.
Además, me han dicho que en Scotland Yard raras veces os llaman
Napier o Royden.

Napier se rió entre dientes.

—No, casi nunca.

—Entonces, ¿es cierto? —preguntó su prima, a cuyo rostro asomó
una sonrisa a la luz de la luna—. ¿De verdad os llaman Roy el Desalmado?

—Sí, y se lo ha ganado a conciencia —gritó Lisette tras ellos—.
Supongo que es por su... cómo decirlo... llamémosle educadamente
su falta de diplomacia.

—Un defecto que intentaré por todos los medios corregir, querida
—le gritó él a su vez por encima del hombro.

—Ya, bueno, no pongo la mano en el fuego —contestó Lisette
antes de retomar su charla con Tony.

—En serio os digo, Gwyneth —dijo Napier, retomando su conversación— que Burlingame es magnífico, aunque no creo estar capacitado para regentarlo. De hecho, me maravilla ya el hecho de que se espere de mí que lo haga. Habría preferido cien veces que mi tío Harold,
vuestro padre, hubiera vivido para hacerse cargo de la propiedad,
pues para ello le criaron. Espero que podáis creerme.

Ella se volvió a mirarle mientras caminaban, pero se habían sumido en ese momento en la profundidad de las sombras y Napier pudo
tan sólo intuir una leve sonrisa en su rostro.

—Todo esto es muy irónico, ¿no os parece?

—¿A qué os referís?

—Nadie tenía tanto que ganar con la muerte de mi padre como vos —dijo Gwyneth—. Y, sin embargo, vos parecéis ser el único realmente afectado por ella.

—Espero que no sea ése el caso.

Ella se encogió de hombros.

—Oh, Bea está completamente destrozada y el abuelo está profundamente deprimido, pero supongo que simplemente acepta que, por mucho que lo deseemos, ninguno de nosotros puede devolver a papá a la vida. Pero vos... Estáis azuzando un poco, ¿me equivoco?

—Cuando decís «azuzando» —murmuró Napier—, ¿a qué os referís exactamente?

—Oh, vamos —dijo Gwyneth con tono cómplice—. ¿Creéis acaso que no veo lo que estáis haciendo? Habláis con el abuelo y con el doctor Underwood. Hasta con Beatrice. Y las sutiles preguntas de la señorita Colburne, por muy delicadamente que ella las formule, no consiguen engañarme. En su caso, quizá sea simple curiosidad, como suele ocurrirnos a las mujeres. Pero vos ya habéis estado aquí tres veces haciendo preguntas sobre Hepplewood. Y ahora también sobre papá.

—Confío en no haber causado demasiadas molestias —dijo Napier, cayendo en la cuenta de que Gwyneth era mucho más perceptiva de lo que había supuesto.

—Oh, sólo a tía Hepplewood. —Gwyneth soltó una risotada aguda—. Me alegro de que hayáis venido acompañado de la señorita Colburne, de lo contrario habríais sufrido el constante acoso que tuvo que padecer papá. En cualquier caso, no estoy del todo segura de que tía Hepplewood haya renunciado a sus maquinaciones.

Napier no fingió haberla entendido mal.

—Supongo que os referís al futuro de la señorita Jeffers —dijo—. Aunque estoy convencido de que encontrará a alguien mejor que yo.

—Y yo estoy convencida de que ella así lo espera —dijo Gwyneth.

Napier no estuvo seguro de haber entendido a quién hacía referencia el «ella» del comentario. ¿A la señorita Jeffers? ¿A Lady Hepplewood?

—¿Puedo preguntaros un poco por vos, Gwyneth? —dijo con suavidad—. ¿Cuáles son vuestros anhelos? ¿Y vuestros sueños? Tía Hepplewood me ha dicho que no tenéis intención de casaros.

—Tengo treinta años —respondió ella con una voz repentinamente afilada—. ¿Os parece que tengo intención de casarme?

—Bueno, me refería a que...

—Entiendo que os referíais a que también querréis deshaceros de mí en cuanto el abuelo esté en la tumba —dijo prácticamente entre dientes—. Cierto es que para un hombre no puede haber carga mayor que una pariente soltera que ha quedado descolgada del árbol familiar, embarullando su casa.

—Gwyneth —dijo afablemente Napier—. No he sugerido nada parecido. Y si el mundo fuera un lugar justo...

—Pero no lo es, ¿verdad? —le interrumpió—. Si lo fuera, las mujeres podrían heredar. Y Burlingame sería mío, no vuestro.

Napier se apartó un poco. Pero Gwyneth había hablado con menos amargura que frustración. Quizás él no era el único que se sentía desairado por el destino.

—Tenéis razón —concedió—. No es justo. Pero ¿se puede cambiar? Creo que no. Las leyes que rigen la primogenitura están demasiado arraigadas.

—Profundamente arraigadas —admitió Gwyneth, al tiempo que menguaba su ira—. Y no, no deseo un marido. Sólo quiero lo que siempre quise, y justo aquello que papá jamás...

Sus palabras se desvanecieron y, a pesar de las sombras, Napier vio que la pena se bosquejaba en su rostro. Habían llegado al muelle de traviesas que partía del césped gloriosamente verde para adentrarse en el lago hasta terminar en una estructura prácticamente construida al borde del agua que era más una glorieta que un cobertizo para botes. El agua se ondulaba suavemente alrededor de la estructura, reflejando la luz de la luna como esquirlas de cristal.

Lisette y su nuevo admirador se habían rezagado unos cuantos metros. Napier se detuvo al llegar al extremo del muelle con la esperanza de que Gwyneth siguiera preguntando.

—¿Qué era eso que deseabais y que vuestro padre os negó, Gwyneth? —dijo por fin—. Me gustaría saberlo.

Ella vaciló durante una décima de segundo.

—Quería la casa de campo —declaró finalmente—. O mejor, que me la cedieran en préstamo el resto de mi vida.

—No sabía que tuviéramos una casa de campo —respondió él, reparando no sin cierta desazón en el uso que había hecho de la primera persona del plural.

—Es una hermosa y vieja casa con un precioso jardín, situada al otro extremo del pueblo —dijo Gwyneth con la voz temblorosa a causa de la emoción—. Quise trasladarme allí y llevarme… o mejor, emplear… a la señorita Jansen. Como dama de compañía. Papá y yo discutimos terriblemente al respecto. Pero ¿cómo podía esperar que yo…?

Gwyneth se interrumpió y negó con la cabeza.

—¿Qué? —insistió él.

Los labios de Gwyneth dibujaron una fina línea.

—¿Cómo podía esperar que viviera aquí, teniendo a Diana ejerciendo de señora de mi casa? —susurró ella—. ¿No es ya bastante terrible que tía Hepplewood desprecie mi opinión cada vez que tiene ocasión? Al menos eso es algo temporal. Pero papá quería que se lo cediera todo a Diana. ¡A mi madrastra!

—Si queréis la casa de campo, Gwyneth —dijo Napier—, estaré encantado de que os la quedéis. ¿Hablo con Duncaster?

Una vez más, ella negó con la cabeza.

—No accederá. Cuando el inquilino la dejó, le supliqué…

Justo en ese momento, una risa ronca brotó cuando Lisette y Hepplewood se acercaron tras ellos. Gwyneth se volvió y Napier la imitó. Incluso a pesar de la luz de la luna, pudieron ver que Hepplewood se reía de tal modo que se le habían llenado de lágrimas los ojos.

—Que Dios nos proteja de los tontos —masculló Gwyneth.

—No, Gwen, escucha —dijo Hepplewood, indicándole con un gesto que se acercara un poco más—. Le estaba contando a la señorita Colburne... Dios, es tan divertido... ¿te acuerdas de esa vez que saltamos todos desde el tejado del cobertizo para botes al lago? ¿Y Anne se hizo un enorme desgarrón en el viso?

La de Gwyneth fue una sonrisa apagada.

—Por supuesto, Tony. ¿Cómo olvidarlo? —respondió—. A Anne se le metió el dobladillo en un clavo y pudiste echar un buen vistazo.

—¡Ya lo creo! —Hepplewood se puso una dramática mano sobre los ojos—. Puede que a ti y a Diana no os importara. Pero mi infantil inocencia vio su final en ese momento... y mira dónde me ha llevado.

—Cierto. Bromeé años después apuntando que ésa fue la causa de que no te casaras con ella —dijo Gwyneth, mordaz—. Que un hombre no tiene que arriesgarse a que le den gato por liebre cuando ha podido ver antes a la liebre. Y si mal no recuerdo, Anne me arrojó una copa de madeira encima.

—¡Gwen! —Hepplewood bajó la mano, visiblemente horrorizado—. Gwen, por Dios, no es posible que cometieras semejante crueldad. Además, jamás dije que no me casaría con ella. Nunca lo dije.

Gwyneth retrocedió, tensando el cuello.

—Pero no se lo pediste —replicó—. Dejaste pasar toda la Temporada sin dedicarle prácticamente una sola palabra.

Hepplewood, sin embargo, pareció desconcertado.

—Porque no pude, maldita sea —dijo—. No con el abuelo y Duncaster cerniéndose sobre mí como un par de buitres esperando a caer sobre un cadáver. Yo sólo... Gwen, ¿es que no lo ves? No podía.

—No. Simplemente no quisiste. —Gwyneth se había llevado las manos a las caderas—. Se quedó destrozada, Tony. Estaba destinada a ser tu esposa desde la cuna y todos lo sabíamos. Fuiste tú quien la humilló, muchacho, no yo.

—¡Maldición! —balbuceó Hepplewood—. ¿Qué le he hecho yo a Anne?

—Nada —replicó Gwyneth—. Ésa es la cuestión. Mi hermana estuvo reservándose durante toda la temporada, apenas atreviéndose a bailar con ningún otro caballero porque te esperaba a ti. Y cuando tú no diste la talla, toda la sociedad supo que había sido rechazada. Tuvo entonces que aceptar en el último momento a ese pusilánime de sir Philip Keaton. Sugerir que mi comentario jocoso fue el que provocó su imperecedera humillación, oh, qué exquisito de tu parte, Tony. Realmente exquisito.

Pero Hepplewood había girado sobre sus talones y regresaba con paso firme colina arriba.

—¡Maldición! —dijo por encima del hombro, aparentemente poseedor de un limitado vocabulario—. ¡Mal diablo te lleve, Gwen!

Gwyneth, sin embargo, era más desenvuelta, y empezó a lanzarle a Tony una gran variedad de imprecaciones multisilábicas al tiempo que salía tras él. Éste se volvió entonces a mirarla y empezó a caminar de espaldas, protestando débilmente con un lúgubre tono de voz.

—Se acabó la paz —dijo Napier entre dientes—, y también el algodón.

Lisette se volvió, apartando los ojos del sendero.

—¿Cómo dices?

—No tiene importancia —masculló él—. ¿Te apetece dar un paso hasta el cobertizo para botes?

—Bueno, lo que no me apetecería es tener que volver colina arriba con Gwyneth y con Tony —dijo Lisette—. Sí. El cobertizo para botes suena maravillosamente, gracias.

Napier le ofreció el brazo, plenamente convencido de que las cosas no terminarían con el cobertizo para botes.

Sin embargo, incluso desde encima del agua pudieron oír todavía discutir a sus primos en la distancia. Y de pronto a Napier le pareció que la condenada familia al completo estaba empeñada en mancillar Burlingame con sus mezquinas disputas y sus soterrados resentimientos.

Era sin duda un lugar hermoso, sí, pero como una lustrosa manzana con un corazón podrido, de pronto se le antojó amargo.

El cobertizo para botes era un octógono abierto y rodeado de una barandilla al estilo oriental, salvo por los dos lados que servían para guardar botes. En las traviesas bajas y descubiertas alguien había dejado un pequeño esquife y un remo, aunque parecía que les hubieran dado poco uso. Napier llevó a Lisette dentro y la hizo girar en redondo, haciéndola retroceder contra una de las columnas.

Ella contuvo seductoramente el aliento cuando él hincó una pierna entre las suyas, inmovilizándola.

—Oh, Dios —murmuró, jadeante—. ¿Qué puede estar pasando por esa cabeza, señor Napier?

—Que me gustaría besarte —dijo él, bajando la boca—, y lo sabes.

El humor iluminó los ojos de Lisette.

—Ah —dijo con voz queda—. Y yo que creía que me tenías por una mujer aburrida.

—Oh, eres muchas cosas, querida —replicó él con tono áspero—, pero el aburrimiento jamás estará entre ellas.

Luego la besó apasionadamente y ella lo permitió, abriéndose de buen grado debajo de él y dejando que sus manos se posaran en su espalda para bajar inexorablemente al instante. Cuando entrelazó su lengua con la de él, Napier sintió ese conocido arrebato… ese inexplicable torrente de deseo y anhelo y, sí, también un leve temor, tal y como había anticipado.

Pero esta vez no hubo en ese torrente el menor atisbo de desesperación. El deseo resultó tan duradero como turbador. No había necesidad alguna de apresurarse. No cuando un hombre estaba ya perdido.

Cuando por fin separó su boca de la de ella, el buen humor de Lisette se había transformado en algo distinto. El deseo le había inflamado los labios y tenía los ojos abiertos y transparentes a la luz de la luna. Con una larga exhalación, Napier apoyó su frente contra la de ella.

—Dios, lo necesitaba —dijo—, para quitarme el amargo sabor de Tony y de Gwen de la boca.

Lisette soltó una risilla y le puso la mano en la mejilla.

—Has estado evitándome de nuevo.

Napier seguía con una mano apoyada en la columna y con la cabeza inclinada sobre ella.

—He intentado mostrar control, Lisette —dijo él con voz queda.

Ella bajó la mano.

—Y lo has conseguido —respondió—, hasta ahora. Sólo quiero que entiendas que todo ese control no hace más que alimentar las esperanzas de lady Hepplewood.

—¿Esperanzas? ¿De qué clase?

Pero no debería haberle sorprendido. Gwyneth había sugerido exactamente lo mismo.

—De que te canses de mí —aclaró Lisette—. Esperanzas de que pueda todavía concertar una unión entre Diana y tú.

—¿Alguien te ha dicho eso?

Lisette se mordió el labio.

—Diana —dijo por fin—. Ayer.

Napier soltó una carcajada.

—¿Sigue todavía temiendo que me la endosen?

—Sí —dijo Lisette—, y es una auténtica estúpida.

Napier la miró desde las alturas, estudiando su rostro, pero Lisette se había quedado totalmente callada.

De pronto, inspiró fugazmente y siguió hablando.

—De todos modos —dijo, y las palabras salieron de ella atropelladamente—, estoy empezando a pensar que tu tía abuela sería capaz de casar a esa pobre muchacha con el herrero del pueblo.

—¿De modo que lady Hepplewood me tiene en mayor estima? —preguntó sarcásticamente Napier—. Hasta ahora me había imaginado clasificado en algún lugar por detrás del limpiabotas.

Lisette se rió, pero casi enseguida volvió a cernerse sobre ellos el denso silencio. Napier suspiró mentalmente y la besó, esta vez en la frente, antes de ofrecerle el brazo y conducirla en un sosegado paseo alrededor del pabellón mientras ella dejaba vagar la mirada hacia el otro extremo de las rielantes aguas. Pero la mente de Napier era un puro torbellino, buscando algo que en realidad no deseaba encontrar. Esperando, quizás, algo que simplemente no existía.

Se recordó que Lisette era una actriz sin igual. Tenía que serlo. De otro modo, jamás habría podido sobrevivir, haciéndose pasar durante todos esos meses por un amargado reportero con cierto gusto por la venganza… algo que él estaba prácticamente convencido que ella había hecho.

Además, mucho se temía que ella hubiera vivido —que probablemente la hubieran obligado a vivir— un ardid parecido en Londres. Quizá su último papel como entregada prometida simplemente se le estaba yendo de las manos. Y le estaba volviendo loco a él de paso.

—Y bien —dijo ella cuando la sonrisa de Napier se hubo desvanecido del todo—, ¿has encontrado ya tu misterioso papel de cartas?

Él negó con la cabeza.

—De todos modos, gracias por tus esfuerzos. Jolley está profundamente impresionado.

—Desgraciadamente, ya no me quedan sitios de donde cogerlo —dijo Lisette—, a menos que empiece a robar en las habitaciones desocupadas. He mirado en todas partes excepto en el estudio de lord Saint-Bryce.

—¿Es cierto eso?

—Reconoce que está muy apartado —dijo Lisette a la defensiva—. Cualquiera habría esperado que el estudio de un caballero estaría en un lugar más majestuoso.

—Marsh le dijo a Jolley que Saint-Bryce ordenó trasladar su estudio arriba cuando nació Bea —dijo Napier—. Su esposa no estaba bien y él quería estar cerca de la niña.

—Creo que me habría gustado tu tío —dijo Lisette un poco melancólica—. Aunque por la razón que sea, su estudio siempre está cerrado con llave cuando paso por delante.

—¿Con llave? —dijo Napier—. Eso es un poco raro.

Lisette le dedicó una mirada furtiva.

—Quizá sea necesaria una horquilla —sugirió—. Debo admitir que jamás he utilizado una para abrir una puerta, pero estoy dispuesta a intentarlo. Es el mecanismo más común imaginable.

—Nada de horquillas —dijo él amenazadoramente.

—Oh, santo cielo —dijo ella—. ¿Qué pueden hacerme? ¿Ordenar que me ahoguen y me descuarticen? De todos modos, confía en mí. Soy demasiado rápida para que me pillen fácilmente.

—De eso doy fe —dijo él muy serio.

Lisette se detuvo y se volvió a mirarle. A pesar de la semioscuridad, su rostro parecía haber palidecido.

—¿Y qué se supone que significa eso, si puede saberse?

Napier estaba cansado de la charla.

—Maldición, Lisette, sabes muy bien lo que eso significa.

Ella arqueó una ceja.

—Cualquiera diría que intentas pillarme en algo —sugirió ella—. Pero ¿no teníamos un trato?

—No manipules mis palabras. —Napier posó las manos en sus delgados hombros y la agarró con fuerza—. Y no, no niego que seas buena en lo que haces. Quizá la vida te haya dado poca elección. Pero ¿vas a fiarte de mí, Lisette? ¿Y no sólo con tu cuerpo?

Ella negó con la cabeza. Fue un movimiento breve y brusco.

—No —susurró—. Y tampoco lo deseas. Si no eres capaz de hacerlo por mí, Napier, hazlo al menos por tu carrera. Por tu honor.

Él cerró aún más los dedos sobre sus hombros.

—Como si no hubiera ya comprometido ambas cosas. —Ella intentó volverse de espaldas, pero él la obligó a mirarle—. Lisette, hace tiempo que dejó de preocuparme lo que puedan decir de mí. Santo cielo, pero si he intrigado con lord Lazonby —el tipo más diabólico e hipócrita imaginable— para protegerte.

Lisette se tensó.

—No —le corrigió—, has intrigado con él para salvar a tu padre. Y si has empezado a sentirte culpable por ello, si no puedes vivir con tu conciencia, no me culpes a mí por tu decisión.

Tenía razón.

¡Maldición! ¿En qué momento su determinación se había desgarrado tan limpiamente hasta el punto de haber perdido de vista su propósito? ¿En qué momento exacto había hecho suya la desesperación de Lisette?

—Aunque quizá ya no necesites la buena voluntad de Lazonby. —La de Lisette fue una voz fría—. Quizá puedas demostrar ahora que era Duncaster quien estaba detrás del gran tren de vida que llevaba tu padre.

Napier la soltó, bajando las manos, y se pellizcó con fuerza el puente de la nariz.

—Ésta no es la conversación que me apetece tener en este momento, Lisette.

—Ni a mí —dijo ella—. Aun así, parece ser que es la que tenemos.

—En ese caso, no, no fue gracias al dinero de Duncaster —replicó Napier—. No soy idiota, Lisette. Ya te dije que estuve echando un ojo a sus cuentas. Además, ambos sabemos que sir Wilfred dijo la verdad sobre mi padre, que un hombre no miente cuando tiene un arma apuntándole a la cabeza y está a punto de ir al encuentro de su Hacedor.

Aunque fue apenas una forma de hablar, pareció tocar en ella algo que la sacó fuera de sí. Lisette dejó escapar un sonido lastimero, apenas audible. Luego se volvió y se derrumbó en uno de los bancos situados junto a la barandilla con los ojos abiertos como platos.

Napier entendió que había dado en la verdad, o quizás en parte de ella.

Sin duda alguien había hecho confesar a sir Wilfred, y lo más probable era que, más que cualquier otra suerte de persuasión, la herramienta empleada para ello hubiera sido la pistola que le había disparado.

—Quizá pueda adivinar lo que ocurrió, Lisette. —Se plantó muy rígido delante de ella—. Porque te conozco. Porque sé de lo que eres capaz. Sobre todo cuando estás enfadada y dolida.

—¿Ah, sí? —Lisette se humedeció los labios con aire indeciso, negándose a sostenerle la mirada—. Bien. Felicidades. Porque yo no tengo ni idea de lo que soy capaz. Y no estoy tampoco segura de que pueda volver a sentir dolor.

—Lisette. —Napier se arrodilló delante de ella, volviendo a agarrarla por los hombros—. Lisette, dime que tú no…

Pero ella se levantó bruscamente del banco y se alejó con paso firme, plantando las manos en un tramo de barandilla del lado opuesto… de espaldas a él. Parecía estar temblando. Aunque él no tenía el menor deseó de asustarla, tenía que saberlo, maldición.

¿Había acaso un simple atisbo de verdad en la disparatada historia de Lazonby? ¿O acaso Lisette simplemente había disparado a un hombre a sangre fría? Y de ser así, ¿le importaba? Tenía la espantosa sensación de que no. De que haría cualquier cosa —mentir, engañar, faltar a su obligación— para protegerla.

De pronto tuvo ganas de tomar el primer tren a Londres y obligar a Anisha a confesar la verdad. Pero con eso daba por hecho que Anisha conocía la verdad; que había estado consciente, o incluso presente. Y presuponía también que él podía pasar por delante de Lazonby, que tenía todos los motivos para desear la muerte de sir Wilfred y todos los motivos para mentir, al menos durante el tiempo que le conviniera.

Y también, sí, Lazonby bien podía tomarla con Lisette y acusarla a ella del asesinato, pues la de Lisette y él era una alianza del todo irrazonable. Jack Coldwater y el *Chronicle* le habían destruido a ojos de la opinión pública, metódica y cruelmente, y ella había estado detrás.

Y ahora no le quedaba más que rezar para que Lazonby fuera mejor hombre de lo que él le había juzgado. Tuvo que encontrar solaz en el buen tino que Anisha había demostrado al casarse con aquel tipo, y quizá también en su capacidad de conmiseración. Si Lazonby era lo bastante estúpido como para retractarse de su declaración —y eso no era algo que un hombre hiciera fácilmente—, ¿intentaría detenerle Anisha?

Inspiró hondo y exhaló despacio, reprimiendo las ansias de decirle a Lisette que independientemente de lo que fuera y de lo que hubiera hecho, sencillamente le daba igual. Pero se quedó donde estaba. Y no porque eso no fuera cierto, sino porque ella jamás le habría creído.

De pronto se oyó tan sólo el chapoteo del agua alrededor de los pilares más abajo. Hacía ya un buen rato que Gwyneth y Tony habían vuelto a entrar a la casa. Hasta el búho había silenciado su ululato. Por fin Lisette se volvió a mirarle. Detrás de ella, el lago refulgía como un mar de diamantes, pero su rostro estaba totalmente oculto en sombras.

—Me has traído aquí porque creías que era una buena actriz, Napier —dijo con una voz sorprendentemente resoluta—. Y porque puedo ser una mujer decidida y sí, quizá también un poco implacable. Así que deja que haga lo que he venido a hacer. Deja que por una vez haga lo que está bien.

—¿Y qué es exactamente lo que está bien, Lisette? —preguntó Napier con voz queda.

—Por lo menos sé lo que no lo está —dijo ella con una voz triste—. No está bien que ni tú ni yo sigamos culpando a Lazonby de nuestros problemas. Le has llamado diabólico e hipócrita. Yo… yo pensaba lo mismo en su día. Independientemente de lo que Lazonby sea, yo no tenía ningún derecho a destrozarle la vida. No, ningún derecho. Y estoy profundamente avergonzada. Cargaré con eso el resto de mis días.

Fue lo más parecido a una confesión que Napier probablemente obtendría.

—Lisette —dijo, dando un paso hacia ella.

Ella levantó la mano, mostrándole la palma para detenerle.

—No puedo borrar el dolor que le he causado a Lazonby ni a nadie —dijo—. Puede que no haya redención para mi clase de pecados, aunque quizá pueda enmendar el daño que le haya causado a otra persona. Puedo entrar en el despacho de Saint-Bryce. Si me sorprenden, parpadearé con coquetería y me haré la tonta. Les diré que mi intención era visitar a Bea y que me confundí. Que la puerta estaba abierta. Dejaré que saquen sus propias conclusiones.

Inspiró entrecortadamente y esperó a que Napier hablara. No le parecía estar pisando terreno pantanoso. No, todavía no. Pero tenía un nudo en la boca del estómago y era presa de la incertidumbre. Además, una parte de ella estaba cansada de vivir preocupada. Quizá debía confesárselo todo a Napier, mandarle una nota de abyectas disculpas a Lazonby y dejar que la metieran en la cárcel por haber matado a sir Wilfred. Sin duda era eso lo que muchos pensarían que merecía.

Él estaba ahora de pie al lado del banco con su larga y dura mandíbula como la piedra y el pelo oscuro agitándose suavemente a merced de la brisa que subía desde el agua. Cuando se volvió a mirarla, supo que se debatía contra algún tipo de demonio. Una elección que no deseaba tener que tomar.

Lisette rezó para que esa decisión nada tuviera que ver con sus crímenes.

Esa mano delatora volvió a la cintura de Napier, que empezó a pasearse de un lado a otro. Despacio. Quizá como el depredador que era. Sin embargo, a pesar del peligro y de la emoción desbaratada que irradiaba, tenía todo el aspecto de un rico aristócrata, con su oscuro gabán y los elegantes pantalones.

Duncaster insistía en que se respetara la anticuada formalidad durante la cena, un atuendo que ensalzaba las piernas hermosamente musculadas de Napier. Incluso entonces ella vio en el ojo de su mente las duras protuberancias de la pantorrilla y el muslo desnudos y casi pudo sentir el peso de esa pierna sobre la suya, y el suave roce del vello que cubría…

«¡Santo Dios!»

¿Cómo podía pensar en eso justo en ese momento? Debía de haber hecho algún ruido… seguramente debía de habérsele escapado la risa ante su propia estupidez, pues Napier la miraba fijamente. Entonces las escasas nubes se desplazaron, sumiéndole en la oscuridad.

—Lisette —dijo él con la voz ronca.

Ella tendió una mano firme y negó con la cabeza.

—Sé que es muy posible que seas mi perdición, Napier —dijo con un tono levemente titubeante—. Lo sé desde que te vi acercarte por el césped de sir Wilfred. Lo vi en esa terrible y decidida forma de caminar tuya. Y temí entonces que llegaría un día en que estaría perdida, y que ni siquiera Lazonby, con todas sus estratagemas y sus maquinaciones, sería capaz de salvarme de mí misma.

—Lisette —dijo Napier—. Lisette, yo no soy tu enemigo.

Ella mantuvo en alto la mano, aunque sabía que de poco iba a valerle.

—Ya no estoy segura —dijo—. No contaba contigo... con esto... esto que siento. No lo soporto. Por favor, no permitas que me ponga en ridículo. No contigo.

Él cruzó el cobertizo hacia ella con paso firme y ominoso.

—¿Y cómo voy a saber lo que es esto? —susurró—. ¿Cómo voy a saber cómo te sientes? ¿O cómo voy a saber nada sobre ti?

—Me siento como una estúpida —replicó ella duramente—. Así es como me siento. En cuanto a lo demás, sabes todo lo que necesitas saber. Olvidemos todo esto, Napier, ¿quieres? Por favor. Estoy haciendo lo que te prometí. Estoy cumpliendo con mi parte del trato y lo sabes.

La ira ensombreció el rostro de él.

—Entonces, ¿no quieres que vuelva a insistir? —dijo—. No quieres contarme la verdad. Lo único que quieres que medie entre ambos es ese maldito trato. No quieres que nosotros... seamos sinceros. Ni que compartamos ninguna intimidad, de la clase que sea.

Lisette cerró los ojos y negó despacio con la cabeza.

—Oh, Royden, sabes que te deseo. —Su nombre se deslizó con suma facilidad de entre sus labios—. Si vuelves a darme uno solo de esos arrebatadores besos, probablemente yaceré contigo aquí y ahora.

—Pero sería sólo sexo —dijo él con los dientes apretados, avanzando hacia ella—. Y no tendrías hacía mí sentimientos más elevados.

Ella vaciló durante un largo instante.

—No —susurró por fin—. Es sólo deseo, Napier. Y creo que lo más sensato es que lo llamemos por su nombre.

Él se alejó entonces hasta el borde del muelle. Una vez allí, vaciló, perfilado contra la luz de la luna y con las manos tan fuertemente entrelazadas a la espalda que verlo resultaba doloroso.

—En ese caso me dejas en una situación insostenible —dijo finalmente con tono áspero—. Si intento convencerte de lo contrario, dirás que soy un canalla. Si te digo que no me importa lo que eres, me llamarás mentiroso. Yacerás conmigo si insisto en ello. Siempre que no hablemos. De nada personal. ¿Te parece un buen resumen?

—Yo… sí, supongo que sí.

Bajó la cabeza.

—En ese caso, ciertamente nos encontramos en un impás —dijo él—. ¿Quieres que te deje sola, Lisette? ¿Es eso lo que deseas?

Ella bajó la mano en un gesto de impotencia. Oh, sabía perfectamente lo que deseaba… y lo que se merecía. Sintió el ardor de las lágrimas en los ojos.

Ahora Napier irradiaba ira.

—Sólo pídeme que me vaya, Lisette —dijo—, y lo haré. Dime que no vuelva a besarte. Que no vuelva a tocarte. Que renuncie a toda esperanza de tener algo más de ti. Y créeme cuando te digo que, en este momento, esas palabras serían para mí una muestra de piedad.

Ella tragó saliva y por fin se encontró la voz.

—No me deseas, Napier —dijo, volviendo a levantar la mano—. No imagines que estás enamorado de mí, porque sabe Dios que no quiero enamorarme de ti.

Él sintió que algo se le retorcía en el pecho. Antes de saber lo que hacía, había salvado la distancia que les separaba y la atrajo con fuerza.

—Perfecto, entonces. Yace conmigo aquí y ahora —dijo con voz ronca—. Como bien dices, no es más que deseo. Qué más da.

—Napier, jamás he pretendido…

Pero la boca de él cubrió la suya, silenciando las palabras con un beso que fue más dominante que tierno. Pura posesión masculina.

Algo alarmantemente parecido a la rabia hirvió en él mientras se abría paso hasta el fondo de esa cálida dulzura que le resultaba ya casi dolorosamente familiar.

Ella tembló, pero no intentó evitarle. Entrelazando su lengua a la de Lisette, Napier pegó sus labios a los de ella con inconfundible decisión. Ella respondió con un suave y femenino gemido de incertidumbre. Entonces sintió la descarga de un tórrido anhelo —el crudo deseo masculino de hacerla suya— que le recorrió el cuerpo como un relámpago.

Pero la base de las manos de Lisette seguía firmemente apoyada contra sus hombros. Ella se resistía, pero el deseo y la rabia y esa dolorosa sensación de pérdida habían vuelto a arremolinarse en su interior y él no podía ya controlarse. Ardía en deseos de tomarla. Y ella de ser suya. De haber sido capaz de dominar su voluntad, Lisette se habría apartado de él, pero Napier se lo habría puesto condenadamente difícil. Necesitaba salirse con la suya al menos en algo tan sencillo como eso; necesitaba obligarla a desmentir con sus actos sus frías palabras… u obligarla a que le abofeteara regiamente.

Habríase dicho que poco le importaba si lo uno o lo otro, pues en cuanto las manos de Lisette se relajaron, Napier intensificó todavía más su beso, aplastándola contra la columna de madera del cobertizo y hundiendo los dedos en su mata de rizos para inmovilizarle el rostro contra sus besos. Sintió su propio pulso latiéndole en los oídos y sintió asimismo su miembro endurecido golpeando como un mallete contra la blanda ondulación del vientre de ella.

Deseaba besarla hasta que se le entrecortara la respiración y los ojos de ella se entrecerraran, ahítos de deseo. Deseó penetrar, acariciar y lamer hasta que la fría y pálida belleza de Lisette quedara totalmente expuesta. Deseaba obligarla a…

¿A qué?

¿A amarle?

Era la lógica al borde de la locura.

Y si realmente quería resistencia, tampoco iba a encontrarla.

Al contrario, Lisette había empezado a responder a sus besos. Apasionadamente. Ávida de él.

Le puso una mano en la mejilla y, tras dejar escapar un suave gemido, le rodeó suavemente la cintura con las manos, introduciéndolas por debajo del gabán y dejándole temblando de deseo. Napier anheló de pronto que volviera a aparecer la luz de la luna... anheló como nada en el mundo ver sus ojos y los huesos delicadamente cincelados de su rostro. Ver grabado en su rostro cuánto le deseaba... o al menos cuánto deseaba lo que él podía darle.

Con una ronca exhalación, movió las manos para cerrarlas sobre los inflamados pechos. Lisette suspiró en su boca. Napier le introdujo los dedos por el escote y le bajó el vestido y la camisola hasta que los pálidos senos asomaron por encima del corsé para llenarle las manos.

Por fin, apartó su boca de la de ella y la deslizó lentamente por su cuello hasta atrapar entre los dientes una dulce y dura protuberancia. La mordió con suavidad, acariciándole la punta con la lengua.

—Oh, Napier.

Las palabras fueron meras exhalaciones. La rendición absoluta. Lisette dejó caer la cabeza contra la columna, alzando así más sus pechos y ofreciéndose para el deleite de Napier. Él aceptó la invitación, chupándola con fuerza, mordisqueándola primero tiernamente, y después ya no.

Entonces dejó escapar un grito, temblando contra él. Cuando Napier dedicó su atención al otro pecho, las manos de ella bajaron más, hasta los duros músculos de sus caderas, para tirar de él hacia ella del modo más carnal imaginable. Después continuó con su tormento, introduciéndose del todo el inflamado capullo en el calor de la boca y chupando de él hasta que la respiración de ella empezó a llegar en suaves y entrecortados jadeos. En el calor de su pasión, afloró su seductor olor, enloqueciéndole.

Por fin, los dedos de Lisette se hundieron en el pelo de Napier con un grito.

Él apenas era consciente de los riesgos que corría. El riesgo del regreso de la luna. El riesgo de ser descubiertos.

El riesgo de perder su propio corazón para siempre.

Lo apartó todo de su mente y levantó las faldas de Lisette en un frufrú de seda, enrollándolas más y más con una mano al tiempo que deslizaba la otra entre ellas y al separarle las piernas con la rodilla se encontró húmedos los dedos con el contacto de su seda más íntima. Ella soltó un pequeño grito de placer al sentir el contacto y Napier pegó la boca a su oído al tiempo que deslizaba un dedo en el interior de su lúbrica hendidura.

—¿Es esto… sólo deseo? —susurró.

Lisette tragó saliva con la cabeza todavía apoyada contra la columna y las rodillas levemente temblorosas.

—Maldito seas, Napier —dijo por fin—. Siempre supe que eras el demonio.

Con un suave sonido, introdujo de nuevo los dedos en su humedad, esta vez frotando su dulce y temblorosa perla. Ella no opuso resistencia cuando él le levantó las faldas por encima de la cintura ni tampoco cuando le desató el lazo de los calzones.

Napier vio satisfecho cómo la seda se deslizaba sobre sus piernas para arremolinarse sobre las listas del suelo. Lisette tenía unas piernas torneadas y bonitas que suplicaban que se las entrelazara a las caderas, dándole libre acceso para embestir y penetrar a su antojo. Pero antes estaba decidido a esclavizarla como lo estaba él, aunque fuera fugazmente.

Lisette se tensó, presa de la conmoción, cuando Napier se agachó, apoyando una rodilla en el suelo, y chilló débilmente cuando él hundió la lengua en su calor.

—¿Napier…?

Quizá fuera una locura. Sobre todo para un hombre tan calculador como él. Pero de todos modos le hizo el amor con la boca, deslizando dos dedos en la húmeda maraña de rizos para introducirlos luego en el sedoso pasadizo. Durante largos instantes la penetró suavemente con ellos, atormentándola con la lengua y escuchando, satisfecho, sus jadeantes sollozos.

Lisette se agarró a la barandilla que tenía a su espalda con una mano al tiempo que le clavaba los dedos de la otra en los hombros.

—Oh, Dios —gritó.

Cuando el clímax estuvo cerca, empezó a agitarse como si estuviera asustada, moviendo las manos como si intentara detenerle. Pero Napier no se detuvo, y los dedos de ella volvieron a hundirse en su pelo antes de soltar un débil y afilado alarido, acompañado de un estremecimiento, y abandonarse a la suave embestida mientras su cuerpo, largo y ágil, se veía vencido por oleadas de liberación.

Estaba muy hermosa, prendida en la agonía de su propia pasión, y esa hermosura no hizo sino espolear aún más el deseo en Napier, que se levantó y la abrazó mientras ella se balanceaba con las últimas oleadas de placer, desabrochándose rápidamente los pantalones y tirando con fuerza de los botones. Bajándose acto seguido la tela hasta amontonarla en el suelo, levantó a Lisette en brazos y empujó, penetrándola incómodamente. La elevó un poco más y sintió entonces cómo la caliente totalidad de su miembro se hundía en la acogedora humedad.

Instintivamente, ella levantó una pierna, pasándola por encima de su cadera. Con un gemido, Napier la inmovilizó contra la columna con toda la longitud de su cuerpo, la levantó en brazos y tomó su placer, penetrándola tan hasta el fondo y tan deprisa que habría avergonzado al colegial más inmaduro. No había elegancia alguna en sus movimientos; fue un acto vulgar y desesperado, y Lisette no era una mujer con experiencia.

En cualquier caso, la vergüenza no le hizo frenar. Jadeante y con el pecho inflamado, volvió a penetrarla una y otra vez, levantándola con cada embestida y con la cabeza inundada de una cegadora y pura luz blanca. En cuanto la última gota de su semen bombeó en ella y la profunda y espasmódica flojera se apoderó de él, tuvo la certeza de que estaba perdido.

11

Fanny al rescate

$\mathcal{L}$isette y Napier regresaron juntos a la casa, subiendo por el sendero con mucho más cuidado que al bajar por él. Las nubes se habían espesado en el cielo y la luna mostraba escasa inclinación a reaparecer. Mejor así, decidió, pues la oscuridad ayudaba a disipar la remanente tensión que ahora se cernía, silenciosa, entre ambos.

Pero ¿quizá las palabras se habían vuelto superfluas? Como con todas las cosas, todo parecía indicar que Napier podía adivinar la verdad que se ocultaba en ella. Percibía sus deseos más íntimos, podía acercarse a sus secretos más recónditamente guardados, y conocía quizá sus temores más oscuros.

No era la primera vez que Lisette lamentaba desesperadamente no haberse parecido más a su hermana y a su padre, y haber sido poseedora de esa misma facilidad para el autoengaño: haber sido capaz de aferrarse a la esperanza cuando la esperanza no era más que una quimera, convencida de que una vida de felicidad no estaba a la vuelta de la esquina, sino que era merecida.

Ella, por el contrario, sentía sobre sus hombros la maldición de Cassandra. Las cosas no terminarían bien para ella; estaba metida en un buen lío, con el corazón medio partido, y lo sabía.

Y tampoco iba a vivir una tregua en la incomodidad que se había instalado entre los dos. Napier se detuvo bruscamente a medio camino de la colina y se volvió a mirarla en la semioscuridad.

—Lo siento, Lisette —dijo—. Lo que acabamos de hacer... supongo que los ruiseñores de Covent Garden reciben un trato más elegante.

Ella se quedó plantada en el camino, muy rígida.

—¿Acaso te he pedido elegancia? —dijo con voz queda—. Eres un amante exquisito, Napier... algo que sin duda usas en beneficio propio. Pero si te dijera que no he disfrutado con lo que acabamos de hacer, tanto tú como yo sabríamos que miento.

—Una dama se merece algo un poco más elegante que ver cómo simplemente le levantan las faldas —dijo él en la oscuridad con voz arrepentida—. Una dama se merece... romance, Lisette. Que la cortejen como es debido. Que flirteen con ella.

—Pero tú no eres un romántico, ¿te acuerdas? —Forzó una sonrisa, aunque él no pudo verla—. Y la verdad sea dicha, Napier, soy incapaz de imaginar a un hombre que flirtee menos que tú.

—Dios, Lisette. Eres muy dura.

—No es ésa mi intención —respondió ella—. Eres así y siempre has sido honesto al respecto. Y para ser un hombre que no es romántico ni flirtea, y que posee poco encanto, te manejas espléndidamente. Todavía no he sido capaz de reunir la voluntad necesaria para rechazarte. Y me temo que... que jamás la encontraré.

Sintió que él la miraba en la oscuridad.

—Suéltalo, Napier —susurró—. Sí, nos deseamos. Y aunque quizá sea desacertado, no es ni vulgar ni tampoco un crimen. Mejor será que volvamos a ocuparnos de lo que nos ha traído aquí y de cómo podemos resolverlo.

Por un momento, creyó que él no respondería. Luego, tras una breve pausa, Napier echó nuevamente a andar por el sendero.

—Tienes razón —dijo—. Cuanto antes terminemos aquí, mejor.

—Gracias. —Lisette pasó por alto el leve aguijoneo que rezumaban sus palabras—. Sólo dime qué debo hacer.

—Muy bien. —Napier empleó un tono duro y cortante, la misma impersonal fórmula para impartir órdenes que ella recordaba haber oído en Hackney—. Mañana, después del desayuno, ve a la biblioteca. Sola, a ser posible.

—Sin duda —respondió ella—. ¿Y una vez allí...?

—Actúa como si buscaras un libro —dijo él fríamente—, y no pierdas de vista la puerta. En algún momento Jolley pasará por allí. Síguele a cierta distancia hasta el gran *hall*. Subirá la escalera principal hacia el ala este del segundo piso.

—¿La sur? —dijo ella—. ¿Hacia el aula y el estudio?

—Sí —replicó Napier muy tenso—. Jolley lleva en el bolsillo una ganzúa...

—Ah —murmuró ella—. ¿Por qué no me sorprende?

—Tú síguele —le ordenó Napier—. Si no hay nadie a la vista, Jolley abrirá el estudio de Saint-Bryce en un periquete. Le ordenaría que lo registrara, pues es perfectamente capaz de hacerlo, pero no hay ninguna excusa para que esté allí si alguien le ve. Y si te ven a ti...

—Si me ven, yo me encargaré —le interrumpió ella.

Los labios de Napier palidecieron.

—Muy bien —dijo por fin—. Haz una lista mental de lo que contiene la habitación usando tu... ¿cómo lo llamaste? ¿Memoria casi fotográfica? Sabe Dios que ni Jolley ni yo la tenemos. De modo que examina la habitación y registra el escritorio. Coge muestras de cualquier papel de carta que encuentres.

—Sí, por supuesto —dijo—. ¿Dónde estarás tú?

—A menos que llueva, iré a Berkshire con Craddock para inspeccionar una de las fincas más pequeñas de Duncaster —dijo—. Quizá pasemos allí la noche, aunque Jolley puede ir a buscarme si es necesario.

—No lo será —prometió ella—. Cuenta conmigo.

—Gracias —dijo él, un poco envaradamente—. Pero después de esto, Lisette, creo que debemos tomar algunas decisiones drásticas.

—¿A qué te refieres?

Las palabras sonaron más bruscas de lo que habría deseado.

Napier vaciló.

—Preferiría hablar de eso en otra ocasión —dijo por fin—. Pero creo que poco queda ya por hacer aquí.

Le ofreció entonces el brazo —quizás una suerte de tregua— y ambos siguieron andando en silencio durante un rato. No tardaron en llegar al borde de los jardines formales de Burlingame. Lisette cerró la mano sobre la suavidad de la manga del gabán de Napier, consciente en todo momento de la fortaleza que había debajo.

—¿Has estado ya en el aula? —preguntó finalmente Napier.

—Sí, pero no he podido examinarla con atención. —La cháchara banal parecía una opción más segura que la de tratar lo que acababa de ocurrir en el cobertizo para botes—. Siempre hay alguien allí. ¿Sospechas acaso de la señora Jansen? Parece la más benigna de las criaturas.

Napier negó con la cabeza, pero ella sintió que parte de la tensión había desaparecido de su brazo.

—No sé de quién sospecho, ni siquiera de qué les considero sospechosos —dijo él—. Dos muertes y dos personas más, que han estado a punto de... ¿y todo en apenas unos meses? Quizás Underwood esté seguro de que Saint-Bryce murió de apoplejía, pero...

A Lisette le pareció que había algo que Napier no le decía. Algo que iba más allá de una carta inconexa de un anciano en su lecho de muerte y un par de criados enfermos. Pero al menos ellos habían vuelto a retomar la cordialidad anterior.

—Y el pobre Prater —murmuró—. ¿Quién podía desear verle enfermo? No diré que le tengo aprecio a Walton, pues para mi gusto mira a las mujeres de un modo demasiado lascivo. Ha empezado a burlarse de la señora Jansen. Creo que tiene atemorizada a la pobre criatura.

—Walton haría mejor en tener miedo de Gwyneth —dijo Napier lúgubremente—. Es definitivamente capaz de envenenar a alguien.

—Oh, no se trata solamente de Gwyneth. En esta casa hay tanta rabia contenida como para que volemos todos por los aires si a alguien se le ocurre encender una cerilla en el momento equivocado. —Lisette se arrebujó en el mantón—. Y, además, está ese extraño asunto que rodea a la señora Jansen.

Una vez más, Napier le dedicó una fugaz mirada.

—¿A qué te refieres?

—Bueno, ¿quizá sea eso entonces por lo que Walton se burla ahora de ella? —Lisette sintió que le ardía la cara—. ¿Porque su causa está obviamente perdida y su apostura es inútil? Oh, vamos, ¿acaso no tenéis todos vosotros, los ingleses, una de esas peculiares viejas tías solteronas escondidas en algún armario?

—Pareces volverte oportunamente norteamericana cuando te conviene —apuntó Napier—, y según creo, la señora Jansen es viuda. Pero continúa. Tu argumentación me parece fascinante.

—A pesar de que siempre están juntas, creo que Gwyneth y Diana se odian —caviló—. Aunque quizás «odiar» sea una palabra demasiado fuerte. Y lady Hepplewood domina a Gwyneth, desautorizando sus decisiones sobre la gestión de la casa, y parece despreciar ostensiblemente a Diana. De hecho, lady Hepplewood da la impresión de estar... en fin, afligida. Abrumada por la pesadumbre. Todo el tiempo. Creo que eso la ha vuelto amargada a su avanzada edad.

—¿Afligida? Ésa no es precisamente la palabra que yo habría elegido.

Lisette se encogió de hombros.

—Pues es lo que es —dijo con voz queda—. Reconozco perfectamente el dolor en cuanto lo veo. Y comprendo la amargura.

Napier se quedó en silencio durante un instante.

—¿Y la señora Jansen? —dijo por fin—. ¿Qué te parece?

—Es muy discreta —dijo Lisette—, pero me cae bien.

—A mí también —dijo él—. ¿Se cree... ejem, emocionalmente apegada a Gwyneth?

—Me parece muy probable —concedió Lisette—. Siempre están la una en compañía de la otra cuando así lo permiten las obligaciones de la señora Jansen. Pero ¿qué puede tener eso que ver con la muerte de lord Hepplewood?

—La experiencia me ha demostrado que la pasión puede ser una fuente de grandes males —dijo Napier.

Con una sonrisa sardónica, Lisette pensó en cuánta razón había en ello.

—Por mi parte, me preocupa más lady Hepplewood —dijo—. ¿Por qué, para empezar, vive en Wiltshire? Primero nos dicen que la casa de Northumberland está llena de corrientes de aire y destartalada. Luego Diana, que sin duda debe de saberlo bien, dice que eso no es cierto.

—Quizá no haya forma humana de satisfacer a lady Hepplewood —masculló Napier.

—No es sólo eso —replicó Lisette—. Y ahora nos enteramos de que Gwyneth está enfadada porque Tony rechazó a su hermana Anne. Por cierto, Anne llega de Londres mañana, ¿lo sabías? Y se trae con ella a la señorita Felicity Willet.

—Algo había oído, sí.

—Me parece todo muy extraño —prosiguió Lisette—. En la ciudad Tony es famoso por ser un haragán mujeriego, mientras que Diana le pinta como a un tipo hogareño que sólo quiere poner los pies en alto delante del fuego. De hecho, le tengo cierta simpatía al muchacho, pues es difícil no tenérsela, pero creo que es mucho más profundo, y desde luego mucho más listo, de lo que quiere hacer creer.

—¿O quizá Diana es inocente? —sugirió Napier.

Lisette volvió a arrebujarse en el chal. Las nubes se deslizaron bajo la luna hasta dejarla a la vista y bañando una vez más los jardines con su luz. Algo seguía rondándole, algo que había asomado fugazmente a su mente en la habitación verde días atrás y que de nuevo había vuelto a hacerlo en ese mismo instante. Pero no logró que se manifestara el tiempo suficiente como para atraparlo.

—En fin —dijo—. Diana quizá sea una tonta romántica, pero en otros aspectos no es ninguna estúpida.

—¿Y ser románticos nos convierte en estúpidos? —preguntó Napier.

Lisette le dedicó una mirada afilada.

—Normalmente, sí.

—Ah, empiezo a entender tu lógica. —Napier guardó silencio durante un instante—. Pero ¿jamás has tenido inclinaciones románticas, Lisette? Al fin y al cabo eres una romántica confesa.

—Sí, pero no puedo permitirme esas fantasías —replicó ella—. A diferencia de lady Anisha Stafford, yo nunca fui la princesa perfecta, Napier. Mi vida no fue nunca un cuento de hadas. Siempre tendré imperfecciones. Siempre seré distinta.

—Pero seguro que en Boston había alguien que te cortejara.

A Lisette no le gustó el cariz que tomaba la conversación.

—Unos cuantos jóvenes, sí —dijo—, sobre todo cuando la salud de tío Ashton empezó a fallar y estaba claro que yo heredaría el periódico.

—Ah, sí, los oportunistas —dijo él con voz queda.

—Ávidos de problemas, diría más bien —dijo ella en el momento en que giraban para adentrarse en los parterres pulcramente cercados con setos—. El periódico tenía pérdidas prácticamente todos los años.

—¿Y por eso les rechazaste, abatida?

Su voz sonó levemente irónica.

—Les salvé de su propia locura —replicó Lisette—. Y, además, tenía otros planes.

—Sí —dijo él, taciturno—. Creo que estabas demasiado ocupada en poner en práctica tus insensatos conceptos de justicia y de venganza como para pensar en tu propio futuro, Lisette. Para pensar en aquello a lo que quizás estabas renunciando. Te vi con ese niño en brazos en casa de los Tafton. Y reconocí el anhelo y el dolor en tus ojos, de modo que no te molestes en fingir que no te importa lo que has perdido. Importa, y mucho.

Lisette se paró en seco en el sendero de grava.

—¿Cómo te atreves a hablarme de poner en práctica conceptos insensatos? —dijo, viendo reavivada su frustración—. Tú, que has venido hasta Wiltshire por motivos que ni siquiera eres capaz de articular. Y, sea cual haya sido mi renuncia, al menos la decisión fue mía.

Por un momento, Napier se quedó plantado donde estaba, bloqueándole el paso en el sendero. Luego:

—*Touché* —dijo con un hilo de voz.

Ella sintió que temblaba por dentro.

—Esta misma noche te has ofrecido a dejarme a solas —respondió—. ¿Puedo aceptar ahora esa oferta? Me gustaría sentarme en los jardines un rato y disfrutar del silencio.

Él inclinó una vez la cabeza, muy envarado.

—Por supuesto.

De pronto, y abandonándose al impulso, Lisette tendió la mano hacia él, tomándole la suya.

—Lo siento, Napier —dijo—. Quisiera... oh, Dios, cuánto me gustaría que la vida fuera otra. Que nos hubiéramos conocido en un momento y en un lugar distintos, y que ninguno de los dos tuviera nada de lo que arrepentirse cuando esto haya terminado.

La boca de Napier se curvó hasta dibujar una sonrisa irónica.

—Maldíceme por ser un auténtico idiota, Elizabeth, pero no me arrepiento de nada de lo que hemos hecho —dijo—. Lo único que lamento es la distancia y la mentira.

Dicho esto, y para su asombro, se inclinó sobre ella y posó con suavidad los labios sobre su frente.

Y, en un abrir y cerrar de ojos, había desaparecido, girando sobre sus talones y alejándose con paso firme por el último jardín para subir después por las escaleras de la galería. Durante un fugaz instante, sus anchos hombros y su impresionante porte se perfilaron contra la luz de la lámpara que se derramaba en la oscuridad de la noche desde la casa. Luego Walton abrió más la puerta, y sin tan siquiera volverse a mirar, Napier desapareció.

Lisette se arrebujó aún más en su mantón y siguió allí de pie, envuelta en el aire repentinamente frío de la noche, mirando hacia la casa. Después de unos momentos, vio la sombría forma de Napier cruzando con grandes zancadas la larga arcada. Dejando escapar un suspiro, se sentó en el primer banco que encontró.

Sólo entonces se dio cuenta de que le temblaban las manos.

Y supo que Napier no iba a quedarse satisfecho con su ayuda allí, en Wiltshire. Y que tampoco iba a tener suficiente con los placeres que pudiera encontrar en su cuerpo.

No, Napier quería que se abriera una vena y que la verdad sangrara por ella. La verdad de todo. De todas esas cosas a las que ni siquiera ella se atrevía a enfrentarse.

No podía hacerlo. Había hecho frente a tormentas mucho más brutales de las que él era capaz de provocar.

Lisette tan sólo esperaba ser capaz de hacer frente a su propia pasión.

Se habría abofeteado por su propia estupidez. Como buen gato abandonado, vivía respondiendo a sus instintos. Igual que Jack Coldwater, el andrógino y pelirrojo reportero, también ella se había juntado con criminales y rufianes —y, lo que era aún más peligroso, con políticos—, y todo con el fin de destapar escándalos para el *Chronicle*. Había seguido a Lazonby hasta infiernos y oscuros callejones, e incluso en una ocasión hasta las barriadas de Whitechapel, intentando encontrar algo con lo que poder meterle entre rejas.

El instinto la había librado de incidentes en todo momento.

Pero ¿iría ahora a fallarle a causa de un hombre deseable?

Ah, sin duda era más lista que todo eso. Y más dura.

O, al menos lo había sido.

Antes de Royden Napier y de esos ojos que todo lo veían.

Lisette no tenía la menor idea de cuánto tiempo había estado sentada a solas en los jardines, contemplando sus propias debilidades mortales, pero cuando por fin se levantó, descubrió que aunque había dejado atrás las ganas de llorar y había recobrado una pequeña dosis de determinación, habían empezado a castañetearle los dientes.

Tras subir apresuradamente por los escalones posteriores, siguió el camino que había tomado Napier por la casa. Junto a los candelabros de pared del magnífico *hall* de entrada, vio que el reloj de pared dorado marcaba unos minutos pasada la medianoche. Cruzó la arcada y empezó a subir la escalera de espiral que llevaba al pabellón este.

Justo en ese instante, sus oídos captaron un sonido procedente desde las alturas, justo encima de su cabeza, y una levísima impresión de movimiento. Se quedo inmóvil como un conejo, mirando cautelosamente hacia arriba.

Una sombra oscura se separó de la balaustrada y entonces oyó los familiares pasos de Napier alejándose por el pasillo en dirección a su habitación. En ese momento cayó en la cuenta de que había estado esperándola.

Pero cuando corrió escaleras arriba para... en fin, para hacer algo a la vez temerario e imprudente, un pasillo vacío la salvó de su propia locura. La puerta de Napier estaba firmemente cerrada y sólo quedaba en el aire el leve aroma de su jabón de afeitar.

Como el caballero que era, simplemente había estado esperando para asegurarse que regresaba sana y salva de los jardines. Entenderlo resultó a un tiempo reconfortante y decepcionante. Durante un largo instante, se quedó allí, con la mano en alto, como a punto de llamar a su puerta.

Pero para decir... ¿qué?

Con un suspiro, pasó por delante de la puerta de Napier y siguió hasta su habitación, donde encontró a Fanny zurciendo un desgarrón en un dobladillo a la luz de la lámpara de su mesita de noche.

La criada alzó el rostro de su labor, rauda y cómplice.

—Buenas noches, señorita Lisette —dijo, dejando a un lado la tela—. Parecéis ligeramente despeinada.

—Fanny, ¿por qué no te has acostado ya? —Lisette se derrumbó en una silla delante de su tocador y empezó a quitarse las horquillas—. Aunque, ya que no lo estás, ¿me ayudarías a quitarme estos lazos del pelo? Diantre, ¿cuánto tardará en crecerme esto?

Fanny suspiró, se levantó y se dispuso a ayudarla con el pelo.

—Está creciendo —dijo—. Además, algunas damas todavía lo llevan corto.

—Oh, sí. —Lisette se miró ceñuda en el espejo—. Las enfermas de tisis.

—Estoy segura de que en alguna parte algunas damas lo llevan así —la regañó Fanny—. Probablemente las francesas. No, bajad las manos. Me entorpecéis.

Tras la reprimenda, Lisette puso las manos sobre su regazo.

—¿Cuál ha sido el chisme del día, Fanny? —preguntó jovialmente—. He oído que la hermana de la señorita Tarleton llegará mañana.

—Ah, sí, y entre el servicio es una auténtica favorita. —Fanny intentaba deshacerle un enredo con el peine—. La señora Marsh recibió una carta de ella. Al parecer, la señorita Anne —o lady Keaton, pues ése es ahora su apellido— conoció a la tal señorita Felicity Willet en la iglesia y enseguida se hicieron amigas.

—Ah, así es entonces cómo Hepplewood conoció a la señorita Willet —caviló Lisette.

—Sí, y lady Keaton está tocando el cielo con las manos con el compromiso —dijo Fanny—, o al menos eso escribió.

De modo que quizá Gwyneth estaba equivocada. Quizás Hepplewood no se había comprometido para nada con la señorita Willet. No se amaban, no, pues eso era lo que él le había reconocido a Lisette en el jardín. Aunque quizá se profesaran un sincero cariño mutuo.

La esperanza le alegró levemente el corazón. Santo cielo, ¿estaría acaso volviéndose tan romántica y de mirada tan soñadora como la pobre Diana Jeffers?

—¿Qué dicen los criados de sir Philip Keaton? —insistió, cambiando de tercio.

—Ah, están encantados. —Fanny bajó el peine—. Un auténtico caballero. Así es como Marsh se refirió a él.

—Gwyneth le llamó pusilánime.

Fanny soltó un bufido.

—Ya, bueno, cualquiera podría serlo comparado con ella —dijo—. Ah, y le he dado al señor Jolley su última hoja de papel de cartas. Por cierto, ¿no os parece un poco… emplumado?

—¿Cómo dices? ¿Esa nube de pelo blanco?

Lisette se rió.

—No, me refería más a… espabilado. —Fanny arrojaba horquillas en un plato de porcelana que estaba encima del tocador—. Un hombre muy capaz, por decirlo de algún modo.

—Oh, mucho me temo que no sabes de la misa la mitad —dijo
Lisette.

—Cierto, y tampoco quiero saber. Mejor que no.

Entonces alzó la vista hacia el espejo y vio trabajar los inteligentes
dedos de la criada.

—Eres siempre muy astuta, Fanny —dijo, después de un instante.

Fanny miró por encima de la cabeza de Lisette y los ojos de las dos
mujeres se encontraron en el espejo.

—Hum —dijo—. ¿Cuál es el problema, señorita?

Lisette bajó la mirada hacia su regazo. Había empezado a levantarse una cutícula con la uña, lo cual era siempre una mala señal... una
señal de que estaba a punto de cometer alguna imprudencia. Pero se
temía que le fuera tan imposible mantenerse alejada del lecho de Royden Napier como le habría sido volar a la luna.

—Me preguntaba, Fanny —dijo—, cuán difícil es... o mejor, cuán
fácil es... no quedarte...

—¿No quedarte qué?

Había en la voz de Fanny ciertos visos de inquietud.

—Embarazada —dijo Lisette por fin.

—Oh, Dios. —Fanny arrojó un puñado de horquillas al plato—.
¿En ésas estamos?

—Bueno, no estoy segura del todo —dijo Lisette—, todavía.

Los labios de Fanny trazaron una fina línea, reveladoramente desaprobadora.

—En fin, sin duda ese señor Napier es un hombretón como Dios
manda —dijo—, aunque terriblemente taciturno, si me lo permitís...
y además cruel cuando se enfada, o al menos eso dice el tal señor Jolley.

Lisette le lanzó una mirada amenazadora en el espejo.

—¿Cómo sabes tú que es Napier?

Fanny soltó un bufido.

—¿Y quién si no? —dijo—. ¿Ese apuesto lord Hepplewood con
sus sedosas palabras y elegantes gestos? No, señorita, sois demasiado

lista para caer en eso. Pero Napier... —al pronunciar su nombre la recorrió un pequeño escalofrío—, ése está quizá demasiado en el otro extremo. Yo en vuestro lugar lo pensaría dos veces antes de calentar el lecho de ese demonio de ojos negros.

—De hecho —dijo Lisette—, tiene los ojos azules. Cuando los tienes muy cerca.

Fanny suspiró.

—Bien, en ese caso, si os acercáis tanto —dijo, cubriendo con un tintineo el plato con la tapa— quizá sea mejor que deje de cotorrear. Y será mejor que cojáis vuestro calendario y vengáis aquí, junto a la luz de la lámpara.

12

En el que Jolley hace las veces de cerrajero

—Yo diría que va a llover —gruñó Jolley a la mañana siguiente mientras sostenía abierta la chaqueta de montar de su señor—. Lástima que me haya agotado el codo sacando lustre a las botas.

Jolley ayudó a Napier a ponerse la chaqueta por los brazos, con cuidado de no arrugarle las mangas de la camisa. Luego, con un pequeño cepillo, cepilló con especial empeño los hombros y las solapas, retirando la pelusa de la tela.

Eso era algo a lo que Napier no había terminado nunca de acostumbrarse, el hábito de que le ayudaran a vestirse. En el pasado, había creído que era una afectación propia de los ricos, que prácticamente no tenían nada que hacer. Pero Duncaster le había corregido severamente.

Las propiedades de un hombre acaudalado, le explicó su abuelo, proporcionaban empleo a un gran abanico de gente —desde el último mozo de cuadras al mismísimo y talentoso Craddock— y les permitía alimentar a sus familias. El anciano dijo que era un gran motivo de orgullo servir en una noble casa como Burlingame.

Napier jamás lo había visto de ese modo.

Al parecer, Jolley tampoco. Bajó las manos, dando al cepillo una despreocupada sacudida.

—Muy bien —dijo—, propinándose unos golpecitos en el bolsillo—. Si os parece que os he mimado lo suficiente por esta mañana, su señoría, será mejor que me vaya con Betty, ¿no creéis?

Napier le lanzó una mirada admonitoria.

—Asegúrate de que no os cojan a Betty y a ti —dijo—. Y de que la señorita Colburne no corre ningún peligro.

Con una mano ya en la manilla de la puerta, Jolley hizo un mohín.

—Puede que sea un cerrajero de primera, señor, y un hacha con la ganzúa, pero no ha nacido quien sea capaz de mangonear a un pelirrojo, y mucho menos a este que viste y calza, si me permitís el comentario.

—No, no te lo permito. —Napier le dedicó una mirada amenazadora—. Limítate a decirme dónde están las condenadas botas.

—En el cuarto de baño, señor, a la derecha —dijo Jolley sin inmutarse—, y tan lustrosas que podría ver su magnífica nariz reflejada en ellas.

Dicho esto, la puerta se cerró con un portazo, dejando a Napier tan enfurruñado y desvelado, que tuvo que calzarse él mismo las botas. No culpó a Jolley tanto como le habría gustado. Obviamente el pobre diablo no se había presentado voluntario para ese cometido y no tenía la culpa que él apenas hubiera pegado ojo la noche anterior. Tampoco Lisette.

No. Como de costumbre, él mismo se había buscado su propio problema.

Después de enfundarse, no sin ciertas dificultades, las botas, se acercó a la ventana que estaba junto a la cama y se quedó mirando el lago, preguntándose si la afirmación de Jolley sobre los pelirrojos no habría sido acertada.

La mañana estaba envuelta en niebla. Un velo gris y débil se deslizaba sobre el agua y se pegaba al cristal como la incertidumbre que se había colado en su alma. Por mero impulso, levantó la ventana y se asomó a la humedad, aspirándola hasta el fondo de los pulmones y abrazando, quizás, esa doble lectura.

Pero cayó en la cuenta de que había tomado una decisión en las primeras e inquietas horas de la madrugada.

Llevaría de vuelta a Lisette a Hackney.

Y lo haría, como muy tarde, al término de la semana. Se dijo que lo que ella hiciera después —incluso aunque huyera a Escocia, a Boston o a la costa de Italia— tendría que ser elección suya. No podía obligarla a que le amara. Y desde luego no podía obligarla a enfrentarse a la justicia, independientemente de lo que eso conllevara. Y llevarla a Burlingame había sido una locura de la peor suerte. Un claro autoengaño.

Desde el primer momento en Whitehall, Napier había sabido que esa mujer le hacía perder el sentido más allá de toda lógica. Y la noche anterior por fin se había enfrentado a la confirmación de que no era capaz de fiarse de su corazón ni de sus actos, al menos cuando ella estaba implicada. El deseo que sentía por Lisette desataba en él una especie de locura que desafiaba su propia fuerza de voluntad. Y sabía que si ella era culpable de un crimen —incluso en el caso de que se tratara de un crimen de la peor suerte— jamás podría haberla procesado por él.

De hecho, lo habría desestimado, justificándolo. Su parte lógica lo sabía.

La otra, la ilógica, simplemente sabía que ella era inocente.

Se había convertido en una de esas personas a las que, en determinadas circunstancias, la verdad les trae sencillamente sin cuidado. Creería lo que eligiera creer.

Para un hombre que durante tanto tiempo había vivido en blanco y negro, esa ofuscación resultaba —a un extraño nivel— ligeramente liberadora. Y es que, después de todo, si la verdad no importaba, quizá lo que su padre había hecho no era a fin de cuentas tan indignante. Quizás alejarse de una vida dedicada al servicio, de una profesión que le frustraba y le satisfacía a la vez, no fuera una elección egoísta.

Pero ninguna de esas cosas tenían que ver con Lisette, que había visto como sir Wilfred Leeton y un sistema judicial imperfecto y retorcido le arrebataban injustamente su feliz vida. Había quedado herida hasta el punto de haber declarado que ya no estaba segura de poder sentir el dolor.

Bien, pues Dios bien sabía qué el sí lo sentía.

Lo sentía por los dos.

Y el único modo de salir de esa situación era hacia delante. Tenía que sacar a Lisette de allí, solucionar en lo posible ese asunto de Burlingame y regresar a Londres y presentar su renuncia a sir George. Porque no era sólo que ya no pudiera confiar en su corazón. Ya no se fiaba de sí mismo para cumplir con su profesión. Había cruzado la línea que separaba el blanco del negro y no tenía intención de volver atrás.

Con la inminente llegada de sir Philip y lady Keaton, junto con la hija de ambos, sin duda tendrían lugar suficientes acontecimientos como para mantener ocupada a tía Hepplewood, incluso aunque Lisette se hubiera marchado. Además, su teoría sobre la carta anónima no había quedado confirmada y estaba empezando a convencerse de que el misterioso autor era más un alborotador que un ciudadano preocupado.

Pero pensar en la carta le llevó a pensar también en una apremiante misiva de sir George y, después de mirar el reloj, decidió que tenía tiempo suficiente para responderla. Acercó una silla al escritorio, consciente de pronto de que mientras faltaba a sus obligaciones en el Número Cuatro, no las echaba tanto de menos como se había temido.

Se daba cuenta de que podía vivir satisfecho allí, en Burlingame. O al menos tan satisfecho como lo estaba en cualquier otra parte, especialmente en cuanto la casa quedara libre de parientes entrometidos.

Pero no estaba en absoluto seguro de si algún día sería feliz.

Sintió que la espantosa tristeza le apresaba el corazón y maldijo su debilidad. Era en momentos como ése cuando anhelaba recuperar los días vividos en blanco y negro. Los días en que había confiado en la rectitud de cada una de sus decisiones. Aquellos en los que había sido implacable en sus empeños... tanto en el de hacer justicia como en el de conseguir a una mujer.

Anhelaba el tiempo en que todavía no se había enamorado de Elizabeth Colburne ni había empezado a preocuparse por las fincas, el maíz y sus primos huérfanos. Lo siguiente serían unos cachorros. O quizás una condenada rosaleda. Había perdido su implacabilidad. Se había ablandado. Había empezado a importarle todo un rábano.

Dios, pero si apenas se reconocía.

Quizá se había vuelto mejor ser humano. Por supuesto que sí. Aunque ¿a qué precio? ¿El precio de su corazón?

Pero si no podía tener a Lisette, ¿no había acaso miles de cosas más inmensas y pequeñas en las que podía volcar sus energías, si no su corazón?

Aunque no deseaba que Duncaster muriera pronto, había decidido que, cuando eso ocurriera, daría a Gwyneth la casa de campo y mandaría a su tía abuela de regreso a Northumberland en el primer tren, y a la señorita Jeffers con ella. La joven dama podía defenderse por sí misma, o decorar una maldita casa para su padre viudo. Sabía Dios que eso era algo que parecía dársele bien, con sus retales y sus cuadernos de bocetos siempre a mano.

Al final en Burlingame sólo quedaría Beatrice, y eso si ninguna de sus hermanas le parecía mejor opción. Napier realmente hablaba en serio cuando le había prometido a la niña que allí tendría su casa siempre que así lo deseara, aunque no tenía la menor idea de cómo se las ingeniaría para bregar con una niña de once años a su cuidado.

En ciertos aspectos, esa posibilidad le resultaba más abrumadora que la gestión de la propiedad en sí. Y era igualmente importante, si no más. Además, la niña necesitaba la figura de una mujer. Alguien sensato y protector. Alguien a la vez afable y severo.

Consciente de la dirección que sus cavilaciones estaban tomando, maldijo entre dientes y hundió la pluma en la tinta. Aparcando implacablemente a Lisette hasta instalarla en un rincón de su mente, se afanó en la escritura de la carta a sir George antes de bajar a desayunar.

La habitación estaba vacía. Como era de suponer, Lisette se había marchado con todos los demás. Comió solo antes de dirigirse a las oficinas de la finca.

Su viaje fue en vano. Encontró a Craddock sentado delante de la chimenea, con un fuego encendido contra la humedad, un escritorio portátil apoyado precariamente sobre una rodilla, y el pie derecho descalzo y apoyado en un montón de cojines.

—Os ruego que me disculpéis, señor —dijo, intentando dejar a un lado el escritorio.

Napier levantó la mano.

—No te levantes, Craddock —ordenó—. ¿Qué ocurre?

Un leve sonrojo tiñó las mejillas del hombre.

—Me temo que tengo gota, señor —dijo—. Es... terrible. Es una enfermedad propia de los ancianos, o al menos eso imaginaba.

—Es una enfermedad condenadamente dolorosa, a cualquier edad —dijo Napier, cruzando la habitación para echar un vistazo al hinchado pulgar—. Mi buen hombre, es imposible que puedas ponerte una bota en ese pie.

—Ni siquiera una media —concedió Craddock—. Y montar es impensable.

—No te preocupes —le tranquilizó Napier, incorporándose—. Jolley, mi hombre, ha predicho que lloverá, y es infalible. Si no me crees, pregúntale.

Craddock esbozó una sonrisa.

—¿Os gustaría repasar los registros de crianza de la granja de la finca en vez de salir?

Napier puso una mano en el hombro del hombre.

—Lo que me gustaría es que volvieras a la cama con una buena tintura de opio y un buen puñado de cerezas amargas —dijo—. Y que lo hicieras ahora mismo.

—La señora Buttons ha ido a recogerlas en este mismo instante —concedió Craddock.

—Excelente. ¿Te ayudo a subir?

Craddock pareció aún más avergonzado.

—No, gracias, señor —dijo—. ¿Entiendo pues que podéis dedicaros a otro cometido?

—Oh, sí —respondió Napier—. Descuida, seguro que se me ocurrirá algo.

$\mathscr{S}$egún pudo descubrir Lisette, el señor Jolley era cualquier cosa menos dependiente. Después de otra espantosa noche de insomnio, hojeaba el cuarto volumen de la *Enciclopedia Británica* exactamente a las ocho y media con un ojo en la puerta cuando el anciano de pelo blanco pasó por delante con sus andares resueltos y los hombros encogidos.

Ella devolvió la enciclopedia a su lugar en la estantería, cogió un ejemplar de cuentos de hadas que había dejado a un lado, y contó diez segundos antes de salir apresuradamente por la puerta y echar a andar por el pasillo.

No había problema alguno en quedarse rezagada y perder de vista al anciano, pues sabía adónde se dirigía. Pero al cruzar el grandioso *hall* de entrada, le sorprendió ver a lord Hepplewood y a Diana de pie en las profundidades de la arcada oeste, inmersos en lo que parecía una intensa y susurrada discusión.

Con sus rizos enmarañados, el gabán de color azul marino y el chaleco de rayas a juego, lord Hepplewood era, como siempre, peligrosamente apuesto. Diana, por el contrario, parecía consternada. Hepplewood la tenía agarrada del brazo, como si intentara impedirle que hiciera algo.

De pronto, con una brusca palabra, Diana sacudió la cabeza, se desasió de su mano y pasó como una exhalación por delante de él, entrando en el *hall*, y adelantándola con el más seco de los saludos al tiempo que sus tacones repiqueteaban al cruzar la amplia y abovedada cámara. Daba la sensación de que parpadeaba en un intento por contener las lágrimas.

Por un instante, Lisette vaciló, pues sentía que tenía que ir tras ella, pero Jolley había desaparecido al girar la curva de las escaleras.

Lord Hepplewood le ahorró la decisión al cruzar el *hall* con paso firme y una mirada taciturna en los ojos.

—Dejad que Diana se marche —dijo afablemente—. Mamá otra vez.

Lisette sintió que se sonrojaba.

—¿Han discutido?

—Difícilmente. —La sonrisa de Hepplewood quedó enmudecida—. Nadie discute realmente con mamá.

—Lord Hepplewood —dijo Lisette de pronto—, ¿por qué tengo en cierto modo la sensación de que sois en realidad mejor hombre de lo que fingís ser? De hecho, a veces creo que no sois en absoluto el rufián que aparentáis.

Al oírla, lord Hepplewood sonrió de oreja a oreja, dejando a la vista el destello de sus dientes impecablemente blancos.

—Ah, mi querida señorita Colburne —dijo—. ¿Por fin os habéis rendido a mis frívolos encantos? Al final a las mujeres suele ocurrirles. Incluso creo que hasta mi querida señorita Willet ha sucumbido a ellos.

Lisette abrió la boca para responder, pero no fue necesario. Tras una elegante y profunda inclinación de cabeza, Lord Hepplewood pasó por delante de ella. Por un momento, ella tan sólo fue capaz de clavar en él la mirada. Quizá, después de todo, sí fuera un canalla. No lo sabía y tampoco era problema suyo. Tras sacudirse de encima el apremiante impulso de seguir a Diana, subió corriendo las escaleras.

Al parecer, Jolley había vacilado el tiempo suficiente como para permitirle vislumbrarle doblar la siguiente esquina. Lisette dijo una pequeña plegaria de agradecimiento. Y cuando por fin subió al trote dos tramos de escaleras y serpenteó por el entramado de pasillos, Jolly caminaba una vez más por delante de ella al tiempo que volvía a guardarse algo en el bolsillo del gabán.

La puerta de la oficina de Saint-Bryce estaba entornada.

Ella se coló dentro y empezó a cerrarla, pero entonces lo pensó mejor. Si alguien la descubría, una puerta cerrada resultaría sospechosa. En vez de eso, la abrió de par en par y empezó a buscar metódicamente, atenta al menor ruido.

No era una habitación terriblemente grande. Rápidamente, examinó los estantes que ocupaban la pared a ambos lados de la chimenea. No reparó en ningún volumen que destacara. Sin perder de vista la puerta, extrajo los dos libros que tenían visibles trozos de papel insertados dentro.

Eran un par de tomos sobre agricultura con pequeños recortes que carecían por completo de interés: el recibo de un zapatero y una nota garabateada del señor Crawford en la que se hablaba de reparar el tejado de un granero. Lisette volvió a meterlos en su sitio y centró su atención en el montón de cajones que supuestamente contenían archivos.

Tiró de cada uno de los cajones y descubrió que habían sido vaciados. Y muy recientemente, pues no quedaba dentro una sola mota de polvo. Decepcionada, miró detrás de las cortinas y desplazó a un lado los tres paisajes que colgaban en las paredes, mirando detrás de cada cuadro en busca de algún papel oculto o quizás incluso de una caja fuerte.

Nada.

Probó entonces con el escritorio. Al parecer, estaba cerrado con llave. Controlando su impaciencia, empujó y tiró de cada cajón, uno por uno, aunque en vano. Dejando escapar una maldición entre dientes, examinó la superficie del escritorio. Había un secante al que se le había dado buen uso. Un tintero, vacío. Un antiguo pabilo de plata, deslustrado y ausente el apagavelas… sin duda una pieza sentimental.

Lisette la dejó sobre el escritorio y siguió adelante. Había un montón de libros perfectamente apilados en una esquina: una Biblia, un diccionario, un tratado sobre la cría de animales y el *Libro de Oración Común*, todos profusamente hojeados. Sin perder un segundo, Lisette los hojeó sin encontrar nada.

Justo en ese momento, se quedó helada. Pasos —ligeros y raudos— se acercaban por el pasillo. Cogió los cuentos de hadas, se alejó del escritorio y se dirigió rápidamente hacia la puerta, volviéndose de espaldas a ella y poniendo un brazo en jarras.

—¿Señorita Colburne…?

—¡Oh, cielos! —Lisette giró sobre sus talones, arrugando visiblemente la frente—. Oh, señora Jansen, sois vos. Pero… ¿dónde estoy?

La señora Jansen parecía triste.

—Os encontráis en el estudio de lord Saint-Bryce —dijo con una leve desaprobación—. Gwyneth... la señora Tarleton... quiere que esté cerrado con llave hasta que haya terminado de limpiarlo.

—¿Ah, sí? —Lisette intentó parecer atolondrada, lo cual, tras la noche anterior, no le resultó un esfuerzo demasiado colosal—. La puerta estaba entreabierta cuando he pasado por delante, así que he creído... —Recorrió entonces la habitación con la mirada y negó con la cabeza—. No sé por qué he creído que era la puerta del aula.

—¿El aula?

—Sí, pero es que todas las puertas de esta planta son iguales, ¿no os parece?, al menos para alguien que no está acostumbrada a tanta magnificencia. —Lisette esbozó una sonrisa tímida—. De todos modos, he encontrado un libro de cuentos de hadas en la biblioteca y me ha parecido que podría enseñárselo a Beatrice.

—En ese caso, creo simplemente que habéis girado a la izquierda cuando tendrías que haberlo hecho a la derecha. —Se volvió de espaldas y, con un eficiente giro de muñeca, las encerró a las dos en la habitación—. Las habitaciones son contiguas, o casi.

—Pero... acabáis de encerrarnos —dijo Lisette, mirando incómoda la cerradura.

—Iremos por otro sitio. —Pero la señora Jansen la miraba de un podo peculiar—. Señorita Colburne, ¿os encontráis bien? Vuestros ojos, están un poco...

—Un poco rojos, lo sé. —Lisette forzó una sonrisa tímida—. En esta época del año la hierba me hace estornudar. No debería haber salido a pasear por los jardines anoche con lord Hepplewood.

—Ah —dijo la institutriz.

—En cualquier caso, ¿la salida es por...?

—Seguidme.

La señora Jansen cruzó hasta un panel de madera coronado por el más pequeño de los paisajes, e inteligentemente empujó un trozo de moldura. Lisette se sintió de pronto como una estúpida. Un panel en el que no había reparado asomó limpiamente, llevándose con él el revestimiento de madera y la pintura.

Sorprendida, miró el pasillo estrecho y oscuro que había detrás. En la penumbra, pudo ver que estaba recubierto de armarios sobre encimeras a un lado y de estantes descubiertos al otro, algunos de los cuales estaban llenos de libros y juguetes amontonados. Uno de los estantes, el inferior, estaba prácticamente tapizado de muñecas cuidadosamente sentadas, mientras que los superiores contenían muebles en miniatura.

—Qué ingenioso —murmuró Lisette—. ¿Qué habitación es ésta?

—Una vieja alacena del mayordomo —respondió la institutriz, indicando con un gesto de la mano los estantes al pasar junto a ellos—. Guardo aquí algunos libros de Beatrice, aunque sobre todo contiene sus juguetes.

Lisette se arrodilló para mirar un sofá en miniatura.

—Esto es precioso.

La institutriz de Bea se volvió a mirar.

—Esos estantes son… o eran, mucho me temo… la casa de muñecas provisional de Bea.

—Cierto. Ya veo que este estante es el salón —dijo Lisette—. Y éste de aquí es el dormitorio infantil. Y aquí… ¡mirad, una cocina diminuta!

Una expresión melancólica asomó al rostro de la señora Jansen.

—Beatrice me dice que ya es demasiado mayor para esto, pero todavía a veces la encuentro escondida aquí, recolocando los muebles y dando instrucciones a las muñecas. —De pronto se le quebró la voz—. Es entonces cuando sé que echa de menos a su padre.

—¿Solían jugar juntos a menudo? —preguntó Lisette, levantándose.

—Oh, sí, por eso él trasladó su estudio aquí arriba —dijo la institutriz—. Lord Saint-Bryce adoraba a Bea.

Aquí, sin embargo, su expresión pareció ser la de alguien que temía haber hablado demasiado. Entonces la señora Jansen se llevó un dedo a los labios y tiró de la puerta que estaba en el otro extremo de la alacena.

—Oh, Beatrice —trinó—, mira quién ha venido a verte.

La niña estaba sentada delante de una larga mesa de trabajo, con la cabeza inclinada sobre una pizarra y los ondulantes tirabuzones rubios recogidos sobre un hombro mientras trabajaba en una fila de números. Al ver a Lisette se le iluminaron los ojos al instante y arrojó la tiza sobre la mesa con un sonoro ¡clac!

—Señorita Colburne —dijo, entusiasmada, levantándose para ejecutar una somera reverencia—. ¿Habéis venido a visitarme? ¿Os gustaría ver mi colección de hojas?

—De hecho, te he traído mi libro de cuentos de hadas favorito. —Lisette dedicó una breve mirada a la institutriz—. Aunque, a decir verdad, la colección de hojas suena más interesante. ¿Os parece, señora Jansen?

—Oh, por supuesto. Pero tiene ya unos cincuenta especímenes. Para hacerlo educativo, ¿os parece si vemos si Beatrice puede identificarlas todas?

—Sé que puedo —fanfarroneó la niña, acercándose a un estante hondo y sacando dos álbumes inmensos.

—Entonces el desafío está sobre la mesa —declaró Lisette.

La niña volvió a ocupar su silla junto a la señora Jansen, de espaldas a la puerta. Justo entonces, una sombra cruzó el umbral. Lisette alzó la vista y vio a Napier de pie en la puerta, con sus anchos hombros llenando el hueco, y una mano de largos dedos apoyada contra la superficie de la puerta, que sostenía abierta de par en par.

La misma mano que la había tocado a ella tan íntimamente la noche anterior. Ante el repentino recuerdo, sintió que la recorría algo caliente y candente, provocando en ella un apremiante deseo de huir. O de echarse desvergonzadamente en brazos de aquel hombre infernal.

Al entrar, la mirada de Napier, desde esos ojos oscuros e interrogantes, encontró la suya. También él reparó en la evidencia de la espantosa noche que ella había pasado.

De repente Beatrice le vio.

—¡Lord Saint-Bryce! —exclamó, levantándose de un salto.

—Buenos días, tesoro —saludó Napier, dedicándole una ligera y cortés inclinación de cabeza—. ¿Interrumpo?

—Estaba a punto de repasar mi colección de hojas —respondió la pequeña con un entrecortado jadeo—. ¿Queréis verme? Ellas creen que no las conozco, pero se equivocan. Estoy segura.

—Ni por un instante se me ocurriría dudarlo, pequeña. —Napier inclinó la cabeza hacia la señora Jansen—. ¿Me permitís, señora?

—Por supuesto —dijo la institutriz—. Beatrice espera ansiosa vuestras visitas diarias.

Lisette desconocía que Napier hiciera alguna visita al aula de estudio, pero saltaba a la vista la cómoda familiaridad que existía entre él y la niña. Volvió a recordarse lo poco que sabía de él. Y lo poco que él le había contado del propósito de su presencia allí; de sus esperanzas, sus sueños e incluso de sus temores… suponiendo, claro está, que ese hombre tuviera alguno.

—¿Habéis cancelado vuestro viaje? —preguntó Bea, visiblemente esperanzada—. Creía que habíais salido con Craddock.

—El señor Craddock está indispuesto —dijo Napier—, de modo que hemos aplazado el viaje un par de días.

Napier iba ciertamente vestido para montar, con una chaqueta oscura y unas lustrosas botas marrones que se ajustaban a sus pantorrillas. Pero Lisette imaginó que no había elegancia capaz de compensar los duros ángulos de su rostro ni el cansancio de sus ojos.

La señora Jansen se había levantado para retirar una de las pequeñas sillas.

—Tomad asiento, señor Napier.

Lisette vio cómo él intentaba acomodarse en la silla y la encajaba debajo de la mesa de trabajo de Bea. Quizá tuviera un aspecto incongruente con sus largas piernas y su rostro taciturno, pero ella no pudo sino alabar el esfuerzo. El bienestar de Bea no tardaría en recaer sobre él, y Napier tenía el buen tino de cultivar la amistad de la pequeña. Ella había tenido exactamente la edad de Bea cuando había perdido a su padre. Comprendía con dolorosa claridad lo que era ser huérfana.

—Y ahora, enséñame esas hojas. —Napier se recostó en la silla y extrajo un reloj de oro de su bolsillo, abriéndolo con el pulgar en un gesto teatral—. Y hagamos esto como corresponde. Grita cuando estés preparada, Bea, y yo te cronometraré.

Una sonrisa iluminó el rostro de la niña.

—Preparados, listos, ¡ya! —gritó, pasando la primera página.

Bea empezó en efecto como si se tratara de una carrera, canturreando «álamo, aliso y arce» mientras pasaba rauda las páginas. Pero cuando llegaron a las distintas clases de roble —encina, sésil y común— ya se habían echado a reír y a aplaudir. Luego, terminando ordenadamente la colección con el olmo y el tejo, Beatrice cerró el libro de golpe y, sonriente, recorrió la estancia con los ojos.

—Noventa y tres segundos —declaró Napier, cerrando él también la tapa del reloj—, eso, claro está, dejando margen para los aplausos de la señorita Colburne.

—Me han hecho ir más despacio —se quejó la pequeña.

Justo entonces, Napier se movió, sin duda en un intento por estirar sus piernas acalambradas, pero cuando rozó con la bota su pantorrilla, ella dio un respingo. La extraordinaria oleada de descarga sensual volvió a recorrerla de la cabeza a los pies, encendiéndole las mejillas.

Por supuesto, el arrogante demonio se percató de ello y su mirada captó la de ella desde su lado de la mesa al tiempo que arqueaba levemente una ceja.

La malicia aguijoneó a Lisette. Con una ligera sonrisa, se quitó el zapato y recorrió de abajo arriba deliberadamente con el pie descalzo su bota. Hasta lo alto, pasando por encima del acusado dobladillo introduciendo los dedos en la cara interna de la rodilla por los ajustados pantalones, acariciando despacio la parte interna del muslo y provocando apenas la medida justa de placer.

Y entonces paró deliberadamente… aunque con suavidad. En los ojos de Napier asomó un destello de advertencia, pero había también en ellos un inconfundible ardor.

—Oh, ¿me dejas ver tu colección, Bea? —preguntó dulcemente

Lisette, volviendo a calzarse—. Me gusta tener las manos ocupadas, y a veces también los dedos de los pies.

—El vicario dice que las manos desocupadas las carga el diablo —dijo la niña, haciendo girar el pesado libro—, pero nunca ha dicho nada de los dedos de los pies.

Sin mirar a Napier, ella volvió a abrir el álbum de recortes para hojear distraídamente las páginas llenas de hojas prensadas.

—¡Cielos! ¿Todas estas hojas son originarias de Inglaterra?

—Oh, sí —respondió Beatrice—. Pero las del segundo volumen no. Son las que papá recogió durante sus viajes a Asia y a África antes de que yo naciera. Incluso antes de que naciera Gwyneth.

—¡Caramba! ¡De Asia y África! —exclamó Lisette—. Qué aventurero suena eso.

—Papá era un explorador —declaró orgullosa Beatrice—. Bueno, hasta que murió mi tío mayor. Entonces papá tuvo que sentar la cabeza para cumplir con sus obligaciones.

Pronunció las palabras como un loro, quizá sin tener apenas idea de lo que significaban.

—Bueno, las obligaciones son algo importante —murmuró Lisette, recordando la historia que Napier le había contado sobre el taimado heredero que había muerto de un disparo en Primrose Hill—. Por mi parte, nunca he estado en ninguna parte, sin contar Boston, claro está.

—Por supuesto que hay que contar Boston —dijo la señora Jansen con tono defensivo—. Me han dicho que Massachusetts es la más hermosa de las colonias.

Lisette no se molestó en corregir el término empleado por la institutriz y optó por sonreír a Beatrice. La niña había sacado una hoja fresca de una pequeña cesta de mimbre que tenía sobre la mesa y la estaba colocando en una hoja de papel grueso de color crema.

Curiosamente el papel parecía tener algo impreso en el dorso y Napier también lo observaba, y fijamente. Ya no había en sus ojos la menor sombra de deseo.

—¿Y qué me decís de vos, señora Jansen? —murmuró sin levantar la vista—. ¿Habéis vivido toda vuestra vida en Inglaterra?

—De hecho, no —respondió la dama—. Viví un tiempo en el Continente.

—¿Fue quizás allí donde conocisteis a vuestro esposo? —preguntó Napier con tono casual—. Veréis, en una ocasión conocí a una familia apellidada Janson, con «o», de Northampton. Aunque entiendo que vuestro apellido se escribe con «e», según la costumbre holandesa, ¿no es así? Y supongo también que a veces se pronuncia también de un modo distinto.

—Así es, señor Napier —respondió ella—, aunque mi nombre de soltera era simplemente señorita McDonald de Glasgow. Mi difunto marido era un comerciante de especias de Ámsterdam.

Napier por fin alzó la vista.

—Debéis de echarle mucho de menos —dijo, sosteniéndole la mirada de un modo peculiar y comedido.

La señora Jansen se sonrojó y desvió la mirada.

—Yo… sí, así es —dijo—. Pero él era mucho mayor que yo. Y desgraciadamente, no estuvimos mucho tiempo casados.

—Espero que no fuera una larga enfermedad —dijo Napier, solícito.

—Unos meses. —Su rostro se entristeció—. Fue una enfermedad biliar, aunque jamás llegué a conocer los detalles.

—Qué trágico —murmuró Napier—. ¿Y la empresa?

—Pasó por momentos difíciles —dijo—, de modo que la vendí.

—En fin, seguramente fuera lo mejor.

Sin embargo, la frente se le había arrugado distraídamente y había empezado a palparse los bolsillos del gabán.

—Me alegro de que la vendieran —dijo Beatrice, bosquejando venas en la hoja—, porque Gwyneth la trajo a vivir conmigo. Y jamás dejaré que se marche de Burlingame. Nunca, nunca.

Napier había dejado de palparse los bolsillos.

—Disculpadme —dijo, dedicando una mirada triste a la señora Jansen—, pero al parecer he salido sin mi libreta. ¿Puedo molestaros y pediros una hoja de papel? Hace un minuto, Craddock me ha dicho algo que quería anotar…

—Oh, cielos. —La señora Jansen había mostrado una expresión apenada y se había levantado para abrir un cajón—. No tengo nada adecuado —dijo, buscando dentro—, a menos que vaya a mi habitación. Aunque, ¿qué os parece si os doy esto y escribís en el dorso?

—Oh, lo que sea —dijo Napier con un gesto de la mano.

Ella se volvió con una sonrisa y le dio una hoja de papel de cartas de color crema.

—Gracias, me habéis salvado la vida —dijo Napier al tiempo que apuntaba unos números en el papel—. Craddock suelta los datos y cifras más temibles e imagina que yo voy a acordarme de todos.

Lisette bajó la vista hacia el membrete. *De Groff en Jansen*, decía sobre la parte superior de la hoja con una letra adornada con grandes florituras y bucles. Debajo, tres líneas de menor tamaño en una lengua que no pudo entender.

Tendió entonces la mano y pasó el dedo sobre las palabras.

—Señora Jansen, ¿qué es lo que dice?

La dama volvió a sonrojarse y se inclinó sobre la mesa.

—*De Groff en Jansen* —dijo, pronunciando la última palabra como Yonsen—. *Importadores de Especias Raras y Exquisitos Tés*. Y debajo nuestra antigua dirección de la Sint Antoniesbreestraat.

Al ver la mirada de sorpresa de Lisette, la institutriz se encogió de hombros en un gesto casi tímido.

—Me pareció que era un desperdicio tirar un buen papel —dijo—. Lo usamos aquí, en el aula de estudio. Es perfectamente útil para eso.

—Y muy ahorrador de vuestra parte —declaró Lisette.

Napier, sin embargo, doblaba con cuidado el papel y se lo guardaba en el bolsillo, y Lisette creyó saber por qué. Aun así, no tuvo mucho tiempo para pensarlo. Al instante siguiente, se oyó el ruido de pasos que se acercaban de forma apresurada por el pasillo y Gwyneth Tarleton prácticamente irrumpió en la sala con el rostro realmente encendido.

—¡Ven, Bea! ¡Rápido! —dijo, tendiendo la mano hacia la pequeña—. ¡Son Anne y el bebé! ¡Acaba de llegar el carruaje!

*E*ran, en su mayor parte, un grupo agradable esa noche en el comedor oficial de Burlingame. A pesar de ser pocos, Duncaster había ordenado abrir de par en par la inmensa sala y acortar correspondiente-
mente la mesa de diez metros de longitud.

Si bien Lisette tuvo que obligarse a no mirar a Napier durante gran
parte de la cena, incluso ella se dio cuenta de que Anne era la niña
bonita de la familia y la nieta favorita de Duncaster.

Anne no sólo era la más hermosa de las hermanas Tarleton, sino
además una joven menuda que poseía los preciosos ojos de Gwyneth
y los rizos espesos y rubios de Bea. Su personalidad, sin embargo, parecía mucho más extrovertida que la de sus hermanas. La visita de la
joven había puesto a Duncaster de un buen humor poco habitual en
él, y a pesar de la presencia de la señorita Willet, la gran enemiga de
lady Hepplewood, el vizconde le había pedido a Marsh que sacara el
mejor vino con el que acompañar cada plato hasta que Lisette empezó
a sentirse mareada.

En cuanto a la señorita Willet, era una joven guapa, si no hermosa, de
quizás unos diecinueve años. Afortunadamente, la gelidez que su presencia proyectó sobre la cena no fue lo suficientemente severa como para
dejar a todos helados y tan sólo duró hasta el pescado, pues Duncaster
parecía dispuesto a mostrar su aprobación a cualquier amistad de Anne.
Hasta lord Hepplewood parecía embelesado con su prometida.

Eso dejaba a lady Hepplewood en la incómoda situación de mirar
por encima del hombro a la joven sin el apoyo moral de Duncaster. De
ahí que la señorita Willet se llevara la impresión general de ser bien
recibida en el seno de la familia, y si las miradas ansiosas que dirigía de
vez en cuando hacia lady Hepplewood sugerían que sabía que no era
así, el resto de los presentes estaba lo suficientemente contento como
para no reparar en ello.

Lisette no había tenido la oportunidad de preguntar a Napier sobre la hoja de papel que se había llevado del aula de estudio, aunque ardía en deseos de hacerlo. Al parecer, todos los habitantes de la casa habían echado a correr por los pasillos y habían salido a saludar a los Keaton y a su pequeño, del que se hicieron cargo Beatrice y el aya de competente aspecto de los Keaton, llevándoselo a la habitación de los niños.

Ella miraba a Napier, que estaba sentado al otro lado de la mesa, ocupando el lugar que le habían asignado entre la señorita Willet y la señora Jansen. Aunque apenas habían podido compartir un instante solos desde que se habían despedido amargamente en los jardines, Lisette percibía en él esa noche cierta emoción tensamente macilenta y sentía cómo su mirada caía con frecuencia sobre ella desde detrás de sus pesados y entrecerrados párpados.

La noche anterior ella le había acusado de albergar ideas absurdas. De haber ido a Wiltshire en una persecución sin sentido. Y aunque Napier le había dado la razón, a la luz de un nuevo día había reconocido la injusticia de sus acusaciones.

Napier no estaba en un error. Algo negro y feo se cernía sobre la casa y sobre esa familia. Incluso en ese instante, mientras el vino corría como un arroyo de las Highlands y se sucedían los brindis por toda la mesa, ella podía percibir las sutiles corrientes soterradas, frías como el cristal que tenía en la mano.

¿Acaso Napier sospechaba de la señora Jansen? Parecía improbable. Aun así, Lisette lo conocía lo bastante bien como para entender que no había estado manteniendo una charla sin importancia en el aula de estudio. La señora Jansen, quizá, también había sido consciente de ello.

Entonces se acordó, no sin cierta inquietud, del escalofrío que le había recorrido la columna al ver cómo la institutriz la encerraba con ella bajo llave en el estudio. Pero eso había resultado ser una idea estúpida y sin duda no merecía la pena comentarla con Napier.

No obstante, la cena se le hizo interminable mientras esperaba poder disfrutar de un momento a solas con él. Albergando la imprudente esperanza de poder disponer de mucho más que eso. Aunque sabía que caminaba sobre una cuerda floja en lo que hacía referencia a Napier, el deseo que él le provocaba parecía destinado a cegarla a cualquier peligro. Pero pronto, muy pronto, si el instinto no la engañaba, se irían de Burlingame y aquello que ardía entre ambos —fuera amor, lujuria o simple locura— tocaría a su fin.

Ella, sin embargo, sabía perfectamente cómo llamarlo.

Y no era ni esa dulzura ni esa luz que los poetas alababan, sino algo oscuro y denso que anegaba su corazón con su peso y que se arremolinaba, caliente, en su vientre como un tormento. Un deseo tan profundo que había empezado a percibir la necesidad que sentía por Napier como un dolor en la médula de los huesos.

Sabía que haber conocido a un hombre así en ese espantoso momento de su vida era un merecido castigo… en fin, sólo cabía concluir que la justicia de Dios actuaba con rapidez.

Fuera de ese momento y de ese lugar específicos, Napier jamás la perseguiría… desde luego no en el sentido romántico de la palabra. Más le valía rezar para que él simplemente la olvidara, o al menos que su acerada resolución pudiera mantenerles lejos el uno del otro. Pues ella mucho se temía que, cuando se trataba de él, su determinación no era de fiar.

Tuvo que volver al momento presente cuando, desde un extremo de la mesa, Gwyneth le pidió la salsa Bordelaise. Todavía acaloradamente consciente de la mirada de Napier, Lisette levantó la salsera con una mano levemente temblorosa y fijó su atención en el caballero que tenía a su lado.

Sir Philip Keaton era un caballero reservado que usaba anteojos de montura de oro y tenía muy poco pelo. Pero ella fue simpática con él cuando el joven confesó tímidamente que su madre era norteamericana y habló luego de los felices recuerdos que conservaba de cuando había estudiado en la universidad cerca de Boston. Al joven le resultaba incluso ligeramente familiar el periódico de su familia.

—Me sorprende que lo recordéis —confesó Lisette.

—Bueno, vivía en Cambridge cuando el *Golden Eagle* se quemó al zarpar del puerto de Boston —explicó—. Ocurrió a altas horas de la noche, y recuerdo que el *Examiner* fue el único periódico que a la mañana siguiente publicó la historia. Imposible encontrar un solo ejemplar.

—Sí, lo recuerdo —dijo ella con una sonrisa.

A decir verdad, se acordaba de cada palabra, pues la historia había marcado el debut periodístico de Jack Coldwater. Puesto que Ashton esa noche había bebido como un auténtico lord y era incapaz de dar instrucciones sobre cómo proceder, Lisette había ocultado sus largos tirabuzones bajo un viejo sombrero y se había puesto unos pantalones para así poder pasearse por los muelles sin que se fijaran en ella.

Había contado con la protección de la semioscuridad y la confusión reinante.

Pero no la había necesitado. Nadie le había dedicado tan siquiera una mirada fugaz, ni a ella ni tampoco a su libreta o a sus incisivas preguntas. Y fue entonces cuando había caído en la cuenta de lo fácil que era engañar a la gente: que en contadas ocasiones había alguien que se asomara a mirar bajo la superficie de las cosas. Al contrario: la gente vivía su vida como autómatas, viendo solamente lo que esperaban ver.

—Me pareció una historia inolvidable —dijo sir Philip, untando mantequilla con sumo cuidado en un trozo de pan—. Me refiero al hecho de que se salvara toda la tripulación. ¿Qué posibilidades tenían con ese espantoso incendio? ¿Y saltando todos enloquecidamente a esa agua negra como la noche?

Lisette dejó el tenedor en el plato no sin cierta incomodidad en el gesto.

—No se salvaron todos —dijo con voz queda—. Una dama murió a la mañana siguiente.

—¿Ah, agua en los pulmones? —preguntó sir Philip con expresión triste—. El efecto puede ser más prolongado de lo que se cree.

—De hecho no, no fue ése el motivo —le corrigió Lisette—. Fue algo más monstruoso. Oh, cielos, perdonadme por daros una conversación tan poco agradable.

—Creo que he sido yo quien ha mencionado el asunto —dijo afablemente sir Philip—. Por cierto, ¿qué fue del *Examiner*? ¿Sigue en activo?

—Me temo que siguió la suerte del *Golden Eagle* —respondió ella visiblemente tensa—, y podría decirse que naufragó.

—Oh, vamos, ¿es necesario hablar de negocios durante la cena? —intervino lady Hepplewood, alzando su copa al tiempo que lanzaba una mirada hacia la señorita Willet—. Decidnos, sir Philip, ¿quién está en la ciudad esta Temporada? ¿Ha encontrado vuestro tío marido para esa encantadora prima vuestra?

Sir Philip se rió.

—Me temo que lady Emily es demasiado exigente, señora —dijo—. Tío dice que está reservándose para un duque.

—Pero ¿acaso no le habría bastado en su día con un conde? —dijo lady Hepplewood con un leve sorbido—. No sé si sabéis que yo estaba casi convencida de que Hepplewood y ella iban a ser la pareja del año pasado.

—Pero el año pasado yo no era Hepplewood, mamá —se burló Tony, aunque Lisette percibió un destello de irritación en sus ojos—. No era más que un simple lord futurible.

—Y ahora estamos todos de luto —dijo su madre ásperamente—, lo que me sorprende es que hayas podido conocer a alguien más.

—Lamento decir que yo soy la responsable de eso —dijo Anne con voz firme—. He invitado a menudo a cenar a Tony junto con un grupo de amigos íntimos. Eso le mantiene alejado de las salas de juego. Y realmente no creo que mi afligido padre espere de mí que no coma.

—Por supuesto que no, desde luego —intervino Duncaster, indicando con un gesto que sirvieran más vino—. Es perfectamente conveniente que el muchacho cene con su prima, Cordelia. Además, ni Hep ni Saint-Bryce querrían vernos completamente afligidos. De hecho, diría que ambos estarían encantados con la señorita Willet y que sin duda se alegrarían por Tony.

—Sin duda —murmuró agriamente lady Hepplewood.

—¿Cuánto tiempo podéis quedaros, sir Philip? —preguntó Duncaster mientras los criados llenaban las copas.

—Debo volver mañana por la tarde, lamento decir —respondió el joven—. Tenemos un debate de crítica importancia en la Casa de los Comunes. Pero regresaré para llevar a las damas de vuelta a casa.

—Querido, eres demasiado indulgente. —Anna dedicó a su marido lo que pareció una mirada de sincero afecto—. Philip cree que las damas jamás deberían tomar el tren solas.

—Y así es —concedió bruscamente Duncaster—. Especialmente si se trata de mis nietas.

Al oír el comentario, Gwyneth puso los ojos en blanco. Hepplewood le lanzó una mirada admonitoria y retomó el tema de Londres. Pasaron el resto de la cena hablando de las debutantes de la Temporada, y de cuál de ellas había logrado un mejor enlace. A pesar de que Anne seguía de luto, sir Philip ocupaba su escaño en la Cámara Baja, lo cual les mantenía perfectamente informados de la actualidad social.

Mientras se mencionaban nombres, Lisette intercambió una mirada de acuerdo con Napier, que respondió con un casi imperceptible encogimiento de hombros. Ni él ni ella reconocían ninguno de esos nombres, y a decir verdad les traían sin cuidado. Fue un momento peculiarmente alentador, aunque hizo que ella tomara conciencia de lo mucho que deseaba haber conocido a Napier en otras circunstancias.

Y de lo mucho que habría deseado ser otra persona.

Después de la cena, se sucedieron algunos breves turnos al pianoforte. Incluso lograron convencer a la señorita Willet para que cantara una dulce aria mientras lord Hepplewood la acompañaba. El joven poseía más dotes musicales de lo que Lisette había imaginado, y la de la señorita Willet era la voz más pura y alta que había oído jamás, aunque en realidad tampoco es que tuviera demasiados conocimientos sobre el tema.

Aun así, Lisette empezó a pensar que Hepplewood había hecho muy buena elección. La señorita Willet daba toda la impresión de ser una esposa perfecta y educada. Hepplewood parecía estar de acuerdo, pues mientras tocaba los últimos acordes, dedicó una mirada cariñosa a la joven y un suspiro casi audible recorrió la habitación.

Sentada detrás de ellos, Gwyneth estaba apoyada entre Lisette y Diana con las cejas arqueadas.

—Dios del cielo, es perfecta —susurró—. ¿Será que por fin Tony ha conseguido hacer algo que nada tenga que ver con las cartas, los caballos ni las furcias?

—Gwyneth, no seas vulgar —dijo Diana visiblemente acalorada.

—Creo que está enamorado de verdad —dijo Lisette, inclinándose hacia ellas—. Y me temo que a su madre no va a hacerle ninguna gracia.

Sin duda ninguna de ellas se atrevió a hablarle directamente a lady Hepplewood de la señorita Willet. En vez de eso, Gwyneth se levantó y propuso al grupo que se dividiera en dos mesas para jugar sendas partidas de *whist*, pero la señora Jansen se disculpó y dijo que tenía que acostar a Beatrice.

Lady Hepplewood cogió su bastón negro y salió tras ella, repiqueteando hacia el gran *hall*, esta vez sin ladrarle a Diana que la acompañara. No obstante, tras hacer prometer a la señorita Willet que saldría a dar con ella un largo paseo a la mañana siguiente, Diana la siguió obedientemente, murmurando algo sobre una labor de costura que debía terminar.

Para entonces Duncaster había vuelto a dar una cabezada. La noche había tocado a su fin y, como de costumbre, a una hora muy temprana. Quince minutos más tarde, Lisette salía del brazo de Napier, resuelta a abandonar el salón a la vez que él.

—¿Qué has descubierto esta mañana? —susurró ella en cuanto se adentraron en la larga columnata.

Napier no fingió no haberla entendido.

—¿Además de tu pie acariciándome la cara interna del muslo? —murmuró, mirando atrás por encima del hombro—. Creo que he encontrado lo que había esperado encontrar desde el principio. Pero no vamos a hablar aquí de eso.

—Napier.

—Lisette —dijo él muy tenso—, silencio. Estos pasillos resuenan como la Royal Opera House.

Por fin llegaron a lo alto de la escalera y emergieron a un silencioso pasillo tenuemente iluminado. Lisette estaba erizada de impaciencia. El dormitorio de Napier era el segundo de la derecha. Él se detuvo antes de llegar y puso una mano en la manilla de la puerta, volviéndose como para darle las buenas noches.

—Espera, Napier.

Lisette puso una mano en el marco de la puerta, deseosa de que él la invitara a pasar.

Él no lo hizo, sino que guardó silencio y se mantuvo implacable delante de la puerta.

—Muy bien —dijo con su voz grave—. Espero.

Naturalmente, Lisette sabía que debía marcharse, que no debía tentar más su suerte ni su corazón. Esa noche había en la mirada de él una oscura sombra y tenía la mandíbula rígidamente apretada. Pero era una estúpida.

—Puedes ser un hombre de corazón muy duro, Napier, y también terco —dijo por fin—. ¿Me obligarás entonces a decirlo?

La boca de él se curvó irónicamente hacia arriba.

—Poca suerte he tenido hasta ahora en intentar que tú hagas algo —dijo—, aparte de acompañarme hasta aquí, cosa que ambos sin duda terminaremos por lamentar.

—Quizá deberíamos. —Dedicándole una fugaz mirada, Lisette retiró la mano de la puerta y la puso sobre el pecho de Napier—. Lo que me preocupa es que… yo no.

—Ah, te empeñas en volver a bailar con el diablo, ¿eh? —dijo él amargamente.

—Contra toda sensatez, sí.

Y poniéndose de puntillas, le rozó los labios con los suyos.

La contención de Napier pareció desatarse de pronto y sus manos la cogieron por los hombros para plantarle un beso que fue duro, posesivo y breve. Luego, con idéntica fugacidad, la apartó de sí.

—Maldición Lisette, somos un par de estúpidos —dijo—. Sería mejor si no…

—¿Puedo pasar, por favor? —le interrumpió ella, mirando la puerta todavía cerrada—. Lo siento. He dicho cosas que no eran… oh, ¡no sé!, este viaje contigo me tiene aturdida. Pero no podemos quedarnos aquí parloteando. Aunque sólo sea eso, ¿podría saber lo que has descubierto hoy?

—Si entras, Lisette —dijo él, advirtiéndola—, no será sólo eso. No me conformaré con eso.

—¿Y si soy yo la que no quiero que te conformes? —preguntó ella, entrecerrando los párpados—. ¿Crees que tan poco es lo que me importas, Napier, para que no vaya a echar de menos esta… para que no te eche de menos… cuando todo esto haya terminado? ¿Que no me acordaré de tus caricias y que a veces no penaré por ellas?

Napier bajó las manos, cansado.

—Juro por Dios que a veces creo que podrías clavar un puñal en el corazón de un hombre —dijo muy serio—. No, no sé qué pensar, Lisette. ¿Qué quieres de mí?

Ella abrió los ojos y le miró con toda la honestidad de la que fue capaz.

—Quiero, por esta noche, no sentirme sola —dijo—, ni estarlo. Quiero estar contigo. Pasar la noche contigo. Una noche común y corriente. ¿Tan inverosímil te parece?

—Ah, común y corriente —murmuró él—. ¿Cómo podría resistirse algún hombre a semejante halago?

—No manipules mis palabras —dijo ella—. Sabes muy bien… sabes muy bien el efecto que provocas en mí. Cuando digo «común» me refiero a… a la clase de noche que los compañeros de noche —los amantes— comparten. Una noche en la que dejemos de discutir y finjamos que somos normales.

—Nada de todo esto es normal —dijo él—. Y eso es precisamente lo malo, Lisette.

Ella le miró en silencio durante un instante.

—¿Tanto es lo que te desprecias por desearme, Napier? —susurró por fin—. ¿Tan lejos estoy de la redención?

—Lisette —dijo él, levantándole la barbilla con el dedo—. Oh, demasiado duro, mi pequeña. ¿Que si me gustaría que confiaras en mí? Sí. Pero nunca lo harás. Creo que has aprendido a no confiar en nadie, y no me corresponde a mí juzgarte por ello. Pero anoche no terminó especialmente bien para ninguno de los dos.

—No, pero la parte central... —Esbozó una sonrisa vacilante—, ah, esa parte me pareció extremadamente maravillosa.

El pequeño músculo que Napier tenía junto a la boca se contrajo reveladoramente.

—Ah, de modo que en según qué circunstancias... quizás a cambio de ciertos placeres... ¿la dama tolerará quizá mi frío y duro corazón?

—Oh, los placeres parecen del todo indudables —susurró ella, inclinándose hacia él hasta el punto de rozar su mejilla con los labios—. Y no, no es tu duro corazón el que me intriga. Es tu... en fin, la extrema dureza y la exquisita firmeza de tu... mente.

—Ah —dijo él—. ¿Así que mi mente?

Ella respondió con un leve encogimiento de hombros.

—Al parecer, la terquedad me excita —dijo—. Es la única explicación que tengo para este poder que tienes sobre mí.

A pesar de que la mirada de Napier no se suavizó en demasía, sí empujó la puerta, que pivotó para abrirse sobre sus silenciosas bisagras.

—Bien, querida, atendiendo a semejante monserga, me inclino ante ti —dijo—. Pasa, te lo ruego.

Lisette le rozó al pasar y cuando entró vio que la cama estaba preparada, con las sábanas convenientemente retiradas y que en la chimenea ardía un fuego, débil defensa contra la incesante humedad del día. El aire estaba levemente caldeado e impregnado con el olor de él, y hasta en la más absoluta oscuridad habría sabido reconocer que la habitación era la de Napier.

Encima de la mesa estaba abierto su neceser, mientras que al pie de la cama vio su camisa de dormir pulcramente doblada. Debajo de la mesilla de noche había unas zapatillas, y encima vio un libro en el que hacía las veces de punto de lectura un viejo sobre. Era una escena tan personal, tan absolutamente íntima, que provocó que algo se inflamara en su corazón.

Napier había alzado visiblemente el mentón y tironeaba impacientemente del elaborado nudo de su corbata.

—Hay jerez en la mesita auxiliar —dijo, volviendo la mirada hacia allí—, y también brandy. Ponte cómoda.

—Espera —dijo ella, moviéndose hasta quedar delante de él—. Deja que te ayude. ¿O acaso aparecerá tu camarero personal?

Napier soltó un bufido.

—No por voluntad propia.

Puesto que había llevado una en su día, a Lisette le resultó sencilla la labor de desanudarle la corbata. Pero no era tan fácil estar de pie junto a él… tanto como para aspirar su jabón de afeitar, ese olor ya familiar a lima y a arrayán mezclado con su esencia masculina.

—Ya está —dijo con voz queda, retirando las manos.

Con un eficiente tirón, Napier se quitó la prenda ya suelta del cuello de la camisa y la arrojó sobre la cama. Ella se acercó a la mesa y sirvió un jerez y un brandy, observando de soslayo mientras él se quitaba el gabán.

Tras colgarlo en el cuarto de baño, se reunió con ella en el pequeño sofá delante de la chimenea y al hacerlo sus hombros parecieron aun más anchos bajo el ajustado chaleco y la delicada batista de la camisa. Entonces le puso la copa de brandy en la mano, repentinamente ansiosa.

—Y bien —empezó con tono despreocupado—, ¿qué tal lo estamos haciendo hasta ahora? Me refiero a lo de ser comunes y corrientes.

Napier vaciló durante un instante antes de apartar la mirada.

—Me resulta sorprendentemente doméstico —dijo—, y no desagradable.

—¿No... desagradable? —Lisette apoyó la cabeza contra el respaldo del sofá—. Dios, somos como un par de gatos callejeros, Napier, moviéndonos de puntillas uno alrededor del otro.

Él soltó una carcajada.

—De acuerdo. Es una sensación agradable —dijo—. Apabullantemente agradable. ¿Contenta?

—Curiosamente sí, lo estoy —susurró Lisette—. A veces. Contigo. Pero creo que ya te lo dije en la casa del bosque. Y yo... hablaba en serio, Royden. Cuando todo esto haya acabado, espero que al mirar atrás recuerdes que has provocado en mí felicidad y placer a partes iguales.

La mirada de él se fijó en algún punto más allá de ella y no dijo nada. Todavía relajada en el sofá, Lisette volvió la cabeza hacia la izquierda y recorrió despacio con la vista su perfil, capturando esos ojos oscuros y cansados y la nariz afiladamente aguileña que tanto adoraba. Siguió recorriendo la larga curva de la mandíbula, ya sombreada por la incipiente barba del día siguiente.

Y esa boca: sí, esa boca ancha y móvil que podía afinarse hasta la crueldad y, un instante más tarde, dulcificarse con una ternura tan aparente para Lisette que contradecía su conducta externa.

Entonces entendió que había terminado amándole desesperadamente... tanto era así que prefería morir que decepcionarle. Y había sido precisamente esa toma de conciencia la fuente de las lágrimas que había vertido la noche anterior. Royden Napier era un hombre decente, uno de los pocos que había conocido.

Qué lástima que no hubiera optado por esa luz de la que había hablado lady Anisha, en vez de una vengativa oscuridad.

Con un suspiro, levantó la mano y pasó suavemente un dedo por la firme línea de la mandíbula de Napier.

—¿No crees que si nos hubiéramos conocido en circunstancias distintas, si fuéramos personas distintas, aunque fuera sólo un poco, podríamos habernos llevado estupendamente? —murmuró.

Napier se limitó a cogerle la mano y a llevársela a los labios por un momento.

—Soy demasiado mayor para ti —dijo—. Al menos, eso es lo que he estado diciéndome.

—Santo Dios. —Ella le miró, parpadeando—. No puedes tener más de treinta y cinco años.

—Demasiado mayor de un modo que poco tiene que ver con los años —añadió él en voz baja—. Y, por cierto, tengo treinta y cuatro.

—Eso no supone ninguna diferencia —dijo ella, desestimando por completo el comentario—, y si hablamos de ser mucho mayor de la edad que tenemos, Napier, creo que olvidas con quién hablas.

—Sí, quizá.

Quedaron sumidos en un instante de caviloso silencio, un silencio que quedó tan sólo truncado por algo que restalló en la chimenea y que lanzó una lluvia de chispas desde allí. Fuera, la densa niebla diurna se había transformado en una lluvia que repiqueteaba ligeramente contra los cristales. Napier se había sentado con la cabeza gacha, casi taciturnamente, y mantenía la mirada fija en las doradas profundidades del brandy que acunaba en las manos y que calentaba con las palmas.

—Dime que has encontrado algo de interés en el estudio de Saint-Bryce —dijo después de un rato.

Lisette se enderezó y negó con la cabeza.

—Nada —contestó—. Los cajones del escritorio estaban vacíos y acababan de quitarles el polvo. No he visto ninguna caja fuerte. Ni libros de contabilidad. Ningún libro de interés. Aunque parezca extraño, la mesa estaba cerrada con llave... justo antes de que la señora Jansen me encontrara.

Napier maldijo entre dientes.

—No hay de qué preocuparse.

Brevemente, le contó lo ocurrido.

—¿Y en ningún caso ha sospechado de ti?

—Sólo de ser una inconsciente —dijo Lisette—, lo cual en ocasiones es cierto. Para muestra, aquí estoy sentada contigo, mareada de puro placer y haciendo caso omiso de los peligros a los que está expuesto mi corazón. En todo caso, después de encontrarme, me ha llevado al aula de estudio.

Napier la miraba ahora de un modo peculiar.

—Lo siento —dijo después de un momento—. ¿Y cómo te ha llevado hasta allí?

—Hay una vieja alacena para el servicio que conecta el estudio con el aula. —Lisette se volvió y se sentó sobre una pierna, acunando el jerez sobre su regazo—. En su día, el estudio debió de ser un comedor de desayunos.

—O la habitación de los niños —dijo él, caviloso—. Estas fabulosas casas a veces disponen de un lugar donde preparar las bandejas para los niños. ¿Se puede oír desde una habitación lo que ocurre en la otra?

Lisette negó con la cabeza.

—No lo creo, aunque si estuviéramos en la alacena... sí, casi con toda seguridad. Pero está llena de libros y de juguetes de Bea. En su mayoría muñecas. No alcanzo a imaginar por qué iba alguien a querer entrar allí.

—Muñecas, sí —murmuró él, volviendo la mirada hacia el fuego—. Ella lo mencionó un día en el huerto. Que sus muñecas vivían en la alacena. Que jugaba con ellas mientras su padre escribía cartas.

—Hum. —Lisette dejó a un lado su copa de jerez. Todavía tenía la cabeza un poco achispada a causa de la cena—. En cualquier caso, eso es lo poco de lo que he podido enterarme. Y ahora, ¿qué has descubierto en esa hoja de papel que le has sacado a la pobre señora Jansen?

Napier suspiró y se desplazó hacia delante en el sofá. Encima de la mesa, delante de él, tenía un gran libro encuadernado en cuero marroquí, titulado *Un estudio geográfico de África del Norte*. Lo abrió con un giro de muñeca y extrajo de su interior dos hojas de papel vitela grueso y cremoso, una de ellas unos centímetros más corta que la otra.

—Mira —dijo—. Aunque puedo decirte que las dos son exactas. Jolley ha comprobado las filigranas. Por cierto, son holandesas. Pero la primera, la de la carta, la han recortado por la parte superior.

Cruzaron miradas cómplices.

—No puede ser una coincidencia —dijo ella—. ¿Y ésta es la que te mandaron? ¿Un anónimo?

—Sí, como bien adivinaste hace unos días —concedió él—. Llegó a mi casa de Eaton Square, y, lo que resulta más interesante aún, iba dirigida al barón Saint-Bryce.

Pero Lisette estaba leyendo en ese momento la carta.

—Dios del cielo. ¿«Un ciudadano preocupado»? —masculló—. ¿Y... una «maldad»?

—No es exactamente un lenguaje condenatorio, ¿no te parece? —dijo secamente Napier.

—Bueno... no —concedió ella—, aunque quienquiera que la haya escrito quería tenerte aquí. Y conocía tu nuevo título. Y tu dirección.

—Y el papel salió del cajón de la señora Jansen —añadió él.

Lisette se estremeció con una mueca de duda.

—Sí, aunque cualquiera podría haber encontrado ese papel.

—Pero ¿por qué iba nadie a buscarlo allí? —dijo él—. Es un aula de estudio. Hay mejor papel, un papel que no precisa que le recorten el membrete, prácticamente en todas las habitaciones de la casa.

—Da la sensación de que la haya escrito una de las criadas —caviló Lisette—. ¿Cuál de ellas limpia el aula?

—Jane —respondió Napier enigmáticamente.

—¿Jane? —dijo Lisette, visiblemente sorprendida—. ¿No es ésa la criada que a veces se quedaba con lord Hepplewood cuando Gwyneth y Diana se ausentaban?

—Sí, pero Jolley me ha dicho que la muchacha es analfabeta —caviló Napier—. No creo que pueda ser ella.

—¿Y no pudo llevárselo para dárselo a alguien? —sugirió Lisette.

—No lo creo —respondió Napier.

—En ese caso… ¿la señora Jansen? —A Lisette le costó creerlo—. ¿Por qué iba a hacerlo? Y, de haber sido ella, ¿por qué iba a darte el papel tan gustosamente?

—Cierto. Es más que probable que ella hubiera deseado librarse de Saint-Bryce —dijo Napier—, y no traerme hasta aquí a todo correr para que investigue su muerte.

Lisette le miró fijamente.

—¿Por qué iba a querer ella librarse de Saint-Bryce?

Él pareció reticente a continuar hablando. Luego exhaló abruptamente.

—Al parecer, Gwyneth y ella deseaban quedarse desesperadamente con la casa de campo —confesó, repitiendo todo lo que ésta le había dicho—. Entiendo que Gwyneth discutió con su padre por eso. Y en más de una ocasión.

—¿Y temes que percibieran que Saint-Bryce era un impedimento para su felicidad? —Lisette iba elaborándolo en su cabeza—. Sin embargo, eso supondría que ellas imaginaban que en algún momento podrían ponerte a ti en su lugar. Y más fácilmente. Pero tendrían que ser un par de auténticas estúpidas si creían que eras un hombre compasivo.

—Gracias —replicó él secamente—, pero me temo que ya se lo he prometido.

—¿A… a la señora Jansen? ¿Le has prometido una casa?

—No, a Gwyneth —masculló él, con una expresión vagamente avergonzada—. En un momento de debilidad, la otra noche, mientras tú te reías como una colegiala con lord Hepplewood.

—Ah, de modo que yo me comportaba como una colegiala y tú ibas repartiendo partes de una finca que ni siquiera posees todavía. —Lisette se rió—. Santo Dios, Napier, menudo par de impostores estamos hechos.

—Puede que tengas razón, sí. —Luego, arqueando los labios hacia arriba en una sonrisa cansada, se volvió para poder mirarla mejor—. Ah, Lisette…

—¿Sí? Te escucho…

—Henos aquí una vez más —dijo él, con un hombro apoyado en el sofá—. Nada ha cambiado desde aquel día en la casa de campo. Todavía te deseo tanto que llega a doler.

—Bien. —Con una suave sonrisa curvándole la boca, Lisette se quitó las chinelas de satén y se sentó en el regazo de él, poniendo una rodilla a cada lado—. Deja que espolee tu desesperación.

Napier esbozó una leve sonrisa y, deslizando las manos sobre la curva del rostro de Lisette, la besó despacio y prolongadamente. Ella se dio cuenta de que era el primer beso compartido que no llegaba provocado por la irascibilidad ni tampoco por un arrebato de deseo. Al contrario, fue una lenta exploración del calor del otro al tiempo que los dedos de Napier se hundían más y más en su pelo.

Cuando él retiró un centímetro la boca, el deseo y algo parecido a la frustración le habían dulcificado la mirada.

—Lisette —susurró—, ¿no hay más que el aquí y el ahora? ¿Es eso todo lo que tenemos?

—Es lo único que tenemos todos. —Lisette le sostuvo la mirada sin la menor vacilación—. Llévame a la cama —susurró, clavándole las uñas en los hombros—. Por favor. Hazme el amor.

—Ándate con pies de plomo, amor. —Volvió a besarla. Fue apenas un leve roce de labios sobre su mejilla—. Pues no soy un caballero, por muchos títulos que se empeñen en encadenar a mi nombre. Y para ti... Ah, para ti existe un riesgo terrible. Lo entiendes, ¿verdad?

—El riesgo de quedarme encinta —dijo ella, buscando el rostro de Napier con el suyo y apoyando sus manos calientes y ligeras sobre sus hombros al intentar mantener el equilibrio—. Pero eso no ocurrirá. He hecho mis cuentas. Con cuidado.

—Ah —dijo él.

Ella asintió levemente.

—He calculado con cuidado —insistió Lisette—. Ya ves, soy muy... predecible. Y se me da muy bien la aritmética.

—Daría lo que fuera para que no me tentaras —susurró él—. Esto... nosotros... es una locura.

—¿Una locura para quién? —Lisette deslizó un dedo seductor por la curva de su mandíbula—. Me deseas, al menos un poco. Incluso ese día en tu oficina. A juzgar por la ardiente ira que vi en tus ojos casi temí que fueras a hacerme pagar mi estúpida oferta.

—Bruja —dijo él con voz ronca, tomando el rostro de ella entre sus manos—. Pero no puedo creer que seas esa mujer. No, Lisette, tu nada tienes que ver con ella, y…

—No conviertas esto en una escena romántica —le interrumpió ella, apartándose un poco para mirarle a la cara—. ¿Es que no lo ves? Ése es precisamente el riesgo. Si no es más que deseo, si es sólo placer, no es tan peligroso.

—Ah, sí, tu teoría del no compromiso. —La voz de Napier sonó plana—. Creo haber tenido ya esta conversación antes.

—Sí —se apresuró a responder ella—. Pero esta noche, Napier, estoy cansada. De estar sola. De desearte.

—Lisette, nunca…

—Calla. —Le puso las yemas de los dedos en los labios—. No creas que me engaño. Dentro de unos días volveremos a Londres. Volveremos a ser quienes éramos.

—¿El uno para el otro? —La mirada de Napier deambuló en descendente por su rostro—. ¿Y qué éramos, Lisette? ¿Enemigos mortales?

Dejando escapar una risilla, ella negó con la cabeza.

—Nada —dijo—. No éramos nada el uno para el otro. Apenas sabíamos de la existencia del otro. No me quedaré en Londres, Napier, quizá ni siquiera en Inglaterra, de modo que no, no estoy buscando… atraparte de ningún modo.

Él la agarró de la muñeca, besándole el punto del pulso.

—¿Y qué pasaría si yo quisiera atraparte a ti? —susurró.

—No tardarías en arrepentirte —dijo ella con toda sinceridad—. Y siempre te preguntarías…

Napier tiró de ella hacia sí y silenció sus palabras con su beso.

Ni siquiera estaba seguro de en qué momento el deseo en los ojos de Lisette se había transformado en algo que apenas pudo soportar.

Ella quería que él le diera placer, y naturalmente, él le concedería el deseo. Ningún hombre en su sano juicio la rechazaría.

La besó pues con determinación, como si no pudiera parar, acunando en una mano su nuca al tiempo que con la otra desabrochaba los botones de su vestido de noche azul. Sintió fría la seda contra su mano, pero la boca de Lisette estaba caliente y ávida bajo la suya.

Y, mientras desabrochaba un botón tras otro, Napier cerró los ojos, apretándolos aún más, incapaz de soportar el deseo que suavizaba la mirada de Lisette, dejándola lánguida en sus brazos.

No podía soportarlo porque no era suficiente.

No hasta que se hubiera rendido del todo a él.

Y Elizabeth Colburne no se rendía ante nadie. Quizá se rindiera a su cuerpo, por eso, por lo que él podía hacerle sentir. Y sin duda estaba haciéndola sentir… y desesperadamente, si los jadeantes suspiros eran indicativos de algo. Lisette estaba sentada a horcajadas sobre él, con la cabeza echada hacia atrás mientras le bajaba el corpiño. Sus pechos quedaron libres al fin, generosos y plenos, suplicando su boca.

Sin dejar de acunarle la cabeza con una mano, Napier lamió a Lisette hasta que los dedos de ella se enredaron en su pelo y empezó a gimotear primero y a murmurar después lo que quería que le hiciera.

Y desde luego estaba dispuesto a complacerla. Si era sincero consigo mismo, debía reconocer que lo había estado desde el momento en que la había dejado entrar. Cierto, llegados a ese punto, difícilmente podría haberse contenido. Levantándola en brazos, deslizando una mano hasta colocarla bajo su lujurioso trasero, se levantó del sofá y la llevó a la cama. Lisette le besaba ahora y sus labios resbalaban por su cuello con murmuradas súplicas al tiempo que rodeaba las caderas de él con sus largas piernas y entrelazaba las manos tras su cuello, sinuosa como un gato.

Depositándola en el borde del alto colchón, la desnudó con lenta deliberación. Cuando los dedos de ella fueron impacientes a sus cierres y botones, él le apartó las manos con suavidad, negándose a rendirse al placer.

Negándose a entregarse a ella del todo.

—Paciencia, amor —murmuró—. Quiero saborear esto.

Lisette bajó las manos y siguió dócilmente sentada. Le deseaba precisamente para eso. Y aunque fuera sólo en eso, él estaba decidido a hacer las cosas a su manera. Y con eso la esclavizaría... aunque fuera sólo durante una o dos horas.

O quizá tres, si lograba comedirse.

Ella tenía ya la mirada vidriosa de deseo. El vestido de seda le rodeaba la cintura en una pálida nube, luminoso contra el color crema del cubrecama. Al vestido le siguió el corsé ya desabrochado, y la que cayó por último fue la camisola. Besándole el esternón hacia el vientre, Napier agarró entre los dientes el lazo de los calzones y tiró de él, deteniéndose solamente para juguetear con el ombligo con la punta de la lengua.

Lisette se estremeció, jadeante. Entonces la puso de pie y dejó caer todo al suelo, desnudándola por completo salvo por las medias y las ligas. Tras deshacerse también de ellas, rápidamente se desnudó y esta vez ella se quedó mirándole pasivamente, apenas interrumpida por algún que otro jadeo contenido.

Cuando la camisa de Napier por fin cayó al suelo, ella tendió la mano y se la puso sobre el corazón. Él se bajó los calzones y los pantalones, dejándolos amontonados de cualquier modo, y la mano de Lisette bajó un poco más.

—Despacio, amor —dijo él, apremiándola para volver a la cama.

Trepó sobre ella, deslizándose sobre su cuerpo y aplastándola en la blandura del lecho con su peso al tiempo que su boca tomaba la suya con un beso profundo y saqueador. La cabeza le cayó hacia atrás contra las almohadas. Exhaló, presa de un pequeño estremecimiento, y alargó las manos hasta los redondeados músculos de los hombros de Napier, que volvió a horadarle la boca con la lengua, deslizándola sinuosa y repetidamente contra la suya, fiel a esa mímica ancestral y advirtiéndola de su propósito.

Como respuesta, Lisette suspiró y dejó que sus ojos se cerraran, y al hacerlo sus espesas pestañas revolotearon sobre su pálida piel. Obligándola a separar las piernas con la rodilla, Napier centró su atención en sus pechos mientras apoyaba su miembro, grueso y palpitante, contra la piel de alabastro de su muslo.

Por extraño que pueda parecer, ella no le buscó: no pasó los dedos por el sensible glande ni hizo el amago de poner a prueba su esencia como él había creído que ocurriría. Al contrario: Lisette siguió acostada en silencio aunque lascivamente debajo de él, como si supiera lo que él deseaba.

Lo que necesitaba.

Tomarla. No en contra de su voluntad, no, sino tener el control absoluto de su cuerpo, puesto que al parecer no había modo de ganarse su alma. Su mano sopesó sus pechos inflamados, primero uno y después el otro, acariciándole los pezones con el pulgar hasta verlos convertidos en sendos botones duros de color rosa oscuro mientras él se reclinaba hasta quedar sentado sobre sus talones y veía cómo se le aceleraba la respiración. Siguió atormentándola hasta que el placer que provocaban en ella sus dedos le resultó insoportable y se vio obligado a calmarla con la punta de la lengua.

—Napier… —susurró suplicante.

Él entendió que la paciencia de Lisette, y también su pasividad, se estaban agotando. Como si le hubiera ordenado que le tocara, ella empezó a moverse nerviosamente al tiempo que con los dedos de una mano le acariciaba la curva de la cintura, y luego más abajo. La mano de Napier le agarró los dedos antes de incorporarse y los introdujo juntos en el nido de rizos hasta que la humedad de ella brilló en ambos.

Con los ojos abiertos como platos, Lisette se quedó tumbada e inmóvil contra las almohadas, con los desordenados rizos destellando alrededor de su cabeza como un halo de rubíes, brillantes contra el blanco algodón. Parecía un ángel, un ángel —o eso se temía él— enviado para mostrarle el infierno aquí, en la Tierra.

El infierno de aquello que él no podría tener. De ningún modo salvo del más fugaz.

Pero había decidido que la pasión, en su fugacidad, era mejor que nada.

En su cabeza, Napier contempló toda suerte de tácticas para atormentar y postergar. Quería enseñarle a tocarse mientras él la miraba. Atormentar su dulce perla con la boca una vez más. Quizás incluso sentir el calor de su boca envolviéndole.

Pero Lisette carecía de instrucción alguna y ya se arqueaba impaciente debajo de él, y él… él luchaba por controlar su propia impaciencia, de ahí que se situara entre ese par de piernas imposiblemente largas y se diera un festín con los ojos, temeroso de que lo más sensato quizá fuera dejar que su perfección femenina le desgarrara el recuerdo. Pues a fin de cuentas era todo lo que iba a conservar de ella.

—Lisette —susurró—, eres tan hermosa…

Y hablaba en serio. Lisette era una retozona elegancia de largas piernas, con unos pechos firmes y turgentes y un vientre como una blanda y cremosa hondonada que invitaba a que un hombre acunara su cabeza en él.

Ella le miró desde unos ojos somnolientos aunque cómplices.

—Y tú eres la perfección física y dura —susurró ella—. Ven. Entra en mí. Deja que sienta cuán perfecto eres.

Tragó saliva y sus ojos miraron, suplicantes, a Napier, pero él no tenía la menor intención de ceder a las prisas.

—Ahora —susurró ella.

Como respuesta, Napier le acarició la piel de alabastro de la cara interna de sus muslos hacia arriba —hasta el final— y pasó los pulgares por los exuberantes pliegues de femenina carne que abrazaban su delicado tesoro.

Con exquisita delicadeza, los separo y dejó que su mirada se regocijara en la lustrosa piel perlada y en la dulce joya que albergaba. Ella contuvo el aliento al notar la intrusión y bajó la mano, impaciente.

—Paciencia, amor —dijo, tocándola suavemente.

—Aah —susurró ella, haciendo rodar los labios contra su mano—. Por favor. Dentro de mí. Ahora.

Una vez más, tendió la mano, esta vez en un desesperado intento por alcanzarle, y Napier supo que si la bruja llegaba a tocarle aunque fuera sólo una vez, estaría con toda probabilidad perdido. Pero no le costó demasiado agarrarle la muñeca y obligarla de nuevo a subir la mano.

—Napier... —suplicó Lisette, ondulando impaciente los labios—. Date prisa...

Pero Napier estaba condenadamente cansado de apresurarse. Quería saborear lo poco que tenía. Y negar mientras le fuera posible que el final estaba próximo.

—No me hagas esperar más —susurró ella.

Y de pronto el diablo se apoderó realmente de él.

Más tarde, al recobrar el juicio, culparía a la desesperación, pero en ese instante sintió tan sólo una cruda y masculina frustración.

Buscando a tientas a su alrededor con la mano que tenía libre, palpó en la semioscuridad hasta que encontró la corbata que había arrojado sobre la cama. Y antes de pararse a pensarlo, antes incluso de que ella adivinara su propósito, le había atado con ella la muñeca y se la estaba pasando por encima de la cabeza.

—¿Napier? —Los ojos de Lisette se abrieron como platos a la luz del fuego—. ¿Qué estás hac...?

—Ayudarte a temperar tu paciencia, amor —la interrumpió él, enlazando la corbata alrededor de la otra mano y haciendo rápidamente un nudo.

Lisette dio un pequeño tirón, apenas poniendo a prueba el nudo.

—Ah, por mi propio bien, ¿verdad? —Ahora algo parecía haberse avivado en sus ojos, algo que no era irritación, y desde luego tampoco miedo—. Normalmente pongo en duda cuando un hombre dice eso.

—Deberías saber que hay mujeres que suplican esto. —Napier volvió a darle una vuelta al nudo con un pequeño gruñido y sintió una descarga de pura lujuria recorrerle la entrepierna—. Tampoco he preguntado.

—Dios, cómo puedes ser tan arrogante —dijo ella sin perder la serenidad—. ¿Te lo he preguntado últimamente?

—Creo que no. —Entonces aseguró el siguiente nudo, ligeramente turbado al ver lo excitante que le estaba resultando—. Pero sí te he oído mencionar «terco» y «maléfico», y... ¿cómo era?... ah, sí... «duro».

—Espero que esto —dijo ella amenazadoramente al tiempo que bajaba la mirada— sea bueno.

—Oh, te aseguro que lo será para mí —murmuró Napier, tironeando del siguiente nudo. El dorso de las manos de Lisette golpeó contra el cabezal de la cama—. Pues tengo intención de convertirte en objeto de toda mi diablura. Terca y maléficamente, por supuesto.

—Y duro —murmuró ella. Su mirada bajaba ahora por su miembro, inflamado de tal modo que quedaban a plena vista todas las venas—. Muy... literalmente.

—Y tanto tiempo —con el último nudo juntó con fuerza las dos muñecas de Lisette— como sea humanamente posible.

Al oírle hablar así, ella se estremeció debajo de él.

—Napier, por favor.

Esta vez no sonó tan envalentonada.

Por fin él volvió a sentarse, visiblemente satisfecho al contemplar su obra de artesanía: los brazos pálidos y delgados holgada aunque firmemente atados sobre su cabeza.

¿Podría liberarse?

Decidió que era una posibilidad, aunque no le resultaría fácil. Además, estaba moralmente convencido de que podría distraerla para que evitara el esfuerzo.

—Debes reconocer, Lisette —dijo, recorriéndola con la mirada—, que hasta ahora has sido muy dictatorial en esta relación.

—¿Que he sido qué?

La voz de Lisette sonó levemente incrédula.

—Resulta un poco humillante para un hombre verse tan absolutamente dispuesto a responder a todas las demandas de una mujer, querida mía —prosiguió él—. Esta noche te he avisado. Te he sugerido insistentemente que no entraras.

—Y sin embargo… aquí estoy —dijo ella.

—Sí, y completamente a mi merced —respondió él—. Y me avergüenza reconocer lo erótico que me resulta… aunque sé que no durará.

Con una carcajada, ella inclinó la cabeza hacia atrás y dio un fuerte tirón con las manos a la corbata. Los nudos no cedieron, suaves y resistentes a la vez. Poco a poco el rostro de ella se tiñó de color, y con él llegó también la realidad.

Que aquello no era ningún juego. No, no lo era.

—Napier —dijo, acaloradamente—. Suéltame. Ahora mismo.

—Cinco minutos —respondió él—. Sólo… cinco minutos, Lisette. ¿Te parece mucho pedir?

Pero él había vuelto a deslizar su mano por la cara interna de sus muslos.

—Cinco minutos saboreando esto —dijo, sosteniéndole la mirada—. Oh, Lisette, deja que viva la fantasía, aunque sea fugazmente, de que aunque sea mínimamente estás bajo el control de un hombre. Y si después lo pides bellamente, sí, te soltaré.

—Royden —replicó ella, enfurecida—, esto no tiene ninguna gracia.

—No, pero no puede ser más excitante —dijo él—. Y, por cierto, veo que ahora soy Royden. Qué dulce suena en tus labios, amor.

De pronto ella soltó un jadeo. Y esta vez no tiró de la corbata que la sujetaba al cabezal, pues Napier había vuelto a introducirle los dedos en su rocío, acariciándola suavemente cerca del clítoris.

—Dios mío, esto es embriagador —murmuró él, frotando la pequeña perla delicadamente con la siguiente caricia.

—Oohhh.

La palabra fue apenas un suave gemido.

Napier volvió a acariciar, esta vez casi sin llegar siquiera a rozarla, y ella se echó a temblar.

—Oh, Lisette —dijo él, avisándola—. Creo que esto te gusta.

Ella cerró los ojos al tiempo que su garganta se movía frenéticamente.

—Vuelve a tocarme —susurró.

—Ah, sí —dijo Napier—. Lo haré, amor… hasta que me supliques que pare.

Pero no se limitó tan sólo a tocarla. Se inclinó hacia delante para mordisquearle la suave piel del vientre, provocando un nuevo escalofrío que recorrió su cuerpo de la cabeza a los pies, resiguiendo un instante después la estela de pequeños mordiscos con la punta de la lengua y volviendo a bajar hasta llegar a los húmedos rizos.

—Royden —le murmuró, haciendo rodar impaciente las caderas.

Y entonces, empujando suavemente para abrirse paso entre sus húmedos pliegues, Napier encontró el punto perfecto con la punta de la lengua. Acarició una vez con firmeza y sintió que un profundo escalofrío la recorría. La acarició dos veces más, atormentándola levemente. Luego ella se puso rígida y por fin se abandonó, y Napier saboreó su caliente dulzura contra su boca.

Santo Dios. Jamás había visto a una mujer tan fácilmente —tan salvajemente— excitada.

La miró, maravillado. Aunque sinceramente había tenido la intención de desatarla, se vio deslizándose sobre ella como una fiera, abriéndola con la rodilla mientras se introducía dentro.

Lisette se arqueó, dejando escapar un suave chillido de perplejidad. Napier estaba medio loco de deseo. Agarrándose al cabezal con ambas manos, la penetró una y otra vez mientras los espasmos de ella remitían lentamente, comprimiéndole el miembro. Lisette tenía los ojos en blanco y muy abiertos y sus manos tiraban del nudo, presa de un escalofrío.

Napier la montó entonces, y los suaves chasquidos de la carne de ambos sonaron, dulces y húmedos, bajo la casi extinta luz del fuego. Ella levantó las rodillas, aprisionándole con fuerza las caderas y tensando el vientre, al tiempo que empujaba contra él. Una y otra vez la embistió, cerrando los dedos sobre el cabezal de nogal mientras se movía en ella.

El sudor le perlaba la frente. Despiadadamente, se contuvo, aunando hasta la última gota de voluntad. Una docena de embestidas más tarde, Lisette volvía a jadear y a suplicar el clímax, susurrando su nombre y más cosas. Susurrando palabras… promesas… que probablemente jamás recordaría.

Napier las hizo suyas, atesorándolas en su corazón. Luego, incorporándose, se desplazó apenas un centímetro más arriba, renovando las embestidas. Era como si alguien hubiera arrojado una lámpara ardiendo sobre la cama. Con las caderas corcoveando contra las de él, Lisette abrió la boca como si fuera a gritar.

Napier le tapó la boca con la suya, tragándose sus gritos. Fue su última percepción clara, pues un instante después estalló, y su descarga fue como un rugido que le llenó la cabeza. El calor brotó de su entrepierna y rebosó su corazón, bombeando y llenándola con él. Hundiéndolo aún más. Y entonces el profundo estremecimiento lo arrastró consigo, inundándole de un placer tan abismal que le aplastó brazos y piernas y borró de él cualquier atisbo de raciocinio.

Largos momentos más tarde, volvió despacio en sí, emergiendo al leve crepitar de un fuego que ya moría para darse cuenta de que seguía todavía tumbado encima de Lisette. La lluvia había cesado y una suave y blanca luz de luna iluminaba tenuemente la habitación, colándose entre las cortinas que había olvidado correr.

Desplazando su peso, rodó a un lado hasta quedar tumbado boca arriba para poder abrir el cajón de la mesita de noche con el pulgar y buscar en la penumbra el cuchillo que, fiel a la vieja costumbre, tenía siempre a mano. Debajo de él, Lisette dejó escapar un último suspiro.

—Quédate muy quieta —murmuró él, cortando el delicado algodón como si se tratara de una gruesa capa de mantequilla.

La tela cedió y las manos de Lisette cayeron, con las muñecas laxas, sobre las almohadas.

—Dios del cielo, Napier —alcanzó a decir con la voz rasposa—, vas a pagar por eso.

—¿Ah, sí, amor? —susurró él, acariciándole el pelo.

—Algún día... —murmuró ella—, quizá...

Rodó entonces contra él, acomodó la cabeza en el hueco de su brazo y cayó en un sueño profundo. Napier simplemente la abrazó durante un rato, saboreando el calor de su cuerpo y el suave y rítmico movimiento de su pecho al respirar.

Santo Dios, le parecía tan sencillo... tan natural y tan acertado estar así acostado con ella, tumbado boca arriba, totalmente relajado, con el cuerpo de Lisette acurrucado contra del suyo. Observó maravillado cómo cada una de sus curvas y valles parecían encajar con los suyos. La perfección del peso de su cabeza apoyada en su hombro. Y cómo, cuando bajó la cabeza para besarla en la coronilla, percibió el reconfortante olor de su pelo.

Como el olor a hogar.

El hogar que tendría que haber sido, porque sentía que Lisette estaba hecha para él. Hacía ya un tiempo que lo sabía y estaba cansado de negárselo. Al pensar en ello, sintió tras los ojos la presión de algo parecido a las lágrimas.

Santo Dios. ¿Qué iba a hacer con tan condenada disyuntiva?

Casarse con ella.

Deshacerse de la disyuntiva y dejar que otro lidiara con lo demás.

Sí, podía simplemente casarse con Lisette, suponiendo, claro está, que pudiera convencerla para que le aceptara. Pero él raras veces fracasaba cuando se empeñaba en algo. Y de pronto le parecía la elección más racional imaginable.

Pero, de hecho, no lo era del todo, ¿cierto? Su parte lógica —su viejo yo— lo comprendía. Casarse con Lisette requeriría una gran dosis de planificación, y el primer paso —y también el más rápido— debía ser insistir en su renuncia a su puesto al servicio del gobierno. Y es que Lisette, quienquiera que fuera o independientemente de lo que hubiera hecho, simplemente importaba más.

Al tiempo que inspiraba hondo su olor, la besó en la frente y se vio de pronto mirando fijamente una vez más la moldura redonda enclavada en el centro del techo. Una y otra vez, todo apuntaba a que estaba destinado a yacer allí con ella, enamorándose un poco más cada vez que la oía respirar.

La respiración de Lisette se había relajado ya entonces, convertida en lentas y profundas exhalaciones. Napier se volvió para verla bañada en un mar de luz de luna que parecía envolverla en un resplandor etéreo. Su halo de rizos parecía caoba roja e intensa contra su piel, y el rostro pálido y casi opalescente era hermoso así, sumido en ese saciado reposo.

Su novia.

¿Era posible?

Tenía que serlo. De algún modo lo conseguiría. Pero no se atrevía a dejarla dormir demasiado. Obviamente, no podía dejar que pasara allí la noche, por muy desesperadamente que lo que deseara.

Poco a poco, la besó hasta despertarla, bajando la cabeza para pegar levemente sus labios a su sien. En sus brazos, ella se despertó y se desperezó como un gato.

—Hummm —dijo—. Me duele.

—Dios, merecería que me fustigaran —se atragantó él, cogiéndole la muñeca—. Déjame ver.

—No es aquí —dijo ella con una carcajada—. Es un sitio un poco más abajo… y creo que no es la clase de dolor por el que un amante deba pedir excusas.

—Ah —dijo él, volviendo a relajarse.

Lisette le miró. Su mirada seguía suavizada por el sueño.

—Te has comportado como un animal —susurró—. Ha sido… malévolo y malo y absolutamente divino.

Napier volvió a besarla, esta vez con indecisión, como si Lisette estuviera hecha de fibra de vidrio.

—De hecho, me pregunto si no habré perdido la cabeza —masculló—. Podría haberte lastimado.

Ella rodó entonces hacia él, empujándole y tumbándole boca arriba en la blandura del lecho.

—Oh, creo que tu corbata se ha llevado la peor parte de nuestro pequeño encuentro —dijo, repantigando la mitad de su cuerpo encima de él—. Pero si eso hace que te sientas convenientemente escarmentado, pensaré en el castigo adecuado, que naturalmente nada tendrá que ver con los latigazos. No sería capaz. Aunque he oído que hay damas en Covent Garden que sí son capaces de ello… previo pago.

Lisette jugaba ahora con un rizo del pelo de Napier y le sonreía, un poco malévolamente, pero él todavía se daba de cabezazos contra la pared. Oh, sabía perfectamente que ella no era del todo inocente. Era imposible adentrarse en la cara sórdida de Londres disfrazada de joven periodista, cosa que estaba seguro que había hecho, sin aprender y ver cosas que una dama no debía saber.

Pero el simple hecho de estar al corriente de ciertas cosas no era lo mismo que haberse visto envuelta en ellas.

—No eres una mujer con experiencia —dijo.

—Ahora lo soy. —Su expresión se serenó entonces y apoyó la barbilla en su pecho, clavando la mirada en sus ojos—. Aunque quizá me consideras… ah, ¿un poco verde aún? No me cabe duda que estás acostumbrado a amantes que son…

—Calla. —Inclinando la cabeza para mirarla, Napier le puso un dedo en los labios—. Si alguna vez tuve otras amantes, cosa que dudo, ahora no las recuerdo.

Lisette soltó una carcajada.

—Eres un redomado mentiroso.

Pero Napier se temía exactamente lo contrario. Desde luego, en ese preciso instante era incapaz de recordar siquiera el nombre de ninguna otra mujer, y mucho menos su rostro. De pronto le asaltó la convicción de que, después de ella, las demás palidecerían.

Poniendo una mano en la nuca de Lisette, entrelazó los dedos en su espeso pelo rojo y posó los labios sobre el calor de su sien.

—Me he enamorado, Lisette —dijo en voz baja—. Me he enamorado perdidamente de ti.

Sintió que ella se tensaba entre sus brazos.

—No necesitas decir eso —dijo ella, alzando la cabeza para mirarle—. Napier, tú… no es necesario. No soy de ésas.

—¿Ah? —Arqueó una ceja—. ¿A cuáles te refieres exactamente?

Ella respondió con una débil sonrisa.

—Ya sabes, a esas mujeres que… que siempre necesitan oír…

—¿Qué? ¿La verdad? —preguntó con un desdeñoso encogimiento de hombros—. Pues ésa es la verdad, Lisette. Me he enamorado de ti.

—Oh, Napier. Yo no puedo…

—Royden —la corrigió—. ¿Recuerdas?

Lisette le puso la mano en la cara al tiempo que su expresión se suavizaba casi dolorosamente.

—Oh, lo recuerdo, claro que sí —dijo—. Pero no debería hablar… no deberíamos hablar… de esas cosas. Por favor. Sólo vuelve a hacerme el amor. O échame y deséame buenas noc…

—Ah, si quieres terminar con esto, tendrás que ser tú la que se vaya, querida —la interrumpió él.

Lisette rodó sobre su espalda.

—No quiero irme —dijo con voz queda—. Eso es parte del problema.

—Ah —dijo él en voz baja—. Al parecer hemos llegado a otro *impasse*. O cuanto menos a un cruce de caminos.

Ella guardó absoluto silencio durante un buen rato. Napier oyó cómo el interminable tic tac del reloj que estaba en la repisa de la chimenea descontaba los segundos.

—No puedo tener esta conversación contigo, Royden —dijo ella por fin—. Por favor, no me obligues.

Napier se dio cuenta de que Lisette parpadeaba en un intento por contener las lágrimas.

Y de pronto se sintió como el canalla que era. La había ido a buscar a Hackney, obligándola a acompañarle a Wiltshire y obligándola también a vivir una mentira, simplemente para servir a sus propósitos, y como muestra de agradecimiento le había robado su inocencia.

Ahora la había atado a su cama y la había montado como un animal salvaje. Y eso no era lo peor. ¿Cómo podía ella saber qué decirle en ese preciso instante? Acongojada por el peso de la culpa como obviamente debía de estarlo y arrastrando toda una vida de pesar, ¿podía saber acaso lo que sentía?

Quizá no. Un temor frío empezó a asirle poco a poco las entrañas: la sólida certeza de que si la apremiaba demasiado, ella simplemente huiría. Lisette seguía atemorizada, atemorizada de Lazonby, de lo que había hecho. Y seguía además temerosa de él, a un nivel que él no era capaz de imaginar.

Y si huía, sabía Dios adónde podía ir la muchacha. Lisette era demasiado lista como para facilitar las cosas. Ah, sin duda él daría con ella. Buscaría hasta en los confines de la Tierra si era necesario. Pero ¿cuánto tiempo le llevaría eso? ¿Y cuánto daño habría hecho ya?

No, mucho mejor poner rienda a su impaciencia y echar mano de esa fría racionalidad que tan bien le había funcionado siempre.

De pronto, Lisette volvió a hablar, y lo hizo con una voz tan suave que él apenas la reconoció.

—Sé que es injusto de mi parte —dijo, mirando al techo—, pero no puedo dejar de preguntarme…

—¿De preguntarte qué?

—Bueno… si también la amaste.

Napier giró la cabeza, confundido.

—¿Si amé a quién?

Ella rodó para mirarle de frente al tiempo que su expresión se suavizaba.

—A lady Anisha —susurró.

—Dios, no. ¿Quién te ha vendido esas paparruchas?

—Nadie —dijo ella—. Sólo creía… todos decían…

De pronto, él entendió.

—Ese «todos», supongo, no incluía a la dama ni a mí —dijo él, esta vez más afablemente—. ¿Que si me gusta? Sí, mucho... aunque me temo que nuestra amistad no sobrevivirá a su matrimonio.

—¿Y eso te entristece?

¿Le entristecía? Al parecer, no. De hecho, apenas había vuelto a pensar en ella durante los últimos días.

—No, la vida cambia constantemente —dijo—. Anisha sabe dónde encontrarme si me necesita. Y Lazonby... en fin, cuidará de ella. De eso estoy seguro.

Lisette se tumbó hecha un ovillo de costado, pasando cavilosamente un dedo por el vello de su pecho.

—Cuando eras joven, Royden, ¿alguna vez te enamoraste?

Napier quiso decirle que sabía condenadamente bien lo que era el amor, si eso era lo que ella quería oír, pero decidió morderse la impaciencia y rodó hasta quedar tumbado boca arriba, mirando fijamente de nuevo la maldita moldura redonda del techo. Agradeció que Lisette siguiera hablando. Que no hubiera salido huyendo.

Quizá, después de todo, fuera mejor no precipitar demasiado las cosas.

Pero ¿había sido joven alguna vez?

—Cuando tenía dieciocho años —dijo por fin—, y era apenas un muchacho alto y desgarbado que acababa de llegar de Oxford, me creí locamente enamorado de la viuda de un concejal.

—¿De una viuda? —Lisette levantó un poco la cabeza—. ¿En serio?

—Oh, sí —confesó secamente Napier—, y la adoré con esa clase de ardiente desesperación que sólo puede sentir un joven virginal.

—¡Santo cielo! ¿Eras virgen a los dieciocho?

—Me duele reconocerlo —dijo él—. Y ella tenía casi treinta, madura allí donde debía serlo y una tremenda coqueta. Tenía la costumbre de agitar el abanico muy inteligentemente mientras me miraba por encima de él... y desde el otro lado del pasillo de la iglesia, nada menos. Un domingo, durante el almuerzo, declaré mi intención de cortejarla. Mi padre se puso furioso. Lo prohibió terminantemente.

—Oh, cielos —murmuró ella—. Qué imprudencia.

Napier se rió.

—Sí, quizá —dijo—, por no hablar de que en realidad era la sartén hablándole al cazo, teniendo en cuenta lo que él había hecho a mi edad. Pero en aquel entonces yo era un joven potro, y me imaginé presa de la angustia y con el corazón roto.

—¿Y qué hiciste?

—Oh, pues lo que hacen siempre los jóvenes cuando se sienten lascivos, ardientes y frustrados —respondió él—. Juré mi amor eterno para despechar a mi padre y empecé a cortejar a la dama en secreto... lo cual la satisfizo sobremanera y me hirió no en pequeña medida. Y ahí, como verás, debería haber visto una señal.

—¿Una señal? —Lisette le miró sin comprender—. ¿De qué?

—De que la dama y yo teníamos en realidad objetivos diametralmente opuestos —dijo—. Aunque durante un tiempo pasamos muchas noches dedicándonos a satisfacer los suyos.

—¿Y los tuyos...?

Napier hizo un mohín de abatimiento.

—Desgraciadamente, la dama no quería casarse conmigo —dijo—, ni, la verdad sea dicha, ser vista del brazo de un jovenzuelo que acababa de salir de la universidad. A menos, claro está, que tuviera que hacerlo para obtener lo que quería.

—Y bien... ¿qué es lo que quería? —Lisette frunció el ceño en una mueca encantadora—. ¿Tu fortuna?

—Vamos, Lisette, yo no tenía fortuna alguna. Era un simple estudiante de derecho en Lincoln's Inn, y casi ni eso. No, sólo había una cosa que la dama quería de mí... y durante un tiempo se la di con infatigable entusiasmo.

Por fin ella comprendió, abriendo los ojos como platos.

—Aaaah —dijo.

—Exacto. Aaaah —respondió Napier, pasándose el brazo por detrás de la cabeza. Santo Dios, hacía años que no había vuelto a acordarse de la exuberante señora Minter—. Así que perdí la virginidad y también el corazón… y al final, perdí también a mi amada.

—¿Qué fue de ella?

—Se casó con un anciano ferretero que había amasado una considerable fortuna vendiendo soportes de hierro para chimeneas en el Strand —dijo—. Pero según me contó ella después, él resulto ser tan frágil que prefería acostarse con los pollos en vez de hacerlo con su esposa. Y yo fui más que bienvenido a visitarla prácticamente todas las noches después de que los pollos se hubieran dormido, naturalmente.

—Ah, entiendo —dijo Lisette, cómplice—. ¿Y lo hiciste?

Napier sintió que sus labios se curvaban levemente hacia arriba.

—No —dijo—. Si bien me había aficionado a la fornicación muy alegremente, no quise añadir el adulterio a mi larga lista de pecados.

Lisette soltó una risilla y se tapó la boca.

Él giró la cabeza hacia ella, esforzándose por mirarla con suavidad.

—Y creo que una vez —añadió con voz queda— te hice una pregunta similar sobre si estabas enamorada y tú te negaste a responderla.

Instantes después, ella suspiró.

—No, lo que dije fue que algunos jóvenes intentaron cortejarme —respondió Lisette—, pues suponían que heredaría lo que quedaba del periódico de mi tío.

Napier vio entonces una vía abierta para hacer una pregunta que le rondaba desde hacía tiempo.

—Lisette, ¿el señor Ashton tuvo siempre la intención de ponerte a trabajar? ¿Para eso os quería a ti y a tu hermana?

La mirada de Lisette se volvió distante.

—No, nos acogió porque lord Rowend le pagó un estipendio para que lo hiciera. Además, Ellie no habría sido útil en ese aspecto. Si el cerebro estuviera hecho de plumas, podría haber volado de una acera a la otra de la calle. Aunque con lo hermosa que era sin duda no sólo habría hecho un buen matrimonio, sino que habría aportado influencia a Ashton.

Napier le tomó la barbilla con ambas manos.

—Sí, era hermosa del mismo modo que un capullo de rosa es hermoso. Pero tú eres bella, Lisette, tienes una hermosura interior que no se desvanece jamás. Y eres inteligente. Decidida. Sólo un idiota desearía cambiar esas cosas por la mera hermosura.

Ella negó con la cabeza y él la soltó.

—No la deseo —dijo—. Jamás la quise. Y sí, tuve pretendientes, pero nada llegó nunca a cuajar. Siempre, en el fondo, pensaba en Lazonby. En cómo había burlado la muerte mientras que papá, Percy y Ellie no lo habían logrado. Y en cómo, algún día, le descubriría como el rufián que era.

Esta vez, Napier no fue tan tonto como para envidiar su rabia.

—Pero volvimos a atrapar a Lazonby y le pudimos meter en la cárcel —dijo afablemente—. ¿No te liberó eso lo suficiente como para que pudieras vivir tu propia vida?

Ella se encogió de hombros.

—Supongo, pero para entonces mi tío había muerto y la tía Ashton y yo simplemente intentábamos sacar a flote el periódico. Estábamos desesperadas… y todo el mundo lo sabía.

—Entiendo —musitó él—. Y entonces fue cuando te convertiste en…

No supo como decirlo.

—¿Me convertí en qué? —Sus cejas se habían unido tan hermosamente que la visión distrajo a Napier durante un instante.

—… en Jack.

Napier soltó el nombre como un proyectil de mortero, justo en el centro de la cama.

El color abandonó por completo el rostro de Lisette. Ya era demasiado tarde para retirar la palabra.

Además, ¿para qué?

—Vamos, Lisette —insistió él con voz queda—, esto se ha convertido en un juego absurdo. Sabes perfectamente que yo sé que Jack Coldwater no existe.

—Eso díselo a Lazonby —respondió ella cortante.

—Lazonby simplemente relató una historia que no ha podido ser probada ni refutada —dijo Napier—, y que contó con la lengua tan firmemente pegada a la mejilla que es un milagro que haya podido volver a usarla.

Lisette no le miraba.

—Supongo que te toca decidir por ti mismo cuál es la verdad.

—Hace semanas que lo hice —respondió él con suavidad—. La verdad es que sigo sin saber quién mató a sir Wilfred ni por qué. Lo más probable es que hayas sido tú, pero también podría haber sido Lazonby, o incluso Anisha. Demonios, quizás el idiota se mató o quizá fue el mayordomo quien lo hizo. Ni estoy seguro ni me importa ya.

—Y sin embargo aquí estamos, todavía hablando de ello —replicó Lisette—. Me gustaría saber por qué.

—Sencillamente porque estoy intentando comprender… te, Lisette.

—¿Intentando comprenderme? —Ella se apartó un poco de él y se sentó en el borde de la cama, con una larga pierna todavía doblada debajo de ella—. Dime, Napier… ¿tú crees que estoy loca? ¿O que soy peligrosa?

—¿Qué?

Napier tragó saliva.

Se dio cuenta de pronto de que había malinterpretado la intimidad. Tendió la mano hacia ella con la esperanza de reparar el daño.

—No, claro que no. Lisette, mi amor, vuelve aquí.

Pero los dedos de ella se habían clavado en el borde del colchón y se negó a volverse.

—¿Y acaso no he hecho todo lo que me has pedido para tu investigación, Royden?

Él bajó la mano. Su voz había sonado fría como el hielo.

—Has hecho más de lo que te he pedido —dijo Napier—. ¡Santo Dios, Lisette! Casi he temido que de existir efectivamente alguna maldad en ciernes, te pusieras a ti misma en peligro en tu intento por resolverla… Pero ¿qué tiene eso que ver con esto?

Ella se levantó. Le temblaban las manos, pero su voz sonó extrañamente firme.

—Hicimos un trato en Hackney —dijo, recogiendo con un gesto brusco el viso de la alfombra—. Dijiste que ibas a vigilarme hasta que estuvieras seguro de que no estaba loca ni de que era peligrosa. Luego, si yo había hecho todo lo que me habías pedido, pondrías fin a esto. Y que me protegerías de Lazonby si se volvía vengativo.

—Y por Dios que lo haré.

Pero Lisette había empezado a ponerse el viso.

—Y sin embargo no dejas de atosigarme —dijo, y sus palabras salieron raudas y un poco enojadas al tiempo que metía los brazos en las mangas—. Sigues insistiendo en obtener algo que yo no deseo dar y despreciando lo que te ofrezco. Mi cuerpo. El deseo que siento por ti. No quiero rechazarte. Me gustas, Royden. Me gustas, sí, mucho más de lo que quisiera. Eres un amante exquisito. Y... no me importa que carezcas por completo de encanto. O que no emplees nunca palabras hermosas.

Algo en su garganta la obligó a callarse y su rostro se suavizó, visiblemente afligido.

Napier rodó sobre el colchón hasta poner los pies en el suelo y rodear la cama.

—Así que te gusto y soy un buen amante —repitió, mirándola mientras ella recogía las medias y el corsé—. Y he declarado fervientemente que te amo. Pero tienes lágrimas en los ojos. Perdóname si no logro entender el problema.

Por fin Lisette se incorporó y le miró con dureza y determinación de un modo que muy pocas mujeres se hubieran atrevido a hacer. Napier supo con espantosa certeza que su vida estaba al borde del desastre.

—El problema —dijo ella, embutiéndose una nube de seda azul bajo el brazo— es que si seguimos con esto, llegará el día en que mirarás atrás y recordarás esta conversación. Recordarás el momento en que te dije la verdad y la convertí en algo tan horriblemente real para ti. Recordarás hasta el último detalle de ese instante en que tomaste la difícil elección de no hacer nada y seguir fornicando conmigo. Y llegará el día en que, cuando la pasión desaparezca, mirarás atrás y te preguntarás si no comprometiste tu integridad a cambio de la lujuria. Si yo orquesté toda esta condenada seducción.

Napier cerró las manos en sendos puños para no arrastrarla de nuevo a la cama y aplicarle la mano al trasero.

—Lisette, yo no estoy fornicando contigo —dijo, muy tenso—. Estoy haciéndote el amor. Estamos haciendo el amor. Y el resto de lo que acabas de decir son tonterías.

—Pero ¿y si no lo son? —Fue hacia la puerta con una media colgando del resto de la ropa—. En el pasillo, antes de que la pasión te confundiera el cerebro, ni siquiera querías dejarme pasar. Has dicho que creías que iba a clavarte un puñal en el corazón. Pero prácticamente he tenido que empujarte para pasar y abrirme paso hasta tu cama… y mi intención era hacer ambas cosas si tenía la ocasión.

Napier estaba de pie, enojado y un poco asustado.

—Ah, ¿de modo que esta noche has sido tú la que me ha seducido a mí? —dijo—. Y después te las has ingeniado para atarte al cabezal de mi cama en el trato. Y me has obligado a tomarte hasta quitarte el aliento con una erección como no he visto otra desde el día que empecé a afeitarme. Ah, sí, qué truco más inteligente.

Ella se volvió, impertérrita y pálida.

—Y sabe Dios que si algo soy es inteligente —susurró—. Puedo elevar la falsedad a la categoría de arte. Ésas fueron tus palabras, no las mías. No las olvides ahora, Napier, porque volverán a atormentarte más adelante.

Entonces la rodeó con el brazo y estampó la palma de la mano contra la puerta.

—Oh, no me han seducido desde que la señora Minter me robó la virginidad, querida —gruñó—, de modo que creo ser lo suficientemente mayor como para distinguir la diferencia entre el amor y el deseo.

—Ten la amabilidad de apartar la mano.

Napier se apoyó sobre ella con todo su peso.

—Conozco la diferencia —reiteró—. Y carece ya de toda importancia lo que sepa o no sobre ti.

Los ojos de Lisette se clavaron en los de él, eternos y duros, al tiempo que ella se inclinaba hasta quedar cerca, muy cerca de Napier.

—Si tan poco te importara —dijo con suavidad—, no estarías arengándome de este modo.

—¡Ah, arengándote! —Todavía apoyado en la puerta, su brazo estaba tan rígido como lo había estado su erección hacía apenas unos minutos—. Escúchame, Elizabeth. Escúchame bien. No pienso discutir contigo de esto. Y lo que siento por ti es una sencilla realidad.

La ira se desvaneció entonces, reemplazada por un agotamiento inmemorial mientras ella negaba con la cabeza.

—Oh, vamos, Napier. No puedes ser tan inocente —respondió—. No hay nada que sea sencillo. Y menos que nada la realidad. En la mayoría de los casos, la realidad es tremendamente inconveniente. Sobre todo cuando nos gustaría que el mundo fuera tal y como deseamos. Cuando necesitamos desesperadamente ver lo que queremos ver y vivir una vida de certidumbre. Pero los hechos están siempre ahí, entrometiéndose... incluso aunque consigamos olvidarlos durante un tiempo.

Napier bajó la mano y ella se volvió de espaldas, abriendo la puerta de un tirón.

—Lisette —dijo él, cogiéndola del brazo y provocando con ello que se le cayera una media—. Por el amor de Dios, Lisette. Esto es una locura. Vas a salir al pasillo llevando sólo un condenado viso.

—¿Y eso te parece una locura? —Se volvió bruscamente con una expresión de incredulidad en el rostro—. ¿Quieres que te desnude mi alma y te confiese que fui yo quien mató a sir Wilfred Leeton, pero te preocupa que alguien pueda verme en ropa interior? ¿Tienes idea de lo confuso que resulta eso?

Napier se mesó los cabellos con las manos, debatiéndose contra la apremiante necesidad de agarrarla y arrastrarla dentro, allí de pie como un idiota de capirote y preguntándose qué decir o hacer simplemente para arreglarlo.

Como respuesta, los labios de Lisette se curvaron levemente hacia arriba, pero él no supo si era porque se burlaba de él o a causa de las lágrimas. Acto seguido giró sobre sus talones y se marchó.

Napier se quedó donde estaba, mirando al vacío. El temor y la rabia seguían batallando en su interior. Se sentía presa de la desesperación; atacado por la espalda. Sólo se le ocurría un modo de empeorar las cosas... y era salir tras ella levantando un gran revuelo y obligarla a volver a su cama para poner fin a todo lo ocurrido.

Y con toda probabilidad lo habría hecho, pero seguía todavía dándole vueltas a la idea cuando oyó el portazo procedente de la habitación de Lisette y el sonido del pestillo al cerrarse con un chasquido... como el gatillo de una pistola al dispararse: un seco y metálico «¡chas!» en la penumbra.

Pero había recibido de pleno el disparo. Se sentía frío y exangüe como sir Wilfred, tumbado en aquel suelo de baldosas mientras la vida se le colaba por su propio desagüe. Sintió esa espantosa presión de calor tras los ojos.

Había fracasado. Y Lisette le odiaba.

¿Cómo demonios había podido ocurrir? ¿Tan poco era lo que entendía a las mujeres? ¿Era acaso tan naciente el afecto que ella sentía por él, tan desesperadamente frágil como para que sus desmañadas formas lo hubieran aplastado?

¿O tenía ella razón? ¿Estaba el amor que él sentía hacia ella supeditado a algo en lo que él no quería pensar?

Maldición, Lisette le había llenado la cabeza de locuras. Había conseguido su propósito: hacerle dudar. Hacer que se cuestionara su propia sensatez.

Como pudo se obligó a respirar. Encontró la entereza suficiente para recoger la media que se le había caído y cerrar la maldita puerta. Regresó a la mesita de noche con el estómago revuelto. El cajón de la mesilla seguía abierto y la hoja de acero de su cuchillo pareció hacerle un guiño desde el interior, mofándose de él en la luz blanca y pura, la misma en la que él había hilado su telaraña de fantasía.

La fantasía de una novia a la luz de la luna.

Despacio, dejó caer la seda desde su mano sobre el cordel de satén que Lisette había arrojado encima de la cama varios días atrás. Parecía que habían pasado años desde entonces. Santo Dios, cuánto la amaba.

La amaba.

Y lo que habían compartido, fuera lo que fuera, había terminado. Lisette no iba a escucharle. No habría otra oportunidad. Su terca insistencia había clavado una estaca en su confianza.

Pero lo peor de todo era que ella estaba en lo cierto. Él la había arengado. Había hecho una y otra vez lo único que ella le había suplicado que no hiciera. Algo se le atascó en el pecho. Un sollozo que se negó a emerger, un espantoso dolor atrapado en el vacío donde había estado su corazón y que probablemente ya no habría de abandonarle. Se sentó en la cama con el dolor arremolinándosele alrededor del corazón como una nube de tentáculos de hielo.

Con dedos temblorosos, buscó en el cajón todavía abierto y sacó el cordel verde, enrollándoselo a la mano con tanta fuerza que apenas dejó que fluyera la sangre. Hasta que el dolor no fue ya dolor, sino tan sólo un entumecimiento muerto que palpitaba con los latidos de su corazón.

13

Nuestro preocupado ciudadano lo confiesa todo

Lisette se quedó plantada en la puerta abierta del dormitorio verde, estudiando con cierta ecuanimidad la rápida transformación que había sufrido la habitación. Suponía que era hermosa: las paredes eran del color de la piedra caliente y los cortinajes de un tono champán a juego. Los muebles, sin embargo, seguían desordenados, con las dos inmensas cómodas reunidas en el centro entre media docena de cajas y baúles.

Tras inspirar hondo para calmarse, llamó al marco de la puerta.

—¿Puedo pasar?

Lady Keaton levantó bruscamente la cabeza.

—¡Oh, señorita Colburne! —Sentada entre el revoltillo de cachivaches, se levantó de un salto de un taburete de trabajo de tres patas—. ¡Qué agradable sorpresa! ¿Dónde habéis estado toda la mañana? Os hemos echado de menos durante el desayuno.

—Buenos días, lady Keaton. —Lisette miró vacilante en derredor, deteniéndose justo al traspasar el umbral—. ¿Cómo estáis?

—¿Por qué no somos simplemente Anne y Elizabeth? —Con un sencillo vestido negro, la rubia y menuda joven sorteó los baúles abiertos y las cajas de cartón, apartándose un rizo de la frente al acercarse a la puerta—. Y estoy muy bien, gracias. Pero, querida, me pregunto si vos lo estáis también.

—¿Parezco acaso asustada? —Retorciendo un pañuelo entre las manos para impedir que le temblaran, Lisette entró en el dormitorio—. Confieso que no he dormido bien y que tampoco tengo mucho apetito.

—Lo siento. Pasad y sentaos. —Anne le tomó la mano—. Estaba ayudando a Gwyneth y a Diana a limpiar todos estos cajones.

—De hecho, estoy buscando a Gwyneth y a Diana —confesó Lisette, guardándose el retorcido pañuelo—. Marsh me ha dicho que quizá las encontraría aquí.

—Oh, vaya. Acaban de marcharse. —Anne la había instalado en un segundo taburete situado junto a un viejo baúl de viaje que tenía la tapa abierta de par en par—. Diana se ha levantado en mitad de todo esto, declarando que había olvidado que había quedado en dar un paseo con la señorita Willet.

—No sé por qué creía que iban a darlo por la tarde.

Anne se encogió de hombros.

—En cualquier caso, lo siguiente que he sabido ha sido que lady Hepplewood ha aparecido a buscarla, esperando que la acompañara a la vicaría. Pero como Diana se había marchado, Gwyneth se ha ofrecido a ir con ella.

—¿Gwyneth se ha ofrecido? —dijo Lisette, sentándose delicadamente en el taburete—. ¿Qué…?

—¿… impropio de ella? —la interrumpió Anne, con una sombra de pesar en el rostro—. Sí, me temo que eso es la muestra del grado de desesperación de Gwyneth.

—¿Desesperación?

La sonrisa de Anne volvió a aparecer.

—Sin duda habréis reparado, señorita Colburne, en que mi hermana mayor siente poca devoción por las labores del hogar —dijo—. Y para Diana, que adora otros aspectos más artísticos, el peso de la rutina es mucho menos persuasivo. Me han dado lástima cuando las he visto aquí, y ahora ya han vuelto a escabullirse.

—Cielos, ¿y os han dejado ordenando todo esto? —Lisette se alegró de poder apiadarse de alguien que no fuera ella misma—. ¿Puedo ayudaros? Os aseguro que no me importa.

—Debería negarme, pues sois una invitada. —Con las manos en la cintura, Anne estudió el desorden que la rodeaba—. Aunque supongo que también yo lo soy. Y de todos modos muy pronto seréis vos quien deba ordenar todo esto, porque será vuestro.

—Cuanto me gustaría que la gente dejara de decir eso —dijo Lisette con una débil risilla.

—Bien, en cualquier caso, acepto vuestra amable oferta —dijo Anne, volviendo su preocupada mirada hacia ella—. Nos dará la oportunidad de charlar. Mi marido me dice que sois tremendamente leída. Me muero por tanto de ganas de conoceros mejor.

—Sois ambos muy amables —dijo Lisette, y realmente lo pensaba.

Había disfrutado enormemente de la compañía de sir Philip durante el almuerzo, y también su esposa parecía muy afable. Anne carecía por completo de esa naturaleza quisquillosa propia de Gwyneth, y también de la recatada reserva de Diana.

Pero Anne señalaba en ese momento el desbarajuste con un gesto de la mano.

—Pues bien, ése de ahí contiene los calcetines de tío Hep —dijo enérgicamente, señalando un cajón abierto. Estamos ordenándolo todo en tres cajas: lo que va a la basura, lo que zurciremos y lo que se donará a la caridad. Sacad la repisa del tocador, si así lo deseáis, y elegid como mejor creáis. Tío Hep no tiraba nunca nada.

Agradecida por la distracción, Lisette se puso enseguida manos a la obra.

—Vuestro tío murió hace algunos meses, ¿verdad? —preguntó despreocupadamente.

—Sí, pero tía Hepplewood se veía incapaz de hacer esto. Y Diana nunca se puso a ello. Ahora hay que preparar la habitación para Tony y Felicity sin más tardanza. —Dejó escapar un suspiro de ligero fastidio—. Estaré encantada cuando os convirtáis en lady Saint-Bryce, Elizabeth.

—¿De verdad? —Lisette se volvió a mirarla—. ¿Por qué?

Anne alisó las arrugas de un camisón.

—Oh, este viejo caserón no ha tenido a nadie que lo quiera como se merece desde hace tiempo —caviló, examinando las costuras en busca de desgarrones—. Diría que desde que murió mamá. Gwyneth lo intenta, pero realmente no lo consigue del todo.

—¿Entiendo que la madre de Bea era una mujer frágil?

—Cierto, sí, aunque muy bondadosa. —Anne dobló el camisón y lo metió en la caja marcada con la palabra «caridad»—. Y ahora, Elizabeth, permitidme que chismorree un poco. Me gustaría saber cuál es la causa de esas terribles sombras que tenéis bajo los ojos.

—Es esta maldita piel tan blanca —dijo Lisette visiblemente desesperada—. Lo deja todo a la vista.

—Pero ¿por qué no habéis dormido, querida? No creo que hayáis encontrado la conversación de mi marido tan estimulante como para que os haya mantenido despierta toda la noche.

Lisette se rió.

—Vuestro esposo me ha parecido un hombre fascinante y profundamente considerado.

—¡Gracias! ¡A mí también me lo parece! —Los ojos de Anne bailaron durante un instante—. A papá Philip siempre le pareció aburrido, pero no llegó a conocerle como le conozco yo. Philip tiene una mente incisiva… y un afilado ingenio, una vez que te conoce. Pero no habéis respondido a mi pregunta. Sobre vuestra mala noche.

—Oh, recibí una carta —mintió Lisette con la mirada fija en los calcetines—. No la leí hasta después del almuerzo. Mi vieja aya no está bien.

—¡Oh, pero eso es terrible! —dijo Anne, cuyo hermoso rostro se descompuso—. ¿Seguís manteniendo una estrecha relación con ella? Obviamente sí. Parecéis afectada.

Lisette asintió débilmente.

—Vive conmigo. En Hackney. Creo que debo volver a casa. Eso es lo que he venido a decirles a Gwyneth y a Diana. Que me marcho.

—Y yo acabo de llegar. —Anne puso cara de tristeza—. Soy yo la que lamenta vuestra marcha, Elizabeth. Saint-Bryce debe de estar también decepcionado. ¿O quizás os acompañará a casa?

—Yo… no, no vendrá —dijo Lisette—. Me refiero a que él no sabe que me marcho. Todavía no se lo he dicho.

—Ah —dijo Anna, dedicándole una peculiar mirada—. Bien. ¿Cuándo os marcháis?

—Por la mañana —respondió Lisette—. Podré tomar un tren, ¿no?

—Cielos, sí. Pasan todo el día. —Anne desplegó otro camisón—. Oh, ¡mirad esto! Zurcido al menos ocho veces. El camarero de tío Hep tenía setenta y cinco años y era un hombre dedicado a su cometido en cuerpo y alma, aunque ciego, y mi tío se negaba a desprenderse de él. Por eso sus cosas están en este estado tan espantoso.

—Vuestro tío debió de ser parco y también leal —dijo Lisette—. Y su esposa debió de quererle mucho. Me refiero a que si no soportó…

—¿Poner orden a sus cosas? —dijo Anne con un suspiro—. Sí, le amaba con devoción, aunque él le llevaba muchos años. Duncaster los presentó. No puedo imaginar el alcance de su dolor.

Pero la mente de Lisette había vuelto a recuperar la conversación que había tenido lugar tiempo atrás en la biblioteca.

—Habría jurado que era más una mujer realista que una romántica —murmuró, juntando dos calcetines y arrojándolos a la caja correspondiente.

—Oh, tía Hepplewood no siempre fue la hosca criatura que probablemente habréis observado —dijo afablemente Anne—. Ha cambiado enormemente.

—¿Queréis decir desde la muerte de su marido?

Anne bajó la camisa que estaba doblando y se detuvo a pensar su respuesta.

—Creo que fue antes —dijo por fin—. Más o menos en la época en que yo me casé, ella… cambió, por así decirlo. —Negó con la cabeza como si quisiera sacudirse la idea de encima—. Y entonces tío Hep y ella empezaron a quedarse aquí todo el tiempo. Y Tony se marchó a vivir a Londres.

Pero Lisette se preguntó qué podía haber separado a los Hepplewood, pues sin duda ése parecía ser el caso.

—De todos modos —apuntó—, a nadie pareció importarle que ella y Diana se quedaran aquí.

—Dios, no —concedió Anne—. Además, Loughford es ahora de Tony… y, como comentábamos antes Gwyneth y yo, no tiene una casa de campo adjunta.

—¿Ah, no? —Lisette dobló otro par de calcetines—. Bueno, no alcanzo a imaginar que lady Hepplewood vaya a regresar a Loughford después de la boda para vivir bajo la supervisión de la señorita Willet.

—Y, la verdad, no la culpo —concedió Anne—. Pero Burlingame es tres veces más grande que Loughford, de modo que aquí podemos movernos libremente sin apenas toparnos los unos con los otros.

—¿Tony y la señorita Willet tienen intención de pasar mucho tiempo aquí después de la boda?

—Imagino que sí —respondió Anne—. Ésta ha sido siempre la segunda casa de Tony. Y al parecer a Felicity le encanta.

—¿Cuándo tienen planeado casarse? —preguntó Lisette.

—Diana acaba de preguntármelo. Ha sido eso lo que ha provocado la discusión sobre la casa de campo —dijo Anne—. La fecha de la boda es a mediados de agosto.

—Dios, pero si sólo faltan unas pocas semanas. —Lisette dedicó a Anne una mirada de reojo—. Pero Diana dijo que…

Anne le lanzó una mirada penetrante.

—¿Qué es lo que ha dicho Diana?

Lisette negó con la cabeza.

—Quizá la haya entendido mal.

Anne esbozó una sonrisa pícara.

—Lo dudo —bromeó—. ¡Vamos, si prácticamente somos primas! ¿Qué es lo que ha dicho Diana?

Lisette respondió con un débil encogimiento de hombros.

—Simplemente sugirió que el compromiso no duraría. Supongo que lo que quiso decir fue que lady Hepplewood le pondría fin.

—Bueno, quizá tía Hepplewood no esté encantada con él, pero terminará por aceptarlo. —Anne esbozó una sonrisa cansada—. En cuanto al comentario, seguramente Diana intentaba ser… en fin, llamémosle caritativamente «protectora». No creáis que estuvo mucho más contenta cuando Gwyneth le dijo que Tony y yo estábamos prometidos. Se sintió como el patito feo.

Y sin embargo habían sido Diana y Tony, junto con Gwyneth, los que habían dejado de lado a Anne de su pandilla cuando eran niños.

—Pero vos erais muy joven en aquel entonces, ¿no? —preguntó Lisette sin poder contenerse.

Se dio cuenta demasiado tarde de que parecía una chismosa.

—Ah, Gwen ha estado chismorreando, ¿verdad? —dijo Anne, riéndose entre dientes—. Sí, el abuelo y tío Hep confabularon con un absurdo plan de boda, pero la verdad es que ninguno de nosotros le prestamos demasiada atención.

—¿Nunca sentisteis nada así por Tony?

Anne bajó las manos, que sostenían en ese momento un chaleco de rayas.

—Tony y yo nos adoramos y siempre ha sido así —declaró con una leve expresión de exasperación en el rostro—. Sí, me pareció que era buena idea casarme con él. Supongo que lo habríamos hecho. Pero entonces conocí a Philip. Y una semana más tarde, me di cuenta de que…

—¿Os disteis cuenta de qué?

Anne negó con la cabeza.

—No tiene importancia.

—Me gustaría saberlo —dijo Lisette—. Si no es nada personal.

Anne se mordió el labio.

—Bueno, no lo es para mí —aclaró, recorriendo la estancia con la mirada—. Es sólo que nunca se lo he dicho a Gwyneth. Y quise hacerlo, pero preferí evitarlo. Gwen puede mostrarse muy protectora conmigo… como si yo no supiera cuidar de mí misma.

Fue una visión peculiar y bastante tierna de Gwyneth, y sin duda en ningún caso considerada por Lisette.

—¿Por qué ibais a tener que protegeros?

Anne volvió a sentarse en su taburete, aplastando el chaleco sobre su regazo.

—Es sólo que ese año yo había debutado con Diana —dijo con la mirada levemente teñida de culpa—. Pero a mitad de Temporada conocí a Philip. Y, oh, Lisette, ¡me gustó tanto! Compartíamos tantos intereses: ¡libros, poetas, política! Sin embargo, sentía que me debía a Tony... que él me necesitaba.

—Pero me es imposible imaginar que Tony hubiera esperado semejante sacrificio de vos —dijo Lisette.

—Aparentemente no. —Los labios de Anne se contrajeron en un mohín divertido—. Porque una noche, semanas después de nuestro baile de debutantes, le sorprendí en la biblioteca besando a Diana.

—¿Besando a Diana? —Lisette frunció el ceño—. Pero ¿besándola... cómo?

—Buena pregunta —dijo Anne irónicamente—. No fue desde luego un beso fraternal. La había rodeado con el brazo y ella le había puesto una mano en su... en fin, ya no tiene importancia.

—Ah —dijo Lisette con suavidad—. Vaya. ¿Os enfadasteis?

—Un poco. —Anne volvió a parecer disgustada—. Pero esperé unas cuantas semanas más y al ver que no ocurría nada, pues a decir verdad Tony no parecía interesado en ninguna de las dos, dejé de sentirme tan terriblemente leal. Le dije a papá que quería aceptar la proposición de sir Philip y que no aceptaría un no por respuesta. Tía Hepplewood se enfadó mucho.

—Cielos. ¿Qué hicisteis?

Anne respondió con un insípido encogimiento de hombros.

—Llegó el día en que tuve que contarle el porqué —dijo—. Al principio se sintió ultrajada. Luego, cuando lo pensó mejor, hizo que pareciera un simple flirteo. Pero después sugirió, con ese tono irritado y hosco tan propio de ella, que probablemente Tony terminaría por eludir sus inconvenientes.

—Supongo que Tony debe de estar muy poco acostumbrado a que una mujer le niegue algo.

—Hasta lo que yo sé, eso jamás ha ocurrido —dijo Anne, riéndose—. Pero ¿casarse con la hija del administrador? Según el modo de ver de tía Hepplewood, eso sí era apuntar bajo. Aun así, siempre ha terminado cediendo.

—¿Y qué ocurrió?

Anne levantó las manos, con ambas palmas hacia arriba.

—Por extraño que parezca, nada —dijo—. Fue muy extraño. Yo me casé con Philip la primavera siguiente. Y finalmente Diana aceptó al novio de papá. Y ahora también lo de Tony está arreglado.

—Os casasteis con la persona que era perfecta para vos —dijo Lisette con tono tranquilizador—. Y muy pronto también lo hará Tony. En lo que respecta a Diana, en cuanto supere el dolor por la muerte de vuestro padre, encontrará a alguien. Ya ha dicho que lady Hepplewood tiene intención de llevarlas a Londres la Temporada que viene.

—¡Oh, excelente! —El rostro de Anne se iluminó, esperanzado—. Debo empezar a pensar en alguien que sea perfecto para Diana. Para entonces también vos os habréis casado. Debemos confabular juntas.

Anne era, a ojos de Lisette, uno de los seres humanos más caritativos que había conocido. Su presencia, y su absoluta normalidad, lograban en gran medida mitigar la visión que tenía del grueso de la familia.

Y qué lástima que, al final, todo ello careciera por completo de importancia. Ella se marcharía de allí y no tardarían en olvidarla.

—Bien —dijo animadamente, cerrando el cajón—. Ya está vacío, Anne. ¿Qué hago ahora?

—Las mesillas de noche de nogal —dijo Anne, señalando a izquierda y derecha—. Tienen cada una dos cajones llenos de Dios sabe qué. Creo que os convendría traer un cubo de basura.

Como los cajones eran pequeños, la solución más fácil parecía ser sacarlos y llevarlos a la zona donde lo estaban ordenando todo. El primer cajón estaba lleno de periódicos masculinos, todos ellos fechados meses atrás. Lisette lo vació con sumo cuidado, volvió a meterlo en su sitio y sacó el segundo, que llevó de nuevo hasta el centro de la habitación.

Éste, curiosamente, estaba lleno de un tramo doblado de brillante tela verde, cortada parcialmente en pequeños trozos. Sacó un trozo y lo sostuvo entre los dedos.

—Son sólo retales —dijo—. Aunque quizá podamos salvar el más grande.

Anne alzó la mirada de una maraña de tirantes que estaba emparejando.

—Dios, no tiréis nada de eso —dijo, levantando la mano—. Diana pedirá nuestras cabezas.

Lisette soltó el retal y cogió otro casi idéntico. La tela era un lustroso y grueso terciopelo verde... un terciopelo que a ella le resultó muy familiar.

—Anne —dijo, sin disimular su curiosidad—, ¿no son éstos los viejos cortinajes de la cama de lord Hepplewood?

—Sí, y también sus cortinas —respondió Anne, alzando la mirada—. O, para ser más exacta, los restos de tela que sobraron una vez que cosieron los cortinajes y las cortinas. Después de que, hace unos meses, decorara la habitación, Diana guardó los restos de tela en un cajón.

—¿Cómo éste? ¿Cortados de cualquier manera?

Anne frunció el ceño.

—No, en una sola pieza al fondo de ese armario, creo —dijo—. Pero Gwen la encontró y empezó a cortarla en trozos más pequeños para convertirlos en compresas cuando cuidábamos de tío Hep.

—Ah. —Lisette la miró, curiosa—. ¿Vos estabais aquí?

—Oh, sí, siempre que podía —dijo Anne, que por fin logró desenredar uno de los tirantes—. Cuando tío Hep estaba muy nervioso, empapábamos compresas en vinagre frío y se las aplicábamos a la frente y a las muñecas. Es un ardid que mi madrastra usaba a menudo cuando teníamos fiebre.

—Nanna también lo hacía cuando mi hermana y yo éramos pequeñas —dijo Lisette—. Es muy reconfortante.

Anne se encogió de hombros.

—Y se nos ocurrió que el terciopelo tendría un tacto agradable —dijo—. Pero a Diana le dio un ataque. Dijo que lo estaba guardando para hacer con él un cubrecama parisino verde.

Lisette notó que algo se le helaba en las entrañas.

Parisino.

París.

Durante un largo instante, se quedó plantada donde estaba, apenas atreviéndose a respirar mientras rebuscaba en su cerebro con un brazo metido bajo el pequeño cajón.

—Anne —dijo con un tono levemente brusco—, ¿no habrá dicho Diana quizás un cubrecama de color verde París?

Anne alzó la vista con una expresión insulsa en el rostro.

—Puede ser. A tío Hep le encantaba el verde. Pero para entonces ya estaba tan enfermo que resultaba espantosamente optimista. Aun así, Gwen guardó lo que quedaba del terciopelo para calmar a Diana.

En su fuero interno, Lisette volvió a repasar su lógica.

«Dios del cielo. ¿Podía ser tan sencillo?»

Aunque ¿cuáles eran las posibilidades de que ocurriera algo así? ¿Y de un modo absolutamente accidental?

La recorrió un escalofrío. Ni Gwyneth ni la señora Jansen eran ajenas a las disciplinas científicas: la astronomía, las matemáticas y sí, también la química. Lisette dejó el cajón en el suelo, se guardó un retal de terciopelo en el bolsillo y se dirigió hacia la chimenea.

El extraño hervidor de agua seguía colgando de su gancho en el hogar.

No. No era posible.

Aun así, giró sobre sus talones con el corazón latiéndole de pronto con fuerza en el pecho.

—Disculpadme, Anne —dijo abruptamente—. Acabo de acordarme... la carta... debería mandarle una carta a Nanna. Para avisarle de que vuelvo a casa.

Anne estaba de pie junto a una de las altas cómodas, devolviendo uno de los cajones a su sitio.

—Claro —dijo—. Habéis sido de gran ayuda. Pero, Elizabeth, lo más probable es que lleguéis a vuestra casa junto con la carta… o apenas unas horas después.

Lisette asintió e intentó calmarse.

—Quizá —dijo—. Aunque es posible que no me vaya mañana. Puede que me marche el viernes o el sábado. Debería avisarla, ¿no os parece? Para que sepa por lo menos que finalmente he decidido ir. Que no la he abandonado.

—Oh, estoy segura de que le daréis una gran alegría —dijo Anne animadamente—. Gracias por vuestra ayuda. ¿Os veré durante el almuerzo?

—Oh, sí. No veo el momento.

Rauda, Lisette huyó de la habitación.

*P*or pura casualidad, Napier había fijado su visita al aula de estudio para las diez y media. Era una hora en que la señora Jansen casi con toda probabilidad saldría con Beatrice a dar un paseo matinal, puesto que no quedaba ni rastro de lluvia y el día había amanecido luminosamente soleado, con una fuerte brisa que había secado el paisaje.

Al parecer, su cometido no podía esperar más.

Napier cruzó la casa un poco como un hombre que iba al encuentro de la horca. Había esperado poder posponer la visita un par de días más, pero la angustia de Lisette y la gota de Craddock no le habían dejado excusa. Iba a tener la conversación que llevaba evitando desde que había llegado a Burlingame, y desde luego desde su última visita al aula de estudio.

Encontró a la adorable pareja bajando las escaleras. La señora Jansen con un gran sombrero en una mano y lo que parecía una novela en la otra.

—¡Saint-Bryce! —dijo la pequeña, cuyo rostro se iluminó al verle.

—Buenos días, Bea. —Napier se detuvo en el descansillo para saludarla con una pequeña inclinación de cabeza—. Señora Jansen, está radiante esta mañana.

—Oh, ¿cómo estáis, mi señor? —dijo la institutriz—. ¿No os habéis ido a Berkshire?

—No, Craddock estaba dispuesto, pero su pie sigue teniendo muy mal aspecto —dijo Napier—. He pensado que mejor daré un paseo con Bea por el huerto... siempre que no tengáis objeción.

La señora Jansen se sonrojó hermosamente.

—No, mi señor. En absoluto.

Napier se volvió y le ofreció el brazo.

—Quizá le gustaría sentarse en el banco de arriba para no perdernos de vista —sugirió—. Puede que a Bea se le ocurra volver a trepar a un árbol, en cuyo caso tendrá que bajar la colina y ayudarla a descender, puesto que sufro de vértigo.

Las dos mujeres se rieron al oírle y Beatrice empezó a burlarse inmisericordemente de él. Minutos más tarde habían depositado a la señora Jansen y a su libro en el banco y bajaban por la colina hacia las cuadras, envueltos en una brisa intensa aunque no desagradable.

—No se te ocurrirá trepar a ningún árbol, ¿verdad? —preguntó receloso Napier.

—No si tengo algo mejor que hacer —dijo la pequeña con una sonrisa de oreja a oreja.

—Ah —dijo él—. ¿Qué tenías en mente para hoy?

La niña se encogió de hombros y se dejó caer sobre la hierba bajo su árbol favorito.

—¿Podríamos bajar al cobertizo para los botes y volver a lanzar piedras al agua? —sugirió.

—Sí, claro que podríamos —dijo él a regañadientes.

Más tarde Napier lamentaría no haber dado alas a la propuesta de la niña. Pero en ese momento, simplemente quería evitar el maldito cobertizo... como llevaba haciéndolo desde hacía días. El mero hecho de verlo desde su ventana le recordaba el apasionado interludio que había mantenido allí con Lisette, y la catastrófica discusión que había tenido lugar después.

Era la misma dinámica que habían repetido la noche anterior, aunque con resultados mucho más devastadores.

Lisette ni siquiera había aparecido a desayunar esa mañana. De eso estaba seguro, pues había bajado temprano, incapaz de conciliar el sueño, y la había esperado hasta que todos los demás habían terminado de desayunar. Tanto había esperado sentado a la mesa que los criados habían empezado a dar vueltas a su alrededor, ansiosos por limpiar el aparador.

Finalmente había aceptado que Lisette no tenía la menor intención de bajar; que quizá mientras él estaba allí encorvado delante de una taza de café frío, con un nudo en el estómago y el corazón medio roto, ella con toda probabilidad estaría preparando sus baúles y maldiciéndole.

Pero si él iba a mortificarse por el caos que imperaba en su vida amorosa, quizá lo mejor sería bajar al lago y arrojarse al agua. Mucho mejor entonces centrar su atención en alguien que quizá pudiera ayudarle.

Se sentó con Bea en la hierba, ignorando el gruñido que sin duda provocaría en Jolley en cuanto el criado viera sus pantalones.

Beatrice y él se habían encontrado allí con cierta frecuencia después de que hubiera tenido conocimiento del horario de la niña y se hubiera granjeado en cierta medida la confianza de la señora Jansen. Se había sentido aliviado al saber que la mujer siempre se quedaba cerca de ellos, al alcance del oído y normalmente en compañía de un libro o de algo relacionado con la lección de Bea. Aunque existía una delgada línea entre ambas cosas, Napier había decidido que la niña no estaba desatendida, sino que gozaba de una saludable dosis de independencia. Y al menos esa noción le proporcionaba cierto consuelo.

Entonces estiró las piernas y las cruzó a la altura de los tobillos. Beatrice le imitó y sus diminutas botas marrones asomaron por debajo de una nube de encaje. Luego se tumbó sobre la hierba y se quedó mirando las ramas, que entrechocaban a merced del viento, y se cruzó las manos sobre el corazón.

Napier la miró. Con los tirabuzones rubios revoloteando alrededor de su cabeza, Bea era casi el vivo retrato de un ángel. Él era consciente de que sentía ya un gran cariño por la niña y no poca ternura. De pronto, esa desconocida emoción le apresó un poco el corazón, ese órgano herido y exprimido en el que había quedado convertido durante las últimas y abatidas horas.

Pero no era el momento de ponerse sensiblero en un día tan hermoso. Sospechaba que Beatrice ya tenía suficiente de eso en sus momentos más tranquilos. Decidió por tanto inspirar hondo.

—Ah, aspira el aire fresco, Bea —dijo—. Lo echaré de menos cuando vuelva a Londres.

—¿De verdad es tan repugnante el aire en Londres? —preguntó Bea con tono ausente—. La señora Jansen dice que huele peor que los canales de cloacas de Ámsterdam.

Napier se rió y se tumbó en la hierba a su lado, fijando la mirada en la cadenciosa bóveda de follaje.

—A menudo sí —concedió, pasándose las manos por detrás de la cabeza—. Sobre todo cuando ese olor infame se mezcla con el hedor acre del humo del carbón y con la fetidez procedente de la orilla del río, y el peor miasma cae sobre la ciudad, presionado por la niebla. La llaman la *London Peculiar*, y es tan espesa que apenas te deja ver.

—Si huele tan mal, ¿por qué volvéis?

La niña parecía melancólica.

—Oh, por mi trabajo —respondió vagamente Napier.

—¿Y qué ocurre con la señorita Colburne? —dijo Bea—. ¿No vais a casaros con ella y a traerla a vivir aquí?

Napier vaciló, todavía resistiéndose a engañar a la niña. Dejó escapar un suave suspiro.

—Me temo que finalmente no nos casaremos, Bea —dijo con un hilo de voz—. La señorita Colburne ha cambiado de opinión.

Bea giró bruscamente la cabeza con los ojos un poco más abiertos.

—Diana también cambió de opinión —dijo en voz baja— y la historia no acabó bien.

Él sonrió débilmente.

—Me temo que yo soy el único culpable de que la señorita Colburne haya cambiado de opinión —dijo—. ¿Lo lamentarás mucho?

La niña elevó los hombros en un gesto exagerado, rozando la hierba, que crujió bajo su peso.

—Entonces, ¿os casaréis con Diana? —dijo un poco enfurruñada.

Napier volvió a girar la cabeza hacia las ramas.

—No, Bea —dijo con tono afable—. Creo que he entregado mi corazón a la señorita Colburne. No estaría bien que me casara con alguien a quien no amo.

—Tía Hepplewood le dijo a Diana que el amor era un montón de bobadas —dijo impasible—. Que era mejor casarse siguiendo los dictados de la cabeza que los del corazón.

—Puede que tenga razón —concedió Napier—, pero para mí es demasiado tarde. Dicho esto, voy a pedirte que por el momento me guardes el secreto sobre la señorita Colburne. Por si logro convencerla de que cambie de opinión. ¿Podrás hacerlo?

La niña asintió.

—Sí —dijo solemnemente—. Sé guardar un secreto.

Napier vaciló durante una décima de segundo antes de dar un paso adelante.

—Seguro que se te da muy bien guardar secretos —dijo—, lo cual es una cualidad admirable en la mayoría de los casos.

Bea seguía mirándole entre las ondulantes briznas de hierba.

—Pero ¿no en todos los casos?

—No siempre. —Napier rodó hasta apoyarse sobre el codo y sacó la carta que llevaba en el bolsillo—. Por ejemplo, creo que me escribiste en secreto esta carta hace unas semanas, Bea.

La sostuvo entre dos dedos. La niña la miró sin pestañear al tiempo que sus ojos azules se entrecerraban un poco contra la luz del sol.

Napier bajó la mano.

—De hecho —dijo—, sé que tú la escribiste. Y me gustaría saber por qué.

—¿Cómo lo sabéis? —preguntó la pequeña con reservas.

—Porque es mi trabajo —respondió él—. Mi trabajo… a veces… consiste es descubrir secretos. Oh, quizá pueda parecer que la haya enviado un criado. Me pareció en su momento un trabajo inteligente.

Bea guardó silencio durante un buen rato. Napier volvió a doblar la carta y se la guardó en el gabán.

—Bea, no es necesario que me digas por qué la enviaste si no quieres —dijo—. Sólo quiero que sepas que me pareció estupendo que me escribieras.

—¿De verdad? —preguntó ella con una vocecilla.

—Por supuesto —dijo Napier—. De hecho, mientras siga viviendo en Londres, puedes escribirme cuando quieras y sobre lo que quieras. Si algo te preocupa… aunque sea por una tontería. Me gustaría que me escribieras y que lo hagas enseguida. Pero firma las cartas, Bea. Me haría muy feliz recibirlas y ver tu firma.

Ella se incorporó entonces y, doblando una pierna, se sentó encima. Tenía una expresión juguetona, y estaba muy hermosa. Napier pensó entonces que llegaría a superar en belleza a su hermana Anne.

La niña se acercaba rápidamente a un momento vulnerable de su vida. Muy pronto habría bailes, pretendientes y propuestas de matrimonio a considerar. La idea le provocó un escalofrío. Y precisamente por eso no se atrevió a hacer nada con lo que pudiera poner en peligro la creciente confianza de la pequeña.

Bea empezó a retorcer una brizna de hierba, formando una especie de espiral con ella.

—Quizá vuelva a escribiros —dijo—, algún día… si no regresáis a Burlingame.

Napier tendió la mano y apretó la suya.

—Volveré, Bea —dijo con voz queda—, de vez en cuando. Y si algo le ocurriera a tu abuelo… a nuestro abuelo… y a Duncaster le fallara la salud, quiero decir, volvería enseguida. Y me quedaría.

—¿Para siempre? —susurró ella.

—Para siempre —dijo Napier.

De pronto le sorprendió darse cuenta de que la idea ya no le desagradaba como lo había hecho en su día. Sir George había estado en lo cierto. No había modo alguno de escapar a su destino. Además, había allí mucho que aprender y las fortunas de muchos dependían de su capacidad de conseguirlo.

Sin embargo, los días que había pasado recorriendo las fincas y revisando las cuentas con Craddock le habían confirmado que Lisette había estado también en lo cierto. La gestión de una gran propiedad requería, sobre todo, una avezada comprensión de la naturaleza humana y también dotes de gestión.

Pero Bea seguía mirándole todavía un poco pensativa.

Con un movimiento suave, acarició la carta que llevaba en el bolsillo.

—¿Por qué no jugamos a algo? —sugirió—. ¿Por qué no intento adivinar el motivo por el que enviaste esta carta? Y si tengo razón, simplemente lo dices, ¿quieres?

Ella alzó la vista, apartándola de su cadena de briznas de hierba, y clavándola en él durante un instante.

—De acuerdo —dijo.

Napier pareció pararse a pensarlo.

—Creo que el año pasado te asustaste un poco cuando tu tío Hepplewood enfermó —dijo—. Se sintió un poco… afligido, ¿verdad?

De nuevo la niña encogió sus flacos hombros.

—No me permitían verle —dijo con voz queda—. Pero a veces le oía. Decía… cosas. Tenía miedo. Y después se murió.

Napier creyó entenderla.

—Debió de ser aterrador saber que tu tío estaba tan enfermo que no podía pensar con claridad —dijo.

Ella respondió con un pequeño asentimiento.

—Y cuando meses más tarde murió tu padre —continuó Napier—, seguro que te asustaste aún más. Pero Bea, murió de una apoplejía. Fue algo totalmente imprevisible.

—Supongo. —La niña levantó la barbilla en un gesto que tuvo algo de desafiante—. Pero tío Hep no paraba de decir que estaban intentando matarle. Y luego p-papá dijo que...

Su rostro empezó a contraerse un poco.

Napier le puso una mano en el hombro.

—Decía que estaban intentando envenenarle —sugirió afablemente—. ¿Es eso? Pero entiendo que nunca te lo dijo directamente.

Ella negó brevemente con la cabeza y al hacerlo rebotaron los tirabuzones que enmarcaban su rostro.

—¿Quizá le oíste decírselo a sí mismo? —insistió con suavidad Napier—. ¿Quizá cuando jugabas en la alacena y él desconocía que estabas allí? Seguro que debió de parecerte que decía cosas muy parecidas a las que decía lord Hepplewood.

—Pero es que nadie creía a tío Hep, y ya veis lo que ocurrió. —Bea frunció el labio en una tímida muestra de terquedad—. Y yo no me lo inventé. La señora Jansen cree que sí, pero no es verdad. Papá lo decía continuamente. Una vez hasta se lo dijo a Craddock. Podéis preguntárselo.

Napier le acarició el hombro.

—Oh, yo sí te creo —la tranquilizó—. Pero Bea, eso son simplemente cosas que dicen los adultos. No es más que una expresión... y cuando la empleamos lo que queremos decir es que nos sentimos frustrados. No significa realmente que creamos que los demás nos desean ningún daño.

La mirada de la pequeña se clavó en la de él, dura y feroz.

—Pero papá se murió —dijo muy seria—. Dijo que ocurriría... una y otra vez... y al final ocurrió. Ellas le envenenaron, gritaron y le dijeron cosas crueles hasta que murió.

La vehemencia de Bea dejó perplejo a Napier. Durante un largo instante, consideró sus posibilidades, y cuando por fin habló escogió sus palabras con mucho cuidado—. Y cuando dices «ellas», Bea, ¿a quién te refieres exactamente? Será nuestro secreto, y a mí también se me da muy bien guardar secretos.

Beatrice miró fijamente la hierba con sus cejas marrones contraídas.

—Gwen y Diana —susurró acusadoramente—. Gwen le gritó y Diana lloraba. Diana siempre llora y yo la odio. Y después… ¡y después no sé lo que ocurrió! O por lo menos no estoy segura. ¡Pero papá se desplomó! Y entonces él… él se murió.

Napier le tomó la mano y la apretó en un gesto de consuelo… y esta vez no la soltó.

—Bea, ¿estabas en la alacena ese día? —dijo—. Recuerda que estoy sólo suponiendo. Pero tú me escribiste por algún motivo, Bea. Porque estabas preocupada. Y porque yo persigo a la gente mala, ¿verdad? No creo que haya gente mala en esta historia, sino simplemente gente infeliz. Pero será mejor que estemos seguros, ¿te parece?

Presa de lo que parecía ser una gran reticencia, la pequeña asintió.

—De acuerdo —dijo él manteniendo la calma—. Dime: ¿estaba abierta la puerta de la alacena?

Bea negó rígidamente con la cabeza.

—Pero ¿hubo algún tipo de discusión? —dijo él—. ¿Con Gwyneth y Diana?

—Primero fue Gwen —dijo la pequeña, visiblemente resentida—. Después Diana.

—Bea —dijo Napier solemnemente—. Creo que deberías contarme lo mejor que puedas qué fue exactamente lo que oíste. —Al ver que la niña no respondía, Napier le levantó la barbilla con el dedo—. Bea, te acongoja —dijo—. Sé que es así. Pero no puedo entenderlo, o lo que es más importante, no puedo explicártelo si no me lo cuentas.

Bea exhaló despacio y su mirada quedó prendida en la de él, pesarosa y desconfiada.

—Gwen entró en el estudio de papá y empezó una fuerte discusión. Hablaban otra vez de la señora Jansen y de esa casa.

—Ah, ¿de la casa de campo, quizá?

—Sí, eso —dijo la niña—. La quería y quería llevarse a vivir allí con ella a la señora Jansen.

Napier asintió.

—¿Y qué dijo tu padre?

—Que lo que tenía que hacer Gwen era callarse y marcharse a Londres y buscarse un marido —respondió Bea—. Siempre estaban discutiendo por eso, pero esa vez Gwen dijo que si papá no le daba la casa, cogería a la señora Jansen y volverían a Ámsterdam. Y papá le dijo que no se envalentonara tanto, que todavía podía darle una buena zurra. Y que lo de ella era antinatural... y también que había que enderezarla. Luego se gritaron más cosas y papá dijo que iba a envenenarlas.

—Ah —dijo Napier con voz queda—. ¿Y qué ocurrió entonces?

Una vez más, el leve encogimiento de hombros.

—Hubo un portazo y papá dijo unas cuantas palabrotas. Luego fue hasta su mesa y sacó su brandy. Oí cómo lo dejaba encima del escritorio y sacaba el tapón. ¡Suena como un tintineo!

—Sí, sé perfectamente cómo suena. —Napier lamentó que no todos sus testigos tuvieran una memoria como la de la pequeña—. Eres muy buena con las descripciones, Bea.

—Entonces alguien llamó a la puerta y era Diana.

—Ah. ¿Y también discutieron?

Volvió a aparecer la mirada espantada de la niña.

—Al principio no —dijo—. Diana sólo lloraba. Y luego dijo que no quería casarse con él.

—Entiendo —dijo Napier—. ¿Habías oído esas discusiones antes?

Bea asintió exageradamente.

—Sí —respondió enigmáticamente—. Pero esta vez Diana dijo que se lo suplicaba, que haría cualquier cosa si él se lo decía a tía Hepplewood.

—¿Y qué quería exactamente Diana que tu padre le dijera a tía Hepplewood?

—Que no quería casarse con ella —dijo Brea.

—Ah —dijo Napier.

Tenía su lógica. Diana se sentía intimidada por lady Hepplewood. Su padre dependía de la propiedad de los Hepplewood, no ya sólo por su puesto de administrador, sino por el techo que le cobijaba.

—¿Y qué fue lo que dijo tu padre a eso? —insistió Napier.

—Que eran los nervios típicos de una novia —dijo la niña—, y que todo pasaría en cuando pronunciara sus votos, y que sería considerado con ella. Entonces ella lloró todavía más y dijo que no podía soportarlo, que no le amaba y que jamás le amaría, y que no quería que la tocara. Que la simple idea le resultaba ab-aberrosa, o algo así…

—¿Aberrante, quizá?

—Sí, eso.

Napier hizo una mueca. Palabras fuertes, sin duda… y feas. Le alegró ver que Bea no había llegado a calibrar toda su relevancia.

—Entiendo —dijo en voz baja—. Bien, Bea, es sin duda una desgracia. Creo que hacemos muy bien al mantenerlo en secreto.

—Y luego se pelearon —dijo la niña, más atenta—. Empezaron a gritar. Diana dijo que le odiaba y que no era ninguna yegua de cría, aunque no sé lo que es eso.

—Hum —dijo Napier con mucho tiento.

—Y papá empezó a gritar, y él nunca gritaba, pero esa vez sí… y dijo que ella estaba como una cabra y que un caballero no tenía por qué disculparse, y que si tanto lo deseaba que lo hiciera ella sola.

«Santo cielo.»

Napier cerró los ojos durante un instante.

—¿Y entonces qué ocurrió?

—Oí gritar a papá —dijo Bea—. Y luego oí que se rompía un cristal. Y Diana salió corriendo y chillando que papá se había desmayado. Mintió y dijo que acababa de encontrárselo así, pero… le hizo sufrir hasta matarlo. Eso es lo que creo.

Napier volvió a tomarle la mano.

—Bea, siempre quiero saber cuándo algo te preocupa, pero el doctor Underwood me ha dicho que tu padre sufrió una apoplejía. Y eso es algo que nadie puede ver ni predecir.

Bea encogió sus estrechos hombros una vez más y suspiró.

—De todas formas está muerto, ¿no? —dijo muy triste—. Y ahora me pregunto si...

—¿Sí? ¿Sí qué, cariño?

Bea le dirigió una enigmática mirada.

—¿Y si alguien empieza a hacer sufrir al abuelo? —dijo con voz queda—. ¿Y si alguien le...?

Su rostro empezó a contraerse.

—Eso no ocurrirá —dijo él, volviendo a apretarle la mano—. Te lo prometo, Bea.

Ella alzó la mirada hacia la de él. Parecía haberse tranquilizado poco.

—Bueno —dijo—. Todavía creo que Gwen es cruel. Y todavía odio a Diana.

Napier atrajo a la niña hacia él y le rodeó los hombros con el brazo. El adulto responsable que moraba en él sabía que debía decirle a la pequeña que no había que odiar a nadie, pero el policía que llevaba dentro sabía que muchas personas se habían ganado con creces su dosis de odio.

¿Sería Gwen una de ellas? ¿O Diana?

No. Quizá Gwen fuera un poco brusca o masculina, y quizá Diana estuviera atrapada en el ingrato papel de la pariente pobre. No tenía poder alguno sobre su propio dominio y quizás eso la había llevado a la desesperación.

—Te diré lo que creo que deberíamos hacer —dijo, levantándose y tirando de Beatrice para ayudarla a ponerse en pie—. Deberías dejar que me ocupe de todo esto de ahora en adelante y confiar en que me encargaré de solucionarlo. ¿Puedes hacerlo?

La niña asintió.

—Cuenta conmigo, Bea —dijo, intentando ser todo lo tranquilizador que pudo—. Y quizá mañana la señora Jansen, tú y yo demos un paseo hasta el pueblo.

—¿Al pueblo?

—Sí —respondió Napier—. ¿Quizá te gustaría coger unas flores para la tumba de tu papá? Luego se las llevaremos, los tres juntos. Yo lo hacía a menudo con mi padre. Sobre todo cuando tenía dudas sobre algunas cosas, normalmente cosas relacionadas con el trabajo, iba al cementerio y hablaba en voz alta con él.

—Entonces, ¿él también está muerto?

Napier asintió.

—Sí —dijo—. Era tu tío Nicholas, y siento mucho que no viviera el tiempo suficiente para poder conocerte. Pero todavía podemos hablar con ellos, Bea. Y espero que te tranquilice saber que tu padre es feliz en el cielo y que siempre cuida de ti desde allí.

—De acuerdo —dijo la pequeña con suavidad.

Napier le acarició torpemente la cabeza.

—Y después creo que deberíamos pasar por la panadería —añadió—. Ésa en la que venden los pastelillos de los que me hablaste.

—¿Los de sésamo?

Los ojos de Bea se abrieron como platos.

—Eso es —dijo Napier, tomándola de la mano—. Los de sésamo.

14

Una voz desde la tumba

Lisette llegó jadeante a lo alto de la escalera del ala este. El pasillo estaba en silencio, como lo había estado en las primeras horas de la mañana cuando había regresado apresuradamente a su habitación, prácticamente desnuda, derrumbándose en un sollozante amasijo, decidida a obligarse implacablemente a enfrentarse a la verdad.

Su *affaire de coeur* con Royden Napier había tocado a su fin.

Por supuesto, sabía desde un buen principio que aquello no podía durar, que la ardiente pasión terminaría por abrasarla, y aun así se había permitido dejarse acunar en la negación por las caricias de él. Pero hacía ya tiempo que había decidido cuál debía ser su camino en la vida, y aunque su versión más juiciosa y adulta anhelaba ahora regresar a él —y modificar esa espantosa senda que había tomado—, no terminaba de lograrlo.

Aun así, era incapaz de lamentar un solo instante de los que había pasado en brazos de Napier. Ni siquiera lamentaba las discusiones que habían tenido. Atesoraría todos esos recuerdos cuando él hubiera desaparecido por fin de su vida.

A toda prisa, pasó por delante de la puerta de su habitación, dudando de si llamar o no. Decidió sin embargo que no podía volver a enfrentarse a él hasta que hubiera recobrado un poco la cordura. Por fin, irrumpió en la suya y se encontró cara a cara con Fanny.

La criada ordenaba ya la ropa que había que meter en el equipaje.

—Ah, hola, señorita —dijo—. Dejad la puerta abierta, si sois tan amable. El señor Prater ha subido al trastero para ir a buscar vuestros baúles.

Lisette apenas la oyó.

—Fanny —dijo sin aliento—. ¿Dónde está mi carpeta marrón de cuero marroquí?

Fanny frunció el ceño.

—¡Ah! —dijo, volviéndose y pasando al cuarto de baño—. Creo que no la he sacado de vuestro maletín.

Lisette la siguió hasta allí, mirándola ansiosa mientras Fanny buscaba en el interior del maletín. Con una expresión triunfal, la criada sacó el delgado y largo portafolio. Ella se lo cogió de las manos. Se acercó luego a la ventana, lo abrió sobre el alféizar y empezó a pasar frenéticamente los recortes de periódico que Fanny y ella habían diligentemente pegado a las páginas durante años. El legado periodístico de Jack Coldwater, ni más ni menos.

—¿Qué buscáis? —preguntó curiosa Fanny.

—Un viejo artículo que apareció en su día en el *Examiner* —respondió Lisette—. El que hablaba del incendio del *Golden Eagle*.

Fanny le puso la mano en el brazo.

—Calmaos, señorita. No os pongáis así. Mirad en la primera página.

Lisette volvió a empezar por el principio y dio con la noticia enseguida.

—De hecho, no, no es ésta —dijo al tiempo que sus ojos la escudriñaban a toda prisa—. La que corresponde al día siguiente. O quizá del día después. La que hablaba de la señora Stanton.

Sin perder la calma, Fanny pasó a la siguiente página.

—Aquí está, señorita —dijo—. Aunque es una noticia muy antigua.

Lisette volvió a leerla apresuradamente antes de darle un buen tirón y arrancar la página entera —recorte, cola y papel— de la carpeta. Su mente funcionaba frenéticamente. La señora Stanton había tenido una muerte rápida, y debido a causas que nadie había podido discernir de inmediato. Lord Hepplewood había resistido. Y de repente le había llegado el final.

—Lápiz —ordenó, tendiendo una mano mientras leía.

—Ahora mismo —dijo Fanny.

Sentada a su escritorio, Lisette empezó a rodear con un círculo las partes pertinentes del artículo con Fanny inclinada tras ella sobre su hombro.

—No puedo entender por qué volvéis a obsesionaros con la pobre señora Stanton.

—Es ese maldito sueño —masculló Lisette, que en ese momento garabateaba algo en los márgenes—. Me atormenta, Fanny.

Y es que, en efecto, aquello era más una pesadilla que un sueño, de cuyas variantes ella había sido víctima desde hacía años. Normalmente en el sueño aparecía Ashton tambaleándose ebriamente mientras intentaba arrebatarle el artículo. Otras veces las palabras se desvanecían tan deprisa como ella las escribía.

Pero en ocasiones, y últimamente cada vez más a menudo, el sueño empezaba en los muelles con la horripilante visión de la señora Stanton presa de las convulsiones y cerca de la muerte. Desde que estaba en Burlingame, Lisette había soñado fragmentos de ese mismo sueño una y otra vez. La primera quizás hubiera sido mera casualidad. Pero ¿y las demás? En fin, cómo explicar los mecanismos que gobernaban la mente humana.

Cuando por fin terminó de garabatear sus anotaciones, dobló el artículo y consideró sus opciones, ninguna de las cuales le resultó especialmente atractiva. No hacer nada quedaba totalmente descartado. Quizás hacer entrega del artículo conllevara un riesgo implícito, pero si no podía dar a Napier una respuesta a la única pregunta que él no dejaba de hacer, ¿no podía por lo menos darle ésa?

Por un instante, tamborileó con los dedos sobre el escritorio.

—¿Tienes alguna idea de dónde puede estar el señor Napier, Fanny?

Fanny había regresado a su montón de ropa sobre la cama.

—El señor Jolley ha dicho que tenía previsto ir a Wiltshire.

—Ah.

Sintió un pequeño vacío en su interior.

Aunque, ¿qué esperaba? ¿Encontrar quizás al hombre postrado de dolor delante de su puerta esa mañana? Soltó un bufido que sonó alto y claro. Probablemente Royden Napier ni siquiera supiera deletrear la palabra «postrarse».

En cualquier caso, ella le había prometido desde su buena fe ayudarle. Y aunque podía tener muchos defectos, jamás faltaba a su palabra. ¿Podría resolver ese asunto antes del regreso de Napier y demostrar que la muerte de Hepplewood había sido un simple accidente? Quizá Diana pudiera serle de ayuda, aun a pesar de lo poco avispada que era.

Pero tenía que actuar con rapidez. Se iría por la mañana y aquello no iba a dar a lugar a una agradable conversación durante el almuerzo.

Introdujo apresuradamente la página en un sobre y anotó en él el nombre de Napier. Si la conversación con Diana le descubría algo, podría decidir entonces si dejarle o no el sobre a Royden.

Por fin se levantó y cogió su mantón del armario abierto.

—Fanny, ¿me preparas el vestido de seda amarillo para el almuerzo?

—Ahora mismo —le contestó—. ¿Adónde vais con tanta prisa?

Lisette volaba en efecto hacia la puerta.

—A buscar a Diana —respondió—. Quiero preguntarle sobre...

En ese preciso instante Prater hizo su entrada, cargando sobre el hombro el inmenso baúl de viaje de Lisette.

—Oh, Prater, gracias —le dijo—. Eres muy fuerte.

El hombre depositó el baúl junto a la cama con un gruñido y se incorporó, sonrojado.

—Gracias, señorita.

De pronto a ella se le ocurrió que quizás estaba descartando una posible fuente de información.

—Prater —dijo, volviéndose de nuevo—, tú trabajaste en el dormitorio de lord Hepplewood, retirando la seda tornasolada, ¿verdad?

—Sí, señorita.

El hombre la miró, incómodo.

—Me preguntaba... ¿cómo lo hiciste? Me refiero a que estaba pegada, ¿no?

El joven encogió sus anchos hombros.

—No sabría decirle, señorita —dijo—. Pero la empapamos con vinagre caliente. Un mejunje espantoso.

—Walton se encargó prácticamente de todo, ¿no es cierto? ¿Y quitó también las cortinas y los cortinajes de la cama?

—Así es, señorita.

—¿Y qué ocurrió con todo el material?

Prater la miró sin entender durante un instante.

—Oh, lo quemaron —respondió—. El papel de la pared. Quedó terriblemente desgarrado. En cuanto al resto... bueno, no tengo la menor idea.

—Ah. —Lisette repiqueteó el suelo con la punta del zapato—. Escucha, Prater, tengo que hablar con el doctor Underwood.

—Siento que no os encontréis bien, señorita.

Fanny la estaba fulminando con la mirada.

—Bueno, seguramente no será nada —dijo Lisette, echándose por encima el mantón al pasar—, pero ¿podrías pedirle a Marsh que le mande llamar?

El joven se retocó el flequillo.

—Ahora mismo, señorita.

Entonces, en ese mismo instante, Lisette volvió a girar sobre sus talones.

—Por cierto, Prater, ¿no habrás visto por ahí a la señorita Jeffers?

—Ha salido hace un rato con la señorita Willet del brazo. Creo haberla oído decir que iban en dirección al cobertizo de los botes.

—Gracias, la encontraré —dijo—. Ah, y Fanny... prepara el vestido de color borgoña para mañana. Intentaremos tomar el primer tren.

Lisette dejó a los criados ocupados abriendo la tapa de su viejo baúl de viaje y cruzó a toda prisa la casa, saliendo a los jardines. Al abrigo de la casa, el viento le agitó el mantón y la despeinó violentamente. Impaciente, bajó la colina con paso firme, pero ni siquiera alcanzó a ver a nadie en las sombras del cobertizo.

Alzó entonces el rostro hacia la colina que se alzaba al otro lado y escudriñó el sendero que se adentraba en el bosque. Justo entonces le pareció ver un pequeño destello de amarillo en lo alto del torreón. Pero el destello desapareció al instante. ¿Un pájaro? ¿Algo arrojado hasta allí por el viento?

Espoleada su curiosidad, y tras dedicar una arrepentida mirada a sus chinelas, inició el ascenso a la colina contigua, adentrándose en la brisa. Si bien no estaba terminantemente prohibido llevar a las visitas al parapeto almenado —Gwyneth la había llevado allí muy poco después de su llegada a la casa— era peligroso en algunas partes y soplaba un viento endiablado.

Diez minutos más tarde, emergió del bosque, jadeando un poco, aunque tan cerca del torreón que poco fue lo que pudo ver. Cediendo a la curiosidad, rodeó la torre con la mano en el alto para protegerse los ojos del sol. En el extremo más alejado de la torre, los peones de Craddock habían erigido un andamio. Al parecer se habían iniciado las obras de reparación en lo alto de la mampostería exterior, subiendo desde allí hasta la zona más derruida del parapeto.

Lisette regresó hasta la gruesa puerta toscamente labrada y la encontró abierta, tal y como lo había imaginado. Tras abrirla de un empujón, haciéndola pivotar sobre sus chirriantes goznes, se adentró en las umbrías profundidades de la parte baja de la torre. En lo alto oyó el viento que casi aullaba al colarse por la balistraria, pero abajo el aire era como el de una iglesia antigua, rancio y quieto, dotado de un frescor que irradiaban los gruesos muros.

Entonces inició el ascenso por la escalera circular, pisando con suavidad la piedra. Con cada escalón, el silbido del viento ganaba en furia, tanto era así que no resultaba en absoluto seguro salir al parapeto. Pero al parecer Diana lo había hecho… arrastrando con ella a la pobre señorita Willet. Al parecer, eran ambas un par de bobas.

No obstante, una creciente inquietud fue apoderándose de ella a medida que subía, un escalón tras otro, ligeramente mareada a causa del incesante movimiento circular. Tras subir lo que parecieron una docena de escalones, se había quedado sin aliento. Pero cuando giró por última vez vio que la puerta de madera situada en lo alto estaba abierta de par en par y un rayo de luz matinal iluminaba desde el exterior los últimos escalones.

—¿Diana? —gritó—. Diana, ¿estás ahí?

La única respuesta fue el aullido del viento.

*N*apier dejó a Beatrice en la sala de estudio, bajo la vigilante mirada de la señora Jansen. Se estaban preparando para centrarse en la geometría euclidiana esta tarde. Y es que afortunadamente lord Duncaster tenía la anticuada opinión de que la educación de las mujeres no era un desperdicio.

Aquél fue sin duda un nuevo descubrimiento sobre su abuelo, gruñó en silencio Napier, cerrando la puerta tras de sí. Duncaster era un viejo diablo testarudo, y como casi todos los hombres de su clase, un poco arrogante. Sin embargo, durante su estancia en Burlingame, no había visto nada en el hombre que pudiera ser motivo de desconfianza o tan siquiera de antipatía.

Eso le corroía levemente mientras avanzaba por la inmensa columnata abovedada, haciendo resonar con fuerza los talones contra el mármol blanco y negro del suelo. Cada vez más tenía la sensación de que todo aquello en lo que había creído, y sobre lo que había construido su vida, se había derrumbado a raíz de su visita.

Todo parecía indicar que iba a terminar con una custodia… la de una niña por la que sentía un gran cariño. Había descubierto que apreciaba en gran medida el aire fresco. Había visto que un exceso de dorados, de mármol y de llamativos muebles franceses no le destrozaban a uno la vida, y que el padre al que había idolatrado desde la distancia y al que tan diligentemente había seguido cada vez parecía menos un incansable cruzado y más un personaje fallido de una tragedia de Shakespeare.

Y encima, para añadir un poco más de sufrimiento a su herida, se había enamorado. Estaba desesperada y dolorosamente enamorado de una mujer que, a pesar de todo el oropel y de los muebles franceses, con toda probabilidad jamás accedería a convertirse en la baronesa Saint-Bryce.

Ah, pero no se había rendido… ni lo haría. Pero sentía el corazón asfixiado por el peso de la culpa y por la indudable certeza de que se había buscado él solo la desgracia; que había cometido la clase de error que ni el más inexperto de sus agentes habría cometido jamás. Había atosigado cuando tendría que haberse limitado a escuchar.

Los años de experiencia le habían enseñado que las personas raras veces necesitaban que las atosigaran. De haber sido un buen oficial de policía, habría aprendido mucho más simplemente esperando y dejando que el objeto de sus pesquisas hablara. Todo el mundo terminaba antes o después mostrando su verdad… y normalmente antes que después.

Pero él conocía ya la naturaleza de Elizabeth Colburne: era auténtica como el azul Coventry.

Ahora estaba triste y decididamente convencido de que era la mujer que llevaba esperando toda la vida. Y tenía que encontrar el modo de salvaguardar eso.

Llegó al final de las escaleras y emergió a un pasillo fresco y sombrío. Pero más allá de su dormitorio, situado unas seis puertas más adelante, la puerta de la habitación de Lisette estaba abierta, permitiendo que la luz del sol cruzara el pasillo. Justo entonces, Prater bajó por las escaleras de servicio con un par de maletas en la mano.

—Señor Prater —dijo Napier—. Buenos días.

—Ah, buenos días, mi señor.

El criado entró con las maletas por la puerta abierta de Lisette.

Napier sintió que el miedo le helaba las entrañas.

Como atraído por un imán, pasó con decisión por delante de su habitación al tiempo que el recelo le pesaba más y más con cada paso. A la estela de Prater, las motas de polvo volvían a posarse en la hoja de luz, bailando en el aire. Giró al llegar a ella, siguiendo al criado, sin tan siquiera pararse a llamar.

Dentro, el aire caldeado por el sol estaba impregnado del olor de Lisette. Un bostezante baúl estaba abierto de par en par en el suelo. Prater dejó las maletas al pie de la cama. Encima del colchón Fanny doblaba ropa y la colocaba en la repisa del baúl, y no fue necesario echar mano de un equipo de detectives para saber lo que estaba ocurriendo allí.

—¿Cuándo se marcha?

Las palabras parecieron emerger de un pozo profundo. Napier apenas se dio cuenta de que había hablado.

Fanny levantó la vista, levemente sobresaltada.

—Por la mañana, señor —dijo la criada, alzando la barbilla—. Ha dicho que en el primer tren.

—Entiendo. —Intentó pensar—. Sí. Bien. ¿Dónde está ahora?

Fanny vaciló, pero Prater fue menos discreto.

—Ha salido a buscar a la señorita Jeffers —dijo—. En dirección al lago ornamental.

Pero Napier no apartó la mirada de la criada.

—No puede marcharse, Fanny —dijo con un tono que sonó a hueco—. No puedo dejar que se vaya. No sin mí. ¿Lo entiendes?

La criada se encogió de hombros.

—Lo que yo entienda poco importa, mi señor.

Pero ¿qué clase de respuesta había esperado? Era la criada de Lisette, y sin duda también su confidente.

Entonces giró sobre sus talones, presa de algo muy cercano a la rabia que se desplegaba en su interior como un lento hervor. Y no era rabia contra Lisette, sino contra las circunstancias. Contra su desbocada estupidez. Santo cielo, ¿de verdad no iba a tener la oportunidad de arreglar las cosas? ¿Acaso Lisette no iba a concederle ninguna oportunidad?

Era impensable. No, no ocurriría. Y al demonio con su idea de seguirla hasta los confines de la Tierra.

Tras volver sobre sus pasos al *hall* de entrada, salió y bajó por la terraza sin apenas reparar en que el viento agitaba su corbata. Al borde del parterre, uno de los jardineros paleaba gravilla de una carretilla, raspando rítmicamente la piedra con su hoja.

—¿Has visto pasar a la señorita Colburne o a la señorita Jeffers? —le preguntó Napier sin más.

El jardinero se llevó la mano a la gorra.

—A la señorita Colburne, mi señor —dijo el hombre, indicando con un gesto colina abajo—. La he visto cuando he salido.

—Gracias —dijo Napier, apretando el paso. En el sendero, el viento azotaba los tejos ornamentales. Más allá, Napier no pudo ver a nadie, pero cuando escudriñó la orilla del lago, percibió un destello de movimiento en la línea de árboles que crecían al otro lado. Alguien ascendía por el sendero boscoso hacia el torreón.

Pensó que no podía ser Lisette. No era tan insensata: no con ese viento helado.

Pero Lisette había salido a buscar a Diana.

Apretando una vez más el paso, empezó a bajar la colina.

*L*isette había subido a la condenada torre para nada. Ninguna voz, salvo el silbido del viento, respondió a su llamada desde lo alto de la escalera. Pero tras un último jadeo, subió al parapeto con la barandilla de hierro y salió a un cielo azul y despejado que por un instante pareció rodar alrededor de su cabeza.

Más tarde, al volver la vista atrás, se preguntaría si no sabía ya entonces que algo iba mal. Algo, un ruido espantoso, la impulsó a volverse de improviso. En ese preciso instante, el viento le apartó el pelo de la cara, dejando a la vista el rostro aterrado de Felicity Willet. La sangre le goteó de la sien cuando se agachó, sollozando contra la pared semiderrumbada.

Durante un instante, fue incapaz de asimilar el horror que veían sus ojos. Luego su cerebro se activó de inmediato.

—¡Diana, no! —gritó, abalanzándose hacia delante.

La cabeza de Diana se giró un instante hacia ella, mostrando unos ojos encendidos por un impío resplandor y un cuchillo de cocina de veinticuatro centímetros brillando en la mano. Ella se agachó, casi demasiado tarde.

—No os acerquéis un paso más, Lisette —sugirió Diana con su voz dulce y jadeante—. Va a ocurrir un trágico accidente.

—Diana. —Lisette no bajó la mano—. Diana, por el amor de Dios, ¡pensad en lo que vais a hacer!

—Lo he intentado —dijo con un tono de perplejidad—. Lo intento. Pero ¿por qué la ha traído aquí? ¿Por qué…? Me ha mentido.

—Diana, ¡dejadla subir! —dijo Lisette con voz queda—. El parapeto… se está derrumbando.

—Lo sé —respondió afablemente Diana—. Pero si saltara… ni siquiera le dolería. Se partiría el cuello. Y ni siquiera sentiría el golpe contra las rocas. Oh, Felicity, lo siento mucho.

La señorita Willet volvió a soltar un sollozo.

—¡Diana!

Lisette se tragó el pánico que la atenazaba.

—P-por favor, dejad que suba. Dejad que me vaya.

La mano de la señorita Willet se cerró sobre los cascotes, arrojando una lluvia de cantos y argamasa al vacío.

—Señorita Willet, no os mováis. —Echándose un poco hacia delante, Lisette se obligó a mantener la calma—. Esto no es más que un malentendido, Diana. Dadme el cuchillo.

—No —dijo Diana, cuya voz sonó de pronto fría como el hielo—. ¡Quiero que salte!

Los ojos de Lisette barrieron la escena. Un tramo de un par de metros del murete cuya altura cubría hasta la cintura se había derrumbado en un amasijo. Hasta la argamasa que unía las losas bajo los pies de la joven habían cedido. La señorita Willet estaba agachada tan cerca de los cascotes, intentando evitar el cuchillo, que un simple parpadeo la haría despeñarse al vacío en una avalancha.

La joven se echó a llorar desconsoladamente.

—Oh, por favor. Yo... yo no le quiero. —Sus ojos se volvieron hacia Lisette, clavando en ella una mirada enloquecida—. Por favor. Lo juro.

Diana se puso rígida.

—¡No os creo! —chilló, blandiendo el cuchillo hasta que la señorita Willet dio un respingo. Detrás de su hombro, una piedra de gran tamaño se movió amenazadoramente hasta caer por el borde al vacío.

—¡Oh, Dios! —El terror asomó al rostro de la joven—. ¡No quiero morir! ¡Quedáoslo!

—Diana —repitió Lisette—. Dadme el cuchillo.

Diana pareció no haberla oído.

—Pero él es demasiado honorable, Felicity —dijo, como si le hablara a una niña—. ¿No lo veis? Ningún caballero puede romper un compromiso. Por eso debo ayudarle. Porque él me ama. Siempre me ha amado.

—¡S-sí, os adora! —Frenéticamente, la señorita Willet asintió—. Él me lo ha dicho. Y yo sólo quiero irme a casa. A Londres. Por favor.

Pero Diana se inclinaba inexorablemente hacia delante, viendo gotear la sangre como hipnotizada. Lisette se acercó un par de centímetros más a ella, intentando no ceder al embate del viento.

—Diana —dijo, tendiendo la mano—. Tony nunca te perdonará. Él no quiere esto.

Diana se movió bruscamente, como a punto de volverse, aunque enseguida pareció pensarlo mejor.

—¡Tony nunca sabe lo que quiere hasta que la zorra de su madre se lo dice! —chilló.

—Entonces, ¿estáis decidida a matar a Felicity? —preguntó Lisette con suavidad—. Queréis venganza. Y os entiendo. Pero ¿qué ocurrirá luego? ¿Intentaréis matarme a mí también?

La realidad estaba empezando a calar en Diana. Aun así intentó mantenerse en sus trece.

—Si me veo obligada a hacerlo, lo haré —rugió.

—Qué lástima —dijo Lisette, avanzando unos centímetros más—. Porque entonces veréis que no me acobardo tan fácilmente, Diana.

—¡Ya lo veréis! —El cuchillo de Diana tembló como una serpiente ansiosa por morder—. ¡Cuando os clave el cuchillo en la cara, lo veréis!

Manteniendo precariamente el equilibrio en el borde de la gran losa que se agrietaba por momentos, Lisette mantuvo tendida la mano.

—Diana, no os deseo ningún mal —dijo con frialdad—. Pero creedme, no tenéis ninguna posibilidad. Si le hacéis daño, sólo una de nosotras saldrá con vida de aquí. Y no seréis vos.

—¡Silencio! —ladró Diana, volviendo sobre ella una salvaje mirada—. ¡Esto no es asunto vuestro! ¡No voy a escucharos!

Lisette actuó con rapidez. Sabía que podía abalanzarse sobre ella y arrebatarle el cuchillo. Posiblemente arrojaría a Diana al vacío si tenía que hacerlo. Pero ¿aguantaría la señorita Willet? ¿Sería presa del pánico? ¿O cedería el enlosado del suelo bajo los pies de las tres y resbalarían hasta precipitarse al vacío?

Entonces decidió suavizar su tono y dijo lo único que se le ocurrió. Lo único que quizá surtiría efecto.

—Diana —dijo con voz queda—. ¿Habéis visto alguna vez morir a alguien?

—¡Silencio! —chilló Diana.

—Yo sí —dijo Lisette con voz temblorosa—. Maté una vez a un hombre. Porque estaba enfadada. Porque quería venganza por lo que me había quitado. Así que le puse un arma en la cabeza. Le obligué a arrodillarse. Sí, como Felicity. Y le dije que rezara. Le dije que tenía intención de matarle. Y así era en un principio. Quería con todo mi corazón verle morir.

—Si os arrebató algo que amabais, lo tenía merecido —replicó Diana sin volverse.

—Me arrebató todo lo que yo amaba. —Lisette intentó recuperar la firmeza en la voz—. Me arrebató la vida entera. Y la venganza parece un consuelo enorme, una necesidad tal, hasta que la conseguimos.

Entonces se convierte en un cáncer, Diana. Y nos devora el corazón. Nos destruye del todo.

—No os creo.

—Creed lo que queráis —respondió Lisette—, pero no pasa un solo día sin que lamente haber sacado esa pistola de mi bolso. Y si la matáis, Diana, lo perderéis todo. Perderéis cosas que jamás soñasteis que desearíais. Pero para entonces ya será demasiado tarde. Y os aseguro que perderéis a Tony.

—¡Vos no perdisteis nada! —chilló Diana—. ¡Todavía conserváis a Napier!

—Sólo porque él no lo sabe —dijo Lisette—. No con certeza. ¿Estáis dispuesta a perder lo que amáis?

—No. —Una lágrima surcó la mejilla de Diana—. No, y no lo consentiré —susurró—. No puedo. Él es la única persona que me ha querido.

—Tony no volverá a amaros —dijo con suavidad Lisette—. Ni él ni ningún otro hombre. ¿Tener a una asesina en su lecho? ¿En su corazón? Pensadlo bien, Diana. Pensad en cómo eso lo destruiría todo.

—¡Pero no puedo dejar que ella se lo quede! —Diana había empezado a sollozar—. ¡Es mío! Me lo ha dicho una y otra vez. Que nos casaríamos. Que nadie nos lo impediría. Y entonces la trae aquí. ¡No lo consentiré! ¡No!

—Pero ahora Felicity lo entiende —dijo Diana—. Quiere volver a casa. Dejad que se vaya. Y después hablad con Tony. Podéis arreglar esto.

Diana seguía sin mirarla.

—¡No puedo! —sollozó—. Su madre… ella… ¡le ha vuelto contra mí! Dios del cielo, ¿es que no os dais cuenta? He esperado y esperado. Y he sido buena. Le he besado los pies y me he dejado humillar por ella hasta que ya no lo soporto más.

—No, eso ya no es así —dijo Lisette fervorosamente—. Me lo ha dicho Anne. Esta mañana. Me ha dicho que Cordelia sabía que os casaríais con Tony. Que lo aceptaría.

Bajó un poco el cuchillo y se humedeció los labios, dubitativa.

—Ella… lo dijo, sí, pero luego cambio de opinión. Hace mucho tiempo. Habló con lord Hepplewood. Y después habló con Tony. ¡Fue puro veneno! ¡Todo! Todo cambió.

—Pero ahora lord Hepplewood está muerto —dijo Lisette, sintiendo todavía el azote del viento en la cara.

Al oírla, dejó escapar otro sollozo y se llevó la mano al abdomen.

—¡Lo sé, lo sé, lo sé! —aulló, doblándose sobre sí misma como si hubiera recibido un golpe, con una mano todavía cerrada sobre el cuchillo—. ¡No quise hacerlo! Yo le quería. Sólo… ¡sólo quería que me necesitara! ¡Y quería que nos fuéramos a casa! Si él se ponía enfermo, ella tendría que dejarnos marchar, ¿no? Pero Gwen… ¡maldita estúpida! ¡Ella le mató!

«Santo cielo. ¿Diana lo sabe?»

¿Lo había sabido desde el principio? La tetera agujereada, los criados envenenados… ¿podía quizá ser todo parte de lo mismo?

Pero Diana sollozaba ahora histéricamente y se había inclinado levemente más sobre Felicity, apuntándole con el cuchillo al cuello. Justo en ese momento, Lisette vislumbró un destello de movimiento. Lanzó una fugaz mirada por encima del hombro.

Napier. Estaba en el último escalón: la mirada acerada, el rostro pálido. Una descarga de alivio la recorrió de la cabeza a los pies al tiempo que sentía un hormigueo de alarma en los talones. Sacudió la cabeza con un movimiento tenso y rápido. Un par de centímetros más a la derecha y Diana le vería. Y quizá fuera entonces presa del pánico.

El viento se había convertido ya en lamento y las nubes habían empezado a cubrir el cielo.

—Habladme, Diana —suplicó Lisette, levantando una mano para detener a Napier—. Soy vuestra amiga. Puedo ayudaros.

—Es demasiado tarde —sollozó ella—. Gwen ha matado ya a la mitad de las personas a las que quiero.

—Pero fue un accidente —dijo Lisette—. Ella no lo entendía. Tenéis que volver, Diana. Para decirle a Gwen que lo que hizo era peligroso. Para aclarar las cosas con Tony.

El cuchillo bajó apenas un suspiro.

—No puedo —susurró, encorvándose un poco más—. No puedo. Ya nada tiene arreglo. Y ellos… ellos no me dirán qué…

Sufrió una sacudida mecánica, una especie de intento de acercarse al rincón semiderruido de la torre. De pronto, Lisette vio lo que pretendía. Iba a saltar.

Y entonces todo ocurrió a la vez. Napier se abalanzó desde el escalón, sujetando a Diana por la cintura. Diana dejó escapar un grito agónico, rasgando el aire con cortas y brutales cuchilladas.

Napier ladró una maldición. Lisette se volvió a mirar apenas un instante. Diana arañaba enloquecidamente. Él la arrastraba hacia la escalera.

Lisette se volvió de nuevo y tendió una mano a la señorita Willet.

—Dadme la mano —gritó.

Tras ella, oyó el repiqueteo del cuchillo al caer sobre el suelo adoquinado.

—¡Lisette, cuidado donde pisas! —ladró de nuevo Napier.

Era peligroso. Se acercó despacio sobre el enlosado agrietado. La señorita Willet sollozaba, helada, con los brazos alrededor de la cabeza como intentando cubrirla.

—¡Dadme la mano! —le ordenó ella.

Por fin lo hizo, desplegando un brazo para alcanzarla, la separó de la pared y la alejó de un tirón.

De pronto se oyó un crujido espantoso. El muro semiderruido cedió finalmente con un rugido. El suelo se escindió y empezó a deslizarse bajo sus pies. Lisette intentó mantener el equilibrio y cayó de rodillas, sintiendo que resbalaba hacia el vacío. Algo la agarró de la muñeca, arrancándole el brazo de la articulación y contrayéndole el cuello.

Cuando el rugido remitió, se vio de pronto mirando entre una nube de ceniza gris.

Napier le sujetaba la muñeca con la mano.

—Aguanta —dijo con los dientes apretados.

Ella parpadeó para librarse de la ceniza. Estaba tumbada en un ángulo precario, con la parte inferior de las piernas colgando sobre el vacío. Notó caliente el dorso de la mano. Estaba mojado. Intentó entender lo que ocurría. La sangre brotaba del brazo de Napier.

—Estás herido —gritó.

Dejando escapar un feroz gruñido, Napier tiró de su brazo hacia arriba. Pero el cuchillo de Diana le había cortado en el antebrazo derecho, desgarrando tanto la manga como la carne.

«Santo cielo, va a precipitarse al vacío conmigo.»

Lisette hundió la mano en los escombros.

—Empuja —la apremió él entre dientes, tirando con más fuerza.

Napier no se rindió. Lisette combatió su propio pánico. La piedra iba a ceder, pero ella había empezado a subir muy poco a poco. Actuando por mero instinto, hundió primero las rodillas y después sus blandas chinelas entre las rocas, clavando en ellas la otra mano.

Centímetro tras implacable centímetro, Napier fue subiéndola de nuevo al parapeto, mientras ella clavaba manos y rodillas en la piedra. A Dios gracias se había desplazado hasta quedar inclinada de tal modo que permitía asirse a ella. Pero fue la desenfrenada fuerza de Napier la que siguió tirando de ella hacia arriba hasta que finalmente, con un último tirón, logró arrastrarla sobre el borde.

Lisette encontró por fin losa sólida, gateó hacia delante y la fuerza de Napier tiró nuevamente de ella hasta ponerla en pie. La cogió con fuerza contra su cuerpo durante apenas un instante. Luego, le rodeó la cintura con el brazo, cargando con su cuerpo hasta la escalera. Y en ese momento el muro de la torre cedió nuevamente y medio metro más se desvaneció entre un rugido y un estrépito de rocas.

Ella parpadeó y el suelo que habían pisado segundos antes desapareció.

15

Se revela la identidad de Jane

La opinión general fue que la señora Boothe no podía haber elegido una mañana mejor para sacudir a su marido el posadero en plena cabeza, ni tampoco haber optado por un arma más eficaz para llevar a cabo su obra.

—Una balanza postal —gruñó el doctor Underwood, abriendo sin preámbulos su maletín negro—. Bronce macizo perforando un trozo de roble. Se ha llevado ocho puntos en la parte posterior de la cabeza. Aunque el accidente me ha venido muy a mano, ¿eh? Si tengo hasta el hilo de sutura ensartado.

Napier estaba estoicamente sentado en la butaca negra de los brazos en forma de dragones de su abuelo junto a la chimenea, y ni siquiera pestañeó cuando Underwood le desgarró la manga del gabán bajo la atenta mirada de Lisette, que seguía con el corazón en un puño.

Un cuarto de hora antes, prácticamente le había obligado a entrar a la armería, pues había sido ésa la primera puerta que había visto abierta. Allí había encontrado a Hoxton limpiando un viejo arcabuz, cuyas partes había dispuesto pulcramente sobre una manta.

El guardabosques había mandado enseguida a los criados tras Diana Jeffers, pasando fortuitamente por delante del médico en el *hall* de entrada, donde el doctor intercambiaba algunos chismes con Duncaster.

—Qué mal aspecto tiene esta herida —gruñó Underwood, apartando a un lado la tela y metiendo el codo de Napier en una palangana de agua caliente—. Voy a irrigarla, mi señor. Quizá no sea necesario, pero hoy en día es lo que se viene haciendo.

Napier apretó los dientes en cuanto dio comienzo el doloroso proceso. Lisette había acercado a su lado una pequeña silla. Seguía temblando de alivio.

—¡Qué horror! —El propio Duncaster se paseaba de un lado a otro delante de las cristaleras—. ¡Qué espantoso episodio, Royden! Santo cielo, ¡podrías haber muerto! ¿Y qué habría sido de nosotros?

—Mejor haríais en ocuparos de Lisette, señor —dijo Napier, dedicándole una mirada a ella—. A punto ha estado de ser asesinada. Y de haber ocurrido tal cosa, yo jamás me lo habría perdonado.

—¡No hay duda de que debéis poneros a formar una familia sin más dilación! —Visiblemente afectado, el anciano hablaba casi para sus adentros—. No hay tiempo que perder. Ni un segundo.

—No si la familia es sinónimo de ir por ahí apuñalándonos los unos a los otros —replicó Napier.

Duncaster se volvió bruscamente.

—Esa mujer infernal no lleva nuestra sangre —replicó—. No es más que la prima lejana de Hep.

—Ah, yo no estaría tan seguro —dijo Napier... dejando escapar un siseo entre dientes.

El cuchillo de Diana había penetrado el músculo del antebrazo de Napier hasta el fondo antes de trazar dos cortes largos pero afortunadamente superficiales a lo largo del brazo. Aunque jamás había sido una mujer remilgada, Lisette sintió que empezaba a marearse cuando la aguja de Underwood atravesó el primer trozo suelto de piel.

Y es que hasta tal punto aquel hombre parecía ser parte de ella, que bien podría haber sido su propia piel, del mismo modo en que de una manera profunda e insondable, él y ella se habían convertido en un solo ser, unidos por un millar de fragmentos de hueso y tendón.

¿Y si le hubiera perdido? Santo cielo...

La visión de Lisette empezó a oscurecerse levemente en los bordes.

—¿Duncaster...?

Underwood señaló hacia Lisette con un movimiento de cabeza.

El anciano se acercó a ella, dando muestras de un vigor cuanto menos sorprendente.

—Mi querida joven —dijo, arrodillándose junto a la silla de Lisette—, inclinaos hacia delante. Así, apoyad la frente en mi palma. Sí, hasta abajo.

—¡Pero si yo nunca me desmayo! —susurró Lisette contra su falda, que estaba ensangrentada y desagarrada.

Sintió la mano de Duncaster afortunadamente fría.

—Yo soy el único culpable de esto —masculló el anciano.

—Si hay algún culpable... —Napier se interrumpió para gruñir cuando el médico le cosió el siguiente punto— de haberla arrastrado hasta aquí, soy yo.

Con la cabeza todavía apoyada en la mano de Duncaster, Lisette inspiró hondo. Enseguida percibió el olor a sangre seca y a polvo de argamasa, recordándole el peligro al que acababan de sobrevivir. Decidió que si había podido sobrevivir a eso, sin duda podía ver cómo le cosían el brazo a Napier. Cerrando las manos sobre los brazos de la silla, volvió a incorporarse.

—Ya me encuentro bien, señor —dijo—. Creedme.

Duncaster se levantó a regañadientes y la mano sana de Napier se deslizó sobre la de ella, dándole un apretón fuerte y reconfortante. Ajena a la presencia del médico, Lisette se la llevó a los labios y depositó un ferviente beso en el anverso de sus nudillos.

Justo entonces, la inmensa puerta de roble se abrió de par en par y Tony entró apresuradamente a la sala.

—¡Santo Dios! —exclamó—. ¿Dónde está?

—Arriba —dijo Lisette—. Está asustada, pero se encuentra bien. He ordenado a Fanny que suba a atenderla.

—No... ¡demonios! ¡No me refiero a Felicity! —Tony se adentró con grandes zancadas en la habitación—. Diana. No le... ¡Dios del cielo! No le harán ningún daño, ¿verdad?

—Disculpadme —dijo Lisette encendida—, pero es Napier al que le han cortado el brazo.

Tony se paró en seco.

—¡Dios! —Miró perplejo la herida parcialmente cosida—. Napier, buen amigo. Es terrible. Pero Diana... santo Dios... ¡No pretendía hacerlo! La pobre muchacha es incapaz de matar a una mosca.

—Estoy empezando a preguntarme hasta qué punto la conocéis —masculló muy seria Lisette.

—Oh, ¡yo tengo la culpa de todo esto! —farfulló Tony, mesándose los cabellos con las manos—. Debería haber visto... debería haber supuesto... ¡oh, maldición! Tengo que ir a buscarla.

—¡Cuidad ese lenguaje, muchacho! —tronó Duncaster.

Underwood se volvió a mirarle, visiblemente irritado.

—Os rogaría un poco de silencio, si sois tan amables.

—Siéntate, Tony, y calla —ordenó Duncaster—. Los criados encontrarán a Diana.

El vizconde se había acercado a una mesa situada junto a las ventanas y llenaba una bandeja con copas de brandy. Resultaba muy extraño ver al magnífico anciano llevar personalmente la bandeja, poniendo una copa en la mano sana de Napier y repitiendo el gesto con la mano de Lisette e incluso con la de Tony.

El apuesto joven se había derrumbado en una silla situada delante de Lisette, con el rostro pálido y la boca de labios carnosos y levemente petulantes convertida en una línea inusualmente delgada. Al ver aparecer a su abuelo, alzó brevemente la mirada, aceptó el brandy con un asentimiento de agradecimiento y se lo bebió de un trago.

Los tres siguieron sentados donde estaban, viendo cómo Underwood cosía el brazo mientras Napier, aparte de las muecas de dolor, se mostraba estoico. Cuando la labor del médico tocaba ya a su fin, lady Hepplewood entró repiqueteando en la sala con su bastón negro, seguida cinco minutos después por Gwyneth. Tras ser objeto de una mirada de advertencia por parte de Duncaster, ambas se sentaron juntas en un sofá situado delante de la chimenea.

—Bien, esto ya está —dijo por fin Underwood, golpeando suavemente sus tijeras quirúrgicas contra la palangana para desprenderse del último trozo de hijo ensangrentado—. Doce puntos para cerrar la peor parte. Pero son cortes limpios, mi señor, y sólo uno ha llegado a penetrar hasta el fondo del músculo. Aun así, voy a vendároslo y a ponerlo en cabestrillo.

—Nada de cabestrillo —dijo Napier muy serio—. Sólo vendadlo, gracias. Tenemos cosas importantes que debemos solucionar, y desde luego que vamos a solucionarlas antes de que alguien más sufra algún daño. Alguien, claro está, aparte de esa pobre muchacha Willet, que a buen seguro quedará traumatizada para los restos.

Fue entonces cuando lady Hepplewood rompió a llorar, encogiendo los hombros hacia delante y profiriendo un espantoso grito al tiempo que hundía la cabeza entre las manos. Por sorprendente que pueda parecer, nadie se movió. Ni siquiera Tony, al que Lisette habría esperado ver acudiendo al lado de su madre. Por una vez, ella no tuvo las fuerzas para hacerlo.

Fue en cambio Gwyneth quien consoló a su tía, acariciándole con suavidad la espalda mientras la anciana señora seguía sollozando.

—Vamos, vamos, tranquila —la regañaba con infinita suavidad—. No es tan terrible.

—Ah, ¿tú crees? —dijo Tony con la voz grave bajo el peso de la angustia.

Gwyneth recorrió fugazmente la sala con la mirada.

—Por cierto, han cogido a Diana —dijo, satisfecha—. Marsh me lo ha dicho cuando bajaba. Hoxton la ha encontrado escondida en una de las cuadras.

—¿En los establos? —preguntó Tony, visiblemente horrorizado—. ¿Dónde está ahora? ¿Qué le harán?

—Probablemente no lo que se merece —dijo Gwyneth, mordaz—. Y ahora, ¿puede alguien ser tan amable de contarnos lo ocurrido? Arriba corren todo tipo de rumores, a cual más disparatado.

Napier intercambió miradas cómplices con Lisette.

—No estoy seguro del todo —dijo ella—. Ni siquiera estoy segura de que debamos comentarlo aquí.

—¿Comentarlo? —Tony se levantó de un brinco—. Maldita sea mi estampa, estoy harto de tanto secreto.

—¡Tony…! —exclamó su madre, con un grito agudo y lastimero.

—¡No! —Tony giró sobre sus talones con el rostro ceniciento—. No, mamá, con todos mis respetos, vos sois la única causante de esto. Vos y vuestros malditos secretos, por no hablar de vuestro arrogante orgullo, habéis vuelto medio loca a la pobre muchacha.

—Loca del todo —dijo Gwyneth sin inmutarse—. A fin de cuentas, ha intentado matar a la pobre Felicity.

—En realidad, no creo que eso sea así. —La voz autoritaria de Napier silenció la sala—. Sospecho que intentaba arrojarse desde lo alto del parapeto. Ésa, al menos, ha sido mi impresión. —Fijó una mirada firme en Lisette—. ¿Querida? Tú estabas más cerca de ella que yo.

—Sí, sin duda —dijo Lisette con tono determinante—. Creo que estáis en lo cierto, lord Hepplewood. Diana no tenía intención de matar a Felicity. Aunque si Diana hubiera saltado al vacío, sin duda se habría llevado con ella parte del muro semiderruido. Y eso habría sellado el destino de Felicity.

—Y el tuyo —le recordó muy serio Napier—. Quizás a mí me resulte fácil mostrarme magnánimo, Hepplewood. Mi novia ha salido indemne. Pero vos… mucho me temo que hayáis perdido a la vuestra. La señorita Willet tiene intención de marcharse. Dice que esta misma tarde. Y no creo que volváis a verla.

Tony encogió un hombro.

—Felicity debe hacer lo que crea más conveniente.

—Anne está ya recogiendo las cosas de ambas —dijo Gwyneth con un ligero tono macabro—. A menos, claro está, que sea necsaria la presencia de Felicity como testigo.

Napier pareció contemplar esa posibilidad durante un instante.

—Me temo que tenemos que tomar una difícil decisión, señor —dijo, mirando a su abuelo, que en ese momento estaba plantado detrás de lady Hepplewood—. No es posible poner fin del todo a la rumorología. En menos de veinticuatro horas, el rumor sobre la boda cancelada de la señorita Willet correrá por todo Mayfair.

—Sí —concedió solemnemente Duncaster—. Supongo que tienes razón. Pero ¿qué más queda por decidir?

Napier recorrió la estancia con la mirada.

—Unos cuantos asuntos familiares —dijo amenazadoramente—. Sin ir más lejos, ¿cómo ha llegado Diana Jeffers a imaginarse prometida en secreto con Hepplewood? ¿Y qué hacemos ahora con ella?

—Mandarla a prisión, ¿no? —dijo Gwyneth.

Napier ladeó la cabeza en un gesto casi admonitorio.

—Yo no me apresuraría a tomar esa decisión —dijo—, aunque prácticamente no tengo la menor duda de que podría condenarla, si ése es vuestro deseo.

—¿Y por qué no íbamos a hacerlo? —estalló Duncaster—. No es familia nuestra. Estrictamente hablando, no lo es.

Lisette vio que la mirada de Napier se teñía de recelo.

—Creo que será mejor que consultéis ese punto con vuestra hermana, señor. O mejor aún, haced a vuestro sobrino la pregunta que yo acabo de hacerle. ¿Cómo es que esa pobre y demente criatura ha llegado a creerse prometida con él?

—Sin duda porque Tony lleva años siguiéndole el juego. —Gwyneth señaló con un dedo a su primo—. ¡Vamos, Tony! ¡Díselo! Por eso te negabas a seguir los dictados del abuelo y casarte con Anne, tal y como se esperaba de ti, ¿no es cierto?

—¡Santo cielo, Gwen, me das asco! —exclamó Tony, levantándose de golpe—. Pero ¿es que a nadie le importa la pobre Diana? ¡Sí, un día dije que me casaría con ella! Parecía desearlo desesperadamente, y… en fin, le tenía mucho cariño. Y es una muchacha frágil, siempre lo ha sido. ¿Es que no podéis entenderlo? ¿O tan despiadados sois que ni siquiera os importa?

—A mí sí me importa —dijo Lisette con suavidad—. Pero hace ya unos cuantos meses que sois lord Hepplewood. Si queríais casaros con Diana, ¿por qué simplemente no lo habéis hecho?

Lady Hepplewood se levantó del sofá al oírla y se acercó renqueante a las cristaleras. Tras apoyar una mano en el marco de la puerta, se quedó de pie en el umbral como si quisiera huir. Luego bajó la cabeza en silencio y se echó a llorar desconsoladamente.

—¡Mamá! —le advirtió Tony—. No empecéis. Esta vez no funcionará. Lo siento. No siento el menor deseo de veros humillada, ¡pero Diana no puede llevarse la peor parte de todo esto! No es fuerte, y lo sabéis. No es como vos.

Lady Hepplewood giró de pronto sobre sus talones. Su rostro era una máscara de rabia bajo los surcos dejados por las lágrimas.

—¡No, no es como yo! —replicó—. Es soñadora... y débil. Pero adelante. Si lo que pretendes es arrojar a tu madre a las sabuesas chismosas para que la despedacen, no puedo hacer nada por impedirlo.

—Quizá debería irme —murmuró Underwood, empezando a levantarse.

Napier le agarró del brazo.

—No —dijo admonitoriamente—. Os necesitaremos.

Pero Tony seguía mirando fijamente a su madre.

—Ésta es nuestra familia, mamá —dijo con un hilo de voz—. Underwood es nuestro médico. Duncaster es vuestro hermano.

—Parece como si aquí algo llevara ocurriendo desde hace demasiado tiempo —dijo el vizconde con una voz levemente grave—. Y los secretos ocultos terminan por apestar, Cordelia. ¿Qué le has hecho a Diana?

Lady Hepplewood se irguió envaradamente.

—¿Y cómo tú, precisamente tú, te atreves a sugerir que le deseo algún mal a la muchacha? —dijo con una voz aguda—. La he criado como a una hija desde la muerte de su madre. ¡Y para agradecérmelo decidió creerse enamorada de él! Naturalmente llevo años temiendo que eso ocurriera. Diana idolatraba al chico.

—Sí, sí —dijo Duncaster visiblemente impaciente—. Por eso Hep deseaba un enlace entre Tony y Anne. Para desalentarla. Y yo apoyé la iniciativa.

—Y por eso mandó a Tony a estudiar fuera —dijo lady Hepplewood—, y después a Londres. Pero tú, Tony... no hacías más que rendirte a sus halagos y volver luego a casa, ¿no es así? Nunca pudiste negarte a sus manipulaciones. Aun así, me he portado con Diana tan bien como he podido. Nadie podrá culparme de haber considerado que no era lo bastante buena para ti, pues no lo era. A pesar de eso, he cumplido con mi deber. La he criado y he sacado lo mejor de ella... y con gran distinción.

Al oírla, algo removió la memoria de Lisette.

—Habéis hecho algo más que sacar lo mejor de ella —dijo—. Vuestro esposo le legó veinte mil libras.

—Una decisión a la que me opuse —dijo amargamente lady Hepplewood—. Pero mi marido se empeñó... y de hecho eso debería haber simplificado la labor de encontrarle marido. Pero Diana rechazó a todos sus pretendientes hasta que...

Se interrumpió y negó con la cabeza.

—Hasta el día en que Anne contó lo que había visto —la apremió Lisette—. Es eso, ¿verdad? Anne os dijo que había visto a Diana besando a Tony.

—¿Besándole? —Lady Hepplewood lanzó a su hijo una mirada burlona—. Si así es como Anne lo llamó, desde luego es toda una dama.

—Mamá, no escuches la malvada boca de Gwen —dijo Tony amenazadoramente—. Lo único que he hecho ha sido besarla.

—Pero ella no dejaba de ofrecerse a ti en secreto —replicó su madre—. No dejaba de hacer que te sintieras culpable hasta que, al final, me dijiste que «o era Diana o nadie».

Tony volvió las palmas de las manos hacia arriba y se encogió muy levemente de hombros.

—Así que hice lo que me pediste, ¿no es así? —prosiguió su madre—. Fui a ver a tu padre. Le dije que la historia con Anne —y con cualquier otra— había terminado. Que sólo aceptarías a Diana, y tenía intención de anunciar enseguida el enlace. Cedí y me rendí... ¡Y mira el precio que he pagado por ello!

—Mamá —dijo Tony—. Cuánto lo siento.

—¡No, no es cierto! —estalló su madre—. ¡Incluso ahora, sólo eres capaz de pensar en Diana! Eres igual que tu padre, quiera Dios que arda en el infierno.

—¡Cordelia! —Duncaster se agitó irasciblemente—. Querida, ya es suficiente.

Napier había estado sentado en silencio con las manos relajadamente entrelazadas y los codos sobre las rodillas, esa postura que Lisette había terminado adorando. Era la que adoptaba cuando intentaba descifrar algo o decidir la mejor opción. Ella sabía que era un hombre duro, aunque no insensible.

De pronto se incorporó en su silla; había tomado su decisión.

—¿Nadie se ha parado a pensar que quizá Diana Jeffers merecía saber quién era su padre? —dijo con voz muy queda—. ¿Y que quizá, de haberlo sabido, nos habríamos ahorrado esta tragedia?

—Pero su padre es Edgard Jeffers —dijo inocentemente Gwyneth—. El primo de Hepplewood.

Napier negó despacio con la cabeza.

—Creo que no —dijo en voz baja—. Creo que el difunto lord Hepplewood dejó embarazada a su amante, cuyo nombre, según sospecho, era Jane, antes de endosársela a su primo. Quizás a cambio del puesto de administrador de Loughford.

Una fría sonrisa curvó los labios de lady Hepplewood, que por fin parecía haber dejado atrás el llanto.

—Felicidades, inspector adjunto de policía Napier —dijo en voz baja—. Sois mucho más rápido y más suspicaz que yo. En efecto, no conozco a ninguna mujer que haya sospechado tan poco de un marido infiel. Un hombre más leal a su criado que a su esposa. Un hombre al que amé con todo mi corazón desde el día en que le vi.

—Y él os lo agradeció acostándose con la institutriz de vuestro hijo menor —dijo Napier—, antes de instalarla en una casa delante de vuestras narices y de pediros prácticamente que criarais a su hija. Un amargo caramelo, señora, no lo negaré.

—Jane Jeffers era una furcia, no una institutriz —dijo lady Hepplewood.

Napier se encogió de hombros.

—Son muchos los nobles que creen todavía en el *droit du seigneur* —dijo impertérrito—. Y todas las historias tienen siempre dos versiones.

Lady Hepplewood se levantó, haciendo temblar literalmente su bastón al señalar con él a Napier.

—Mi marido jamás forzó a ninguna mujer —dijo, con la voz como el hielo—. No tenía necesidad. Ella le sedujo.

—Y después vuestro esposo hizo volver a su joven primo a Loughford y le ofreció la ayuda que tanto buscaba —dijo Napier—. Le ofreció un puesto y una esposa que no pudo rechazar. No estoy emitiendo ningún juicio, señora. La vida me ha enseñado a que no tengo derecho a hacerlo. Me limito a enumerar los hechos.

Pero Gwyneth estaba sentada, perpleja, en el sofá.

—Santo cielo —susurró—. Entonces Diana es... ¿hermana de Tony? ¿Y no se lo habíais dicho? Eso es... cielo santo, qué frialdad.

Pero de pronto todo había empezado a tener sentido para Lisette. El desesperado anhelo de Diana por volver a casa. Su timidez. Su discusión en la columnata con Tony...

—Creo que Diana se ha sentido dejada de lado, quizás incluso agraviada, y está desquiciada de dolor —dijo—. No habría hecho falta más: una explicación de por qué no podían casarse. Diana cree que Loughford es su casa, y que Tony y su difunto padre son las dos únicas personas que la han querido en su vida. Es probable que su padre, el señor Jeffers, también le guarde rencor. Diana necesitaba saber la verdad.

—Y se la diré antes de que termine el día. —Tony tenía la cabeza gacha—. Tendría que haberlo hecho en cuanto lo supe.

Sin embargo, había optado por ceder a los ruegos de su madre y no revelar lo que acababa de saber. ¿Y qué hijo no habría cedido a la tentación? ¿Aunque a qué precio? ¿El precio de la cordura de Diana?

Al parecer, el doctor Underwood se temía lo peor.

—Con todos mis respetos, lord Hepplewood, puede que sea demasiado tarde —advirtió afablemente—. Cuando una mente frágil se rompe —psicosis, lo llaman hoy en día— normalmente no hay posibilidad de que vuelva a la realidad.

Lady Hepplewood se había vuelto de espaldas y había regresado a la cristalera para perder la mirada en los jardines. Duncaster negaba con la cabeza.

—Jamás habría soñado nada semejante —dijo el anciano visiblemente apenado—. En cualquier caso, todos los maridos tienen sus aventuras, Cordelia.

Ella se volvió desde la ventana, presa de nuevo de la ira.

—Tú no las has tenido, Henry —dijo—. Nuestro padre tampoco. Ni mi marido... hasta que Jane Jeffers le sedujo. Es la peor suerte de hipocresía posible, esta... esta absoluta aceptación del adulterio como si se tratara de un pequeño vicio que debe ser tolerado. Es desastroso. Destruye todo matrimonio feliz que toca.

—Estoy de acuerdo con vos —dijo Napier con voz queda—. Y eso nos lleva a otra triste circunstancia.

Tony dejó escapar una aguda risotada.

—¡Santo Dios! Pero ¿es que puede haber otra?

Napier dedicó a Lisette una mirada de reojo.

—Me temo que sí —dijo—, aunque no he logrado descifrarla. Lisette, querida, ¿hay algo que quieras contar?

¡Cielos! ¡Se había olvidado del arsénico!

Con todo el revuelo, Lisette apenas había tenido tiempo de hacer partícipe a Napier de sus sospechas. Miró entonces a Gwyneth, odiando tener que decir lo que estaba a punto de decir. Pero inspiró hondo y empezó a hablar.

—El abuelo de Diana tenía una fábrica textil —dijo sin más preámbulos—. La fábrica sigue en manos del tío de Diana, y ésta conoce a la perfección el manufacturado y los tejidos del algodón.

—Sí, no deja en ningún momento de parlotear sobre esas cosas...

o al menos lo hacía. —Tony miraba de reojo a Lisette—. Pero ¿qué tiene eso que ver con esto?

—Existen ciertos tintes que se utilizan en el textil... de hecho, son sustancias químicas... llamados Verde París y Verde Scheele —dijo Lisette—. El segundo ya no se usa mucho, pero ambos pueden ser muy peligrosos.

—He oído hablar de ellos —replicó Tony—. Creo que contienen un poco de arsenito de cobre para conservar el color. Pero no son peligrosos. ¿Qué intentáis decirnos?

—No son peligrosos salvo en ciertas circunstancias —concedió Lisette, desviando la mirada hacia la madre de Tony—. Lady Hepplewood, trajisteis a Diana a Burlingame para separarla de Tony, ¿no es así? ¿Y entiendo que contra los deseos de vuestro marido?

La dama se volvió desde la ventana con el rostro desprovisto por completo de emoción.

—No podía dejar que volvieran a Loughford y vivieran el uno para el otro —dijo—. No después de que Hepplewood hubiera confesado la verdad. Naturalmente, le supliqué a Edgard Jeffers que mandara lejos a la muchacha, pero él se lavó las manos. Así que sí, la traje aquí. Sabía que Saint-Bryce no tardaría en enviudar, y si lo que Diana quería era dinero y una posición... en fin, dejando aparte nuestra estirpe, el valor de esta propiedad es tres veces superior al de Loughford.

—¿Y Tony?

Sus ojos se entrecerraron.

—Y le dije a Tony sin demasiados rodeos que «fuera y se buscara una esposa» y que se mantuviera alejado de Diana hasta conseguirlo —dijo amargamente—. Loughford o Londres, poco me importaba, pero no iba a volver a acercarse a ella hasta que hubiera encontrado a alguien adecuado. Pero lo que hizo fue desperdiciar más de un año vagando por esos antros del juego... y supongo que por sitios peores.

—Sin duda era un plan completo donde los haya —dijo Napier sin inmutarse—. Aun así, dudo mucho que la idea de instalaros de un modo semipermanente en Burlingame fuera recibida por vuestro marido con mucho entusiasmo.

—Porque él no tenía ningún plan —replicó lady Hepplewood con los dientes apretados—. Fui yo la que tuvo que encargarse de arreglar el entuerto que él había provocado… del mismo modo que fui yo la que, totalmente ajena a la verdad, tuve que criar prácticamente a la bastarda de mi marido.

—Pero Diana se sentía aquí muy desgraciada —dijo Lisette—. Cuando descubrió vuestras intenciones, se sintió desolada e intentó influir en las emociones de Hepplewood. Le suplicó que volvieran a casa. Y puesto que vos prohibisteis a lord Hepplewood que confesara la verdad, él intentó calmarla.

—Sí —replicó lady Hepplewood—. ¿Y qué? Estaba embobado con ella.

—De modo que él le dijo que volviera a decorar todas las habitaciones como una suerte de diversión —dijo Lisette—, y ella así lo hizo, usando colores neutros en todas salvo en una. En la habitación de él, donde lo decoró todo con un verde suntuoso y regio.

Tony se sobresaltó al oírla.

—¡Maldita sea! —susurró—. ¿Qué estáis diciendo?

—Que Diana le envenenó —dijo Napier muy serio—. ¿Es así, querida?

Lisette se dio cuenta de que era la tercera vez que la había llamado de ese modo. Sin embargo, decidió no alimentar la esperanza y volvió a centrarse en el asunto que tenían entre manos.

—Creo que Diana simplemente pretendía que se encontrara indispuesto —respondió—. Estaba en el papel pintado, junto con las cortinas y los cortinajes del dosel de la cama.

Tony perdió el poco color que le quedaba.

—¿No os referiréis al… arsenito de cobre?

—O quizá fuera una mezcla de trióxido de arsenito —dijo Lisette—. No estoy segura del todo, pero cuando está seco es un compuesto estable. Sin embargo, en climas húmedos —o si lo humedecemos

deliberadamente— puede resultar debilitante, o con el contacto direc-
to, a menudo mortal. Se descompone en arsénico. Diana lo sabía. Por
eso se preocupó tanto cuando supo que vos habíais dormido allí.

El doctor Underwood emergió de su estado de fascinación.

—¡Debió de ser ésa la causa de que los criados enfermaran!

Lisette asintió.

—Lo mojaron y lo arrancaron. Lo aspiraron y se lo llevaron fuera.
Incluso lo quemaron.

—¡Cielo santo! —dijo el médico—. Hemos tenido suerte de que
hayan sobrevivido.

—Pero alguien murió —dijo Lisette con voz queda—. Gwyneth
encontró parte del terciopelo verde. Lo empapó y lo usó como compresas refrescantes durante un tiempo sobre la frente de su tío. Hasta
que Diana se dio cuenta y se lo quitó. Por eso enfermasteis durante
unos días, Gwen.

—¡Oh! —Gwyneth se llevó una mano al corazón e hizo el amago
de levantarse del sofá—. ¡Oh, no! ¡No puede ser que yo…! Yo… yo
sólo encontré la tela. Me pareció tan suave… Y Diana dijo que la humedad era beneficiosa para sus pulmones. Ella… oh, tenía siempre ese
pequeño artilugio en el fuego.

—Sí, y creo que deliberadamente —dijo Lisette—. Sólo pretendía
que lord Hepplewood se sintiera un poco indispuesto. Para que quisiera volver a casa. Porque «todo el mundo», me dijo una vez, «quiere
morir en casa y en su cama».

—¡Muy cierto! ¡Muy cierto! —dijo Underwood sabiamente.

—Y así, cuando por fin lord Hepplewood volviera a casa, probablemente reuniendo allí también a su hijo, experimentaría una mila-
grosa recuperación —dijo secamente Napier—. O al menos ésa era la
fantasía de Diana. Conseguir que la familia volviera a reunirse en
Loughford. Y que todo volviera a ser como antes.

—Pero estáis diciendo que… ¿Que yo le maté? —Gwyneth se llevó la mano al corazón, pálida como el papel—. ¡Oh, Dios! ¿Envenené
a tío Hepplewood?

Salió a toda prisa de la sala, dejando la gruesa puerta abierta tras de sí.

—Bien —dijo maliciosamente lady Hepplewood—. Espero que estéis todos satisfechos. Nos habéis destrozado la vida.

—Tanto como la de Felicity Willet, o casi —dijo Napier—. Dos criados han estado a punto de morir, y hasta Gwyneth ha estado brevemente enferma. Eso nada tiene que ver con esta… con nuestra familia, señora, sino con lo que le debemos a nuestro estado y posición. Con nuestro sentido de lo que está bien y quizá también con nuestra capacidad de perdonar.

Napier se levantó por fin de la butaca de los brazos de dragón. La manga del gabán destrozada aleteó impotentemente y el brazo lacerado que colgaba sobre su costado parecía más el ala rota de un pájaro.

—Y ahora, si me perdonáis —añadió—, creo que debo dejaros.

Volviéndose, ofreció su mano sana a Lisette.

Ella la aceptó y se puso en pie.

—Te ayudaré a subir a acostarte.

La mirada de Napier se clavó en la suya: débil, exhausta y, a menos que la hubiera interpretado mal, muy cariñosa.

—Gracias, querida.

—¡Esperad! —gritó a su espalda Duncaster—. ¿Qué vamos a hacer?

Napier se volvió hacia él y encogió su costado indemne.

—No tengo la menor idea —dijo en voz baja.

—Pero tú eres… eres la policía —dijo Duncaster impacientemente—. Tenemos que dar explicaciones a la pobre señorita Willet. Y algo habrá que hacer con Diana.

Ah, así que ahora, cuando les convenía, él era «la policía», pensó amargamente Lisette.

Pero Napier no replicó como ella había esperado.

—Creo —dijo él sin alzar la voz— que corresponde a lord Hepplewood ir a dar las pertinentes explicaciones a su prometida. Disculpad mis dudas, pero ¿no es acaso eso lo que cabría esperar de un caballero?

—Naturalmente —se apresuró a conceder Tony—. Y sí, lo haré. Yo... se lo contaré todo y le pediré perdón.

«Y su discreción —añadió en silencio Lisette—. Si lográis conseguirla.»

—¿Y Diana? —preguntó vacilantemente Duncaster—. ¿Qué sugerís?

Por primera vez desde que le había conocido, Lisette vio que el vizconde parecía sumido en un mar de dudas. Entendió que no era simplemente que Napier fuera policía; el anciano confiaba en el consejo de su nieto. Quizás incluso lo anhelara. Contuvo la ira y, como los demás, lo miró expectante.

—Sería prudente pensar en un discreto y silencioso confinamiento en un sanatorio —sugirió él—. Creo que Francia cuenta con algunos centros privados excelentes, aunque son indudablemente caros. El doctor Underwood seguramente podrá aconsejarnos mejor que nadie.

—Pero ¿no deberíamos arrestarla?

Las espesas cejas de Duncaster se arquearon bruscamente.

—No tengo la menor intención de hacerlo —respondió inmutable Napier—. Si deseáis que la juzguen, podéis llamar al juez local, pero en vuestro lugar lo pensaría bien antes de tomar esa decisión. Pensad antes si, de algún modo, esta familia no le ha fallado a Diana. Pensad bien si podéis probar intencionalidad y el escándalo que esta familia y la pobre señorita Willet deberán soportar al hacerlo. La señorita Willet está ya enfrentándose a la vergüenza de un compromiso roto. Dudo mucho que desee ver su nombre mezclado con un caso criminal. Por mi parte, he aprendido últimamente, y debo decir que me alegro sobremanera, que hay muchas cosas en la vida que es mejor ocultar bajo la alfombra.

—Pero ¿y vos, mi señor? —dijo Underwood—. La señorita Jeffers os ha atacado.

—Ah, estaré bien antes de un mes —respondió Napier—, prácticamente el plazo que tardaremos en pronunciar nuestras amonestaciones. Como sabéis, Duncaster desea que siga adelante con mi vida… y con mis obligaciones con el vizcondado… antes de que estalle el próximo pequeño contratiempo familiar.

—¿Amonestaciones? —dijo lord Duncaster—. ¡Bobadas! Obtendréis un permiso especial.

—Bien, veremos —dijo Napier, lanzando una mirada a Lisette.

—¡Dios del cielo! —dijo el doctor Underwood, levantándose de golpe—. ¡He olvidado vendaros el brazo!

Pero una descarga de alivio teñido de esperanza acababa de recorrer a Lisette. Tendió una mano hacia el médico.

—Dadme el vendaje —dijo—. Quizá yo me encargue de cuidar de él a partir de ahora.

*N*apier se sintió más aliviado de lo que estaba dispuesto a reconocer al dar la espalda a su familia y huir a los tranquilos confines de su habitación, entrando en ese espacio soleado y fresco con Lisette a su lado, incluso aunque en su fuero interno estuviera desafiando a que alguien se atreviera a molestarles.

Ni siquiera le dijo que no debía entrar. Ella no era ninguna niña, ni él un santo.

Además, esa misma mañana se había llevado un susto de muerte y no le avergonzaba reconocerlo. Durante unos largos seis o siete segundos que se le antojaron una eternidad se había enfrentado a la posibilidad real de una vida sin ella. Y en esos pocos segundos se había dado cuenta sin ningún género de dudas de que no habría merecido la pena vivirla.

Cerró pues la puerta y la atrajo con fuerza hacia él con su brazo sano, besándola larga y profundamente. Y cuando terminó, la abrazó todavía con más fuerza contra él y apoyó con suavidad la frente en la suya.

—Dios del cielo —dijo, aspirando el consuelo de su olor—. No imagino volver a pasar por esto nunca más. ¿Me oyes, Lisette? Jamás.

Ella no respondió, pero volvió a besarle. Fue apenas un leve roce de labios: un beso de promesa, o eso esperó Napier.

—Siéntate en la cama —le dijo ella.

—¿Sólo quieres que me siente? —repitió él con incredulidad—. ¿Una mujer hermosa irrumpe en mi dormitorio y simplemente me ordena que me siente en la cama? No debo de ser demasiado buen amante, Lisette, si eso es lo único que se te ocurre pedirme.

Ella le sonrió —en realidad no fue exactamente una sonrisa, sino un curioso y pequeño mohín— y le empujó hacia la cama.

—Siéntate —repitió—, porque voy a vendarte el brazo. Sigue habiendo peligro real de infección, así que no seas tan condenadamente arrogante.

—Me encanta cuando sueltas alguna maldición —dijo Napier.

Pero se sentó y observó con un amor intenso y casi enternecedor cómo ella acercaba la silla de su escritorio a la cama y le vendaba después tiernamente las heridas. La cura llevó algún tiempo y Lisette trabajó con sumo cuidado. Cuando terminó, rasgó los extremos de la venda, le enrolló uno de ellos a la muñeca e hizo un nudo con el otro.

—Ya está —dijo con la barbilla baja, cogiendo el rollo de venda que tenía en el regazo.

Napier tendió su mano sana y le levantó la barbilla. Lisette tenía los ojos velados por las lágrimas.

—Oh, amor —susurró Napier—. No.

Los hombros de ella parecieron encogerse incluso al tiempo que su rostro se contraía levemente.

—No me vengas con ésas —sollozó—. ¡Ese cuchillo podría haberte matado! Puedo soportar muchas cosas, Royden. Muchas. Pero ¿eso? Antes preferiría que Diana me cortara el corazón.

—Ah, ¿quiere eso decir que no podrías vivir sin mí? —preguntó él, sosteniendo su mirada acuosa—. Lo pregunto simplemente porque... en fin, porque preferiría que fuéramos dos los que sufriéramos esa profunda tristeza.

Lisette se pasó una mano por debajo de un ojo.

—Puedo vivir sin ti si debo hacerlo —dijo—. Pero no soporto la idea de que algo te ocurra. Eres la persona más viva, más fuerte y más físicamente real que he conocido jamás. Para mí eres… invencible, de verdad. Pero ese cuchillo… ¡Oh, Dios!

Napier le cogió la mano humedecida por las lágrimas y se la llevó a los labios sin decir nada. Apenas sabía por dónde empezar. Era demasiado lo que tenía que callar.

Lisette le ahorró la introspección.

—Gracias —dijo con un sorbido—. Sabía que me salvarías, pero entonces vi la sangre. Oh, sangrabas tanto…

El silencio volvió a envolverles. Y no fue esta vez un silencio incómodo, no. Como le ocurría a menudo con ella, Napier no deseó llenar el vacío con ninguna conversación innecesaria. Y ella… ella cavilaba sus siguientes palabras. Él bien lo sabía, porque la conocía. Y esta vez esperaría.

Todavía tenía en la suya la mano caliente y pequeña de Lisette. Deseaba besarla de nuevo, pegar los labios al dorso y jurar su imperecedera devoción. Pero no lo hizo.

—¿Cuánto tiempo llevabas de pie detrás de mí? —preguntó por fin Lisette.

—El tiempo suficiente —respondió Napier.

—Ah. Bien. —Dejó escapar un pequeño sonido que emergió desde el fondo de su garganta—. Entonces lo sabes.

—Lo sé, sí.

Ahora sí le besó la mano, sosteniéndole la mirada al hacerlo.

Lisette dejó escapar una risa débil y deshilvanada.

—¿Entiendo entonces que estás destinado a dejar escapar a dos criminales asesinas? —dijo con fingida alegría—. Confieso que no haces honor a tu fama, Roy el Desalmado.

Napier se encogió de hombros.

—Mataste a un hombre que lo merecía —dijo—. Sé que debería estar más preocupado al respecto y aun así no me veo capaz de sentir ningún ultraje moral. Y creo que ya has sufrido bastantes remordimientos, querida.

—Pienso en ello todos los días —susurró Lisette, bajando la mirada.

Napier no lo entendía.

—Odio meter las narices donde no debo —dijo—, puesto que hasta ahora esto no ha hecho sino provocarme dolores de cabeza. Pero ¿quieres contarme cómo le disparaste?

—Bueno, en realidad a quien quería disparar era a lord Lazonby —respondió ella.

—Ah, vaya —dijo Napier—. No estoy seguro de que te lo hubiera impedido.

Ella dejó escapar una risa débil.

—Por supuesto que lo habrías hecho —dijo—. Tienes un carácter terrible, pero nunca dejas que pueda contigo.

—Vaya, gracias —dijo él.

—En cuanto a cómo ocurrió... supongo que adquirí la costumbre de llevar encima la pistola de bolsillo de papá —declaró Lisette, ceñuda—. Es cierto, quería disparar a Lazonby, pero la llevaba encima porque... bueno, en el *Chronicle* teníamos que frecuentar algunos lugares espantosos... y yo era...

De pronto se le entrecortó incómodamente el aliento.

—Lisette —susurró Napier—. Olvídalo. Olvídalo todo. Porque ya no tiene importancia.

Ella negó con la cabeza, cerró los ojos y se llevó un dedo a los labios.

—Y yo era Jack —dijo por fin—. Ya está, ya lo he dicho. Yo era Jack Coldwater. Era tan sólo... un nombre. Un nombre que había utilizado durante años.

Él le apretó la mano.

—Lo sé —dijo—. Pero algún día, si te apetece, me gustaría que me contaras cómo ocurrió.

Lisette inspiró hondo.

—Simplemente… ocurrió —dijo—. Supongo que tenía cierto don para escribir.

—Nunca es tan sencillo —replicó él—. Obviamente tuviste una educación clásica.

—Y leía mucho —dijo ella—. Además, ayudaba en la tienda. Entonces el problema de la bebida de tío Ashton se agravó. Una noche hubo un accidente terrible en el puerto. Se incendió un barco.

—¿Es de eso de lo que hablabas con sir Philip durante el almuerzo? —preguntó Napier—. ¿Escribiste tú el artículo?

Ella alzó su mirada hacia la de él.

—No había nadie más —se limitó a declarar—. Ashton estaba borracho como una cuba y no había pagado al personal. Yo ya había escrito antes los artículos de otros. Por eso mi tía me lo suplicó y yo… en fin, me puse una gorra y unos pantalones y bajé al puerto a ver qué podía hacer. Fue entonces cuando aprendí lo del arsénico.

—¿Ah, sí? —dijo él, sorprendido.

—Una de las pasajeras que vestía un paño verde estaba empapada —dijo Lisette—. La habían rescatado del agua hacía un rato, en perfecto estado, pero la mujer se negó a quitarse la ropa mojada hasta que encontraran a su esposo y tardaron horas en llevar a todo el mundo a la orilla. Para entonces, sin embargo, el daño estaba hecho.

—Y después de eso —dijo Napier muy serio—, tú tío no hizo sino cargar con más responsabilidades al bueno de Jack, sin duda.

La única respuesta de Lisette fue un breve asentimiento, además de las manos levantadas como en un gesto de rendición.

Una parte de Napier se sentía profundamente enojado, aunque intentó no demostrarlo. Enojado al saber que ella había tenido que enfrentarse a una situación tan espantosa; enojado por el hecho de que Lisette se hubiera visto obligada a soportar demasiadas cargas a una edad demasiado temprana… y haberlo hecho más o menos sola.

Era exactamente como él siempre lo había sospechado. En la vida de Lisette no había habido nadie en quien ella hubiera podido confiar, o de quien hubiera podido depender. Al contrario: se había visto en manos de un padre rufián y un tío borracho mientras se dedicaba en silencio a intentar mantener a flote su vida.

—No estuvo bien que tu tío te pusiera en una situación tan grave y peligrosa —dijo Napier sinceramente—. Seguramente debiste de echar aún más de menos a tu padre.

Los ojos de Lisette se abrieron como platos.

—Echaba de menos a toda mi familia —dijo—. Y sí, claro que eché de menos a mi padre. ¿Qué niña no lo haría?

Napier se inclinó sobre ella y pegó los labios a su frente.

—Sé que le querías —dijo—. Lo sé. Pero una parte de él te falló, Lisette, y no hay nada de malo en lamentarlo.

Ella guardó silencio durante tanto tiempo que Napier temió que no fuera ya a responder.

—Bueno —dijo por fin, encogiendo los hombros—. Nos hemos desviado de nuestra conversación, ¿no te parece? Te estaba hablando de sir Wilfred. Pero, salvo por la verdad sobre Jack, todo ocurrió prácticamente como te dijo Lazonby. Ni siquiera en eso te mintió. Me duele reconocer lo honesto que es, créeme.

Pero había algo que Napier nunca había terminado de entender.

—¿Y estabas siguiendo a Anisha?

—Oh, sí. Porque la vi desde la distancia alejarse a hurtadillas hacia los jardines traseros y tuve la extraña sensación de que iba a encontrarse con Lazonby.

—Una suposición del todo lógica —concedió él.

—Pero cuando vi a sir Wilfred arrastrándola por esa puerta, supe que algo terrible había ocurrido —prosiguió ella—. Me acerqué sin hacer ruido hasta la ventana abierta y la vi herida. Y cuando le oí decir que le había hecho una encerrona a Lazonby y que quería librarse de papá, hubo algo dentro de mí que… simplemente estalló.

—Cualquiera se habría sentido desolado —dijo Napier con tono conciliador.

—Bajé a toda prisa las escaleras y le dije que le mataría —explicó Lisette—. No estaba desolada. Estaba enloquecida. Y Royden, estaba decidida a hacerlo. Le obligué a arrodillarse y a ponerse las manos sobre la cabeza.

—Deja que lo adivine —dijo Napier—. ¿Fue entonces cuando apareció Lazonby?

Lisette asintió.

—Al principio intentó convencerme para que desistiera —dijo—, pero pasado un rato dijo, visiblemente despreocupado, que mejor que no me arredrara y disparara a sir Wilfred, aunque quería bajar antes y sacar de allí a lady Anisha por si yo erraba el disparo.

—Sabia decisión —apuntó secamente Napier.

—De modo que di un paso atrás para dejar que Lazonby pasara entre nosotros —susurró Lisette—, y no sé cómo... no sé cómo, justo en el instante que Lazonby la cogía en brazos del suelo y se volvía, sir Wilfred se incorporó de pronto y me atacó. Me golpeé contra la encimera de mármol. Y la pistola... se... disparó. Pero le maté. Lo hice. Y era mi intención.

—Lisette —dijo Napier con firmeza—, a eso se le llama «un accidente», o como mínimo «defensa propia».

—Eso es lo que no dejaba de repetir Lazonby —susurró ella, mirándose la mano abierta—. Pero yo sabía la verdad. Sabía lo que cobijaba mi corazón. Y sabía que sólo tenía a Lazonby, un hombre al que había convertido en mi mortal enemigo, para defenderme.

—¿Y a Anisha no?

Lisette negó con la cabeza.

—Estaba prácticamente inconsciente a causa de los golpes. Y su rostro... lo tenía hundido en el gabán de Lazonby. No podía haber visto nada. Y fue entonces cuando creo que empecé a chillar... y a chillar. No podía parar. Fue como si la pistola, y hasta mi mano, ya no me pertenecieran.

—Porque fue un accidente —volvió a decir Napier, esta vez con más rotundidad.

—Sólo por casualidad —dijo ella, alzando una mirada abyecta hacia la de él—. Yo quería matarle, Royden. De verdad. Y creo que...

todavía creo que lo habría hecho. Creo que en ese momento estaba totalmente enloquecida. Casi tanto como lo estaba Diana hoy. Y me pregunto… ¿cómo ocurre eso? ¿Cómo llega la vida a convertirte en esa clase de persona? ¿Y eres acaso esa persona a partir de entonces y para siempre?

Sin embargo, todavía en ese instante parecía atemorizada. Y Napier entendió que estaba atemorizada de sí misma. De lo que podía ser capaz.

Aunque todo el mundo era capaz de hacer cosas brutales en ciertas —y normalmente espantosas— circunstancias. Bien que se lo había demostrado su experiencia en la policía.

—Ven, Lisette.

Napier giró sobre la cama y dio una palmadita a su lado sobre el colchón. Con una sonrisa marchita, Lisette se reunió con él, arrimando su esbelto cuerpo al suyo y apoyando la cabeza en el hueco de su brazo.

Agachando la cabeza, Napier le pegó los labios a la sien.

—Lisette, me parece muy poco probable que le mataras —dijo—. Creo que al final te habrías derrumbado como Diana. Pero no me importa.

—Pero Royden, eres…

—No me importa —repitió—. ¿Lo entiendes? Sé que temías que no fuera así… que te juzgara. Que guardara silencio porque te quiero y vivir después para arrepentirme de haberme callado. Pero realmente he sido sincero en lo que le he dicho a Duncaster. La vida no es en blanco y negro solamente, mal que nos pese.

—Pero es que yo realmente quería…

—Además, ¿crees acaso que yo soy mejor que tú? —la interrumpió—. Callo para proteger el legado de mi padre y el buen nombre de mi familia. ¿Está bien eso? Quizá no. Pero a menos que vea un daño que yo pueda deshacer —algo que de algún modo pueda solucionar las cosas—, me iré a la tumba con los labios sellados. En cuanto a sir Wilfred, era un hombre malvado, corrupto y claramente cruel, y si no le hubieras disparado, sin duda habría terminado en la horca.

—Bueno —dijo ella con un hilo de voz—, no he lamentado su pérdida. Pero sí siento haber sido yo el instrumento de su muerte.

Napier se dio cuenta de que Lisette había vivido un auténtico horror y no era de extrañar que no quisiera revivirlo.

—Sir Wilfred selló su propio destino —dijo él muy serio—. Y me enfada saber que en algún momento estuviste sola y desprotegida. Jamás deberías haber estado en esa situación.

Napier se dio cuenta de que seguía irracionalmente enojado con el padre de Lisette... y ella no. Pero también sabía que eso era lo que ocurría a menudo con los rufianes apuestos. Rehuían las obligaciones, morían jóvenes y prácticamente se les canonizaba, puesto que la familia quería creer que, si su ser querido hubiera vivido, habría terminado por enderezar su vida. Pero eso jamás habría ocurrido en el caso de sir Arthur Colburne, y ella había terminado pagando por su debilidad.

Como era habitual, Lisette pareció haberle leído el pensamiento.

—No lo lamentes por mí, Royden —le advirtió con un tono de voz grave—. No soy ninguna estúpida. Sé que si papá hubiera vivido, yo habría sido al final más una madre que una hija. Ellie se habría convertido en lady Percy, el diamante de la sociedad, y yo habría terminado mis días remando el bote de papá y achicando agua a la vez.

—A eso se le llama la maldición del competente, Lisette —dijo Napier—. Los que actuamos jamás seremos reconocidos por aquellos que no pueden actuar... o simplemente se niegan a hacerlo.

Lisette respondió con un leve encogimiento de hombros.

—No, la maldición, Royden, es que nosotros actuamos y no podemos odiarles por ello —dijo ella—. Yo quería a mi padre, aun a pesar de que conocía sus limitaciones. ¿Tú no? ¿Aunque supieras...?

—¿Aunque supiera aquello de lo que sir Wilfred le acusó? —Napier suspiró—. Sí. Una parte de mí sí.

Sin embargo, Napier pensó que en ese caso él por lo menos había tenido el lujo de ser un hombre ya adulto cuando se le había caído el velo de los ojos. Incluso en ese instante albergaba apenas una mínima sospecha de lo que Nicholas Napier había sido.

Aunque en el fondo de su corazón sabía la verdad.

—Quizá sospechaba lo que era mi padre incluso antes de la fea acusación de sir Wilfred. —Fue la primera vez que se había atrevido a pronunciar las palabras en voz alta—. Durante gran parte de mi vida le adoré, Lisette, a pesar de que era un hombre distante, a veces incluso intimidatorio. Para bien o para mal, era mi ídolo, la idea que yo tenía de cómo debía ser un hombre.

—Es digno de admiración el hecho de adorar a un padre —dijo Lisette—. Y desear ser como él.

—Y lo conseguí —dijo Napier—. Hasta el punto de llegar a ocupar el puesto que él había ocupado. Y me pregunto... me pregunto si de hecho había empezado a sospechar la verdad. Y Lazonby... ¡tan condenadamente vehemente! Incluso después de que le levantaran la condena, el bastardo en ningún momento dio su brazo a torcer. Así que si realmente quieres hablar del negro pozo de la naturaleza humana, Lisette, ¿qué te parece éste? ¿Y si parte del motivo que me llevó a negarme a escuchar a Lazonby es que, en lo más profundo de mi alma, temía enfrentarme a la verdad?

Ella negó con la cabeza y su mata de rizos rojos resplandeció a la luz de la tarde.

—No me lo creo —dijo—. Eres un hombre mucho mejor que todo eso.

Napier se encogió de hombros.

—Creo que a mi padre le sobornaron, Lisette, y no en una o dos ocasiones. Oh, cumplía con su trabajo, y lo bastante bien como para ganarse un sinnúmero de elogios. Pero cuando le convino, por el motivo que fuera, sí, creo que dejó libres a algunos criminales. Y una vez, sólo una vez, dejó que condenaran a un hombre inocente. Y eso debería ser imperdonable.

Al ver que permanecía en silencio durante unos instantes, Lisette volvió a hablar.

—Y, sin embargo, no lo es, ¿verdad? —sugirió—. Me refiero a imperdonable. ¿Es que no ves que quizás eso es parte de lo que nos ha acercado de este modo, Royden? Estas últimas semanas, desde la muerte de sir Wilfred, hemos tenido que enfrentarnos a la verdad de lo que eran nuestros padres. Y enfrentarnos al hecho de que aun así les queremos. Que siempre les querremos.

—Ojalá pudiera creerlo —dijo él muy serio.

—Es cierto —dijo Lisette—. Fuera lo que fuera, Nicholas era tu padre. Te tuvo en brazos cuando eras niño y te levantó del suelo cuando te caíste. Quizá te regañara, pero también te desafió a superarte. —Sonrió y le cubrió la mejilla con la mano—. Y te protegió de la espantosa... ¿cómo se llamaba?

Napier sonrió.

—Minter —dijo—. La generosa señora Minter... aunque, a decir verdad, un caballero no debería dar nombres de sus conquistas.

Lisette alzó la vista y le dedicó un pequeño guiño.

—Tu secreto está a salvo conmigo.

Napier se volvió entonces sobre su costado y recorrió lentamente con la mirada el óvalo perfecto de su rostro. Esos inmensos ojos de color verde azulado, ahora suavizados por el cariño; esos extraordinarios pómulos; y la boca carnosa y de labios perfilados que suplicaban que un hombre los chupara y mordisqueara durante horas y horas.

Pero todo ello palidecía en comparación con lo que moraba bajo aquella piel pálida como la porcelana: un corazón que había soportado un mundo de desilusiones y que a pesar de ello se mantenía fiel, puro y perfecto.

—Lisette, no creo que nos quede ya ningún otro secreto —dijo Napier con voz queda—. Y ahora dime: ¿vas a hacerme, a mí y al parecer también a mi abuelo, el hombre más feliz del mundo? ¿Te casarás conmigo? ¿O deberé perseguirte hasta el fin del mundo?

Ella alzó hacia él la mirada, claramente perpleja.

—¿Casarme contigo? —dijo—. ¡Oh, Royden! ¿Has pensado bien en...?

Esta vez fue él quien le puso un dedo en los labios.

—He pensado bien lo vacía que será mi vida si no puedo conquistarte —dijo firmemente—. Lo he pensado con gran detenimiento esta mañana mientras tú estabas colgada de esa maldita cornisa. A decir verdad, llevo pensándolo desde que salimos de Londres… y quizá desde hace mucho más tiempo.

Ella parpadeó inocentemente.

—¿A qué te refieres cuando dices «desde hace mucho más tiempo»?

Napier le dio unos golpecitos en los labios con el dedo.

—Lo único que ahora necesito de ti es un sí o… o un sí, Lisette. Me temo que ésas son las dos únicas alternativas que te quedan… o me veré obligado a arrestarte por Besar Con La Intención De Engañar A Su Corazón —dijo—, o quizá por una violación en toda regla de la Ley contra el Latrocinio de 1827, puesto que has conseguido robarlo.

—Me parece oír tu corazón palpitando con absoluta firmeza en tu pecho —replicó ella.

—Bueno, en ese caso siempre queda Engañar A Un Hombre Con El Propósito De Causarle Un Grave Perjuicio Físico —dijo Napier—. Podría atarte a la cama durante semanas sólo por ese cargo.

—¿Grave perjuicio físico? —dijo Lisette incrédula—. Yo no soy la culpable de que te hayas rebanado el brazo.

—No, pero sí lo eres de esta erección palpitante y crónica que llevo sufriendo desde que te desabrochaste el corpiño en mi oficina.

—No vas a permitirme que lo olvide jamás, ¿verdad?

—Necesito un «sí» —repitió él.

—Y yo estoy curiosamente dispuesta a dártelo, y malditas sean las consecuencias —concedió ella—. Pero me gustaría saber, creo, ¿cuánto tiempo llevas ardiendo en este irremisible deseo?

Napier maldijo entre dientes y luego pasó el brazo vendado por encima de ella para abrir de un tirón el cajón de la mesilla de noche.

—Mira —dijo—. Quizá consiga así lo que quiero.

Con la frente contraída en un hermoso nudo, Lisette rodó sobre la cama hasta apoyarse en un codo y miró en el interior del cajón.

—Veo tu cuchillo —dijo—, y seguramente me esperan días en el futuro en los que estaré tentada de usarlo para apuñalarte con él.

—Gracias, pero por un tiempo ya he tenido bastante de eso —murmuró él—. Déjalo a un lado.

El cuchillo fue a aterrizar encima de la mesilla con un sonoro ¡clac!

—¡Cielo santo! —exclamó Lisette, sacando un largo trozo de cordel de color crema y esmeralda.

—¡No vuelvas a perderlo! —le advirtió Napier con tono amenazador—. La próxima vez que te dé tu merecido lo necesitaré.

—Sí, ya veo —murmuró ella—. ¡Oh! ¿Qué más tenemos aquí? Parece que alguien ha estado jugando a esconder cosas.

Aparecieron acto seguido sus diminutas chinelas de satén, las que se había quitado delante de la chimenea de Napier, además de media docena de horquillas. Después de eso apareció el lazo blanco que había llevado ensartado en los calzones y que, al parecer, él recordaba haberle extraído con los dientes. Enmarañado en él apareció un pendiente de oro que llevaba engastada una pequeña piedra roja.

—¡Mi pendiente de granates!

—Se quedó prendido en mi corbata el día que te arranqué la peluca —dijo Napier un poco avergonzado—, junto con todas esas horquillas.

—¡Ah! Pero ¿qué es esto? Hum. ¿Acaso pertenecen a otra dama? —Lisette cogió unos guantes y le dio con ellos un pequeño bofetón en la muñeca—. ¿Piel de cabritilla de color crema? Jamás he tenido unos como éstos.

—Te aseguro, mi amor —dijo él levemente incómodo— que sí los has tenido. No tengo por costumbre recoger prendas de orden personal de otras mujeres.

Ella le miró con una sonrisa perpleja y arqueó una ceja.

—¿Quizá te hayas olvidado de ellos, querida? —sugirió Napier—. Los dejaste en mi oficina el día que viniste a darme mi espantosa regañina. Creo que eran nuevos.

De repente Lisette los reconoció y al instante llegó también la vergüenza.

—No, jamás dejarás que lo olvide —repitió ella—. Y sí, son míos. Creo que los tuve sólo durante un día y que, al ver que había perdido los míos me compré unos nuevos delante de Liverpool Station.

—Y ahora son míos —dijo él en voz baja—. Simplemente te los enseño como...

—¿Trofeos de conquista? —dijo ella, echándose a reír.

—Ah, pero un caballero no puede reclamar una verdadera conquista hasta que la dama responde sí o... o sí —respondió él.

—Muy bien —dijo ella, echando los guantes a un lado—. Creo que será mejor que sea que sí. Son unos bonitos guantes y creo que el único modo de recuperarlos será recurriendo a la Sección Tres, Párrafo Seis de la Ley de la Propiedad Matrimonial.

Napier a punto estuvo de decirle que no existía nada así en Inglaterra, que sabía que Lisette estaba una vez más inventando y que iba a poseer su cuerpo y su alma hasta el fin de los tiempos, pero ella ya había empezado a besarle y el palpitante dolor del brazo por fin estaba remitiendo. O, mejor, se estaba desplazando.

A un lugar situado mucho más al sur de su brazo derecho...

Epílogo

Una caja de buen champán

El otoño se anunciaba en Mayfair y los árboles de Hyde Park apenas insinuaban la llamarada de color que estaba a punto de llegar. La brisa se había vuelto agradablemente fresca, obligando a que Lisette se llevara entre risas una mano al sombrero mientras su marido hacía girar por la esquina de Belgrave Place el carruaje descubierto en el que viajaban.

Él le dedicó una afectuosa mirada. Después, dejándose llevar por el impulso, bajó la cabeza para besarla suavemente en la mejilla.

—Estás radiante esta tarde —dijo.

Con la mano todavía sobre el sombrero, Lisette alzó el rostro y sintió que se le cortaba el aliento. Ese día los ojos de Napier eran oscuros como el añil, y como siempre, ligeramente inescrutables.

De pronto, él sonrió y a ella se le fundió el corazón.

—Por cierto —dijo él—, ¿qué acaba de darte Jolley?

—Ah, sí. Una carta. —Buscó en su bolso el sobre que Jolley le había puesto en la mano al salir—. ¡Cielos, es de Gwyneth!

Rápidamente, recorrió las líneas con los ojos.

—Sí, es del viernes pasado —respondió—. Según dice, el hospital es más una… una suerte de centro para convalecientes regentado por un grupo de Carmelitas. Está en el campo, dice, y reina la tranquilidad. Y mira esto: Diana está aprendiendo a bordar y a restaurar tapices. Debe de ser una habilidad muy valiosa en el Continente.

—Suena esperanzador, sin duda —murmuró Napier.

Lisette siguió leyendo.

—Y... sí... aquí está la parte más prometedora de todas: Diana ha empezado a hablar un poco de lo que ocurrió. Entiende lo de lord Hepplewood... me refiero a que fuera su padre. Gwen cree que la verdad algo la está consolando.

—Tengo entendido que le quería mucho.

—Y creo que él a ella —dijo Lisette en voz baja—. En la medida en que un hombre egoísta es capaz de querer, la mantuvo y en cierto modo intentó cuidar de ella.

Habían acordado entre todos, con el beneplácito del doctor Underwood, que finalmente lo mejor era que Diana abandonara Inglaterra. Todavía podían acusarla de tentativa de asesinato en caso de que la verdad se conociera fuera del ámbito familiar. Además, no era de esperar que se recuperara nunca del todo. Según la opinión de Underwood, la delicada mente de Diana se había hecho añicos a causa de la presión, el dolor y por último la culpa a los que se había visto sometida.

En cuanto la paternidad de Diana había quedado revelada, el señor Jeffers había renunciado amargamente al puesto que desempeñaba en Loughford y había expresado con claridad que no tenía el menor deseo de seguir en contacto con Diana ni con sus primos.

Ante la posibilidad de un proceso criminal, la señorita Willet se había echado atrás, presa de todo el horror que Napier había predicho en su momento. Como el administrador autodespedido de Hepplewood, no había querido tener nada que ver con el que había sido su prometido hasta la fecha ni con la familia de éste. Lady Hepplewood regresó a la propiedad que su hijo tenía en Northumberland y Tony retomó su vida de disipación en Londres, y en un rápido grado de empeoramiento.

Por sorprendente que pueda resultar, había sido Gwyneth la que había cargado con las responsabilidades familiares. Ella, junto con una enfermera elegida por el doctor Underwood, había acompañado a Francia a Diana. Y allí seguía.

—Ha decidido volver a Inglaterra la semana que viene —dijo Lisette, doblando con cuidado la carta—. Debemos tenerlas a ambas presentes en nuestras oraciones y confiar en que hemos hecho lo correcto.

—Hemos actuado con compasión —la tranquilizó Napier—. Y a veces la compasión es todo lo que nos queda. Al menos Diana puede vivir un poco en paz... y quién sabe, quizás algún día se recupere.

Se hizo entre ambos un silencio incómodo al tiempo que Belgravia se convertía en Mayfair y poco después llegaban a Upper Grosvenor Street, donde encontraron desierto el camino privado en forma de media luna delante de Ruthveyn House. Las cortinas, sin embargo, estaban descorridas del todo y la escalera principal parecía haber sido barrida recientemente, quizás en previsión de la llegada de visitas matinales.

—Creo que deben de estar en casa —dijo Lisette, dando a la pierna de su marido una palmadita tranquilizadora—. ¿Preparados?

—Del todo.

Llegó la calmada respuesta, seguida del destello de soslayo de la sonrisa de Napier. Lisette supo al instante que la sonrisa pretendía tranquilizarla; confirmar no sólo su lealtad, sino también su fortaleza.

Tras tomar en brazos a su esposa y depositarla en el suelo, dio instrucciones a su lacayo antes de subir los escalones y golpear la puerta con la aldaba. Lisette reparó en que los pasos de su esposo eran tan presurosos como seguros. No era un hombre que palideciera ante el cumplimiento de su deber.

Fueron recibidos por un joven criado que tomó sus tarjetas jovialmente. Antes de que el muchacho pudiera girar sobre sus talones, lady Anisha hizo su entrada en el *hall* principal, vestida con una de sus vaporosas túnicas y los brazos tendidos hacia ellos en señal de bienvenida.

—¡Napier! —dijo, acercándose a besarle la mejilla—. ¡Y la señorita Ashton! —Se detuvo a sonreír casi maliciosamente—. Pero, un momento... creo que habéis cambiado vuestro nombre desde la última vez que nos vimos, ¿estoy en lo cierto?

—De hecho, en dos ocasiones —concedió Lisette, sintiendo que una oleada de calor le arrobaba las mejillas—. ¿Cómo estáis, lady Lazonby?

—Anisha —la corrigió su anfitriona admonitoriamente, volviéndose hacia Napier, que le había tendido una botella de champán envuelta en lazos.

—Con nuestros mejores deseos —dijo, acompañando sus palabras
con una pulcra inclinación de cabeza—, como muestra de nuestra tardía celebración de vuestro enlace, Anisha... como creo haberos prometido hace unos meses.

Ella la aceptó y echó una mirada a la etiqueta.

—Cielos. ¡Perrier-Jouët! —exclamó—. Vaya, veo que os tomáis
muy en serio vuestras promesas.

—No podía soportar pensar en Lazonby atragantándose con un
champán barato —replicó secamente Napier—. Mi lacayo está entrando el resto de botellas por la puerta de servicio.

—Cuánta amabilidad. Por favor, ¿no deseáis acompañarme al invernadero? —Ya había echado a andar, hablando por encima del hombro
al tiempo que el pañuelo de gasa flotaba tras su estela—. Lazonby está
en el jardín con Tom jugando a la petanca, y con la misma credibilidad
que uno de esos chiquillos de la calle, os lo aseguro. Iré a buscarle.

—Os ruego que no le molestéis —dijo Napier.

—Bobadas —replicó Anisha, abriendo de par en par una puerta
que comunicaba con una sala abovedada y soleada—. Pero antes pediré que nos traigan un poco de té. Entrad y poneos cómodos.

Con Napier a su lado, Lisette salió lentamente al espacio caverno-
so y exquisito. Sobre su cabeza, un loro verde se atusaba el plumaje,
posado entre una hiedra trepadora que se había enrollado a una de las
vigas. Debajo, la sala estaba amueblada con mullidas sillas de ratán
entre palmeras de grandes hojas y plumosos helechos. Y las paredes de
cristal ofrecían una preciosa vista de los jardines traseros.

—¡Qué me aspen! —soltó Napier.

Lisette se volvió levemente y pudo ver a Lazonby al otro lado del
cristal.

El caballero estaba a cuatro patas en un parterre de césped con la
cabeza inclinada en un ángulo incómodo, los cuartos traseros en alto y

un ojo casi pegado al suelo. Delante de él, habían dispuesto un tramo de asfalto, que habían asimismo rodeado con un gran círculo. Un oponente de aspecto respetable estaba arrodillado delante de él... un muchachito rubio de unos ocho años resueltamente cruzado de brazos.

—El hijo menor de Anisha —murmuró Napier.

En cuanto se cercioró de que su línea de visión era la correcta, Lazonby lanzó su bola al interior del círculo con un potente tiro, golpeando una segunda bola y enviando las dos fuera de la superficie de asfalto y al césped. Lazonby levantó un puño en el aire. El niño cayó de espaldas sobre la hierba. Acto seguido estalló la disputa, junto con un pequeño episodio de gesticulación bienintencionada.

Lisette dedicó una mirada de reojo a su marido.

—Y ésa —dijo irónicamente— es la asesina encarnación del Señor del Mal. Curioso: no parece en absoluto tan malvado jugando a la petanca.

Napier soltó un gruñido.

—¡En fin! —dijo, rodeándole los hombros con el brazo—. No hay nadie con quien disfrute tanto tragándome mis propias palabras como contigo, querida.

Justo en ese instante apareció Anisha al otro lado del cristal. Al parecer había salido por la puerta de la cocina. Al verla acercarse por el jardín, Lazonby se levantó, estrechó la mano del pequeño y siguió a su mujer dentro.

—¡Salve, gran conquistador! —anunció Anisha con cordialidad al regresar por las puertas del invernadero.

Lazonby entró tras ella, vestido con una corbata desarreglada y sin chaqueta.

—Os ruego me disculpéis, lady Saint-Bryce —dijo, saludando con una elegante inclinación de cabeza—. No debería recibirse a una baronesa de nueva cuña en mangas de camisa y sucio. Iré a cambiarme.

—Os ruego que no lo hagáis —insistió ella.

—Oh, no creo que debamos andarnos con demasiadas ceremonias —dijo Anisha—. Coged una silla, todos.

Levantándose y haciendo girar elegantemente la falda del vestido, la anfitriona se acomodó en la butaca de ratán. Sin embargo, casi en ese mismo instante, un gato atigrado de color peltre se le subió al regazo, aplastando la túnica de seda de la dama reveladoramente. Los ojos de Lisette debieron de abrirse como platos.

Anisha esbozó una sonrisa.

—¡Oh, cielos! Satén ha desvelado mi secreto —murmuró, sonrojándose ligeramente—. Y, a menos que mis suposiciones sean erróneas, ¿no soy la única?

—¿Cómo decís?

Lisette miró de soslayo a su esposo, pero Napier estaba distraído colocando su silla sobre el suelo irregular.

—Rápido, dadme la mano —murmuró Anisha, haciendo tintinear un trío de finas pulseras cuando tendió la suya.

Lisette así lo hizo, incómoda, recordando lo que había ocurrido la última vez. Anisha le giró la palma hacia arriba y empezó a estudiarla.

—Y bien —dijo Lazonby, centrando su atención en Napier—. Me han dicho que habéis decidido dejar vuestro cargo al servicio del gobierno.

—Supongo que me echarían si no lo hago —dijo Napier, cuya boca se contrajo levemente.

—¿Ah, sí? Hum. Una lástima. —Lazonby se removió en su silla—. Y bien. ¿Qué os parece este tiempo?

—Por aquí soleado y con un poco de brisa —dijo secamente Napier—. ¿Y por allí? ¿Muy distinto?

—A decir verdad… no. —Lazonby parecía avergonzado—. Qué incómodo es esto, ¿no os parece, viejo amigo, después de haber estado años haciéndonos la vida imposible? Esperad. ¿Debo quizás a partir de ahora llamaros Saint-Bryce?

—Me tiene sin cuidado, señor —dijo Napier visiblemente cansado—. Oíd, será mejor que zanjemos esto de una vez, Lazonby, ¿no os parece? Lamento haber tardado tanto en decirlo. Os pido disculpas por haberos llamado mentiroso en repetidas ocasiones. Y por negarme a escuchar vuestras reivindicaciones de inocencia. Y por la perfidia de mi padre en lo que a...

Lazonby levantó una mano.

—¡Ah, no, mi buen amigo! ¡No sois más responsable de eso de lo que yo lo soy de... en fin, cualquier travesura que esté haciendo mi esposa en este momento. —Dedicó a Anisha una mirada recelosa antes de volver a mirar a Napier—. En cuanto a lo otro... en fin, me disculpo por haberos llamado cara de cuchillo bastard... bueno, varias cosas que no deberíamos repetir delante de las damas.

Napier le tendió la mano.

Lazonby la aceptó y la estrechó con firmeza.

Lisette retiró su mano de la de Anisha y se volvió a medias en la silla hacia Lazonby.

—Yo también os debo una disculpa —dijo con voz queda—. Os traté abominablemente, Lazonby. Y lo lamento.

—Y yo lamento haberos llevado a los barrios bajos y haberos abandonado —dijo Lazonby, acompañando su disculpa con una pequeña y rígida inclinación de cabeza—, y también haberos empujado contra la pared... ¿dos veces, si mal no recuerdo? Y haber intentado estrangularos.

—¿Intentaste estrangularla?

Anisha se volvió a mirar boquiabierta a su marido.

Él se encogió de hombros en un gesto ligeramente desdeñoso.

—Entre otras cosas —reconoció—. Como registrarle el piso en un par de ocasiones y hacer todo lo posible para que la echaran del *Chronicle*.

—Y yo soborné a vuestro criado —reconoció malhumoradamente Lisette—, y prendí fuego a vuestro coche.

—¿Qué? —Lazonby se sentó muy erguido—. Por Júpiter, ¿fue entonces obra vuestra? ¡Buen trabajo! Jamás lo habría adivinado.

—Recordadme —dijo Napier, volviéndose hacia Anisha—, que nunca vuelva a hacer enfadar a ninguno de los dos.

—Sí, quizá sea lo mejor —dijo Anisha sin dejar de lanzar miradas asesinas a Lazonby.

Él se retorcía incómodo en su silla.

—La contención no es mi fuerte, Nish —le recordó—. Ahora no te quejes, pues bien que lo sabías cuando te casaste conmigo.

—Cierto —concedió ella, juntando serenamente las palmas de las manos—. Y ahora esto es lo que tú, y todos nosotros, debemos hacer. Debemos intentar encontrar un estado de Kshama, de paz y paciencia, y mostrar sólo bondad hacia los demás. De este modo podemos invalidar, aunque en pequeña medida, todas nuestras malas acciones del pasado.

—Pero si tú jamás has hecho nada malo —dijo su esposo con una sonrisa de oreja a oreja—. Somos nosotros tres los que somos unos canallas redomados.

Anisha le miró admonitoriamente.

—En cierto modo, las enseñanzas de los Vedas son metafóricas —dijo—. Y las malas acciones incluyen los malos pensamientos.

—¿Acaso tienes malos pensamientos, cariño? —se mofó Lazonby.

—A veces —respondió Anisha severamente.

Justo en ese momento reapareció el joven criado con una bandeja de té, ahorrando a Lazonby la subsiguiente regañina. El siguiente cuarto de hora transcurrió plácidamente mientras Anisha servía un té negro y fuerte y hacía posible una afable conversación.

A pesar del leve temor que había seguido a Lisette hasta allí —el temor que habría detestado reconocer ante su marido—, sabía que el encuentro era en cierto modo necesario para dejar realmente los días oscuros tras de sí.

Y, llevándose instintivamente una mano al vientre, se dio cuenta de que ciertamente así era, de pronto agradecida por la fortaleza de Napier y agradecida también por la nueva vida que su amor le había dado. Lisette se sentía como si de algún modo hubiera vuelto a sí misma, como si de nuevo se hubiera convertido en la persona normal que había sido antes de que las cosas se hubieran torcido espantosamente.

Emergió de sus cavilaciones cuando la risa estalló en respuesta a algo que había dicho Lazonby.

Entendió de pronto que sus peores temores no iban a hacerse realidad. El caballero era sencillamente demasiado despreocupado —y demasiado feliz en su matrimonio— como para estar resentido con nadie.

De pronto, Anisha estiró la mano sobre la mesa y levantó la tapa de una bandeja de sándwiches. El intenso olor a salmón asaltó a Lisette, que fue presa de una repentina y apenas contenida oleada de náuseas.

Los ojos de Anisha se abrieron como platos al comprender. Enseguida volvió a tapar la bandeja.

—Os ruego que me disculpéis —dijo abruptamente Lisette—. Me temo que os hemos entretenido demasiado.

—En absoluto. —Pero Anisha se levantó de inmediato—. De todos modos, sé que debéis marcharos. Los recién casados siempre tienen demasiados compromisos sociales. ¿Quizá podríais venir a cenar algún día? Dentro de unos meses, naturalmente.

Lisette le lanzó una mirada de inmensa gratitud y poco después estaban de pie en el *hall* esperando la llegada del carruaje de Napier.

Pero en la puerta, éste se volvió para dirigirse a su anfitrión.

—Quería que supierais, Lazonby, que he dedicado los últimos dos meses a revisar los viejos expedientes de mi padre.

—¡Cielo santo, hombre! —Lazonby fingió una expresión de horror—. Supuestamente un hombre recién casado debería haber pasado el tiempo haciendo algo mucho más agradable.

Con los nervios todavía ligeramente alterados, Lisette dejó escapar una carcajada.

—¡Ah! —Las oscuras cejas de Lazonby se arquearon—. Ya veo que la esposa no tiene motivo de queja. Me quito el sombrero ante vos, viejo amigo. Debéis de haber estado diabólicamente ocupado.

—Calla, querido —dijo su esposa—. Napier está intentando comentarte algo.

Napier sonrió.

—De hecho, sí —dijo—. Y lo que quería deciros, Lazonby, es que hasta lo que he podido averiguar, vos fuisteis la única víctima de una maliciosa persecución. He estado buscando con mucha atención.

—Ah. —La risa abandonó los ojos de Lazonby—. Entonces, ¿sólo yo?

Napier negó con la cabeza.

—No, puesto que me temo que hubo muchos casos que deberían haber sido condenados y no lo fueron. Pero no hay expedientes de esa clase de casos... ni modo alguno de que pueda hacerles justicia.

—Ah, bueno —dijo Lazonby—. Yo no me preocuparía. El culpable rara vez peca una sola vez. Probablemente a la mayoría volvieron a cogerles.

—Es de esperar —dijo Napier.

Y entonces Anisha les besó —a ambos— y los cuatro se despidieron.

En el camino de la casa, Napier ayudó a Lisette a subir al carruaje al tiempo que su mirada oscura y especuladora sostenía la de ella. Pero no dijo nada más hasta que se detuvieron delante de la casa de Eaton Square y entraron al *hall* principal afortunadamente silencioso.

—¡Por fin asunto terminado! —exclamó Lisette, quitándose la aguja del sombrero—. Me siento abrumadoramente aliviada.

Napier la atrajo un poco bruscamente hacia él, estrechándola entre sus brazos.

—Me alegro de que alguien se sienta así —dijo enigmáticamente.

Bajó la boca hasta la de Lisette, la besó despacio y se separó luego un poco de ella, posando la vista en la suya.

Era esa mirada.

La negra mirada amenazadora de interrogación.

—¿Qué...? —preguntó ella.

—Vamos, suéltalo, querida —dijo Napier admonitoriamente—. ¿Debo preocuparme, o no?

—¡Oh, Royden! —Lisette logró esbozar una sonrisa—. No lo sé. Pero creo que… sí. Creo que quizá deberías preocuparte.

—¡Ja! —dijo él, levantándola del suelo por la cintura y haciéndola girar en el aire—. Lo sabía.

—Y tu amiga Anisha lo ha sabido —dijo Lisette cuando él volvió a dejarla en el suelo—. ¿Cómo lo hace?

—No tengo ni idea. —Napier sonrió de oreja a oreja y volvió a besarla—. Bien, haz las maletas, mi amor.

—¿En serio? —Lisette le miró y parpadeó—. ¿Adónde vamos?

—Volvemos a Burlingame —respondió él—. El aire es allí más limpio, el entorno más relajante, y una vez más estás a punto de hacerme, a mí y tal vez incluso a Duncaster, el más feliz de los hombres.

NUESTRO ECOSISTEMA DIGITAL

NUESTRO PUNTO DE ENCUENTRO
www.edicionesurano.com

Síguenos en nuestras Redes Sociales, estarás al día de las novedades, promociones, concursos y actualidad del sector.

 Facebook: mundourano

 Twitter: Ediciones_Urano

 Google+: +EdicionesUranoEditorial/posts

 Pinterest: edicionesurano

Encontrarás todos nuestros *booktrailers* en **YouTube**/edicionesurano

Visita nuestra librería de *e-books* en www.amabook.com

Entra aquí y disfruta de 1 mes de lectura gratuita

www.suscribooks.com/promo

Comenta, descubre y comparte tus lecturas en **QuieroLeer®**, una comunidad de lectores y más de medio millón de libros

www.quieroleer.com

Además, descárgate la aplicación gratuita de **QuieroLeer®** y podrás leer todos tus *ebooks* en tus dispositivos móviles. Se sincroniza automáticamente con muchas de las principales librerías *on-line* en español. Disponible para **Android** e **iOS**.

https://play.google.com/store/apps/details?id=pro.digitalbooks.quieroleerplus

iOS

https://itunes.apple.com/es/app/quiero-leer-libros/id584838760?mt=8